本书由教育部人文社会科学研究项目基金资助
项目批准号：08JA751007

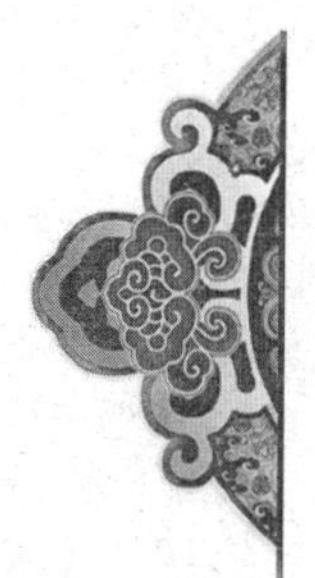

唐代小说仕宦题材研究

TANGDAI XIAOSHUO SHIHUAN TICAI YANJIU

关四平 著

黑龙江大学出版社
HEILONGJIANG UNIVERSITY PRESS

图书在版编目(CIP)数据

唐代小说仕宦题材研究 / 关四平著. -- 哈尔滨 : 黑龙江大学出版社, 2015.12 (2021.8重印)
ISBN 978-7-81129-954-0

Ⅰ. ①唐… Ⅱ. ①关… Ⅲ. ①古典小说-小说研究-中国-唐代 Ⅳ. ①I207.41

中国版本图书馆 CIP 数据核字(2015)第 238048 号

唐代小说仕宦题材研究
TANGDAI XIAOSHUO SHIHUAN TICAI YANJIU
关四平 著

责任编辑 魏 玲 于 慧
出版发行 黑龙江大学出版社
地 址 哈尔滨市南岗区学府三道街 36 号
印 刷 三河市春园印刷有限公司
开 本 880毫米×1230毫米 1/32
印 张 15.125
字 数 340 千
版 次 2015 年 12 月第 1 版
印 次 2022年1月第2次印刷
书 号 ISBN 978-7-81129-954-0
定 价 59.00元

本书如有印装错误请与本社联系更换。
版权所有 侵权必究

自 序

唐代是中国历史的黄金时代,也是中国传统文化全面繁荣的时期。钱穆先生就曾指出:“唐代为中国史上之极盛期。”[①]大唐文化氛围宽松,士人心态放松,这是唐诗与唐代小说繁荣不可或缺的文化条件。唐代士人小说家写作的大胆开放,唐代小说题材的丰富多元,思想的超前深刻,人物的立体生动,等等,都与这种文化政策的宽容密切相关。因此,研究唐代小说必须首先关注其时代文化背景,故笔者在书稿第一章首先论述这方面内容。

唐代小说是唐代社会文化的载体。唐代小说的内容极其丰富,可谓包罗万象,诸如仕宦题材、婚恋题材、宗教题材、士林题材、科举题材、神仙题材、侠义题材等等,涵盖了社会的各个层面。翻开《太平广记》,仅从其目录上看,类别就多达 92 项,这不能不令人惊叹其题材内容的丰富多彩。鲁迅先生评《太平广记》曰:“盖不特稗说之渊海,且为文心之统计矣。”[②]有鉴于此,若说唐代小说或直接说荟萃了唐代小说的《太平广记》是唐代社会乃至中国封建社会的“百科全书”,大体可谓之名副其实。

---

① 钱穆:《国史大纲》,商务印书馆 1996 年修订版,第 744 页。

② 鲁迅:《中国小说史略》,载《鲁迅全集》(第 9 卷),人民文学出版社 2005 年版,第 104 页。

中国封建社会的核心是封建等级制,最能体现等级制的首先是官场。从这个意义上说,要想真正了解唐代社会乃至中国封建社会,那就不能不研究唐代小说所描写的官场,这也是笔者选择仕宦题材小说为研究重心的原因之一。

本书以唐代小说仕宦题材为主要研究对象,力图在具体作品思想内涵的挖掘中,管窥唐代士林的文化心态与人格建构特征。陈寅恪先生指出:“南北朝社会以婚宦二端判别人物流品之高下,唐代犹承其风习而不改,此治史者所共知。”[①]既然仕宦是唐代社会判别士人流品的两个主要方面之一,那么要透视唐代入仕士人的品质、人格、心态,自然就应该研究唐代小说的仕宦题材。明人胡应麟称唐代传奇小说为“作意好奇,假小说以寄笔端”[②],鲁迅先生誉之为“是时则始有意为小说”[③],显然都是从作为唐代小说创作主体的士人角度着眼的。

仕宦乃中国古代士林人生道路的最佳选择,也可谓士人实现其人生理想与社会理想的必由之路。关于这一点,子夏是从学与仕的关系层面谈的,他说:“仕而优则学,学而优则仕。”[④]孟子则是从其必然性层面来说的:“士之仕也,犹农夫之耕也。”[⑤]

---

① 陈寅恪:《唐代政治史述论稿》,上海古籍出版社 1997 年版,第 74 页。

② 胡应麟:《少室山房笔丛》卷三六《二酉缀遗中》,上海书店出版社 2001 年版,第 371 页。

③ 鲁迅:《中国小说史略》,载《鲁迅全集》(第 9 卷),人民文学出版社 2005 年版,第 73 页。

④ 《论语》,载《十三经注疏》,阮元校刻,中华书局 1980 年版,第 2532 页。

⑤ 《孟子》,载《十三经注疏》,阮元校刻,中华书局 1980 年版,第 2711 页。

可见,由士人创作的唐代小说,以士人为主体群像就是自然而然的了。这种士人写士人的创作状态,也就自然容易写得形象、生动、活泼,性格鲜明突出,切中肯綮,令人信服,耐读耐看。由此看来,唐代的仕宦题材小说是很值得士人特别是入仕的士人阅读的,也很值得当代学界深入研究。这也是笔者选择仕宦题材作为研究唐代小说突破口的原因之一。

近年来,笔者一直比较关注中国古代小说、戏剧中所表现的士林人格问题。笼统划分,士林可包括入仕与隐居两大群体。笔者关注的重点在于前者。观照入仕士人人格可以有各种角度,笔者试图将其置于纵横两个层面交叉的坐标系中观照之。

从纵向说,笔者将入仕士人的仕途划分为三个阶段,即入仕途径,宦海沉浮,人生归宿。在第一阶段,由于唐代乃真正实行科举制度之始,这对士林的入仕产生了巨大而又深远的影响,故笔者的落墨重点集中于此。这也就是书稿中第二章所论述的内容。从通过科举考试进入仕途的关键环节中,即可明显看出士人取之有道和不择手段的本质区别,士林人格的差异也在这个过程中清晰地表现出来,颇耐人寻味。第三阶段的人生归宿,是入仕者对宦海沉浮与人生归宿产生矛盾时的思考,是士人的又一次人生选择与取舍,也是士林人格的最后一次总曝光,特别有趣,启人深思,不可不论。这就是书稿第六章设立的初衷与所论述之内容。其中,经过对一系列小说家的作品的分析,可看出身居其中的士人们内心的矛盾与利弊的权衡,最后的优化方案乃是:先仕宦而后求仙。这也是中国古代士林大智慧的具体表现之一。

从横向说,士人入仕之后宦海沉浮的仕宦过程是一个重点部分,也是入仕士人人格各层面次序展现与矛盾冲突最激烈的时段。在这个时段，他们要面对各种复杂的关系，其中集中表现于横向展开的三种关系上，即：对上的君臣关系，平行的同僚关系，向下的官民关系。这也就是书稿第三、四、五章依次分别展开的论述内容。这三章既相对独立，又相互关联。在第三章观照君臣关系中，笔者发现唐代入仕士人对君主的要求很高，完全是理想化的审美化的艺术想象。如在《古元之》中作者对理想化国度中君主的描写："虽有君主，而君不自知为君，杂于千官，以无职事升贬故也。"[1]这就是为君者的最高境界。"不自知"三字，精辟至极，妙不可言。这是既简单易行又高不可及的境界。这是唐代仕宦题材小说思想内涵超越前人达到新高度的表现之一。从中国传统的官本位影响的层面解读，从人性的权势追求欲望的角度观照，士人在朝与在野，上位与下岗的心态与人格建构大相径庭。即使是平时木讷少言、朴实敦厚的士人，一居官位，则判若两人，也会口若悬河，滔滔不绝，颐指气使，无所不通。官位与权力真是有一种奇妙的力量，它会改变甚至扭曲入仕士人的人格，令人匪夷所思。在君臣关系的描写中，唐代小说家也表达了对君主滥施淫威、反复无常、无法无天、迫害士人等一系列罪行的深刻批判。这充分体现了唐代小说家的思想高度与审美水准，值得当下很好地继承发扬之。在第四章同僚关系的描写中，既有和谐臣僚关系的理想图画的描绘，也有对臣僚关系扭曲、相互倾轧内耗的批判。这对当下入仕士人而言，既有经验可汲取，也有教训可鉴戒。第五章对官民关系的论述中，既有爱民清官之美政的歌颂，也有害民贪官之恶政的批判，还有误民庸官

---

① 李时人：《全唐五代小说》，何满子审定，陕西人民出版社 1998 年版，第 905 页。

失职的惩处。这显然是唐代小说家用心用力构建的部分,其超时空的文化价值更大一些,在当下更值得深入研究。

若想更准确地把握唐代小说仕宦题材中寄寓的开创性的思想价值,更好地在小说史上为唐代小说乃至明清小说名著的某些思想内涵准确定位,就必须前后比较论述,有比较才有鉴别。有鉴于此,笔者所设立的第七、八、九三章就是在仕宦题材的范畴内将唐代小说与中国古代小说的三部经典作品:《聊斋志异》《儒林外史》《红楼梦》加以比较研究,以期对所比较的双方均有新的认识和评价。

唐代小说是中国小说的真正起点,它既"有意为小说",欲突破史传的笼罩,表达作者对人生与社会的深入思考,同时也继承了史传的思想传统、题材内容和叙事经验。特别是仕宦题材小说,它与史传的关系更为密切,与唐代社会现实关联更多。因此,以唐代小说这方面的作品为典型例证,比较史传与小说的异同,显然有特殊意义。笔者在论述过程中,尽量将其与《旧唐书》《新唐书》《贞观政要》《资治通鉴》等史传比较考察,力图加强分析、研究的历史文化厚度。傅璇琮先生曾指出:"我自己做学问,特别是近二十年来,深感研究古典文学必须文史并治。我在为一位友人著作所作的序中曾说:'治史对于治文,是能起去浮返本的作用的。'……我觉得,近二十年来我们唐代文学研究有一个值得肯定的好经验,就是不少研究者对唐史是深有功底的,在研究文学时,还同时对唐代史料作细致、深密的审核、考察。我敢说,这方面,我们唐代文学研究要比唐史研究有较多的成果。"[①]这是傅先生研究古典文学的成功经验，对唐代文学乃至整个中国古典文学研究有着治学路数、方法论上的指导意义。

研究唐代仕宦题材小说与唐代历史文化的关系，还应该关注这类小说与唐代法律之间的密切关系。特别是研究君臣关系与官民关系的时候，不可回避地要涉及唐代法律条文对这些方面的有关规定。为此，笔者认真阅读了《唐律疏议》[②]，也参阅了有关唐代法律研究的学术著作。经过比较，可以见到唐代法律对小说创作的渗透，也可以领略小说家在顺从民意、民心进而对法律无可奈何情况下的超现实表达。唐代小说家大多是士人，无论是入仕的士人，还是落第的士人，唐代的法律对他们影响甚深。从小说文本的具体描写观照，既能够看到仕宦小说现实题材描写背后的法律影响，也可以窥见超现实题材中借助神力惩治犯法官吏描写中对法律局限的超越与突破。

士林人格的研究是一个大课题，不同时代的士林有所不同，同一时代的士林的不同士人也有所不同，同一个士人，在不同时期、不同境遇中还会不同。可以说，这是一个无穷无尽、可永远做下去的好题目。从个人喜好来说，我更喜欢眼光锐利、思想深刻、人格独立的士人作家。在唐代仕宦题材小说的研究中，我也倾向于选择这样的作家作品来深入解读。这样一来，对某些作家作品的文化内涵也有了一些新的发现。

在进入唐代小说的士林人格课题之前，笔者曾经探讨过《三国演义》的士林人格问题，并且将中国古代士林人格的典范

---

① 傅璇琮：《郁贤皓〈唐刺史考全编〉序》，载《学林清话》，大象出版社 2008 年版，第 150 页。

② 长孙无忌等：《唐律疏议》，刘俊文点校，中华书局 1983 年版。

诸葛亮与同是士人的吴用做了比较研究，颇有收获。在研究唐代小说的同时，为了相互印证一些问题，笔者也研究了陶渊明、司马光、苏轼等不同类别士人的人格特质，也多有启发。笔者还探讨了关汉卿杂剧中士林形象的入仕渴望与仕宦经历、士林理想等问题。为了更加全面地认识中国古代士林的人格问题，笔者把其中的部分已经发表的成果附录于后，以相互参照。

中国古代士林人格的建构颇为复杂，既有传统文化的影响，也有人性的因素作祟，还有“露才扬己”等文人通病的制约，因此，士林既追求人格理想的审美层次，又受到自身难以克服的弱点的限制，表现出“虽不能至，心向往之”的特点。有鉴于此，提升当代士林人格的审美层次，有没有切实可行的捷径可走呢？笔者在阅读和为博士生讲授《四库全书总目提要》的过程中，有所领悟。以纪昀为首的四库馆臣对此的思考就很有启发性，可作为当代士人的借鉴。例如：《四库全书总目提要》在评价名满天下的王士禛《居易录》时，首先肯定其成绩：“其记所见诸古书，考据源流，论断得失，亦最为详悉。其他辨证之处，可取者尤多。”然后，笔锋一转，批评其缺陷曰：“又喜自录其平反之狱辞，伉直之廷议，以表所长。”不仅如此，又鞭辟入里地剖析其深层文化心态，嘲讽了其喜好“自誉”的毛病：“自为之而自书之，自书之而自誉之，即言言实录，抑亦浅矣。是则所见之狭也。”①真是直戳痛处，入木三分。其丰厚内涵，意味深长。那么，进一步说，应如何矫正士人人格建构上这种以“自誉”为表征的“浅”“狭”痼疾呢？四库馆臣也开出了根治的药方，在《总目》中有两

---

① 纪昀等：《钦定四库全书总目》（整理本）卷一二二《居易录》提要，中华书局 1997 年版，第 1635 页。

处论及于此：一是，在评价王应麟的《困学纪闻》时指出："学问既深，意气自平。"[①]二是，在评价李光地的《榕村语录》时又指出："盖学问既深，则识自定，而心自平。"[②]两处总体上都是在强调学问深厚的重要性。同中之异在于后者又增加了"识"的要素，逻辑关系更为谨严、全面。可见，学问深厚是士人人格建构的根本所在，有了这个雄厚基础，则识可定，则心自平矣。

笔者所依据的唐五代小说文本，主要是李时人先生编校、何满子先生审定的《全唐五代小说》（陕西人民出版社 1998 年版），此外还有少量的该书未收而取自《太平广记》者。

在本书中，笔者在借鉴前辈与时贤研究成果的基础上，也希图力避过去思想内容与艺术特色两分法研究路数，试图将作者的文化心态、创作本旨、主观命意与作品的文化意蕴、艺术创造、人物美学、结构艺术、虚实处理结合起来，融会贯通，通过具体作品的细致分析体现出来，以个别中见一般，达管中窥豹之功效。力图借助代表作品的个案解剖，说明唐代小说所达到的令人惊叹的思想高度、感情深度、审美层次与艺术水准，进而证明唐代小说不仅在中国小说史上是特绝之作，处于一流的地位，即使在世界小说史上，亦处于领先地位。关于这一点，此前的评价似乎还不到位。傅璇琮先生对此曾经指出："我们研究唐代文学，其位置往往首先是诗，其次是文，再其次才是小说，而研究历史的人，则更不把传奇放在眼里，认为研究历史是不能把这些传而又

---

① 纪昀等：《钦定四库全书总目》（整理本）卷一一八《困学纪闻》提要，中华书局 1997 年版，第 1589 页。

② 纪昀等：《钦定四库全书总目》（整理本）卷九四《榕村语录》提要，中华书局 1997 年版，第 1236 页。

奇的故事写入的。之所以如此,就是缺乏文化眼光。从文化角度来看唐代的社会,唐代社会的各种人群,则唐代的小说应是一座材料宝库,一个有待发掘的文物宝地。”①这个观点是很有前瞻性和启发性的。有鉴于此,笔者觉得当下仍然有必要反复强调唐代小说的研究价值,也希望借这个课题朝这方面努力,如此则吾愿足矣!

二〇一五年元月

---

① 傅璇琮:《程国赋〈唐五代小说的文化阐释〉序》,载《学林清话》,大象出版社 2008 年版,第 181 页。

目　录

第一章　唐代“士人小说”与时代文化

鲁迅先生曾赞誉唐代小说“实唐代特绝之作也”①。从小说与文化关系层面说，这是大唐文化的肥沃土壤孕育的结果。因此，研究唐代小说不能不将其置于宏阔的时代文化背景上观照之，研究其中的仕宦题材作品亦应如是。特别要关注中国古代社会封建等级制及官僚体制对仕宦题材作品创作的诸多影响，尤其要考察唐代开始实行的科举制度对创作唐代小说的士人作家文化心态的巨大影响。笔者在此拟从士人文化心态的角度切入渐次展开论述。力求既宏观把握唐代文化的整体特征，也立足于唐代小说文本，从代表性作品和鲜活的人物形象入手剖析，力图管中窥豹，以简驭繁，有所收获。作为士人的唐代小说家，其文化心态必然受到传统文化、时代文化和个人文化素养、人生遭际等多方面的交叉影响。唐代初、盛、中、晚不同时期的小说家，其文化心态会同中有异；同一时期的小说家群体，其文化心态也会有所不同；每一个小说家在不同时期、不同境遇下，又有其不同的个性心态。这说明创作主体的内心世界是无比广阔、

① 鲁迅：《中国小说史略》，载《鲁迅全集》（第9卷），人民文学出版社2005年版，第73页。

丰富多彩、流动变化的。准确把握这种复杂的创作心态，对理解小说家的主观命意和作品的内涵主旨、深层底蕴，无疑是十分必要的。从士人文化心态的角度切入，还包括侧重对小说中人物形象的心灵世界的深入细致剖析。小说家笔下的人物形象的心灵世界，实乃小说家心灵的多层展示，也是特定历史阶段、特定社会阶层人们心灵的典型体现。因此，通过对人物形象的心灵世界的剖析，可以深化对作品文化意蕴的解读，可以管窥中华民族追求真善美心灵完善历程的精彩图画。对人物形象的心灵世界的剖析，包括全面审视其文化心理、性格构成、思想感情、人格理想、人生价值、道德审美理想等方方面面。这些方面既可与唐代小说家的文化心态内外对照，也可与作品的创作本旨相互印证，可使我们真正解读小说作品的内蕴与精髓。

一　唐代“士人小说”概念的提出与内涵诠释

唐人小说卷帙浩繁，包罗万象，当以何名统称之，历代以来，颇有争议。从语言角度视之，学界一般将其分为文言小说和白话小说两大类。这固然不错，但还嫌粗略，因为整个古代小说都可以这样划分，体现不出唐代小说的时代特点。白话者，唐人就有“市人小说”①具体命名概括之。文言者，学界一般是沿袭宋人所用“传奇”概括之，但保持着六朝旧貌的作品则难以涵盖。

① 段成式《酉阳杂俎续集》卷四《贬误》条记载：“予太和末因弟生日观杂戏，有市人小说，呼扁鹊作褊鹊，字上声。予令任道升字正之。市人言：‘二十年前尝于上都斋会设此，有一秀才甚赏某呼扁字与褊同声，云世人皆误。’”

若追溯前辈与时贤的有关论点，关于唐人小说的命名问题，裴铏以“传奇”命名其小说集乃肇其端，说明他已在主体上明确认识到其所写的小说就在于“传奇”二字。宋人承唐人余绪借用“传奇”概念以指称之，陈师道《后山诗话》曰：“范文正公（仲淹）为《岳阳楼记》，用对语说时景，世以为奇。尹师鲁读之曰：‘《传奇》体尔。’《传奇》，唐裴铏所著小说也。”这实际上是具体指裴铏之书，而非统称唐人所作小说。尹师鲁之本意，是指用新手法来写传记文，意在：“訾其卑下，贬之曰‘传奇’，以别于韩柳辈之高文。”真正把传奇视为小说之一体者，当始于南宋谢采伯《密斋笔记·自序》所云：“不犹愈于稗官小说、传奇志怪之流乎？”显然已把传奇与志怪、稗官小说并列，将其看成是小说体式类别之一种了。至元代，虞集、陶宗仪等人更进一步把传奇一体与唐人明确挂上了钩，用以直接指称唐人小说，概括出唐传奇的某些特征。[①] 到了明代，以传奇统称唐代士人小说已为学界公认，杨升庵曰：“诗盛于唐，其作者往往托于传奇小说、神仙幽怪以传于后。”[②]这显然已指明唐人传奇小说乃诗人所为之。胡应麟《少室山房笔丛》为小说划分的六类中，已明确地把传奇单列为一类，所举类例《飞燕》《太真》《崔莺》《霍玉》中，唐人所作居半，另二种宋人所作之传奇，其名亦来自于唐人。臧懋循曾云：

---

① 虞集《道园学古录》卷三八《写韵轩记》云：“唐之才人，于经艺道学有见者少，徒知好为文辞。闲暇无可用心，辄想象幽怪遇合、才情恍惚之事，作为诗章答问之意，傅会以为说。盍簪之次，各出行卷，以相娱玩。非必真有是事，谓之传奇。元稹、白居易犹或为之，而况他乎！”陶宗仪《南村辍耕录》卷二五云：“唐有传奇，宋有戏曲、唱诨、词说，金有院本、杂剧、诸宫调。”

② 杨升庵《艺林伐山》卷一七。

"近得无名氏《仙游》《梦游》二录,皆取唐人传奇为之敷演。"[①]这里他在前人的基础上,又将"唐人"与"传奇"两个概念合并,创造出"唐人传奇"这一专有名词,并指出了其对后世的影响,这应说是了不起的见识。

至清代,纪昀在《四库全书总目》中,别小说为三派,即"叙述杂事"、"记录异闻"与"缀缉琐语",已无传奇一类。他把唐人传奇称为传记,与宋人相似,因北宋人称唐人新创小说样式为"传记"[②]。章学诚把唐人所作的单篇作品与专书区别对待,只称单篇作品为传奇[③]。缪荃孙在《醉醒石·序》中所言:"至唐而岐小说、传奇为二类"[④],似亦指单篇作品为传奇,成集者则名之为小说。

至现代,鲁迅先生的观点科学公允而具有权威性,他在《中国小说史略》中,把唐传奇小说分成传奇文与传奇集,并在《六朝小说和唐代传奇文有怎样的区别?——答文学社问》(《且介亭杂文二集》)等文章中,从作家创作意识与文笔、叙事等审美特征诸方面,作了科学的界定。这对当今研究唐人传奇,仍具有

① 臧懋循《负苞堂集》卷三《弹词小记》。

② 宋人书目若《崇文总目》《新唐志》《郡斋读书志》《直斋书录解题》等,将唐人一些传奇名篇如《补江总白猿传》《虬髯客传》《梁四公记》《高氏外传》等都收在传记类中。《通志·艺文略》也把唐人所作多数传奇志怪之作,收入传记类中。北宋人所编《太平广记》卷四八四至卷四九二收入传奇13篇,归入"杂传记"中。此与《新唐志》同,《新唐志》亦作"杂传记"。

③ 章学诚《文史通义》卷五《诗话》云:"《洞冥》《拾遗》之篇,《搜神》《灵异》之部,六代以降,家自为书。唐人乃有单篇,别为传奇一类。"自注:"专书一事始末,不复比类为书。"

④ 缪荃孙《艺风堂文漫存·乙丁稿》卷二。

重要的指导意义。

当代研究唐传奇的学者中，有些意见是应引起重视的。李剑国先生认为：志怪“只能用来指称那些还基本保持着六朝旧貌的作品，而其余的成熟或比较成熟的作品——包括写人和语怪、单篇和专集——是应当都称作传奇的”①。这个观点就比较允当。李时人先生在《全唐五代小说》前言中提出了“对小说种种美学要求”，并转述了何满子先生所提出的判别小说和非小说的十条标准，认为这“既具体强调了小说的基本文体规范，也强调了对小说的美学要求，同时又符合唐人小说的实际情况”。因此，“基本按照这一标准来辑录小说”。②

目前学界一般大致将唐代文言小说分成两类：一类名之为“传奇”小说，是指篇幅较长的单篇作品；一类名之为笔记小说，是指篇幅较短者。陈文新先生在《文言小说审美发展史》中，即将唐代文言小说划分为“唐人传奇”与“唐代笔记小说”两大类，而后一类中又分为“志怪小说”与“轶事小说”两小类。侯忠义先生在其所著《隋唐五代小说史》中，则把整个唐代文人创作的小说分为传奇小说、志怪小说和轶事小说三类。二者在总体上有相通之处。之所以如此分类，是因有大量的源于六朝志人、志怪一体的唐人文言小说，用唐人新创之“传奇”一体很难涵盖，故不得已而为之。李时人先生有一个提法值得注意，他说：“因为唐代文言短篇小说的作者和读者都是当时的文人，所以我们

① 李剑国：《唐五代志怪传奇叙录》，南开大学出版社 1993 年版，第 5 页。

② 李时人：《全唐五代小说·前言》，何满子审定，陕西人民出版社 1998 年版，第 11—13 页；亦见《文学评论》1999 年第 5 期。

甚至可以将其称为‘文人小说’——从小说的精神内容似乎也可以这样说。”[①]这很有新意,也颇具启发性。笔者觉得以“文人小说”的概念统称唐代文言短篇小说是完全可以的,只是感到概念的外延似乎还是宽了一点。若在此观点基础上,以“士人小说”的概念统称之,是否更合适一些呢?从士人自春秋始就已作为独立的社会阶层的角度看,从孔孟一贯使用“士”概念的传统看[②],从唐代实行科举制形成的士人群体看,从与唐人提出的“市人小说”的对应性上看,笔者认为,若是以“士人小说”的概念指称唐代文言短篇小说,也许更恰切一些。

从横向的唐代文学角度视之,唐人段成式曾根据当时小说的创作实际,提出“市人小说”的概念,这里的“市人”亦是从创作主体的角度说的,是指创作与讲说的城市艺人,而并非指一般市民。因为是市人创作的小说,故而称之为市人小说。高承《事物纪原》所言“仁宗时市人有能谈三国事者”,与段成式所说的“市人”,是指同一种人,二者可互证。《唐会要》卷四载:“元和十年……韦绶罢侍读。绶好谐戏,兼通人间小说。”此“人间小说”的概念,应为“民间小说”,为避唐太宗李世民讳而以“人”代“民”。同理,“市人小说”亦应该为“市民小说”。“民间”与“市民”意近,可见“市人小说”与“人间小说”两个概念的内涵基本相同,相比之下还是以“市人小说”亦即“市民小说”的概括更为恰切。学界有人明确指出:“唐代的‘市人小说’亦即‘说话’,

① 俞钢:《唐代文言小说与科举制度》,上海古籍出版社 2004 年版,李时人序言第 15 页。

② 关于“士人”概念的内涵与衍化,可参见余英时《士与中国文化》一书,1987 年版。

是属于‘百戏’的范畴。百戏是指各种伎艺，说话则是其中的一门。这种情况至宋代亦大体如此。”[①]虽然现在看不到“市人小说”的文本，但根据相关文献记载，这种定位是符合唐代小说总体情况的。

有鉴于此，笔者根据唐人小说的创作实际，提出“士人小说”的概念，与段成式所提出的“市人小说”亦即“市民小说”正好相对，构成唐人小说中并行不悖的两大系统。下面试从不同角度论证之。

（一）创作主体为士人

从创作主体的角度说，唐代文言小说是名副其实的士人有意创作的小说。与前人相较，志怪者《搜神记》与志人者《世说新语》等，虽也可以说是士人所作，但它们并非是真正的小说，起码作者本人并不把它们视为小说，即鲁迅先生所说的“非有意为小说”[②]，因此，不能称之为“士人小说”。鲁迅先生根据其所写内容，以“志人书”与“志怪书”称之，而未以小说名之，即是缘于此。这可见鲁迅先生治学的严谨态度。目前出版的一些小说史著作，一般以“志人小说”与“志怪小说”名之，是将其所写内容与小说的概念组合为一，实际上这在学界仍然是一个有争议的概念。

据冯沅君先生对唐传奇和杂俎48位作者的考证，可考知出

① 萧欣桥，刘福元：《话本小说史》，浙江古籍出版社2003年版，第36页。

② 鲁迅：《中国小说史略》，载《鲁迅全集》（第9卷），人民文学出版社2005年版，第45页。

身、行事的21人中，考中进士者占了15人，另有明经1人，擢制科1人，应进士而落第1人，进士或制科出身的3人，据此得出结论说："唐传奇的杰作与杂俎中的知名者多出进士之手。"[①]俞钢在其《唐代文言小说与科举制度》一书中，进一步全面考察了唐代文言小说作者的士人身份。他依据李时人先生编校的"《全唐五代小说》正编和外编的收录以及作者小传的考订，并参校诸种有关文献"[②]，得出这样一组数据：科举士子出身者56人，其中进士应举和及第者49人，明经应举和及第者3人，直接应制举及第者4人；非科举出身或不详生平者95人，其中以荫入仕者2人，僧人道士5人，有姓名有官历者43人，有姓名不详生平者24人，佚名者21人。[③] 在此统计分析的基础上，他得出结论说："在唐代科举文化的环境下，科举士子和非科举出身的文士共同创造了中国文言小说史上一个辉煌时代。"[④]这个数据和结论是有说服力的。这里应该强调一点，无论是科举出身还是非科举出身者，他们都是唐代士人群体中的重要组成部分，充分说明了唐代士人小说创作的主体乃是士人。非科举出身者中应该包含着科举落第者，落第者自然亦是科举中的备考者与参考者，当然应视为唐代士林中的成员。从唐代每年考中进士的

① 冯沅君：《唐传奇作者身份的估计》，载《文讯》1948年第9卷，第4期。

② 俞钢：《唐代文言小说与科举制度》，上海古籍出版社2004年版，第197页。

③ 俞钢：《唐代文言小说与科举制度》，上海古籍出版社2004年版，第239页。

④ 俞钢：《唐代文言小说与科举制度》，上海古籍出版社2004年版，第243页。

数量与录取比例看，科举落榜士人的数量是相当庞大的，远远高出于金榜题名者。五代人王定保《唐摭言》卷一《散序进士》曰：“岁贡常不减八九百人。”[①]《唐摭言》卷二《恚恨》又曰：“圣唐有天下，垂二百年；登进士科者，三千余人。良夫之族，未有登是科者，以此慨叹愤惋。从十岁读书，学为文章，手写之文，过于千卷。”[②]据此计算，唐代进士的录取率仅为2%左右，落第士人的数量应该是中举者的50倍。这是多么庞大的士林群体啊！落第者创作小说的心态与金榜题名者肯定有异，落第者创作的小说内容与内涵也会大不相同，这反倒丰富了唐代士人小说的文化内涵与审美意蕴。

据《文献通考》卷二十九记载，全唐二百多年间，共取士8241人，其中进士科6620人，各类杂科1621人，这些及第者后来多被授以官职，相当数量的及第者还成为一代宰执，如房玄龄、张柬之、姚崇、宋王景、张九龄、裴度等，到了唐末，宰相中进士出身者达90%以上。这当然给广大出身庶族寒门者提供了“朝为田舍郎，暮登天子堂”的机遇，因而参加科考的读书人数量也蔚为壮观。唐代“士人小说”创作的主体队伍就应是参加科考的读书人群体中的佼佼者。

（二）接受主体为士人

从接受主体的角度说，“士人小说”的接受对象主要是士人群体。李时人先生曾就此一再指出：“种种事实证明，唐代文言短篇小说不光作者主要是科举士子，读者也主要是当时的这类

① 王定保：《唐摭言》，古典文学出版社1957年版，第4页。

② 王定保：《唐摭言》，古典文学出版社1957年版，第21页。

科举士人。”[①]“正因为唐代文言小说的作者和读者大都是‘科举士子’,所以小说所反映的主要是这批文人的生活状态、思想观念、情感兴趣,满足他们的审美要求。”[②]

与此相对应,其传播的层面,主要是在士人群体中。从作者的角度说,其创作目的可能因人而异,有的是为了“行卷”邀名,有的是为了逞才扬己,有的是为了志异录奇,有的是为了游戏娱乐。这种差异性正好满足了接受者的各取所需,有人赏其文采绚丽,有人悦其故事奇异,有人感其人物之美,有人为了消愁解闷,争相阅读,先睹为快。从接受方式上说,士人小说是以案头阅读的方式接受的。从传播方式上说,则是以作者为圆心,涟漪般地向外扩散开去,或直接得之于作者本人,或间接借阅于朋友手中,途径多样,愈传愈远,影响逐渐扩大。举唐代小说作品证之,《长恨歌传》《李娃传》《任氏传》《庐江冯媪传》《离魂记》等,都经历了由“昼宴夜话,各征其异说”到“握管濡翰,疏而存之”的创作过程,而这个过程也就是故事乃至小说作品传播之始。

陈鸿在《长恨歌传》文末曰:

> 元和元年冬十二月,太原白乐天自校书郎尉于盩厔。鸿与琅琊王质夫家于是邑,暇日相携游仙游寺,话及此事,相与感叹。质夫举酒于乐天前曰:“夫希代之事,非遇出世之才润色之,则与时消没,不闻于世。乐天,深于诗、多于情者也。试为歌之,如何?”乐天因为《长恨歌》。意者不但感

① 俞钢:《唐代文言小说与科举制度》,上海古籍出版社 2004 年版,李时人序言第 15 页。

② 王言锋:《社会心理变迁与文学走向》,中国社会科学出版社 2009 年版,李时人序言第 9 页。

其事，亦欲惩尤物，窒乱阶，垂于将来者也。歌既成，使鸿传焉。世所不闻者，予非开元遗民，不得知，世所知者，有《玄宗本纪》在。①

这明确记载了小说《长恨歌传》的创作过程，显系士人心灵共鸣的产物，而这几个士人，同时也就是《长恨歌传》创作出来以后的首批阅读者，此后以他们几个人为中心，在他们各自交结的士人圈子中涟漪般扩散开去，形成士人阅读层，不断扩大着小说的传播与影响面。

白行简在《李娃传》卷尾云：

贞元中，予与陇西公佐话妇人操烈之品格，因遂述汧国之事。公佐拊掌竦听，命予为传。乃握管濡翰，疏而存之。时乙亥岁秋八月，太原白行简云。②

白行简叙述李娃的故事时，李公佐就是第一个听众，也就是小说的接受者。李公佐的“拊掌竦听”，说明了李娃故事的艺术魅力与接受者的共鸣程度。这也是小说创作出来后在士人中传播情况的一个预演。

沈既济在《任氏传》篇末写道：

建中二年，既济自左拾遗于金吴将军裴冀，京兆少尹孙成，户部郎中崔需，右拾遗陆淳，皆谪居东南，自秦徂吴，水陆同道。时前拾遗朱放，因旅游而随焉。浮颍涉淮，方舟沿

---

① 李时人：《全唐五代小说》，何满子审定，陕西人民出版社 1998 年版，第 673 页。

② 李时人：《全唐五代小说》，何满子审定，陕西人民出版社 1998 年版，第 631 页。

> 流,昼谳夜话,各征其异说。众君子闻任氏之事,共深叹骇,因请既济传之,以志异云。①

李公佐在《庐江冯媪传》卷末曰:

> 元和六年夏五月,江淮从事李公佐使至京,回次汉南,与渤海高钺、天水赵攒、河南宇文鼎会于传舍。宵话征异,各尽见闻。钺具道其事,公佐因为之传。②

沈既济与李公佐所记载的创作场景与前几篇相比,参与的士人更多,交流情况更为多元化。从“昼谳夜话,各征其异说”与“宵话征异,各尽见闻”等记载看,二人所记异曲同工,言异意同。在场的每一个人既是讲说者,又是听众,换句话说就是,既是小说的创作者,同时也是小说的接受者与传播者。他们不仅接受与传播《任氏传》一篇,也会接受与传播其他人所讲的故事,参与的人员越多,传播的速度就会越快,传播的面就会越大。

陈玄祐在《离魂记》篇尾曰:

> 玄祐少常闻此说,而多异同,或谓其虚。大历末,遇莱芜县令张仲规,因备述其本末。镒则仲规堂叔祖,而说极备悉,故记之。③

陈玄祐所记又有所不同,反映了这样一种情况:有的小说题

① 李时人:《全唐五代小说》,何满子审定,陕西人民出版社 1998 年版,第 541—542 页。

② 李时人:《全唐五代小说》,何满子审定,陕西人民出版社 1998 年版,第 646 页。

③ 李时人:《全唐五代小说》,何满子审定,陕西人民出版社 1998 年版,第 533—534 页。

材在创作之前已经在社会上流传了一段时间，产生了不同的版本，小说家面对这种评价不一、各有歧异的素材，求同存异，考证求实，最后创作出小说文本。而此前流传的各种故事版本会加速小说文本的传播，知此故事者会更想一探究竟，先睹为快。

这种各征异说、共深叹骇的士人群体间的交流，就是小说题材故事的传播与接受过程，而其中接受创作任务的作家写出小说文本后，参与创作者自然就是第一批读者，也是积极传播者。

相比之下，"市人小说"的接受对象则主要是广大市民，其传播方式以口耳相传为主。这里边既包括出自说话人之口，入乎听众之耳者；也包括市民之间的街谈巷议，口头传播者。两类小说各有其接受群体，各有传播途径与方式，相映成趣，相得益彰，共同构成了唐代小说的整体时代风貌。

（三）小说的主体形象为士人

从小说作品形象主体的角度说，"士人小说"所塑造的人物形象是以士人为主体的，即多以士人形象为主人公。小说主要表现士人的入仕经历、感情纠葛、生活状态，乃至人生奇遇，描写士人的喜怒哀乐，揭示士人的心灵世界。与前一点联系起来看，从创作主体与形象主体的相互关系角度说，小说中的士人形象系列，就是创作者——士人群体的艺术投影。这可从现实与超现实两个层面观照之。

现实题材作品中的士人形象，有的小说就是作者以自己为原型，以自己的人生经历为素材加工创作而成的，如《莺莺传》中的男主人公张生形象就是元稹以自己为原型塑造的，小说中"始乱终弃"的情节也是作者以自己的感情经历为素材创作的。有的小说甚至将现实中的士人原型真名真姓保持不变就纳入小说之中,如《霍小玉传》中的男主人公李益形象,就是以唐代著名诗人李益为原型塑造的,并且其"有疾病而多猜忌"[①]的特点也与人物原型一致。有的小说则是作者根据现实生活中的士人形象虚构出来的,这个所占比例更大。

超现实的幻化形象,也往往具有能诗能文的士人特点。如《元无有》中的幻化形象,皆是能诗者,且脱口而出,水平很高。这显然是唐代诗歌大国的超现实投影。正如洪迈所说:"大率唐人多工诗,虽小说戏剧,鬼物假托,莫不宛转有思致。不必颛门名家而后可称也。"[②]

从小说题材来源的角度说,"士人小说"主要是士人"作意好奇"有意虚构创造出来的。其中固然也有以实录的宗旨、史传的笔法注重写实者,也有吸取传说素材者,但相比之下,居于主流地位的多数作品还是独出机杼的作品。这既包括超现实题材的仙、佛、神、鬼、怪等作品,也包括婚恋题材方面的人与神、人与鬼、人与狐、人与猿、人与龙、人与虎的婚恋作品,还包括取材于现实生活而又加以虚构的作品,如《霍小玉传》《莺莺传》《杨娼传》等。

相对而言,"市人小说"的主人公则以市井人物为主体,主要表现市民的悲欢离合,或是市民感兴趣的历史故事、民间传说和宗教题材。这是创作主体的立场、视点、审美趣味所决定的。

---

① 《旧唐书·李益传》中说:"(李益)有疾病而多猜忌,防闲妻妾过为苛酷,而有散灰扃户之谈闻于时,故时谓妒痴为李益疾。"

② 洪迈:《容斋随笔》卷十五《唐诗人有名不显者》条,上海古籍出版社1996年版,第192页。

（四）小说的语言选择与文化内涵

唐代“士人小说”的语言为古文书面语。从语言的角度说，“士人小说”用的是当时的书面语，即古文。以古文写小说，尤宜于表现文人的思想和旨趣，文字语言与所表现的内容恰相吻合，相得益彰。陈寅恪先生曾就此问题论述道：

> 今日所谓唐代小说者，亦起于贞元元和之世，与古文运动实同一时，而其时最佳小说之作者，实亦即古文运动中之中坚人物是也。此二者相互之关系，自来未有论及之者。寅恪尝草一文略言之，题曰韩愈与唐代小说……其要旨以为古文之兴起，乃其时古文家以古文试作小说，而能成功之所致，而古文乃最宜于作小说者也。[①]

这里所言之“唐代小说”，实即笔者所谓之“士人小说”，并不包括“市人小说”。陈寅恪先生提出的一系列新观点中，最佳小说之作者是否为古文运动之中坚人物，古文之兴起是否是由于古文家以古文试作小说，古文是否最宜于作小说等等问题，目前学界尚有争论。[②] 笔者认为：若限定一下，说古文最宜于作“士人小说”，则语言选择与作者身份正相符合，当是切合实际的。比较而言，“市人小说”的语言则主要是当时流行的口语，即白话，这一点现存的敦煌小说文本就足以证之。因此，学界通常以“文言小说”和“白话小说”分别称这两类小说，这固然允

---

① 陈寅恪：《陈寅恪文集之六·元白诗笺证稿》，上海古籍出版社1978年版，第2页。

② 朱迪光：《唐代小说研究发覆》，载《中国文学研究》2004年第4期。

当,但似又有简单化和宽泛化之嫌,故笔者方提出"士人小说"的概念,以与唐代固有的"市人小说"相对称,以更恰切地揭示此类小说的本质特征。

唐代"士人小说"的文化内涵为士人文化。从文化内部构成的角度说,"士人小说"是经典文化的载体,体现着士人的文化观念,体现着社会上层的道德观念、思想倾向与审美趣味。这具体表现在人物的评价、故事的建构、氛围的营造、褒贬的倾向、用词的色彩等各个方面。这是由创作主体的士人身份与文化素养所主导的结果。相比之下,"市人小说"则是大众文化的体现,代表着社会下层的文化习俗、思想感情与审美倾向。这是由创作主体的服务对象与创作目的所制约使然。

从小说的纵向发展轨迹与社会时代的横向交错等角度看这两类小说的地位与命运,似乎可以这样来归纳:"士人小说"与"市人小说"二者均产生于唐代,各有源流,平行发展。既泾渭分明,又互有吸收,同一题材衍化出的"士人小说"《李娃传》与"市人小说"的《一枝花话》之关系,就是一个有力的证明。有唐一代,"士人小说"占据着主导地位,呈现出繁荣昌盛的局面,"市人小说"虽接受群体的数量并不少,但留传下来的见诸文字的话本作品则明显少于"士人小说"。应该说"市人小说"在唐代还属萌芽、兴起阶段,到了宋代,才有了长足的发展,显示出旺盛的生命力,与宋代的"士人小说"分庭抗礼,各领风骚。

从这两类小说概念的使用时限来说,"市人小说"是唐人提出来指称唐代某类小说的,是根据小说创作的实际总结概括出来的,内涵与外延基本清楚,因而是相当精辟的。若下延至宋代也未尝不可,因为创作实践是一脉相承的,虽经国变,不能不受影响,但继承则是主要的。为此,萧相恺教授在其所著《宋元小说史》中,便使用“市人小说”这一概念来论述宋代的白话小说[①],并以四章的篇幅分几类详论之。这在小说史研究中是有突破性贡献的。与此相对应,若以“士人小说”的概念顺延至宋代,指称包括传奇在内的文言小说,似也未尝不可。

综上所述,笔者所提出的“士人小说”,即是指由士人创作的、以士人为主人公的、接受者为士人阶层的、反映士林人生道路与文化心态的、运用文言书面语书写的唐代小说。而以上述“士人小说”的内涵各层面为出发点,进一步来探讨其中蕴含的士林心态与人生道路等问题,或许更能切中肯綮。为此,笔者拟从不同角度探讨唐代“士人小说”中科举、仕宦、归隐、求仙等不同人生道路选择所面临的种种矛盾,探讨其矛盾心态的多层表现,略陈管见,以就教于方家。

二 士人文化心态的探求途径

应该怎样探求古代作家的文化心态呢?早在先秦时期,孟子就为我们指出了两种切实可行、行之有效的途径。他说:“颂其诗,读其书,不知其人可乎?是以论其世也。”[②]按通常的理解,这里的“知其人”,是指把握作者的生平和思想,“世”是指作者所处的时代环境。这样理解固然不错,但似乎不应到此为止,还应作深层挖掘,“世”应进一步理解为作者所处时代的文化纵横交叉坐标点上的文化特征,包括传统文化的共性特征与时代

① 萧相恺:《宋元小说史》,浙江古籍出版社 1997 年版。

② 《孟子·万章下》,载《十三经注疏》,阮元校刻,中华书局 1980 年版,第 2746 页。

文化的个性特征。与此相应,“知其人”则应在了解作者生平和思想的基础上,进而透视其在特殊文化境遇中所形成的文化心态。作者的这种文化心态必然地要寄寓在其作品之中,无论是诗文还是小说戏曲,概莫能外,因此,探求作品的文化意蕴,理应从透视作家的文化心态入手,此乃所谓真正“知其人”的关键所在。

此外,孟子还指出:“故说诗者,不以文害辞,不以辞害志;以意逆志,是为得之。”(《孟子·万章上》)这就是著名的“以意逆志”说,对这四个字的解释,历来有不同说法。杨伯峻先生释之为:“用自己切身的体会去推测作者的本意。”[①]按此解释,其中关键的“意”字,是指诗中蕴含着的作者寄寓其中的主观命意,读者要真正把握这个“意”,还要有切身的体会才行;其中的“志”则是作者的志向感情与文化心态,读者要把握其“志”,就要根据其“意”来理解、推求。这种解读必然带有评论者的主观色彩,难免出现“诗无达诂”的多解现象。当然这也不是坏事,可以带来文学研究的丰富性与开放性。况且,这种解读也并非主观臆说,还有“文”与“辞”的限定(朱熹《孟子集注》分别释为“字”与“语”),因而,这种探讨途径就是有根据的,有其可信性在焉,也是切实可行的。司马迁在《史记·屈原列传》中曰:“信而见疑,忠而被谤,能无怨乎?屈平之作《离骚》,盖自怨生也。”[②]这种由《离骚》透视屈原文化心态的思路,就是孟子“以意逆志”文学批评方法的较早的成功运用。

综上所述,求索作家的文化心态可以有内外两个途径:一是

① 杨伯峻:《孟子译注》,中华书局1960年版,第216页。

② 司马迁:《史记·屈原列传》,中华书局1982年版,第2482页。

“知人论世”，即文学外部的探求，从最外层的社会文化环境，具体到作家的生存环境，再到其人生经历、境遇等，进而深入到其心灵世界，透视其个性化的文化心态。二是“以意逆志”，即文学内部的探求，从作品出发，立足文本，在字里行间探求作家寄寓其中的深层文化心理。此两种途径，内外结合，表里互证，相辅相成，缺一不可，人、文一体，相得益彰。

清人顾镇在《虞东学诗》中指出：“夫不论其世，欲知其人，不得也；不知其人，欲逆其志，亦不得也……故必论世知人，而后逆志之说可用之。”（焦循《孟子正义》引）按他的说法，这两条途径应有先后顺序，不可颠倒。笔者认为，二者应是双向互动的关系，既可由人知文，也可由文看人；知人可以更准确地解读文，知文也可以更清楚地认准人，文如其人，殊途同归。从文学创作的目的说，终点在文；从文化建设的目的说，终点则在人。笔者对唐代小说文化意蕴的阐释，就是循此二途以交互认证之，对唐代小说作家群体文化心态的解读也是由人入手，以文证之。

三　唐代“士人小说”与唐代士文化

从中国传统文化的内部构成形态上说，观点虽众说纷纭，但在应该上、下二元分层这点上还是有共识的，分歧只在如何命名与怎样界定其内涵上。或以雅文化与俗文化名之，或以官方文化与民间文化分之，或以第一文化与第二文化视之。笔者同意经典文化与大众文化的提法，并以之作为重要的文化观念来统贯全书。以此论之，唐代“士人小说”应属经典文化层次，与此相对，也在唐代出现的段成式明确提出的“市人小说”，则应属大众文化层次。两种文化既上下分层，各有特色，又交叉影响，递相促进。比如唐传奇中的《李娃传》,就是来自于“市人小说”(或曰“人间小说”)中的《一枝花话》。这是两种文化中的两种小说形式相互影响、相互促进的典型例证。

在经典文化层面中,士人文化是其主体与核心,当然,它也是整个中国传统文化的精英部分,决定着传统文化的承传与发展趋向。尤其是在唐代,士人队伍构成的新变化,也为士人文化的发展输入了新鲜血液,带来了新的色彩。中国科举制由隋文帝提倡,到唐初才真正实行。科举制的实行,对士人群体来说,是一个天大的好事与福音,它打破了门阀制度对国家权力部门的垄断,为中下层读书人提供了进身之阶,所谓“朝为田舍郎,暮登天子堂”,就是这一新兴仕宦景况的典型概括。这一变化,在士人面前铺设出一条闪光的大道,它激发了士人们读书的热情,唤醒了他们参政的渴望,过去他们对功名利禄的梦想,如今有了变成现实的可能。这无疑改变着他们的人生目标、人生价值观、文化心理、道德审美理想等诸多方面,而这一切的一切,必然会反映到小说这一新兴文体当中。从唐代每年近千人的参考者和二十人左右的录取者的巨大反差说,落榜者的数量大大多于中榜者的数量,相当数量的有才华的士人无缘登科,其中参与小说创作者,自然会在作品中抒发其“慨叹愤惋”的文化心态。一系列小说作品中的“频年不第”(《樱桃青衣》)、“举进士下第”(《本事诗·情感第一》)等描写,就是这一科举现实的真实反映。

在唐人小说与唐代文化各层面的关系中,与士人文化层面的关系是其中至关重要的关系之一。从创作主体的文化层次上说,唐代小说的作者都是正统的标准的士人,他们将自身的复杂心态倾注于其小说文本之中,这与正统的诗文中所倾注的心态有相同之处，也有相异之点，而这相异之点或许更真实、更形象、更生动，是士人心灵世界不可或缺的组成部分，从中可窥视唐代乃至中国古代士人心态的某些规律性东西。从传奇小说构成的核心要素——人物形象的角度说，唐传奇中塑造出了一系列活生生的有血有肉的个性与共性相统一的士人形象。这众多的士人形象是唐代士人的投影，有的就是以作者的亲身经历为依据经过艺术加工而成的，这样看来，小说作品中士人形象丰富多彩的心灵世界，是与作者相应互动、虚实相生的。我们可从士人心态入手去解读小说中士人形象的文化内涵，也可以从作品中士人形象的心态来印证作者的心态。这又是一个双向互动的动态过程。通过这种相互印证的研究，我们能够真正认知中国士人群体形象史与心灵史上最重要的一环——大唐士人群体形象史与心灵史。这对当代士人文化心态与人格建构的深层认知无疑具有重要的启示意义。

从作者身份地位的视角，便可透视其文化心理之共性特征。笔者在拙著中就拟在科举文化的创始期的时代文化特性背景下，探讨士人群体的情感世界、仕宦理想、人际交往、生死观、金钱观、家国观、君臣观、天人观、历史观等，当今士人仍然不得不面对这一系列问题，更好地认识唐代士人，就可以更好地理解当今士人。

唐代是一个伟大的时代，是中国历史上的黄金时代，也是中国传统文化全面繁荣的时期。钱穆先生指出："唐代为中国史上之极盛期"，"唐代的租庸调制，奠定了全国农民的生活。唐代的府兵制，建立起健全的武装。唐代的进士制，开放政权，消融阶级，促进了全社会的文化。唐代的政府组织，又把一个创古未有的大国家，在完密而伟大的系统之下匀称的、合理的凝造起来。事实胜于雄辩，盛唐的伟大，已在事实上明确表出”。[①] 可见，要全面把握唐代士林的文化心态，还应该兼顾唐代的经济、政治、科举、政府等各个层面，还要考虑到唐代各个时期文化的同中之异与异中之同。

在大唐文化气象的浸润和陶冶下，唐代士人的文化心态与前代大不相同。若从差异性的角度看，初、盛、中、晚唐的国势不同，士人心态与士林风气也有一定差别，若云初、盛唐的士人心态是一种时代自豪感，他们建功立业的渴望是不能有负盛世；而中、晚唐的士人心态则是一种追忆盛世、渴望中兴的遗憾心理，他们的入仕增加了挽救国家颓势的责任感。若云初、盛唐士人心态的主旋律是乐观向上的基调的话，那么，中、晚唐的士人心态中则不可避免地掺入了悲愤、无奈、感伤的音符。

若从整体上看，其共性特征与前后时代有着明显的区别。这可以从正面和负面两个角度透视之。从正面的角度看，唐代士人有着经邦治国的雄心壮志，有着以天下为己任的政治抱负，有着“达则兼济天下”的处世原则，有着建功立业的迫切愿望，有着乐观向上的追求精神，有着儒、道、侠兼备的人格建构。这与唐代国力的强盛，文化的发达，儒、释、道并重的开放，政治气氛的宽松等时代因素是密切相关的。

从负面的角度说，唐代士林中也有争名夺利的现象，有结党营私的弊端，有献媚求宠的丑态，有相互倾轧的风气，有助纣为虐的恶行，有道德沦丧的卑劣。这与唐代社会功名利禄的诱惑，科举制度的弊端，当时社会的黑暗势力的压迫，士人宦海沉浮的艰难境遇等因素有着相当的关系。正面负面相较，正面的士风

① 钱穆：《国史大纲》，商务印书馆 1996 年修订版，第 744、413 页。

是主流，但是在唐人小说的艺术创造中，用墨重点则在后者。这反映了士人作家对后者的深恶痛绝，故着重以小说揭露之，批判之，以警戒士人，净化士风，这本身就是在弘扬正面的士风。这也表现了唐代士人小说家的社会责任感，其弘扬真、善、美，批判假、丑、恶的艺术追求精神是颇为可贵的。

从中国文化史的发展轨迹看，其高峰期究竟在何时，学界对此也有不同看法。陈寅恪先生在《邓广铭宋史职官制考证序》中就曾指出：“华夏民族之文化，历数千载之演进，造极于赵宋之世。后渐衰微，终必复振。”[①]中国文化史构成的各个朝代的文化状况各有不同，唐宋两朝也各有所长。若从文化的完备性和细密化层面说，宋代文化固然较之唐代文化有所发展，但从帝国的领土疆域、文化气象、士林心态等层面看，宋代已经明显不如唐代。比较两代文化的异同，非本书的重点，亦非笔者力所能及，这里仅对小说创作的影响而言，宋代也是明显不如唐代的。众所周知，宋代是中国历史上文字狱之始，苏轼的“乌台诗案”就是宋代最高统治者以文字迫害士人丑行的典型案例。虽然这个时代的文字狱还没有明清时代那样普遍和严酷，士林也没有普遍性地如明清士林那样战战兢兢、如履薄冰，但这已经令士林胆寒了。这对宋代包括小说在内的文学创作，不可能没有影响。鲁迅先生曾将宋代乐史、秦醇等士人所作的传奇小说与唐传奇比较曰：“其文颇欲规抚唐人，然辞意皆芜劣，惟偶见一二好语，点缀其间；又大抵托之古事，不敢及近，则仍由士习拘谨之所致

① 陈寅恪：《陈寅恪集·金明馆丛稿二编》，三联书店 2001 年版，第 277 页。

矣,故乐史亦如此。”[①]进而又将宋代志怪、传奇小说与唐代小说作全面比较曰:“宋一代文人之为志怪,既平实而乏文彩,其传奇,又多托往事而避近闻,拟古且远不逮,更无独创之可言矣。”[②]鲁迅先生通过对个别作家和唐宋两个时代小说创作的整体比较,得出的结论为,宋代小说创作无论是志怪小说还是传奇小说,较之唐代,不仅未能后来居上,反而不如唐代,全面退步了。鲁迅先生没有全面系统地分析个中原因,而是将此课题留给后人来思考。笔者认为,尽管原因很多,但其中的根本原因还是在文化层面。文化对文学创作的影响也是多方面的,但其中最重要的还是在于文化制度、文化政策以及由此造成的文化氛围等方面。这些方面直接影响到作家的文化心态,文化心态制约着作家创作时的胆识、灵感、创造力等诸多因素的发挥,最后形之于具体作品之中,从而决定了作品思想艺术水平的高下。其实,从鲁迅先生评论比较的字里行间,我们还是可以领会到:他在具体作家作品的比较中,已经点到为止、言简意赅地揭示了某种文化原因之所在。比如“大抵托之古事,不敢及近,则仍由士习拘谨之所致矣”这几句中,就包含如下两方面的深层意味:

第一,揭示了小说家的惧怕心理。其中“不敢”二字直接揭示士人的惧怕心态。那么,士人到底怕什么呢? 言外之意,怕写近事、“近闻”,怕触犯统治者的忌讳,怕遭到统治者的打击报复,怕因为文字狱而危及身家性命。那就只好避开可能犯忌讳

---

① 鲁迅:《中国小说史略》,载《鲁迅全集》(第9卷),人民文学出版社2005年版,第109页。

② 鲁迅:《中国小说史略》,载《鲁迅全集》(第9卷),人民文学出版社2005年版,第115页。

的今近之事而说古远的保险之事了，即所谓“托之古事”。这说明宋代统治者的高压已经超过了唐代，也就是说，唐代士人那种宽松的心态，已经变为宋代士人的“拘谨”心态了。这也证明了一个文学题材盛衰的规律：每当统治者因为没有自信而实行高压文化政策时，文学创作上就开始流行历史题材作品。这也是作家们明哲保身的不得不如此的无奈之举。

第二，说明了这是时代文化使然，而非个别现象。在“由士习拘谨之所致”这个因果句中，就可见鲁迅先生已经在探究其中的共性原因了。其中“士习”二字，是直接原因，即士林的积习。这已经明确指出是士林的共性问题，而非个别现象。“拘谨”是士林共性心态的具体表现。拘者，限制；谨者，小心，谨慎。即因为拘于某些原因，受到某些限制而谨小慎微。如果深究下去，究竟是什么原因束缚了士人作家的手脚呢？与前面的“不敢”联系起来看，其内涵就显豁起来，归根结底，还是高压的文化制度、文化政策等因素所造成的严厉的文化氛围使然。

综上所述，若将唐宋文言小说创作比较起来看，唐代士人小说家创作的状态相当轻松、放松，因此，他们显得有胆有识，灵感勃发，创造力强；宋代士人小说家则相形见绌，仿佛是被绳索捆住了手脚，小心拘谨，步履蹒跚，邯郸学步，捉襟见肘。正如戴着脚镣跳舞，舞步必然散乱，舞技难以发挥。其中的关键点是戴着脚镣的人的心态必然扭曲，他们的心底是不想跳舞，没情绪跳舞，也不敢放开跳舞，因为旁边还有人拿着皮鞭在伺候着呢！至于舞技的高低那倒还在其次。这无疑是发人深省的值得研究的课题。

四　唐代小说的分类与“仕宦题材小说”

鲁迅先生在《中国小说史略》中对中国古代长篇小说的分类，是对古代小说进行现代研究以来最早的影响最大的分类，其分类的标准与方法至今仍然具有权威性与影响力。鲁迅先生主要是根据小说所写的内容进行分类，其中有慧眼独具、成为不刊之论而沿用至今者，也有经过学界修订补充者，还有尚可商榷者。[①] 具体类别，诸如：神魔小说、讲史小说、人情小说、狭邪小说、侠义小说、公案小说等，均是从所写内容角度概括的，划分标准统一，角度一致，互相不交叉，是按分类法原则划分的成功者，值得当今研究古代长篇小说、短篇小说借鉴。

若就短篇小说而言，情况可能更为复杂一些。不同时代的短篇小说的类型会有所不同，同一时代的不同短篇小说集的分类，也会有所不同。但是，从内容着眼来划分小说类别的原则应该是一致的，小说类别的概括名称也可以相互借鉴。就唐代短篇小说而言，前述的属于长篇小说的一些类别，诸如：讲史小说、神魔小说、人情小说、狭邪小说、侠义小说、公案小说等，均有许多作品可分别划归其中。参照《太平广记》的分类，吸收其合理内核，还可以归纳出神鬼小说、志怪小说等类别。

如前所述，“士人小说”是唐代小说的总概念，而“仕宦小说”则是“士人小说”统领下的属概念。二者是种属关系，不可混淆。

---

① “讲史小说”的概念，已经被学界修订为“历史小说”的概念；“人情小说”的概念，已逐渐被“世情小说”的概念所取代而通行至今。

孟子曰:“无恒产而有恒心者,惟士为能。若民,则无恒产,因无恒心。”[①]杨伯峻先生释“恒心”为“一定的道德观念和行为准则”[②]。可见孟子对士人的高度评价与殷切期望。这里还有必要对孟子所言“士”的内涵加以诠释。在孟子所在的春秋时期,“士”已经成为一个相对独立的社会阶层,他们有独立的思想,独立的人格,独立的人生理想追求。他们代表着时代的先进思想,是民族文化精英的代表,是视“义”重于生命的奇人,即孟子所谓“舍生而取义者也”。他们的社会地位已经相当重要,甚至可以影响到一个集团、邦国的存亡,所谓“一言兴邦,一言丧邦”是也,因此,士人足以令统治者刮目相看,不敢小觑。这里孟子所言之“士”,在当时虽然包含文士与武士的区别,但其重心还在于文士方面。

子夏曰:“仕而优则学,学而优则仕。”[③]孟子云:“士之仕也,犹农夫之耕也。”[④]由此看来,欲研究士人文化,就不能离开仕宦与官场;欲研究唐代小说与士人文化的关系,也不能不从仕宦题材入手;欲解读士人小说的核心文化内涵,亦不能不观照仕宦题材。所以,笔者研究唐代小说的总体思路即是,从婚恋题材入手,管窥唐代士人的家庭婚姻生活领域的状况,透视其内心情感

---

① 《孟子·梁惠王上》,载杨伯峻:《孟子译注》,中华书局 1960 年版,第 17 页。

② 《孟子·梁惠王上》,载杨伯峻:《孟子译注》,中华书局 1960 年版,第 22 页。

③ 《论语》,载《十三经注疏》,阮元校刻,中华书局 1980 年版,第 2532 页。

④ 《孟子》,载《十三经注疏》,阮元校刻,中华书局 1980 年版,第 2711 页。

与心灵世界,即"洞房花烛夜"的部分;从仕宦题材入手,纵览唐代士人的官场生活或曰事业成败领域,追踪其浮沉的轨迹,管窥其道德观、社会观、价值观、文化观等思想层面的精华与糟粕,挖掘其复杂的动态的文化心态,即"金榜题名时"的部分。这两部分内外互补,相互印证,不可或缺,相得益彰。而这两大方面的丰富内涵与文化意蕴,具有颇多超时空的认识意义与审美价值,对优化当代士林的文化观念与审美追求,确立其人生目标、人生理想,防止其重蹈前人的覆辙等方面,均有着特殊的意义,其作用不可小觑。从这个层面来说,唐代小说仕宦题材作品不可不读,不可不深入研究,不可不引为借鉴。

"士人小说"的内容相当丰富,涉及唐代社会生活的各个方面,如何对其分类,也是研究唐代小说的一个重要的基础工程。这里可以选择两个参照系统来帮助思考。一是《太平广记》的分类,二是鲁迅先生的分类。

《太平广记》的分类如下:神仙55卷,女仙15卷,道术5卷,方士5卷,异人6卷,异僧12卷,释证3卷,报应33卷,征应11卷,定数15卷,感应2卷,谶应1卷,名贤1卷,廉俭1卷,气义3卷,知人2卷,精察2卷,俊辩2卷,幼敏1卷,器量2卷,贡举7卷,铨选2卷,职官1卷,权倖1卷,将帅2卷,骁勇2卷,豪侠4卷,博物1卷,文章3卷,才名1卷,儒行1卷,乐3卷,书4卷,画5卷,算术1卷,卜筮2卷,医3卷,相4卷,伎巧3卷,博戏1卷,器玩4卷,酒1卷,食1卷,交友1卷,奢侈2卷,诡诈1卷,谄佞3卷,谬误1卷,治生1卷,褊急1卷,诙谐8卷,嘲诮5卷,嗤鄙5卷,无赖2卷,轻薄2卷,酷暴3卷,妇人4卷,情感1卷,童仆1卷,梦7卷,巫1卷,幻术4卷,妖妄3卷,神25卷,鬼40卷,夜叉2卷,神魂1卷,妖怪9卷,精怪6卷,灵异1卷,再生12

卷，悟前生2卷，冢墓2卷，铭记2卷，雷3卷，雨1卷，山1卷，石1卷，水1卷，宝6卷，草木12卷，龙8卷，虎8卷，畜兽13卷，狐9卷，蛇4卷，禽鸟4卷，水族9卷，昆虫7卷，蛮夷4卷，杂传记9卷，杂录8卷。

粗略统计，共分为92类，合计500卷。若再细分，有的大类中，还包含附类，如“名贤”类中还附有“讽谏”一类，“廉俭”类中还附有“吝啬”一类。这种附类也很有意思，情况也是多样化的。如讽谏乃名贤的美德之一，二者是种属关系；而吝啬则与廉俭为对比关系，廉俭过分就变成了吝啬，褒贬只在于分寸的把握。看来作者在设计附类时也是颇费斟酌的，而不是随心所欲地安放之。有的大类中又以小类细分之，且标示出来，如《报应》大类中，又细致标出“冤报”“杀生”等小类。这显然是为了便于读者查阅。

从所占篇幅的角度看，超过8卷以上的大类19类，按卷数多少依次为：神仙（55卷）、鬼（40卷）、报应（33卷）、神（25卷）、女仙（15卷）、定数（15卷）、畜兽（13卷）、异僧（12卷）、再生（12卷）、草木（12卷）、征应（11卷）、妖怪（9卷）、狐（9卷）、水族（9卷）、杂传记（9卷）、诙谐（8卷）、龙（8卷）、虎（8卷）、杂录（8卷）。从这个排序中，可以窥见唐人小说的取材倾向与内容比重。显然超现实题材占了较大比重，无怪乎学人以“传奇”名之矣。其中明确以神、鬼、仙、怪、妖、灵等标示者，就多达157卷，占了500卷总数的近1/3；以畜兽命名者，也达62卷，占了500卷总数的近1/8。

从类别数量的角度看，自“名贤”类以下，一直到“童仆”类，连续排列皆是现实题材，所占类别数量达47类，超过了总类数的一半。此外，未连续排列者中，“杂传记”9卷皆是现实题材的重头作品,代表着唐传奇的最高水平。“杂录”8 卷也均是叙写社会现实中的人和事。“征应”11 卷与“定数”15 卷所叙内容也皆为现实题材,只是皆有前兆,事如前定,令人称奇耳。如此看来,即使总体按类别计算,现实题材作品的类别也已经达到 51 类,达 155 卷。

从分类标题的源流通变角度看,大致可以说,其中现实题材的作品,其类别题目主要是借鉴了《世说新语》的分类法,并且模仿了其标题模式。如:《世说新语》中有“德行”“雅量”“识鉴”“赏誉”“品藻”“捷悟”“夙惠”“豪爽”“术解”“巧艺”“假谲”“俭啬”“汰侈”“忿狷”“谗险”“纰漏”类,《太平广记》中就有“儒行”“器量”“知人”“文章”“才名”“俊辩”“幼敏”“豪侠”“道术”“伎巧”“诡诈”“吝啬”“奢侈”“褊急”“谄佞”“谬误”类,前后基本可以一一对应,其承继模仿关系甚显。《世说新语》的分类标准中,有的是从道德层面着眼,如“德行”“汰侈”;有的是从才能角度划分,如“识鉴”“捷悟”;有的是从性格方面界定,如“忿狷”“雅量”等。其中从性格方面的分类格外值得关注,因为这表明在《世说新语》产生的前小说史时期,在还不能将其真正称为小说的《世说新语》文本创作中,作者乃至时人已经特别注意人物性格的重要性,已经能够从人物性格的角度去刻画人物了。这在中国小说史的人物美学衍化史中,具有重要的意义。一方面启发了后人对人物性格的刻画,比如唐代小说,仅从上面简单的比较中,就可以看出唐人小说的分类对《世说新语》的借鉴;另一方面,对中国小说人物形象塑造史的研究,应该重新思考,起码应该把《世说新语》的人物性格学形态,作为其中重要的一环,而不能如现在这样,因为其为小说前史而忽略或低估其应有的价值。从时代文化层面深入挖掘《世说新语》,对人物性格认识达到如此高的层次的原因，其中最为重要的一点，就是人物品评的时代风气。关于这个重要问题，笔者将以专文详论之。与此相对，其超现实题材的作品，类别题目主要是借鉴了《搜神记》的分类法。

从分类的标准看，颇为芜杂，标准并不统一，因此，内容多有交叉，概念互相涵盖，这是必须指出来的。比如：神仙、神、女仙这三个概念，就可以合并。因为神仙既可包括神，也可涵盖女仙。再比如：畜兽是总概念，而狐、虎等皆是下属的属概念，二者应该是种属关系，这样单列成不同类别，显然有交叉，并不合适。为什么狮、狼列在畜兽类下面，而狐、虎非要单列呢？或许是因为写狐、虎的作品数量多，单列以示其重要，这虽也可作为一个理由，但与逻辑却不合。具体考察《太平广记》的分类角度，它比《世说新语》要复杂得多。大致可以分成这样几个层面：

一是，三教层面。这里边包括道、释、儒三教，在三教的排序中，道居首，开篇“神仙、女仙、道术、方士”四类，即是道教的分类。虽然说唐代三教并重，但也有个衍化过程。在三教的排序衍化史中，唐高祖、唐太宗时是道教居首。这与其将祖先定位为老子是有直接关系的。武则天时，佛教排在了第一位，这种跃升，除佛教徒在武则天夺权时立下汗马功劳外，武则天以佛排李也是重要原因，而且是深层心态所致。到了中唐，真正形成了三教并重的态势。由此可见，《太平广记》将道教作品排在第一位是有其深刻的历史文化原因的；进而也可知为什么弘扬道教的小说作品数量最多了。接着是佛教排在了第二位，“异僧、释证、报应、征应、定数、感应”等类别皆可归属佛教的类别，从题目即可知其所写的内容，无外乎弘扬佛法，劝人从佛向善。在这两类作品中，有大量的道教徒、佛教徒作者的作品，其“自神其教”的创作主旨，决定着其作品的艺术水平不会太高，有的很难叫作小说。直接以儒标示分类题目者，仅“儒行”一类，并且只有1卷，这显然与释、道二教不成比例。这恐怕与儒家所信奉的“子不语怪、力、乱、神”有关，唐人小说重奇，而“不语怪、力、乱、神”则难以出奇，可写的东西就十分有限，这当然会影响其作品的数量。再说儒家思想能否称为宗教，直至现在仍然是学术界争论不休的问题，因而与佛、道二教“自神其教”的创作目的不同，这种主题先行的作品也就自然少了。虽然如此，有一个现象不能忽略，即不以“儒”为标题而实质上是儒的内容的类别，如：“名贤、廉俭、气义、知人、精察、俊辩、贡举、铨选、职官、权倖、将帅、骁勇、豪侠、博物、文章、才名、乐、书、画、算术、医、伎巧、博戏、器玩、酒、食、交友、奢侈、诡诈、谄佞”等，皆是以儒家的标准来确立分类题目的，有的是正面立题，有的是反面着眼来批判，相反相成，共同弘扬儒家思想。

二是，三界层面。这里边包括天上、地上与地下三个层面。天上是超现实的层面，是佛、道二教的共有领地。地上是人们居住的社会现实层面，是儒家统治主导的领地。地下是现实的人们死后的去向之一，“人死为鬼”，其主体构成成员是鬼，其主宰的思想仍然是佛、道二教，也可视之为二教的共有领地，但以佛教为主，因为道教弘扬的是成仙，成仙即可逃避死亡，不死当然就无所谓成为鬼了。“鬼、夜叉、再生、悟前生、冢墓”等皆是地下层面的作品。这些作品劝诫地上层面的人们向善止恶，以免堕入地狱。可见这三界也是相通互动的。

三是，自然层面。这里边包括山川湖海，动物植物，风雨雷电等自然大化的所有东西。“雷、雨、山、石、水、宝、草木、龙、虎、畜兽、狐、蛇、禽鸟、水族、昆虫”等等，皆属于这个层面的类别。如果细致划分，其中也含有多种情形。有的是自然事物的客观介绍，类似于《山海经》一类的作品，如“草木”类即是此类，基本上是介绍各种草木的形状、特点等。这一类很难称为小说，可略而不论。有的从题目本身看，似乎是与“草木”类相同的纯自然物的介绍，实质并不是，如“雷、雨、山、石、水”等，写的是由自然物引发的怪异之事，自然物只是寄托人们求怪心理的媒介物而已。其中虽然分类列之，但其实所写内容大致相同，难以区分，如“雷”“雨”二类。这是因为自然界中的雷、雨本来就是同时发生的，人为的区分比较困难，也没有必要。有的是自然物的精变，如“精怪”“妖怪”“灵异”等即是。这类虽然还是写自然之物，但这种自然之物已非纯自然的东西，而是被人的思维异化了，赋予了人类主观的内涵。有的是自然动物的幻化为人，如“龙、虎、狐、猿”等。这一类虽然表面上写的是自然动物，实质上幻化为人以后，所写的内容与人世已无本质区别，是以物写人，以自然写社会。这部分是唐人小说中最具有艺术水平、最具有创造性的部分之一。

四是，人世层面。这里边包括社会现实中人们生活的诸种形态，但其重心则在于士林与官场。编者的分类梳理有继承《世说新语》分类标准者，如从道德层面着眼者，“儒行”“奢侈”“嘲诮”“嗤鄙”“无赖”“轻薄”“酷暴”等类别即是，虽角度与《世说新语》一致，但门类有所扩充，后面几个类别即是前人没有的；从才能角度划分者，“知人”“文章”“才名”“俊辩”者即是；从性格方面界定者，“吝啬”“褊急”“忿狷”者即是。

值得注意的是，《太平广记》还有更为丰富的新的类别，比如：增加了艺术类别，“乐”“书”“画”是也。这和唐代艺术的全面发展与繁荣有关。唐代的书法，如颜真卿的字，唐代的绘画，如吴道子的画，皆达到了其艺术门类的极致，登峰造极，叹为观止。

再比如：增加了科学方面的类别，“算术”“卜筮”“医”“相”是也。这里边“算术”与“医”是纯粹的科学，唐代出现了中国古代最伟大的医学家孙思邈，唐人小说就记载了他精妙的医术，这是以文学表现科学的成功范例。“卜筮”与“相”不是纯粹的科学，但其中有科学的成分，而其中玄妙的带有东方神秘主义的东西，恰恰符合唐人小说追求以奇为美的审美趣味，更是他们发挥创造性想象的领域，因而其文学性更强一些。

又比如：增加了“伎巧”“博戏”“器玩”“酒”“食”等玩乐的内容。其中“伎巧”“博戏”“器玩”等是纯粹玩的内容，这有悖于儒家“玩物丧志”的劝诫，但正可表现出唐人的开放、开明、开通，反映出他们追求生活质量的时代特点。这也是大唐文化宽容宽松、兼容并蓄特征的表现。当然，这里边也包含艺术的成分，与“乐”“书”“画”相互呼应。其中“酒”“食”是写吃喝，孔子也讲“食不厌精，脍不厌细”，可见这方面内容的描写也符合儒家的理论，追求生活质量是人性共同的特点。

此外，值得特别强调的唐人增加者，还有“诙谐”“妇人”“情感”“杂传记”“杂录”等类别。试简要依次说明其值得强调之处。“诙谐”类达8卷之多，汇集了各种各样的诙谐幽默故事，看了令人忍俊不禁。这类作品淋漓尽致地体现了唐人小说的喜剧美特征，从一个层面管窥唐代士人轻松愉悦的生活状态。恩格斯说过，幽默是才华有剩余的表现。由此可见唐代士林才华横溢的风貌，令后人艳羡不已，望尘莫及。

“妇人”类中描写一系列历史上著名女人的故事，虽然其中“妒妇”部分有贬低女人之嫌，但还是显示出了唐代对女性的宽容,这是宋代以后所无法比拟的。这对今天了解唐代妇女的生活状况与精神状态来说,是非常重要的鲜活的文字记载。

“情感”一类记叙了很多美好的爱情故事,令人感动,令人羡慕。从中可见唐代士人重情的时代特征,展示了唐代社会中人们包括男人和女人的美好心灵世界。这也是时代文化发展处于良性状态的标志之一。其中描写女人美好情感的部分,可与“妇人”部分相互印证,再与超现实部分的作品虚实相应,共同构成唐代小说妇女题材的整体面貌,在中国小说史上第一次塑造出那么多感情真挚、心灵美好、境界高尚的女子形象。

“杂传记”一类是唐代小说中最为精彩的篇章,它不仅篇幅较长、描写细腻、形象鲜明、文采斐然,而且内涵丰富、无所不包、真实深刻、意识超前,可谓代表着唐代小说的最高艺术水平。鲁迅先生赞美唐传奇的评价主要是指这一部分,他编选《唐宋传奇集》的唐代传奇部分,主要选用的也是这一部分。

“杂录”一类的篇幅相对要短小得多,艺术水平不如“杂传记”一类,但其意义恐怕也在于“杂”字上,虽然从分类学的角度看,“杂”是缺陷,但从内涵丰富的角度看,“杂”恰恰可以使其内容更丰富,更能全面地展示唐代社会生活的面貌。

笔者不厌其烦地剖析《太平广记》的分类问题,目的是要以之为借鉴来思考当今的唐代小说研究应该如何分类研究的大问题。从学术研究的层面说,分类研究应该视之为进一步研究的基础工程,是深化与细化研究必不可少的环节。那么应该怎样对唐代小说进行分类呢?《太平广记》的分类可以择善而从,研究者完全可以选取其中的某一类进行深入研究。比如:神仙题材小说研究,可以把“女仙”与“神”两类合并在一起研究。再比如:狐题材研究,虎题材研究,等等。当然类别分得过于琐碎就无法进行单个类别的研究，那就需要整合内容，重新分类，以便于深入研究。

目前唐代小说研究界的分类方法，也有值得关注的成果，比如：李剑国在《唐五代志怪传奇叙录》中提出："唐小说有十大主题：性爱、历史、伦理、政治、梦幻、英雄、神仙、宿命、报应及兴趣。"①这也是一种分类，是从主题的角度分类的。研究者可以参照这种分类方法，分主题系列进行细密的研究。

笔者借鉴《太平广记》与《中国小说史略》的分类标准与方法，试图将唐代小说分成"仕宦题材小说"与"婚恋题材小说"两大类进行研究。因为唐代小说所涉及的范围相当广泛，若全面论述，只能是蜻蜓点水，难以深入，故仅选取仕宦和婚恋这两个至关重要而又相互联系的领域入手，通过代表性作品的细致分析，来深入挖掘其中蕴含的以前为人们忽略的某些文化内涵，从而对唐代小说的思想内涵与艺术创造有新的更合乎文本实际的认识。笔者这种整体构思也是受陈寅恪先生的观点的启发，而冀能提纲挈领，有所收获。陈寅恪先生曾精辟地指出："南北朝社会以婚宦二端判别人物流品之高下，唐代犹承其风习而不改，此治史者所共知。"②可见，从唐代当时社会的风习来说，特别注重婚宦二端，这使唐代士人在创作小说时也特别注重婚恋与仕宦这两方面题材，这就形成了唐代小说作品中婚恋与仕宦两大内容重心。因此，当代的唐代小说研究从此二端切入，或许更能

---

① 李剑国：《唐五代志怪传奇叙录》（上），南开大学出版社 1993 年版，第 51 页。

② 陈寅恪：《唐代政治史述论稿》，上海古籍出版社 1997 年版，第 74 页。

抓住当时社会文化的主要方面。从士人的生活形态来说，唐代也好，当代也罢，最重要的生活内容即是仕宦与婚恋。在外是追求仕宦的步步高升，在内是渴求婚恋的称心如意。无论是现实层面还是超现实层面，这两方面内容皆是最重要者。如此一分为二地划分类别，或许能够以简驭繁，抓住浩如烟海的唐代小说的主要内容，以便于更好地研究。

相对于其他时代而言，唐代是科举真正实行的朝代，这带来了士人仕宦的新变化，加之唐代小说又是“士人小说”，因此仕宦题材有了新的时代特点，占据了更加突出的位置，而这也影响到了婚恋题材小说的创作。因此，从婚宦两个方面入手来探讨唐代士林的生存状态、人生理想、文化心态等一系列问题，管窥唐代小说丰厚的文化意蕴。

在唐代小说中，最能集中反映士林风气的首推仕宦题材，它也是唐代士人小说的主要内容之一，其丰厚的文化意蕴对后代小说的创作影响深远，成为中国古代小说史上的重要题材之一。甚至可以将仕宦题材小说紧缩为“仕宦小说”，这也是按照以内容分类的标准进行分类的。若追根溯源，以小说形式表现仕宦题材的首创者乃为唐代士人。他们在以传奇之笔将其仕宦经历艺术化的过程中，将其对人生价值的思考，对人性与社会的矛盾，对仕宦扭曲人的善良天性的困惑，对官场复杂性的认识，等等寄寓其中，将其道德观、社会观、审美观寄托于内，将唐代官场的不同层面的林林总总图景展现于后人，给后人保存了艺术化的、真实生动、丰富多彩、个性鲜活的社会文化资料。作为一种思维方式与文化成果，其对后代人的思维方式与社会文化发展之影响是巨大而深远的，对今人思考有关问题仍有难得的启迪作用。因此说，唐代小说仕宦题材具有超时空的认识意义与审美价值,值得认真深入地研究。

从士人迈入宦途始,至退出官场止,其仕宦的过程可分成入仕、为官与结局三部曲。每个阶段皆有其各自的追求目标与矛盾困惑。在入仕的方式上,是取之有道还是不择手段,是处心积虑还是身不由己,同样显示出君子与小人之分,清官与贪官之别,其美善与丑恶之差别亦不可不辨。这里边有传统文化与时代文化纵横碰撞的因素,有道德、制度等文化观念的制约与人性中渴求富贵享乐的矛盾冲突,有为天下黎庶还是为一己之私的人文选择。总之,其促成高下分野的原因是相当复杂的。唐代士人以其宏阔的眼光、锐敏的思维、坦诚的胸怀、生花的妙笔,真实地描写了其复杂状态并揭示出了其形成原因,这样的胸襟与气魄,也是大唐文化气象的一种表现。下面就试从入仕这第一部曲切入,来还原唐人仕宦的情境,透视唐代士人的文化心态,寻绎至今仍耐人思考的一系列关节点,挖掘其丰厚复杂的文化意蕴。

第二章　入仕途径:是取之有道,还是不择手段

考察唐前士人的入仕途径与方式,有治世与乱世的分别。乱世时,士人入仕的方式往往打破常规,无一定模式,或是君主"纳士招贤",士人闻名投靠;或是士人互相引荐,君主"拜请""征聘";或是士人待价而沽,君主登门相请;或是士人游说诸侯,君主破格录用。治世时,士人入仕则有一定的途径:"地方察举与公府征辟,为东汉士人入仕之两途。此两制皆起于西汉。两汉的察举制,大体可分为在先的'贤良'与后起的'孝廉'两大项"①,自三国时曹丕推行九品中正制(九品官人法)后,南北朝主要是由大家士族把持宦途的关隘,下层士人很难步入仕途,终至形成"上品无寒门,下品无士族"的社会扭曲状态。左思"世胄蹑高位,英俊沉下僚"(《咏史》)的诗句,就是对这一现实的真实写照。

到了唐代,士人入仕的道路拓宽了,途径多元化了。有延续魏晋、北朝以来的门荫制度者,这是士族子弟的入仕之路;有由杂色而入流者,这是进入下层官吏阶层之路;有应藩镇辟召而入仕者,这是为藩镇幕僚之路。而相比之下,最重要的具有时代特

① 钱穆:《国史大纲》,商务印书馆1996年修订版,第172页。

征和历史意义的是开辟与实行了通过科举考试而入仕之路。

一 入仕途径:科举取士为主导

科举制的推行为士人入仕带来了根本性的变革。科举作为一种取士制度,始自隋,至唐太宗时得以固定下来。隋王朝废除了魏晋以来凭门阀高低做官的九品中正制,创立了科举制,即通过秀才、明经、进士等科目考试,把州、县学的生徒“升进于朝”①,也包括由诸州把人才举送中央,考试录用②。至唐代,科举制又有了发展,分为常举与制举两种。常举每年举行考试,国子监与州、县学的生徒皆可应考,连乡贡即在家自学的士人也可应考。制举是由皇帝临时定立名目,下令考选的,士族和平常人均可参加考试,考中即可入仕。科举制的建立与实施,是中国传统文化中的一件大事,是官本位的中国古代社会官僚选拔体制的根本性改革。据王应麟《困学纪闻》卷十四统计,唐代由制举出身的宰相多达72人。这说明科举制度的确立对社会影响之大。这正如《唐摭言》所评:

> 科第之设,草泽望之起家,簪绂望之继世;孤寒失之,其族馁矣;世禄失之,其族绝矣。③

这就从得与失两个角度的比较中,强调指出了科举对社会上层与下层皆有着决定命运的巨大作用。其中对士林的影响更

---

① 参见《隋书》卷二《高祖纪》,开皇九年,仁寿元年。

② 参见《通典》卷十七《选举典》。

③ 王定保:《唐摭言》卷九《好及第恶登科》,古典文学出版社1957年版,第97页。

为显著,它为士人提供了相对较为公平的竞争机制,尤其是为下层士人步入仕途、参与决策开辟了一条新路。因此,它对唐代士人的激励、鼓舞和诱惑作用之大,是难以估量的。它激发了当时乃至此后一千多年社会上读书上进的良好风气,鼓舞着士人们建功立业的雄心壮志,诱使士林群体为功名富贵的前途拼搏挣扎。

《唐摭言》的一条记载,就生动形象地说明了当时士人们这种争先恐后迈向仕途大门的情景:

> 贞观初放榜日,上私幸端门,见进士于榜下缀行而出,喜谓侍臣曰:"天下英雄,入吾彀中矣!"①

这是从帝王的视点和角度,写出唐代士林在新开辟的入仕道路上有序迈进的新气象。在唐太宗的豪言壮语中,可以看出他为找到新的网罗天下英雄的途径而欣然自得的心态。从士人的角度说,他们心甘情愿地入其彀中,因为服务于君王与效力于国家、个人建功立业是三位一体的好事。也可以说,科举制度的真正推行,为传统的君臣关系注入了某种新的质素。

五代词人牛希济笔下是这样描述读书人进京赶考盛状的:"郡国所送,群众千万,孟冬之月,集于京师,麻衣如雪,纷然满于九衢。"②这是从士人的视点和角度,写出唐代士人群体齐集京师的划时代景观。

当然,为考试而集于京师的士子们,在经受考试折腾时的心

---

① 王定保:《唐摭言》卷十五《杂记》,古典文学出版社 1957 年版,第 159 页。

② 牛希济:《荐士论》,载《全唐文》卷八四六。

理感觉则未必都那么良好。舒元舆宪宗元和中上《论贡士疏》曰：

> 臣得备下土贡士之数，到阙下月余，侍命有司，始见贡院悬版样，立束缚检约之目，勘磨状书，剧责与吏胥等伦。臣幸状书备，不被驳放，得引到尚书试。试之日，见八百人，尽手携脂烛水炭洎朝晡餐器，或荷于肩，或提于席。为吏胥纵慢声大呼其名氏，试者突入，棘围重重。乃分坐庑下，寒余雪飞，单席在地。唐、虞辟门，三代贡士，未有此慢易。[①]

可见，当时参加科举考试的士子们的心态也是颇为复杂矛盾的，满怀希望地奔向考场是一方面，而考试仪式中某些近乎侮辱的暗示，也着实令他们心中产生出无奈与愤懑的情绪，这又是一个方面。因此说，对科举制度中士林文化心态的把握，应该全方位观照。不能只见其利，不见其弊。

唐代科举的项目，主要有进士、明经和制举等，《新唐书·选举志》曰：

> 唐制取士之科，多因隋旧。然其大要有三：由学馆者曰生徒，由州县者曰乡贡，皆升于有司而进退之。其科之目，有秀才，有明经，有进士，有俊士，有明法，有明字，有明算，有一史，有三史，有开元礼，有道举，有童子。而明经之别，有五经，有三经，有二经，有学究一经，有三礼，有三传，有史科。此岁举之常选也。

其中进士最为时人所重视。关于这个问题，陈寅恪先生曾

---

① 转引自钱穆：《国史大纲》，商务印书馆1996年修订版，第485页。

指出:

> 唐代贡举名目虽多,大要可分为进士及明经二科。进士科主文词,高宗、武后以后之新学也;明经科专经术,两晋、北朝以来之旧学也。究其所学之殊,实由门族之异。故观唐代自高宗、武后以后朝廷及民间重进士而轻明经之记载,则知代表此二科之不同社会阶级在此三百年间升沈转变之概状矣。①

这是从学术传承和社会阶级的角度来透视进士被重视的原因的。这也和录取名额的多寡有着一定的关系。唐代进士科录取的人数,虽前后期有所不同,但大致在三十人左右,仅占考试人数的百分之二三。其难度之大是可想而知的。明经科较之进士科的录取数量要多数倍,在一二百人之间。二者加起来,也仅占考试总人数的百分之十左右。按人的心态规律,得之愈难,愈为人尊崇,亦求之愈切。因此,进士在唐人心目中的地位最高,在社会上名声最大,在官场上授官最优,升迁也最快。

《唐语林》卷三就有重进士、轻明经的记载:"(李珏)举明经,华州刺史李绛见而谓之曰:'日角珠庭,非常人也,当掇进士科。明经碌碌,非了发迹之地。'"②姚合《寄陕府内兄郭冏端公》诗曰:"蹇钝无大计,酷嗜进士名……春榜四散飞,数日遍八纮。"(《姚少监诗集》卷四)张籍《喜王起侍郎放牒》诗云:"二十八人初上牒,百千万里尽传名。"(《全唐诗》卷三八五)这种一夜

① 陈寅恪:《唐代政治史述论稿》,上海古籍出版社 1997 年版,第 81 页。

② 王谠撰,周勋初校证:《唐语林校证》,中华书局 1987 年版,第 263 页。

成名、天下尽知的诱惑力对士人心态的影响是相当大的。

《唐摭言》所载也真实地说明了进士在当时的特殊地位：

> 进士科始于隋大业中，盛于贞观、永徽之际；缙绅虽位极人臣，不由进士者，终不为美，以至岁贡常不减八九百人。其推重谓之“白衣公卿”，又曰“一品白衫”；其艰难谓之“三十老明经，五十少进士”；……其有老死于文场者，亦所无恨。故有诗云：“太宗皇帝真长策，赚得英雄尽白头！”①

从积极的方面说，科举制带动了全民族读书求学的良好风气，促使士子们十年寒窗，埋头苦读，通过实力的竞争与才华的较量去获取荣耀，步入仕途。正如《通典》所云：

> 至于开元、天宝之中，太平君子，唯门调户选，征文射策，以取禄位，此立身行止之美者也。父教其子，兄教其弟，无所易业。大者登台阁，小者任郡县，资身奉家，各得其足，五尺童子，耻不言文墨焉。其以进士为士林华选，四方观听，希其风彩。每岁登第之人，不浃辰而周闻天下。②

从消极的方面说，“科举既悬仕宦为鹄的，则从事于投选者，往往忘其义命而徒志于身家之富贵与温饱”③。因此，科举

---

① 王定保：《唐摭言》卷一《散序进士》，古典文学出版社1957年版，第4—5页。关于进士科兴盛的年代，陈寅恪先生指出：王定保“盛于贞观、永徽之际”的说法，“稽之史实，有所未合”。他认为：“进士之科虽设于隋代，而其特见尊重，以为全国人民出仕之唯一正途，实始于唐高宗之代，即武曌专政之时。及至玄宗，其局势遂成凝定，迄于后代。”见陈寅恪：《唐代政治史述论稿》，上海古籍出版社1997年版，第21页。

② 杜佑：《通典》卷十五《选举三》，中华书局1984年版。

③ 钱穆：《国史大纲·引论》，商务印书馆1996年修订版，第27页。

场中也不可避免地存在着争名夺利、不择手段、互相倾轧、违法乱纪等弊端。每年录取名额与考试人数的巨大反差在明确昭示着，唐代士子面前的这条入仕新路，实际上只是一座独木桥，从四面八方涌来的应考群体中，落水者为大多数，达彼岸者则是凤毛麟角。竞争之激烈，录取之艰难，致使士子们求胜心切，因此，其消极面便难以避免地产生了。唐人沈既济就曾辩证地指出：

> 忠贤隽彦、韫才毓行者咸出于是。而桀奸无良者或有焉，故是非相陵，歙称相腾，或扇结钩党，私为盟毁，以取科第，而声名动天下，或钩摭隐匿，嘲为篇咏，以列于道路，迭为谈訾，无所不至焉。①

可见，从科举而入仕途者中，既有德才兼备者，也有桀奸无良者；既有取之有道者，也有不择手段者。前者是美的，应该肯定，无须多言；后者是丑的，理当贬抑，但也形态各异，不能一概而论。士人们在功名利禄的巨大诱惑面前，为了能踏上独木桥到达彼岸，难免处心积虑，以至于不择手段了。这些消极的社会内容在唐人小说中均可以窥见其大略，即使在今天仍然有其认识价值。唐人小说中这种艺术化的浮雕般的刻画，这种士林人生道路的如实展示，这种士人思维方式、心理状态、人际关系的细致描写，不仅为正史所不及，也是诗、文等文学样式所无法望其项背的。作为唐代如此重大的新鲜事，士人们也必然要将其写进唐代新兴起的小说之中。特别是唐代士人小说的作者本身就是科举制度的参与者与亲历者，无论是金榜题名，还是名落孙山，科考的经历均会在其心灵上留下深深的烙印。汲汲以求、困

① 杜佑：《通典》卷十五《选举三》，中华书局 1984 年版。

顿场屋、结交贤达、春风得意等各种经历,促使士子们以写实或变形等艺术手段,将入仕过程中的种种情况形诸笔端,化为唐人小说中的精彩篇章。

二　取之有道,凭真才跃上龙门

从唐代社会现实中的科举考试的实际情况分析,考中者中绝大多数应该是靠真才实学进入仕途的。中国文学史上有经典作品传世的作家大多为科举出身者,这也是一个证明。而就文学的社会使命而言,揭露社会的弊端,以引起疗救者的注意,应该是其重心所在。因为成就不说跑不了,问题不说不得了,科举的实施也是如此。从唐代小说作者的共性形态而言,他们均不否定科举制度本身,他们作为时代的佼佼者,还是能够看到并且通过其小说反映出来这样的共识:科举选拔人才的新办法,较之前代的推举制要好得多,科学得多,公平得多。但是,任何新的制度、法规、办法实施以后,都会有难以避免的一系列弊端产生,而面对这些弊端,是实事求是地将其指出来以革除弊端,从而使这个制度、法规更完善,还是视而不见,捂着盖着,百般遮掩,大唱颂歌?这是有良知的作家与谄媚阿谀的御用文人的本质区别。唐代小说家大多数属于前者。他们面对新兴的科举制度,其心态是矛盾复杂的。一方面他们为有了公平公正的给予所有人机会的人才选拔制度而欢欣鼓舞,跃跃欲试,希冀能够成为这个制度的获益者;而另一方面,他们面对科举中产生的种种弊端,又痛心疾首,愤懑不平,由衷厌恶,如鲠在喉,不吐不快,于是以笔为武器,愤而揭露之,痛斥之,批判之,鞭挞之。这样一来,一系列闪光的犀利的发人深省的揭露科举弊端的小说就产生了。实事求是地看这些作品，由作品管窥作家的深层心态，他们揭露科举弊端的目的，是希望科举制度能够革除弊端，从而更加完善，能够选拔出真正的人才。这一点是应该给予充分肯定的。尽管如此，他们耳闻目睹才俊之士凭水平而登上龙门，也是由衷佩服，希冀记下他们的出众才华以与后人共同欣赏之。下面，我们就首先来看看这方面的小说作品。按照《太平广记》的分类，其中"俊辩""幼敏""贡举""铨选""职官""文章""才名"等类别中，就记叙了许多凭真才实学考中科举而入仕途的实例，虽然正面表现没有揭露弊端的作品数量多，但从中还是可以管窥有唐一代整个社会对才华出众的士人与凭借真才实学而金榜题名者的欣赏与倾慕。这也成为唐代仕宦题材小说中的重要内容之一，是唐代士人入仕第一环节中具有审美价值的篇章。

先看以才华出众而中进士入仕途者。

唐代仕宦小说对凭借真才实学，通过科举考试进入官场者的赞赏包括多个层面，前面概述的《太平广记》中已经分得比较细致了，如"俊辩""文章""才名""赏鉴"等，笔者在此仅在《太平广记》的基础上，从几个大的与科举考试内容有关的层面管窥之，以说明唐代士林通过科举公平竞争而进入官场者是大有人在的。

1. 有奇才异能而考中进士者

《御史台记》中有一篇名《孟诜》①者，记叙了进士出身的士人孟诜的出众才学。作者赞美其才学的语言，可谓无以复加，叹为观止："父曜明经擢第，拜学官。诜少敏悟，博闻多奇，举世无

① 《太平广记》卷一九七，注出《御史台记》，载李昉等：《太平广记》，王希斌、车承瑞主点校，黑龙江人民出版社 1999 年版，第二册，第 699 页。

与比。”这里作者首先从天赋层面肯定其天资过人，这也确实抓住了人才智慧结构的一个重要方面，是其出类拔萃的先天条件。而“博闻多奇”则是后天努力的结果。这样先天的聪颖与后天的好学相得益彰，从而达到了“举世无与比”的境界。再向前追溯，作者还点出其父的才学情况，其父亲虽然不是进士出身，但毕竟也是通过科举考试而进入官场的，而且其官职为“学官”，这对孟诜而言，就形成了良好的家庭教育环境与氛围。若再从遗传学的角度看，作者指出其父亲的才智素养，也不无追溯其天下无比的遗传优势。这也是符合现代科学的。正因为有这么多的主客观的优势，孟诜“进士擢第，解褐长乐县尉，累迁凤阁舍人”。他终于“金榜题名”，从万众瞩目的进士考试独木桥上顺利通过，进入了官场，开始了其仕宦生涯。

接下来作者巧妙运用以小见大的表达方式与对比手法，着意凸显了孟诜的过人才学。衬托孟诜的对象是“凤阁侍郎刘祎之”。比较二人才学高低的情节是对“金碗”的鉴别。孟诜惊曰：“此药金，非石中所出者。”从“惊曰”的神态看，此金实不易得，也可证明前述他的“博闻多奇”才能。而刘祎之则曰：“主上见赐，当非假金。”可见他根本不懂“药金”与“假金”概念的区别，并且以“主上所赐”证明之。而“主上所赐”的药金来源，恰恰证明了孟诜所言不虚。孟诜进一步给对方讲解：“药金仙方所资，不为假也。”“药金烧之，其上有五色气。”“遽烧之，果然”。这就又以实践检验来证明孟诜才学的不凡，与对方根本不在一个层次上。刘祎之惊讶之余，将此事奏明了武则天，“则天以其近臣，不当旁稽异术，左授台州司马，累迁同州刺史”。孟诜非但没有以才得重，反而被贬了官。当然这也不能说武则天不爱才，也当与武则天重佛排道有关。药金之学，的确与道家有关，有涉“旁稽异术”之嫌。

文末，作者所批评孟诜的仕宦效果，也颇耐人寻味：“每历官，多烦政，人吏殆不堪。”可见孟诜也是个能折腾人的官僚，这说明才学出众，并不一定能够做好官。作者对其家庭生活也给予了批判：“薄其妻室，常曰：‘妻室可烹之以啖客。’”可见孟诜的妇女观也有问题，其“男尊女卑”观念到了令唐人都无法容忍的地步，故“人多议之”。这说明，“金榜题名”者，固然才学出众，但进入仕途后不一定是好官，也不一定有美满的“洞房花烛夜”，家庭问题也未必能处理好。小说以有限的篇幅，点到为止、言简意赅地揭示出了不同层面问题的多变性与复杂性，可见唐人小说仕宦题材内涵的丰富性与深刻性。若由点及面从小说人物美学的层面观照，本篇男主人公形象的美学特征并非“美则无一不美”，而是美丑对举的复杂建构模式。这固然与历史原型的真实性相关，也从一个角度表现出唐代士人的人物美学观念。这也是需要认真关注与认真总结的重要问题。如果让明清的某些小说家来塑造孟诜这个形象，恐怕就会成为科场上的才华横溢者与官场上的清官能员、婚姻上的才子佳人三位一体的完美形象了。

《卢庄道》[①]也是一篇表现凭借奇才异能而得中的小说作品。作者设计三个情节环来建构全篇：

第一环，作者一唱三叹地赞美男主人公的奇才异能。先从家世角度强调他出身于“天下称为名家”的范阳卢氏；接着概括评述其才能的出奇之处：“聪慧敏悟，冠于今古”。为了证明这

---

① 《太平广记》卷一七四，注出《御史台记》，载李昉等：《太平广记》，王希斌、车承瑞主点校，黑龙江人民出版社 1999 年版，第二册，第 534 页。

个概括的可信度,作者具体描写了一个典型情节,一个具体事例:“会有上书者,庄道窃窥览,谓士廉曰:‘此文庄道所作。’士廉怪谓曰:‘后生勿妄言,为轻薄之行。请诵之。’果通。复请倒诵,又通。”这是赞美他不仅过目不忘,而且倒背如流。这种博闻强记的特殊才能,是历代士林乃至整个社会皆倾慕不已者也,唐代尤甚焉。卢庄道的奇才首先赢得了他父亲卢彦的好朋友高士廉的由衷赞叹:“士廉称叹久之。”但还是想再验证之:“士廉取他文及案牍,命读之,一鉴而倒诵。并呈示所撰文章。”这种相互印证的情节,充分凸显了卢庄道的奇才异能。不仅如此,在此还说明卢庄道除惊人记忆力外的文章写作才能。

第二环,揭示奇才异能与科举的逻辑关系。当高士廉将卢庄道的特殊才能“具以闻”,上报皇帝唐太宗的时候,得到了爱才皇帝的赏识,并且亲自“召见”了他。这种殊荣,首先来自于他的奇才异能,当然也需要有人推荐,而皇帝的青睐也为其才能增值,扩大影响,成为他科考成功的资本。卢庄道科场的第一个胜利是“策试擢第”,由此进入官场:“年十六授河池尉。”两年后,他又“制举擢甲科”,取得了科场上的第二个胜利。这次的金榜题名,使他再次得到唐太宗的“召见”,唐太宗满怀怜爱地说道:“此是朕聪明小儿邪!”赞美与怜爱的关键,还在于他的“聪明”。出于对他的怜爱,也根据其科场胜利的身份而“特授长安尉”。

第三环,说明这位科场上的佼佼者也是官场中的优秀者。作者以“太宗将省囚徒”的情节,形象地揭示出了小说的主旨:凭真才实学考中科举者,在官场上也是能力超群的能员干将。在这个情节中,作者从各种角度,以各种手法,竭力突出男主人公的出众才干。一是,强调他的年轻,初入官场为河池尉时年方十六；此时为长安尉时“庄道年才二十”。因为太年轻，“县令以幼年，惧不举，将以他尉代之”。这是反衬手法。二是，强调囚犯数量之多，“时系囚四百余人，俱预书状”。这说明审案任务之重，阅读案卷之繁，若无杰出才能，不足以胜任。三是，状写卢庄道的心态：“庄道但闲暇，不之省也。”这种轻松与悠闲的状态，是心中有底、才华有剩余的表现。“令丞等忧惧，屡以为言，庄道从容自若”等描写，是以众人作衬托也。四是，具体判案场景特写镜头。面对皇帝在场的压力，“庄道乃徐书状以进，引诸囚入，庄道对御评其罪状轻重，留系月日，应对如神”。这与前面的描写构成巨大的反差，既出人意料之外，又在情理之中。卢庄道吏道纯熟的出色表现，得到皇帝的格外赏识与破格重用：“太宗惊叹。即日拜监察御史。”马上得到了官场的升迁。这说明了士人的才学与科场、官场的相互递进的逻辑关系。如果社会处于上升时期，处在科举的良性状态，士人的才学与科场乃至官场的关系就应该是这样的。这也应该是作者通过笔下人物所要传达的思想。

2. 以文章诗赋过人而中进士者

与上述作品相比，若曰前者是赞美奇才异能者，那么《张说》[①]一篇则是欣赏其文才者。文章的主要内容是“同为集贤学士十余年，好尚颇同，情契相得”的著名作家张说、徐坚对“诸公昔年皆擅一时之美”者“艺之先后”的比较。在结构设计上是由徐坚提出问题，张说作答，一问一答，妙趣横生，构成全篇。张说先是总评“李峤、崔融、薛稷、宋之问之文”，评论的方式，是以比

① 《太平广记》卷一九八，注出《大唐新语》，载李昉等：《太平广记》，王希斌、车承瑞主点校，黑龙江人民出版社1999年版，第二册，第704页。

喻手法说之,结论是“皆如良金美玉,无施不可”。这是文章共性特征的比较研究。

然后是每个人的单评,这是个性化的评论,是与前面的共性特征相比较而存在的。“富嘉谟之文,如孤峰绝岸,壁立万仞,丛云郁兴,震雷俱发,诚可异乎!若施之于廊庙,则为骇矣。”“阎朝隐之文,则如丽色靓妆,衣之绮绣,燕歌赵舞,观者忘忧;然类之风雅,则为俳矣。”这二人一壮美,一优美,相映成趣,个性不同。

以上是对前贤文章的赞赏,接下来又由徐坚发问,引出“今之后进,文词孰贤”的问题。这样前贤与后进就构成时间上的传承流动,并且形成新的对比。张说评论曰:“韩休之文,有如大羹玄酒,虽雅有典则,而薄于滋味。许景先之文,有如丰肌腻体,虽秾华可爱,而乏风骨。张九龄之文,有如轻缣素练,实济时用,而窘于边幅。王翰之文,有如琼林玉斝,虽烂然可珍,而多有玷缺。若能箴其所短,济其所长,亦一时之秀也。”这是一口气比较了四个文人文章的特点,既个性不同,又各有所长,既有长处,也有不足,观点辩证,实事求是,显示出大家的高屋建瓴,眼光独到。最后又提出如何进一步提升创作水平的理论,希望他们取长补短,成为“一时之秀”。语短情长,表现出文人的可爱之处。

严格地说,《张说》一篇难以称为小说,实际上是一篇文学评论。但与曹丕的《典论·论文》又大不相同。曹丕是自己站出来评论,其作品是真正的文学评论文字;而《张说》一篇则是作者自己隐藏起来,通过笔下人物生动有趣的对话来评论文坛俊杰。此外,被评论的十位文士,人物虽然未出场,但通过其文,已经如睹其人,因为文如其人,从文章的风格,可透视人物的性格；文章的个性鲜明，也可视之为人物的个性不同，人文一体，隐显对比，粲然可观。相比之下，可以看到《张说》所体现出来的唐代文章的特点，故也可以小说目之，体会其中对文人才士的由衷赞赏之情，从文章层面管窥“大唐气象”的独特风采。

《韦岫》[①]一篇赞美了唐丞相卢携的过人才华，写他因为文章出众而于大中初“举进士”。这篇的主旨尚不止于此，还有两点独特之处值得关注。一是，作者将卢携的内在文才与外在形象对比起来描写，形成较大反差，这也带来了人们评价上的差异。他的外在形象是：“风貌不扬，语亦不正，呼‘携’为‘慧’。盖舌短也。”可见，他不仅其貌不扬，还有舌短之病。因此“韦氏昆弟皆轻侮之”，这可代表社会评价的多数人。只有独具慧眼的有识之士，才能透过现象看本质，欣赏其内在之美。在韦氏昆弟的反衬下，韦岫就是这样的佼佼者：“独尚书岫加敬，谓昆弟曰：‘卢虽人物甚陋，观其文章有首尾。斯人也，以此卜之，他日必为大用乎！’”韦岫不仅透过卢携外貌的丑陋看到其文章的才华，而且预见性地展望其仕途的光明前景。最后作者以“尔后卢果策名，竟登廊庙”的结果来证明韦岫预计的正确，从而说明有真才实学的科场胜利者，也应该是官场中的佼佼者。作者又以卢携“奖拔岫至福建观察使。向时轻薄诸弟，率不展分”的客观效果，说明以貌取人者必然也“以貌失人”，通过讽刺“韦诸季”的有眼无珠而警告士林与世人。

除赞赏文才者外，作为诗歌大国的唐代，诗才当然更为时人

① 《太平广记》卷一七〇，注出《北梦琐言》，载李昉等：《太平广记》，王希斌、车承瑞主点校，黑龙江人民出版社1999年版，第二册，第502页。

叹赏。这也与唐代“以诗赋取士”的考试原则有关。《崔曙》[①]一篇即是如此。作者开篇首先明确点出这是唐人崔曙“应进士举”,考题即是“作《明堂火珠》诗”。崔曙诗中“有佳句曰:‘夜来双月满,曙后一星孤。’其言深为工文士推服”。诗句意象鲜明,意境深邃,创意新颖,对仗工稳,的确是一首好诗,故自然会得到叹赏。他凭借出众的诗才而得中进士,也是名至实归,无可置疑。从中可见,应试诗也未必出不来好诗,追求功名的压力也是动力,为了科场出奇制胜,整日冥思苦想,也可发挥出智慧的潜能,从而创造出独出心裁的名诗警句。《崔曙》是如此,祖咏创作的《终南望余雪》一诗的佳句也是如此。

如果《崔曙》一篇止于此,则还类似于魏晋时期的文人轶事类的作品,与小说文体还有距离,但其最后的笔锋一转,则出奇制胜,加浓了小说的味道:“既夭殁,一女名‘星星’而无男。当时咸异之。”结尾的神来之笔的特殊意义在于:第一,它将文章的时空大大拓展了,由今生延伸到来世,加大了一倍的领域,并且将这两个世界联系起来,形成阴阳二界的对照。第二,崔曙科场的诗句,被作者设计成了生活中的谶语,“曙后一星孤”的佳语,竟然应在了其女儿身上,这就未免太玄妙了,令人拍案称奇,又道不出原因,有类于东方神秘主义的东西。个中显然有宗教的影响在焉,可管窥唐代宗教对小说创作影响之一斑。这样一来,小说的味道一下子加浓了,或可曰是小说而非文人轶事的作品了。第三,最后“当时咸异之”一句,又进一步扩大了此事的社会影响面,这既说明了时人对科举诗赋的普遍关注程度,也表

---

① 《太平广记》卷一九八,注出《明皇杂录》,载李昉等:《太平广记》,王希斌、车承瑞主点校,黑龙江人民出版社 1999 年版,第二册,第 704 页。

现了时人好奇的社会心理。第四，可窥见唐代小说“称道灵异”的特点。从好奇的角度说，前半是现实诗坛的真实之奇；结尾则是超现实的冥冥之中的难以把握的神秘现象之奇。光有前者，还不足以构成小说，光有后者，又有似于志怪，只有把二者结合，才是唐代的小说。这也是应该关注的细密关键之处。

以诗歌才能出众而中进士者，还有《周匡物》[①]一篇。开篇作者点出其中进士的时间，已经到了中唐，其之所以能够考中进士，关键在于诗才。作者强调的就是这一点：“唐元和十二年，王播榜下进士及第。时以歌诗著名。”接下来作者笔锋一转，学习史家笔法，以“初”字领起，追溯周匡物中进士前的家庭状况：“初，周以家贫，徒步应举，落魄风尘，怀刺不偶。”其家庭贫困的程度在当时颇有代表性，是下层士人应考窘境的典型写照。作者只抓住一个细节来概括之，即“徒步应举”。由此引出全篇的核心情节——无钱乘船：“路经钱塘江，乏僦船之资，久不得济。”无钱乘车，尚且可以徒步而行，无钱乘船则无计可施了。情急之中，诗人的诗才派上了用场，也是情动于中而形于言所致，“乃于公馆题诗云：‘万里茫茫天堑遥，秦皇底事不安桥。钱塘江口无钱过，又阻西陵两信潮’”，责备秦始皇固然扯远了，其实意在唐皇帝，而两个“钱”字的承接与妙语，充分显示出诗人的敏感与颖悟。虽然未能惊动唐皇帝，但惊动了地方官也管用，终于出人意外地解决了问题：“郡牧出见之，乃罪津吏。”周匡物也是不幸中之万幸。全篇以喜剧的情调收束之，也给全天下的

① 《太平广记》卷一九九，注出《闽川名士传》，载李昉等：《太平广记》，王希斌、车承瑞主点校，黑龙江人民出版社 1999 年版，第二册，第 712 页。

贫困士子一点希望的亮色。

纵观全文,文字虽少,但言简意赅,意蕴丰富,耐人寻味。试举其要言之:第一,作者强调的重点在于诗才可以中进士,读者从中可见当时科举之一斑。若仅仅止于此,那《周匡物》就流于一般化,其出彩的关键在于,他解决困境的途径竟然也是依靠诗才,而且歪打正着,本来只是有感而发,直抒胸臆而已,不成想问题真的解决了。这才造成了本小说的特点,出人意料之外,又在情理之中。这个情节的构思是神来之笔,体现出唐传奇求奇的风致,由此,《周匡物》小说的味道才出来了。第二,从周匡物的“家贫”“落魄”的描写看,科举的实行的确是贫寒士子的福音,周匡物的得中进士,也充分证明了他们的确可以“朝为田舍郎,暮登天子堂”。第三,结尾一笔,意味深长:“至今天下津渡,尚传此诗讽诵。舟子不敢取举选人钱者,自此始也。”这里有历史的跨度,有时间的拓展延伸,有大众心理的积淀。周匡物此诗的“讽诵”至今,既表明了诗歌经久不衰的艺术魅力,也因为其负载着特殊的人物与情节,蕴含着特定的意味,这是诗歌与小说二者结合的功劳。至今舟子不敢取举选人钱的遗风考证,又增加了《周匡物》的书卷气与功力;而个中原因的探寻也有文化意味。并非仅仅是怕郡牧怪罪,更主要的是大众对诗人乃至文化的敬畏。一个社会有了这种敬畏文化的心理,才能促成全民追求文化的风气,这个社会才有前进的希望。

《云溪友议》中的《朱庆余》①一篇,写的也是凭借诗才而中科举的故事。虽然朱庆余的中举有知音者水部郎中张籍的“推

① 《太平广记》卷一九九,载李昉等:《太平广记》,王希斌、车承瑞主点校,黑龙江人民出版社1999年版,第二册,第712页。

赞”之力，但作者在此强调的是张籍“推赞”朱庆余的诗是出于爱其诗才而非为谋取钱财。张籍的确是著名诗人，他这种名人效应不能否认：“时人以籍重名，无不缮录讽咏。”朱庆余的诗因此为人传颂，他也因此“遂登科第”，成为因诗才而中举的又一个典型例证。作者并未止于此，而是又追溯二人成为知音的过程，这也有意味在焉。“初，庆余尚为谦退，作《闺意》一篇，以献张曰：‘洞房昨夜停红烛，待晓堂前拜舅姑。妆罢低声问夫婿，画眉深浅入时无。’”这种比兴的手法历来为人称道，故毋庸赘言，这里要探讨的是，朱庆余对“入时”的追求中，包含有什么内涵？这里边固然有对张籍审美趣味的投其所好在，有对科举所试诗歌模式格调的摸索，但由于张籍的诗才高，他的口味，也标志着整个诗坛的诗歌格调与审美取向，因此这种“入时”的追求也不能完全以功利性否定之。面对这种求教，张籍耐心回答曰：“越女新妆出镜心，自知明艳更沉吟。齐纨未足人间贵，一曲菱歌敌万金。”在他的精心指导下，“由是朱之诗名，流于四海内矣”。一个士子考中了，一个著名诗人也随之诞生了，同时也为官场输送了一位官员。

3. 弘扬科举中“文学相高”的时代风气

由于科举制度的推行，有唐一代形成了一种前所未有的良好的“文学相高”的社会氛围。这既表现在科场中，也表现在社会各个阶层中；既集中体现在士林群体中，也体现在贵为天子的皇帝身上。“上有好者，下必甚焉”，皇帝的喜好倾向，反过来会影响士林群体乃至大众的倾向性。科场中的“文学相高”价值取向，使有真才实学者金榜题名，而这种导向又促使人们追求真才实学。这就形成了科场与官场人才运转选拔的良性态势。这种风气与情景，在《唐德宗》[1]一篇中就得到了证明。开篇先写皇帝喜好才艺出众之士的倾向："唐德宗每临朝，多令征四方丘园才能学术、直言极谏之士。由是题笔贡艺者满于阙下。"因为皇帝的征集，才有"题笔贡艺者满于阙下"的壮观景象。《唐德宗》中皇帝唐德宗的个性比较鲜明，形象相对较为丰满。作者主要抓住以下几个细节刻画之：一是，与才子当面交流："上多亲自考试。"这需要皇帝的水平与勇气，起码有信心能够鉴别真才与假士。同时也可"绝请托之门"，杜绝了科场走后门的弊端，从而遴选出真正的人才。二是，殿试时的典型细节描写："上试制科于宣政殿，或有乖谬者即浓点笔抹之，或称旨者翘足朗吟。"意兴大发之时，也顾不得皇帝的尊严，不再故作深沉，而是任性而为，"翘足朗吟"。这成为庙堂之上的一道独特风景，令人注目。三是，鉴赏水平高，令人叹服："公卿大夫已下，无不服上藻鉴。"这样的皇帝，才能令群臣佩服，才能选拔出具有真才实学的理民好官。这是笼统概括，然后举例说明："宏词独孤绶试《放驯象赋》。及进其本，上览，称叹久之。"这就是典型例证。二者相互印证，以充分说明唐德宗的鉴赏水平。"上甚嘉之"，"上赏，为知去就也"等描写，均是为进一步证明唐德宗的明智。正因为有这样的赏识真才实学士人的明君，当时社会上好学、赏才、荐才、公平竞争成为一种时代风气："是时文学相高，公道大振。得路者咸以推贤进善为意。"从《唐德宗》的描写可以看出，当时的科场之中，无论是皇帝，还是士林群体，甚至是社会大众，均赞赏有真才实学的士人通过科举的公平竞争而进

---

① 《太平广记》卷一九八，注出《杜阳杂编》，载李昉等：《太平广记》，王希斌、车承瑞主点校，黑龙江人民出版社 1999 年版，第二册，第 705 页。

入官场,并且皇帝的亲自殿试,也是在防止科场舞弊行为。这样在一定程度上,可以净化科场风气,从而使士林中的佼佼者能够冲出来,立足仕途,为国家效力,为百姓谋福。由此可以说,唐代士林中通过科举考试而进入官场者,大多数还是有真才实学者,是仕宦取之有道者。

由于录取名额有限,唐代有真才实学却名落孙山者,大有人在。从当时的社会评价倾向看,人们并未因为其名落孙山而否认其才华出众,反而对其过人才华由衷赞美,并不断传颂之。这也是当时“文学相高”社会风气的良性体现。《温庭筠》[1]中对主人公温庭筠才学的赞赏就是一个典型例证。小说开篇就凸显温庭筠在当时文坛的杰出地位:“唐温庭筠字飞卿,旧名岐,与李商隐齐名,时号‘温李’。才思艳丽,工于小赋。”这是整体评价。李商隐在晚唐的文坛如日中天,饮誉甚隆,并且在开成二年(837年)以文才过人而得中进士。但在并称的排序中,温庭筠是排在李商隐前面的。这篇小说值得特别关注的主要是三个层面的描写与内涵。

第一,以对句情节凸显温庭筠才华过人,文思敏捷。与开篇的整体评价相呼应。作者具体描写了李商隐向温庭筠求教对对子的细节。李义山谓曰:“近得一联句云:‘远比赵公,三十六年宰辅。’未得偶句。”温庭筠曰:“何不云:‘近同郭令,二十四考中书。’”字里行间表现出作者对温庭筠文思敏捷、才华横溢的由衷钦佩之情。作者并未降低李商隐的水平,却在更高层次上凸现了温庭筠的文学才华的难以企及。这种水涨船高的衬托笔法

① 《太平广记》卷一九九,注出《北梦琐言》,载李昉等:《太平广记》,王希斌、车承瑞主点校,黑龙江人民出版社1999年版,第二册,第713页。

是非常高明的。与此相互印证,作者又以皇帝唐宣宗求对的情节进一步突出温庭筠的文学才能。“宣宗尝试诗,上句有‘金步摇’,未能对,遣未第进士对之。庭筠乃以‘玉条脱’续也。宣宗赏焉。又有药名‘白头翁’,温以‘苍耳子’为对。他皆此类也。”唐宣宗是唐代皇帝中文才出众、政绩颇佳的佼佼者之一,虽然无法与唐太宗、唐玄宗相媲美,但在“安史之乱”的颓势中,已经难能可贵了,曾被史家称为“中兴之主”。因此唐宣宗的赞赏也从一个特别的角度证明了温庭筠文才的不同凡响与影响力度。

第二,以科场情景证明温庭筠游刃有余,文才出众。温庭筠于唐宣宗大中年间开始参加进士考试,虽才华横溢,文名素著,却屡试不第,久困科场。这是非常令人遗憾的文士悲剧。《温庭筠》写科场中温庭筠游刃有余的出色表现,似乎在向士林说明,他名落孙山并非水平不够,而是另有原因。作者在卷首就写道:“每入试,押官韵作赋,凡八叉手而八韵成。多为邻铺假手,号曰‘救数人’也。”这里作者强调指出了两点:一是,他文思敏捷,有独到之处,他人不及。他因此得到一个文坛雅号——“温八叉”。二是,他乐于助人,帮助同为考生的其他士人,甚至为邻座的考生代笔,他也因此获得另一个雅号——“救数人”。在科场竞争如此激烈的唐代,帮助别人考试,就等于减少了自己被录取的可能性,如此说来,温庭筠的助人为乐还是颇为难能可贵的,有一种令人叹赏的潇洒自然的名士风度,而不能以科场违规视之。

第三,以士林的排挤揭示温庭筠的悲剧境遇,表达作者的深切同情。卷首总评其德行与士林态度:“士行有缺,缙绅薄之。”前句说明他并非道德完人,在行为方面有缺欠;后句说明他遭受社会上层排挤的困窘境遇。前句是客观事实,后句表明缙绅对温庭筠的刻薄态度。二句前后有逻辑关系,也暗含温庭筠屡困科场的原因。卷中以一系列具体场景描写,铺叙温庭筠在当时社会遭遇排斥的困窘处境。先是得罪了皇帝:“宣皇好微行,遇于逆旅,温不识龙颜,傲然而诘之曰:‘公非长史、司马之流耶?’帝曰:‘非也。’又曰:‘得非大参、簿、尉之类耶?’帝曰:‘非也。’谪为坊城尉。其制词曰:‘孔门以德行为先,文章为末。尔既德行无取,文章何以补焉?徒负不羁之才,罕有适时之用。’竟流落而死也。”这并非温庭筠有过错,不知者无罪嘛。可这却招致了皇帝的怨怼,竟而至于打击报复,并且冠冕堂皇地以“德行无取”否定其“不羁之才”,显然是不公平的评价。而这对温庭筠的打击是致命的,造成其“竟流落而死也”的悲剧命运。字里行间表达了作者的深切同情。依次递减,温庭筠又得罪了丞相:“宣帝爱唱《菩萨蛮》词,丞相令狐绹假其修撰密进之,戒令勿他泄。而遽言于人,由是疏之。”这也不能怪罪温庭筠,他不过实话实说而已,有什么错啊?问题是丞相既借才邀宠,又心胸狭窄。从中反而可见温庭筠真率自然的可爱一面。得罪丞相还有一件事:“温亦有言云:‘中书内坐将军。’讥相国无学也。”与前面联系起来看,这种讥讽也是实事求是的客观评价,可见其真实正直的一面。作者也写了士林关照温庭筠的温暖细节:“豳国公杜悰自西川除淮海,庭筠诣韦曲杜氏林亭,留诗云:‘卓氏炉前金线柳,隋家堤畔锦帆风。贪为两地行霖雨,不见池莲照水红。’豳公闻之,遗绢千匹。”这种来自同人的馈赠,也是靠温庭筠的诗才。可见,在唐代诗才的作用可谓大矣,出乎今人的想象。

阅读《温庭筠》一文还可得到两点启示:其一,此文借助温庭筠的个案生动地说明,在唐代,考中进士者为有真才实学的士林的佼佼者,但相当多的佼佼者却有才而无缘得到进士头衔。这是因为通往进士的独木桥太窄,而不能认为名落孙山者皆非饱学之士。或者换句话说,有才者未必考中,而考中者就应该有才(通过非正常手段获取功名者除外)。因此说,虽然温庭筠没有考中,但《温庭筠》一文对他的才华还是给予了充分的肯定,其主旨与前面几篇并不矛盾,可谓异曲同工。其二,此文所揭示的唐代对士林德与才二者关系的观念,值得重视。文中几次提到温庭筠才与德的矛盾,尤其是唐宣宗的评价:“孔门以德行为先,文章为末。尔既德行无取,文章何以补焉?徒负不羁之才,罕有适时之用。”这可视为唐代统治者的用人标准,在当时士林中也占有统治地位,“士行有缺,缙绅薄之”就是证明。因此说,尽管唐代实行了科举取士制度,尽管唐代特别注重士人的才华,尽管唐代文化相对宽容,但是在德与才二者的关系中,仍然是德为首,才次之,并且德行有亏,才不可以补,所谓有才无行者,必然受到士林的非议与排挤。历来如此,唐代亦然。这说明儒家重德思想的巨大影响力,其中也有值得借鉴的文化内涵在焉。

三　不择手段,走捷径谋取高中

在考察唐代小说仕宦题材关键的选拔人才这第一环时,可发现,走正途者,可写的内容有限,共性大于个性,无外乎才华超众,一考得中,金榜题名,让人羡慕。而走捷径者则可写者甚多,因为走捷径者形形色色,花样翻新,各有招数,复杂多变。显然个性大于共性。当然,若归纳起来,也可梳理成几大方面:诸如,托人情,找关系;金钱开道,打通关节;利用权力,左右录取;借助婚姻,取得功名;等等,不一而足。下面就举其中的一系列代表作品来具体分析，管中窥豹，以见一斑。

（一）各找门路，功名扭曲心态

中国传统文化是一种伦理型文化，其特点之一便是重伦理人情。人情往往大于法律，人情有时能左右一切。因此，遇事托人情，找门路，已成中国人特有的思维模式。“人熟为宝”，“三个公章，不如一个老乡”等谚语，就是这种社会现状的概括。这种各找门路的文化特征在唐人小说仕宦题材、科举考试中又以多种形式表现出来，其中有“公卷”“通榜”“觅举”“求知己”“温卷”等多种名目，令人为之咋舌。钱穆先生在《国史大纲》中指出：

> “公卷”者，进士得先投所为文于京师达者，采名誉，观素学。及临试，可以不问试艺高下，专取知名士，谓之“通榜”。其榜帖可托人为之。如郑灏都尉第一榜，托崔雍员外为榜帖。又杜黄门主文第三场，由举子袁枢为榜帖，枢自列为状元。榜帖犹言名录。①

薛登天授中上疏：

> 方今举士，明诏方下，固已驰驱府寺之廷，出入王公之第。陈篇希恩，奏记誓报。故俗号举人，皆称“觅举”。②

《文献通考》引宋江陵项氏安世曰：

> 风俗之弊，至唐极矣。王公大人，巍然于上，以先达自

---

① 钱穆：《国史大纲》，商务印书馆1996年修订版，第486页。

② 钱穆：《国史大纲》，商务印书馆1996年修订版，第486页。

居。天下之士，什什伍伍，戴破帽，骑蹇驴，未到门百步，辄下马，奉币刺，再拜以谒于典客者，投其所为之文，名之曰“求知己”。如是而不问，则再如前所为，名之曰“温卷”。如是而又不问，则有执贽于马前，自赞曰“某人上谒”者。[①]

下面，我们还是来观照唐代小说具体生动而又丰富多彩的描写吧。

薛用弱《集异记》中《王维》[②]一篇所记唐代著名诗人王维科举登第之事，颇有典型意义。王维固然才华出众，作者在开篇就有意强调他“年未弱冠，文章得名。性闲音律，妙能琵琶”，可谓文学艺术兼擅其长。而他的竞争对手张九皋亦是“声称籍甚”，双方棋逢对手。两人皆各有请托的门路：王维因“为岐王之所眷重”而“具其事言于岐王，仍求庇借”；张九皋则走的是公主的门路。二者相较，岐王自知：“贵主之强，不可力争。”于是岐王为王维谋划，令王维着其“锦绣衣服”，“同至公主之第”，以“风姿都美”吸引公主的目光，以“独奏新曲”感动公主的内心，令其“大奇之”。岐王又趁机美言，王维乘势献上诗卷，令公主为其才华所“惊骇”。岐王见时机成熟，托以应举之事，公主欣然应允：“子诚取解，当为子力致焉。”然后马上见诸行动：“公主则召试官至第，遣宫婢传教。维遂作解头，而一举登第。”这篇小说昭示给读者这样几个相互关联的问题：第一，士人应举要有真才实学，王维首先是才学出众，这是前提条件。第二，要有门路，要有人荐举，而且门头要大，所托之人要位高权重势大，方能保事

① 钱穆：《国史大纲》，商务印书馆 1996 年修订版，第 487 页。

② 李时人：《全唐五代小说》，何满子审定，陕西人民出版社 1998 年版，第 792 页。

成而无虞。这是关键。第三,还要有智谋,审时度势,发挥自己的优长,扬长避短,不择手段,方能“一举登第”。这就是当时科举场上的现实,小说写岐王与公主对王维的提携荐举是出于对其才华美的由衷欣赏,而未涉权钱交易的黑幕,写公主对王维外貌、才能的赞叹,由外到内,逐层深入,层次分明,曲折有致,给人以相当的美感。但是,透过这些表面的现象,我们可以发现一个科举制度实行过程中无法克服的问题,这就是权贵集团对科举录取的干预。王维的录取问题,公主不能直接操作,但她可以凭借其特殊地位,给考官施加压力,“公主则召试官至第,遣宫婢传教。维遂作解头,而一举登第”。这里情节的因果关系表达得很清楚。可见,公主的权势炙手可热,连岐王都觉得“贵主之强,不可力争”。她不用去跑关系,竟然可以明目张胆地把考官招至府第之中。作者没有写考官的反应与心态,但从最后的结果看,考官并未敢违背公主的旨意,而是遵旨录取之。这种问题的性质是相当严重的,具有很大的破坏性,它直接破坏了科举考试的公平性原则,危及科举制度本身的存在。但这又是无法克服的痼疾,在漫长的科举制度史上,一直存在着这一问题。根源就在于封建专制政治体制。在“家天下”的封建制度之下,连天下都是人家的,公主自己就以为可以不受任何约束,自然会有恃无恐,干预科举录取,在他们看来,这不过是小菜一碟,一句话的事儿。因此说,要想彻底革除这一弊端,只有废除封建专制政治体制,实行真正的民主、法治,那才有可能。

这里还有一个问题应该特地提出来辨析清楚,即作为著名诗人的王维究竟有无此事?对此应该从两个层面区别视之。若把此文当作史料,从历史真实的层面视之,此事不符合史实,“是不可能发生的”,因为王维登第的时间是开元九年,“已在张九皋明经登第之后十二年"。[1] 若把此文当作小说来读，把王维视为小说中的一个人物形象，视为当时应试士人群体的代表人物，那么这篇小说所记，又有其真实性的一面，反映了当时科举场中的现实状况。这正如傅璇琮先生所说："《集异记》所记仍有其浓厚的生活气息和独有的时代风貌"，"又合乎历史的真实"。[2] 当然也就更符合艺术真实。

与此相对，还有更多的士人，本身并不具备科举竞争的才学实力，却也想获取功名，那就会不择手段，另找门路，甚至不惜采取瞒和骗的手段以达到目的。刘肃所撰《李秀才》[3]，就是讽刺士人不择手段骗取功名的一篇佳作。文中主人公是拟应试的举子，其学衔为秀才。这表明他是略通文墨的读书人。其人格卑下的主要表现是将他人诗作易名夺为己作。小说设计了极具戏剧性的情节，让李秀才将易名诗卷投给所拜谒的诗的主人——郎中李播，由诗卷的原作者揭穿他的骗术，可谓铁案如山，无可辩驳。这种撞在枪口上的设计，使戏剧冲突更为激烈，具有了夸张性的艺术特征，有类于今日之小品，目的是讽刺更有力，效果更强烈。为凸现李秀才的人格卑劣，作者采用层层深入、多重转折的结构方式，造成了出人意料的艺术效果，生动地塑造出一个

① 傅璇琮：《唐代科举与文学》，陕西人民出版社 1986 年版，第 65 页。

② 傅璇琮：《唐代科举与文学》，陕西人民出版社 1986 年版，第 65—66 页。

③ 《太平广记》卷二六一，注出《大唐新语》，载李昉等：《太平广记》，王希斌、车承瑞主点校，黑龙江人民出版社 1999 年版，第三册，第 443 页。亦见李时人：《全唐五代小说》，何满子审定，陕西人民出版社 1998 年版，第 740—741 页。

被功名利禄扭曲人格的恬不知耻的文人形象。这个文人的无耻程度在李播与李秀才的对比中，在二人心灵的碰撞与态度的变化中，愈益凸现出来。二人皆是读书人，皆受儒家人格理想的影响，这是其同。其异在于：一是中举成功者，成为社会上层人物；一是举子身份，仍在追求功名而未得者，处社会下层，用李播的话说，就是“饥穷”中的“无能之辈”。这使李秀才为求功名而不择手段，因而使二人的人格拉开了美丑的距离。作者分两个场景来设计矛盾冲突。一个场景是：二位主人公不直接见面，而是由李播之子代父“诘之”。李播的“惊曰”，说明对此窃己诗者行为的意外。而后闻子所告的“笑曰”，乃至“延食于书斋”、“遗之缣缯”，是因皆为读书人的同情，是居高临下的宽容，显示出其人格美的魅力。相比之下，李秀才的“色已变”表明其做贼心虚，可嘴里还称“是吾平生苦心所著，非谬也”。其心口不一，令人惊诧。这与其在事实面前不得不低头后所言“诚为诳耳”、“不胜恐悚”，形成鲜明对比，其变色龙嘴脸也暴露无遗。第二个场景是：真假李播面对面对话。李秀才之语，说明其冒名欺骗时间已长达二十载，时间之长，令人惊讶。不仅如此，他还变本加厉，进一步提出非分要求——“欲希见惠”，让李播把诗集转让给他，且“亦无愧色，旋置袖中”。可见，在被揭破假冒后，不仅未悔改，而且破罐子破摔，愈加不要脸皮。接下来的情节更加出人意料，当李播问他欲去何处时，他竟然进一步行骗，称“谒表丈卢尚书”。不想，这次又撞在了李播的枪口上，卢尚书乃李播的表丈。李播的“拍手大笑”，是笑其荒谬至极，笑其错上加错。李生“惭悸失次”是谎言第二次被揭穿的失态与丑态，按正常思维与情理，应是表示悔改，此人或许还有救，可他却出人意外地提出匪夷所思的有悖情理的要求：“并荆南表丈一时曲取。”至此李播也只好感叹：“世上有如此人耶！”这也是代表了作者刘肃的观点。功名利禄的巨大诱惑力，竟然将读书人扭曲到如此地步。结句“蕲间悉话为笑端”，说明了社会大众的总体评价倾向，美丑分明，褒贬判然。

《唐语林》卷七亦载有与上文类似的故事。其主人公为司空卢钧，剽窃其文者也是一行卷的士人。其情节设计的戏剧性也相同，也是让剽窃者向被剽窃者行卷，并被当场揭穿。剽窃的数量是“文十余篇”，与李秀才的剽窃诗卷有所不同。当卢钧问剽窃者“何许得此文”时，对方也是狡辩：“某苦心夏课所为。”同样是大言不惭。卢钧毫不客气地揭穿真相：“此文乃某所为，尚能自诵。”“客乃伏，言：‘某得此文，不知姓名，不悟员外撰述者。’”[①]看来此客比李秀才还老实一些。这篇仅七十余字的短文，到此戛然而止，虽然也有人物的对话，但其戏剧性与小说味显然弱于上篇。

《唐诗纪事》卷五十一所记杨衡文章被窃事，与前二文也是大同小异。其同中之异有两点：一是，明确点出此窃文者科举登第；二是，此人是知道作者而窃，明知故犯。杨衡当面责问他：“‘一一鹤声飞上天’在否？”此人竟然据实招来：“此句知兄最惜，不敢偷。”面对此情此景，杨衡竟也忍俊不禁，意味深长地回了一句：“犹可恕也。”两人的对话很富于戏剧性，读者对于剽窃者也会感到既好气又好笑。

以上三文互见，既有一事而多记的成分，也可说明此类剽窃行为在当时士林中是屡见不鲜的，而非个别现象。由此可见功

① 王谠：《唐语林校证》，周勋初校证，中华书局 1987 年版，第 650 页。

名利禄对部分士人心态的扭曲情景。

唐代有的士人为了提高身价,打通仕宦之路,不惜冒认郡望,逐渐成为一种习俗。史学家岑仲勉先生曾指出:

> 一姓常不止一望,举其著望,则目为故家(如李积自称陇西李积),举其不著,则视同寒畯,攀附宗枝之习,于是乎起。李敬玄,谯人,而与赵郡李氏合谱,(旧书八一)张说,洛阳人,而越认范阳,王缙望太原,而越认琅邪;此三人皆宰相也,犹必冒认名宗,正所谓势力之见,贤哲不免。①

这就从特定角度深刻指出了功名利禄对人心理的扭曲。贤哲尚且不能免俗,何况一般士人。刘肃《李秀才》所写的内容,就是由当时社会普遍存在的冒认郡望,发展到极端化的冒认姓名。由此可见本篇小说夸张手法与幽默风格后面的艺术真实与社会生活背景。

(二)以钱赂官,赢得科举及第

在社会生活中,金钱作为货币,是一种等价交换物,人们用它可以换来所需物品,因此是人们日常生活中不可或缺的东西。当社会文化处于良性运转状态时,金钱对社会的发展与人们生活水平的提高是有积极促进作用的,故而不应简单地、片面地否定金钱的作用。但当社会文化处于非良性状态时,金钱就往往会产生很多负面作用:它会腐蚀官吏队伍,造成吏治的腐败,会使掌权者不顾道德人格的自我内心约束,违背法规的制约而谋取钱财。而当一个社会形成一切向钱看的风气时,权钱结合、权

① 岑仲勉:《隋唐史》,中华书局1982年版,上册,第124页。

钱交易就会以不可阻挡之势弥漫开去，形成一股恶浪滔天的浊流，无孔不入，冲垮堤坝，淹没支撑社会运行的支柱，最终导致亡国。所谓“千里长堤，溃于蚁穴”，良有以也。为此，人们往往夸大金钱的社会作用，“钱能通神”，“有钱能使鬼推磨”，“火到猪头烂，钱到公事办”等等民谚俗语，就是人们推崇金钱的典型概括，其中也包含着对金钱左右一切这种社会现实的讽刺。那么，在唐王朝这个中国封建社会的黄金时代，在唐朝新兴的科举这个神圣的领域，是否也受到金钱的侵袭与腐蚀呢？唐代士子们作为科举考试的亲身经历者，怀着十分遗憾甚或愤慨的心情，以小说家的艺术笔法，或以写实的笔墨，或以虚幻的构思，描绘出一幕幕科举场中以金钱贿赂官吏而获得及第的情景，令人遗憾，引人深思。

卢肇《逸史》中《李君》①一篇所记就揭示了科举中赤裸裸的金钱交易，散发着铜臭腐败之气。作者巧妙地以“白衣人”的三封救急书为线索，将全文贯穿起来。当李君陷入“五六举下第，欲归无粮食”的困窘境况时，启第一封书，使其“遽为富室”。有了金钱，他就有了权钱交易以获取功名的基础和前提条件。当李君“又三数年不第，尘土困悴”之时，启第二封书，得见侍郎郎君，而以钱买得及第：

> 客曰：“侍郎郎君有切故，要钱一千贯，致及第。昨有共某期不至者，今欲去耳。”李君问曰：“此事虚实？”客曰：“郎君见在楼上房内。”李君曰：“某是举人，亦有钱，郎君可一谒否？”曰：“实如此，何故不可。”乃却上，果见之。话言

① 李时人：《全唐五代小说》，何满子审定，陕西人民出版社 1998 年版，第 1500 页。

饮酒,曰侍郎郎君也,云主司是亲叔父。乃面定约束。明年果及第。

只因叔父是主司,便明码实价,公开索要一千贯,以为交换条件;因李君有举人的头衔,关键是有钱的助力,便得中进士。这是典型的权钱交易,科举之弊端于此可见一斑。作者以简练的语言,不动声色地把事件平静地叙述出来,而复杂的令人震撼的内涵却充盈于字里行间,由此可见唐人叙事艺术的高超与老道。小说的结尾出人意料,情节又发生了逆转,与前两封给他指出明路不同的是,第三封却告诉了他“处置家事”的死路,再也没有解救的办法:“更两日卒。”这似乎在说明:得了进士,做了官,并不能保住性命,也许反而令其更快地失去一切。

作者直接批判的是行贿的李君与索贿的侍郎郎君,间接批判的则是侍郎郎君的亲叔父——主司。主司是否收钱,作者没写,不得而知,但是,主司受其侄儿的左右,影响了录取的公平性,这是没有疑问的。这说明,金钱、亲情等因素对科举录取的直接、间接的影响,在唐代科举制的实行过程中,是普遍存在着的。这就提出了很有价值的值得思考的问题。这在当前公务员考试的问题上,仍然有认识意义与参考价值。

李复言《续玄怪录》中《李岳州》①一篇所记,以写实与幻化相交错的笔法,相得益彰地揭示了科举场中的复杂内幕。小说中的主人公李公俊在“连不中第”的打击下,心态开始扭曲,想走歪门邪道:“有故人国子祭酒通春官包佶者援成之。”这种心态与行为颇具代表性,也符合事理的逻辑性。当李公俊从“冥

① 李时人:《全唐五代小说》,何满子审定,陕西人民出版社 1998 年版,第 1118 页。

吏之送进士名者"处得知又榜上无名时,垂泣曰:"苦心笔砚二十余年,偕计而历试者亦仅十年,心破魂断,以望斯举。今复无名,岂不终无成乎?"这种对"终无成"的恐惧心理,也当是唐代乃至历代士子的共有心态。在这种心态驱使下,李公俊的违规操作就具有了可理解性,作者也并未一贬到底,这也反映了唐代文化的宽容性。也正是在这种心态的左右下,李公俊才有了下面的人生选择:当冥吏让他在十年后成名且"禄位甚盛"与今年成名但"于本禄耗半,且多屯剥,才获一郡"二者中选择其一时,他直言不讳地说:"所求者名,名得足矣。"毫不犹豫地选择了后者。于是冥吏为感李俊赠糕之恩而为其谋划"赂于冥吏","取其同姓者,去其名而自书其名",并开出"阴钱三万贯"的价码。然后作者便以虚实相生的笔法,淋漓尽致而又曲折生动地写出祭酒与春官的讨价还价,一一落实冥吏的筹划。这就揭示了《李岳州》多方面的文化内涵。祭酒对李公俊所言:"吾与主司分深,一言姓名,状头可致。"其自信的心态与语气中,透露出科举场为人情所左右的程度。春官对祭酒所言"迫于大权,难副高命",其愧疚的心态与无奈的语气,说明着位高权重者对科场的干预与考官的屈从情状。春官在祭酒绝交的怒责下同意兑现诺言而改名时所言:"此人宰相处分,不可去。"明示出连百官之首的宰相都在徇私舞弊,干扰科考,科举的公正度也就岌岌可危了,权钱交易的程度也就可想而知了。小说结尾的首尾呼应也颇启人深思。因李公俊未按时送三万贯阴钱,导致"糕客"(即冥吏之送进士名者)受"牍吏"重杖之责,价码也涨至"五万缗",履约方可"无追勘之厄",愈益突出了"钱可通鬼"的意蕴。文末作者的议论:"人生之穷达,皆自阴骘,岂虚语哉!"意在强调本篇的创作主旨之一——命定论。其思想观念的落后性不言而喻，但也不能一贬了之，而应从中透视作者乃至广大士子的复杂心态。从李公俊“苦心笔砚二十余年，偕计而历试者亦仅十年，心破魂断，以望斯举”的自述中，可见唐代广大士子在科举道路上艰难跋涉的情景，揭示出其“心破魂断”的心灵痛苦。这可以视为蒲松龄笔下《王子安》一篇中的“七似”的先声。从《李岳州》作者的心态说，“大约李复言厄于科第多年，终无成就”[①]，因此小说主人公李公俊恐惧“终无成”的心态，即是作者因科场遭际所形成的自我心态的典型反映。这种经历遭际与文化心态，也自然使当事人将之归于宿命前定，以求得心灵的慰藉与解脱。这既代表着唐代小说作者的共通心态，多篇科第失利而归之于命定的小说即是证明，也是唐代乃至整个科举时代落第士子的共有文化心理的典型诠释。即使是在当代的高考乃至决定士人人生命运的关键问题上，未达目的者也会产生这种心态。这不应仅仅简单化地归于封建迷信，而应从士人的心理层面与客观层面去多元化地合理地加以诠释。

尉迟枢《南楚新闻》中《郭使君》[②]一篇，写的是商贾花钱买官的事。作者明确点出“是时唐季，朝政多邪”，在这种社会背景下，男主人公“乃输数百万于鬻爵者门，以白丁易得横州刺史”。这比前述两篇更直接，是赤裸裸的卖官鬻爵，钱权交易。

除了以上显性的权钱交易用以获取功名甚至官位之外，还有隐性的权钱交易用以获取功名者。描写这种情况的小说容易

---

① 李时人：《全唐五代小说》，何满子审定，陕西人民出版社 1998 年版，第 1102 页。

② 李时人：《全唐五代小说》，何满子审定，陕西人民出版社 1998 年版，第 2113 页。

被人忽略,因而就更值得关注。《芝田录》中的《崔蠡》[①]一篇,就曲折而生动地叙述了这样一个故事。在作者笔下,崔蠡是一个清官,也是一个好人。他清廉,“清苦俭啬”,“不纳金帛”。他孝顺,“丁太夫人忧”时,他诚心服丧,谢绝见客。此时,有自称崔家宗门子弟者求见,表示“愿以钱三百万济公大事”,助其“丧事所须”。对此崔蠡是怎样做的呢?与开篇作者所描写的其清廉特征相一致,崔蠡自然会“终却而不受”。这完全符合其思想性格逻辑。但是,求见者此举的心理作用不容忽视,作者明确写出:“蠡见其慷慨,深奇之”,“嘉纳其意”。此人为什么如此慷慨呢?表面看来是为了尽“孙侄之行”的孝心,这确实是令人感动的,但是,事实并非如此简单,作者有意点出:“此人调举久不第,亦颇有屈声。”这应该是其慷慨行为后面真正的深层的根本的原因。此人这种慷慨行为的心理作用,在崔蠡“知礼部贡举”后,就表现了出来,即“此人就试,蠡第之为状元”。当众人惊异而诘问崔蠡时,其直言不讳的回答耐人寻味:“崔某固是及第人。但状头是某私恩所至耳。”从崔蠡的角度说,钱虽然没有收,但却领情了;从送钱的崔某的角度说,未失去金钱,却收获到了梦寐以求的成果。这既说明了金钱难以言说的魔力,也显示出了求见者的“高明”。凡此可总结三点认识:第一,崔蠡的确是清官,拒钱不受,难能可贵;第二,感情投资的心理作用与特殊效果不可小觑,古今皆如此;第三,崔蠡的“私恩”乃人之常情,可以理解,作者也未苛责之。

---

① 《太平广记》卷一八二,载李昉等:《太平广记》,王希斌、车承瑞主点校,黑龙江人民出版社 1999 年版,第二册,第 593 页。

(三)以权谋私,黜陟随心所欲

自科举产生之日起,手握重权者对录取的干扰从未停息过。各朝代只有强弱的不同,而不存在有无的差别。其中有考官主动向权豪高门倾斜而排斥贫家子弟者,也有手握重权者向考官施压而考官不得不屈服者。种种弊端皆扭曲着神圣的科场,唐代小说家便将这一幕幕丑剧暴露在光天化日之下。且看《翁彦枢》[①]一篇中的戏剧性情节:

> 翁彦枢,苏州人,应进士举。有僧与彦枢同乡里,出入故相国裴公垍门下,以其年耄,优惜之,虽中门内,亦不禁其出入。……垍主文柄入贡院,子勋、质日议榜于私室,僧多处其间,二子不之虞也。其拟议名氏,洎与夺进退,僧悉熟之矣。归寺而彦枢访焉。僧问彦枢将来得失之耗,彦枢具对以无有成遂状。僧曰:"公成名须第几人?"彦枢谓僧戏己,答曰:"第八人足矣。"即复往裴氏之家,二子所议如初。僧忽张目谓之曰:"侍郎知举邪?郎君知举邪?夫科第国家重事,朝廷委之侍郎,意者欲侍郎划革前弊,孤贫得路。今之与夺,率由郎君,侍郎宁偶人邪?且郎君所与者,不过权豪子弟,未尝以一贫人艺士议之,郎君可乎?"即屈其指,自首及末,不差一人。其豪族私仇曲折,毕中二子所讳。勋等大惧,即问僧所欲,且以金帛啖之。僧曰:"贫道老矣,何用金帛为?有乡人翁彦枢者,徒要及第耳。"勋等曰:"即列在丙科。"僧曰:"非第八人不可也。"勋不得已许之。僧曰:

① 李时人:《全唐五代小说》,何满子审定,陕西人民出版社1998年版,第2272页。

“与贫僧一文书来。”彦枢其年及第,竟如其言。

这篇仅四百余字的小说十分精彩,内蕴丰厚,艺术精到。第一,它形象生动地揭示了当时科举场中的弊端之一:主文柄者把持录取名单,入选者皆是权豪子弟而无贫人艺士。这种官官相护,权权交易,与前述《李君》一篇中之权钱交易又有所不同,而与《红楼梦》中“护官符”所揭示的社会现实倒有相通之处。第二,它深刻有力地批判了中国宗法社会的弊病之一:重家庭伦理而导致一人当官,鸡犬升天,妻子儿女皆可参政,连科举录取这样神圣的事业,也由儿子拟出名氏,真是荒唐至极。而这在今天的社会中也并不罕见,这愈显出此文的价值。第三,小说的主人公虽是翁彦枢,但作者落墨的重心却在僧人身上,刻画僧人的艺术手法颇见功力。僧人虽入空门,却重乡情,知时事。他痛斥侍郎,义正词严,一连串的反问,毋庸置辩。而他以其人之道还治其人之身之法,令人既拍案叫绝,又叹其亦非正途,既为其玩权要于股掌之上的智慧而畅快,又为其徇私要挟而困惑。当然这也是在权豪当道、科场昏暗的现实中小人物没有办法的办法。

上篇中的掌权者在营私舞弊中还有所畏惧,僧人正是利用其“大惧”心理,击中要害,达到了目的。相比之下,手中掌握的权力更大的官僚,则会更加肆无忌惮。他们觉得以其所处的地位与所掌握的权力为子弟谋取科举功名,简直就是小菜一碟,易如反掌。且看《明皇杂录》卷上所载《杨暄》①一篇:

杨国忠之子暄,举明经,礼部侍郎达奚珣考之,不及格,

① 李时人:《全唐五代小说》,何满子审定,陕西人民出版社 1998 年版,第 3198 页。

将黜落，惧国忠而未敢定。时驾在华清宫，珣子抚为会昌尉，珣遽召使，以书报抚，令候国忠具言其状。抚既至国忠私第，五鼓初起，列火满门，将欲趋朝，轩盖如市。国忠方乘马，抚因趋入谒于烛下，国忠谓其子必在选中，抚盖微笑，意色甚欢。抚乃白曰："奉大人命，相君之子试不中，然不敢黜退。"国忠却立，大呼曰："我儿何虑不富贵，岂藉一名，为鼠辈所卖耶?"即不顾，乘马而去。抚惶骇，遽奔告于珣曰："国忠恃势倨贵，使人之惨舒，出于咄嗟，奈何以校其曲直?"因致暄于上第。既而为户部侍郎，珣才自礼部侍郎转吏部侍郎，与同列。暄话于所亲，尚叹己之淹徊，而谓珣迁改疾速。

这篇仅三百余字的小说，活画出掌重权者干预科举、骄横跋扈、恬不知耻的丑态。作者有意设计了两对父子的强烈对比，以深化作品的思想意蕴。杨国忠位居宰相，又是皇亲国戚，所谓一人之下，万人之上，加之骄奢成性，他让其子应举，乃为捞取入仕资本，以掩人耳目。从他"谓其子必在选中"可知，他只不过是走走形式，自以为谁也不敢让其子落选，权力的炙手可热，已到了不必走人情的地步。礼部侍郎达奚珣乃典型士人，他因杨暄不及格而"将黜落"之，说明他还有士人的正直品性。但杨国忠的权势毕竟太大了，这也必然造成他心理的巨大压力，因"惧国忠而未敢定"。于是，他派其子向杨国忠"具言其状"，这又表现了其软弱的一面。这是士人的社会性使然，因为他毕竟已入官场，仕途的险恶，杨国忠的为人，他还是心中有数的。这种派子报信的做法，也包含着希冀杨国忠能主持公道、不徇私情、知趣自退的微妙心理。可这种讨好的行为已让杨国忠大失所望，因而恼羞成怒，从他的却立大呼、不顾而去等表现中，活现出其恬不知耻的心理与丑恶形象。“致暄于上第”的结果，有达奚珣之子一番代表时人心理的劝诫的作用，这是正义、公理向强权、奸佞妥协的结果，令人叹惋、愤慨。有了这个出身，杨暄就可在仕途上扶摇直上，再无别的关口可限制他。达奚珣转吏部侍郎，当是杨国忠对他识时务屈服行为的回报，而他与杨暄的“同列”，亦是绝妙的讽刺。文末杨暄的不平衡心理更是点睛之笔，本来他应有愧疚心理，结果却嫌自己升官慢、嫉妒他人提升快而发牢骚。这就活画出纨绔子弟的变态心理，他们一出生就在特权的庇佑之下，特权思想已经在他们心中根深蒂固，在“官二代”的思维方式中，富贵只能为他们所专有，别人“分一杯羹”他们都会觉得愤愤不平。

《太平广记》卷一八一引《摭言》中《裴思谦》[①]一篇，可以证明强权对科举录取的干预是确实存在的。文中写在高锴“知举”时，仇士良写信推荐裴思谦，并且明确要求取其为状元。高锴回答说：“状元已有人，此外可副军容旨。”这已经是相当大的让步了，说明强权的干预难以抵挡，可是，裴思谦竟转述仇士良的意见：“裴秀才非状元，请侍郎不放。”面对强权的跋扈，加之见裴思谦“人物堂堂”，高锴“不得已，遂从之”。最后，科举录取的公平性和公正性不得不屈服于强权，这就是当时社会科举场中丑恶现实的一个侧面，作为社会上有良心的正直士人也只能

---

① 《太平广记》卷一八一，载李昉等：《太平广记》，王希斌、车承瑞主点校，黑龙江人民出版社 1999 年版，第 2 册，第 591 页。参见王定保：《唐摭言》卷九《恶得及第》，古典文学出版社 1957 年版，第 100 页，其中“遂从之”为“遂礼之”。

做有限的抗争。

《太平广记》卷一八二引《玉泉子》中《卢肇》[①]一篇，记叙了李德裕为宰相时干预科举录取的实例。文中写道：

> 旧例，礼部放榜，先呈宰相。会昌三年，王起知举，问德裕所欲，答曰："安用问所欲为？如卢肇、丁棱、姚鹄，岂可不与及第邪？"起于是依其次而放。

这段记载提供了颇有价值的当时科举场中的信息，考官在发榜前呈请宰相过目，这是"旧例"的体制规定，这实际上是赋予了宰相干预录取的特权，这也就难以避免握有大权的宰相的掺杂个人私情的干预，难以保证录取的公正性。在作者笔下，李德裕是贤相，开篇就赞美他"抑退浮薄，奖拔孤寒"；破除"朋党"，"绝于附会"。同时又强调指出卢肇乃是"有奇才"者，因"投以文卷"，而"见知"于李德裕。从中，既可知卢肇是难得人才，也可知他和李德裕个人感情深厚。即使是这样，我们从超越作者主观命意的客观效果角度，还是可以看到考官对宰相录取意见的唯唯诺诺，言听计从，不仅宰相点名者不敢违背，而且竟然连排名顺序都不敢变动，"依其次而放"。从中可见宰相对确定录取名单影响之大，看到宰相随心所欲的缺少制约的权力。这使我们由此及彼，推想开去，贤相李德裕尚且如此这般，那么若遇奸相又该如何？其对科举的干预，就必然会产生可怕的后果。这也从一个侧面证明着自古以来一条颠扑不破的真理：绝对的权力，必然导致绝对的腐败！

---

① 《太平广记》卷一八二，载李昉等：《太平广记》，王希斌、车承瑞主点校，黑龙江人民出版社 1999 年版，第 2 册，第 594 页。

（四）婚姻搭桥，违心背情登第

人的婚姻与科举功名、事业前途有无关系呢？从人的社会性角度说，二者既相对独立，属于不同范畴，又有着不可分割的内在联系。比如说，若男人功名有成，前途光明，那么他选择婚姻对象的范围则会有所不同，就会进入到社会上层的圈子中选择配偶。这是二者正常的合规律的良性关系形态。若是倒过来，为了求取功名而违背感情，攀附高枝，借婚姻以中第，则是二者关系的扭曲形态。前者是美的，令人羡慕的；后者则是丑的，令人鄙夷的。先看前者，《唐摭言》就记载了这方面的内容：

> 曲江亭子，安、史未乱前，诸司皆列于岸浒；幸蜀之后，皆烬于兵火矣，所存者唯尚书省亭子而已。进士关宴，常寄其间。既彻馔，则移乐泛舟，率为常例。宴前数日，行市骈阗于江头。其日，公卿家倾城纵观于此，有若中东床之选者，十八九钿车珠鞍，栉比而至。①

这形象生动地说明，男人考中进士以后，其婚姻问题也随之迎刃而解，公卿家待字闺中的女子，会主动送上门来。这样其婚姻对象就自然可以在社会上层中选择。当然这也是双向选择，士人与公卿各取所需，相互利用。士人如果有了公卿做泰山，今后在仕途上的前景自然会平坦广阔。这就是仕途与婚姻辩证关系中的一个层面。也正因为有这一层关系，所以有的士人久考不中，就想以此为突破口，试图先找一个公卿做泰山，然后依仗

① 王定保：《唐摭言》卷三《慈恩寺题名游赏赋咏杂记》，古典文学出版社 1957 年版，第 32 页。

其力再图功名。唐人小说中也包含后者这方面的题材，其文化内蕴不能不促人深思之。《玉泉子》中的《邓敞》[①]一篇就是此方面的杰作佳构。

作者开门见山，直奔主题，首先点出主人公邓敞在入仕与婚姻两方面的现状：在仕宦方面是陷入了困境，“以孤寒不中第”；在婚姻方面是“已婿李氏矣”。此时宰相牛僧孺之子牛蔚兄弟，以“有气力，且富于财”的居高临下身份，向邓敞提出了交换条件：“吾有女弟，未出门，子能婚乎？当为君展力，宁一第耶？”面对这个难以抵御的巨大诱惑，渴望中第的邓敞的心态又是怎样的呢？这是值得关注的具有典型性的问题，作者写道：“敞顾己寒贱，必不能致腾踔，私利其言，许之。”这是因仕宦的困境而向婚姻方面的妥协。这种功利主义、实用主义选择的结果，是双方均达到了交易的目的：“既登第，就牛氏亲。”这种选择虽在封建社会的科举时代具有一定代表性，并不鲜见，有某种可理解之处，但从道德评价与审美评价的层面看，皆是应持批判态度的。作者对此的评价即是这样。从文中“给牛氏”，“不敢泄其事”，“李氏惊曰”，“牛氏至，知其卖己也”等句子看，邓敞是两头瞒，既骗了牛氏，也瞒着李氏，为此造成了两位女人的人生不幸。李氏“抚膺大哭顿地”的激烈反应与“将诉于官”的决绝取向，就说明着其内心痛苦的程度。牛氏对李氏讲的一番话也情理兼备，耐人寻味：“吾父为宰相，兄弟皆在郎省，纵嫌不能富贵，岂无一嫁处耶？其不幸，岂唯夫人乎？今愿一与夫人同之，夫人纵憾于邓郎，宁忍不为二女计耶？”牛氏既深知自己不幸，又做出共事

① 李时人：《全唐五代小说》，何满子审定，陕西人民出版社1998年版，第2274页。

一夫的选择,还要做李氏的思想工作,可见其虽贵为宰相之女,处此尴尬境地中也是无可奈何。这揭示了女子在当时的可悲社会地位。李氏最终未诉于官,主要原因并非是接受了牛氏的观点,而是“二女共牵挽其袖而止”。这种因子女问题而维持家庭的选择也是有典型意义的,人情使然,历代皆如此,这显示着此小说超时空的认识价值。此外,李氏的激烈反应与坚决态度,说明着即使在唐代,爱情也不能分享,家庭也不容许他人插足进来。这种超社会形态的文化意蕴也是启人深思的。

《北梦琐言》中也记有借婚姻谋取功名的实例,但却属于另外一种类型。其文曰:

> 进士有《登科记》,怀将相才者,咸编缀之。而名实相违,玉石混杂,疑误后人,良可怪也。唐进士宇文翃,虽士族子,无文藻,酷爱上科。有女及笄,真国色也,朝之令子弟求之不得。时窦璠年逾耳顺,方谋继室,其兄谏议,亘有气焰,能为人致登第。翃嫁女与璠,璠为言之元昆,果有所获。相国韦公说,即其中表,甚鄙之。因滑台杜尚书宅遭火,几爇神柩,家人云:“老鼠尾曳火入库内,因而延燎。”京兆谓宇文曰:“鱼将化龙,雷为烧尾。近日老鼠亦有烧尾之事。”用以讥之。……宇文翃登科,后人何以知之,悲夫!①

宇文翃想登第,虽出身士族,却“无文藻”,竟然不惜以自己女儿的一生幸福为代价,来谋取科举登第。这种自私自利、不择手段、寡廉鲜耻的行为,自然遭到了其亲属、时人及作者的鄙视。

① 孙光宪:《北梦琐言》卷四《祖系图进士榜》,贾二强点校,中华书局2002年版,第88页。

作者是把宇文翃借女儿婚姻而登第的事,作为唐代《登科记》中“名实相违,玉石混杂”的典型例证而视的,认为这是既可怪又可悲的事,其褒贬倾向还是相当鲜明的。我们由此可管中窥豹,以见当时士林风气之一斑。

凡此可见,从士人入仕的途径与方式说,士人凭真才实学,以正常渠道去求取功名,这是令唐代小说作者乃至后代广大读者所钦羡的,是足以为法的,在任何时代皆有其审美价值。无论是走科举入仕之路,还是为主政者赏识直接授官,无论是进士、明经还是制举,皆可作如是观。相比之下,其他非正常方式,如前述各种,无论是用金钱,还是拉关系,或是其他不择手段的方式,皆是不足为法的,是令作者乃至后代读者所鄙弃的。尽管当时的社会运行体制有种种问题,尽管世风、官风、士风如此,尽管当事人有诸多不得已的主客观理由,但都不能成为不择手段获取功名的自我开脱理由,都不能改变人们对其否定性的道德评价与审美判断。作为一种社会理想,人们应该有更高的追求,尤其从士人人格的角度说,人们应有更完美的标准,即使难以达到,亦应“心向往之”,力求做到孟子对士人所要求的“无恒产而有恒心”。文学就应该给读者这样美好的东西,以提升人们的精神境界。唐人小说做到了这一点,其是非、善恶、美丑等观念及相应的艺术表现,达到了时代应有的高度,这是其能具有超时空思想价值与审美价值的原因之一。

四 久考不中,归于天命求解脱

孔子曰:“三十而立,四十而不惑,五十而知天命。”(《论语·为政》)应该说,孔子非宿命论者,但也讲天命。何谓“天命”？孟子释之曰：“莫之为而为者，天也；莫之致而至者，命也。”（《孟子·万章上》）其意在于把一切偶然性或某些必然性归之于天命。从孔子“祭神如神在”（《论语·八佾》）的说法看，他并不否认神的存在，也不能说相信，他只是说不清，为此，故“不语怪、力、乱、神”（《论语·述而》）。庄子所说“六合之外，圣人存而不论”（《庄子·齐物论》）倒是真正把孔子对鬼神的心态说透了。孔子这种天命观对后代影响甚大，唐人在小说中表达的天命观就是一个典型的例证。就科举仕宦题材而言也是这样。如前所言，由于唐代科举录取人数少，金榜题名者少，名落孙山者众，绝大部分为落第者。在“士之仕也，犹农夫之耕也”（《孟子》）这种价值观的影响下，在新兴科举制带来的入仕可能性的诱惑下，落第对士子们心灵的打击与折磨是难以估量的。豆卢复诗曰：“年年下第东归去，羞见长安旧主人。”（《落第归乡留别长安主人》）这就明确道出了连年落第士人的心底苦痛。久试不中，心理压力越来越大，为寻求解脱，便将落第归于天命所定。《唐摭言》就此的一段议论，可以概括科举场中士人的心态：“士之谋身，得之者以才，失之者惟命，达失二揆，宏道要枢，可谓勤于修己者与！……故孔孟之言命，盖厄穷而已矣！”[①]这恰切地抓住了科举中士人心态的微妙之处。下面就来具体观照一系列表现这方面内容的小说。

牛僧孺《玄怪录》（一题《幽怪录》）中的《吴全素》[②]一篇就

① 王定保：《唐摭言》卷八《入道》，古典文学出版社 1957 年版，第 93 页。

② 李时人：《全唐五代小说》，何满子审定，陕西人民出版社 1998 年版，第 908 页。

是诠释士人科举成否乃在于天定的小说。主人公吴全素矢志科举，却“五上不第”。元和十二年十二月十三日夜卧中被二白衣召至冥府，判官“命取吴郡户籍到，检得吴全素，元和十三年明经出身，其后三年衣食，亦无官禄”。因“年命未尽”，判官遣二冥吏送还。二吏又向吴全素索贿曰：“各惠钱五十万，即无虑矣。”全素以贫告，二吏又让他到有钱的姨夫家去求钱，终如愿方罢。全素还阳界后之功名，一如“冥司案牍”所记。作者在文末议论中言及创作主旨曰：“乃知命当有成，弃之不可；时苟未会，躁亦何为。举此端，足可以诫其知进而不知退者。”此种命意，亦可谓用心良苦。有此思想存于心中，科考不中者既有时运未至的企盼，亦有命该如此的安慰。除此良方，别无他法。小说中吴全素所思：“自以明经中第，不足为荣，思速侍亲。”亦可见出唐代当时取士各科中，“明经”在人们心目中的地位远不如进士。这也是本篇小说的文化内涵之一。

钟辂《前定录》中《陈彦博》[1]一篇，是以梦幻曲写现实的小说。主人公陈彦博的身份是“太学广文生”，才名俱彰。在将要科考前夕，“忽梦至都堂”，被告知此乃“明年进士人名，将送上界官司阅视之所”。彦博得以窥见名单：“见三十二彦博名在焉。”等到考后“视榜，即果如梦中焉”。此小说文字虽少，但含义丰富，情节也一波三折，短中愈见结构小说故事之艺术功力。中间陈彦博从同窗谢楚处闻之：“有自中书见名者”，未有其名，彦博“不食而泣”的强烈反应等描写与前“既寤，独喜”构成了悲喜的巨大反差与对比。其泣后所言“吾恐终无成矣”，袒露出对

① 李时人：《全唐五代小说》，何满子审定，陕西人民出版社 1998 年版，第 1096 页。

落榜的极端恐惧,而这也恰是应考士人的共有心态。这种波折又大大拓展了小说的思想内涵。以作者的主观命意说,其《前定录》的书名已在昭示着:榜上是否有名,乃是“上界”所定,非人力可及,虽现实或与天意有差,虽宰相有干预科举录取名单的特权,但最终也要服从天命。此外,从小说客观效果的角度看,还能解读出什么思想内涵呢?略而言之,可举出三点:其一,考生还未入场,可录取名单却已拟好,其中起决定作用的当然不是才华水平。梦中的名单与中书的名单遥相印证,虚实相得,共同说明着这一点。其背后的黑幕可想而知,令人骇然。其二,虚实两个名单之大同小异,似又在告诉读者:名单拟定后,可能还有改动,而谁上谁下的决定因素,既不言而喻,又神秘莫测。想来亦令人咋舌。其三,小说中的梦境乃是现实的反照,以梦境写现实,梦是现实的曲折反映。这比直写现实更有艺术韵味,体现了唐人小说“刻意好奇”的审美特征。而现实名单的点出,就又将这一内涵明点出来,再致意焉,强调了现实科考中的确有先拟名单的荒谬之事,而非虚言也。

卢肇《逸史》中的《皇甫弘》[①]也是写梦的一篇小说。主人公皇甫弘在“应进士举”之前因酒触忤了刺史钱徽,“自知必不中第,遂东归”。归途中,他“梦其亡妻乳母”让其求石婆神,石婆神说能得中。梦醒后,他坚信神示能应验后即“入城应举”。钱徽本来想挟私报复,“意欲挫之”,目的是“不与及第即得”,结果却一再失算,只得感叹“此定于天也”。本小说的篇幅虽短,文化内涵却很丰厚,除作者明示的“天定”论外,还可挖掘出如下

① 李时人:《全唐五代小说》,何满子审定,陕西人民出版社 1998 年版,第 1507 页。

几方面,如:梦境与心理暗示也可给人精神力量,促使事业成功。文末点出所谓石婆神,“本顽石一片,牧牛小儿,戏为敲琢,似人形状,谓之石婆耳”,其用意亦在淡化神的色彩,而强调人的心理与精神作用。再如:钱徽的复杂心态颇有意味。他既有公报私仇的小人心理,也有惧怕人们议论的复杂心态。在“恐惧”心理的左右下,他“反复筹度”,夜不成寐,犹豫未决,最后“遂不改移”,终未让皇甫弘名落孙山。这说明他还未坏透,还有所顾忌,体现了邪不压正的价值取向。在揭露主司阴暗心理的过程中,作品还表明了人心难测,人性复杂,暗箭可惧等内涵。

薛渔思《河东记》中《李敏求》[①]一篇也很有代表性。主人公李敏求“应进士举,凡十有余上,不得第”。“愁惋而坐”中“忽觉形魂相离,其身飘飘,如云气而游”,游至冥界,遇故人而得见禄命簿。魂返阳界后,无不一一应验。此小说除表达禄命“固有定分”的主旨外,还揭示了落第士人的生活窘况:“栖栖丐食,殆无生意”,“穷饥益不堪”,令人畏惧。而李敏求成婚获钱后,“用此钱参选”,终于得到官职,这也说明了唐代社会中钱与官二者的密切关系。

唐代小说中还有借神助以弥补科举落第失望心态的作品。《后土夫人传》[②]就是这类小说的代表。文中主人公韦安道“举进士,久不第”之后,得遇神女后土夫人,不仅“冥数合为匹偶”,

---

① 本篇所写事又见钟辂《前定录》,事同而文异,本篇文字为《前定录》所记的二倍。见李时人:《全唐五代小说》,何满子审定,陕西人民出版社 1998 年版,第 1028 页。

② 李时人:《全唐五代小说》,何满子审定,陕西人民出版社 1998 年版,第 1582 页。

结成夫妇,而且得到了神女所与钱五百万,且“与官至五品”,美妇、金钱与官位三者兼而有之。此乃唐代落第后与赶考中之士人的共有心态,均渴望能一石三鸟,美梦成真。这也是命定论的一种表现形式,士人在“久不第”的困境中,在无法改变现实的失望中,只能幻想神助之,而神是否出现,是否能够光顾自己,那还是命中注定的事,非人力可以改变。

从小说作者的创作心态看,以上唐人小说中所涉冥界、梦境、神女等超现实的描写,其实是科举路上各阶段士人共通心态的艺术化。或借冥界定数以解脱久试不第的心理压力,或借神女相助以实现中举入仕的白日梦,或袒露恐惧终无所成的深层心态。这种鬼神的描写,乃是“假小说以寄笔端”(胡应麟《少室山房笔丛》三十六)的艺术创作,与六朝志怪或“自神其教”,或“发明神道之不诬”(干宝《搜神记·序》)等创作命意已大不相同。

除以上所论由科举桥梁而进入仕途者外,唐人小说作品中还有靠其他途径做官的,如凭真才实学为掌权者赏识而授予官职者,即是其中一个方面。卢肇《逸史》中《孟君》①一篇即属此类。主人公孟君“少时应进士举,久不中第”,因“无所归”而“托于亲丈人省郎殷君宅”。一个偶然的机会,他被引见给观察使,“令草一表,词甚精敏,因请为军中职事,知表奏。数日授官,月俸正七十千”。《孟君》还生动地表现了孟君因不中举而遭受到的冷遇,“为殷氏贱厌,近至不容”,竟至“寄宿马厩”。这种趋奉富贵的社会心理导致的世态炎凉,也令应举士子们心怀恐惧,是

① 李时人:《全唐五代小说》,何满子审定,陕西人民出版社 1998 年版,第 1491 页。

某些士人不择手段求取功名的原因之一。

《玉泉子》中《赵琮》[①]一篇更是通过士人及第前后妻族态度的鲜明对比，有力揭示出了功名富贵对当时世人心态的扭曲程度。及第前，赵琮“穷悴甚，妻族益相薄，虽妻父母不能不然也”，以至家族聚会时，“众以帷隔绝之”。此时赵琮心灵上的痛苦程度可想而知！而当得到及第捷报后，身为钟凌大将的妻父欣喜若狂，“遽以榜奔归呼曰：‘赵郎及第矣’”，家庭其他成员也马上变脸，“即撤去帷帐，相与同席，竞以簪服而庆遗焉”。这种前倨后恭的态度转变，其深层原因正如苏秦嫂子直言不讳所云，是因为及第后“位尊而多金也”。时代虽变化了，这种人生价值观却传承下来了。即使在“一切向钱看”的当下世风中，恐怕仍然如此！

卢肇《逸史》中《李藩》[②]一篇所记也属此类。主人公李藩“年近三十，未有宦名”，寄托于岳父崔氏家，“待之不甚厚”，李藩处于“贫且病”的窘况中。后得到镇守扬州的张建封仆射的赏识，“奏李公为巡官校书郎”，始步入仕途，官运亨通，“竟为宰相”。李藩虽不是科举出身，但得人奖掖做官，亦升至“纱笼中人”的宰相。作者的创作主旨是在宣扬“人之贵贱分定矣”的命定论，客观上则昭示出士人入仕的另一条途径，也可谓是条条大路通罗马。作者卢肇于会昌三年（843 年）得李德裕奖拔，举进士第一（《玉泉》《北梦琐言》），后又为节度使卢商、裴休、卢简等

---

① 李时人：《全唐五代小说》，何满子审定，陕西人民出版社 1998 年版，第 2271 页。

② 李时人：《全唐五代小说》，何满子审定，陕西人民出版社 1998 年版，第 1494 页。

辟为从事。这种仕宦经历,使他深感有人奖掖的重要性,故发之于笔端,托之于小说人物身上。从另一方面说,科举出身的他并不排斥非科举入仕者,这也体现出了作者乃至唐人心胸宽阔的时代文化特征。

唐人小说中还描写了以"终南捷径"步入仕途者。比如:刘肃《大唐新语》中《卢藏用》[①]与沈汾《续仙传》中《司马承祯》[②]皆是记此事者,事同而文异。前者略,后者详。前者记曰:

> 卢藏用始隐于终南山中,中宗朝累居要职。有道士司马承祯者,睿宗迎至京,将还,藏用指终南山谓之曰:"此中大有佳处,何必在远!"承祯徐答曰:"以仆所观,乃仕宦捷径耳。"藏用有惭色。藏用博学工文章,善草隶,投壶弹琴,莫不尽妙。未仕时,尝辟谷练气,颇有高尚之致。及登朝,附权要,纵情奢逸,卒陷宪纲,悲夫!

此文虽仅百余字,却内蕴丰富,启人深思。作者以双重对比的艺术方法,逐步深化其思想内涵。一是,司马承祯与卢藏用的对比。前者为真隐士,后者乃假隐士;前者高尚,后者卑俗。美丑在对比中自现。司马承祯的"仕宦捷径"一句切中要害,直入本质,力透纸背,揭破假隐士的面具,露出其真面目,令以小人之心度君子之腹、自以为得计的卢藏用露出惭色。作者之褒贬亦寓于其中。二是,卢藏用登朝前后的对比。入仕前是"颇有高尚之致",还保有美的方面;入仕后,则为官场的大染缸所染黑,

---

① 李时人:《全唐五代小说》,何满子审定,陕西人民出版社 1998 年版,第 739 页。

② 李时人:《全唐五代小说》,何满子审定,陕西人民出版社 1998 年版,第 2226 页。

美善的东西被扭曲，人性丑恶的方面暴露无遗。一方面，这说明了士人身上美丑并具的人性特点，随客观环境的改变会被不同方面所主导，隐居时是美为主导，为官时则是丑为主导。生存环境的作用不可小觑，令作者与读者在鄙夷的同时又不能不扼腕痛惜。另一方面，这里也昭示着假隐士与贪官之间的某种必然联系。假隐与“奢逸”的深层动因，皆在于功名利禄之心耳！《司马承祯》的用墨重心与前者有别，更突出了主人公司马承祯的“博学能文”等才能与“累征不起”等品格，以更有力地批判假隐士。二者对读，体悟更深，效果愈佳。

唐人小说中，还有借仙人之口对士人入仕方式进行理性批判者，这种古今比照的深入思考是很宝贵的思想材料，值得认真去研究。比如：李玫《纂异记》中的《韦鲍生妓》①，就用了相当的篇幅来探讨这个问题。文中主人公韦生在“下第东归”途中，夜遇“紫衣冠者二人”，听其议论“窃入司文之室，于烛下窥能者制作”的观感，进而评陟古今选才之得失。其论曰：

> 吾闻古之诸侯，贡士于天子，尊贤劝善者也。故一适谓之好德，再适谓之尊贤，三适谓之有功，乃加九锡。不贡士，一黜爵，再黜地，三黜爵地。夫古之求士也如此，犹恐搜山之不高，索林之不深，尚有遗漏者。乃每岁季春，开府库，出弊帛，周天下而礼聘之。当是时，儒墨之徒，岂尽出矣？智谋之士，岂尽举矣？山林川泽，岂无遗矣？……尚有栖栖于岩谷，郁郁不得志者？吾闻今之求聘之礼缺，是贡举之道隳矣。贤不肖同途焉，才不才汩汩焉。隐岩穴者，自童髦穷

---

① 李时人：《全唐五代小说》，何满子审定，陕西人民出版社 1998 年版，第 1383 页。

径,至于白首焉;怀方策者,自壮岁力学,讫于没齿。虽每岁乡里荐之于州府,州府贡之于有司,有司考之诗赋,蜂腰鹤膝,谓不中度;弹声韵之清浊,谓不中律。虽有周孔之贤圣,班马之文章,不由此制作,靡得而达矣!然皇王帝霸之道,兴亡理乱之体,其可闻乎?

这是以古之求士方式为衬托,批评当时选士制度之弊,的确能切中时弊,见解还是颇为深刻的。与此宏论相呼应,文末紫衣人又嘱韦生曰:“异日主文柄,较量俊秀轻重,无以小巧为意也。”可见作者的主观命意在于讽劝“主文柄”者,强调其选才的标准,在于选真才而黜“小巧”。这也有一定的理论价值与启发意义。从历史发展的角度说,今之选士制度是古之发展,是一种进步,这是没有疑义的。作者也并未否定这一点,只是在这个进步过程中,又有新的弊端产生,前述几方面就可见一斑。作者李玫能指出这一点,进行理论上的深入探讨,也有其个人遭际寄寓在内。据康軿《剧谈录》(卷下)记载:“自大中、咸通之后,每岁试春官者千余人……如何植、李玫、皇甫松……以文章著美……皆苦心文华,厄于一第。”这种落第的惨痛经历,促使其反思当时选士制度之利弊,并能切中肯綮。这种文化心态也是不能忽略的。

笔者行文至此,还是觉得有必要对命定论思想作延伸诠释。此前,学界对命定论思想基本是持否定态度的,认为其消极、逆来顺受、麻痹人民的反抗意志、维护封建统治的长治久安等等,不一而足。纵观唐人小说的思想观念,唐代小说家的思想是比较深刻的,视野是相当开阔的,思维是极其活跃的,行文是相当大胆的。这是自先秦百家争鸣以后,又一个思想活跃的时代,有的层面,即使当下士人也未必能言,未必敢言。因此说,仅仅以消极落后评价唐人小说的命定论思想,恐怕会降低其思想层次,有违作品的实际。

从唐代科举实行状况的社会现实层面论之,唐代的录取名额过少,参加考试的士人特多,落榜者的群体过大,这是客观现实。作为小说家,在不能不反映这一社会现象的创作过程中,他们总是要说明这个问题,要给落第者一个说得过去、令人信服的解释。命定论就是在当时历史条件下,符合人们思维层次的比较合理的能够为士林所接受的一种较好的诠释。当然,也可以归之于落第者的才学不行。若从优中拔优的角度说,此论也可以服人,但是,科考现实中的确有才学不行而金榜题名者,如前述的四种不择手段高中者,皆属此类。那又做何解释?还有如李林甫做宰相时,为了证明“野无遗贤”的谬论,举行科举考试后,竟然一个也不录取。杜甫就是深受其害者,难道杜甫才学不好吗?这又做何解释?所以说,相比之下,还是命定论的诠释更好一些。这也是没有办法的办法。从中可见唐代小说家的善意与良苦用心!若将此观点移至当下高考落榜者等情况,其善良的主观命意,其所能达到的客观效果,同样可以证明这一点吧?

从心理学的层面说,人处于主观无法改变的客观困境中的时候,皆需要一种可以说服自己的心理安慰。古人今人都是如此。命定论就是当时乃至现在最好的安慰剂,不可替代。言简意赅,无须多言,说者与接受者均心领神会,容易产生心理共鸣。若打开视野,放开思维,这也并非仅仅是消极的东西,其中也不乏积极的因素,也可以产生积极的效果。试想:对于落第者而言,无外乎三种选择:一是,放弃科举,改弦易辙。反正也考不上了,不如就不考了,寻求其他出路吧。这也是人之常情吧。二是,继续科考,但难免信心不足,前途未卜,整日陷于栖栖遑遑的状态之中。三是,前途无望,自杀了结。当屡次落第的打击超过心理极限,而当事者又把科考作为唯一的人生寄托时,面对一次次的失望,恐怕只有自杀一途了。若换一个思路,重新审视命定论,与前述诸种情况相比较,命定论是否可以说也不失为一种较好的心灵慰藉呢?从心理学层面言之,命定论并非仅是消极的东西,也有积极的心理效果。从回顾过去的角度说,今年乃至以前考不中的结果是命中注定的,这种命定论思想就可以使落第者心里释然、坦然、平静。而从将要面对的下次考试来说,命定论思想中还有下次命中注定会考上的可能性在焉。这就会使当事者欣欣然自喜,得到鼓舞,有了动力。即使同样是放弃科考,命定论的诠释也会令当事人心里坦然,轻松放下,也会比没有命定论思想的放弃效果好得多。

从人类学的层面说,只要有人类存在,社会上的所有人就都会遇到主观愿望与客观现实的矛盾,都难以避免地会有各种各样的无法达到目的的失落。面对这种情况,不同文化层次、不同家庭背景、不同社会地位、不同思想性格的人们,也会有不同的解释,而随着社会的前进,文化的发展,这种解释的理论与方法会不断丰富、进步。这是没有问题的。但在此笔者想要表达的思想在于,无论到什么时代,只要有人类存在,只要在人们遇到大的挫折而需要某种解释的时候,命定论都是一种不可避免的有效理论,都是人们自觉不自觉地会首先选择的一种诠释方法。这也是不以人们的意志为转移的。

至于说到麻痹人民群众的斗志,延缓封建专制统治的副作用问题,这种观点也不无道理,但总觉得此论点与“清官比贪官还坏”的理论有“异曲同工”之处。固然,中国的老百姓自古多受磨难,命定论是他们能够忍耐艰难困苦社会的精神支柱。试想,如果没有命定论思想,他们就能够反抗吗?就会起来革命推翻封建统治吗?他们只要还有一口饭吃,只要还有一条活路,就会忍受下去,苟延残喘,维持生存,而没有命定论支柱这种自我安慰,只会令他们更加痛苦而已。而若到了没有活路的时候,在除了反抗就只有死的时候,中国的老百姓也会起来造反,什么命定论也不管用了。历次农民起义的事实就充分证明了这一点。道释等宗教的社会作用与效果也可作如是观。

有鉴于此,笔者认为,目前学界对命定论思想的研究还很不够,简单否定,是一种绝对化、简单化的方法,是图省事不负责任的态度。当然,这里边也有难以明言的苦衷,比如,怕被批判为唯心主义啊,与主流意识形态的唯物主义水火不容啊,等等。究其实,命定论的内涵是看着简单、深究复杂的一种哲学思想。其中还包含着东方神秘主义的东西在焉。现在社会的发展,科技的进步,还不足以全面解释其中蕴含的复杂思想,所以那就应该留给后人去诠释,而不要忙着轻易否定。这才是作为学者应该有的实事求是的负责任的研究态度。

第三章　君臣关系形态:理想寄寓与现实写照

君臣关系是中国封建社会政治体制中的核心问题,为历代士人所关注,历代作家以各种文学题材表现并探索着君臣遇合的复杂形态,不断建构着君臣关系的理想化模式,批判君臣关系的扭曲形态,以寄寓其社会理想、道德理想与审美理想。唐朝作为中国封建社会发展的高峰期,其社会政治体制较之前代更加完备,法律条文更加明确、细致,监督机制进一步完善。与此相一致,其君臣关系也呈现出相对良好的状态。唐初的“贞观之治”与唐太宗的“兼听则明”[①]为有唐一代树立起了明君的楷模,成为整个中国封建社会历史长河中君臣关系的理想范型。

作为“唐代特绝之作”[②]的传奇小说,作为最全面最形象最生动再现社会生活的小说文体,创作传奇小说的士人官员,自然会把社会中存在的与他们头脑中所思考的君臣关系问题形诸笔

---

① 《新唐书·魏徵传》载:“(唐太宗)因问:‘为君者何道而明,何失而暗?’徵曰:‘君所以明,兼听也;所以暗,偏信也。’”《资治通鉴·唐太宗贞观二年》载:“上问魏徵曰:‘人主何为而明,何为而暗?’对曰:‘兼听则明,偏信则暗。’”

② 鲁迅:《中国小说史略》,载《鲁迅全集》(第9卷),人民文学出版社2005年版,第73页。

下。这经过唐代小说家的审美心理中介,艺术化地升华为唐人小说中鲜活生动的君臣关系理想图景,达到了中国小说史乃至文学史、文化史上的一种高峰态,其所达到的思想层次,后世已难以企及。这是唐人小说丰厚文化意蕴的一个重要方面,也是我们解读唐人小说的一个重要内容。从这方面可以透视唐代士人心态的一个侧面。此前学界似乎对这方面的问题关注不够,故笔者于此提出略论之,以冀抛砖引玉耳。

一　"杂于千官":君臣关系的最高境界

君臣关系本来是一种双向互动的关系,其中君王因占据有利条件,握有权柄,故居于主导地位。那么唐人小说中的君臣关系最高境界的具体表现又是怎样的呢?试结合作品来探讨其文化内涵。

在整个唐人小说中,最理想化的君臣关系与君民关系的描写,首推牛僧孺《玄怪录》中的《古元之》一篇。作者以虚幻的艺术手法,精心设计出一个超现实的天堂之国——和神国。

在这个理想化国度中,"虽有君主,而君不自知为君,杂于千官,以无职事升贬故也"①。这就是为君者的最高境界。"不自知"三字,精辟至极,妙不可言,其意应为:为君者在主观心理上不把自己当作君主,这样君主自视为君所带来的扭曲心态与霸道行为均可避免,这样才能有一种平常心,才能有"杂于千官"的理想君臣关系而不以为屈尊降贵等。封建皇帝的根本问

① 李时人:《全唐五代小说》,何满子审定,陕西人民出版社 1998 年版,第 905 页。

题就出在唯我独尊上,什么“天子”、“家天下”、“孤家寡人”等说法,就使他们自我感觉良好,徇私舞弊,为所欲为,一贯正确,颐指气使,天下的事就坏在了这些帝王身上。黄宗羲的《原君》就深刻地指出了这一点。牛僧孺久在官场,曾官至宰相,深知君主其害,故能够感同身受,琢磨出“不自知”三字,的确是不同凡响,高屋建瓴,思想深邃。“杂于千官,以无职事升贬故”这个因果句式中,也蕴含着超凡的思想,一语中的,切中肯綮。封建帝王的手中紧紧抓住所有权力,特别是“职事升贬”的人事大权,以此权力控制群臣。连宰相这个群臣之首,皇帝也是随意驱遣,肆意杀戮。汉武帝前后杀了五个宰相,让公孙贺当宰相时,他吓得连忙跪地磕头,坚辞不就,但不当还不行。公孙贺鉴于前面五个宰相的教训,看汉武帝的脸色行事,不敢越雷池一步,但最后还是被汉武帝杀掉了。牛僧孺是著名学者,经史兼通,唐代以前帝王屠戮群臣的丑恶行径,他了然于心,故其此处的描写的背后,也有深广的社会历史内容在焉。

这虽是虚构的小说,但它表达了在士人心目中理想化的君主应有的一种人生境界,体现了唐人理想中的君臣关系形态,表现了唐人超凡的思维与高远的追求。此前,人们并未注意此小说这方面的文化内涵,故笔者在此特强调之,其思想层次之高,文化品格之雅,思维角度之新,艺术想象之奇,在中国古代文学史上也是佼佼者。从传统文化的流变上说,此君臣关系理想模式中有原始社会中贤明君主的影子在焉,也有道家思想的养料,还有陶渊明《桃花源记》的启发与影响。

韩非曾指出:“尧之王天下也,茅茨不翦,采椽不斫;粝粢之食,藜藿之羹;冬日麑裘,夏日葛衣:虽监门之服养,不亏于此矣。禹之王天下也,身执耒臿,以为民先,股无胈,胫不生毛,虽臣虏之劳,不苦于此矣。以是言之,夫古之让天子者,是去监门之养而离臣虏之劳也。”(《韩非子·五蠹》)韩非所立论的目的是要说明原始社会的禅让帝位,并非是为让权力而是在辞劳苦,但我们从字里行间却看到了尧、禹劳苦在前的情景,这时的掌权者怎么能不受到百姓的拥戴呢?现实掌权者离这愈远,人们愈缅怀古之圣贤,在远古的遥想中寄寓理想,建构官民一体的最佳社会体制模式。

从时代文化的影响上看,这是大唐文化的开放性、兼容性、宏阔性等文化特征在士人文化心理上的一种体现,否则,恐怕文人连想也不敢如此去想,更毋庸说写出来了。从当代文化的视角与立足点上说,其中所隐含着的平等意识与自然心态,在今天仍有认识意义与审美价值,因为这仍然是掌权者难以达到而仍需追求的理想境界。

与君主的不自知为君相一致,和神国之臣也不自知其为臣。其官与民的关系也耐人寻味。作者写道:“其国千官皆足,而仕官不自知身之在仕,杂于下人,以无职事操断也。”官不自知为官而与下人杂处,这也是为官者的最高境界,是应该追求而难以达到的目标。在以封建等级制为核心的古代社会,这只是一种美好愿望,一种作为现实反衬的理想寄寓,在力倡平等自由而仍有着严重的等级制遗留的当今社会,这仍然是可远观而难以达到的理想状态,仍然是应该继续倡导与追求的为官者的一种境界。

此外,与君臣和官民关系相呼应,和神国中的人与人关系闪现出和谐美的光芒,令人可望而不可即,对今人也有着一定的启发性。特点主要有:第一,其人寿命长,“人寿一百二十”。这不仅达到古人寿命的极限,迄今虽为现代社会所证实,但仍然属于凤毛麟角。虽然寿命长并不等于就幸福,但无论古人还是今人,始终是把长寿作为一种不懈追求的目标。不仅秦皇汉武的访求仙人、炼丹养气是为了长生不老,就是普通百姓,为了长寿也是不惜血本,勉力求之。因为人的生命毕竟只有一次,可以理解。

第二,其人生死自然,无喜无忧。“寿尽则欻然失其所在,虽亲族子孙皆忘其人,故常无忧戚。”这在注重宗法伦理的中国社会来说,似乎有些离经叛道的意味。从文化渊源上追溯之,明显带有道家色彩,虽不近人情,亦近于自然。

第三,其人无私不贪,按需自取。“人无私积囷仓,余粮栖亩,要者取之。”人生产粮食是为了生存活命,够用即可,余亦无用。这种自取自足的生存状态,是一种自然平和的状态,层次不一定有多高,但却很难达到。因为人的自私贪婪本性会破坏这种自然和谐的生存平衡。作者的这种描写,显系现实中人皆为私的私有制社会的一种反衬,虽有悖人性,但也是一种理想追求。这不禁让人联想起人民公社创立者的主观命意与“按需分配”的共产主义理想。而这里的按需自取,比按需分配还要自然高明,因为只要“分配”,就要有分配者,就会出现等级,就有主动与被动的关系区别。而是否“需”,也有如何理解与判别的问题,是自己认为需要,还是分配者认为你需要,还是大家都认为你需要?其中的差别会相当大,难以统一。这就难免出现纷争,就会破坏和谐与团结,社会就会出现问题。而作者在这里描写的按需自取,则是由自我来判定是否“需”,每人都如此,别人不过问,那就没有纷争。当然,这需要自我的自律与无私的境界。而在作者笔下,则不是儒家倡导的教化的结果,却完完全全是源自人的天性良善与美好。今天看来,仍然是可望而不可即。

第四,其人精神愉悦,相亲互助。“国人日相携游览歌咏,陶陶然,暮夜而散”,“一国之人,皆自相亲,有如戚属,人各相惠多与”。这里的人们在物质生活自取满足的前提下,更看重精神愉悦,“游览歌咏”是其主要日常生活内容,是其精神愉悦的集中表现。这一系列精神状态与感情层面的形象描写,呈现出一种美好快乐的人类生存状态。这是诗歌王国中的唐人所追求的“诗意的生存”理想形态,也是人类所共同追求的目标,具有着诱人的力量,永远让人心向往之。罗贯中笔下对诸葛亮所治理的蜀国百姓生活状况描写:“两川之民,忻乐太平,夜不闭户,路不拾遗。幸是连年大熟,老幼皆鼓腹讴歌”,“米满仓廒,财盈府库”①等等,显然是他头脑中理想社会蓝图的艺术再现,其中也不无对牛僧孺等前贤思想成果的汲取,也是历代士人所追求的人类社会生活的诗意化理想的寄寓。牛僧孺与罗贯中笔下这种理想国度的营造,虽然有虚构与写实的差异,但其诗意化的色彩与美化的趋向又是相通的。

凡此可见,《古元之》以君臣关系的最高境界为核心,自上而下,辐射开去,人与人的关系也达到了最佳境界。这样,君主、千官和国人三个层面和谐共处,相安无事,三位一体,共同构成一幅士人心目中的理想化的美不胜收的社会安乐图。

当然,毋庸讳言,《古元之》中也有某些时代与文化的局限性,如“其人长短妍蚩皆等”,乃封建社会求同斥异文化心理的一种反映,不仅违背自然,而且这样如同一个模子铸造出来的人也并不可爱。再如:“人人有俾仆,皆自然谨慎,知人所要,不烦促使。”虽然是在赞美“俾仆”的理想境界,但其与主人的关系,

---

① 罗贯中:《三国志通俗演义》卷之十八《孔明兴兵征孟获》,上海古籍出版社 1980 年版,第 836 页。

必然有等级的差别，这又是封建社会等级制的形象化表现，与文中某些平等意象的描写未免自相矛盾。

二　君明臣良：君臣关系的理想范型

若君主英明识人，故其所任用之臣则必然为良臣，二者之间似乎有着一种因果关系。若云《古元之》的图景是近乎陶渊明《桃花源记》的理想蓝图，那么唐人小说所建构的现实社会中君臣关系的理想模式又是怎样的呢？在这方面，陈鸿《开元升平源》[①]可为代表。小说以姚崇进言与唐玄宗纳谏为主要情节，建构起君明臣良的理想化君臣关系范型。小说的背景置于唐代开元初期，这是唐玄宗的开明时期。他继承了乃祖唐太宗的“贞观之治”，励精图治，勤政爱民，终于迎来了国泰民安的“开元盛世”。这是唐代乃至整个中国古代社会的黄金时代，是唐玄宗对“贞观之治”的继承与发展。这时的唐玄宗对臣下的态度，亦吸收了先祖李世民的明君纳谏传统，表现出令后代士子官民景仰的明君风范。在作者笔下，“开元盛世”的出现，首先归功于臣子姚崇的“十事上献”，这是关乎国计民生的治国方略，绝不可等闲视之。而能将这十大国策付诸实施，关键还在于唐玄宗能虚心采纳，付诸实施。可见在君臣双向关系中，君还是处于主导地位的。若遇昏君，此十计再好，也只能付诸东流。在“十事”的缕述中，每上一事，都写出唐玄宗的反应，可谓有叩则响，

① 该文作者学术界有争议，有吴兢撰与陈鸿撰等不同说法。笔者同意李时人所持的陈鸿撰的见解。参见李时人：《全唐五代小说》，何满子审定，陕西人民出版社 1998 年版，第 3049 页。

此呼彼应。这就形象生动地描画出君臣互动、共鸣一体的和谐关系,寄寓着作者对君臣关系的理想追求。姚崇所上“十事”中,有几项关涉君臣关系大体者,值得特别提出来品评之。

第一条:“自垂拱已来,朝廷以刑法理天下,臣请圣政先仁义,可乎?”这关乎治国思想是法家还是儒家的大问题,故首先提出,而“先仁义”当然也包括君对臣要讲仁义,对民也要讲仁义。仁义的内涵就是“仁者爱人”,爱天下所有人,包括臣子、百姓。唐玄宗的回答是:“朕深心有望于公也。”这就是说姚崇说的“先仁义”,正是他也想要如此做的,由此可见君臣之间的政治共识与心理共鸣。

第五条:“比来近密佞幸之徒,冒犯宪纲者,皆以宠免,臣请行法,可乎?”所谓君明臣良,就包括用良臣与黜佞臣这不可分割的两个方面。佞臣犯法以宠免,是乱国之道,乃昏君所为,故姚崇郑重提出此项。这与第三条的“中官不预公事”是一致的,因为宦官干政乱国有前车之鉴。唐玄宗所云“朕切齿久矣”,说明此时他是与良臣心灵相通的明君。

第八条:“先朝亵狎大臣,或亏君臣之敬,臣请陛下接之以礼,可乎?”这是讲至关重要的君应礼敬大臣的问题,而以先朝为反衬,力在恢复儒家先贤倡导的“君使臣以礼”的优良传统。唐玄宗表示:“事诚当然,有何不可?”他认为这是当然的、该做的事情,与贤臣的看法一致,毫无疑义,欣然应允,说明他有敬臣之心。

第九条:“自燕钦融、韦月将献直得罪,由是谏臣沮色。臣请凡在臣子,皆得触龙鳞,犯忌讳,可乎?”这条与第八条是相互联系、密不可分的。有了礼敬臣子的前提,才有可能纳谏。前一条是大前提,这一条是具体实施;前一条是虚,应之容易,这一条是实，行之尤难。因为这不仅是理智的问题，还有人性的弱点。理智上明知大臣劝谏有利于其“家天下”的基业长久，有利于国家的长治久安，而因忠言逆耳，难免龙颜大怒，仍然是难以接受的。而姚崇“触龙鳞”这样刺激性特强的语言，尤难忍受。唐玄宗“朕非唯能容之，亦能行之”的表态，简直就是明君偶像唐太宗的再现，这就不能不令臣子们感动。为此，方有姚崇“臣千年一遇之日”的由衷之言与“蹈舞称万岁者三”的五体投地。而“从官千万，皆出涕”的进一步渲染，说明唐玄宗此时的英明是何等得臣子之心，是相当的难能可贵。至此，作者通过十事的层层铺垫，一再渲染，就将既源于史实又高于生活，既理想化又有可行性的君臣关系范型建构起来了。

在唐代以前，古圣先贤中就多有论及君臣关系者，并且为其确立了良好的行为规范。其中应该以孔子确立的君臣关系准则对后代影响最大。孔子明确指出：“君使臣以礼，臣事君以忠。”[①]这已强调了君对臣之礼应该在臣忠于君之先，概括了君臣双向互动的关系。换句话说，臣之忠君应是有条件的，而非后世理学家无条件地对君愚忠。到了孟子，又继承和发展了孔子的君臣关系学说，进一步申说之：“君之视臣如手足，则臣视君如腹心；君之视臣如犬马，则臣视君如国人；君之视臣如土芥，则臣视君如寇仇。”[②]这就更加突出了大臣的浩然正气与人格力量，具有明晰的层次感与强烈的民主色彩。《开元升平源》一文的君臣关系理想，应主要来自于孔孟的文化观念，是孔孟君臣关系准则真正的良好的体现。这是作者对唐太宗、唐玄宗等明君

① 杨伯峻：《论语译注》，中华书局1980年版，第30页。

② 杨伯峻：《孟子译注》，中华书局1960年版，第186页。

与其贤臣和谐一体的君臣关系的一种理论升华与艺术概括。

若云《开元升平源》是以具体人物形象来表达其君臣关系的理想,那么,唐人小说中还有从理论上抽象论述君臣关系的作品。比如,李隐《大唐奇事》中《管子文》[①]一篇即是如此。作者借"故旧大笔"所幻化的布衣人形象代口传言,表述其关于君臣关系的理论:"君为相,相天子也。相天子,安宗社保国也。""夫为相之道,不必独任天下事。当举文治天下之民,举武定天下之乱,则仁人抚疲瘵。用义士和斗战,自修节俭,以讽上,以化下;自守忠贞,以事主,以律人,固不暇躬勤庶政也。庶政得人即治,苟不得人,虽才如伊吕,亦不治。"文中布衣人所言这段话的时间与对象是"李林甫为相初年",此时的皇帝仍为唐玄宗。与前面陈鸿《开元升平源》一篇相对比,唐玄宗用贤臣姚崇为相,用其方略,则有开元盛世;唐玄宗用奸佞李林甫为相,委以国政,则有天宝之乱。两种性质的君臣关系构成了鲜明的对比与反衬,包含着丰厚的政治内涵,寓有作者的感慨与遗憾。这里所言的为相之道,对内有"自修"、"自守"的问题;对外有"举文"、"举武"等"得人"问题,意在说明为相地位之重要,君主与其他臣下的关系,往往要通过宰相来沟通、中转与具体体现。因此说,一国宰相可谓国之兴衰系于一身,不可忽也。

此外,柳祥《潇湘录》中《益州老父》[②]一篇,借仙人之口,以人喻国,以医病为喻来阐发君臣关系问题,其意旨可与《管子

---

① 李时人:《全唐五代小说》,何满子审定,陕西人民出版社 1998 年版,第 1427 页。

② 李时人:《全唐五代小说》,何满子审定,陕西人民出版社 1998 年版,第 1522 页。

文》所论相互补充,相得益彰。作者将背景置于“唐则天末年”,主人公为一卖药老父,他“每遇有识者,必告之曰:‘夫人一身,便如一国也,人之心即帝王也;傍列脏腑,即内辅也;外张九窍即外臣也。故心有病,则内外不可救之。又何异君乱于上,臣下不可正之哉!但凡欲身之无病,必须先正其心。不使乱求,不使狂思,不使嗜欲,不使迷惑,则心先无病。心先无病,则内辅之脏腑,虽有病不难疗也,外之九窍,亦无由受病矣。’”这段关于君臣关系的高论,比喻精当,阐述透辟,高屋建瓴,思想深刻。表面上看,此文似乎主要是以君臣关系来比喻人身的各个器官之关系,以说明其治病之道,以与其卖药者之身份相吻合,实际上作者之深层用意乃是在于借人身各器官之关系及治病原理来匡正君臣之道。这样论述起来,既不露干预政治的痕迹,又分析精到,说服力强,颇启人深思。这显然与卷首的时代背景有关。武则天的以周代唐,根源正在于该文所论的是“君乱于上”,是“心有病”矣。有唐一代士人皆对此扼腕痛惜,跌足长叹,而又无可奈何,所谓“臣下不可正之哉”,甚至连皇太子也成了受害者。无奈之余,关心国家前途的士人们只能将反思成果发之于笔端,以小说文体这种艺术化的方式来警醒后人。这是一篇看似平淡无味实际含蕴丰富、启人深思的小说,值得关注。

还有袁郊《甘泽谣》中《魏先生》[①]一篇,其主旨是借李密之事论及君臣之道。主人公魏先生是“得道之士”,有识人之明,他为说明李密“无帝王规模,非将帅才略,乃乱世之雄杰”,正面

① 李时人:《全唐五代小说》,何满子审定,陕西人民出版社 1998 年版,第 1718 页。

阐述了何谓“帝王规模”：“夫为帝王者，笼[①]罗天地，仪范古今。外则日用而不知，中则岁功而自立。尧询四岳，举鲧而殛羽山，此乃出于无私。”与此相应，也强调了何谓“将帅之才”：“凡为将帅者，幕建太一旗，驱无战之师，伐有名[②]之罪。……修其屯田，观衅而动。遂使风生虎啸，不可抗其威；云起龙骧，不可攘其势。”这显然是对君臣各司其职理想的理论阐释。作为安史之乱后中唐时期的士人小说家，对君臣的职责及君臣关系问题不能不格外加以关注，不能不反思其与国家盛衰之密切关系，这也是中晚唐士人作家的共有心态。而该文作者袁郊为宪宗朝宰相袁滋之子，其特殊的家庭环境的影响，其社交圈子、文化层次等环境带来的耳濡目染，又使袁郊对此问题的思考有了自己的独特见解。这应该是源于现实而又高于现实的总结与升华。

《唐语林》卷三所记李白与唐玄宗的对话，从君臣关系的角度观照也颇耐人寻味。其文曰：

> 玄宗燕诸学士于便殿，顾谓李白曰：“朕与天后任人如何？”白曰：“天后任人，如小儿市瓜，不择香味，唯取其肥大者；陛下任人，如淘沙取金，剖石采玉，皆得其精粹。”上大笑。[③]

作为有出将入相大志的杰出士人李白，在此利用唐玄宗发

---

① 笼，谈恺刻本《太平广记》作“宠”，而文渊阁《四库全书》本《太平广记》则为“笼”，根据文意，笔者认为应以后者为是，故从之。

② 名，谈恺刻本《太平广记》作“民”，而文渊阁《四库全书》本《太平广记》则为“名”，根据文意，笔者认为应以后者为是，故从之。

③ 本文原出于《开元天宝遗事》卷下《任人如市瓜》条。转引自王谠《唐语林校证》，周勋初校证，中华书局 1987 年版，第 276 页。

问的机会,借题发挥谈出了他对君臣关系的看法。在武则天与唐玄宗的对比中,他否定了前者,肯定了后者。他认为,从君王的角度说,就应该选取士林的"精粹"来治国理民,这样才能实现君明臣良的目标。从原书尾句"明皇笑曰:'学士过有所饰。'"一句看,唐玄宗还有自知之明;从唐玄宗当时所任用的一些大臣看,李白所言"得其精粹"亦并非事实。这似乎不应看作李白在阿谀唐玄宗,而是希望唐玄宗能够做到选取精粹,表达了他对于君臣关系理想境界的渴慕与追求。

凡此,牛僧孺、陈鸿笔下的形象图景与李隐、柳祥、袁郊的抽象阐释,互相补充,相互生发,交叉渗透,相得益彰,这就将唐代士人心目中的理想化君臣关系,从神界与现实、理论与具象、直述与比喻等各种角度淋漓尽致地表达出来,给后人以思维层次的启发与感情层面的震撼,值得学界认真去研究。

三　君宽臣安:君臣关系的良性状态

如果说君明臣良主要是从社会政治层面着眼的评判,那么这里则还要侧重从道德与人性层面观照唐人小说中君臣关系的相关表现,因为这也是唐代士人所思考并寄寓在小说中的文化意蕴之一。唐人小说所赞美的君王的宽,包括宽容、宽和、宽宥、宽宏大度、宽以待下等内涵。从道德层面说,这些内涵表现为高层次的一种修养与人格境界,非道德高尚者难以达到。封建社会的君王处于至高无上的特殊地位,言出法随,要做到宽以待下就更不容易。这也是"内圣"的道德修养之一,有此方可容人用人,方可尽臣之才,方可达"外王"的远大目标。在儒家所讲的"恭、宽、信、敏、惠"等修身标准中,"宽"居第二位,足见儒家对

“宽”德的重视。从人性的层面说,有人天性宽和,心胸开阔;有人天性疑忌,心胸狭窄。后天的修养、学识可以矫正天性之弊,但“江山易改,本性难移”,从根本上改变也的确比较难。若是常人有此毛病,对自己固然不利,但对别人毕竟还为害有限;但若身为君王者猜忌偏狭,则祸莫大焉,即会危及大臣的生命,也会造成冤案,殃及无辜,甚至会祸国殃民。因此,从审美层面说,宽容不仅是一种善,也是一种美。对常人的评价如此,对君臣的评判亦不能例外。道家亦肯定宽容美德,如《庄子・天下》篇曰:“常宽容于物,不削于人,可谓至极。”①史家往往也以此臧否历史人物,如《汉书・韩王信传》曰:“为人宽和自守,以温颜逊辞承上接下,无所失意。”②唐人小说对君王宽容待臣的褒扬也是与先哲相一致的。试举例论之。

刘肃《大唐新语》卷三《清廉第六》载唐太宗宽宥冯立的故事,对君臣二人皆颇多嘉许,其文如下:

> 冯立有武艺,略涉书记,事隐太子。太子诛,左右悉逃散。立叹曰:“岂有生受其恩,而逃其难!”乃率兵犯玄武门,杀将军敬君弘,谓其徒曰:“微以报太子矣。”遂解兵而遁。俄来请罪,太宗数之曰:“汝间构阻我骨肉,复出兵来战,杀我将士,汝罪大也,何以逃死?”对曰:“屈身事主,期于效命。当战之日,无所顾惮。”因歔欷,悲不自胜。太宗宥之,立谓其所亲曰:“逢莫大之恩,终当以死奉答。”俄而

① 郭庆藩:《庄子集释》,中华书局1961年版,第1095页。

② 班固:《汉书》,中华书局1962年版,第1857页。

突厥至便桥，立率数百人力战，杀获甚众。太宗深嘉叹之。①

冯立触忤唐太宗是因为在皇位争夺中他站错了队，犯了死罪，故太宗称"何以逃死"。在封建社会中，这是令君主最难饶恕的。在这种背景下，唐太宗还能宽宥冯立，尤显难能可贵，故作者极力赞美之。这里固然事出有因，冯立的主动请罪是其一；太宗宥之乃给其他人看，以收人心，此其二；冯立有武艺，拉拢一个奇人后当有用，冯立的报答已证明了这一点，此其三。但超越这些原因之外，作为开创"贞观之治"的英明君主，唐太宗从宽宥冯立中所表现出来的宽容大度胸怀，还是令人敬佩的。这种道德美与人格美是有超时空的征服力的。齐桓公宽宥并重用曾事其政敌公子纠的管仲，晋文公原谅曾两次捕杀他的寺人披，曹操赦免了以檄文痛骂他的陈琳，无论在史学界还是在文学界，他们均受到历代士人的赞赏。这种道德与审美评价的共通性，说明着士人们多么企盼在位执政者是宽仁大度的君主啊！在士人们的深层心态中，得遇宽容君主，不仅是建功立业、实现理想的保证，还有心态的放松、氛围的和谐、生命的保障，这些更是可遇而不可求的，故在小说中寄托其基本的道德愿望。

对女皇武则天的评说，历来争议颇大，尤其是她重用酷吏周兴、来俊臣杀戮忠良，更为士林所痛恨。这在唐人小说中也有所表现，如牛肃在《裴伷先》（见《纪闻》）中写道："陛下自登极，诛斥李氏及诸大臣。其家人亲族，流放在外者，以臣所料，且数万人。"戴孚在《张守一》（见《广异记》）中写道："至武太后时，守

① 刘肃：《大唐新语》，许德楠、李鼎霞点校，中华书局1984年版，第49页。

一以持法宽平。为酷吏所构,流徙岭表,资用窘竭。”这些皆是在明显地贬抑武则天,也确属事实,贬之有据。但唐代士人们也并未否认她的治国才能与政绩,其中也有肯定其宽宏大度的小说,如刘肃《大唐新语》卷四《持法第七》所记武则天对裴怀古的态度,就是颇有代表性的一例。有高行的僧人净满为众僧所嫉,“乃密画女人居高楼,净满引弓射之状”,“诣阙告之”。众僧的陷害手法,乃投其所好,因武则天时代,鼓励告密,小人得以乘间借此法构陷君子。而诬陷内容又正触武则天忌讳,其愤怒心态可想而知。作者极有层次地分三次写出武则天态度的变化。初闻,“则天大怒,命御史裴怀古推按,便行诛戮”,必欲置之死地而后快。可裴怀古是个正直君子,依法办事,搞清事实真相后,“释净满而坐告者”。武则天闻此的态度是“惊怒,色动声战,责怀古宽纵”。这个结果显然出乎武则天所料,君臣之间出现了尖锐矛盾,而君的态度又如此激烈,按正常思维,形势很难逆转,况且还有李昭德的添油加醋,裴怀古处于更加困窘的境地。但他能够面对盛怒君王而“执之不屈”,“厉声而言”,坚持真理,表示“虽死不恨”,毫不退让。至此,武则天的态度发生了变化:“则天意解,乃释怀古。”这个结局又出人意料。在被触犯忌讳而盛怒之下能有一百八十度的大转弯,这在常人也难以做到,何况是心高气傲的女皇。这除了裴怀古义正词严、执法不屈所产生的力量促使其转变外,武则天的宽容心胸也是主体方面的重要因素。作者对此也是持赞赏态度的,故录之在案。同时作者也讴歌了裴怀古刚正不阿、敢持己见的人格精神。这是后世士人所应继承和发扬的。武则天责裴怀古“宽”,裴怀古以事实为“宽”的支柱,最终争来了武则天的“宽”。可见君主的宽宏大量还有一个连锁反应的演化过程,当然关键在于贤臣的据理力争。

如果裴怀古看君主脸色行事,“宽”的结果也就不可能产生了。这是颇耐人寻味的。

唐宣宗是安史之乱后口碑较好的皇帝,《旧唐书·宣宗本纪》称:“十余年间,颂声载路。……与群臣言,俨然煦接,如待宾僚,或有所陈闻,虚襟听纳。”[①]《新唐书·宣宗本纪》亦曰:“宣宗精于听断。”[②]这些颂声,自然会传入士人之耳,形诸作家笔下,尤其是对臣下的宽和态度,更令士人们感动,于是唐人小说中便有了这方面题材的表现。何光远《贾忤旨》所写唐宣宗宽宥贾岛触忤之罪的故事,就颇得士人赞叹。贾岛栖身寺院,本意是“专俟宣宗微行,欲见帝,希特恩非时及第”。宣宗微行来此,“聆钟楼上有秀才吟咏之声,遂登楼,于岛案上取吟次诗欲看。岛不识帝,攘臂睨帝,遂于帝手夺之,曰:‘郎君何会耶?’帝惭赧下楼,玄公寻亦归院。岛抚膺追悔欲投钟楼。帝惜其才,急诏释罪。谓岛曰:‘方知卿薄命矣。’遂御札墨制,除岛为遂州长江主簿”。贾岛忤帝,固然是不知对方为何人,即使是如此,对方即便是普通士人,贾岛的行为亦未免过分,让人下不来台,而宣帝能宽宥之,实属难能可贵。况且这又是在“公卿恶之”,“是时逐出关外,号为‘十恶’”的反衬中写出的,愈见出宣宗对人才的爱惜,对士人臣子的礼敬。这与前引史传的记载是一致的。《旧唐书·宣宗本纪》又曰:“帝雅好儒士,留心贡举。有时微行人间,采听舆论,以观选士之得失。每山池曲宴,学士诗什属和,公卿出镇,亦赋诗饯行。……当时以大中之政有贞观之风焉。”[③]

① 刘昫等:《旧唐书》,中华书局1975年版,第645页。

② 欧阳修:《新唐书》,中华书局1975年版,第253页。

③ 刘昫等:《旧唐书》,中华书局1975年版,第617页。

从史书与小说所记宣宗微行的一致性上,可知小说中塑造的唐宣宗形象与历史原型大体吻合,符合人物性格的内在逻辑,二者可相互印证。从史书所记宣宗能诗好士,可找到宣宗与贾岛同为诗人的心理共鸣。笔者引史书欲说明,此小说中所写宣宗的宽仁行为,既是广大士人对好皇帝渴望心态的艺术化,也有历史的根据。这可知唐代小说既脱离了史传而获得文体的独立,又有历史的依托与借鉴。

四　君忌臣危:君臣关系的异化形态

作为君臣关系理想模式与良性状态的对立面,唐人小说还有相当的篇幅表现了君臣关系的异化形态,这是道德层面的恶与人性劣根性中的丑交叉作用的表现。其中君忌而臣危——因触犯君王忌讳而遭贬被杀,就是君臣关系的异化形态表现之一。唐代士人以小说的艺术形式,从前朝旧事或本朝新事着眼,以写实笔法或艺术虚构等多种角度表现之,寄寓了企盼“贞观之治”与“开元盛世”再现于当代的文化心理,蕴含着丰厚的思想内涵和超时空的认识价值。

1. 前朝旧事。唐代小说家往往驰聘艺术想象,借助某种传奇笔法,再现前朝旧事,以总结历史和人生经验,用来反衬现实。其中表现君臣关系异化方面的篇章亦是如此。戴孚的《常夷》(见《广异记》)就是这样一篇小说。文中主人公常夷为唐时人,作者先凸现他是一位杰出的士人,说明他具有“博览经典,雅有文艺,性耿正清直”等思想性格特点。他结交的一位朋友朱秀才乃梁朝时秀才,其思想性格特点是“风度闲和,雅有清致”,“遂无宦情,屏居求志”。作者借他之口,讲述“史所脱遗”的“梁

陈间事,历历分明”。梁代事说的是梁元帝因忌而杀博士的恶行:

> 元帝一目失明,深忌讳之,为湘东镇荆州,王尝使博士讲《论语》,至于“见瞽者”必变色。语不为隐,帝大怒,乃鸩杀之。①

这是因触君王忌讳而被杀的典型案例。梁元帝之忌讳来自其生理缺陷,有生理缺陷而忌讳人言,乃人性的弱点,心里不快尚可以理解,但是因而杀人就不可原谅了。这突出表现了梁元帝的心胸狭隘,手段残忍,令人发指。博士之死,冤枉至极,因为他并非言谈中的失言,而是《论语》中有此原文,无可回避。可见,在封建专制体制下,心胸狭隘的忌讳者若掌握了生杀大权是令人恐怖的事。有其父必有其子,梁元帝为其子所杀的结局,也是历史对他的惩罚。历史上因触忌讳而遭君王杀害者,不计其数,至朱元璋可算是集前代帝王杀人之大成了。因其做过和尚,言及“僧”乃至谐音的“生”字要杀,言及“光”、“亮”者也要杀;因其做过红巾军,言及“盗”乃至同音的“道”者要杀,言及“贼”及谐音的“则”者也要杀。据吴晗《朱元璋传》载:“文字狱的时间从洪武十七年到二十九年,前后达十三年。唯一幸免的文人是翰林院编修张某。”②他作贺表中有“天下有道”字样而触犯朱元璋的忌讳,认为是骂他做过强盗,差人逮来当面审讯,当张某说“天下有道”是孔子所云时,朱元璋才无话可说,只好放了张

---

① 李时人:《全唐五代小说》,何满子审定,陕西人民出版社 1998 年版,第 407 页。

② 吴晗:《朱元璋传》,人民出版社 1985 年版,第 272 页。

某。(参见李贤《古穰杂录》)相比之下,梁元帝比朱元璋还霸道,还蛮横无理。虽两位君王前后相距八百余年,但人性劣根性中的忌讳心理却一脉相承。这种忌讳心理一般人也有,危害尚小,而在君王身上表现出来,则为害甚广,更令人不寒而栗。

本篇所记陈朝事则有陈武帝因忌而灭包氏的丑行:"陈武微时,家甚贫,为人庸保以自给,常盗取长城豪富包氏池中鱼,擒得以担竿系,甚困,即祚后,灭包氏。"陈武帝盗取包氏鱼,本理亏,登帝位后,本应报答包氏,而他却灭了包氏一族,原因为何?当是忌讳包氏知其贫而盗的底细,为掩饰不光彩历史而杀人灭口,足见其心狠手黑。这也深刻揭示出,头上有神圣光环的所谓真龙天子陈武帝,其本来面目不过是由窃鱼者而演变成窃国者而已,并且还是个杀人犯。这样的人统治天下,国家的命运、百姓的生活就可想而知了。

隋唐相继,唐承隋制,隋仅历二帝便君死国亡,值得反思,故唐人喜言隋朝帝王之事,其中也有总结历史经验之意。涉及君臣关系问题亦如是,唐人小说中也有形象而深刻地表现隋代君臣关系异化形态的作品,《隋炀帝海山记》①就是一篇启人深思的佳作。小说从隋炀帝出生时的种种异兆写起,直至他被司马戡逼迫自尽为止,完整地写了其一生的全过程。既写了他的过人之才能:"好观书,古今书传,至于药方、天文、地理、技艺、术数,无不通晓";也写了他的荒淫无度,滥用民力,以致亡国;还写了他"性偏忍,阴默疑忌"的性格缺陷。这三者的合力,便导致了隋代君臣关系的异化。他与隋文帝的关系,既是父子也是

① 李时人:《全唐五代小说》,何满子审定,陕西人民出版社 1998 年版,第 1873 页。

君臣，他为臣时，就不遵为臣之道，他“倾意结”杨素，让他帮助谋帝位，这也异化了杨素与文帝的君臣关系，促使杨素不遵文帝立杨勇为帝的遗命而强立杨广。这说明在新旧君主交替之际，权臣的地位与倾向是多么重要。事态的良性发展主要靠权臣的道德人格制约，如诸葛亮与刘备父子那样；否则便会导致恶性发展，如杨素与杨坚父子这般。这种拥立之功与特殊地位，又异化了杨素与隋炀帝的关系：“素恃有功，见帝呼为‘郎君’。”这引发了隋炀帝“恶之”与“疑忌”的心理。当隋炀帝见杨素“风骨秀异，堂堂威仪”时，“帝大疑忌”。引起君王疑忌，大臣便要遭殃了。作者写道：“帝多欲，有所不谐，辄为素抑，由是愈有害意。会素死，帝曰：‘使素不死，夷其九族。’”这有杨广个人“疑忌”的人性弱点作用，也包含异化君臣关系内在机制的共性规律。翻开二十四史，类似的例子比比皆是。文末隋炀帝为臣司马戡逼迫自缢而死，这也是君臣关系异化的结果。其根本原因在于君先失道，故臣亦失节，君臣俱失，两败俱伤。当然，若按孟子“有德在位”的理论，隋炀帝此时已不能以君视之，乃是与桀纣一样的“独夫”而已，死亦不足惜矣。从艺术角度说，文末杨广之死的描写与文中君臣关系的构成形成有力的反衬，也深化了小说的文化意蕴。而尽忠上言、自刎尽节的王义也与悖乱弑君的司马戡形成了鲜明的对比。这是从臣道的角度看，若从君王的角度说，二者皆是君王昏暗的必然结果，是一个根源的两种表现。

2. 本朝君臣关系。唐人在总结历史经验的同时，更多地还是关注现实中本朝君臣关系的异化者。柳理《上清传》[1]所写唐

---

① 李时人：《全唐五代小说》，何满子审定，陕西人民出版社 1998 年版，第 705 页。

德宗与亲近大臣的微妙关系，就是这方面的代表作。柳理的父亲柳冕为唐德宗时福建观察使，这说明他所写乃当代现实题材，也暗示着其笔下所记当有所据，非凭空杜撰者。《上清传》叙写了唐德宗时期相国窦公由得宠到失宠的人生悲剧：先是"贬郴州别驾"；继之"流窦于驩州，没入家资"；最后是"诏自尽"。个中的主要原因是陆贽出于"久欲倾夺吾权位"而陷害的结果，而其构陷之所以能为唐德宗相信，关键就在于他看准了唐德宗对相国的疑忌心理，针对皇帝的这种扭曲心理而设计运谋，故能击中其要害，从而达到个人目的。作为皇帝，最大的顾忌是怕失去皇权。为此，皇帝要防儿子，怕其抢班夺权；要防亲族，怕其取而代之；要防外戚，怕大权旁落；要防朝臣，怕其架空篡权。陆贽深明此理，对症下药，自然得手。这从"德宗厉声曰"的神态，已可知其因忌讳之深而至气急败坏。唐德宗的反问"卿交通节将，蓄养侠刺。位崇台鼎，更欲何求？"就将其忌讳怀疑心态明确表露出来。正因为窦公已达"位崇台鼎"的相国地位，一人之下，万人之上，有篡权的能力，所以才更加可疑，更令皇帝不放心。从"窦公顿首曰"的表现看，他面对君王的猜忌，已是诚惶诚恐，只能竭力表白："臣起自刀笔小才，官已至贵。皆陛下奖拔，实不由人。今不幸至此，抑乃仇家所为耳。陛下忽震雷霆之怒，臣便合万死。"这里第一句先是表明自己由贱至贵已十分满足，绝无野心，以解君主之忌。第二句是感君恩浩荡，以解其怒。第三句是辩诬，说明此事起因，但又没有证据。最后是表明对君怒的意外与任君治罪的无可奈何。联系此前他于家中对上清所言："今有人在庭树上，吾祸将至。且此事将奏与不奏皆受祸，必窜死于道路。"可见他对此事的严重性已有清醒的认识，他对君王的内心世界已有深入的了解，今日面对君王的厉声斥责，也只能任君处治了。作品至此,已形象地揭示出"伴君如伴虎"的寓意。后文唐德宗又处置陆贽"受谴不回"的描写,更进一步深化了作品的寓意。陆贽虽咎由自取,但唐德宗对他的斥骂还是令士人心惊肉跳。唐德宗曰:"这獠奴!我脱却伊绿衫,便与紫衫着。又常唤伊作陆九。我任窦参,方称意,次须教我枉杀却他。及至权入伊手,其为软弱,甚于泥团。"按该文所写,错杀了相国,陆贽固然难辞其咎,理当受罚,但君王也应自责,也有失察之误,不应总是"天王圣明,臣罪当诛"。此外,小说先写陆贽害窦参,后写裴延龄"乘间攻"陆贽,前后呼应,一再申明大臣间的钩心斗角、尔虞我诈,也是士人入仕后所面临的令人困惑的问题之一,往往也是当事人陷入困境的原因之一。作者在批判的同时,也流露出深深的惋惜之情。

那么,柳理所写唐德宗对臣下的刻薄寡恩能否代表唐士人的观点呢?我们可以从唐人小说中再举出吕道生《崔朴》(见《续定命录》)一篇以为佐证。作者借主人公崔朴之口,"话家世曾经之事"曰:"朴父清,故平阳太守。建中初任蓝田尉,时德宗初即位,用法严峻。是月,三日之内大臣出贬者七,中途赐死者三。"①从叙事角度看,作者是在强调此言有据,非道听途说者也。这里的概括叙述与前文的详尽描写正可相互补充,共同说明唐德宗对臣下的态度与士人对君主的期望适得其反。

考之史书,的确也有这方面的记载,《旧唐书·德宗本纪》曰:"乙未,贬中书侍郎、平章事窦参为郴州别驾,窦申景州司户。寻杖杀申。诸窦皆贬。以尚书左丞赵憬、兵部侍郎陆贽为

① 李时人:《全唐五代小说》,何满子审定,陕西人民出版社 1998 年版,第 1219—1220 页。

中书侍郎、同中书门下平章事。”“壬戌，贬中书侍郎、平章事陆贽为太子宾客。”[①]与小说相同的是，贬窦参并外放而以陆贽代之，陆贽后亦被贬。这说明小说的描写是源于史实，但小说与史书的差异是相当大的。在史书中窦参与陆贽二事无直接关联，小说将二者建构成有完整艺术逻辑的统一体，且二人结局的悲剧性也比史书大大强化了，这显然是为加强批判的力度。此外，在人物塑造、事件叙写方面，在语言的形象性、辞藻美方面，在作者寄寓的促人思考的君臣关系的意旨方面，在社会生活的典型意义方面，等等，小说的委婉曲折描写与史书的平淡简约概述大不相同，明显高于史书。这可看出唐人小说在小说美学方面的提升与创造，与史书完全拉开了档次，实现了摆脱史传笼罩的小说文体独立。

3. 相国宦途遭际。“作意好奇”乃唐传奇小说的总体特点，仕宦题材亦是如此。在表现大臣失去君王宠信而遭贬的悲剧性境遇时，小说作者往往也将其置于神奇的构思框架中，赋予其某种神秘色彩，以表达小说的特定寓意。张读《宣室志》中《李德裕》[②]一篇就代表其中的一种类型。小说主人公为唐相国李德裕，其宦途遭际颇具典型性。小说开篇从李德裕“为太子少保，分司东都”起笔，这已是由贵为相国而贬谪至此的失意阶段。逆境中的人容易迷信，曾贵为相国的李德裕也不能免俗，他“尝召一僧问己之休咎”，这一行为本身就包含着丰富的内涵。曾身为相国，达人臣之极点，还向僧人问自己的前途休咎，这说明

① 刘昫等：《旧唐书》，中华书局1975年版，第374、380页。

② 李时人：《全唐五代小说》，何满子审定，陕西人民出版社1998年版，第1620页。

什么呢？显然是对君臣关系难以把握的恐惧心理在作祟。君王权力的至高无上、君王的喜怒无常，导致在君臣关系中臣处于被动的无法预期前途的悲剧命运之中。当神僧将结果——“公灾戾未已，当万里南去耳”——告知李德裕时，他竟“大怒，叱之”。为何反应如此激烈？说明出乎其意外，曾居地位之高与预测结果之坏反差太大，无法接受。于是方又再测，结果不变，“公益不乐”，心态已由怒气冲天转为悲哀恐惧。当接下来的事实一再验证僧人预测的可信性后，李德裕无奈地感叹道：“乃知阴骘固不诬也。”这当是作者在此篇中所要表达的显性意旨之一。但透过作者精心建构的艺术化的曲折情节，透过一再验证的证明过程，透过李德裕复杂的心态变化，通过作品结尾明确写出的李德裕的悲剧结局——“旬日，贬潮州司马，连贬崖州司户，竟没于荒裔”，通过“结坛”、“梦境”等虚幻笔法与写实笔法的对比，我们还是可以解读其中深寓的隐性内涵：即对君王刻薄寡恩、虐待臣下的暗讽，对入仕士人前途不定、宦海沉浮的困惑。该文的艺术性也值得称道，君王形象并未出现于文中，但他却像个幽灵一样无处不在，是隐在文字后面的主宰臣下命运的可怖形象。这种艺术手法造成该文内涵的深隐性与风格的含蓄性，故这种意旨也为人所忽略。若只将该文内涵归于一般理解的表层的命定论，不仅降低了该文的思想价值，恐怕也曲解了作者的深隐创作意图。从作者张读的身世与文化心态说，从他是牛僧孺外孙的身份看，在“牛李党争”的评价中，其立场应站在牛党一边，这也带来了该文的表层命意，说明李德裕的被贬荒裔乃是命中注定，与其外祖父无关。但若换一个角度看，从张读“登进士第，有俊才”（《旧唐书》）的出身与才能看，从他多次调职的复杂仕宦经历看，联系其外祖父牛僧孺会昌时累贬至循州长史的家庭遭际看,他也有超越狭隘的家庭利益与政治党派斗争的视角,从君臣关系的更高层次来探讨其中深隐的普泛文化内涵的寓意。这样来探讨该文的主观命意与客观涵义,应该也是有说服力的。如此看来,本篇深隐意旨的探讨恐怕不会曲解作者本意,起码是小说文本所包含的客观意蕴。考之史籍,李德裕的结局与小说所写略同,是"再贬潮州司马","又贬潮州司户","又贬崖州司户。至三年正月,方达珠崖郡。十二月卒"。[①] 小说与史传的差别在于,史书强调的是牛李党争的"同谋斥逐",小说则略去这些,其意蕴也因此有了不同,君主的逐臣责任相应增加了,这才更突出了文本的主旨。陈寅恪先生指出:"唐代科举制度,门生为座主所奖拔,故最感恩,两者之间情谊既深,团结自固。牛党之所以终竟胜李党者,亦与此点有关。"[②]这是相当深刻的见解,颇有启发性。

有的小说虽被作者赋予神话形式,其涉及君臣关系部分所包含的意蕴还是值得深思之。句道兴的《田昆仑》[③]就是唐传奇中这样一篇耐人寻味的作品。小说以幻化的艺术手法,写"家甚贫"的男子田昆仑与到人间洗浴的天女结为夫妻,"产一子",名曰田章。后田章亦到天上,天公怜爱外甥,"乃教习学方术伎艺能"。临离天界时,天公嘱曰:"倘若入朝,惟须慎语。"这就是天公心目中的入朝为官秘诀,可知天公亦认为下界宦途险恶,恐

---

① 刘昫等:《旧唐书》,中华书局 1975 年版,第 4528 页。

② 陈寅恪:《唐代政治史述论稿》,上海古籍出版社 1997 年版,第 122 页。

③ 李时人:《全唐五代小说》,何满子审定,陕西人民出版社 1998 年版,第 2443 页

其疼爱的外甥遭不测而特嘱之。这颇耐人寻味。这个为官原则倒合于孔门的理论，孔子在指导其弟子子张“学干禄”时曾说：“多闻阙疑，慎言其余，则寡尤。”[①]也特别提出说话要谨慎的问题。这种吻合，共同揭示出官场中相通的某些规律性东西。小说在上界天公嘱托与下界人物行止的对比反衬中来揭示作品的意蕴，这是相当高妙的手法。田章回人间后，“三才俱晓”，“天子知闻，即召为宰相”。皇帝慕其才而用之为相，可谓重用已达极致矣。但尽管如此，尽管有天公临行时所赐“文书八卷”与“一世荣华富贵”的保证，尽管有“惟须慎语”的四字箴言，田章还是遭遇了与前文李德裕相同的、被皇帝流配到荒远之地的悲剧命运：“于后殿内犯事，遂以配流西荒之地。”可见，天公也管不了天子，天子之威权真是可怖至极。该文通过天上与人间的时空变换和交相映照描写，通过天公与天子的对比，通过天子对田章前后不同态度的变化，表达了深邃的思想内涵，至今读之，仍觉意味深长，怦然心动。

唐传奇小说的作家群中也有道士，他们的特殊身份与其宗教信仰，决定其创作传奇的主观命意乃在于“自神其教”，而非为文学艺术，但其作品所含的客观意蕴，倒往往能从另一角度给读者以某种启发。杜光庭就是一位道教中人，其《仙传拾遗》中《韩愈外甥》[②]一篇，就涉及君臣关系的异化问题。其文曰：“上迎佛骨于凤翔，御楼观之。一城之人，忘业废食。吏部上表直谏，忤旨，出为潮州刺史。至商山，泥滑雪深，颇怀郁郁。”从字

① 杨伯峻：《论语译注》，中华书局1980年版，第19页。

② 李时人：《全唐五代小说》，何满子审定，陕西人民出版社1998年版，第2046页。

里行间所体现的作者倾向看,作者是赞美韩愈的,因为韩愈上表的动机是为民生,其“直谏”是为国而忘我不惜身,这是“在其位”而“谋其政”,尽职尽责,精神可嘉,正直忠勇可感。而正因为他未能遵从孔子的“慎言”圣训,故触犯君主忌讳而遭贬。该文将韩愈与其外甥做一对比,以外甥“落拓”、“不读书”、“慕云水”而得道,反衬韩愈忠正为官而得罪,用以说明入仕不如入道。文末又云:“其后吏部复见之,亦得其月华度世之道,而迹未显尔。”这乃是卒章显志,进一步强化其主观命意。杜光庭虽为道士,但与一般道士不同的是,他对官场并不陌生。他入道是在“两应科考不胜”之后,其对仕途渴望不得后的失望心态不言而喻。其后,他既有“多次征诏入仕,不从”的清高,也有过历任户部侍郎、太子宾客的入仕俗行,但最终还是选择了隐于青城山。这些经历使得他对仕宦的理解与感悟较一般道士深刻得多,这也自然会表现在其作品之中,该篇就是一例。文中仅以“忤旨”二字说明韩愈被贬的原因,实际上,其中隐含着丰富的内容,应该考证清楚。考之《旧唐书·韩愈传》,韩愈在《谏迎佛骨表》中,历数东汉佛教传入中国前后帝王年寿长短之别,前寿后促,对比鲜明,而这正深深触犯了皇帝最忌讳的怕死心理。考之史载,历代帝王中,寿高者凤毛麟角,短命者比比皆是。帝王深居简出,甘食美酒,妃嫔如云,奢侈淫靡,这种种人生享乐皆是臣下可望而不可即的,而这种身体的透支恰是帝王短命的直接原因。从人生心理规律说,生活条件愈优越,享乐方式越多,便愈惜命,同时也就越短命。照此理推之,帝王乃最怕死之人。即使英明如秦皇、汉武者,也不遗余力地求仙以冀长生,虽屡受骗亦执迷不悟。由此可知,年寿不永是君王甚于常人的最大忌讳。而韩愈触此忌讳,君王怎会饶他?为此,唐宪宗“将加极法”,并对宰臣明言其所忌讳："愈言我奉佛太过，我犹为容之。至谓东汉奉佛之后，帝王咸致夭促，何言之乖剌也？愈为人臣，敢尔狂妄，固不可赦。"[①]这是权力在手的随心所欲，是私心第一的挟私报复，是逆我者亡的不讲情理，以至"人情惊惋，乃至国戚诸贵亦以罪愈太重，因事言之"[②]，这才救了韩愈一命。性格决定命运，韩愈"发言真率，无所畏避，操行坚正，拙于世务"[③]的性格，决定他屡次"忠犯人主之怒"[④]，导致他多次被贬，宦海沉浮，命途多舛。韩愈自言"年才五十，发白齿落"[⑤]，恐怕与这种官场的折磨不无关系。韩愈在入仕士人中的曲折经历，是颇具典型性的，故赘言之。

大唐文化的兴盛与政治的宽松，带来了士人心态的放松，这使得他们敢于在新兴的小说文体中反思封建政体的核心——君臣关系问题。小说家一方面弘扬理想化的美好和谐的君臣关系，以寄寓其道德审美理想；另一方面揭示丑恶可怖的异化的君臣关系，以丑衬美，惩恶扬善，表达士人的社会文化批判意识，承担起净化社会政治氛围的文化使命。唐人小说家的使命感与小说的这种文化内涵，来源于史传，是史家文化使命的继承者，是中国古代士人文化心理的一脉相承。从中国小说的发展流向说，这对后代小说的文化意蕴也产生了深远的影响，值得格外加以关注。

---

① 刘昫等：《旧唐书》，中华书局 1975 年版，第 4200 页。

② 刘昫等：《旧唐书》，中华书局 1975 年版，第 4200 页。

③ 刘昫等：《旧唐书》，中华书局 1975 年版，第 4195 页。

④ 苏轼：《苏轼文集》（第二册），孔凡礼点校，中华书局 1986 年版，第 509 页。

⑤ 刘昫等：《旧唐书》，中华书局 1975 年版，第 4201 页。

五　君暗臣佞:君臣关系的负面效应

王符在《潜夫论·明暗》篇中指出:"君之所以明者,兼听也;其所以暗者,偏信也。"魏徵据此力劝唐太宗"兼听则明,偏听则暗"。这里"暗"乃"昏暗"之意;"佞"乃与"正"相对,"不正"、"片面"之意。《辞海》释佞曰:"用花言巧语谄媚人。"恰如其分。从君臣关系的角度说,君对臣下的意见偏听偏信,不能持之公正,必然导致君王政治上的昏暗。若君昏暗,则臣就难以持正。除非是不惜性命的"文死谏"类型的臣子,否则,即使是正直的大臣,也难免违心地顺从君王的错误命令。这就是君臣二者逻辑关系之一种。其道理也就是诸葛亮在《出师表》里所言"亲贤臣,远小人",还是"亲小人,远贤臣"的问题。亲贤臣则君明,亲小人则君暗;君明则臣正臣良,君暗则必用佞臣。君明则贤臣在朝,小人去之;君暗则小人在朝,君子去之。这应是千古不变之定理。唐代士人以小说的艺术形式,借助栩栩如生的人物形象,通过生动曲折的故事情节,形象地表达了这方面的深刻见解,读来颇受启迪。尤其是对一些史有定评的贤明君王,唐人小说也能写出其由于主客观原因导致的某些昏暗行为的事例,这就比史书更加真实全面地表现了君王的多面性与复杂性,具有特殊的认识价值。

1. 明主之暗。唐太宗是中国历史上明君的典范,《旧唐书·太宗本纪》赞其曰:"迹其听断不惑,从善如流,千载可称,一人而已。"[①]评价之高,无以复加。当然,《太宗本纪》也指出了

① 刘昫等:《旧唐书》,中华书局1975年版,第63页。

其“失爱于昆弟，失教于诸子”[①]等缺失，虽已为其辩解，但终究是其人生遗憾。那么，在其用人方面，在处理君臣关系上，他有无昏暗之处呢？唐人小说《张宝藏》[②]（见李伉《独异志》）为后人提供了观照唐太宗另一面的新视角。作者将小说置于主人公张宝藏人生奇遇的故事框架中：张宝藏于七十高龄奇遇僧人，预言他“六十日内，官登三品”，结果得到验证。这种命定论的预卜最终得到验证的主观命意，除有悬念的艺术作用外，并无甚新奇，也没有什么深刻的思想价值，但其升官的原因及过程，则包含着深刻的思想意蕴，这是值得挖掘的关键之点。从艺术上看，小说篇幅虽短，但情节曲折，层层递进，能于反复中见深意。作者写唐太宗患痢疾，悬赏求能医者，张宝藏进药方，服后立愈。太宗命与五品官，但“魏徵难之，逾月不进拟”。魏徵的拖着不办，是因为此举不合法度，治好皇帝的病，赏钱可，封官则不妥，因这是用何人为臣的大事，能治病不一定能做称职之官。这是第一个情节环。紧接着小说进入第二个情节环，太宗疾复发，又进前药方，“一啜又平复”。这次复发促使太宗追究前事：“尝令与进方人五品官，不见除授，何也？”反问中已明显含有责备之意，愠怒之色，溢于言表。面对皇帝的发怒，大臣该如何应对呢？小说接下去写道：

> 徵惧曰：“奉诏之际，未知文武二吏。”上怒曰：“治得宰相，不妨授三品；我天子也，岂不及汝邪？”乃厉声曰：“与三品文官！”立授鸿胪卿。

---

① 刘昫等：《旧唐书》，中华书局1975年版，第63页。

② 李时人：《全唐五代小说》，何满子审定，陕西人民出版社1998年版，第1420页。

这里魏徵的惧态与唐太宗"厉声曰"的怒态形成了鲜明的对比,二人的形象跃然纸上,心态坦露无疑。魏徵此处的"惧"与前次的"难之"相应,说明他一方面认为授其官不妥,一方面又惧怕皇帝加罪。这与人们心目中犯颜直谏的魏徵形象已有了同中之异,见出君臣关系的不对等性,大臣如魏徵的地位与性格者,仍是战战兢兢,这说明恐惧心理是他和朝臣的共同之点。而敢于拖着不办,又是魏徵高于一般臣子的特出之处。魏徵之言,实是婉言不宜加官,文武官均不妥。但即使是婉言,还是激怒了唐太宗,"怒"态与随之的"厉声曰"相继,表明其已是龙颜大怒、不可遏制了。与宰相的攀比,表明他的优越心态与狭隘、不平心理,这是他愤愤然的原因之一。这实际上是很可笑的,其表演近乎滑稽。其私心、跋扈、霸道、蛮不讲理、滥施淫威、不容置辩等卑俗心理,无不活现出来。与五品不行,今则与之三品,简直像孩子在赌气报复,令人啼笑皆非。贤明如唐太宗者,一涉私利尚且昏暗如此,其他君王更可想而知。该文如一小品文,言短而意深。《旧唐书·魏徵传》誉之为"前代诤臣,一人而已"[①]的魏徵的另一面,也艺术化地显现出来。这就深刻地揭示出了封建专制政治体制的荒谬性特点之一——赋予了一个人绝对的权力。如果一个人的权力失去了制约,必然会导致刚愎自用,为所欲为,自以为是,昏着迭出……无论这个人具有多么高的天赋,哪怕是天才,无论他道德上多么高尚,心地多么善良,多么爱国爱民等等,都不管用,因为人性劣根性的东西光靠人的主观上的自我约束是不行的。因此,解决问题的办法只有一个,即必须彻底废除封建专制体制,清除封建性的忠君思想,把政府、权力关进

① 刘昫等:《旧唐书》,中华书局 1975 年版,第 2563 页。

笼子里，把打开笼子的钥匙交给全体人民，建立权力相互制约的科学的真正民主的机制。当然，这是作品的客观内涵，而不一定是作者的主观命意。我们不能要求唐代时的士人就具有如此先进的反封建思想，但是，作者能够写出这样的内容，能够敢于写出英明君王的昏着，就已经很了不起了，他给我们提供了进一步思考的宝贵的形象的材料。

从史实层面考察，历史上这君臣二人也并非没有矛盾，除人们熟知的唐太宗曾发狠说想要杀掉他之外，魏徵死后太宗的心态变化也发人深省：

> 徵又自录前后谏诤言辞往复以示史官起居郎褚遂良，太宗知之，愈不悦。先许以衡山公主降其长子叔玉，于是手诏停婚，顾其家渐衰矣。①

这并非是人走茶凉，而是魏徵所作所为触犯了皇帝的忌讳，有扬己长而显君过之嫌，故君难以原谅他。虽然从史家实录的原则说，魏徵“前后谏诤言辞往复以示史官”的做法并没有错，但是，其中也不无其青史留美名的深层心态在焉。这说明，即使如魏徵这样明智、正直、清醒、透彻了解唐太宗的良臣，也无法逃脱人性劣根性的束缚，最终还是被名利所困，也出此昏着。史载可作为李伉此小说描写之注脚。将小说与史传互证可启示我们联想到：当谏臣为君王的长远利益着想，为社稷的长治久安进言时，即使言辞激烈，忠言逆耳，明君还是可以接受的，即使一时转不过弯来，事后以理智思之还会回过味来而纳之；但当诤臣犯其切身私利，遭其疑忌时，明君的昏暗一面就会暴露出来，人性的

① 刘昫等：《旧唐书》，中华书局 1975 年版，第 2562 页。

劣根性就会决定君王做出不可理喻之事，贤臣也会陷入有苦说不出的尴尬境地。而奸佞之臣正是瞄准这一点，抓住君王难以自我克服的人性弱点而攻之，致使明君也难免因一时之暗而造成人生的遗憾与事业的败笔。

2. 有争议君主之暗。唐玄宗是一位颇有争议的君主，他既有重用贤相姚崇、张九龄之明，亦有重用奸佞李林甫、杨国忠之暗。既开创出“开元盛世”，也导致了“安史之乱”。其暗的一面在是否用李白的问题上也明显地表现出来。唐人小说《李白清平调词》[①]（见李浚《松窗录》）就艺术化地写出了李白由得宠到失宠的过程，其根本原因就在于唐玄宗的偏听偏信。小说写唐玄宗与杨贵妃于月夜赏牡丹时，“宣赐翰林学士李白，立进《清平调》词三章。白欣承诏旨”。一“欣”字揭示出李白此时的兴奋心态。李白以其诗歌天才所欣然写下的绝妙好词，打动了杨贵妃，她“笑领歌，意甚厚”；也得到唐玄宗的格外垂青：“上自是顾李翰林，尤异于他学士。”这当是李白在长安时最得意的时光。这也是此文的浪峰。然而随着小人进谗言，李白便进入了谷底。先是有高力士的构陷，他为报复李白让其脱靴之耻而向杨贵妃进谗：“以飞燕指妃子，是贱之甚矣。”这当是最早的以文字得罪权贵的例证。小说所引李白第二首词中“借问汉宫谁得似？可怜飞燕倚新妆”之喻，以贵为汉宫皇后的赵飞燕比仅为贵妃的杨玉环，应是褒扬之，而非有意嘲讽。这当是李白的创作本意，从李白创作时的欣悦心态亦可知之。唐玄宗与杨贵妃原本也是如此理解的。而从赵飞燕不得善终的悲惨结局说，高力

---

① 李时人：《全唐五代小说》，何满子审定，陕西人民出版社 1998 年版，第 1900 页。

士的解读亦并非毫无道理，这又是杨贵妃“颇深然之”的原因。文本内涵的丰富性与阐释的多元性，为别有用心者提供了可乘之机，小人进谗言之可怕就在于其能够掌握听者的深层心态，其曲为解说之辞也可自圆其说，也有可以令听者深信不疑之处。高力士的构陷奏效后，继之又有杨贵妃的阻挠，作者在文末写道：“上尝三欲命李白官，卒为宫中所捍而止。”李白的仕途竟为此而葬送了。小说并未言明以何言辞阻止，而是戛然而止，这反而更有余味。从唐玄宗欲用李白的初衷看，还可说明他有用人之明，因李白确是奇才，也素有鲲鹏之志，可以设想，若得重用，李白会做出一番轰轰烈烈的大事业。但唐玄宗多次欲用而终止的结果，说明唐玄宗最终还是让步妥协了，终因偏听偏信而由明转暗了。

唐玄宗因偏听偏信而失贤臣，还可从唐人小说《广谪仙怨词》（见康骈《剧谈录》）中得到佐证。作者从“安史之乱”起笔，描写了唐玄宗幸蜀途中达骆谷“遥辞陵庙”时的神态与心态：

> 因下马望东再拜，呜咽流涕，左右皆泣。谓力士曰：“吾听九龄之言不到于此。”乃命中使往韶州以太牢祭之，因上马，遂索长笛吹一曲。曲成，潸然流涕，伫立久之。[①]

底本原在“祭之”下有注释曰：“中书令张九龄每因奏对，未尝不谏诛禄山！上怒曰：‘卿岂以王夷甫识石勒，便杀禄山！’于是不敢谏矣。”这条注有助于读者理解唐玄宗此时的深层心态。注文点出了唐玄宗由明转暗的转折点，他用张九龄这个贤相是

① 李时人：《全唐五代小说》，何满子审定，陕西人民出版社 1998 年版，第 3460 页。

其明君的标志,他罢逐张九龄而用李林甫这个佞臣,是其暗的开始。小说则从他自省写起,这说明他认识到了自己偏信佞臣之误。而追思贤臣之心,则又是其由暗转明的开始,惜哉为时已晚,但毕竟是完成了唐玄宗在政治上明—暗—明的人生三步曲轨迹。作者写他的自省,乃是最有力的证明。小说的构思与立意颇具匠心。考之《旧唐书·张九龄传》,与小说所写基本一致。唐玄宗为明君时,张九龄"常密有陈奏,多见纳用"。在处置安禄山的问题上,张九龄态度明朗而坚决,先后有两次陈奏,先是言"禄山不宜免死";当"上特舍之"后,他又奏曰:"禄山狼子野心,面有逆相,臣请因罪戮之,冀绝后患。"可谓义正词严,无可辩驳。唐玄宗的借古说今:"卿勿以王夷甫知石勒故事,误害忠良。"显然是曲为之说,托词而已,无说服力,"遂放归藩"。[①]这是放恶虎归山,终必伤人,此乃唐玄宗不纳忠言,偏袒奸佞小人之始。两年以后,李林甫因忌妒张九龄而又自知不敌,"乃引牛仙客知政事,九龄屡言不可,帝不悦"。纳小人之言,必远贤臣,随之,张九龄罢相,玄宗亦愈加暗弱。安史乱后,玄宗始觉悟,"上皇在蜀,思九龄之先觉,下诏褒赠",赞之为"昌帝业者辅相之臣","永怀贤弼,可谓大臣"。[②] 终于给了贤臣以应有的评价,可惜已晚了三春。难道人非要吃一堑才长一智吗?君王用臣之失给人民带来多么大的灾难啊!能不慎之又慎吗?!前事不忘,后事之师,时至今日,用人问题仍然是关乎社会民生的大问题。

3. 女皇之暗。武则天是中国历史上第一位女皇,对她评价

---

① 刘昫等:《旧唐书》,中华书局1975年版,第3099页。

② 刘昫等:《旧唐书》,中华书局1975年版,第3100页。

的争议比唐玄宗还要大。从君臣关系的角度说,她既有奖掖贤臣狄仁杰、姚崇、张柬之的英明之举,也有重用酷吏周兴、来俊臣及武三思等亲近小人的昏聩行为。刘肃《大唐新语》卷四《持法第七》所载《崔思竞》[①]一篇,即是写其暗的一面。作者写有人告驸马崔宣谋反,并先把崔宣妾藏起来,声言是"妾将发其谋,宣杀之,投尸于洛水"。武则天命御史张行岌办此案。在作者笔下,张行岌乃贤臣,秉公断案,注重证据。与他相对的是作者所贬抑的酷吏来俊臣,武则天不信张行岌却听信来俊臣。张行岌详查而无谋反证据时,"则天怒,令重按"。张行岌坚持自己的正确结论,"奏如初"。这时武则天便两次提出让来俊臣"推勘",并一再威胁张行岌:"汝自无悔。"从"则天厉色曰"与"行岌惧"的对比来看,武则天已是龙颜大怒,张行岌亦害怕君主加罪,自身难保,只得"逼宣家访妾"。小说用主要篇幅写了访妾的过程,以证明张行岌的断案是正确的。曲折的情节中,表现出武则天滥施淫威,宠信酷吏,疑忌贤臣等愚暗一面。张行岌所言:"臣推事不弱俊臣,陛下委臣,必须状实。若顺旨妄族人,岂法官所守。"语虽委婉,但义正词严,无可辩驳,意志也坚定不移。这就明确指出他与来俊臣的本质区别,忠奸分明,君子小人判然。同时也揭示出贤臣的智慧与意志的重要性。

考之《旧唐书·酷吏传》,来俊臣被置于酷吏之首,其断案手段之残酷,令人发指:"俊臣每鞫囚,无问轻重,多以醋灌鼻,禁地牢中,或盛之瓮中,以火圜绕炙之,并绝其粮饷,至有抽衣絮

① 李时人:《全唐五代小说》,何满子审定,陕西人民出版社 1998 年版,第 3060 页。

以啖之者。又令寝处粪秽,备诸苦毒。自非身死,终不得出。"[①]这样一位惨无人道、毫无人性的豺狼,却得到武则天的赏识,"则天重其赏以酬之,故吏竞劝为酷矣"。物以类聚,人以群分,赏酷吏也说明武则天秉性残酷的一面,贬之可谓深矣。上有所好,下必甚焉,"吏竞劝为酷",官场风气如此,入仕途的正直君子之处境可知矣。于是朝士入朝者,"必与其家诀曰:'不知重相见不?'""士庶破胆,无敢言者。"这是仕宦者多么可怕的生存环境啊!来俊臣被"弃市"时,"国人无少长皆怨之,竟剐其肉,斯须尽矣"。[②] 民心不可侮,这与"四人帮"垮台时的情景类同,千古一理,人同此心。士庶如此痛恨之恶人竟能为患得宠多年,根源还是在于女皇武则天的重用,因此,愈写来俊臣之恶,愈写士庶恨酷吏之深,对武则天的贬斥则愈有力,真可谓口诛笔伐,史书与小说在此点上可谓异曲同工。

在对武则天的评价上,史学界比较看重她的历史作用,甚至认为她延续了唐太宗的"贞观之治";文学界则更注重对她的道德评价。道德评价中自然不必纠缠其所谓生活作风的"淫乱",因为男性皇帝也是"后宫佳丽三千人",都是一丘之貉。她想与男性皇帝搞平衡,其女皇心态也可以理解。但对于其残忍本性方面的批判,则不能放过,也不能以其政绩掩饰之。关于其天性残忍的记载,也有"驯服烈马"、"掐死己女嫁祸皇后"等典型例证。这里仅就其在官场的表现而言,重用酷吏,就是集中的贻害无穷的恶行,绝不能以功补过,或轻轻放过。

从人的本性而言,的确有天性善良与豺狼本性之分,武则天

---

① 刘昫等:《旧唐书》,中华书局1975年版,第4838页。

② 刘昫等:《旧唐书》,中华书局1975年版,第4840页。

显然属于后者。从武则天与酷吏的本质说,他们是天性使然,臭味相投,一拍即合,合作愉快。她重用酷吏有其必然性,还不仅仅是为了治国理民的问题,不要把她想得那么好。她最后一个个杀了酷吏,也并非幡然悔悟,良心发现,而是将其作为替罪羊,以平息天怒人怨,也是"拉完磨杀驴吃"的残忍行为。

从国家治理的社会层面说,重用酷吏的结果,不仅仅是朝中良臣被诛杀殆尽,而且造成了"士庶破胆,无敢言者"的可怕局面,如龚自珍所说"万马齐喑究可哀"。这种仁者三缄其口、酷吏横行霸道的政治局面,国家会安宁吗?人民会幸福吗?

从对后代的影响说,武则天重用酷吏、鼓励告密等恶政,在中国历史上造成了极为恶劣的影响,后来的统治者群起效尤,变本加厉,共同构成了历史上一页页黑暗的篇章。比较而言,武则天也好,吕后也罢,这些女皇的残忍狠毒比秦皇汉武这些嗜杀残忍的男性皇帝还有过之而无不及。

从良臣与百姓这些良善之人的角度说,宁肯要仁义之主的温饱型的平安生活,也不要残忍之主的所谓的繁荣昌盛。

凡此可见,唐代士人在小说中寄寓的君臣关系理想是与社会民生紧密联系在一起的,而并非仅仅关注士人的功名进退。这就使小说的文化内涵更为丰厚,其认识意义和审美价值也就越大。从中国历史上君王群体的角度说,有明君,也有暗主,司马光将其分成五种类型,即创业、守成、陵夷、中兴、乱亡。(见《稽古录·论序》)从君王个体的角度说,有明智时,也有愚暗时。从臣子群体的角度说,有良臣、忠臣,亦有奸臣、佞臣。从臣子个体的角度说,有坚贞时,也有软弱时;有大公无私时,也有自私自利时。司马光把儒士分成君子、小人、俗儒、真儒、大儒等层次是颇有见地的。(见《资治通鉴》卷二十七"臣光曰")魏徵对

“良臣”与“忠臣”的区别也是颇启人深思的。《旧唐书·魏徵传》曰：

> 徵再拜曰：“愿陛下使臣为良臣，勿使臣为忠臣。”帝曰：“忠、良有异乎？”徵曰：“良臣，稷、契、咎陶是也。忠臣，龙逢、比干是也。良臣使身获美名，君受显号，子孙传世，福禄无疆。忠臣身受诛夷，君陷大恶，家国并丧，空有其名。以此而言，相去远矣。”帝深纳其言。[①]

其对于忠臣、良臣的区别固然是真知灼见，但其中关键的一点还在于君王，还得从君臣双向互动的角度兼顾之。若君为明君，则可用良臣，也可使良臣能尽其才智而终为良臣；若君为昏君，则良臣也只能为忠臣耳，君主选用奸佞之臣，良臣无法为良臣只能退而求其次。明君暗时也可作如是观。

凡此可见，若将唐人小说和史传对读互证，可以得到这样几点启示：

第一，就人物刻画而言，这种政治性强的小说，距离史实较近，想象的成分有限，但并不是说没有艺术创造，其功力主要体现在向人物内心世界开掘，向感情层面倾斜。史传是粗线条的，小说是精雕细刻的；史传注重大事，如司马迁所说，“非天下所以存亡，故不著”[②]，小说则关注细节，细微之处见精神；史传侧重人物的功业，小说侧重人物的情感；史传表现人物的外在世界，小说深入人物的心灵世界；史传偏重历史评价，小说则以道

---

① 刘昫等：《旧唐书》，中华书局 1975 年版，第 2547—2548 页。

② 司马迁：《史记·留侯世家》，中华书局 1959 年版，第 2047—2048 页。

德评价为主。

第二,就事件叙述而言,这类小说的艺术功力主要表现在向情节曲折用心,向细节真实迈进。英国著名小说家爱德华·摩根·福斯特曾在故事与情节的比照中为情节下定义说:"我们曾给故事下过这样的定义:它是按照时间顺序来叙述事件的。情节同样要叙述事件,只不过特别强调因果关系罢了。如'国王死了,不久王后也死去'便是故事;而'国王死了,不久王后也因伤心而死'则是情节。"①实际上,故事与情节有低级与高级的区别,又有"叙述事件"的共通性,二者密不可分,因而理论界往往合称之为故事情节。比较而言,可以这样说:在史实和史书中前后并无关联的事件,在小说中则变成了具有因果关系的情节;史书中仅有梗概,在小说中则有了细节。这是研究唐代小说不可不格外关注的。

第三,就文化内涵而言,唐代是开放的时代,士人敢于反思和批评当代本朝君主,借助小说表达政治见解,寄寓理想,这种关注社会人生的人文精神,这种关心民瘼的仁厚情怀,这种批判现实的人格境界,是十分难能可贵的。这在小说文体的独立期显得尤其重要,为后代中国小说的干预社会生活确立了范型,使得小说的社会文化内涵大大增加。士人以这种新兴的小说艺术样式为抒发政见的一个突破口,这就将小说艺术和社会政治恰切地结合了起来,充分发挥了小说的政治作用和审美效应。这一系列创作经验均值得很好地总结,可惜后代士人没有唐人的胆量和勇气,当然后代也没有那么宽松的政治环境。这样看来,

① 爱德华·摩根·福斯特:《小说面面观》,苏炳文译,花城出版社1984年版,第75页。

唐人小说的这方面开创性特征就更值得关注与珍视了。

六　君荒臣失:君臣关系的极端恶化

唐人小说以相当的篇幅塑造了隋唐时期的一系列帝王形象,其中隋炀帝、唐太宗和唐玄宗三者最为典型,各有其代表性。隋炀帝是纵欲亡国之君;唐太宗是英明创业之主;唐玄宗则前后期各居其半,前期继承了唐太宗的励精图治,开创出“开元盛世”,后期类似于隋炀帝的纵欲享乐,导致“安史之乱”爆发,形成了一场社会大灾难。三人的共性特征是皆绝顶聪明,其成为明君与昏君的关键就在于一念之差,即在理智和欲望的冲突、碰撞中,何者取得主导地位的问题。《庄子·缮性》曰:“虽乐,未尝不荒也。”[①]这就深刻指出,人若为满足欲望而追求享乐,就不能不荒,所谓荒,即“迷乱,享乐过度”(《辞源》)之意也。人的本性皆愿意舒适、安逸、享乐,只是普通人受客观生活条件限制,心欲之而实不能得,偶一得之亦难以尽兴。这在客观上对人的生理欲求形成了一种约束,使人在“立德、立功、立言”等方面去拼搏,这就成了人向上的一种动力。虽然从主观上看人追求的目的还是为人生的舒适、安乐,但在客观上说这对社会也是有积极意义的,也是社会发展的杠杆之一。若是君王则大不相同,家天下的至高无上地位,使他可心想事成,金钱、美女、珍宝等常人可望而不可即的东西,他皆唾手可得,恣意挥霍。若放纵人性的贪得欲望,到手的这些好的东西就皆变成了“伐性之斧”,走向了其反面,不仅伤身害己,还会失去臣子的支持,遗祸百姓,乱国亡

① 郭庆藩:《庄子集释》,中华书局1961年版,第558页。

天下。这就是人生的辩证法,这就要有祖宗家法、江山社稷等理智与文化层面的诸多约束。君王若主观上愿受约束而自觉行之,乃是明君;若放纵欲望,不遵约束,为所欲为,那就是昏君,即司马光所言之“陵夷”之君,甚至是“乱亡”之主。唐人小说早就以艺术化的形式生动地表现了这一重大问题,至今仍然值得给予应有的关注。虽然现在帝王是被一一送进了历史的垃圾堆,但对于当下那些有权有钱的群体来说,还是具有一定的鉴戒作用。若扩大而言,对于当今社会上的所有人,均有启迪思考的认识价值。

1. 欲望战胜理智的隋炀帝。在唐人心目中,隋炀帝乃是纵欲皇帝的代表。《隋炀帝海山记》中写其自言:“吾当跨三皇,超五帝,下视商周,使万世不可及。”[①]这种雄心宏志,被其人欲的享乐所消磨,其旷世奇才皆用在纵欲上,使之成为了纵欲方面“万世不可及”的反面典型。这就是历史给他的恰当地位,小说家也在史实的基础上做深度与广度的纵横开掘,在人性劣根性、人物深层心态等方面取得了颇有超时空价值的思想成果,给后人以多方面的启发。

《迷楼记》[②]是其中写得很有深度的一篇佳作,它详尽曲折

---

① 李时人:《全唐五代小说》,何满子审定,陕西人民出版社 1998 年版,第 1883 页。

② 此篇及上文提到的《隋炀帝海山记》与《隋炀帝开河记》的创作时代,学界有争议,《四库全书总目提要》等认为是宋人著,后多从之;李剑国先生视此三篇为“唐阙名撰。传奇文”。见李剑国:《唐五代志怪传奇叙录》,南开大学出版社 1993 年版,第 894—903 页。李时人先生也“疑三篇为晚唐五代人所作”。今从之。见李时人:《全唐五代小说》,何满子审定,陕西人民出版社 1998 年版,第 1873、1885 页。

地描写了隋炀帝纵欲享乐的情景,并且深入挖掘了他之所以如此纵欲的深层文化心态。其佚乐的内容包括女色、游乐、华屋、美食等各个方面。作者(佚名)在开篇即点出:“炀帝晚年,尤深迷女色。他日,顾谓近侍曰:‘人主享天下之富,亦欲极当年之乐,自快其意。今天下安富,外内无事,此吾得以遂其乐也。’”这就是他当时真实心态的袒露,毫不掩饰。这在帝王中也是有代表性的。有此欲望,便有献媚之臣,近侍高昌就是这样的阿谀谄媚之徒。他按照隋炀帝的欲望一一为之落实,投其所好,以邀恩宠。先是建华屋“迷楼”,“凡役夫数万,经岁而成”,“工巧之极,自古无有也。费用金玉,帑库为之一虚”。华屋建好了,里边还要填满美女啊,因此,紧接着就是金屋藏娇,“诏选后宫良家女数千,以居楼中。每一幸,有经月而不出”。隋炀帝于是得以尽情享受占尽天下女色之乐。

上有所好,下必甚焉,大夫何稠也是一个投其所好的阿谀谄媚之徒。他别出心裁地制造了“御童女车”进奉隋炀帝,隋炀帝喜出望外,“任其意以自乐”,故赐名为“任意车”。应该说,重女色乃历代帝王的共性特征,“汉皇重色思倾国”嘛,不然怎么会有“后宫佳丽三千人”呢?只不过隋炀帝因为才华超众而更加会花样翻新而已。小说的艺术手法高超之处在于,作者并未到此为止,也未按此思路一泻如注,那样的话,隋炀帝与普通昏君就没什么分别了,而作者要塑造的是一个才华过人、聪明绝顶却又亡国的个性化的昏君,这才更有深意,更能警醒后人。作者至此,笔锋一转,写出隋炀帝的醒悟,这是理性战胜感性的结果,而醒后又迷,就愈说明人欲的难以克制,小说的文化意蕴因此便又深入了一层。其醒悟是由生理上的不适引发的,本意是纵欲求舒适,结果却导致“近女色则惫”。这是人性的纵欲渴望与其自我保护的合理反应，这种二律背反使他困惑。矮民王义的上奏为其说透了此困惑的根由：“夫以有限之体而投无尽之欲，臣固知其竭也。”这个有限与无尽的矛盾是无法统一的，因此，求极乐之人往往难免乐极生悲。此外，王义引古之老叟的“人生三乐”观点劝谏之：这三乐即是“人生难遇太平世，吾今不见兵革，此一乐也；人生难得支体全完，吾今不残废，此二乐也；人生难得老寿，吾今年八十矣，此三乐也”。这也具有强烈的反衬效果。隋炀帝在自身登位之初，“精实于内，神清于外”，而至今日则变成了“睡则冥冥不知返”，这又构成了明显的对比。隋炀帝正是在古叟之乐的反衬中，在今与昔精神状态的对比中，终于幡然醒悟了。他召来王义语之曰：“朕昨夜思汝言，极有深理。汝真爱我者也。”乃命义后宫择一净室，而帝居其中，宫女皆不得入。居二日，帝忿然而出曰：“安能悒悒居此乎？若此，虽寿千万岁，将安用也？”乃复入迷楼。这里隋炀帝悔悟并尝试改正的行为，使得其才智超群得以落实，也使他与一般昏君拉开了档次。若小说止于此，那隋炀帝就还有实现其“跨三皇，超五帝，下视商周，使万世不可及”这样超一流人生理想的机会，他就会成为迷途知返、终归正途的正面典型。但是，明君与昏君，智者与愚人的区别恐怕就在于能否以理智战胜人欲，在于人生价值观的不同。况且他的这种享乐的追求目标也未达到，不仅给臣子与百姓带来灾难，连其眷恋的女子也未得其乐，甚至误入冥途。作品接写因“宫女无数，不得进御者亦极众”，结果导致有美色的后宫侯夫人自经而死。侯夫人的《自感》《自伤》等诗道出其深层的心灵悲伤：“不及闲花柳，翻承雨露多”；“不及杨花意，春来到处飞”；“长门七八载，无复见君王”；“此身无羽翼，何计出高墙？”这一系列诗句，不仅诗味浓郁、情感丰富，且内涵深永，概括了历代宫女的共同命运。这又进一步深化了小说的思想内涵。小说结尾写道:“唐帝提兵号令入京,见迷楼,大惊曰:‘此皆民膏血所为也!’乃命焚之。经月火不灭。”这就在新兴王朝君王的明智与衰灭王朝君王的昏聩对比中,更加深化了小说的思想内涵。迷楼的灰飞烟灭显然具有某种象征意义:乐极生悲,物极必反,这是辩证法,也是不可逾越的自然规律,君王亦莫能例外。

考之《隋书·炀帝纪》,历史上的隋炀帝确实有“美姿仪,少敏慧”,“好学,善属文”等长处,但因其“恃才矜己”,加之“性多诡谲”,有才无行。其才在即位前被用在了“矫情饰行,以钓虚名,阴有夺宗之计”上;即位后则被用在了“猜忌臣下”,“淫荒无度”上。其才非但没有使他成为英明君主,反倒使他的纵欲享乐花样翻新,史无前例。其纵欲享乐主要包括满足口腹之欲和贪恋女色等方面。《隋书·炀帝纪》写他前者是“四海珍羞殊味,水陆必备”;写他后者是“所至唯与后宫流连耽湎,惟日不足,招迎姥媪,朝夕共肆丑言,又引少年,令与宫人秽乱”。[①] 这简直就是变态发泄欲望了,终因欲火过旺烧毁了自身的一切。由此可见,唐人小说对隋炀帝纵欲享乐的描写可以和史传相互印证。这种比较可以加深对隋炀帝思想性格复杂性的理解,也可以从特定角度管窥唐人小说和史传的关系。

2. 理智主导欲望的唐太宗。唐帝见迷楼而惊,是为其奢侈而惊,为因此可亡国而惊。这是理智主导的认识,是清醒明智的表现,是应给予肯定的。但从人性的角度看,唐代的帝王有无满足欲望的享乐渴望与追求呢?回答是肯定的,唐代小说家真实

① 魏徵等:《隋书》,中华书局2011年版,第94—95页。

地揭示了明智君主的这种深层心态。牛肃《纪闻》中《隋炀帝》[1]一篇，就委婉地写出有唐一代最英明皇帝唐太宗的矛盾心态。作者运用正衬法艺术地表达出全文的主旨。开篇先铺叙唐太宗时社会经济的繁荣与宫廷的华丽，诸如"百姓富赡"，"太宗盛饰宫掖，明设灯烛，殿内诸房莫不绮丽。后妃嫔御皆盛衣服，金翠焕烂。设庭燎于阶下，其明如昼。盛奏歌乐"等等。这就从陈设、服饰、照明、音乐等各个角度，极言太宗是有意在铺张显富。而因为有"百姓富赡"的大背景，所以作者也并非贬太宗，百姓尚富，何况君王，这也点出其君王富有的财源。这就与民贫君富拉开了档次，与隋炀帝的穷奢极欲、不顾百姓死活不可同日而语。太宗此时也自然是自鸣得意，心满意足，不无欲与隋炀帝比高低的争强好胜心态在焉。欲比高低必须有评判者，当年是隋炀帝的皇后而此时已归唐太宗的萧后，显然是最了解双方底细的最权威的评判者。唐太宗"延萧后与同观之"即有此意，他径直问曰："朕施设执与隋主?"萧后先是"笑而不答"，这并非卖关子，而是有难言之隐，其中不无不好说、不敢说的成分在焉。从心理学的层面说，这样一来，就更为含蓄有味，反倒越发激起了唐太宗的好奇心，因而"固问之"。这时萧后方答曰："彼乃亡国之君，陛下开基之主，奢俭之事，固不同矣。"这个女人的确不同凡响，甚善言辞，分寸拿捏得当，既拍了唐太宗的马屁，让其舒舒服服，又未回避事实，表达出了真实的想法。太宗自以为"盛饰"而在萧后看来，在与隋炀帝的对比下仍是俭朴，这进一步增加了唐太宗想知其盛况的心理，接着问："隋主何如?"至此时，

① 李时人：《全唐五代小说》，何满子审定，陕西人民出版社 1998 年版，第 2941 页。

萧后才以夸饰的语言,不厌其烦地从“火山”“夜明珠”等方面铺叙隋炀帝之奢侈,言语中不无炫耀之意。最后归之于此时“实未见其华丽”,以与前言之俭相扣。鉴于她此时的身份与切身感受,萧后以劝诫作结:“然亡国之事,亦愿陛下远之。”萧后的话引发了唐太宗的深思。全文的最后一句最精彩:“太宗良久不言,口刺其奢而心服其盛。”这道出了唐太宗的深层心态,可谓卒章显志。口刺其奢是理智层面的认识,亦有说给别人听的掩饰成分;而心服其盛方是情感层面的欲望,是人性的真实。以欲望战胜理智就是亡国之君的隋炀帝,其才智全用在纵欲上,故无人能及之。作品对其荒淫奢侈固然是批判的,这是该文的主旨之一。以理智制约欲望就是开基英明之主的唐太宗,其与隋炀帝比固然还俭,而实际上开篇已渲染出他此时已是够奢侈的了,且还向往隋炀帝之盛,英明如唐太宗的君王尚且如此,其他君主更可想而知,可见人欲是多么难以战胜。这也是该文的主旨之一,而且是更深一层的主旨,更耐人寻味。

那么,唐太宗是否以理智战胜奢侈的人欲而保持节俭了呢?回答亦是肯定的。这有唐人小说中的具体描写为证。郭湜的《高力士外传》开篇即写道:“高力士于太宗陵寝宫见小梳箱一、柞木梳一、黑角篦一、草根刷子一,叹曰:‘先帝首建义旗、新正皇极十有余载,方致升平,随身服用,惟留此物。将欲传示孝孙,永存节俭。’”[①]这可谓盖棺论定,明确点出唐太宗以节俭兴国,为子孙万世作则的良苦用心。前文所写隋炀帝奢侈亡国的前车之鉴显然也起了警示作用。唐太宗在示子诏书中明言此意:

① 李时人:《全唐五代小说》,何满子审定,陕西人民出版社 1998 年版,第 2971 页。

“有隋之季，海内横流，豺狼肆暴，吞噬黔首。……犹恐身后之日，子子孙孙，习于流俗，犹循常礼，加四重之榇，伐百祀之木，劳扰百姓，崇厚园陵。今预为此制，务从俭约，于九嵕之山，足容棺而已。”[①]诏书真实地道出了唐太宗倡导俭约的深远用意。这可与小说互证，从前引高力士所见所言可知，他的子孙在葬事上并没有违背太宗之意，但在生活上并未力行俭约，这是唐太宗所不希望但也无可奈何的。

再考之《贞观政要》关于此问题的记载，可以得到更多的启迪。吴兢写道：

> 贞观九年，太宗谓侍臣曰：“往昔初平京师，宫中美女珍玩，无院不满。炀帝意犹不足，征求无已，兼东西征讨，穷兵黩武，百姓不堪，遂致亡灭。此皆朕所目见。故夙夜孜孜，惟欲清净，使天下无事。[②]

这说明作为一代明君，唐太宗在理智上清醒地认识到了隋炀帝灭亡的原因，想以之为鉴戒。但是，作为一个人，他是否有享乐的欲望呢？答案也是肯定的。吴兢也真实地写出了这另一方面：

> 贞观四年，诏发卒修洛阳之乾元殿以备巡狩。给事中张玄素上书谏曰：“陛下智周万物，囊括四海。令之所行，何往不应？志之所欲，何事不从？……陛下初平东都之始，层楼广殿，皆令撤毁，天下翕然，同心欣仰。岂有初则恶其侈靡，今乃袭其雕丽？……以此言之，恐甚于炀帝远矣。”

---

① 刘昫等：《旧唐书·太宗本纪》，中华书局1975年版，第47页。

② 吴兢：《贞观政要》卷一，上海古籍出版社1978年版，第22页。

> 贞观七年,太宗将幸九成宫,散骑常侍姚思廉进谏曰:“陛下高居紫极,宁济苍生,应须以欲从人,不可以人从欲……”①

这清楚地说明,唐太宗继位后,不止一次地为奢侈物欲所吸引,已经有点耐不得寂寞,抵御不住享乐的诱惑了。大臣们以隋炀帝这个去之不远的前车之鉴劝之,指出其性质上的相似性,是相当有说服力的。最后唐太宗接受了劝谏,停止了享乐的追求,赞美张玄素“忠直”,也同意姚思廉的意见,表示“甚嘉卿意”,并且嘉奖了二人:对张玄素是“赐绢二百匹”,对姚思廉是“赐帛五十段”。这又表现出唐太宗最终能用理智战胜欲望,不愧旷世贤君。这也是他和隋炀帝的根本区别之一。

3. 理智屈从欲望的唐玄宗。唐玄宗是唐太宗重孙中最特殊的一位,其前期是理智战胜了欲望,故能励精图治,前无古人;后期则是理智屈从了欲望,故因奢侈享乐而荒政致乱。陈鸿《开元升平源》可为其前期励精图治的代表。小说以姚崇进言与唐玄宗纳谏为主要情节,形象地展示出这时的唐玄宗吸收了先祖李世民的明君纳谏传统,具有令后代士子官民景仰的明君风范。在作者笔下,“开元盛世”的出现,首先归功于臣子姚崇的关乎国计民生的治国方略——“十事上献”,而能将这十大国策付诸实施,关键还在于唐玄宗能虚心采纳。在“十事”的缕述中,每上一事,都写出唐玄宗的反应,可谓有叩则响,此呼彼应。这就形象生动地描画出君臣互动、共鸣一体的和谐关系,寄寓着作者对君臣关系的理想追求。所上“十事”中,第一条的“臣请圣政

① 吴兢:《贞观政要》卷二,上海古籍出版社 1978 年版,第 55—59 页。

先仁义”;第三条的“中官不预公事”;第五条的对“近密佞幸之徒,冒犯宪纲者”以法治之;第六条的杜塞“豪家戚里,贡献求媚”;第七条的“止绝建造”“寺观宫殿”;第八条的对大臣“接之以礼”;第九条的臣子“皆得触龙鳞,犯忌讳”等内容能被采纳,充分说明唐玄宗此时的英明是何等的难能可贵。

陈鸿祖《东城老父传》[1]可为其后期奢侈享乐的代表。作者从唐玄宗汰侈的一个侧面——斗鸡切入,由个别而见一般,并且通过主人公贾昌之口叙亲历事,以增加可信性,以其一生经历贯穿全篇。作者写道:

> 玄宗在藩邸时,乐民间清明节斗鸡戏。及即位,治鸡坊于两宫间。索长安雄鸡,金毫铁距高冠昂尾千数,养于鸡坊,选六军小儿五百人,使驯扰教饲。上之好之,民风尤甚。诸王世家,外戚家,贵主家,侯家,倾帑破产市鸡,以偿鸡直。都中男女,以弄鸡为事,贫者弄假鸡。……开元十三年,笼鸡三百,从封东岳。……时人为之语曰:“生儿不用识文字,斗鸡走马胜读书。”……上生于乙酉鸡辰,使人朝服斗鸡,兆乱于太平矣。上心不悟。……鸿祖问开元之理乱。昌曰:“老人少时,以斗鸡求媚于上。上倡优畜之,家于外宫,安足以知朝廷之事。……”

斗鸡乃以鸡相斗的游戏,很早就在民间流行,战国时齐国临淄就有此游戏。《战国策·齐策一》记载:“临淄甚富而实,其民无不吹竽鼓瑟,击筑弹琴,斗鸡走犬。”民间斗鸡,消遣娱乐而

① 李时人:《全唐五代小说》,何满子审定,陕西人民出版社 1998 年版,第 679—683 页。

已,只要不影响生产,尚无大碍。李隆基若是普通人,有个斗鸡的爱好也无可厚非,可他当了皇帝之后,以手中的特权为自己的爱好服务,其弊则大焉。作者不仅历数其弊,而且将其归为"兆乱于太平"。作者从唐玄宗即位历开元、天宝一直写到大历年间,主人公贾昌人生历程中的得宠与失意与玄宗的盛衰相终始,是斗鸡将君臣联系在一起的。作者对这种君臣遇合是嘲讽的,对唐玄宗纵欲乱国是持批判态度的。若与郭湜《高力士外传》对读,便可见出对唐玄宗纵欲乱国的反思与批判乃是唐士人的共识。只不过此文是选择斗鸡这一侧面与视角深入批判之,而《高力士外传》则是借高力士的视点对其纵欲方方面面地全方位批判,二者可互证。此文后半部分写贾昌看破红尘,归真返璞,"日食粥一杯,浆水一升,卧草席,絮衣",这乃是对其前半生的奢华与唐玄宗后半期皇帝生涯纵情声色的反衬,其寓意亦深远矣。

考之《旧唐书·玄宗本纪》可知,唐人小说对唐玄宗前后期的不同描写是有史实根据的。其中"史臣曰"的评价十分明确,即相对于武后当政时"朝廷罕有正人,附丽无非险辈"而言,玄宗前期之功业也十分突出:"黜前朝徼倖之臣,杜其奸也;焚后庭珠翠之玩,戒其奢也;禁女乐而出宫嫔,明其教也;赐酺赏而放哇淫,惧其荒也;……庙堂之上,无非经济之才;表著之中,皆得论思之士。"[①]相对于开元盛世,其后期之过失也显而易见:"自天宝以还,小人道长。……以百口百心之谗谄,蔽两目两耳之聪明,苟非铁肠石心,安得不惑!……历阶之作,匪降自天,谋之不

① 刘昫等:《旧唐书·玄宗本纪》,中华书局1975年版,第236页。

臧,前功并弃。惜哉!”[①]这就是史家笔下历史上真实的皇帝唐玄宗,令史官及后人扼腕痛惜不已。这可与唐人小说中的唐玄宗形象交相呼应,相互发明,互相印证。

4. 余论。从史官笔下的记载与历史评价的角度说,“秉笔直书”的史学原则促使史家真实全面地记叙封建君主的善恶功过各个方面,写出他们由登帝王之位到寿终正寝整个过程中的变化轨迹,并且在叙述中“寓褒贬,别善恶”,倾注史家的主观倾向。就以上所论前后相继的三个帝王而论,对隋炀帝是先褒后贬,贬大于褒,总体定位为亡国之君;对唐太宗是褒中有贬,褒大于贬,总体定位为旷世明君;对唐玄宗是先褒后贬,褒贬参半,总体定位为明君犯昏者,是功过相当、“鲜克有终”、美丑各半的君主。

从小说家笔下的描写与道德评价的角度说,“以史写心”的文学原则促使小说家根据自己的主观情志与表达需要,抓住帝王的一个侧面,选取特定视角切入,形象地、突出地、深入地表现之。这是史书与历史题材小说的重要区别之一。况且,小说又是将人物活灵活现的语言、行为、心理描写生动地再现于读者面前,使人如临其境,如见其人,与史书的抽象议论截然不同,这是小说与史书的又一重要区别。若仅从陈鸿的《开元升平源》看,唐玄宗是千古明君,比唐太宗之美善有过之而无不及;若仅从陈鸿祖的《东城老父传》看,唐玄宗又是无道昏君,斗鸡走犬,纵情声色,乱国败家,比隋炀帝的丑恶也差不了多少。为何判断如此悬殊?盖各极一面,非求全也。读者须将二者合并观照,方是唐玄宗的全人,方是唐代小说家群体心目中的真实的唐玄宗。由

① 刘昫等:《旧唐书·玄宗本纪》,中华书局1975年版,第237页。

此看来,以上所涉及的各位帝王在各个所论范畴内的善恶美丑的不同甚至相反的表现,皆是其复杂形象的某一侧面。我们既要析而论之,以见封建帝王思想性格与内心世界的复杂性,借此观照君臣关系的重要性与难以预期的不稳定性,以加深对此问题的认识;同时也要合而观之,以见全人,以防止片面偏颇,由窥一斑而知全豹,以防止自相矛盾的谬误。

第四章 臣僚关系图景：憧憬和谐与批判内耗

士人入仕为臣后，除前所论要处理好君臣关系这个首要问题之外，还要面对复杂的无日不在的臣与臣之间的多层复杂关系问题，亦可谓之臣僚关系。从封建官僚体制的繁复建构来说，臣僚之间的关系包括三个层面，即上对下的关系、平级同僚间的关系和下对上的关系。中国封建社会的核心是等级制，关于这个问题，《左传·昭公七年》有明确的说法：

> 天有十日，人有十等，下所以事上，上所以共神也。故王臣公，公臣大夫，大夫臣士，士臣皂，皂臣舆，舆臣隶，隶臣僚，僚臣仆，仆臣台。

可见，当时社会各阶层的等级已十分森严，不可逾越。但这还是大体的划分，王、公、大夫与士是统治者的等级，后六种是被统治者的等级。到了封建社会的官僚体制中，其等级划分要细致而又复杂得多。处在这个复杂关系网中的入仕士人们，面对长官，有一个坚持正确己见，还是迎合上司的选择问题，这是坚守节操还是谄媚逢迎的问题；而面对下属时，也有一个接受逆耳忠言，还是滥施淫威甚至排斥异己的问题。

从臣的社会属性角度说，良性的臣僚之间关系应该是共同树立一个理想社会的大目标——国泰民安、长治久安,共同为此而竭尽全力,同舟共济,同心协力。这个国泰民安的大目标,就应是为政者最大的德。有此公心,臣子们在其位而主动谋其政,各司其职,团结合作,则会和睦相处,其乐融融。而扭曲的臣与臣关系则与此相反,黜公心而牟私利,把晋级升职当作为官的最大目标,如此则难免媚上而压下,党同伐异,钩心斗角,落井下石,尔虞我诈。孔子云:"君子周而不比,小人比而不周。"(《论语·为政》)这是君子与小人的区别标准之一,也是臣僚关系良性与扭曲的重要区别之一。

从臣的人性层面说,良性的臣僚关系应该是与人为善,严于律己,宽以待人,既忠且恕,同气相求;扭曲的臣僚关系是己所不欲,强加于人,嫉贤妒能,争名夺利,不择手段去追求权力与金钱,骄奢淫逸,为满足口腹之欲而不惜以身试法。俗语所说的"人为财死,鸟为食亡",就是从人性角度讲的。孔子所言"君子喻于义,小人喻于利"(《论语·里仁》),庄子所言"君子之交淡若水,小人之交甘若醴"(《庄子·山木》),这都是从人性角度讲的臣僚关系乃至人际关系良性与扭曲的本质差异。

从创作主体的社会身份与文化心态说,唐人小说作家群中,有的本身就是入仕者,宦海浮沉的官场经历、鸡争鸭夺的臣僚关系,既让其心寒,又让其胆战。这一方面促动了他们在以小说描画、再现大唐社会生活时,不能不反思官场中臣僚之间关系的现状,有意识无意识地将其形诸笔端,揭示其扭曲的丑恶面目;另一方面,他们也在心底希冀理想化的,合于儒家规范的,利国利民、利人利己的良性臣僚关系出现,并通过现实的或虚构的方式,艺术地形诸小说之中。下面笔者即拟从良性与扭曲这两个对立面切入,具体探讨唐人小说是如何表现纷繁复杂的臣僚关系的。从中可以发现,这方面的描写与展现,既再现了大唐时代复杂官场的生动场景与鲜活情态,又揭示出合于整个封建社会官场中臣僚关系的规律性东西。其中扭曲的臣僚关系中,既有封建专制政体带来的难以克服的痼疾,也有功名利禄的扭曲作用,还有性格冲突等人性因素。关于这方面的问题,目前学界似乎还不够关注,论述不多,故笔者试选择典型篇章从几个侧面深细论析之。

一　和谐臣僚关系的理想图画

良性的臣与臣关系,具体表现在各个方面,虽角度不同,却共同体现着真、善、美的本质特征。它既有利于国家稳定,也造福于黎民百姓,还提升了个人品格。试选择几个侧面论之。

1. 举荐贤才,不避亲仇。这是臣僚关系的良性形态之一。唐天宝时人赵自勤所作《定命录》中《狄仁杰》①一篇,就记叙了武则天时名臣狄仁杰的举官逸事。为说明问题,兹引原文如下:

> 唐狄仁杰之贬也,路经汴州,欲留半日医疾。开封县令霍献可追逐当日出界。狄公甚衔之。及回为宰相,霍已为郎中。狄欲中伤之而未果。则天命择御史中丞,凡两度承旨,皆忘。后则天又问之,狄公卒对,无以应命,惟记得霍献可,遂奏之。恩制除御史中丞。后狄公谓霍曰:"某初恨公,今却荐公,乃知命也,岂由于人耶?"

① 李时人:《全唐五代小说》,何满子审定,陕西人民出版社1998年版,第285页。

从《定命录》的书名及该文中“乃知命也”等表述可知,作者创作该篇的主观命意是宣扬命定论思想。作为一种文化观念,命定论在何朝何代均存在着,唐前即是如此,东晋《搜神记》等志怪书中就有相当数量的宣扬命定论的作品。唐人在继承前人的小说类作品的同时也接受了命定论的思想观念,并也倾注进其小说之中,且不说隐含在作品中的命定论,即是以其名书者就不止一种,除赵自勤的《定命录》外,还有钟簬的《前定录》等。从命定论观念产生的原因说,它乃是人类面对自然与社会诸种无法控制与解决的问题时,所产生的一种虚幻的臆造的消极的思想观念。它固然有松懈人的斗志、消解人的主观能动性、瓦解人的反抗精神等消极作用,但它也是缓解人们心理压力的心灵安慰剂,客观上也包含着某些规律性的东西,是人们在某些客观事实基础上总结出来的经验性的东西,故也不能简单化地以唯心主义否定了事。就此文来说,透过这层命定论的迷雾,本着“作者未必然,读者未必不然”的批评理论,从作品的客观蕴含角度来分析,应该说,此文体现了狄仁杰举官不避仇的美善品质。作品的思想艺术水平主要体现在:作者在百余字的短篇中,竟能真实生动地写出狄仁杰宦海沉浮的变化以及由此带来的心态的变化,还有他感情与理智矛盾斗争的过程。他由贬中的“衔之”(怀恨之意)到为相后的“欲中伤之”,是人皆有之的报复心理在作怪,是感情作用的结果。而未把报复付诸实施,是理智制约的作用,说明他是不同于一般大臣的名臣贤相。两次未荐,表明理智与感情有个斗争的过程。最后终于能荐所恨之人任高官说明他荐贤举能为国去私的人格精神。这应成为臣与臣关系的理想楷模。虽然作者将狄仁杰的荐举设定在武则天发问时他毫无准备的情况下,然后将其归于命中注定,但无论怎么说,起码说明在狄仁杰心目中，没有把对霍献可的嫉恨与报复放在首位，也未时刻放在心上，所以在仓促回答时，只想所荐举人是否称职，而未考虑与自己的关系如何。这就说明，出以公心占据了主导地位，是此时狄仁杰面对此事的主导思想。能够做到这个程度，已经是难能可贵的了。笔者如此分析，也有历史上狄仁杰原型特点为佐证。《旧唐书·狄仁杰传》曰：

> 仁杰常以举贤为意，其所引拔桓彦范、敬晖、窦怀贞、姚崇等，至公卿者数十人。……柬之果能兴复中宗，盖仁杰之推荐也。①

因历史上的狄仁杰有举贤的名相品德，作者方虚构出这篇小说，将美德理想寄寓在他身上。若历史原型为忌贤妒能的小人，虽云小说可以虚构，也不会大相径庭，判若两人。

《唐语林·雅量》中也记有狄仁杰与娄师德的恩怨故事。作品先写二人之间有怨，其怨主要来自于狄仁杰排斥"同为相"的娄师德，而且"狄公排斥师德非一日"。然后写娄师德有恩于狄仁杰，其恩在于他在武则天尚"不知"狄仁杰的情况下，写了"十许通荐表"给武则天。作品以武则天与狄仁杰的对话为主体，在对话中由武则天说破个中隐情，她告诉狄仁杰得到"大用"的原因，"实师德之力"，并且把娄师德的荐表给狄仁杰看。狄仁杰看后，"恐惧引咎"，感叹道："吾不意为娄公所涵，而娄公未尝有矜色。"②狄仁杰的感叹说明了两个问题：第一，娄师德的

---

① 刘昫等：《旧唐书·狄仁杰传》，中华书局 1975 年版，第 2894—2895 页。

② 周勋初：《唐语林校证》卷三，王谠撰，中华书局 1987 年版，第 235 页。

举贤不避仇怨,让狄仁杰大感意外,其不计前嫌的胸襟、涵养让狄仁杰深受感动;第二,娄师德虽然有恩于狄仁杰,但却不说破,不自矜,丝毫不流露出来。这是一般人所做不到的,也让狄仁杰吃惊,受到震撼,这是一种高尚人格的征服力量。娄师德虽然在作品中并未出场,但他却是作品的核心形象,是作者极力赞美的对象,是作者精心塑造的臣僚关系的美善典型形象。

《太平广记》引《唐会要》载狄仁杰举荐贤才事迹与《旧唐书·狄仁杰传》略同,唯人名稍有出入。此外,《太平广记》中还记有狄仁杰举荐儿子为官之事:

> 圣历中,则天令宰相各举尚书郎一人。仁杰独荐其子光嗣,由是拜地官员外,莅事有声。则天谓之曰:"祁奚内举,果得人也。"①

这可谓是举贤不避亲了。这说明狄仁杰真正把为国举贤放在了第一位,因此,亲也好,仇也罢,在国家利益面前都是次要的,都可以置之度外。春秋时晋国人祁奚就有"外举不避仇,内举不避子"之记载,为后人所津津乐道。比较而言,上述作品中狄仁杰的举贤不避仇,比举贤不避亲更难能可贵,更值得称道,其当代文化价值也更大。因为举贤不避仇的正面价值,马上就可以得到证明;而举贤不避亲的行为则很难判定,究竟是为国荐才,还是出于私情,真的很难说清楚,这需要时间的检验,需要政绩的证明。特别在当时道德失衡的世风下,更加难以区别,其中

① 《太平广记》卷一八五《铨选一·狄仁杰》,载李昉等:《太平广记》,王希斌、车承瑞主点校,黑龙江人民出版社 1999 年版,第二册,第 619 页。

不乏国贼禄鬼之流，假举贤不避亲之古训，而行徇私利己之事。不可不警惕也。

《太平广记》卷五〇〇所引《摭言》中有一篇题为《韩偓》[①]，写的也是举荐贤才的故事，但内涵又有所不同。一是，男主人公韩偓举荐赵崇这位贤才，还有为国让贤的含义。韩偓因有“扈从之功”而被皇帝面许为相，韩偓却对皇帝说：“陛下运契中兴，当须用重德，镇风俗。臣座主右仆射赵崇，可以副陛下是选。乞回臣之命授崇，天下幸甚！”明确表达出他让贤的目的是为天下。这对于以“出将入相”为人生目标极致的士人来说，殊为难能可贵，既是道德美，也是人格美。二是，对于贤才的评价，不同的人从不同角度看，会有争议，因此如何判定是否为贤才，也是值得深思的问题。梁王就认为赵崇不是贤才，因为他“素闻崇轻佻”，所以他面见皇帝反对赵崇为相，并且叱责举荐赵崇的韩偓。韩偓为此还受到了不应有的沉重打击，由翰林而“谪官入闽”。问题是认为赵崇“轻佻”的并非梁王一人，这令韩偓十分困惑，其“满世可能无默识，未知谁拟试齐竽”的诗句，就表达了其内心深处的苦衷。那么赵崇究竟是否为贤才呢？《北梦琐言》中《赵崇》[②]一篇所评可为旁证：“赵崇凝重清介，门无杂宾……标格清峻。”从此赞美之词中，可见赵崇是出类拔萃的贤才，韩偓的举荐显然是正确的。这样看来，韩偓的举荐行为中，

---

① 李昉等：《太平广记》，王希斌、车承瑞主点校，黑龙江人民出版社1999年版，第五册，第787页。参见王定保：《唐摭言》卷六《公荐》，古典文学出版社1957年版，第68—69页。

② 李昉等：《太平广记》，王希斌、车承瑞主点校，黑龙江人民出版社1999年版，第五册，第787页。

还有慧眼识英才且不畏人言、力排众议的意味在焉。

2. 宽以待人,严于律己。这也是臣僚关系的良性形态之一。作为群体社会中的成员之一,置身于复杂的人际关系中,宽以待人而严于律己,应是难能可贵的美德之一。若是入仕为官,这一点就更为重要,也更难做到。若是为大官,手握生杀大权,对同僚特别是对下属,做到宽人而严己就难上加难。因为人性中的某些劣根性如"官升脾气长"等因素,会不由自主地左右人的道德约束。从儒家文化传统上看,宽以待人是"恕",即"己所不欲,勿施于人";严于律己是内省,所谓"吾日三省吾身",以保证言合度,行无过。考之中国历史,达此境界的掌权者乃凤毛麟角,因之更受到人们的推崇,以各种文学题材表现并赞美之。

唐人小说家也在这类作品中寄寓了其入仕理想与道德审美理想。张鷟《朝野佥载》中《娄师德》[①]一篇,就是赞美有宽人严己美德的高官娄师德的作品。作者写娄师德官至纳言(官名,职为宣达帝命)、兵部尚书、平章事,位高权重,却能宽仁恤下,这表现在作者以史传笔法描述的一系列故事情节中。小说开篇叙写了娄师德为兵部尚书时出使并州的一件事。在此事中,他的宽仁体现在两方面:一是宽待随从的"接境诸县令",二是宽待驿长。他"恐人烦扰驿家,令就厅同食"。这在当时封建等级森严的社会里,十分难得。更可贵的是,当他发现"尚书饭白而细,诸人饭黑而粗"时,遂责问驿长:"汝何为两种待客?"至此娄师德的本意应该是要驿长也给诸随从白米饭吃,是出于平等待下而责驿长。当驿长恐慌之下道出"邂逅浙米不得"的原因,并

① 李时人:《全唐五代小说》,何满子审定,陕西人民出版社 1998 年版,第 2913 页。

称“死罪”时，娄师德又原谅了驿长，“遂换取粗饭食之”。这种屈尊与下属同，较之抬高下属与己同，更能够彰显出其品德之高尚。作者能在简洁的语言中营造出跌宕的情节，在情节的递进中层层凸现主人公的思想性格与闪光形象，显示出高超的小说艺术。与此事相应，作者又在文末写了娄师德宽宥县令与驿长之事。县令因“不知其纳言”而“与之并坐”，当县令部下告之这是纳言时，“令大惊，起曰：‘死罪！’”县令的思维方式乃是封建社会等级制造成的，这是大不敬，是僭越，是犯上，可加以罪名而严惩之。可娄师德并不以为意，平静地说：“人有不相识，法有何死罪？”这种带有平等思想的意识是十分难能可贵的，非一般官吏所能思，所能为。他责驿长，是因驿长对纳言与判官态度不同，看人下菜碟。娄师德既未打他，也未向州县说此事，而是“且放却”，以宽容的态度轻松打发了事。

该文写娄师德严于律己仅用一事，夹在上述二事中间以承之。当他的乡人中有娄姓者为屯官而犯赃时，“都督许钦明欲决杀”，这是依法断案，本来是正确而无争议的。但作者笔锋一转，写都督因为此人是娄姓的乡人，“令众乡人谒尚书，欲救之”，这又是徇私枉法，是卖个人情，讨好尚书，留条后路以求更大回报。这与《红楼梦》第四回贾雨村断葫芦案颇相似，说明此类官官相护之事在封建社会代代有之。但是唐代毕竟是封建社会的鼎盛时期，与封建末世的清朝大不相同，娄师德亦非贾雨村。他义正词严的话掷地有声，可为万世法：“犯国法，师德当家儿子亦不能舍，何况渠。”这是封建社会中“王子犯法与庶民同罪”思想精华的具体体现。这是法律战胜人情的结果，在今天仍有启示意义。当娄师德在宴会上与都督会面时，明确告诉他：“师德实不识，但与其父为小儿时共牧牛耳。都督莫以师德宽国家法。"话中有这样三层意思是应注意的:一是,明言不识犯赃者而仅识其父,堵住都督走人情而枉法之路。二是,坦言其小时牧牛经历而不以为贱,这说明他是从田舍郎靠真才实学而登天子堂的。这种出身与他严于律己的品德有着一定的关系。三是,对下属可以宽仁,但不能因人而宽国家法,宽以待人应在法律允许的范围内。这就把该文所写的两类事有机地统一在一起了。作品写至此似可止笔了,但作者意犹未尽,笔锋一转,又写到娄师德当面"切责"犯赃者,并给他一楪槌饼,让他"作个饱死鬼去"。这又是在遵国法范围内的讲人情,仁至义尽,合情合理。

从作家生平遭际、文化心态与作品的关系说,张鷟才高气傲,为同僚所忌而遭贬,这自然会影响到他在小说中所关注的问题。《旧唐书》中说:"鷟凡应八举,皆登甲科。""然性褊躁,不持士行,尤为端士所恶,姚崇甚薄之。开元初,澄正风俗,鷟为御史李全交所纠,言鷟语多讥刺时,坐贬岭南。"[①]这种切身遭遇,使他认识到同僚关系恐怕比君臣关系更直接、更重要,关系到仕途吉凶与人生境遇,因而他着力塑造宽以待人的理想大臣娄师德,希望自己能遇到这样的上司,给自己带来宽松的为官环境。作家这种深层而微妙的心理对小说创作的影响,也是值得探究的。

考之史书,历史上的娄师德的确有此美德。《旧唐书·娄师德传》云:"师德颇有学涉,器量宽厚,喜怒不形于色。自专综边任,前后三十余年,恭勤接下,孜孜不怠。"[②]比较历史原型与

① 刘昫等:《旧唐书·张荐传》,中华书局1975年版,第4023页。

② 刘昫等:《旧唐书·娄师德传》,中华书局1975年版,第2976页。

唐人小说家笔下的艺术形象,其美善宽厚等方面总体上是一致的。当然这仅是从性格定性上说的,而张鷟所写具体事例则不见诸娄师德本传,因为唐代小说家的创作并非以史实为根据,而是以虚构为主导。这可作为说明唐代小说家笔下的历史人物与原型关系的一个例证,即在尊重历史人物整体面貌的前提下,在保持笔下人物形象与原型性格定性基本一致的情形下,小说家可以根据自己道德审美理想去虚构事件,从而使笔下人物比历史原型更丰满、更生动、更可信,更富于美感。

若云张鷟笔下的娄师德是理想化的、具有超时空美质的,那么刘𫗧笔下的《娄师德》①则有了某种变化,作者既写了其宽容美德,又写其有些宽过了头,变了味,由宽而及于忍了。作者在文中主要通过两件事来刻画其思想性格特征:一是,因娄师德"体肥行缓",内史李昭德等不及而发怒骂他:"叵耐杀人田舍汉!"身为纳言的娄师德听后不但不生气,反而"徐笑曰:'师德不是田舍汉!更阿谁是?'"作者以李昭德为对比,写出了娄师德的宽容、坦然、浑然不觉,这是一种修养,一种人生境界,非常人可及此。若是同僚、朋友乃至人与人之间能有此宽松的氛围,那会少许多争锋斗气,多几分和睦愉悦。若单看此事,这是应该赞美的。这个故事与张鷟所写的格调还是基本一致的。二是,娄师德与其弟的对话与对比。其弟为慰兄忧,声言"唾面自拭",认为这已是"忍"的极限了。但娄师德仍不满意,谆谆教诲之应"唾面自干"。他说:"此适所谓为我忧也。夫前人唾者,发于怒也。汝今拭之,是恶其唾而拭之,是逆前人怒也。唾不拭,

① 《隋唐嘉话》卷下,转引自李时人:《全唐五代小说》,何满子审定,陕西人民出版社 1998 年版,第 3032 页。

将自干,何若笑而受之?”这就不仅仅是“宽”而已经发展成为“忍”了,这可谓是逆来顺受,其实应该属于难以忍受。作者以弟衬兄,极言其由衷之忍。那么为何要忍难忍之事呢?娄师德自己明确言之为“全先人发肤”,这样一来,其中就有了孝道的成分。作者在文末总结道:“武后之年,竟保其宠禄,率是道也。”这就指出,在武则天诛杀大臣甚众的恶劣官场中,娄师德能够保持其受宠的地位与优厚的俸禄,大多是因为这种“忍”难忍之事的办法。虽然其中不无批判武则天残酷性格与残忍手段的意味,但却将娄师德的行为归之于功利目的,这就远离了人格与修养问题,而成了明哲保身的为官保命哲学,实际上还包含“保其宠禄”的固宠之道。这与张鷟所写的性质已有所不同了。当然从中也可见官场的险恶与臣僚关系乃至人际关系的复杂。

3. 同僚不睦,明哲保身。无论何朝何代,无论古往今来,同朝为官或同僚相处,关系有时不和谐、不融洽是难免的,故可曰是正常状态。其原因甚为复杂,有名利之争的原因,这是主要原因;也有政见不合的原因,这是可以理解的;还有志趣性格不合等主观原因,这是没有办法的事,张三就是看不惯李四的为人处事,理智上制约也不管用,因而摩擦自然就会发生,这是人性方面的原因。一旦这种不和谐的情况发生,若钩心斗角,互相倾轧,则会贻误国事,祸及百姓,显然是丑的行径;若以自己的智慧去化解矛盾,退避三舍以明哲保身,虽也有个人的私心在焉,不如前述两种情形美质含量高,但毕竟大大强于互相倾轧者,其中还是闪现出人性美的光彩,是值得肯定甚至赞扬的。唐人小说中的仕宦题材自然也会表现这方面的问题,郑处诲《明皇杂录》

中《姚崇》[①]一篇,就是反映这方面臣僚关系的耐人寻味的佳作。小说开篇先简略叙写姚崇与张说二人关系的不和谐状态:“姚元崇与张说同为宰辅,颇怀疑阻,屡以事相侵,张衔之颇切。”二人同朝为高官,皆有贤名,却关系紧张。从句中叙写看,是姚崇看不惯张说,多次相侵,因而惹得张说怀恨在心。作者并未点明二人矛盾产生的原因,因为这不是作者叙写的重点。从姚崇病后嘱诸子的话语中——“张丞相与我不叶,衅隙甚深”——也只知矛盾深得难以调和,并未说明原因。考之《旧唐书·张说传》,确有记二人矛盾事:“俄而为姚崇所构,出为相州刺史。”[②]“构”意为把某些事情牵合在一起作为罪状陷害人。就此事而言,二人的冲突责任主要在姚崇。此可作为小说中姚崇“屡以事相侵”的注脚。该篇小说的落墨重点在于表现姚崇的过人之智,即文末张说“悔恨拊膺”所言:“死姚崇犹能算生张说,吾今日方知才之不及也,远矣!”这也是作者所要表达的创作本旨之一:赞美姚崇的智慧胜过张说。此文不见诸史载,应是作者据传说加工的虚构型小说。姚崇之过人智慧主要表现在知己知彼,料事如神。一是,他料知身死之后,张说必报复他的“相侵”,且后果甚为严重,可能会“举族无类矣”。二是,有鉴于此,针对张说弱点,设置解救妙计,投其所好,“盛陈吾平生服玩宝带重器”,“致于张公”,请他为姚崇撰写碑文。三是,料知张说“见事迟于我,数日之后必当悔”,为此,嘱得其碑文,“便令镌刻”,并“告以闻上”,使张说悔亦不可更改,造成既成事实。结果如其

① 李时人:《全唐五代小说》,何满子审定,陕西人民出版社 1998 年版,第 1409 页。

② 刘昫等:《旧唐书·张说传》,中华书局 1975 年版,第 3052 页。

所料,因而逃过一场灭族之祸,也避免了贤臣之间的互相倾轧,两败俱伤。这种智慧是值得赞美的。考之史实,姚崇与张说皆是唐代贤相名臣,但也皆有某些人性弱点。《旧唐书·姚崇传》评曰:“崇独当重任,明于吏道,断割不滞。然纵其子光禄少卿彝、宗正少卿异广引宾客,受纳馈遗,由是为时所讥。”[①]前面所褒贤能方面是主流,这在前引唐小说《开元升平源》中已有详尽描写,且评价高于史传。后面所贬纵子收礼乃次要方面,这与本小说中所写的姚崇家多有“服玩宝带重器”是有关联的。《旧唐书·张说传》评曰:张说“前后三秉大政,掌文学之任凡三十年。为文俊丽,用思精密,朝廷大手笔,皆特承中旨撰述,天下词人,咸讽诵之。尤长于碑文、墓志,当代无能及者。喜延纳后进,善用己长,引文儒之士,佐佑王化,……而又敦气义,重然诺,于君臣朋友之际,大义甚笃。”[②]这些优长与小说中他最终未加害姚崇一家是相一致的。但张说也有因封禅事“颇为内外所怨”与“引术士夜解及受赃等状”。[③] 这与本小说中姚崇所说张说“少怀奢侈,尤好服玩”的人性弱点也有着某种统一性。这说明,唐人撰写以历史名臣名人为原型的小说时,虽所写故事情节并不以史传为据,其中不乏艺术虚构,但人物的总体面貌、性格的主要特点与历史原型是大体一致的,善恶、美丑、忠奸、贤愚绝不混淆弄拧,绝不会把历史上的贤臣写成佞臣。当然,小说家也忠实于生活原则,注意多角度多侧面地表现人物思想性格的复杂性,

---

① 刘昫等:《旧唐书·姚崇传》,中华书局 1975 年版,第 3025 页。

② 刘昫等:《旧唐书·张说传》,中华书局 1975 年版,第 3057 页。

③ 刘昫等:《旧唐书·张说传》,中华书局 1975 年版,第 3054—3055 页。

体现出唐人小说美学的丰富性特征。

《太平广记》卷一六四引《柳氏史》中《萧嵩》[①]一文，也涉及同僚不协的问题。作者在作品开篇就写道："萧嵩为相，引韩休同列。"这是首先赞美主人公萧嵩举荐贤才的美德。按人之常情，韩休应该感激萧嵩的举荐之恩才是，但作品紧接着一转："及在相位，稍与嵩不协。"作者虽点到为止，未详细说明矛盾产生的原因，但从上下文意看，主要责任当是在韩休身上。从"稍"字分析，二人的不协程度并不太大，还未到誓不两立的地步。尽管如此，"嵩因乞骸骨"，想急流勇退，明哲保身了。这是一种人生境界，也是其智慧过人的体现。由此引发出来的君臣关系描写，更加耐人寻味。从皇帝"朕惜卿，欲固留"和"君臣终始贵全大义"的矛盾心态看，在留与去的两难取舍中，他尊重了萧嵩的意愿，君臣关系是和谐的，且感情颇深。结尾"荆州始进黄柑，上以素罗帕包其二以赐之"等描写，也进一步证明了这一点。但是，萧嵩回答皇帝"朕未厌卿，卿何庸去乎"的问话，值得深思。他说："臣待罪宰相，爵位已极，幸陛下未厌臣，得以乞身；如陛下厌臣，臣首领不保，又安得自遂？"说罢便涕泗交流。从中可见在封建专制体制下，位极人臣的宰相之性命，也在于君王的宠还是厌，其他为臣者，更可想而知。即使是明君如唐玄宗，良臣如萧嵩者，尚且如此，其他君臣关系，更复何说！此外，萧嵩面对与韩休的"不协"，既没有利用与皇帝的良好关系去整治对方，也未与韩休钩心斗角，争权夺利，而是自动引退，跳出是非圈子，这显示出其高尚的人格和良好的道德修养，难能可贵。

---

① 李昉等：《太平广记》，王希斌、车承瑞主点校，黑龙江人民出版社1999年版，第二册，第453页。

为此，笔者将其归为臣僚关系的良性形态。

二　扭曲臣僚关系的倾轧内耗

唐人仕宦题材小说展现的官场中臣僚关系的扭曲形态，也有各种各样的表现方式，有多种多样的产生原因。其中既有不同时代的个性特征，也有其超时代的共通规律。兹举唐人小说中有代表性的篇章归类论之。

1. 弄威权党同伐异。这是臣僚关系的扭曲形态之一。在封建官场中，臣僚关系中的上司与下属的关系是一个重要的层面。上司对有不同意见的下属甚或是有所冒犯、言辞激烈者，应取何种态度呢？正常的良性形态应该是虚怀若谷，海纳百川，涉及自身也应是“言者无罪，闻者足戒”，“有则改之，无则加勉”。儒家讲“和而不同”，有不同意见的争论是正常现象，争论中可辨明事非，也可开拓思路。而官场中的某些手握重权者，往往顺我者昌，逆我者亡，排斥异己，稍有触忤，便官报私怨，甚至置之死地而后快。这就是在任何时代都应贬斥的扭曲形态了。唐人小说仕宦题材中也有这方面的生动描写，试举例论析之。

陈翰《异闻集》中有《王生》[①]一篇，主要写唐晋国公韩滉与左补阙穆质二位大臣的矛盾纠葛。韩滉位高权重，镇守润州，“以京师米贵，进一百万石，且请敕陆路观察节度使发遣”。宰相提出异议，皇帝“难违滉请，遂下两省议”。穆质直陈己见，反对韩滉的意见，被人告知韩滉，韩滉遂派人责备穆质，“滉云：

① 李时人：《全唐五代小说》，何满子审定，陕西人民出版社 1998 年版，第 1963 页。

‘不曾相负,何得如此? 即到京与公廷辩。’遂离镇”。就公理而论,穆质身为谏官,有权发表己见,且帝命议论,理应畅所欲言,直在穆质,而曲在韩滉;就权势论,韩滉权高势大,穆质难以与之抗衡。作者从不同角度来描写、渲染韩滉的“势倾中外”,滥弄威权。一是正面描写:“韩至京,威势愈盛,日以橘木棒杀人。”二是侧面反衬:“判按郎官每候见皆奔走。公卿欲谒,逡巡莫敢进。”“莫敢为出言者。”三是写穆质的恐惧:“穆惧不自得”,恐惧没办法,曾先后两次去找王生卜之。“穆愈惧,乃历谒韩诸子皋、群等求解”,“或劝穆称疾,穆怀惧不决”。作者反复铺叙穆质的恐惧,惧愈甚,愈衬出韩滉之势大。此外,作者还借穆质对王生讲的语言来强化描写:“韩爪距如此,犯著即碎,如何过得数月?”即使卜者王生告其无妨,他也不敢相信。可见其恐惧心理已到崩溃的边缘了。按韩滉惩治穆质的办法是将其“左降邵州邵阳尉”,只是制书未下时韩滉猝死,方才作罢。此文的主旨是批判权臣的滥用威权,排斥异己;同时也写出在权臣威压下的大臣的恐惧与无奈,揭示出官场对人的异化。从小说艺术的角度说,作者以卜者王生为题,并以其两次占卜将现实中的官场倾轧涂抹上奇异的色彩,使写实与奇笔恰如其分地统一起来,奇异的预卜在现实中得到印证,增加了小说的趣味与魅力,也弱化了以韩滉死来解决矛盾的偶然性与人为因素。

考之史载,《旧唐书·韩滉传》记其功过参半,亦褒亦贬,褒之在“政令明察”,“颇著勤绩”,“性持节俭,志在奉公”;贬之在“伤于严急”,“政甚苛惨”,“有犯其令者,诛及邻伍,死者数十百人”,“情涉疑似,必置极法,诛杀残忍,一判即剿数十人,且无虚日。虽令行禁止,而冤滥相寻”。[1] 与史著相比,小说仅贬其恶而未及其善,以道德评价为主,而非对全人的历史评价,抓住一事展开叙写,充分体现了小说文体的特点,与史书已分道扬镳矣。与韩滉相比,《旧唐书·穆宁传》所附记穆质甚略,仅言其美,未载其丑,称“质强直,……自补阙至给事中,时政得失,未尝不先论谏”,因反对“中官为将帅”而犯颜直谏,“上虽改其名,心颇不悦”[2],后贬之为开州刺史。与史相较,小说似于史实,而又不照搬史书,虽也写了穆质强直敢言的一面,但其一系列恐惧求解的描写又削弱了其“强直”程度。这既与小说家所要表达的主旨有关,也包含有作者自己的艺术匠心在内。这又从一个特定人物的塑造角度,给读者提供了观照唐人小说与史著关系的窗口。

陈翰《异闻集》中《贾笼》[3]一篇也以穆质为主人公。卷首,穆质提出的“防贤甚于防奸”的观点,见解独到。卷中,写德宗皇帝“尝赏质曰:‘每爱卿对扬,言事多有行者。’”卷末,宰相李泌奏称穆质“此足以惑众,合以大不敬论,请付京兆府决杀”。德宗曰:“穆质曾识,不用如此。”李泌“又进决六十,流崖州。上御笔书,令与一官,遂远贬。后至十五年,宪宗方征入”。作者主观命意是为突出贾笼“言事如神”,客观上揭示了穆质因得罪宰相而未得升迁,且远贬外地,若非皇帝知之而手下留情,命已丧矣!上司整治下属,欲加之罪,何患无辞?此文与《王生》两

① 刘昫等:《旧唐书·韩滉传》,中华书局 1975 年版,第 3603 页。

② 刘昫等:《旧唐书·穆宁传》,中华书局 1975 年版,第 4116 页。

③ 李时人:《全唐五代小说》,何满子审定,陕西人民出版社 1998 年版,第 1965 页。

篇对读,可透视官场中臣僚间关系的错综复杂,浮沉不定,颇值得深思。

韦绚《戎幕闲谈》中有《颜真卿》[①]一篇,写主人公颜真卿一生六次为上司所排挤,直至因之殉身。这是表现臣僚关系扭曲形态颇为典型的小说。先是“杨国忠怒其不附己,出为平原太守”。他守平原,抗安禄山贼兵,“横绝燕赵”,得唐玄宗赞赏,却“为御史唐实所构,宰臣所忌,贬饶州刺史”。后“又为李辅国所谮,贬蓬州长史”。至代宗朝,“宰相元载私树朋党”,排斥正人颜真卿,“元载以为诽谤时政,贬硖州别驾”。后又“为宰相杨炎所忌”,“潜夺其权”。当李希烈攻陷汝州之时,“宰相卢杞素忌其刚正,将中害之,奏以真卿重德,四方所瞻,使往谕希烈,可不血刃而平大寇矣。上从之,事行,朝野失色”。此乃必欲置之死地而后快,邪人之不能容正,可恶至极,亦防不胜防。结果颜真卿为贼党缢死。作者至此,忍不住站出来赞叹道:“真卿四朝重德,正直敢言,老而弥壮。为卢杞所排,身殃于贼,天下冤之。”正直敢言,为超时空的美德,人皆赞之而难以为之。在仕宦官场中,正直敢言者往往难免触犯上司之忌,遇上司为君子者,或许触忤而不至有祸;遇上司为小人者,则难免遭排挤报复,轻则贬官远徙,重则身家性命难保。古代如此,当今亦有近似者。

与史书相较,本篇主要内容基本上来自《旧唐书·颜真卿传》,有的经过润饰加工,有的甚至原句照录。但前引作者赞叹

---

① 《太平广记》卷三二收此文,文末注曰:“出《仙传拾遗》及《戎幕闲谈》、《玉堂闲话》。”李时人先生指出:“本文无从分割,因三书中《戎幕闲谈》最早,故暂系于韦绚名下。”见李时人:《全唐五代小说》,何满子审定,陕西人民出版社 1998 年版,第 1263 页。

几句为史传所无,乃作者由衷而发,以彰显其创作主旨。本篇显示出唐人小说与史传关系的另一种情况,即源于史而改造之,与史传关系较密切,故特指出以引起研究者的注意。小说中未引录的"史臣曰"倒是意味深长,精警透辟,与小说作者英雄所见略同,可相互生发,故引录于此,以资印证。《旧唐书·颜真卿传》卷末"史臣曰"中有以下一段话:

> 苟无杨炎弄权,若任之为将,遂展其才,岂有朱泚之祸焉!……苟无卢杞恶直,若任之为相,遂行其道,岂有希烈之叛焉!夫国得贤则安,失贤则危。德宗内信奸邪,外斥良善,几致危亡,宜哉。①

在假设语句的重复使用中,表达出史官的深沉惋惜之情,可谓一唱三叹。对德宗皇帝的抨击亦是有胆有识,追本溯源,将君臣关系、臣僚关系联系在一起论之,正中痛处。《颜真卿》一篇以仙道为线索贯穿全文,卷首以道士治愈颜真卿病起,卷末以尸解结。这应算是作者在结构上的创意所在,故《太平广记》卷三二引此将其归入神仙类。

2. 为私利互相倾轧。这也是臣僚关系的扭曲形态之一。扭曲的原因主要是人性劣根性中对个人私利的渴求。按韩非的观点,人为私利是天性使然,但满足私利必须在法律、道德、公理等允许的范围内,不然将受到惩罚与谴责。就官场而言,臣与臣之间若为私利诸如官位、金钱、权势、美色、良宅、珠宝等而钩心斗角,落井下石,互相倾轧,暗藏杀机,就是丑恶的,任何时代均应否定之。而人的自私天性却又在不断上演这样的丑剧,令人痛

① 刘昫等:《旧唐书·颜真卿传》,中华书局1975年版,第3597页。

恨之而又无可奈何。下面就来关注唐人小说是如何表现这方面情景的。

卢肇《逸史》中有一篇《宋申锡》[①]，其主人公宋申锡为唐丞相，“恩渥甚重”，“颇以致升平为己任”。为此，他欲除去“交通纵放，以擅威柄”的郑注。为更稳妥，他拉友人王璠加盟除奸，让王璠做京兆尹，“密与之约，令察注不法，将献其状，擒于京兆府，杖杀之”。如此周密的安排，本应万无一失，可惜王璠是“翻覆小人”，他从个人利害得失上权衡选择，“以注方为中贵所爱，因欲亲厚之”，不顾道义，出卖了朋友，“乃尽以申锡之谋语焉”。郑注先下手“伪作申锡之罪状”，指使人告他“以文字结于诸王，图谋不轨”。这一招十分恶毒，正中皇帝的最大忌讳，结果宋申锡被贬为开州司马。到任仅数月，“不胜其愤而卒”。这种小人得手、君子殒命的悲剧，主要原因乃在于王璠为私利而卖友投贼。作者亦不胜其愤，在小说后半部写宋申锡夫人梦见其夫惩治王璠，后“璠果以事腰斩于市”，坏人得到应有下场，作者乃至读者之心始平。这除体现唐传奇之“奇”的特点外，亦为传达“乃知宋公之神灵为不诬”的主旨。这可看出唐人小说与六朝小说“以发明神道之不诬”（干宝《搜神记序》）创作主旨的继承关系。

考之《旧唐书·宋申锡传》[②]，卢肇所写确有史实根据，史传所记主要也是此事，且篇幅长于小说。那么卢肇的艺术加工表

---

① 李时人：《全唐五代小说》，何满子审定，陕西人民出版社 1998 年版，第 1480 页。

② 刘昫等：《旧唐书·宋申锡传》，中华书局 1975 年版，第 4370—4372 页。

现在何处呢?其一,改变矛盾关系,突出主旨。在史传中,作者主要是写宋申锡与王守澄、郑注的矛盾,至于王播,只言“播不能谋”,并未有告密的情节。而小说中不仅改变了王播所为的性质,矛盾也随之变成宋、王二人的矛盾,作者所要表达的主旨也随之突显出来了。其二,减少头绪,突出主线。史传所详写的唐文宗与宋申锡密旨的过程、唐文宗由怒宋申锡而悟的过程、大臣们保救宋申锡的过程、宋申锡其他方面的特点等,在小说中皆略去,连史传中起主要作用的王守澄的名字在小说中都未出现。这是为突出宋、王二人矛盾的主线,以更好地表达主旨。其三,增加虚幻情节,追求奇曲之美。小说中宋申锡夫人的梦境、王播被腰斩的结局皆是史传无载而出自作者的创造,这在体现了小说奇美追求的同时也突出了惩恶扬善、贬斥小人等主旨。从该文的考辨比较中,我们可以从一个视角窥知唐人小说与史传复杂关系的一个侧面,也可透视唐人小说与六朝志怪的传承关系。

柳珵《上清传》[①]是揭示朝臣间为争名位而相互倾轧最为典型的一篇佳作。窦参为相国,陆贽欲取而代之便设计谋害,窦参自己心中十分清楚,明言曰:“陆贽久欲倾夺吾权位。今有人在庭树上,吾祸将至。”明知是陷害却无可奈何,只有嘱其宠妾名上清者为其辩诬。结果不仅相位不保,连性命也没保住。陆贽为证实其诬陷是实,将皇帝恩赐窦参的银器上的字迹刮去,以证其为赃物,可谓费尽心机,终于阴谋得逞。而当陆贽失宠时,同为朝臣的裴延龄又“乘间攻之,贽竟受遣不回”。这种大臣间的尔虞我诈,钩心斗角,真令人不寒而栗。

---

① 李时人:《全唐五代小说》,何满子审定,陕西人民出版社 1998 年版,第 705—707 页。

考之史传,小说所叙与史实大同小异。同处主要有:窦参由宰相而贬死,陆贽代之,陆被贬放,裴延龄攻之等。异处主要在于:窦参被贬非陆贽陷害所致,其间接原因是李纳"阴间之,上所亲信,多非毁参";直接原因是"窦申又与吴通玄通犯事觉";还有其性格上的原因:"恃权贪利,不知纪极,终以此败。"[①]小说所写陆贽陷害窦参及上清为之辩诬两件事,均于史无征,乃是作者的艺术虚构。当然,若细加考辨,陆、窦二相的矛盾还是有迹可寻的。按《旧唐书·窦参传》载,窦参被贬郴州后,"汴州节度使刘士宁遗参绢五千匹。湖南观察使李巽与参有隙,遂具以闻","德宗大怒,欲杀参"。这时已为宰相的陆贽两次上言劝阻之,并一再表明"窦参与臣无分",之所以"欲营救",乃是"恐用刑太过","事关国体","免亏于圣德","乃再贬为驩州司马"。[②]若将此与《旧唐书·陆贽传》对读,便有疑点,需细加斟酌。在记窦参收刘士宁绢事后,又写道:"会右庶子姜公辅于上前闻奏,称'窦参尝语臣云"陛下怒臣未已"',德宗怒,再贬参,竟杀之。时议云公辅奏窦参语得之于贽,云参之死,贽有力焉。"[③]史书两处所记之歧异,乃是用司马迁开创的互见法以达之,前者是明救之,以见其宽仁;后者是暗害之,以达其除之的目的,可见其心计之深。由此观之,柳珵《上清传》所写陷害之事,当是受此启发而创作的。还应指出,小说与史传在褒贬倾向上还有一点不同,小说重在贬陆贽,窦参为一受害者形象,而史传上对陆贽

① 刘昫等:《旧唐书·窦参传》,中华书局1975年版,第3747页。

② 刘昫等:《旧唐书·窦参传》,中华书局1975年版,第3747—3748页。

③ 刘昫等:《旧唐书·陆贽传》,中华书局1975年版,第3817页。

是褒多贬少,对窦参是褒少贬多。这可见小说与史传的不同创作目的:小说是仅选其一点生发开去,以传达作者之主旨,在这一点上来启发读者去深思;而史传则是顾及全人,面面俱到。由此篇与史传的比较中,还可窥知唐人小说与史传关系的又一种形态。这也是有启发意义与认知价值的。

3. 适己意混淆是非。这也是臣僚关系的扭曲形态之一。在社会人生中,是非观应是每个人立身行事的总坐标,不可混淆。这正如海上航行,若无航标灯则会触礁沉没。虽然是非观作为一种文化观念,如庄子所言也有其时代性,但也并不是无是非,因为它还有超时代的文化传承性与共通性的判别标准在焉。仅就官场而言,清与贪、正与邪、贤与愚、俭与奢、私与公、勤与怠等是非曲直,古今一理,美丑善恶判然。这是从理论上讲,而在社会实践的是非判别中,情况则要复杂得多,其复杂化的原因固然有客观上事物复杂、真伪难辨等因素,但更主要的还是主观上的因素。若因主观上识力水平有限而误判是非,似乎还情有可原,而某些官僚以适合自己的心意利益为出发点与行动指归,有意曲断是非,混淆黑白,这就不能原谅,且还应揭露并鞭挞之。唐人小说中这方面题材的描写也有典型意义,故论析之以警醒世人。

卢肇《逸史》中有《乐生》[①]一篇,主要写了平定反叛山贼事件中四个官僚之间的矛盾关系。主人公乐生"素儒士也,有心义",其官职为押衙,奉郎中裴君之命,"与副将二人至贼中传诏命","招令归复"。"贼帅黄少卿大喜,留宴数日。悦乐生之佩

① 李时人:《全唐五代小说》,何满子审定,陕西人民出版社 1998 年版,第 1477 页。

刀,恳请与之,少卿以小婢二人酬其直。”副将因“与生不相得”而向裴诬告乐生泄露官军虚实于贼,并以二婢为证。这是副将为泄私愤而明知事实故意混淆是非,陷害同僚,如此行径良可鄙也,更可惧也。裴君信副将之言,乐生“具言本末”,因理直而气壮,故“辞色颇厉”。这更得罪了裴某,“裴君愈怒”,将乐生下狱,必欲置之死地而后快。这是裴郎中为逞己意而不顾真相,颠倒黑白,混淆是非,屈罚良将。这已是两重的混淆是非了,若中丞杜式方能主持公道,还不至冤杀好人。可惜的是,“式方以远镇制使言其下受赂于贼,方将诛剪,不得不置之于法,然亦心知其冤。乐生亦有状具言”。明知其冤却“为制使所迫”,最终杀死乐生,这是更不能原谅的混淆是非,以非为是。虽杜式方想求得乐生的原谅,使其免生怨恨,满足其死前的各种要求,但乐生还是在陆续报复副将和裴某之后,显灵致杜式方以死。杜式方死前先言:“我亦无过。”良久又曰,“我知汝屈而竟杀汝,亦我之罪”。这说明他对自己的罪过有了认识。作者的主观命意即是,混淆是非而屈杀良才就要以性命来偿还,人世虽无法,而天理昭彰,神灵不昧。文末作者感叹道:“自古冤死者亦多,乐生一何神异也?”这又由个别而见一般,既突出了此文的奇异,又概括了古今官场是非不辨的黑暗现实,亦可谓卒章显其志也。

李肇《国史补》中有《崔昭行贿事》①一篇,写了裴佶姑夫与崔昭两个朝官之间的微妙关系。此篇如一文学小品,言短而意深,幽默中寓含冷峻的讽刺。为睹全貌,兹录原文如下:

> 裴佶常话:少时姑夫为朝官,有雅望。佶至宅看其姑,

① 李时人:《全唐五代小说》,何满子审定,陕西人民出版社 1998 年版,第 3056 页。

> 会其朝退,深叹曰:“崔昭何人,众口称美,此必行贿者也。如此安得不乱?”言未竟,阍者报寿州崔使君候谒。姑夫怒呵阍者,将鞭之。良久,束带强出。须臾,命茶甚急,又命酒馔,又命秣马饭仆。姑曰:“前何倨而后何恭也?”及入门,有得色,揖佶曰:“且憩学院中。”佶未下阶,出怀中一纸,乃昭赠官绝千匹。

此文的主旨乃是揭露官场行贿丑闻,但细思之,这还仅是表层意蕴,其深隐意蕴乃在于官场中评价标准与是非观念问题。全文主人公为裴佶姑夫,按其对崔昭的态度前倨后恭的变化,全文包含两层意蕴:第一层,至“良久,束带强出”,其意在说明主人公属于清官一类,是美的形象,这从“雅望”可见,也可从其“深叹”见出,对阍者的“怒呵”、“将鞭之”的态度,更从行动上证明之。与其相对比的崔昭则因其广泛行贿成为丑的形象,而众人在崔昭贿赂的作用下,是非观念发生错位,以非为是,以丑为美,这从“众口称美”可透视出来。这就与主人公形成鲜明的对照。“良久”不仅是时间过程,也是主人公思想斗争的过程,“强出”是过渡,说明其是非观念已开始动摇。第二层,“须臾”以下,文意在说明主人公坚持的正确是非观念竟变化得如此之快,在贿赂的进攻下,轰然倒塌,一连三“命”,就是美丑观念倒置的证明。这时文中还有悬念:究竟是什么在起作用呢?且作用如此之大?女主人的问话,正道出读者心中的疑团。当主人公为避人耳目而下了逐客令,委婉地赶走裴佶后,竟迫不及待地拿出礼单,同时也是揭开了谜团——原来是千匹绸缎的力量。至此,原本美丑对比鲜明的两位朝官,在贿物的作用下,戏剧性地站在了一个战壕里,美善不见了,却与丑恶同流合污了,是变为非,非倒成了是。这也揭示了"众口称美"的幕后深层原因。可以设想，明日主人公再入朝，也会同众人一样称美崔昭，在官僚们的交口称赞中，崔昭这个白骨精，竟被打扮成了美少女，而小说中再也没有孙悟空了。主人公不会再深叹了，而作者与后代读者却不能不深深地叹息。论至此，不由联想到明代"后七子"之一宗臣所写的《报刘一丈书》一文，文中的"干谒者"与崔昭，"权要者"与裴佶姑夫，如出一辙，是七百年后的借尸还魂。再联想到当今的官场腐败，贿赂公行，可谓丑恶之风千年一脉相承，屡禁不绝。思之不禁令人怅然浩叹。这里有社会监督机制不健全的问题，也有人性趋利的劣根性作用。唐人小说所揭示的规律性问题，今天还有认识价值，值得进一步深思探讨之。

4. 为争宠忌贤妒能。这是为了争夺君王的宠爱而扭曲了臣与臣之间的关系。争宠的目的是为了争权夺利，也是为了功名富贵。从政治体制和人性等层面观照，臣与臣之间的忌贤妒能又和君臣关系相互关联，是人性劣根性的表现形态之一。若从文化发展史的角度看，唐人小说的这方面描写具有着某种典型意义，这些现象在当代官场中仍不同程度地、或隐或现地存在着。

《太平广记》卷一八八引《明皇杂录》中，有题为《李林甫》[①]者一篇，就是这方面的代表作之一。文中写李林甫忌妒张九龄的政治才能，觊觎张九龄的相位，屡进谗言排斥之以独得君宠。作者先写唐玄宗心态的变化："在位年深，稍怠庶政。"这是唐玄宗由明转暗的开始。对此，贤臣良相张九龄从国家利益出发，痛

① 李昉等：《太平广记》，王希斌、车承瑞主点校，黑龙江人民出版社1999年版，第二册，第637页。

心疾首,直言进谏:"每见帝,无不极言得失。"而奸邪佞臣李林甫则从个人私利考虑,揣摩君心,迎合谄媚:"闻帝意,阴欲中之。"君子小人,美丑判然。李林甫忌贤妒能心理实施的具体表现为"屡陈九龄颇怀诽谤"。这种卑鄙手段马上影响了皇帝的倾向,他以赐白羽扇给张九龄表示其不满,致使"九龄惶恐"。他明白这是李林甫在背后捣鬼,便作《归燕》诗"以贻林甫",从"无心与物竞,鹰隼莫相猜"等诗句看,他想退出竞争。这既表明他耻于与小人为伍的高洁境界,也见出君王改志后臣子的无可奈何。与此对比,作者三次写到李林甫心态的变化:看了张九龄的诗后,"知其必退,恚怒稍解",此其一;张九龄在被"罢免之日"是"鞠躬卑逊",而李林甫却是"抑扬自得",此其二;当皇帝诏书命"张、裴为左右仆射,罢知政事"时,李林甫"视其诏,大怒曰:'犹为左右丞相邪!'"此其三。其心态的起伏变化暴露出小人忌贤妒能的阴暗心理,揭示出佞臣狠毒可怕的嘴脸。文末作者以大臣们的"股栗"进一步反衬和强化了其可怕的程度。

《太平广记》卷一八八引《明皇杂录》中,还有题为《卢绚》①者一篇,也是写李林甫忌贤妒能丑行的作品。与上一篇忌妒对手的政治才能相比,本篇表现李林甫忌妒卢绚的文雅气质和蕴藉风度。作者先渲染唐玄宗对卢绚的欣赏:其"风标清粹"的形象,不仅令皇帝"目送之",而且"亟称其蕴藉"。这就从神态和语言两个角度强化了皇帝对卢绚的欣赏程度。然后作者便直接点出李林甫是如何得知此信息的:"是时林甫方持权忌能,帝之左右宠幸,未尝不厚以金帛为贿。由是帝之动静,林甫无不知

① 李昉等:《太平广记》,王希斌、车承瑞主点校,黑龙江人民出版社1999年版,第二册,第638页。

之。”作者明确指出其“持权忌能”的奸佞特点,为固君宠而采用贿赂等卑鄙手段。当他考虑到兵部侍郎卢绚可能得君之宠时,尽管这不一定威胁到他的地位,他还是不能容忍,必欲除去之而后快。于是,接下来作者就描写了李林甫如何设计圈套,诱使对手往里钻,结果先是将卢绚“出于华州刺史。不旬月,诬其有疾,为郡不理,授太子詹事,员外安置”。李林甫终于达到了其不可告人的卑鄙害人目的。

《太平广记》卷一八八引《嘉话录》中,有题为《韦渠牟》[①]者一篇,写太府卿韦渠牟忌贤妒能之事。作者先着意写韦渠牟“承恩宠事,荐人多得名位”,可见皇帝是信任他的,希望他为国荐举贤才。接着作者重点描写了他对宰相人选的态度,唐德宗问他:“我拟用郑絪作宰相,如何?”他回答说:“若用此人,必败陛下公事。”皇帝以宰相人选问之,可见对他态度的重视。他的回答如此肯定,且以公事标榜,似乎是出以公心。皇帝不死心,又给了他一次机会:“他日又问,对亦如此。”坚持说郑絪的坏话。皇帝这回生气了,明确表态:“我用郑絪定也,卿勿更言。”剥夺了他的发言权。那么到底是谁看人准呢?最后作者明确表明了倾向性:郑絪“以清俭文学,号为贤相。于今传之。渠牟之毁滥也”。作者虽然没有具体说明韦渠牟为何诋毁郑絪,但是可以想见,或是无识人之明,或是忌贤妒能。根据上下文分析,当主要是后一个原因。前者是水平问题,后者则是道德问题;前者或许还可以原谅,后者则不可饶恕。

5. 握特权随意驱遣。以上所论臣僚关系扭曲形态的诸种

---

① 李昉等:《太平广记》,王希斌、车承瑞主点校,黑龙江人民出版社1999年版,第二册,第639页。

表现之外,还有一种手握人事大权的特殊大臣与下属的关系,应单列出特别说一说。比如:吏部尚书手中掌握任命官吏的人事大权,能决定其他人的命运,随意驱遣其他臣僚,为所欲为。这种特权往往会扭曲正常的臣僚关系。《麹思明》[①]一文就以传奇之笔,生动地揭示了这种特殊关系。文中吏部尚书赵冬曦对主人公麹思明直言不讳地讲:"以某今日之势,三千余人选客,某下笔,即能自贫而富,舍贱而贵。饥之饱之,皆自吾笔。人人皆有所请,而子独不言,何也?"这种权势可谓炙手可热。这种吏部尚书的自我炫耀,揭示出封建政治体制中权力过于集中的弊端。当一个臣子笔下有决定他人命运大权的时候,他便很难以平等心态视人,别人更难以正常心态对他,而后贿赂、人情、朋党等各种不正之风便会因之而起,难以扼制。正如阿克顿所说,绝对的权力必然导致绝对的腐败。韩愈"门生故吏满天下",就与他做过吏部尚书有直接关系,其发动的古文运动能顺利推行开来,这也是原因之一。作者虽痛切地感到其弊端,也无能为力,只能在小说中借麹思明预知自己官运前途来否定吏部尚书的这种特权。麹思明反驳吏部尚书赵冬曦说:"三千之人,一官一名,皆是分定,只假尚书之笔。"然后通过曲折的情节验证其说法,并让他彻底征服吏部尚书。从艺术上说,其构思的奇妙、情节的曲折、悬念的设置,具有着诱人的魅力,的确令人"解颐";但从思想内涵上说,作者以命定论思想来否定过于集中的特权,显示出思想观念的陈旧与作者的无奈。无论怎么说,作者否定了权力过于集中的弊端,还是有认识价值的。

---

① 《会昌解颐》,转引自李时人:《全唐五代小说》,何满子审定,陕西人民出版社 1998 年版,第 1203 页。

再比如:丞相与朝官及郡守的关系也如此。丞相乃人臣之极,一人之下,万人之上,其手中权力比吏部尚书还大。此位乃入仕士人终生奋斗的目标,即所谓"出将入相"是也。而一旦登此位,则八面威风,呼风唤雨,这种特殊地位便会扭曲臣僚之间的关系。张读《宣室志》中《唐休璟门僧》①一篇就描写了宰相休璟与郡守的非正常关系。文中休璟敬为师长的僧人明确问他:"且天下郡守,非相国命之乎?"休璟也毫不隐讳地回答:"然。"正是利用这种特权,他听从僧人的计谋,"于卑冗官中访一孤寒家贫有才干者,使为曹州刺史",然后利用其感恩心理,为他禳去大祸。此乃利用手中人权随心所欲选官以为己服务,而非为社稷民生。这就从一个侧面深刻地揭示出封建官僚体制的弊端。从被破格提拔者的角度说,意外之喜使他首先想到的是报个人之恩,而非报国为民。休璟所选中的"家甚贫,为京卑官"的张君说得颇为直接明白:"某名迹幽昧,才识疏浅。相国拔此沉滞,牧守大郡,由担石之储,获二千石之禄,……德固厚矣。然而感恩之外,窃所忧惕者,未知相国之旨何哉?"这是不问国事问私旨,当丞相的个人所求问清楚后,张君满口应承:"谨奉教。"他到任后首要之事便是"悉召郡吏",落实丞相个人之事。官场中这种现象古今皆有之,因而此文揭示封建官僚体制这种弊端的文化意蕴就具有超时空的认识价值。

柳祥《潇湘录》中有一篇题为《杨国忠》②者,从正面详论丞

---

① 李时人:《全唐五代小说》,何满子审定,陕西人民出版社 1998 年版,第 1707 页。

② 李时人:《全唐五代小说》,何满子审定,陕西人民出版社 1998 年版,第 1534 页。

相的用人问题。小说选定一妇人面斥杨国忠的角度而展开，妇人曰："公位极人臣，……奢纵不节，德义不修，而壅塞贤路，谄媚君上，……不以社稷为意。贤与愚不能别，但纳贿于门者，爵而禄之；大才大德之士，伏于林泉，曾不一顾。以恩付兵柄，以爱使牧民。"这是在指斥奸相杨国忠未能履丞相之职，尽丞相之责，虽是个案，却也概括了奸相的共性特征，具有一定的典型意义，同时也揭示了封建官僚体制的弊端，即丞相权力过于集中，若在位非人，其所用朝臣将会贤者去、奸者来，就会乱国害民。这也是有启示意义的。

《太平广记》卷一八八引《杜阳杂编》中，有题为《鱼朝恩》[①]者一篇，写手中握有特权的鱼朝恩为私利随意处置朝臣，甚至可以左右皇帝，作者借此批判了权臣的恶德丑行。作者开篇就着意强调鱼朝恩权力之大，他"专权使气，公卿不敢仰视。宰臣或决政事，不预谋者，则睚眦曰：'天下之事，岂不由我乎？'于是帝恶之"。气焰熏天，多么嚣张！其权力炙手可热，比宰相还大，甚至凌驾于皇帝之上。这也就使他的特权与至高无上的皇权产生了矛盾，必然令皇帝"恶之"。作者的描写重点是鱼朝恩为其幼子争官而报复朝臣的典型事件，于个别中见一般。本来皇帝"以朝恩故，遂特赐绿"，封只有"十四五"岁的小孩子以不相称的大官，可鱼朝恩还不满足，仅凭幼子令徽一句"以班次居下，为同列所欺"的无稽之谈便大怒，让皇帝给其幼子"特赐金章，以超其等"。不等皇帝表态，就"已令所司，捧紫衣而至"。这明显是强加于皇帝，不答应不行。皇帝虽心里认为"不可"，嘴里

① 李昉等：《太平广记》卷一八八，王希斌、车承瑞主点校，黑龙江人民出版社1999年版，第二册，第639页。

还得勉强称赞:“卿男着章服,大宜称也。”看来金口玉牙的皇帝也有不得不说违心话的时候,也有欺软怕硬的一面。作者写得十分清楚,其子所言是虚,实际上不过是“同列黄门位居令徽上者”“误触令徽臂”而已。但是这个同列黄门却为此误触小事付出了巨大的代价,“寻逐于岭表”。这样倒行逆施的无法无天者,必然不会有好下场,故作者以“及朝恩被杀,天下无不快焉”收束全篇。这既满足了大众惩恶扬善的愿望,也更明确地表达了作者的褒贬倾向。此事叙完后,作者接以“鱼氏在朝动无畏惮,他皆仿此”一句概括之,达到了窥一斑而知全豹的艺术效果。从中可见出作者善于小中见大的艺术眼光、精于选材的结构能力、详略得当的用墨技巧。这些都在加强着此文的小说味道,显示着作者的出色艺术水平。

6. 因积怨水火难容。在官场当中,由于观点不同、利益之争、性格不和、矛盾误会等原因,臣与臣之间很容易产生摩擦,发展下去就可能成为积怨,互相排斥,势同水火,甚至不共戴天,必欲置之死地而后快。如何解决之,因人而有别,难以尽述,但其中利用手中的权力罗织罪名,排斥打击异己,致其贬官外放的公报私仇者,应该是比较常见的。其中的具体表现又比较复杂:有的表现出某些人的丑恶方面,诸如手段的阴险卑劣、心地的狭隘肮脏、面目的狰狞可怖等;有的则更为复杂,不能以善恶美丑论之,可能矛盾双方皆是清官和好人,但就是无法共事,两相倾轧,唐代的牛、李党争就可作如是观。唐人小说对这两种表现情况均有生动描写,这方面的作品无论是思想内涵还是艺术水准,皆有可观者。

《太平广记》卷四九八引《摭言》中有题为《李回》[①]者一篇，就艺术化地表现了宰相魏谟以卑鄙手段公报私仇的故事。作者从时空变化的角度,简要地依次写出两个男主人公的矛盾发展的三个阶段。第一阶段,太和初,全文由此时间起笔,矛盾的起因是:“李回任京兆府参军,主试,不送魏谟。谟深衔之。”这显然是魏谟怨恨李回。第二阶段,会昌中,此时二人已经成为同僚,地位发生了变化。魏谟重提当年“不送”之事,显然语含讥讽,耿耿于怀。李回也毫不客气,予以回击:“如今也不送。”可见李回骨鲠刚烈的性格。这使魏谟恼羞成怒:“谟为之色变,益怀愤恚。”矛盾进一步发展,积怨愈为加深。第三阶段,二人的地位又发生了变化,李回“谪刺建州,谟大拜”。魏谟位居宰相,大权在握,终于有了公报私仇的机会。从小说故事结构的角度说,作者用墨重点在于写魏谟的报复行为。这可包括详略两个方面:略的方面一语概括之,“回有启状,谟悉不纳”。这已经是因私废公,心地不善了,初见其小人嘴脸。详的方面具体描写了一个案件——李回“决杖勒停”一衙官。被责衙官为了不失去“庇徭役”的衙官特权,而到京师告状,因为这从李回的角度说是正常公事,所以“诸相皆不问”。这时有人教此衙官利用李回“素与中书相公有隙”的矛盾,找魏谟告状,其人“即如所诲,望尘而拜”,称“建州百姓诉冤”。这时作者写道:

> 魏闻之,倒持麈尾,敲鞍子令止。及览状,所论事二十余件,第一件,取同姓子女入宅。于是为魏极力锻成

① 李昉等:《太平广记》,王希斌、车承瑞主点校,黑龙江人民出版社1999年版,第五册,第769页。参见王定保:《唐摭言》卷二《恚恨》,古典文学出版社1957年版,第20—21页。

大狱……竟坐贬抚州司马。终于贬所。

作者可谓一字见褒贬，文字背后的内涵值得注意。魏谟从告状者的语言和状辞中找到了公报私仇的充分理由，既得到了为民申冤的好名声，也维护了自己的道德面貌，还沉重打击了仇人，报了多年的宿怨，让别人无话可说，可谓是一石三鸟的"高招"。细读之，官场的玄机令人不寒而栗。此文可视为揭露官场中公报私仇问题的典型篇章，不仅思想内涵深刻，小说艺术水平也很高；不仅涉及政治、道德、官场规则等问题，而且还深入到人性层面，写出了人的劣根性中某些深隐的东西。

再看后一种情况：《太平广记》卷四九八所引《幽闲鼓吹》中有题为《李宗闵》①者一篇，就形象生动地表现了李德裕与李宗闵的钩心斗角、相互排斥的矛盾斗争。作品开篇一段就以对比的手法写出因地位的起伏所引起的二人心态的变化。先是由李宗闵"拜宾客分司"的地位升迁而引起"德裕大惧"的心态变化。李德裕马上见诸行动："遣专使，厚致信好。"这非敬其人，而是惧其官，不无献媚的成分。但是，这种主动求和讨好却遭到冷遇，"宗闵不受，取路江西而过"。紧接着，作者以"非久"衔接来说明时间的短暂，以加强对比效果。"德裕入相，过洛"，地位又超过了李宗闵，这又引起李宗闵心态的变化："宗闵忧惧。"那么，忧惧什么呢？不言自明，无外乎怕打击报复，怕于己不利，怕影响功名利禄。然后他也马上见诸行动，"多方求厚善者致书，乞一见，欲以解纷"。其求和讨好的心态比前面所写的李德裕更为迫切。这次该李德裕主动了，他有了摆架子的资本，他"复

① 李昉等：《太平广记》，王希斌、车承瑞主点校，黑龙江人民出版社1999年版，第五册，第768页。

书曰:‘怨则不怨,见则无端’”。可谓不卑不亢,绵里藏针,婉言拒绝了求见之请,其实怨并非没有,这李宗闵当然比谁都清楚,因此接书后李宗闵心里的忧惧必然更为深重。这也是李德裕想要达到的效果。作品第二段以“初”字领起,追述了二李关系的演变历程。“德裕与宗闵早相善”,明确点出二人感情基础是相当好的。那么,是什么原因造成二人的不睦呢?作者明确告诉读者:“及位高,稍稍相倾。”原来是官位的升迁引起了心态与感情的变化,是官场扭曲了二人良好的感情。接着作者重点写了李宗闵对李德裕的排斥和拉拢,一打一拉,软硬兼施,而未写李德裕如何打击对方,这似乎表明作者的立场是倾向于李德裕的。李宗闵打击李德裕的事实用略写,说“宗闵在位”时,怕李德裕“必当大用”而“多方沮之”。相比之下,李宗闵为“平其慊”而拉拢抚慰李德裕则用详写,按时序生动具体地展现了两个场景:一是,李宗闵和同党京兆尹杜悰谋划于密室的场景。杜悰鉴于李德裕“不由科第”的人生遗憾,投其所好,先提出了科举的办法,“若与知举,则必喜矣”。李宗闵没有同意,虽未明言理由,但“更思其次”的话语,还是透露出其内心隐秘,应该是认为此举对李德裕好处太大,他不想弥补对手此人生大憾。当杜悰又提出以御史大夫的官职与之,李宗闵马上表态:“此即得也。”由此可见,当时宰相的权力炙手可热,科举和官职皆在其控制当中,随心所欲。甚至连被称为“亚相”的御史大夫都可作为缓和关系的媒介物送人,其他低于此的官职更可随意驱遣了。二是,杜悰与李德裕会面的场景。“再三与约”,说明李德裕知道杜悰是李宗闵的人,所以回避不愿见之。而当杜悰称“适宗相有意旨”“遂言亚相之拜”的时候,李德裕的态度马上来了个一百八十度的大转弯,其反应之激烈程度,出人意外:“德裕惊喜,双泪遽落……寄谢重叠。”可见功名利禄的诱惑力多大啊，李德裕也不能免俗，更何况一般人。

考之史籍，二李不睦史有多处记载，《旧唐书·李德裕传》曰：“德裕于元和时，久之不调，而逢吉、僧孺、宗闵以私怨恒排摈之。”[①]“宗闵寻引牛僧孺同知政事，二憾相结，凡德裕之善者，皆斥之于外。”[②]《旧唐书·李宗闵传》亦曰：“寻引牛僧孺同知政事，二人唱和，凡德裕之党皆逐之。”[③]二者可互证。这是李宗闵打击李德裕的记载。反之亦有，但少于前者。如：《旧唐书·李宗闵传》曰：“会昌初，李德裕秉政，……又发其旧事，贬郴州司马，卒于贬所。”[④]看来在二人“纷纭排陷，垂四十年”[⑤]的争斗史中，还是李德裕笑到了最后。从史家的评价倾向看，褒扬李德裕者为多。若将小说和史书相较，可以说《李宗闵》一篇总体上符合史实，小说家和史家的褒贬倾向也基本一致，但该文所写的具体事例则未见史载，这说明小说在具体描写上又有虚构，而且在虚实关系上处理较好，显示出作者在选材、结构、叙事和人物心理描写等方面的艺术水平。

---

① 刘昫等：《旧唐书·李德裕传》，中华书局1975年版，第4510页。

② 刘昫等：《旧唐书·李德裕传》，中华书局1975年版，第4518页。

③ 刘昫等：《旧唐书·李宗闵传》，中华书局1975年版，第4552页。

④ 刘昫等：《旧唐书·李宗闵传》，中华书局1975年版，第4555页。

⑤ 刘昫等：《旧唐书·李宗闵传》，中华书局1975年版，第4552页。

第五章　官民关系理想：士林民众的心理共鸣

士人借助某种渠道步入仕途之后，其身份、地位、能量、价值等方面均发生骤变，由平民变成了官吏，由下层进入了上层，由无权转变为有权，由为自己负责扩展到为百姓负责。面对这种社会角色的转变，每一位入仕者从当官之日起，时时都要对此做出选择：是做清官，还是为贪官？是为国为民，还是为一己之私？这是不能回避的问题。当然，清官与贪官这两个概念的诠释与评价，在学术界是有争议的，不同时代会赋予其新的内涵，但其中主要的内涵还是会传承下来，为各时代的人们所公认。像"四人帮"所提出的：清官比贪官还坏，因为他麻痹人民，延缓人民起来造反……这种谬论则根本不是学术研究，而是混淆了是非美丑标准的呓语，不值一驳。

从传统文化的角度说，清官大体吸收了儒家的仁政思想、法家的法治思想、墨家的节用思想、道家的清静无为思想等传统文化的精华，成为社会政治体制中的一个褒义的概念。从社会构成关系的角度说，古代社会中清官具体的共性的内涵主要可包括：对上忠于君王，报效国家；对下爱民如子，为民申冤；勤于政事，励精图治，兴利除弊，政绩卓著；刚直不阿，惩治邪恶；廉洁奉公，依法办事；贤明公正，大义凛然……从当代文化的角度反观之,清官有封建性,有历史局限性,如忠君思想、等级观念等。其本质还是人治,而非真正的法治。虽然如此,但其所作所为客观上有利于人民,故受到人民的拥戴与赞美,成为人民大众心目中好官的楷模。历史地、客观地评价,贪官与清官有着根本的区别,贪官是在法定外的敲骨吸髓,其内涵与前述清官处处相反,其人格上的反差也是判若云泥,不可同日而语。因此,二者的褒贬评判可以上升为正义与邪恶、美善与丑恶的区别。

有了以上的界定,我们就可以进一步探讨唐人小说仕宦题材中士人进入官场后这一人生阶段的文化心态与作品的文化意蕴。唐人小说的作者绝大部分是由士人而入宦途者,他们既有士人的眼光、思维与品格,又有宦海沉浮的经历,因此他们笔下的小说必然要寄寓其对仕宦的思考,表达他们对笔下官场中人物的善恶美丑评价,这对广大读者是颇有认识价值与启示意义的。尤其唐代乃中国封建社会的黄金时代与高峰时期,其中所蕴含的规律性东西就更具有典型意义。

从唐代法律建构的层面说,其对官吏的监督很严格,对犯罪官吏的惩治也比较严厉。据唐代法律研究专家统计,“《唐律》中规定具体犯罪的条款共有 445 条,其中有 223 条即有一半的条款规定了官吏职务犯罪。因此,惩治官吏渎职犯罪是《唐律》的主要内容和重点”①。从这些法律条文针对的官场现实内容与唐代小说相关题材描写的比较中,就可以管窥小说家关注社会现实的眼光与思考问题的深度。

鉴于官场问题的错综复杂、难以梳理,为了更明晰地表达唐

① 彭炳金:《唐代官吏职务犯罪研究》,中国社会科学出版社 2008 年版,第 45 页。

人小说这方面的文化内涵,笔者拟从官场中所涉及的纵横交错的复杂关系入手,从不同角度透视上下左右各种关系中所表现出来的诸多问题,以就教于方家。

一　官民关系渊源考

在中国传统文化中,各家思想皆注重民在社会中的地位与作用,汇聚成声势浩大的民本思想潮流。最早提出民本思想的哲人是道家学派创始人老子,他提出:“民不畏死,奈何以死惧之。”(《老子》七四)这是站在民的立场上对牧民之官而言的,显示出一种凛然难犯的人格力量与大无畏精神。儒家学派创始人孔子发挥了老子的“爱民”思想,他要求管民之官应做到“修己以安百姓”(《论语·宪问》)。当然,这个要求所针对的,不仅包括各级官吏,也包括君王在内。孟子继承和发展了前人的“重民”思想,更突出了民的社会地位,主张“民为贵,社稷次之,君为轻”(《孟子·尽心下》),创立了宗旨更明确、措施更具体的系统而完备的民本主义学说,成为中国传统文化中的光辉思想。荀子作为先秦儒家思想的集大成者,当然也关注这一问题,他说:“君者,舟也;庶人者,水也。水则载舟,水则覆舟。”(《荀子·王制篇》)这是讲君与民的关系,精辟的比喻中蕴含着二者关系的辩证法思想。比较看来,孟、荀二人皆强调民的重要性,这是同,其区别在于:孟子是站在民的立场上说的,而荀子则是立足于君的立场上看的;孟子讲的“民贵”是无条件的,是恒定状态的,而荀子的重民是有条件的,是变动状态的,强调的是“覆舟”时的力量,是为君王提醒,不要激怒百姓,不然君位难保,因而此说最为皇帝唐太宗赏识。

除诸子而外，一些中国古代史籍也特别强调民的重要地位，比如，周厉王的卿士邵公就精辟地指出："防民之口，甚于防川。川壅而溃，伤人必多；民亦如之。"（《国语·周语上》）其比喻之恰切，思想之深刻，表达之清楚，说理之透彻，令人惊叹。早在周朝时就产生了如此光辉的思想，足见中华民族的伟大。这段至理名言当是荀子舟水比喻之源，但其思想内涵更丰富，不仅指君民关系，也包括官民关系、上下级关系，甚至还涵盖人与人关系。再如，赵国执政者赵威后坦言："苟无民，何以有君？故有舍本而问末者耶？"（《战国策·齐策》）这是明确表述的"以民为本"思想，与孟子的"民贵君轻"思想异曲同工，而与齐国使者的"民贱王贵"思想则针锋相对。赵威后还提出"子万民"的命题，君王应以万民为子，官吏应以所牧之民为子，这就是君与民、官与民理想关系的概括。为此，百姓称官为父母官，官吏标榜"爱民如子"，这就是整个封建社会官与民关系的模式。在这个模式中，官与民是不平等的，官是居高临下地俯视民众，其封建性是不言而喻的，但毕竟有"爱"字为前提，若此爱是真情而不是做表面文章，如孟子说的"老吾老以及人之老，幼吾幼以及人之幼"，以爱己子之真情去为民做事，亦是民之万幸了，只可惜古往今来能做到这点的官太少了。

当然，如果立足当代文化层面反思之，"以民为本"思想也有其封建性在焉，这自不待言。若与民主思想相比，二者有本质的不同，不可同日而语。因为做主的还是君，民无权决定谁为君主，民究竟是"本"还是"末"，要由君说了算，君王在起主导作用。而民主则是由民来决定谁掌握权力。仅就本末而言，若君或官真的能以民为本，无论是为了君位长传，还是为了江山社稷，终究远远强于以民为末，客观上还是能给民带来好处，这在封建君主专制政体下,已经是难能可贵的了。

唐代是中国封建社会的黄金时代,统治者对百姓是较为宽缓优待的,可与西汉媲美,所谓“汉唐盛世”,也表现在善待百姓上。正因为统治者能够善待百姓,方能使社会达于盛世。唐代的“贞观之治”与“开元盛世”,均是对百姓最好的时期,而首开重民风气者,应为唐太宗李世民。考之《旧唐书·太宗本纪》,唐太宗四岁时,一位善相的书生见唐太宗曰:“龙凤之姿,天日之表,年将二十,必能济世安民矣。”唐高祖“因采‘济世安民’之义以为名焉”。太宗起兵反隋后,对其父声言:“本兴大义以救苍生。”[①]这并非做样子给别人看,而是由衷之言,并且在其登上皇帝的大位后仍能落实到治国方略上。这固然是源于他对“水能载舟,亦能覆舟”[②]的清醒认识,但无论怎样,他以帝王之尊,为各级官吏做出了重民安民的榜样,为其治民制定了规范,使官吏不敢肆意害民,百姓生活得以安定,客观上得到了实惠。这种文化氛围对唐代小说家的文化心态自然会有某种影响,唐代社会官与民关系的真实图景便通过小说家的审美中介而留存在小说作品之中。

总体观照,唐人小说中的官与民二者关系可归纳为三种形态,上品者是为民谋利的好官,下品者为以权谋私害民的坏官,处于中间状态的还有多种形态:诸如,当一天和尚撞一天钟者,

① 刘昫等:《旧唐书·太宗本纪》,中华书局1975年版,第21—22页。

② 吴兢:《贞观政要·政体》载,魏徵对曰:“臣又闻古语云:‘君,舟也;人,水也。水能载舟,亦能覆舟。’”见吴兢:《贞观政要》,上海古籍出版社1978年版,第16页。

有之;光当和尚不撞钟者,亦有之……作者站在百姓的立场上,歌颂上品者,鞭挞下品者,批评中品者,观点鲜明,美丑判然。试分别透视之。

二　爱民清官之美政

爱民清官之美政是唐人小说中官民关系的理想形态。这种理想形态含有不同层面,蕴含着丰厚的文化内涵和审美价值。试分层次言之:

1. 官民杂处,相安无事。这是最高层次的官民关系的理想化审美化形态,只有在超现实的世界中才可能存在。牛僧孺《古元之》(见《玄怪录》)中和神国的官民关系即是如此:“其国千官皆足,而仕官不自知身之在仕,杂于下人,以无职事操断也。”[①]做官而不自知为官,更不以官自居,与民混同一体,这是一种很高的人生境界,非但在封建社会中不可能达到,即使在当今社会中也只是一种理论倡导与追求目标,真正达此境界者实乃凤毛麟角。其中的关键问题有两点值得特别说一说:

第一,从为官者主观层面说,关键在为官者的思想状态上。古代的圣贤教诲中,一再强调的是加强主观道德修养,强调“内圣外王”的修炼、自省功夫,强调人格境界的不断提升,力图用这些理论来提高为官者的主观修养层次,以达到官民关系的优化。但结果往往是事倍功半,理想与现实反差太大,效果并不尽如人意。因为封建等级制制约着为官者的思维,他们还是自以

---

① 李时人:《全唐五代小说》,何满子审定,陕西人民出版社 1998 年版,第 905 页。

为官,还是在等级制的某一个层面上,对民而言,他们还是居高临下的。而牛僧孺在《古元之》中提出的"仕官不自知身之在仕"的思想境界就超越了此前所有圣贤的教诲,达到了前无古人的高层次。这种官民不辨的社会理想颇有审美价值,是不如人意的现实官民关系的强烈反照,映现出唐代士人完美主义的理想追求。这种理想的建构中,当亦有远古社会官民一体情景的美好追忆成分。这是值得大书特书的。

近代以来,孙中山提出"天下为公",毛泽东提出"为人民服务",这些思想力图打破古代的一套理论,建构新型的官民关系,这令万民看到了新的希望。按孙、毛的理论,民众是主人,官员是公仆,其中寓有资产阶级的民主思想。但是,多年以来的社会实际效果,则难免让民众大失所望,新社会的官员仍然把自己当成官,而且官升脾气长,远远达不到孙、毛的理论要求,更无法望《古元之》中"不自知"仕官的项背。这样看来,理想化的官民关系就只有在小说虚构的"桃花源""和神国"中才可能实现。

第二,从官僚体制建构的客观层面说,必须建立真正的民主选举机制与科学的官员监督管理机制,才有可能实现官民关系的优化。比较而言,这一条更为关键,光是依靠主观层面的自省、道德约束是不完全管用的。如果每个选民都有直接投票的权利,那么想当官的就必须真正放下架子,不把自己当作官,俯首帖耳地去为选民——百姓服务,不然,你就得不到选票,你就当不上官。这样在客观因素的制约下,为官者才能比较接近牛僧孺在《古元之》中提出的"仕官不自知身之在仕"的思想状态。虽然境界有别,但客观效果总算差强人意地比较接近了吧。

2. 悯贫恤弱,抚爱百姓。在官吏群体中,那些抚爱百姓的善良者,是百姓心目中的理想官吏。唐人小说中《代民纳税》[①]一篇就是这方面的代表作。小说的主人公叫郑冠卿,其官职为临贺县令,是所谓的“七品芝麻官”。他官位虽不高,可真正是百姓的父母官,与百姓的关系最为密切。作者以实中有虚的笔法,写他“偶游栖霞洞”时,遇道士与之叙谈。道士问他:“子在官时,行何好事?”他回答说:“自度无能,常行悯恻,每见贫民有租税不逮者,尝出正俸钱,代而纳之。行草野,见暴露不葬者,即解衣裾为瘗之。”这种行为得到了道士的首肯,赞扬他说:“是此特得遇吾也,能常行不怠,即不在知诗礼也。……古者为政尚宽,简务俭素,不炫聪察,不役智能。……什一而税,复能饮□食蘖。今之十九而税,又直徇利贪财,子傥不为官,复即林野,则可保其天年,不然则夭枉矣。”道士的语言实际上代表着作者的观点,里边包含着这样几层内涵:第一,郑冠卿的爱民之举是难能可贵的,表现了他善良的内心与为官美德,具有超时空的审美价值,今日为官者若能如此去做,依然会得到民众的爱戴。贫民交不上税,若他以县令手中权力为其免税,已是爱民好官了,而他以俸钱代纳,又高出一层。另外,他的善行不仅惠及活人,更泽及贫而死后不葬者,这就又上升了一个层次。在层层递进中,作者对他的赞美之情,已是溢于言表了。

第二,作者借道士之口,将古今的官民关系做了对比。在古时“什一而税”与当今“十九而税”的鲜明对比中,缅怀古之官的爱民美政,揭露今之官的害民恶政,这样就强化了小说的思想深度。

---

① 李时人:《全唐五代小说》,何满子审定,陕西人民出版社 1998 年版,第 2388 页。

第三，在这样“苛政猛于虎”的黑暗现实中，欲为好官亦难矣，代民纳税的美举也只能是挂一漏万，而作为一个七品县令，他又无力改变现实体制，因此道士劝他归于林野，以保天年；若再为官，难保不助纣为虐，客观上有害百姓，那样就会“夭枉矣”。小说结尾照应了这一思想：“后冠卿不慕名宦，退居冯翊，一百四岁，无疾而卒。”这正符合儒家“天下有道则见，无道则隐”（《论语·泰伯》）的仕宦原则，同时也隐含着为官爱民而终得善报的劝诫思想。

唐代是一个思想开放的时代，唐人小说所承载的某些新的思想观念往往引人深思，值得关注。比如就官与民的关系而言，《闻奇录》中《李克助》[①]一篇所提出的问题就十分耐人寻味。作者在三个层面上着眼，通过三种关系的对比，层层递进，最后方提出“天子之民”的问题。第一层，写郑县令崔銮与民众的关系。从“有民告举放绝绢价”一句看，崔銮与民众的关系是对立的，是为利而损民。第二层，写刺史韩建与民众的关系。从“韩建令计以为赃，奏下三司定罪”的处理看，他是站在民众的立场上的，与民众是一体的，似是为民众主持正义的官。第三层，大理卿李克助与民众的关系。这一层的情节出现了波折，矛盾多元化了。李克助对于“御史台刑部奏，罪当绞”的判决，“数月不奏”，这就使他和韩建出现了矛盾，韩建怀疑他和崔銮有“亲情”关系，并且质问李克助。李克助明确指出韩建的问题：“闻公举

---

① 李昉等：《太平广记》卷五〇〇，王希斌、车承瑞主点校，黑龙江人民出版社 1999 年版，第五册，第 784 页。关于《闻奇录》的作者问题，前人著录题唐人于逖撰，对此李剑国先生有详细考证，见李剑国：《唐五代志怪传奇叙录》，南开大学出版社 1993 年版，第 1168—1170 页。

放,数将及万矣。”这就使韩建和民众的关系出现了矛盾,他自身对民众的态度和他评价崔鋈对民众的态度,自相矛盾,两种标准。他似乎还理直气壮,对此自我辩解说:“我华州节度,华民我民也。”这显然是自私狭隘的官民观,视民为自己的私有财产,任意而为。对此错误的观点,李克助针锋相对地驳斥道:“华民乃天子之民,非公之民。若尔,即郑县民,乃崔令民也。”前一句,提出一个重要思想,虽然不无封建色彩,但毕竟比韩建的观点开放宏阔,有整体观念,更有见识。如果把“天子”理解为国家的代名词,在现代仍然有启发意义。后一句,通过比较法和归谬法,使韩建的错误昭然若揭,无可辩驳。他的自相矛盾,对己宽、对人严的问题也凸现出来了。因此他不能不“伏其论”。最后对崔鋈的“谪颍阳尉”,是对他不爱民的惩罚,又罚当其罪。总体看,这是一篇思想深刻、艺术高超的好小说。

3. 主持公道,为民申冤。这是为官群体中的正义而智慧者,是百姓心目中好官的又一类型。封建社会中的官吏,尤其是地方官,是行政管理与司法裁判等职能的兼而有之者。比如县令,既是一县之长,又是断案法官;既管民事纠纷,又理刑事案件。这就要求官吏必须是博学通才,既能主持公道,伸张正义,又有过人的智慧与决断能力,这才能为官一任,造福一方,使百姓安居乐业,有苦能诉,有冤能申。唐末高彦休《阙史》(卷上)中《赵江阴政事》[①]一文,就塑造了这样一位好官形象。作者借鉴史传笔法,开篇总括其为官特点,结尾以“参寥子曰”的形式

① 《太平广记》引此文题为《赵和》,传本题为《赵宏》;李时人先生编校《全唐五代小说》收入此文,用此题,今从之。见李时人:《全唐五代小说》,何满子审定,陕西人民出版社 1998 年版,第 2079 页。

评论之，赞之以“循吏”，与篇首呼应。中间专叙一典型事例，以个别见一般，具有很高的艺术价值。主人公名赵宏，官职是江阴令，其为官总的特点是“以片言折狱著声，由是累宰剧邑，皆以雪冤获优考”。其中更为突出的也是最难的是“疑似晦伪之事，悉能以情辩之”。文中重点叙述的就是这种难断晦伪之事。从案件性质说，本文所记乃民事纠纷案，系农民邻里借款还贷事，东邻向西邻“贷缗百万”，以“庄券”为抵押。一年期到，东邻“先纳八百缗”，约定“明日以残资换券”。因为相隔时间短，“且恃通家”，东邻并未向西邻索要“纳缗之籍”，也就是未出收据。这样的事乃君子协定，在当今的邻里之间也属司空见惯，若要收据，似觉关系疏远了，特别是在中国重情好礼的传统中，东邻所为再正常不过了。可西邻却起了不义之心，钻了东邻的空子，待明日东邻带齐钱来换抵押“庄券”时，西邻竟翻脸不承认先纳的八百缗。因为既无证明人，又没有“簿籍”，所以尽管东邻的确冤枉，诉之于县、州时，主审官也同情他，但终无术理之。当东邻“不胜其愤”闻名远诉赵宏时，作者在县、州宰的衬托下，着力刻画了赵宏巧施妙计、惩治无赖、为民申冤的循吏形象。妙计的设置合情合理又合法，曲折回环，悬念重叠，人物情态毕现，为唐人小说中的佳作，值得一读。

高彦休《阙史》（卷下）中还有一篇《崔尚书雪冤狱》[①]，写的也是一位“古之循吏”无法比拟的为民申冤的好官的断案故事。与前篇同中之异在于：第一，主人公崔碣的地位高于赵宏，为河南尹，其为官特点是“摘奸剪暴，为天下吏师”。本篇重点突出

① 李时人：《全唐五代小说》，何满子审定，陕西人民出版社 1998 年版，第 2081 页。

的是他的胆识过人、正气凛然。

第二,人物个性更为鲜明,若云前篇中的东邻、西邻还是类型形象,本文的当事人王可久、其妻及杨乾夫则已是典型形象了。王可久寻妻时的“辗转饥寒,循路号叫”,足见其钟情与执着的个性,而“不胜其冤,诉于公府”的首告与“衔血赍冤,诉于新政”的再告,以至“双眦洒血”犹不罢休,其不屈不挠的性格也随之凸现出来。卜者杨乾夫软硬兼施,以计骗王可久妻欲人财两得,其心术不正、奸诈狡猾的无赖行径与行贿法司、诬告好人的卑污心灵,也极有层次地渐趋鲜明。王可久妻子美貌年少,她由“常善价募人访于贼境”的信义,到轻信杨乾夫之言以至“多杨之义,遂许嫁焉”的不辨真伪,虽主要是因为狐狸太狡猾,但同时也写出她轻信而无主见的性格。最后因“复制于杨”而在法司“取证于妻”时“遂诬其妄”,成了仇敌的帮凶。虽然善恶双方力量悬殊,但还是写出了她软弱的性格特征。在一个短篇中,作者能合逻辑地渐次写出她思想性格的发展轨迹,这在人物美学上是很有价值的。

第三,情节更为曲折,层层转折,环环相扣。王可久身陷贼境,“逾期不归”,为一大转折。其妻由寻找、卜卦到嫁于卜者,是又一大转折。王可久归乡告状蒙冤为第三大转折。崔碣昭雪冤狱为第四大转折。仅一短篇小说其情节却能跌宕起伏而又自然合理,足见唐人在小说情节建构方面的开阔思维与艺术功力。

第四,社会意义更为深广。若云前篇主要描写的是在人性善恶一闪念之间的选择,那么,本文则由人性对财与色的贪欲起始,进而扩展到行贿枉法的层面,因此,官场的黑暗也已揭露出来了。这在封建官场中是具有普遍性的,充分显示出作品的典型意义。

第五,艺术笔法同中有异。全文史传笔法同前篇,以二庸官衬主人公的笔法亦同。区别在于,前篇的邑宰与州宰虽未为民申冤,但并无大过,因确无证据,而本篇的“时属尹正长厚不能辨奸,于是以诬人之罪加之,痛绳其背,肩校出疆”;“新政亦不能辩”,重加处罚。二官皆有大过矣,惩善扬恶,助纣为虐,暗无天日。崔碣“命可久暗籍其家,玩物所存尚夥。而鞫吏贿赂丑迹昭焉”,说明客观的人证、物证还是可查到的,这就在反衬前二庸官失职的同时,也突出了崔碣形象的高大。文末“断狱之日,阳轮洞开,通逵相庆,有至出涕者。沉冤积愤,大亨畅于是日”等描写,从民心的角度进一步衬托好官的美善形象,说明人民大众是有判别是非、美丑能力的,好官必然得民心。本文的思想意义也随之得到了深化。

三　害民贪官之恶政

在唐代仕宦题材小说描写官民关系的三种形态中,最高层次是为民谋利、爱民重生的清正贤明官吏,中间层次是在其位、不谋其政的平庸误事官吏,最低层次是以权谋私、害民虐生的贪官酷吏。唐人小说中官民关系的扭曲形态就是贪官酷吏害民之恶政。贪官酷吏所扭曲的官民关系形态也有不同的表现形式,在整个封建社会中有着某种典型意义,揭示了封建官僚体制的某些规律,反照出人性的劣根性及在这个领域的异化形态。这是唐代小说士人作家爱民心态的表现层面之一,关系着千万百姓的生存状态,是探讨唐代小说文化意蕴不能不关注的内容,也是研究唐代小说仕宦题材不可回避的重要方面。从当代文化角度观照之,这方面作品的丰富内涵,在当今社会文化中仍有借鉴意义。鉴于当前学界这方面的论著尚有限,故笔者拟在此着重分类论述之,以就教于方家。

1. 枉法曲断。在封建社会中,官即是法律的代表,是法律的执行者,甚至可以说是法律的化身。虽云每个王朝皆制定了有关法律,但是,法律最后落实于社会,体现在百姓的身上,则还要靠为官之人,官的主观倾向、深层动机、道德人格、人情关系等因素,都会影响法律的执行,官所处的言出法随的特殊地位,也会使其主观心态膨胀,从而影响法律的客观公正性。因此,从总体上说,整个中国封建社会虽有各种各样的法律在,但其本质还是人治而非法治。也正为此,儒、道、墨、法诸家思想,皆强调入仕为官者的道德自律,以从主观内心修养上保证为官群体的执法公正和严明,以保证社会的良性运转,保证百姓的利益不受邪恶势力的侵犯,保证社会上百姓大众的安居乐业。与此相对,执法不公、枉法曲断者,则受到全社会的讨伐。这里有必要区分两个层次,一是,因为主观能力与水平有限或未尽心尽力而执法不公,断事不明;二是,由于金钱、人情等私利的趋动而故意循私枉法,屈杀好人。显然后者比前者更坏,如果一个社会中后者的比例占到一定的数量,也就是说,肆意枉法者的数量超过执法严明者,就标志着吏治腐败到了社会不能承受的程度,如《金瓶梅》和《红楼梦》中所描写的那样,那么这个社会就行将入墓,将会被埋葬或取代。《金瓶梅》作者感叹:“宋朝气运已将终,执掌提刑或不公。”其内涵就深刻地揭示了这一点。唐人小说中所写的吏治腐败还未到这种程度,其所写好官的数量还大于恶吏,枉法曲断者还当属个别现象,这恐怕与大唐气象这种盛世社会态势下士人的自信心理不无关系吧。兹举代表性作品论析之。

李复言笔下的《张质》[1]这篇小说,就以入冥的虚幻艺术手法,揭示了官吏枉法杀人的丑恶社会现象。小说主人公张质"中明经,授亳州临涣尉",可见,这位也是士林中通过科举考试而幸运高中者,是通过科举进入仕途的为民父母的县官。到任方一月有余,便被"数人执符"追至"地府","见一美须髯衣绯人,据案而坐,责曰:'为官本合理人,因何曲推事,遣人枉死?'"这里描写的美须髯人,当是地府中的冥王,是判定阳界为官者善恶曲直的公正化身,是作者肯定与赞美的正面形象。从作者用语的褒扬上即可见出其倾向性。美须髯者之语义正词严,指出为官执法者必须遵守"理人"准则,违此"曲推事"且有"枉死"之严重后果者,理应受到严惩,从"质被捽抢地"等描写,就可看出对他惩罚的严厉程度。张质自辩"到官月余,未尝推事",美须髯者不信,斥之曰:"案牍分明,诉人不远。府命追勘,仍敢诋欺!"于是制裁又升级为"取枷枷之"。当起诉"冤人"当面对质,认定"此人年少,非推某者"时,地府又反复详细复勘,最后判定:"名姓偶同,遂不审勘。错行文牒,追扰平人,闻于上司,岂斯容易。本典决十下,改追正身,其张尉任归。"这说明地府对为官者善恶与执法直曲情况的追勘是相当细密严格的,而且知错必纠,改追正身,严惩不贷。刚上任的张质之所以被追查,是因为与"遣人枉死"的坏官名姓相同。这样一来,两个同名张质就构成了是否"曲推事"的鲜明对比,这种巧合设计中寓有惩恶扬善、褒正贬邪等深意在焉。虽然"曲推事"的恶官张质并未出场,但作者批判为官者枉法曲断的主观命意还是很好地表达出

[1] 《续玄怪录》,转引自李时人:《全唐五代小说》,何满子审定,陕西人民出版社1998年版,第1121页。

来了，警诫为官者的创作目的也达到了。

戴孚《广异记》中有一篇题为《金坛王丞》[①]者，也写为官者枉法而被地府追勘事。金坛县丞王甲忽然被冥王使者召至地府，原因是"前任县丞受赃相引"。前任县丞因贪赃枉法而被追至地府，受到严惩，"着枷坐庭树下"。而当他耐不住地府冥吏拷问时，又再次"为人作枉"，诬告王甲，故伎重演，恶性不改。当王甲与他对质时，他无法抵赖，只得实告："受罪辛苦，权救仓卒。"在阳界贪赃枉法，到地府又为自己少受苦而徇私诬告，罪上加罪，阳罪阴罪并罚之。对质清楚后，加之有王甲三十年故交崔希逸的说情，王甲被冥王放回，告别时崔希逸嘱曰："卿已得还，甚善。传语崔翰，为官第一莫为人作枉，后自当之。取钱必折今生寿。"崔希逸将其在地府所得的为官经验，请王甲转达其子崔翰，应是由衷之言，是为父者爱子的真情表现之一。作者借助笔下人物表达了为官者的两条戒律：第一，"莫为人作枉"，既不能在掌权时枉法曲断，也不能冤枉好人，诬告屈赖，否则将会丢官且受到严厉惩罚；第二，为官不能收取别人钱财，否则将折损寿命。这表达了作者希冀为官者公正执法、正大光明的美好愿望，这也是小说作者所要传达给读者的创作本旨。这两条戒律在当下的官场中，仍然有着超时空的思想价值。如果掌权者也能惧怕受贿而折寿，那么贪污腐败的情况就会从为官者的主体上得到约束与控制。因为贪官污吏们心里都清楚，无论占有多少钱财，也无法买来寿命。

① 李时人：《全唐五代小说》，何满子审定，陕西人民出版社 1998 年版，第 440 页。

郑还古《博异志》中《郑洁》[①]一篇,同样表现了枉法杀人的官吏在冥间受到严惩的思想内涵。作者以幻化的情节,借士人郑洁妻子李氏入冥而返的经历,传达出冥间对人间的奖惩原则。李氏"常言人罪之重者,无如枉法杀人而取金帛"。这是对恶者惩处法规中的最重者,作者是借此警告劝诫社会上的为官者,手中掌握了生杀大权,就有枉法杀人的可能,除主观上严格自律、依法办案之外,还必须有客观的约束,借冥府之威而警示之也是不可或缺的约束力之一。那么对善者又如何褒奖呢?李氏又言:"布施者,不必造佛寺,不如先救骨肉间饥寒,如有余,即分锡类,更有余则救街衢间也,其福最大。"此说是作者站在民众立场上对人们为善行为的激励。俗语说,救人一命,胜造七级浮屠。这样解释佛法,也是大众对佛教教义的通俗化理解。"先救骨肉间饥寒"是从人性与人情角度说的,再由此"推恩",就可及街衢百姓,这又是从百姓角度说的。作者言此是面对有布施能力的人泛泛而谈的,而为官者能有此为善之心就更加重要了,这是不言而喻的。当郑君问某人"寿命官爵"时,李氏回报云:"此人好受金帛,今被折寿,已欲尽矣,然更有一官。如能改,即得终此秩,若踵前,则不离任矣。"这是对为官者的有力制约,让其在钱物与生命中做出抉择。追求金钱乃人性的共通特点,若取之有道,倒也未尝不可,但为官者则又有其特殊性,因为手中有了权力,就有了以权谋钱的可能性。好官是在法定内行事,以道德、人格、良心、法律约束自己,尽量行不逾矩;坏官则不满足于法定内应得钱物,挖空心思从法定外谋之,贪得无厌,各个时

① 李时人:《全唐五代小说》,何满子审定,陕西人民出版社 1998 年版,第 1006 页。

代皆欲制约惩治之而成效有限,难以禁绝。仅就这篇小说的内涵而言,“好受金帛”主要是指接受贿赂,这更难查治,送者甘心情愿,收者正中下怀,出于你手,入我囊中,双方不言,攻守同盟,法律也难免无能为力。而收了金钱,自然难免贪赃枉法,故贪赃与枉法是一对孪生兄弟。小说作者别出心裁,以超现实的思维,从另一世界角度切入,构置钱与命的二元对立,以后者制约前者,因为人求钱的目的还是为了活得更好,若命没了,钱自然也失去了意义。这个辩证关系人人懂得,因此,这个制约是无形而又最有效的。只是得钱之乐来得快,折寿之报来得迟,人们,尤其是为官者往往心怀侥幸,饮鸩止渴,至恶报来时悔之晚矣。

综观以上几篇小说的共同特点,可见在唐代士人小说家的官民关系理念中,贪赃枉法、曲断害民是神人共愤、罪大恶极的第一恶政,因此小说家通过幻化的情节、虚构的人物等一系列艺术化手段从各种角度对此恶政进行批判。从中可以管窥唐代士人对官场清正廉明官吏主政的渴望,对百姓生存状态格外关注的爱民情怀,个中寄寓着士林的美政理想与社会道德审美理想。

2. 横取人财。从社会与人性两个层面交叉碰撞的复杂情态来说,获得财富既是人性使然,也是社会生活的需要,这毋庸讳言。但是,同时又必须严格区分生财有道与不择手段二者的界限。前者是应该肯定的,相比之下,与生财有道相对立的违法生财则是丑恶的,应该否定和鞭挞之。若细致分别之,其中又包含有不同层次:前面所论是指受贿赂,毕竟还是别人主动送来,再降一格是变相索要,最丑恶者乃是以权力横取人财,那是该下十八层地狱的。唐代仕宦题材小说主要是从冥府的角度,对这类贪官酷吏严加惩治,以传达士林乃至百姓对贪官的激烈批判态度与极端憎恶心理。

薛用弱《集异记》中有一篇小说《凌华》[①],作者以新颖独到的构思,写了酷吏因横取人财而受到地府严厉惩处的故事。主人公凌华官职为“杭州富阳狱吏”,他“为吏酷暴,每有缧绁者,必扼喉撞心,以取贿赂”。这就不仅是一般的受贿,而是以残暴手段蛮横索取,毫不遮掩,公然为恶。对这样丑恶的横取人财者,理应严厉惩治。作者通过冥府的特殊惩治办法来表明其贬斥态度:冥府中“绿冠裳者”命左右取来钳锤、斤斧,“赐华酒五杯,昏然而醉,唯闻琢其脑,声绝而华醉醒”,“扪其脑而骨已亡”。这种惩治办法不仅构思新奇,也别有意味:凌华这等缺德之人,已不配有此“贵骨”,故取之送给德配应得之人。冥王这种惩恶扬善的判断,上合天理,下合人心,体现出唐代士人与小说家文化心态中的公正性。这样的官吏在唐代官场乃至整个封建社会演变史上,数量应该不少。从这个意义上说,本文塑造这个酷吏形象还是有典型意义的。此外,从另一个角度看,作者笔下的凌华,并非“恶则无往不恶”的全丑型贪官,他身上也有一些天赋与才能层面的过人长处:一是“骨状不凡”,凭此天赋,本来“当为上将军”,惜为贪所误。二是很有才能,政绩突出,这在地府黄衫吏所宣布的冥王诏书中说得很清楚:“华昔日曾宰剧县,甚著能绩;后有缺行,败其成功。”在他身上,道德丑与才能美矛盾地统一为一体。一方面,“德之不修”抵消了其才能政绩;另一方面,才能政绩也减轻了冥府对他的惩罚:未要其命,只取其骨。

纵观全文,整体把握其思想意蕴,还可以得到这样的启迪:

① 李时人:《全唐五代小说》,何满子审定,陕西人民出版社 1998 年版,第 819 页。

无论为官者有怎样过人的天赋与才能，如果无为官必备的道德，无爱民如子的仁心，而是以权谋私、横取人财，那就不仅官做不好，也必然要受到应得的惩罚。这是唐代小说家借助幻化的鬼神的超自然力量，对手握权力的为官者提出的严厉警告。

戴孚《广异记》中《周颂》[①]一文，更明确点出为官者横取人财问题。主人公周颂是天宝年间金榜题名的进士，由科场而进入官场，官职为慈溪令。一夜暴卒，被冥吏引至地府见"形貌甚伟，头有两角"的冥王。冥王问颂曰："公作官，不横取人财否？"从问话中可见出，在冥王的评骘标准中，为官者是否横取人财乃是首要一条，有此劣迹，当即追至地府勘问，有之则重惩，无之则放归，周颂即是因此"为地下有司所追"者。面对冥王的追问，周颂力陈"未尝非理受财"，"王令检簿，检讫，云：'甚善，甚善。既无勾当，即宜还家'"。可见，在作者笔下，阳界官吏所作所为皆在地府中一一登录在案，检簿细密，依据事实，断案公允。作者如此写来，意在警告为官者应时时为善政，真心爱百姓，尤其不能横取人财，不然将命归地府，绝无逃脱之可能。以前这类小说作品不为学界重视的原因，可能是因为其篇幅短小，情节简单，又有幻化的地府鬼域内容等等，但若置于笔者所研究的仕宦题材小说系列中观照，通过鬼蜮情节而看到其讽喻现实官场的良苦用心，观照作者的爱民情怀与美政理想，其思想内涵还是相当深刻的，理应予以高度的重视与应有的评价。

① 李时人：《全唐五代小说》，何满子审定，陕西人民出版社 1998 年版，第 455 页。

康骈《剧谈录》中有《慈恩寺牡丹》[①]一篇，写“权要子弟”夺僧人牡丹的故事，亦应属横取人财类别的作品。作者先以铺垫手法，极力渲染慈恩浴堂院中牡丹花之“近少伦比”。在此基础上，几经周折，在“朝士数人”“求之不已”，并“作礼而誓”，“终身不复言之”的情势下，老僧方让朝士欣赏了他“保惜栽培近二十年”的“殷红牡丹一窠”，令“朝士惊赏留恋”。在读者还沉浸于对奇花之美的欣赏中时，不想，“信宿，有权要子弟与亲友数人同来入寺”，将僧人骗至曲江闲步，便下手掘花，“禁之不止”，“以大畚盛花舁而去”。“权要子弟”之所以敢如此胆大妄为，不择手段掠人之美，关键是他们后面有官职显要、手握特权的权要在焉。他们夺人之所爱，且手段卑劣，只为满足“宅中咸欲一看”的私欲，权要子弟的丑恶面目与卑污心灵于此事中暴露无遗。作者批判的锋芒直指权要子弟，并透过直接动手掘花的子弟而间接鞭笞了后面的达官显贵。人们在扼腕痛惜奇花牡丹的悲剧命运的同时，愈益憎恨权要者以权谋私、肆意横行、有恃无恐等丑恶行径。权要者不能约束子弟的恶行，也是权要官场恶行的表现之一，作品通过画面上直接表现权要子弟的丑恶表演，间接批判了其后台权要者的恶政。这就使本篇小说在艺术构思上显示出了其独创性价值。

综观以上几篇小说作品的共通性思想内涵，皆是无情批判、鞭挞以权谋私、横取人财的为官者。这就不仅仅是生财无道的问题，而是利用手中掌握的权力，非法向治下的民众索取财物的更为丑恶的行径。这是最为低下、可恶的官场中的败类，是善的

---

① 李时人：《全唐五代小说》，何满子审定，陕西人民出版社 1998 年版，第 2101 页。

对立面恶，是美的对立面丑。其可恶的最根本原因在于：他们利用百姓给予的权力，不是给予百姓什么东西，不是帮助百姓创造财富，不为百姓谋福利，而是向百姓索取财富，这就颠倒了事物的准则，混淆了本末的关系，越过了为官者的道德底线。这些小说中所寄寓的作者思考的思想结晶，在今天仍然有认识价值，仍然值得官场中的掌权者深长思之，引以为戒。

3.弄权凶暴。从人的本性上论善恶，孟子主性善，荀子主性恶，实际上都是片面绝对的，人的本性有善亦有恶，因人而异，各有不同，不能一概而论。王充在《论衡》"气寿篇"中指出："非天有长短之命，而人各有禀受也。"[①]韩愈在《秋怀》诗中也指出："运行无穷期，禀受气苦异。"[②]"禀受"义同于"禀性"，指受于自然的体性或气质。王充与韩愈二人均肯定了天赋禀性的差异。当然，影响人之善恶者还有后天的社会环境等因素。换言之，本性善良的人有了权力之后，也可能变得凶恶，而本性恶的人若大权在握就会雪上加霜，作恶更多，危害更大。唐人小说就真实地表现了这样为官凶暴的恶人的丑恶行径。既揭示了他们本性之恶，又鞭挞了其掌权后的更恶，还以奇幻的笔法写出他们所受到的应有惩罚。这就令读者既对其弄权凶暴深恶痛绝，同时也对其被惩治而拍手称快。

先看李复言《续玄怪录》中《王国良》[③]一文。小说主人公王国良的官职为"庄宅使巡官"，作者将其定性为"下吏之凶暴者

---

① 刘盼遂：《论衡集解》，古籍出版社1957年版，第17页。

② 韩愈：《韩昌黎集》，商务印书馆1958年版，第21页。

③ 李时人：《全唐五代小说》，何满子审定，陕西人民出版社1998年版，第1177页。

也,凭恃宦官,常以凌辱人为事”。这就见出他的本性之恶,如豺狼般嗜血成性。作者以亲历见证人的身份进入小说中,以加强作品所写内容的可信性。作者在其妹夫武全益的遭遇中,写出王国良的“言词惨秽”,众人对之“畏如毒蛇”。此后作者笔锋一转,从王国良的“羸瘠”变化角度落笔,引起人们的惊讶关注。对其“羸瘠”原因的解释,让其自言“死亦七日而苏”的冥府经历,从而使此悬疑得到解答。作品通过“布囊笼头”、“拽行”、“捽入”、“拗坐决杖二十”、“不苏者久之”等描写,说明地府对其为官凶暴的严厉惩治。冥府绯衣人语曰:“此人罪重,合沉地狱。”冥府判官怒曰:“此人言语惨秽,抵忤平人。若不痛惩,无以为诫。”二者相互补充,共同表明着神明对弄权凶暴者的严惩态度,表达出作者乃至人民大众的心声,此乃本文主旨之所在。王国良自冥府归来后判若两人的转变——“自是每到,必若仁者”——说明冥府惩戒的出奇效果。王国良自言:“自小凶顽,不识善恶,言词狂悖,罪责积多,从此见戒,不敢复怒矣。”这既说明其凶是从小开始,天性如此,也证明了他对冥府惩罚的畏惧。即便他已改变,作者还是于文末写他几月后即死,表明了对酷吏凶暴深恶痛绝、决不饶恕的褒贬倾向。

这里应该特别强调指出的是,本文关注的焦点是有背景靠山的“以凌辱人为事”的“下吏”。下层的吏本来没有什么值得骄傲的资本与社会地位,也没有多大的权力,但是有的却因为有着特殊的背景与有力的靠山而横行霸道,欺凌良民,令人痛恨。作者将视点集中到这个层面,选取典型形象加以展示,这说明作者对这个阶层的这个群体比较熟悉,其宗旨还是惩恶扬善,为民立言。王国良的职务仅仅是“庄宅使巡官”,是典型的下吏。这与司马迁《酷吏列传》中所写的酷吏并非一个层次,司马迁笔下的酷吏实际上是“官”，而本文的主人公才是真正的吏。蒲松龄在《梦狼》中将官与吏的区别说得特别清楚：“窃叹天下之官虎而吏狼者，比比也。即官不为虎，而吏且将为狼，况有猛于虎者耶！”这就既指出官与吏为恶害民的相通性，也说明了吏比官还要坏的特殊性。就唐代而论，总体看，官是经过科举考试选拔上来的，毕竟有文化知识，受儒家为政、人格等理论的影响与制约，好官应该占多数。而吏则有所不同。就本文主人公而言，王国良不是科举出身，没有什么文化，素质很差，“自小凶顽，不识善恶，言词狂悖”。这清楚地说明：从天赋人性的层面，作者追溯了他“自小凶顽”的本性特征。中国有“从小看大，三岁看老”的识人观念，本文受此理论影响，追根溯源，说明其为恶的一贯性。“不识善恶”，说明他的道德观念有问题，同时也可见其没有文化的自身素质状态。“言词狂悖”与“言词惨秽”相互对应，说明他的危害特点主要在“抵忤平人”的语言与态度上，刻画出其出口不逊、恶语伤人、吹胡子瞪眼、滥施淫威等丑恶形象。本文的超时空思想文化价值在于，作者从人性、社会性、道德等方面思考了“下吏”为恶的特点，指出百姓“畏如毒蛇”的可怕情景。当下这类“下吏”为恶的情况也时有发生，如城管对个体商贩的斥责甚至谩骂，乃至撅折秤杆、踢翻果摊等凶暴行为并不鲜见，这令下岗工人、街边摊贩苦不堪言。这就加深了社会矛盾，造成不稳定因素。再如某些基层警察，对普通百姓恶言相向、动辄打骂等粗暴行为，也是惹起众怒的因素之一。这种现象与本文的描写十分相像，有鉴于此，本文就还有其思想价值。

再看皇甫枚《三水小牍》中某些篇章对凶暴官吏的批判，其中《温京兆》[①]与《王表》[②]两篇可为代表性佳作,在整个唐人小说中亦是上品。《温京兆》批判的是官吏滥用权力,滥施淫威,"忍杀立名",草菅人命。主人公温璋为正天府尹,作者开篇就点明其天性及为官特点:"性黩货,敢杀。人亦畏其严残不犯,由是治有能名。"这就是其天性敢杀的凶残与权力的可怕结合,其能名并非是因才能突出,而是靠弄权嗜杀以邀名树威。作者具体写其杀人便是在他出行时,"有笑其前道者。立杖杀之"。这是多么残忍的行径,这哪里是爱民如子的父母官,简直是吃人的豺狼。如白居易《杜陵叟》诗中所云:"虐人害物即豺狼,何必钩爪锯牙食人肉!"[③]作品主要篇幅是写温璋忤犯仙人真君而受惩罚的过程。真君"弊衣曳杖"行于路,被温璋命人"捽来,笞背二十"。真君"振袖而去,若无苦者"。温璋大异之,命老街吏跟踪真君以探虚实。真君盛怒对街吏斥温璋曰:"酷吏不知祸将覆族,死且将至,犹敢肆毒于人,罪在无赦。"仙人之语,传达出作者乃至受酷吏虐待之苦的百姓的心声。仙人对温璋严惩不贷,做出了百姓想做而不能做之事。当温璋到真君居所当面谢罪时,真君又面责之曰:"君忍杀立名,专利不厌。祸将行及,犹逞凶威。"这就一针见血地揭露了他虐害百姓的卑鄙目的与丑恶本质。正因为性质恶劣,所以虽温璋"拜首求哀者数四。而真君终蓄怒不许"。在另一仙人的劝说下,真君也只答应"恕尔

① 李时人:《全唐五代小说》,何满子审定,陕西人民出版社 1998 年版,第 1952 页。

② 李时人:《全唐五代小说》,何满子审定,陕西人民出版社 1998 年版,第 1954 页。

③ 白居易:《白居易集》,顾学颉校点,中华书局 1979 年版,第 79 页。

家族”。明年,温璋因纳贿“凡数千万。事觉,饮鸩而死”。虽然温璋已“首服”、“求哀”,虽然有仙人说情,但真君还是只宽恕其家族而不宥正身,将其置之死地而后快。这表现了作者严惩弄权凶暴为官者的决心,一个也不宽恕。这从一个侧面表明了唐人小说惩恶扬善的价值取向。

《王表》鞭挞的官吏特点是贪婪成性,杀父夺子,“残忍阴狡”,为害百姓。主人公裴光远为滑州卫南县宰,作者开篇先概括其性格特征及其与民众关系:“性贪婪,冒货贿,严刑峻法,吏民畏而恶之。”他与温璋的性格及为官特点也有相同之点:二人皆是酷吏,民皆畏之如虎。同中之异仅在于,裴光远更恶,因此民亦“恶之”。作者主要通过两个典型事例来表现其丑恶本质。一是,因好击鞠而使白马毙命。这是略写,用以说明其贪婪与残忍是一惯成性,连对牲畜也如此。二是,因喜欢里长王表之子而强夺之。这是详写,进一步证明其贪婪与残忍对人亦如是。只要是他想得到的东西,不择手段也要达到占有的目的。君子不夺人之美,可裴光远竟利用职权相要挟,要王表将年“可七八岁”的独生子送给他,以弥补他无子之憾。当王表以果决的态度严词拒绝之后,他竟然“遣表使于曹南,使盗待境上,杀之而取其子”。这与杀人越货的强盗有何区别?甚至比强盗更可恶。强盗是明抢,他是披着父母官的外衣,雇凶杀人,以阴谋手段达到目的。如此祸害百姓的为官者,理应严惩不贷,死有余辜。为表达民众及读者惩恶扬善之目的,作者让王表鬼魂出现,斥责裴光远“窥夺赤子,阴害平人”,诉之于天,来索其命。裴光远害死的白马魂灵亦来索命,结果是“光远卒”,以命相抵,惩罚最重。至此,作者意犹未尽,在文末“三水人曰”的议论中,进一步明确阐释主旨,卒章显志:“夫上应列宿,出宰百里,难乎兹选，诚哉是言。如裴生位则子男，行乃豺虎，残忍阴狡，鬼得而诛。将来为政之伦，得不以此殷鉴。勿谓幽远，虽高听卑可忽之哉！"这就不仅与开头照应，为裴光远定了性，剖析了其豺虎本性，而且警告所有为官者应该以其为前车之鉴。作者从代裴光远的陆允儒身上，已感受到"陆君延客甚谨"的特点，从陆君告之前政裴光远所为恶事中，已见出警诫作用的成效，但作者觉至此远远不够，还应将此事记下来，并扩大其警诫为官者的力度。

4. 小说酷吏形象溯源。考之史籍，首次将酷吏入史设传的是司马迁。他在《史记》中特设《酷吏列传》，分别记载了郅都、杜周等十大酷吏，既写出其"皆以酷烈为声"的共性特征，又指出十人的不同个性所在，如郅都的"伉直"、杜周的"从谀"等等。对酷吏的评价也客观而又辩证，指出其同中之异，差别之大："然此十人中，其廉者足以为仪表，其污者足以为戒……虽惨酷，斯称其位矣。"而对"暴挫"的冯当、"擅磔人"的李贞、"锯项"的弥仆、"妄杀"的褚广等人，司马迁则认为他们只是惨酷比蝮毒鹰攫还甚而已，"何足数哉！"[①]总体上看，司马迁对酷吏是持批判甚至否定态度的，是将之作为"循吏"的对立面而设置的。他总结先秦至汉代社会历史治乱的规律，认为要像汉初那样"黎民艾安"，就应像刘邦那样，除其严法，斫理凋敝之俗，使返质朴，关键在道德而不在严酷。

联系唐传奇产生的唐代历史看，《旧唐书》继承《史记》的体例与创意，也特设有《酷吏传》，并分上下篇，记有二十三名酷吏的为官经历与暴虐行为。在传前总论中，史官追溯了自五帝三王至唐末的酷吏演变史，表达了史官对酷吏现象的深刻见解。

① 司马迁：《史记·酷吏列传》，中华书局1959年版，第3154页。

其中有以下几点是值得提出来进一步探讨的：其一，酷吏产生的社会原因与人性原因。社会原因是“威刑既衰，而酷吏为用”。就唐代社会说，酷吏兴于武则天时期，武则天重用酷吏的初衷是“大臣未附，委政狱吏，剪除宗枝”。人性原因则是酷吏们“要时希旨，见利忘义”。其二，酷吏声名狼藉，神人共愤。作者指出：“或肆诸原野，人得而诛之；或投之魑魅，鬼得而诛之。天人报应，岂虚也哉！俾千载之后，闻其名者，曾蛇豕之不若。”由此可见史官对酷吏的深恶痛绝。其三，昭示写作本旨：“今为《酷吏传》，亦所以示惩劝也。语曰：‘前事不忘，将来之师。’意在斯乎！意在斯乎！”①恐读者不明其“惩劝”等良苦用心，史家在此一再强调之。

若将唐人小说与唐代史书相比较，可从其异同中得到良多启示，可更准确把握唐代士人的道德观、价值观等文化观念及其深层文化心态。在此仅拟举出两点简略言之：

第一，小说家以酷吏为主人公创作小说的主旨，亦在于“惩劝”，这与史官同。其差异在于：史官笔下的酷吏是实有其人，历历可考；小说家笔下的酷吏形象为艺术虚构，史无其人，但也有唐代社会生活的根据。应该说，唐代有官职高低的各种酷吏存在，地位高而又臭名昭著的酷吏进入史官视野，留劣迹于《酷吏传》中；地位低影响小而又无处不在的酷吏进入小说家的视野，被集合重塑于传奇小说之中。

第二，小说家与史官一样，也对酷吏憎恶至极，为此，小说中以鬼神惩处酷吏的思维方式，也与史官相通。前述几篇描写酷

① 刘昫等：《旧唐书·酷吏列传》，中华书局 1975 年版，第 4835—4837 页。

吏的小说,除一篇以仙人惩之外,多数是以冥府收治之。这又反映出唐代士人怎样的文化心态呢?在封建社会中,惩治酷吏的方式无外乎两种:一是由帝王下令收治之,如来俊臣、索元礼等酷吏的结局即是;二是为他官收治,如侯思止为李昭德"搒杀",王弘义为胡元礼"搒杀"。这是在现实世界的惩治办法。对现实中无人、无法可治的酷吏,人们只能奢望冥冥之中的鬼神能惩处之,以快人心,以慰民望。由此看来,小说中同中有异的以鬼神惩治酷吏的情节,适应了人民大众的文化心理,与唐代史官"既为祸始,必以凶终"[①]的思路是一致的,也有超时空的认识价值与文化意义,故不能简单化地以迷信、虚诞贬之了事。

四　误民庸官之失职

唐人小说中所描写的误民庸官之失职,居于清官与酷吏之间,是官民关系的中间形态。与前两类美丑对比鲜明的官吏相比,这类官员的数量应该最多,三者呈两头小、中间大的特点。其危害也不如贪官恶政那么明显,而处于隐形状态。从人性的角度说,这类官员可能也有善良仁慈的一面,也可能赢得良好的声誉。从为官社会效果上说,他们虽无清官之善政与干才,但也无贪官之恶政,无明显的害民之举。不仅民不以之为坏,而且他们自己还自我感觉良好,但其所造成的危害并不小,而要识别他们的本质亦愈难。用句现代语来为他们定性,恰切的表述就是"不作为"。所谓"不作为",就是"在其位,不谋其政",就是"尸位素餐",就是"当官不为民做主",不能解民之困,救民之难。

---

① 刘昫等:《旧唐书·酷吏列传》,中华书局1975年版,第4837页。

这样的官吏对民众来说,有不如无。

唐朝法律的建构,较之于前代,应该说是更加完善、细密了。正如张国刚教授所指出的:“唐朝法律对于官吏职务犯罪行为,诸如贪污、挪用公物、受贿、侵权、失职、渎职、徇私舞弊等犯罪行为,都有严密的司法界定和完善的处罚体系。”但是在“司法实践中的人治色彩非常浓厚”,“现实生活中,法律同于‘具文’,有法不依,十分普遍,包括对于官吏职务犯罪的法律也是如此”。“关键的问题,还是人治大于法治,司法不能独立于政治权力。”虽然“也有一些制约的措施”,“但是,这些措施,与无法约束的专制力量比较起来,总显得软弱无力”。[①] 这是相当深刻的精辟见解,切中封建时代法律建设的痼疾。正因为有如此的社会现实,所以唐代小说家既义愤填膺,又只能望洋兴叹,无可奈何。于是,他们就以其锐利的笔为武器,通过一系列小说作品,通过其巧妙的构思和形象的描绘,通过超现实的神的力量,来惩治那些社会法律所无法制裁的官吏,抒发胸中抑郁之气的同时,也伸张了正义,为百姓出了气。

戴孚《广异记》中的《杨再思》[②]一文,就成功塑造了这样一个失职误民的官吏形象。主人公杨再思的官职是中书令,有理万民之重任在肩。作者开篇从杨再思的死起笔,这便显出构思之独特。他死后,与同日死的供膳一起被引至地下冥王处。冥王责问他:“在生何得有许多罪状?”他辩解自己“实无罪”。冥

① 张国刚:《唐代官吏职务犯罪研究·序言》,载彭炳金:《唐代官吏职务犯罪研究》,中国社会科学出版社 2008 年版,第 2—4 页。

② 李时人:《全唐五代小说》,何满子审定,陕西人民出版社 1998 年版,第 439 页。

王命黄衣吏“持簿至”,历数他的罪状,在事实面前,他方“再拜伏罪”。这说明在此之前,他并不认为自己所作有罪,此乃他与前述贪官的区别,而冥王所列举其三件罪证,对百姓所造成的危害是相当大的,并不比贪官小。一是,抗外敌的失误,“遣兵赴救少”,且不纳良言,一意孤行而致败,死千余人。二是,救灾的失误,“河北蝗虫为灾,烝人不粒,再思为相,不能开仓赈给,至令百姓流离,饿死者二万余人”。三是,“刑政不平,用伤和气”,导致“河南三郡大水,漂溺数千人”。这些失职行为带来民众巨大的生命财产损失,而且不止于此,“如此者凡六七件”。这些罪行在人间社会无法惩治,只好靠另一世界的冥府来和他算总账。作者是这样描写的:“忽有手大如床,毛鬣可畏,攫再思,指间血流,腾空而去。”处罚的程度并不比贪官轻,因其危害并不小。阴森可怖的惩罚方式令人胆寒股战,如此方可达惩戒之目的。文中与中书令同日死的中书供膳形象的陪衬作用亦值得一提,供膳的无过放回说明冥府注重事实,有罪则惩罚,无过则放归,并且借供膳做一亲历证人,既加强了小说的真实性,又强化了惩戒的力度。

还有一类官,与上述贪官、庸官在形式上大不相同,他们的心里是不混事而真想干事,只是由于分辨不清真伪虚实,结果越帮越忙,帮倒忙,所以从实质上说,这类为官者主观愿望与客观效果相去甚远,越用力越远离真善,与前一类形异而实同。卢肇《逸史》中《孟简》[①]一篇所记的刑部李尚书即是这类好心办坏事的官。作品开头首先从为人与为政等角度,将其定性为好人与

---

① 李时人:《全唐五代小说》,何满子审定,陕西人民出版社 1998 年版,第 1502 页。

好官。他做浙东观察使时,“性仁恤,抚育百姓,抑挫冠冕”。这等好官在封建社会中并不多见。三句中,首句肯定其人性善,后二句肯定其为政直,且又构成鲜明对比,相得益彰。按正常思维,接下来似应是写他爱民的故事了,可作者笔锋一转却着重叙述他错断案的事例。小说结构上可谓出人意表,独具匠心。这一案件中的两位当事人,一是包君,其身份为“前诸暨县尉”,“秩满,居于县界”;二是“一土豪百姓”,“其家甚富”。二人是非曲直作者已写明,土豪“家养蛊,前后杀人已多”,包君妻因食土豪所送食物而发病,包君携妻去土豪家求解药。土豪“恐其毒事露,愤怒颇甚”,对包君,令人“以球杖击之数十”;对包君妻,令村妇拽出,“以头捽地,备极耻辱”,致其殒命。土豪恶人先告状,“疾棹到州,见李公,诉之云:‘县尉包某倚恃前资,领妻至庄,罗织搅扰,以索钱物。’不胜冤愤”。李公大怒,当时令人把包君“荷枷锁身”押至,然后命观察判官独孤公审案。独孤公先是从“包涕泣具言之”中,了解了此案的本末;又审土豪,“土豪皆款伏”。至此真相大白,本可结案,可出人意料的是,“李公以其不直,遂凭土豪之状”,判处包君“决臀杖十下”。宾客与独孤公力争之,而李公不听。包君妻兄见李公,“涕泣论列其妹冤死之状”,李公大怒,“决脊杖二十”。“自淮南无不称其冤异。”最后,当李尚书的继任者孟简到任后,方纠正了这个错案,因而得到了百姓的欢迎:“数州之人闻者,莫不庆快矣。”这是个典型的冤案,内涵丰厚,艺术高超,可以得出颇多启示:

第一,本文体现了作者对官场复杂情态的深邃思考,能从多元视角对官吏做出道德评判与审美评价,揭示出常人难以认同的官场隐性问题:清官也会断错案,好官也可能办坏事。这是连掌权者本人也始料不及的。这一点在中国小说史上有着开创的意义。此前学界一般认为写清官之恶自《老残游记》始,现在看来不确,从本文看,唐人小说中已有此类题材的精到叙写。

第二,百姓群体中亦有善恶之分,有良民与刁民之别,李公不能辨此,仅从当事人身份上先入为主,本着“抚育百姓”的立场与宗旨办案,反而导致了他的误断,这是好心办坏事,令人深思之。

第三,本篇也揭示了为官者人性劣根性的又一方面,即手中有权就可能自以为是,不听人言,一意孤行,主观臆断而不详察。这与沽名钓誉者并不相同,因为从文中语气看,作者赞他“抚育百姓”是真诚的,而非反讽。

第四,作者在文中并未惩罚李公,只是以其继任者孟简来纠正错案,以“数州之人闻者,莫不庆快”来表现民心之所向,从而加强孟简与李公的对比效果。这既将李公与以鬼神惩处的贪官拉开了档次,又说明纠错还得靠更好的清官,别无他途。此外,似还显示着权力的重要性:孟简任常州刺史时就“具熟其事”,但也毫无办法,而当第二年“替李公为浙东观察使”后,至任才几日,便将土豪一门十余口“尽毙于州”,可谓一朝权在手,便把令来行,而此时“李公尚未发”,不知此时李公作何感想!这体现出小说作者独具匠心的结构艺术造诣。

综上所述,封建社会官场中的官吏群体,若从官与民关系角度归并梳理,大体如以上所论这三种,在唐人小说中均有所展示描写,并且有态度鲜明的褒贬评价。从道德评价上看,第一类官吏是爱民者,是仁善的良吏好官,作者对其是歌颂赞美的。第二类作为第一类的反衬,则是害民者,是邪恶的酷吏贪官,作者对其是揭露鞭挞的。处于中间状态的第三类则是可褒可贬,亦善亦恶。对其人性上的善,作者是肯定的,而对其社会性的官吏身份的失职,作者又批判其贻害百姓之恶。对其某些善行,作者是褒扬的;而对其某些客观上的不良后果,作者又是贬斥的。从美学评价上说,第一类是美的,第二类是丑的,第三类则是亦美亦丑,时美时丑。作者对美的则弘扬,对丑的则摒弃。从整个官吏群体的比例说,第一类是少数,这不仅需要人性的善,还要有道德上的内圣境界,是可望而难及的理想色彩的投影。第二类也是少数,因为性至恶者毕竟是少数,这样人类才有希望;另一方面,在社会良性状态的唐代,蓄意地、明目张胆地为恶的官吏毕竟是邪不压正,况且还有道德、法律、社会规范的制约作用。第三类则是多数,这里有人性当中懒惰、自私、麻木、享乐、自以为是、刚愎自用等因素的作用,也有官场中平庸者官运亨通,做事多者反遭打击的经验教训。因此,总起来看,唐人小说对官民关系的探究,其文化内涵是十分丰厚的,今天看来,仍然具有认识意义与审美价值,值得认真总结与深入研究。

第六章 士林人生选择:是入仕为官,还是入山求仙?

这里是从两个层面来探讨这一课题中所蕴含的士人心态,一是,从整个人生历程总体选择上探讨之;二是,从官场的结局角度透视之。人生是宝贵的,每一个人均要面临着各种选择。从唐人小说中表现的士人文化心态的角度视之,主要是在为官还是求仙的矛盾中做出大方面的选择。无论是社会现实中还是唐人小说中,在人生道路的取向上毅然选择求仙而屏弃仕途者,皆有所表现,不乏其例,但这毕竟还是少数,大多数士人还是要挤向仕途的独木桥,至于入仕不成而改志隐逸,那又是另一码事,是客观使然,与主动放弃者毕竟有所不同。

从封建社会士林人生历程的阶段性选择上看,理想化的人生道路演进轨迹,似乎由三部曲建构而成,即少年游侠,中年游宦,老年游仙。这样,求仙的起点正衔接着入仕为宦的终点,这就形成了做官功成身退后再求仙长生的人生理想结局。

唐代小说中的士林人生道路呈现出多元化趋向。既有继承前代的入仕途径,更有由科举入仕之新路,还有入道求仙的人生选择。若分而论之,入仕为官与入道求仙是大相径庭的两种人生道路,以前学界一般也主要注重二者的相反关系,分别论述的成果较多;若全面观照,实际上二者又呈现既相反又相成、既矛盾又统一的复杂形态。笔者拟在前辈与时贤研究成果的基础上,仅从唐代小说中士林人生道路的一个侧面——入仕与求仙的矛盾统一关系切入,将仕宦与仙道两种题材联系起来综合考察,力图探索其内在的辩证统一关系,从而全面把握唐代士林在人生道路选择过程中复杂心态的矛盾统一性,管窥其时代文化个性与超时代人性共性碰撞融合情态下的深隐内涵。这也是唐代仕宦与求仙题材小说丰厚文化意蕴的重要组成部分。

一　人生价值取向:官与仙各有所乐

唐代小说所表现的士林面对入仕与求仙的选择趋向,大体可概括为三种模式:一是选择仕宦,享受人间的荣华富贵;二是选择求仙,以暂时的饥苦换取未来长久的快乐;三是先仕宦后求仙,鱼和熊掌兼得。其中寄寓的士人复杂心态与新的人生价值取向,主要有两点值得格外关注:其一,认为官与仙各有所乐;其二,认为先仕宦后求仙为最佳人生道路模式。

从题材各自演变的轨迹说,仕宦与求仙两种题材在唐代以前已经是各有渊源,且源远流长,但认为做官与求仙各有所乐,则是唐代士人在面对入仕与求仙矛盾时的一种超越前人的宽容心态,体现出一种带有时代新色彩的多元人生价值取向。这与陶渊明等魏晋南北朝时期的士人心态已有所不同。唐代士人不是为了逃避视若“樊笼”的官场而去归隐,有的归隐甚至是为了走“终南捷径”而进入官场。在唐代士人的心目中,仕宦是士人的一种选择,求仙也是士人的一种选择,二者各有所乐,其区别只是在于哪一种选择能够享受到更大的人生乐趣。此心态发之于小说,作者往往是将两种士人对比来写,一是欲作官,一是要求仙，二人各得其所，各遂其志，各有其乐，各代表着作者心态的一个层面。虽然作者在字里行间流露出的倾向还是艳羡成仙的成分多，但作者并未否定进入宦途者，这也从一个侧面映现出唐人涵容百川的宏阔胸怀。

戴孚《广异记》中《张李二公》[①]一篇所表现的为官与求仙的人生选择矛盾心态，内涵丰富，颇具典型性，值得特别予以关注。作品开篇即是写张、李二公于唐开元中"同志相与，于泰山学道"。然后便写二人分道扬镳："李以皇枝，思仕宦，辞而归。"李公耐不住山中求仙的辛苦、寂寞，这和他的出身、此前生活环境等因素有关，结果他又想入仕宦，中道改志，由求仙而改辙仕宦，这是其人生道路的又一次重新选择。对此张公是何态度呢？他并未因此就批评李公，而是给予了充分的理解。他还安慰李公曰："人各有志，为官，其君志也，何怍焉？"这种宽容的态度反映出唐代士子的共性深层心态，也代表了作者的思想观点。

至天宝末年，"李仕至大理丞"，在仕途上已经飞黄腾达，志得意满。他在一次奉使至扬州的途中，偶遇张公。张公虽外表"衣服泽弊，佯若自失"，但居所却"门庭宏壮，傧从璀璨"，"极备珍膳"。这就构成了张李二公各自内外的多层鲜明对比。最后通过张公能使李妻至此持筝、送李公"三百千"钱等描写，证明"张已得仙矣"，实际上超过了李公。作者溢美张公的倾向渗透于字里行间，但作者也并未采用贬李而褒张的方法，而是用"正衬法"，先渲染李公在仕途上的春风得意，充分写足其入仕为官的各方面乐趣，说明他在仕途上也是一个成功者，然后再进一层

---

① 《太平广记》卷二三，转引自李时人：《全唐五代小说》，何满子审定，陕西人民出版社 1998 年版，第 305 页。

铺叙张公超过李公之处,这就水涨船高,在更高层次上凸现张公的超凡脱俗形象,强调张公的人生道路选择得到了超过李公的更久远的快乐。这从艺术上说是十分高明的。

牛僧孺《玄怪录》中《裴谌》[①]一篇,与上篇同中见异,完整描写了三位男主人公同时学道而又分道扬镳的人生道路。裴谌、王敬伯与梁芳于隋大业中同入白鹿山学道,虽“手足胼胝”,辛苦非常,但还是矢志不移,坚持了十数年之久。这写出三人的不同寻常,精神可嘉。这时,梁芳先死的变故使王敬伯的求仙意志发生了动摇。他对裴谌曰:

> 吾所以去国忘家,耳绝丝竹,口厌肥豢,目弃奇色,去华屋而乐茅斋,贱欢娱而贵寂寞者,岂非觊乘云驾鹤,游戏蓬壶?纵其不成,亦望长生,寿毕天地耳。今仙海无涯,长生未致,辛勤于云山之外,不免就死。敬伯所乐,将下山乘肥衣轻,听歌玩色,游于京洛,意足然后求达,垂功立事,以荣耀人寰,纵不能憩三山,饮瑶池,骖龙衣霞,歌鸾飞凤,与仙翁为侣,且腰金拖紫,图影凌烟,厕卿大夫之间,何如哉!子盍归乎?无空死深山。

这段内心独白非常重要,他由衷坦露出士人面对人生道路选择时的矛盾心态。它真实而不虚伪,坦然而不讳饰。无论哪

① 《太平广记》卷一七引本篇,注出《续玄怪录》,题《王敬伯》。南宋罗泌《路史·发挥》卷六称本篇故事出《玄怪录》。陈应翔刻本《幽怪录》卷一录本篇,题为《裴谌》。李时人先生认为:“《续玄怪录》多记中唐时传闻,与《玄怪录》喜托言周陈、唐初不同,故本篇当属《玄怪录》,《广记》引误。”见李时人:《全唐五代小说》,何满子审定,陕西人民出版社 1998 年版,第 842 页。

种选择，从人的主观上说，皆首先是人性原动力的驱使，都是为享受人生，只有快乐久暂之分，而无对错之别。从这个角度说，对士林的人生道路选择，可以有优劣的评判，而不必非要从道德层面分出大是大非的高低。学道是舍眼前享受以换取长远快乐，而并非出于宗教的虔诚。入仕是不舍眼前“欢娱”以求“荣耀人寰”，亦非仅仅为了苍生社稷。当“仙海无涯，长生未致”的失望情绪日渐加浓时，朋友之死又使王敬伯有“空死深山”的恐惧，于是他在长远利益无望时又转而追求眼前的享受，希图“腰金拖紫，图影凌烟”。这种取舍顶多是主观为自己，客观利社会。这种真实心态的和盘托出，也在仙道题材之奇中寓含人物的心理真实，体现出奇异美与真实美的某种统一。裴谌不为王敬伯所动，答曰：“吾乃梦醒者，不复低迷。”并挽留他。而“留之不得”，则说明着唐代两类士人在人生道路上的矛盾与分道异行，各遂其志。这与戴孚笔下张李二公的各得其乐是一致的，可以互证。作者在本文中所采用的叙事角度是全知叙事与限知叙事相结合，第一段是全知叙事，三人均在作者视野中。第二段王与裴分手后，则变为限知叙事，视点集中在王敬伯一方，通过他的眼睛来写裴谌一方，构成时空的交错变化，形成二人境遇的对比。作者先是扬王，极写王敬伯在宦途上的如愿以偿：“数年间，迁大理廷评，衣绯，奉使淮南。”王敬伯在赴淮南的过程中，“制使之行，呵叱风生，行船不敢动”，他充分享受到了为官的权威与荣耀，满足了士人的虚荣享乐心理。王敬伯在途中偶遇裴谌，充满着戏剧性，从他对裴谌的“握手慰之”，可见出他志得意满的心态。他的一番人生感言，也完全是一种居高临下的施舍语气，虽不乏动人之友情，但官场的“矜炫”习气已掺杂其间。他说：

兄久居深山，抛掷名宦而无成，到此极也。……古人倦夜长，尚秉烛游，况少年白昼而掷之乎？敬伯自出山数年，今廷尉评事矣。……虽未可言官达，比之山叟，自谓差胜。兄甘劳苦，竟如曩日，奇哉！奇哉！今何所须，当以奉给。

这种骄矜自得的心态、炫耀怜悯的语气，自然会引起裴谌的反感，他马上反唇相讥曰："吾侪野人，心近云鹤，未可以腐鼠吓也。吾沉子浮，鱼鸟各适，何必矜炫也。夫人世之所须者，吾当给尔，子何以赠我？"裴谌之语中的"吾沉子浮，鱼鸟各适"，是宦与仙各有所乐的恰切比喻，是其高层次的境界与宽容心态的典型表现。裴谌的反感主要源于王敬伯的"矜炫"心态，而他并未否定其人生道路的选择。自此，作者在前面扬王的基础上，又于更高层次上褒扬了裴谌，且情节设计中巧置悬念，以使扬裴的效果愈佳。当王敬伯入裴宅时，目之所见为："楼阁重复，花木鲜秀，似非人境"；身之所感为："神清气爽，飘飘然有凌云之意"；心之所思为："不复以使车为重，视其身若腐鼠，视其徒若蝼蚁。"其心态与前大异，二人的地位也发生了变化，这回轮到"敬伯前拜"，裴谌来安慰他了："尘界仕官，久食腥膻，愁欲之火焰于心中，负之而行，固甚劳困。"这与裴谌对"敬伯妻赵氏"所言之意略同："吾昔与王为方外之交，怜其为俗所迷，自投汤火，以智自烧，以明自贼，将沉浮于生死海中，求岸不得，故命于此，一以醒之。"王敬伯临行时，裴谌嘱之曰："尘路遐远，万愁攻人，努力自爱。"似也并未有劝其弃官而重返山林之意，所谓"醒之"，意为毋沉迷于宦途而应自爱。文末写王敬伯日后再去寻裴不遇"惆怅而返"，既有寻友不见的惆怅，也有已不如友的失落，但他也并未重返山林，改变人生道路的选择。从作品的主旨说，作者显然是在褒赞求仙道路的选择,但是也并未完全否定王敬伯人生道路的选择于其中寓含的某些乐趣。作者文中之意,固然以褒扬裴谌为主,其水涨船高的“正衬法”运用,与前一篇略同,且更为成功。本文在情节结构与文化意蕴、价值取向上,与戴孚的《张李二公》有相似之处,可谓异曲同工,但从小说艺术角度视之,艺术水平明显高于戴作,其思想的深邃精警、描写的细致入微、情节的曲折生动、语言的文采斐然,均显示出作者的思想艺术功力之不同凡响。

卢肇《逸史》中的三篇小说《李林甫》《齐映》《太阴夫人》直接写到士人在仙与宦二者中的选择趋向问题。有趣的是,三篇中不同社会地位与家庭背景的主人公均无一例外地选择了为官。当然所选之官乃是宰相。这种一人之下、万人之上的官位比一般官位诱惑力更大。他们的舍仙取官,也可以说体现出唐代士人面对人生道路选择问题的某种共性心态。

《李林甫》①中的主人公李林甫,也是唐代士人的代表人物。面对道士提出的“白日升天”与“二十年宰相”的二者择一,他毫不犹豫地明确选择了宰相的官位。他“计之曰:‘我是宗室,少豪侠。二十年宰相,重权在己,安可以白日升天易之乎?’”可见其人生选择与宗室出身的个性因素有关。这是他的第一次人生选择。他的目标固然是实现了,但同时他也成为了一个奸相的代表人物,受到当代及后代士林的批判。从文末道士引李林甫至仙境后所言“此是相公身后之所处”看,李林甫最后一次人生选择应是以入仙为归宿。

① 《太平广记》卷一九,转引自李时人:《全唐五代小说》,何满子审定,陕西人民出版社1998年版,第1441页。

《齐映》①篇中主人公齐映在“应进士举”而未得消息时，遇一老人提出两种前途让他选择：“郎君有奇表。要作宰相耶？白日上升耶？”“齐公思之良久，云：‘宰相。’”从作者的描写看，齐映还是有思想斗争的，面对二者的必择其一，其心潮起伏之激烈，从“思之良久”便可见一斑。但在心灵深处的矛盾冲突之后，他最终还是选择了宦途中的宰相。从齐映为应试举子的身份看，其人生选择在唐代科举士子中是具有典型性的。

相比之下，《太阴夫人》②一篇的叙写角度又有所不同。主人公卢杞出身穷苦，“于废宅内赁舍”。天上神女“奉上帝命，遣人间自求匹偶”，选中了卢杞，将他接到水晶宫中，让他领略了天人的神奇与居所的宏丽。这时，“仙格已高”的太阴夫人向他提出人生选择的问题：“君合得三事，任取一事：常留此宫，寿与天毕；次为地仙，常居人间，时得至此；下为中国宰相。”面对三者各有所长的诱惑，他的内心世界不仅有激烈的矛盾冲突，而且还有前后改辙易向的变化。卢杞先是对女子表示：“在此处实为上愿。”但当“上帝使至”，“不得改移”的最后关头，他在对方一再追问而两度“无言”之后，“大呼曰：‘人间宰相！’”这里的“无言”，表明其内心深处正在进行着激烈的思想斗争，是在三事中权衡利弊，以便定夺。他在已知为仙快乐之后仍选择了人间宰相，说明在其心目中宰相官位的诱惑是超过为仙之乐的，是士人无法抵御的。虽寿与天齐，神女为偶，仍不能夺其“出将入

① 《太平广记》卷三五，转引自李时人：《全唐五代小说》，何满子审定，陕西人民出版社1998年版，第1449页。

② 《太平广记》卷六四，转引自李时人：《全唐五代小说》，何满子审定，陕西人民出版社1998年版，第1463页。

相”之志。其间寓含着的士人心态与文化内涵颇启人深思。

综上所述,戴孚、牛僧孺和卢肇的这几篇小说可分成两类,异中有同:前者虽倾向于求仙,但并不否定仕宦;后者倾向于仕宦,但也不否定求仙。其文化心态的异中之同的总体趋向是:仕宦与求仙各有所乐。这说明,唐人小说的作者、主人公乃至士林群体,在面对入仕与求仙的矛盾时,虽然有倾向性,但心态比较放松,坦然而又宽容,不是非此即彼,而是取此并未否彼,有选择的空间和余地,给对方以充分的理解,也不强对方之所难,可根据个人的志趣爱好自由选择。这应是大唐文化的开放性和宏阔气象内化为士人广阔胸怀的一种表现,是唐代小说文化意蕴的特点之一。而以前研究此类小说则往往持非此即彼的思维模式,或只从神仙小说的主观命意出发,认定作者意在弘扬求仙而否定仕宦,或从儒家修齐治平的人生理想观照,肯定其入仕为官的人生选择,否定求仙的虚无缥缈。这恐怕有违作者的创作本旨,也与文本的客观含义不完全相符。

二　长生梦想追求:不入仕途只求仙

唐代小说中还有笔墨专注于仙境的描写和渲染而与仕途无涉者。这里包括两层意思:一是作者的笔墨不涉仕途,二是小说中主人公与仕途无涉,甚至是不思仕途而只求仙界。若将这类小说与只写仕途而不涉仙界的小说对读,比较二者的异同,探讨二者相反而又相成的关系,应是很有意思的课题。这类小说的代表作有牛肃的《郗鉴》[1]、顾况的《仙游记》[2]、郑伸的《稚川记》[3]、温造的《瞿柏庭记》[4]、杜光庭的《宋文才》[5]等。统而观之,这类小说的作者身份、心态,文本的文化内涵,仙境的审美价值等方面的问题值得关注。试略论之:

1. 从小说作者身份与文化心态等层面看,作者大致可分为两类:一类是道教中人,顾况、杜光庭是也;一类是虽不无道家思想,但非道教徒,牛肃、郑伸、温造是也。二者身份的同中有异也就带来了小说创作主旨的同中有异。二者的共同之处在于皆是典型的士人,皆有过复杂曲折的宦途历程,这决定着其人生价值观念上的相通之处。

2. 从小说主人公的身份与文化心态等层面看,有这样几点共同特征值得关注:一是,略去身份特点,即非仕途中人,也不言明其为士人,甚至连喜读诗书的特点也不提及。这是为何呢?或许是为略去个性而愈突出其一般性,借以说明无论什么人皆会有遇仙的机会,皆有成仙的可能,只要心诚,则可通神灵。同中之异在于:顾况《仙游记》中的李庭等与杜光庭《宋文才》中的

---

① 李时人:《全唐五代小说》,何满子审定,陕西人民出版社 1998 年版,第 188 页。

② 李时人:《全唐五代小说》,何满子审定,陕西人民出版社 1998 年版,第 518 页。

③ 本文作者与出处有多种说法,李时人先生有详考,今从其说,见李时人:《全唐五代小说》卷二一,何满子审定,陕西人民出版社 1998 年版,第 573 页。

④ 李时人:《全唐五代小说》,何满子审定,陕西人民出版社 1998 年版,第 593 页。

⑤ 李时人:《全唐五代小说》,何满子审定,陕西人民出版社 1998 年版,第 1985 页。

宋文才用笔最省，仅点出姓名与籍贯等。同入道教中的二人在这点上也不谋而合，最为突出。牛肃《郗鉴》中的主人公段智的特点是“少好清虚。慕道，不食酒肉”。温造《瞿柏庭记》中的主人公瞿柏庭的特点是“华眉广颡，长准秀目，勤事而寡言”。这两篇作品于人物一出场就写出其思想性格的某些特点，且能揭示此特点与其求仙的内在联系，看出其演化发展的内在性格逻辑。从人物塑造艺术上说，显然高于顾、杜两篇。郑伸《稚川记》中的主人公契虚的同中之异更为突出，作者写其特点为：“契虚自孩提好浮图氏法，年二十，髡发衣褐，居长安佛寺中。”这样也就点明其身份为僧人。此外，作者又借“道士乔君”眼睛这个内视点，道出契虚的又一特点：“神骨甚孤秀，后当遨游仙都中。”这两个特点相较，颇有意味，说明他是先僧后道，由僧入道，僧人也可成仙得道。佛道二教，一为舶来品，一为汉族自创，虽互有吸收，但互相争雄，斗争时起时伏，未尝平息。至唐代，三教呈合流的态势，这体现了唐代文化的开放性与兼容性。这也反映在这篇小说中，窥一斑而可知全豹。小说中契虚对捀子所言“吾始自孩提好神仙”，与篇首“自孩提好浮图氏法”之语，显然一道一佛，这种矛盾只能说明作者模糊了二者的分别，是三教合流时代文化特征的一种反映。当然，细究之，契虚由僧而为神仙的演化，暗含着道教高于佛教的意味，说明成神仙亦是僧人的理想，尽管这层内涵未必是作者的主观有意为之，但这种客观效果是存在的。这或许是因唐代皇帝姓李而以老子李耳为宗所导致的三教合流中道教略高一筹的时代文化特征在小说中所留下的印痕。

二是，皆向往仙界，虔诚求道，不思仕途。《郗鉴》中两次强调求道之辛苦，孟叟对段智曰：“山中居甚苦，须忍饥寒。故学道之人多生退志。”后又再写：“先生告曰：‘夫居山异于人间，亦大辛苦。须忍饥馁，食药饵。’”但主人公段翳并未畏惧，决心求道之志不改。《稚川记》中契虚表示：“诚能游稚川，死不悔。”《瞿柏庭记》中的主人公是“勤事洞源不懈。凡事役力办不倦”。这里边所体现出的坚忍不拔、矢志不悔、不惧辛苦、一心追求等人格精神，具有超时代的积极意义与审美价值，不能因为其虚无性而全面否定之。从主人公的结局说，同中之异在于：段翳因“在山久，忽思家，因请还家省观，即却还”，惹怒仙人，仙人认为“此人不终”，他因而失去成仙的机遇，“翳因悔恨殆死”。《仙游记》中的李庭等“愿来就居”的要求被仙人婉拒，理由是“此间地窄，不足以容”，因而失去了成仙的机会。其余三篇中的主人公则均实现了成仙的理想。[①] 二者相较，在小说中还是成仙者居多，这显系为鼓励人间的众多求仙者，亦是士人企望成仙得道深层心态的一种寄寓。

3. 从这类小说文化意蕴的角度说，其共同内涵在于：仙境绝美，超凡脱俗，仙界可期，乃理想人生归宿。其仙境之美包括人美、山美、水美、物美等内涵。总之，仙境中的凡有之景、凡有之人、凡有之物，皆高于世间，美于人世。先看顾况《仙游记》中仙境的描写：

---

① 《稚川记》文中写真君讯问契虚“尔绝三彭之仇乎?”契虚“不能对。真君曰：‘真不可留于此！’”契虚遂回到了人间。但从契虚请教捀子“三彭之仇”后“悟其事”的情节、回人世后“绝粒吸气”的修炼及“契虚已遁去，竟不知所在”等描写看，他应该是终于成仙了。《宋文才》文末虽未明言其成仙，但从文中仙界老人“他年可复来也”之语，可知他最终还是归于仙界了。

> 云古莽然之墟，有好田、泉、竹、果、药，连栋架险，三百余家。四面高山，回环深映，有象耕雁耘，人甚知礼。野鸟名鸲飞行似鹤。人舍中惟祭得杀，无故不得杀之，杀则地震。有一老人，为众所伏，容貌甚和。岁收数百匹布，以备寒暑。乍见外人，亦甚惊异，问所从来。

这个仙境与陶渊明笔下的桃花源颇为相似，显系受其影响而创作出来的。这是一种如诗如画的理想化生活状态，是"诗意的栖居"，诗化的生活，具有诗的意境与氛围，这是唐代泱泱诗歌大国浸染孕育出来的图景。这种诗意的追求，从后于顾况五十余年的牛僧孺《古元之》中和神国的生活图画描写上可以得到进一步印证。区别在于顾况明确标出是《仙游记》，是在人眼中见出；牛僧孺则指出："人寿一百二十"，"虽非神仙，风俗不恶"，是古元之梦中所历。此外，这类小说中的仙人形象往往具有独特的魅力，外貌的同中见异透视出内在精神人格的超拔卓异，令人倾倒。《郗鉴》中借助主人公段砮的眼睛写仙人孟期思是"雪眉霜须，而貌如桃花"；另一仙人老先生是"但于室内端坐绳床，正心禅观，动则三百二百日不出。老先生常不多开目，貌有童颜，体至肥充"。《稚川记》中借主人公契虚的眼睛这个内视点写仙人："见一人袒而瞬目，发长数十尺，凝腻黯黑，洞莹心目。"《瞿柏庭记》从作者眼里写主人公瞿柏庭同学陈景昕为桃园观道士，他"冠青萝冠，碧绿衣，冰颜雪肤，皓髭苍眉，端简足迹，肃容陈词"。通过内视点与外视点的交叉运用，恰当使用由貌写心的艺术手法，既写出其外貌的个性，又能见出仙人气质上超凡脱俗的共性，艺术上颇为成功，成为后世小说中仙人形象的通用写法。这类小说所描写的仙人所居山水之美，也是同中有异,个性中寓共性,为的是映衬仙人的精神品格与气质风貌,寄寓士人的人生理想。这样,景中有人,人寓景中,人在山则为仙,山因人而有灵气,相得益彰,互衬共美。《郗鉴》写仙人居处是:"其所居也,则东向南向,尽崇山巨石,林木森翠。……层溪千仞,而有良田,山人颇种植。……飞泉檐间落地,以代汲井。"《稚川记》分数层次第写出仙都稚川的风景之美:"风日恬煦,山水清丽,真神仙都也。……见有城邑宫阙,玑玉交映,在云物之外。……仙童百辈,罗列前后。"《宋文才》写仙居峨眉洞天的景致为:"广陌平原,奇花珍木","玉砌琼堂,云楼霞阁,非人世所睹","顾望群峰,棋列于地","清渠濑石,灵鹤翔空"。在不同作家笔下,仙居风景虽有壮美、优美之别,笔法语言有个性差异,但其超越人世之美是共同的,即共同洋溢着祥和的气氛、高雅的格调,自然纯朴,纤尘不染。其仙居方位虽有别,但都非寻常可达,往往要经过"大艰险,犹能践履",经过意志的超常考验,"手扪藤葛,足履嵌岩。魂悚汗出,而仅能至"(《郗鉴》)。经过"涉危险,逾岩巘"(《稚川记》)方可一睹仙境。正可谓"无限风光在险峰"是也。个中寄寓着具有超时空价值的文化意蕴,反映出士人复杂矛盾而又辩证统一的多层心态,即仙界可期,成仙有望,但非寻常可到,不可等闲视之,须经过艰苦的努力,付出常人难以做到的辛劳,抵御住各种人世的诱惑,才能达"会当凌绝顶,一览众山小"之仙境。求仙是为此,人生要做任何事,欲达某种人生目标,不都是如此吗?这样拓展思维,这类小说的文化内涵就加大了。这种仙境的描写也为后世仙道类小说定下了基调,成了其不断模仿的范本。

三　人生优化模式：先仕宦而后求仙

纵观整个封建社会士林人生道路选择的阶段性历程，理想化的人生道路演进轨迹，似乎由三部曲建构而成，即少年游侠，中年游宦，老年游仙。这样，求仙的起点正衔接着入仕为官的终点，从而实现功成身退的理想结局。

由此观之，上述小说作品的选择则是有取有舍，有得有失，在舍近求远与舍远求近的权衡中，小说主人公思想的矛盾，实际上是作者心灵矛盾的艺术外现。不同的作者在不同的小说作品中，或通过两个人物人生道路的入仕与求仙的分道扬镳，或以一个人物的改弦易辙，从不同角度，以不同艺术方法，深刻地揭示了唐代士人这种心灵矛盾的多样形态。在这种心灵矛盾的碰撞中，在人生选择的两难境地中，某些聪明的小说家便试图另辟蹊径，创造出一种折中的模式，从时序上纵向将仕宦与求仙联结起来，共同构成人生总链条中各有侧重的不同阶段，这便是“先仕宦后求仙”的人生优化模式。这就免去了顾此失彼的矛盾与烦恼，将宦与仙、进与退、仕与隐、近与远等矛盾的各方面辩证地融会贯通了。先入仕，可立身扬名、光宗耀祖，也可肥马轻裘、清酒珍馐、宅第声色，满足物欲享受，还可前呼后拥、颐指气使，满足人的权力欲。后求仙，可把有限的生命变成永恒，可找到人生的永久归宿，解决人生有限与渴望长生的矛盾，满足人们超越现实、飞升天国的欲望。这种模式兼入仕和求仙二者之长而又能避其短，显然是唐代士人最理想的人生道路模式。至于何时是仕途的尽头与求仙的开端，则由士子自己视仕途顺逆而定，这在前述小说中已见其主张各有不同了。有的本来决意入仕，但敲不开科举的大门，连年下第，索性砖头一扔，入道求仙去了；有的则在宦海沉浮中，于贬官外放时弃官归隐，别寻仙途；有的功成身退，转而求仙；有的年老致仕，闲中觅道……可见，求仙实质上也是仕宦的一条退路。倘若无此退路，只有为宦一途，一旦宦途坎坷不通，将何以自处？恐怕只有自杀一途了。如此说来，求仙一路还真不可少，不管实际上能否实现成仙目标，起码在士人心灵世界中，在其精神家园内，应该有这样一个目标。其中含有心诚则灵的寄托，也含有锲而不舍的追求精神。若进而把人世间的死亡之日，视为天国间的初生之时，岂不人人皆可羽化登仙了吗？这并非阿Q式的自我安慰，而可看作是士人精神家园的理想建构。

当然，这只是文人在心中幻设的梦想耳。白日梦虽难以实现，但作为一种人生理想境界的追求，还是不可或缺的。从唐人小说的具体描写实际看，这种先仕宦而后求仙的优化模式，可大致归结为两种形态。

1. 仕途中见仙改志

在这种士林人生道路的选择形态中，当事人的主观愿望和客观条件是统一的，士人想入仕便可入仕为官，仕宦毕，即自然升入仙界。客观上无阻碍，自然有序，水到渠成。这是士人心目中最为理想的人生境界。

戴孚《广异记》中的《王老》[①]一篇即是如此。主人公李司仓是先入仕途，因待术士王老特别好，王老引其入山，达“神仙之境”，得见“田畴平坦，药畦石泉，佳景差次”等胜景，得闻“音响

① 《太平广记》卷四一，转引自李时人：《全唐五代小说》，何满子审定，陕西人民出版社1998年版，第311页。

清亮，非人间所有”之“妙音”，令其心旷神怡，乐不思蜀。但按其人生道路的阶段性规律，他此时还不能长留仙界，“先生谓李公曰：‘君有官禄，未合住此。待仕宦毕，方可来耳。’因命王老送李出”。这就明确告诉他，应该先仕宦而后求仙。文中先生所言“待仕宦毕，方可来耳”甚为重要，明确指出了仕宦与升仙的先后关系，体现了士人二者兼得的人生理想。文末的仙人要牛颇有意思：“山中要牛两头，君可送至藤下。”从文中“具厨饭蔬素，不异人间”的描写看，仙界与人间又有相通之处。全文结以“李买牛送讫，遂无复见路耳”。这正与仙人之语相应，因为李司仓此时仕宦未毕，故不可见仙路，暗含其仕宦毕后方入仙界的人生结局。

薛用弱《集异记》中的《蔡少霞》[①]一篇与《王老》异中有同。其一，出身异而入仕同。主人公蔡少霞是“明经得第”而入仕途，先为蕲州参军，后为兖州泗水丞。其二，方式异而所遇同。蔡少霞是借助“梦中召去”方式入仙境的，为“碧天虚旷，瑞日曈昽，人俗洁清，卉木鲜茂”等仙境美景所感而心向往之。其三，笔法异而寓意同。《王老》以曲笔结之，未明言归仙，而仙境中先生所言已寓此意。《蔡少霞》则以直笔明言之：“少霞尔后修道尤剧，元和末，已云物故。”这与开篇写他“幼而奉道”又构成首尾呼应，使仕途与求仙的对比更加鲜明，人生轨迹更为曲折。两篇比较所见之异，体现出不同作家小说艺术方面的创新与个性，而其相同之处，也可见出人生经历有别的不同小说家的共有心态，其寓含的小说文化意蕴的相通性颇值得关注。

---

① 《太平广记》卷五五，转引自李时人：《全唐五代小说》，何满子审定，陕西人民出版社 1998 年版，第 789 页。

李复言《续玄怪录》中有题为《麒麟客》[①]者,与前二篇也有相同之处。作品写南阳张茂实被暂为其仆的得道者王夐引入仙境,为"非世间所有"的仙境所动,"情意高逸,不复思人寰之事"。回返人间后,"遂弃官游名山","终不知所在"。从"弃官"二字看,他也是先入仕途者,因见仙而改志,转向求仙。当然,这又与前同中有异,即张茂实没有等仕宦的任期结束,而是主观上放弃了官位,这更说明了求仙诱惑力的不可抗拒。从仙人"君宜归修其心,三五劫后当复相见"等语看,张茂实的归宿乃在仙界。

综合以上三篇看,这类小说有一个类似的叙述模式,即主人公皆先入仕途,因某种机遇得临仙境,感悟人生真谛而弃官归仙。叙述模式的同构中,蕴含着相通的文化内涵,先入仕途可得人世享受,后登仙界可得永久归宿。相比之下,仙境高美,故两者相权取其上。这类小说均未写主人公仕途如何坎坷,似乎是为回避对归仙原因的歧解,说明主人公选择弃官归仙,并非因仕途不顺,而是仙境的诱惑更大,更无法抗拒,仕途虽乐,仙界更乐,这才能更好地凸现作者的创作本旨。

从小说美学的角度看,这种叙述模式也有艺术创造性,体现着独特的审美价值。其情节结构的共同特点是呈现出起→转→合的运行轨迹。起笔在人间世界,略写主人公的仕途状况,转而落墨于神仙世界,详写仙人、仙乐和仙境等主人公的奇闻异感。最后,略写主人公由仙界重返人间后行为举止、价值观念及文化心态的变化,并或显或隐地写出主人公终去仙界的归宿。文末

---

① 《太平广记》卷五三,转引自李时人:《全唐五代小说》,何满子审定,陕西人民出版社 1998 年版,第 1113 页。

是前面由人间到天上情节结构的一次重现、一个合影、一个浓缩。这不是简单的重复，而是螺旋式的上升，是小说主旨的强化与提升。在其情节发展轨迹中，人间世界与神仙世界构成强烈而鲜明的对比，两个世界的映照大大拓展了小说的时空领域，开拓了小说的审美视野，加大了其艺术魅力与审美张力。同时，在这个过程中，主人公的心态也随之变化，第一次出现的人间世界中他是主，而在第二次出现的人间世界中身已为客；反之亦然，第一次入仙界是客，而第二次入仙界则为主矣。心灵世界的变化也使同样的人间或天上世界在其眼中为之改观。

卢肇《逸史》中《李林甫》所写道士对李林甫所言，也寓含着先官后仙之意。道士曰："二十年宰相，生杀权在己，威振天下。然慎勿行阴贼，当为阴德，广救拔人，无枉杀人。如此则三百年后，白日上升矣。"但李林甫为相后，"都忘道士槐坛之言戒"，"起大狱，诛杀异己，冤死相继"。道士于二十年后见而责之曰："当时之请，并不见从。遣相公行阴德，今枉杀人。上天甚明，谴谪可畏。"又约定，"又三百年。更六百年，乃如约矣"。李林甫先官后仙人生既定安排的打破是由于其主观因素所致。这说明，为官阶段是否爱民、是否追求真善，将决定其在仕宦后是否能入仙界。这就将为官道德人品与能否成仙有机地联系起来，体现了儒道思想的融合。仙人也管人间事，这是对为官者的惩戒，防止其胡作非为。与此相关，作者只是将李林甫入仙的时间推后三百年，并未断其入仙之路，说明作者在惩罚的同时还给以希望，从正面引导之，这样惩恶与给出路两相配合，效果愈佳。

《齐映》篇中仙人对齐映所言："比者升仙之事亦得，今不果矣。"说明在其人生的原有设计中，也寓含着先官后仙之意。但齐映则没有李林甫那么幸运，虽然他在宰相与升仙二者中选择了前者,但此后由于其主观因素,因为他违背了仙人"慎不得言于人"之嘱而"轻泄"于人,因而受到仙人责罚。虽然他"哀谢负罪",终于事无补。这二篇虽同出一人之手,但结局又有所不同。此"同而不同处有辨",也值得一辨。

2. 仕宦如梦醒归仙

从先仕宦后归仙的次序说,这类小说与前述"仕宦中见仙改志"一类有相同之处,故将其归于先仕宦而后求仙优化模式的形态之一。其同中之异主要在于:一是,前者笔墨重在仙界,而此类作品则重在仕途,文末方点出仕宦如梦,梦醒后大彻大悟,入道成仙。二是,前者未写仕途坎坷,此类作品则言及仕途坎坷,且对仕途中的主人公有微词。沈既济的《枕中记》[①]与李公佐的《南柯太守传》[②]为此类小说的名篇,关于这两篇小说的内涵,学界已多有论述,在此拟比较论之,以见其异中之同,更好地理解唐代小说家建构这种人生优化模式的深层心态。

从主人公人生理想的角度说,《枕中记》中的卢生与《南柯太守传》中的淳于棼,虽有文士与武将之别,入仕方式也有所不同,但二者均实现了其人生理想,志得意满,得遂平生入仕之愿,享尽富贵荣华,文功武略皆兼而有之。卢生是应试登第,步入仕途。卢生之愿为:"士之生世,当建功树名,出将入相,列鼎而食,选声而听。使族益昌而家益肥。"这是历代士人可望而难及的人生理想,而卢生全得到了:他"刻石纪德","恩礼极盛","号

---

① 《太平广记》卷八二,题《吕翁》,转引自李时人:《全唐五代小说》,何满子审定,陕西人民出版社 1998 年版,第 543 页。

② 《太平广记》卷四七五,题《淳于棼》,转引自李时人:《全唐五代小说》,何满子审定,陕西人民出版社 1998 年版,第 636 页。

为贤相”，“年逾八十，位极三公”。淳于棼靠与“槐安国”公主成亲而发迹，治南柯郡二十载，“风化广被，百姓歌谣，建功德碑，立生祠宇。王甚重之，赐食邑，锡爵位，居台辅”，“一时之盛，代莫比之”。这里有功业政绩理想的实现，也有人欲享乐的满足，虽是梦中情景，也曲折表现了作者乃至士林群体的深隐文化心态。

从主人公仕途际遇与结局的角度说，卢生与淳于棼虽有寿终正寝于官位和被撵出驸马府遣归故里之别，但二人梦中皆历经宦海沉浮，大起大落。这与前述相对照，又揭示出仕途的变幻莫测。卢生是“同列害之，复诬与边将交结，所图不轨。下制狱”。淳于棼在公主已死的情形下，仍“威福日盛”，因而引起“王意疑惮之”，再加上“时有国人上表”，“议以生侈僭之应”，遂遭贬斥。这揭示出仕途官场中君与臣、官与官关系的复杂微妙。卢生在府吏急收之时，“惶骇不测，谓妻子曰：‘吾家山东，有良田五顷，足以御寒馁。何苦求禄？而今及此，思衣短褐、乘青驹，行邯郸道中，不可得也。’引刃自刎，其妻救之，获免”。这种临危而后悔为官求禄的心态与李斯临死之言①颇为相似，在士林心态中也有共鸣点和典型性。耐人寻味的是，卢生被外放几年后，皇帝知其冤枉，“复追为中书令，封燕国公，恩旨殊异”。结果他又好了伤疤忘了疼，乐此不疲，至死一直在官场中沉醉不醒。这种经历与心态在士林中也有代表性，揭示出官场对士人的巨大诱惑力，这就使此情节具有了某种典型性。淳于棼失势

---

① 《史记·李斯列传》载，“斯出狱，与其中子俱执，顾谓其中子曰：‘吾欲与若复牵黄犬俱出上蔡东门逐狡兔，岂可得乎！’遂父子相哭，而夷三族”。

后,国王命其“暂归本里”,他竟困惑地发问:“此乃家矣,何更归焉?”这是典型的“反认他乡是故乡”(《红楼梦》第一回)的迷失心态。这些描写,粗看似不经意,实则蕴含着丰富的文化意蕴,已进入到士人心态的深隐层面。小说的这些描写,提升了其人生哲理意味。

从小说的艺术表现与哲理意味的角度说,两部作品虽有单纯的梦与梦怪结合的不同,但在艺术表现上则均运用了比喻与象征的手法。二者皆视人生如梦,视功名利禄为幻境,虚无缥缈,骤得易失,难以长久。这里边自然有庄子思想的影响,也有道教的宗教成分在,《枕中记》就明确点出乃道士吕翁引卢生入幻境。今天阐释这些作品,不能仅以消极虚无视之,而应该挖掘出其中蕴含着的深刻哲理意味。作者将人生幻化为一场梦境,极言其短暂。卢生梦中的整个人生历程,不过是“主人蒸黄粱尚未熟”的片刻工夫;淳于棼的梦中一世,也不过是“斜日未隐于西垣,余樽尚湛于东牖”而已。这是以幻化的艺术手法将人生浓缩给当事人看,也是给所有读者看,使其对人生能有所彻悟,以警诫世俗社会中比比皆是的追求功名利禄、荣华富贵的痴迷士子乃至芸芸众生。若将人生置于宇宙自然中视之,其时间流程也不过是如白驹过隙,转瞬即逝。由此看来,二位作者所写之梦幻,虚中寓实,似诞而真,语妄而含哲理。这反倒见出作者立足点之奇高、视野之开阔、构思之巧妙、手法之精到。若读者能像小说中主人公那样由梦而悟人生真谛,人世中则会多些真善美,这对人的精神提升与品格建构来说,还是有某种积极意义的。

从作者对笔下主人公的褒贬倾向看,两个作品虽有差异,但总的倾向又有一致之处,即对梦中执迷仕途者以贬为主,而对梦醒后彻悟人生远离仕途者，则以褒为主。梦中的卢生是“性好上功”，“性颇奢荡，甚好佚乐。后庭声色，皆第一绮丽”。这是贬之甚重的笔墨。梦中的淳于棼重用酒徒周弁，因其“刚勇轻进，师徒败绩”。公主死后他仍“出入无恒，交游宾从，威福日盛”。作者对此也持批判态度。再看卢生醒后的表现：“生怃然良久，谢曰：‘夫宠辱之道，穷达之运，得丧之理，死生之情，尽知之矣。此先生所以窒吾欲也。敢不受教。’稽首再拜而去。”这种深思后之所得，就代表着作者的人生态度，而对卢生接受“得神仙术”的吕翁的教诲，抛弃仕途的欲望，作者是持赞赏态度的。醒后的淳于棼，“感南柯之浮虚，悟人世之倏忽，遂栖心道门，绝弃酒色”。字里行间，表露出作者对其弃仕途而归仙道的褒扬态度。作者篇末的议论也明确表达出其创作主旨：“虽稽神语怪，事涉非经，而窃位著生，冀将为戒。后之君子，幸以南柯为偶然，无以名位骄于天壤间云。”这与肯定醒后淳于棼的倾向是一致的。作者在《南柯太守传》文末，又引李肇语曰：“贵极禄位，权倾国都，达人视此，蚁聚何殊。”进一步强化了小说的寓意与哲理。前两句乃淳于棼梦中之象，后两句为他醒后的自视，在梦幻与现实两个世界的对比中，其褒贬态度与小说作者是一致的。

需要特别指出的是，此类作品虽描写了主人公的宦海沉浮，但还是以描写主人公得意的笔墨居多，所以说并不等于否定士人入仕的人生道路选择。虽说人生如梦，但梦中也有实现人生理想的满足和快乐，且乐多于苦。作者只是在强调不能沉溺梦中而不觉，不应“以名位骄于天壤间”，最佳的人生选择还是应该在充分享受仕途之乐后及时醒来，功成身退，再去获取仙界永恒的快乐。

还有一些小说与上述作品可谓殊途同归,上述者梦为真梦,梦是现实的写照,梦与现实是同构互证关系,士人因梦而醒悟,是满足欲望后以梦境的方式超越。另外一些小说的主人公连为官的美梦也做不出来,他们是因无望而放弃,是仙境的美妙诱使主人公另觅他途。兹以郑还古《博异志》中的《白幽求》[①]为例说明之。作者开篇点出主人公白幽求的身份是“秀才”。这个士人的身份制约着他的人生理想也是希冀通过科举步入仕途,但却“频年下第”,连遭厄运。这使其入仕理想发生动摇,终于在“其年失志后,乃从新罗王子过海”,夜遭风袭而南飘至仙境,后得遇真人,令其心旷神怡,“身亦不觉足之蹈之”。在留仙界与归故乡二者的选择中,白幽求的心态复杂而又真实,为其人生的最后选择做心理铺垫。当诸真君商议欲留他在仙界时,“幽求栖惶,拜乞却归故乡”。这种恋乡情结乃人之常情,仙人亦通人情,允其归乡。当他回到人间岛上,“见真君上飞而去”,“隐隐而渐没”时,他“方悔恨恸哭”。当“望有人烟”,问明处所时,他“又却喜归旧国”。文末作者以总结性的叙述,点明了白幽求人生道路的最后选择:“幽求自是休粮,常服茯苓,好游山水,多在五岳,永绝宦情矣。”心态多次变化反复,说明人生道路选择之艰难,士人心灵世界之丰富。主人公仕途不通而求仙的人生选择中,也寄寓着作者文化心态的一个侧面,这与作者“贬吉州掾”(《诗话总龟》引唐卢环《抒情诗》)的贬官挫折经历有关,也

---

① 《太平广记》卷四六,转引自李时人:《全唐五代小说》,何满子审定,陕西人民出版社 1998 年版,第 981 页。

与作者“长期闲居”[1]的人生历程不无关系。

表现先仕宦而后求仙这类题材的小说是唐代士人心态的又一种表露，是其心灵世界的又一种建构形态，与前述表现“官与仙各有所乐”一类小说的文化内涵相得益彰。若云“官与仙各有所乐”一类小说是从横向角度写出了士人心态中面对仕宦与求仙的取舍矛盾，那么这类小说则又从纵向角度将二者的矛盾辩证统一起来：先入仕为宦，过足官瘾，然后再升入仙界，寿与天齐。这样，人间之乐与天上之乐皆可享受，鱼与熊掌兼而得之，四美俱，二难并，岂不是锦上添花！虽于现实中不可得，而在精神追求层面则不可无。从士人与小说家的心态规律说，愈得不到，则求之愈切。

四　作者人生道路与小说人物关系考

从孟子“以意逆志”、“知人论世”等阐释理论出发，有必要追溯与考索上述某些小说作者的人生道路轨迹、人生选择困惑与人生遭际坎坷，以探求其与此相关的文化心态，并与小说主人公的人生道路选择、作品创作本旨联系起来综合观照，进而相互生发，内外印证，这样可以更好地理解并阐释小说的深层底蕴。

先看《张李二公》作者戴孚的人生道路。他于唐肃宗至德二年（757 年）登进士第，从此迈入仕途。其仕宦经历为“自校书终饶州录事参军，时年五十七”（顾况《戴氏广异记序》）。由科举而仕宦的出身，使他对李公为官之志给予充分的理解，作者与

① 对郑还古的考证，转引自李时人：《全唐五代小说》，何满子审定，陕西人民出版社 1998 年版，第 962 页。

作品主人公有着心理共鸣。他不算得意的官位，使他对张公的学道成仙又流露出羡慕心理。此乃作家经历、心态与小说中人物形象的审美互动关系。可以说，张、李二公各代表着他复杂心态的一个侧面，并不互相排斥，而是互相补充，相反相成。

再来考察《裴谌》的作者牛僧孺的仕宦历程。他贞元二十一年(805 年)进士及第，元和三年(808 年)登贤良方正科，释褐伊阙尉，此后为宦四十余年，历任二十四种官职。既做过朝官，也做过地方官；既有为人臣之极的丞相殊荣，也有贬官外放的坎坷经历，可谓宦海沉浮，甘苦尽知之矣。由此观之，当其为官得意之时，其心态就是王敬伯的，踌躇满志、意气纵横等骄矜心态难免流露于言行之中；而当他被贬沦落之时，其心态就是裴谌的，视宦途为险境，因“万愁攻人”而欲解脱之。于是便希冀超越羁绊，达既有人生各种享乐又无人生烦恼之境。此即“常人不到”的“九天画堂”之仙境。而在难觅仙境的人世现实中，作者只能寄之于艺术想象以为心理安慰。从牛僧孺终于仕途而并未隐居的人生道路选择看，他的人生选择与王敬伯同，这是其人世间实实在在选择的写照。而裴谌的人生道路选择乃是其理想中的又一更高境界，是其超现实的虚无缥缈的审美理想的投影。二者并不是非此即彼的对立关系，而是可以共有并存的。二者不同层次的建构整一，乃是作者的真实完整心态。这在唐代士林乃至整个封建社会入仕为官者中有着典型意义。

考之有关史籍，《枕中记》的作者沈既济自大历十四年(779年)试太常寺协律郎始，“位终礼部员外郎”[①]，其仕途历经五职。《南柯太守传》的作者李公佐入仕经历史传无载，据其小说自

① 刘昫等:《旧唐书·沈传师传》，中华书局 1975 年版，第 4037 页。

叙,可考知他也曾入仕途,任过江淮从事、江西判官等官职。比较二人的为官经历,虽官职有别,但也有共同之处,而这些异中之同恰是二人创作主旨相近小说的文化心理基础。一是,二人皆是进士出身,且均有仕途的实践;二是,二人皆经历过仕途的挫折,这使二人悟透了仕途的实质:沈既济因"杨炎谴逐"而"坐贬处州司户"(同上)。这种严酷打击,当在其心中留下难以磨灭的伤痕,自然会从笔下流泻于小说中人物形象人生道路的描写中。《枕中记》中卢生的"投驩州"贬官经历与复杂心态的真实描写,就有着作者的生活依据在内。卢生的"复追为中书令",与作者沈既济的"后复入朝"(同上),也有着小说内外的一致性。这里边所体现的小说创作与作家遭际的密切关系是应加以关注并认真总结的。李公佐在仕途上也颇不得意:"公佐于时,才秀人微。"[①]这必然会造成其心理的不平衡,"才秀"者自然志大,而"人微"的不得意客观境遇,使主客观的反差愈益加大,这就更激化了作家的愤激心态,使其难免以极端的方式表达之:客观上既然做不到显达,不如干脆说主观上不想得到,得到也不过是梦幻一场空,毫无价值。这应是李公佐创作《南柯太守传》的文化心理基础。沈、李二人的共有仕途坎坷与共通文化心态,与唐代乃至封建社会中士林群体的人生轨迹与文化心态有着相似之处,因而这两篇小说所塑造的人物形象与蕴含的文化意蕴,既是二人的不谋而合,英雄所见略同,又与士林有着同频共振的心理共鸣,概括了千古仕宦的某种规律性东西。

顾况与杜光庭由仕途始而以求仙终。这种人生历程与前所

---

① 对李公佐生平事迹的考证,转引自李时人:《全唐五代小说》,何满子审定,陕西人民出版社 1998 年版,第 636 页。

述“先仕宦而后求仙”类小说的描写内外相合，而他们二人恰好也创作有这样的小说。考索二人生平历程，也可见二人心态轨迹与小说创作之密切关系。《旧唐书》称顾况“能为歌诗，性诙谐，虽王公之贵与之交者，必戏侮之”。这可见其个性与为人。他在仕途上亦颇不得意，这表现在三个方面，一是官不达志：“自谓已知秉枢要，当得达官，久之方迁著作郎，况心不乐，求归于吴。”二是与同僚不合：“班列群官，咸有侮玩之目，皆恶嫉之。”可见其心态之状。三是遭贬外放：“（李）泌卒，不哭，而有调笑之言，为宪司所劾，贬饶州司户。”[①]这种志高位低的反差加之贬官的打击，是他入道的主要原因。贞元五年（789 年）他遭贬，贞元九年（793 年）他去官隐于茅山，受道箓，后出游各地，再未入仕。[②] 其笔下的《仙游记》乃是其崇尚道教神仙心态的艺术化。

杜光庭的人生历程与顾况有着相似的轨迹，他于咸通中曾两应科考，因未考中而隐于天台山学道。这说明他也有入仕之志，因未如愿而入道，这与郑还古笔下的白幽求也有相似之处。唐僖宗时，因郑畋荐举，居上都太清宫，内供俸，充林德殿文章应制。这实际上已步入仕途，走的乃是“终南捷径”。中间几经曲折，虽也有僖宗还京时，他留青城山白云溪的又隐，有后蜀时王建多次征召而不肯出山的坚持求仙，但后来还是再次入仕，并任过左谏议、户部侍郎、太子宾客等官职。当然最终他还是选择了

---

① 所引均见《旧唐书·李泌传》后所附《顾况传》，中华书局点校本 1975 年版。

② 《顾况考》，载傅璇琮：《唐代诗人丛考》，中华书局 2003 年版，第 396—426 页。

解官隐于青城山的人生道路,并以此为人生归宿。[①] 他笔下的《神仙感遇传》等著述,应是他崇尚道教神仙心态的艺术外现。顾况与杜光庭二人这种身份上的特殊性,不可避免地带来其小说中“自神其教”的创作主旨,这显系源于六朝志怪而又发扬光大之,且艺术化程度更高,更有吸引力。这就与未入教士人于小说中所寄寓的憧憬向往神仙世界的创作心态有了某种差异性。

若再由唐代小说作者扩展至诗人乃至整个士林,可见其人生选择与矛盾心态是相通的,可以互证。他们受时代风尚的影响也信奉道教,追求方术,这既是出于对神仙可成的坚信不疑,也是为了净化精神。比如,初唐四杰之首的王勃在《游山庙序》中写道:“常学仙经,博涉道记。”(《全唐文》卷一八一)初唐四杰之一的卢照邻曾“学道于东龙门山精舍”,并向他人乞求丹砂方药,这有他所作的《与洛阳名流朝士乞药直书》为证。盛唐时期的代表诗人李白更深受道教影响,他笔下与金丹、炼师有关的诗作达百篇之多。从“十五游神仙,仙游未曾歇”(《感兴》八首之五),可知他游仙之早与密度之大。从“攀条摘朱实,服药炼金骨”(《天台晓望》),可知他曾炼丹服药,求仙见诸实践。从他正式入道的行为,可知他确实身体力行,笃信道教。中唐时期的大诗人白居易曾与金丹道士交往密切,且与元稹一起向郭虚丹学习烧炼金丹。从白居易笔下“退之服硫黄”,“微之炼秋石”,“杜子得丹诀”,“崔君夸药力”等诗句(《思旧》,《白香山诗后集》卷三)可知,当时服食丹药的士人相当多,这也说明当时服用丹药以追求长生在士林中的广泛影响。这些诗文的求仙描

---

① 对杜光庭生平事迹的考证,转引自李时人:《全唐五代小说》,何满子审定,陕西人民出版社 1998 年版,第 1980 页。

写,可与小说互证。

五 士林矛盾心态与儒道互补

若从中国传统文化的角度进一步考察,既应纵向追溯唐人矛盾心态的渊源,也要横向观照其时代性的文化特征。从儒家文化的发展流变做纵向考察,入仕为官人生道路的文化渊源可追溯到儒家创始人孔子及其弟子传人那里,这是原始儒家思想的重要组成部分。比如,子夏曰:“仕而优则学,学而优则仕。”(《论语·子张》)孟子继承了这种“学而优则仕”的思想,且表述得更为明确:“士之仕也,犹农夫之耕也。”(《孟子·滕文公下》)可见,早在孔孟时期,士人的人生道路就已明确定位在入仕为官上,并且将其视为如农夫耕田般天经地义。唐代士林继承了这种人生选择方向,其人生道路总体上仍然是以入仕为正途,而以科举入仕为最具时代色彩的新路。

考察求仙思想的渊源,主要来自于道家和道教。这与功成身退的思想有关联,与上述儒家思想相反相成。功成身退思想的文化渊源,最早来自于《老子》,其文曰:“功遂身退天之道。”[①]游宦就是追求功成的主要途径和重要标志,但最终的人生归宿则在于“退”,而非“进”。庄子继承和发展了老子的思想,他说:“夫大块载我以形,劳我以生,佚我以老,息我以死。”[②]其人生阶

---

① 《老子》第九章,转引自《二十二子》,上海古籍出版社 1986 年版,第 1 页。

② 《庄子·大宗师》,载郭庆藩:《庄子集释》,中华书局 1961 年版,第 242 页。

段性更加清楚，每一人生阶段的意义与特征也各不相同，各有侧重。《管子》亦曰："持而满之，乃其殆也；名满于天下，不若其已也。名进而身退，天之道也。"[①]这与老子的思想也基本一致，且表述得更加明确。李白有诗曰："待吾尽节报明主，然后相携卧白云。"（《驾去温泉后赠杨山人》）这可视为士人受传统文化影响而形成的功成身退心态的典型表述。

从对士人心理的诱惑力来说，为官与求仙皆有巨大的吸引力，但又有所不同。学而优则仕，可望亦可及。一旦权在手，一呼百应，财源滚滚，光宗耀祖，门楣生辉。这是多么大的诱惑啊！可君宠难恃，官海沉浮，一旦失势，性命难保。人生是短暂而有限的，"生年不满百，常怀千岁忧"（《古诗十九首 · 生年不满百》），士人对此的认识是十分清醒明智的，但若成仙而长生，就可超越人生百年的极限，变有限为永恒，既无死的恐惧，又无人世的烦恼，随心所欲，快乐无限。可这又太遥远、太渺茫，可望而难及。连唐太宗都知道："神仙事本虚妄，空有其名。……神仙不烦妄求也。"[②]为官与求仙各有所长，也各有所短；有所得，也有所失，若仅择其一，颇难取舍。但若按人生三部曲的动态设计，中年趁精力旺盛入仕作官，即可修、齐、治、平，实现人生的社会价值，又可满足人性所企望的个人心理欲求；而到了老年时，精力已衰，锐气已减，功成身退，求仙养性，即使不能长生不老，也可益寿延年，何乐而不为？这样设计，为宦求仙，兼而有之，矛盾得到统一，心态得到平衡，士子的人生选择就可以和谐完满

① 《管子 · 白心》，转引自《二十二子》，上海古籍出版社 1986 年版，第 146 页。

② 刘昫等：《旧唐书 · 太宗本纪》，中华书局 1975 年版，第 33 页。

了。这种梦幻般的士林人生理想，是儒道思想互补的表现层面之一，在现实中固然很难实现，而在唐人小说中却艺术化地以各种色彩呈现出来了。或者也可以说，越是在现实中不易实现的东西，越是要在小说中倾泻其渴望心态，这也是小说家寄寓人生理想的一种方式。前述一系列小说作品就是士林人生理想的艺术化表现，充分表现出唐代士人心灵世界的宏阔，人生态度的通达，艺术想象的丰富，小说水平的高超。

若将儒道文化在唐代的碰撞做横向考察，从唐代文化的时代特征角度观照小说的文化意蕴，仕宦与求仙两种人生道路的矛盾，也是儒家文化与道教文化交叉影响于士人心态的某种形象体现。儒家文化的影响促使士人选择仕途，道教文化的兴盛又诱惑士人选择求仙，而先仕宦后求仙的人生最佳模式建构，应是士人将儒道文化的精华经过心理整合后寄寓于小说中，以艺术化方式表达出来的结果。

唐初，高祖李渊为提高门第，于武德三年(620 年)在羊角山立李君庙，确立了皇族李氏为老子李耳后裔的特殊关系。武德八年(625 年)，李渊于国子监宣布三教地位，道第一，儒第二，佛第三。唐太宗得以王远知为首的道教徒拥护，夺得帝位后，愈发尊崇道教，当然同时也大崇儒学，也信佛。贞观十一年(637 年)，唐太宗下诏明确规定其排序为："道士女冠宜在僧尼之前。"(《犹龙传》卷五)武则天掌权后，扬佛抑道，于弘道元年(683 年)高宗死后，便明令规定佛教在道教之上，僧尼地位在男女道士之上。唐中宗复帝位后，又倡道教，而韦皇后掌权时，佛教再次得势。唐玄宗即位后，大兴道教，以之抑制佛教的发展。"安史之乱"后，三教出现融合的倾向，唐德宗开三教讲论例，以促进三教的融合。综观唐代儒道释三教的消长轨迹，可以总结出这样几点认识：

第一，唐代的宗教政策总体上是三教并用，虽三教的排序在不同时期有所变化，但除去唐武宗灭佛的短暂而偏激的时期外，三教并用的国策并未改变，这体现了唐代文化的宏阔气度与开放兼容特点。就各个时期的特点而细言之，似可归结为：初期是扬道、尊儒、抑佛；中期是道佛并重，儒释合流；晚期是三教融合，互补共存。这就使得儒释道三教皆对小说创作产生了重大影响，且融合于小说文本之中。这应是上述小说既肯定为官之乐也羡慕求仙之乐的宗教及文化原因。

第二，儒、释、道三教的社会地位之轻重，与政治斗争紧密相关，自然也影响到与社会生活密切相关的小说创作。这种影响，既表现在有些道士或僧人就是小说的作者，也渗透在非教徒身份的小说作者的思想意识与艺术创作中，还表现在小说文本的艺术形象与文化意蕴中。兹引一组数据来说明道教之盛与影响之巨。《唐六典》载："凡天下观总 1687 所。"《历代崇道记》载，唐代有道观 1900 余所，道士 15000 余人。与此数字相比，佛教寺庙和僧尼的数量又三倍于道教，从教徒的数量来说，佛教大于道教。这说明在社会生活中佛教的影响要大于道教，因为佛教徒善于自神其教，视对象不同而以不同货色兜售之，对症下药，效果显著。正如黄永年先生所说，佛教"对高级知识分子提供深奥有味道的理论，对一般人做价钱低廉而好处实在的交易"①，因此，佛教比道教的诱惑力更大，征服了社会各阶层更多的人。但同时应该指出，佛、道二教对社会生活的影响的大小与

① 黄永年：《佛教为什么能战胜道教——读〈太平广记〉的一点心得》，载《文史知识》1986 年第 8 期。

对小说创作的影响并不成正比，相比之下，小说作家更喜欢神仙道教故事，道教对小说作家及小说创作的影响要大于佛教。这从前述道教的求仙题材及对士林人生道路的影响亦可见一斑。程毅中先生在《唐代小说史》中也指出了这一点："尽管在社会生活中佛教战胜了道教，而在小说领域里，道教的影响却比佛教更大。即以《太平广记》所选故事来说，开头就是神仙五十五卷，女仙十五卷，而异僧只有十二卷，释证只有三卷，报应三十三卷中讲经像灵验的占十五卷，数量和质量都比神仙家低。这可以说明唐代小说创作的实况，也反映了宋初编纂《太平广记》时大臣学士们的思想倾向。"①这是颇有说服力的。至于儒家思想对唐代小说创作的影响，虽说受到了佛、道二教的冲击，但仍然深且巨焉，尤其是对士人及小说作家人生价值观、人生道路的影响更为突出。这仅从前述小说中宁舍成仙也要选人间宰相的选择取舍就可看出儒家"修、齐、治、平"人生价值观的巨大支配力量。

第三，从小说的艺术层面看，道教对唐人小说的影响主要体现在超现实的"奇幻"表现上。这也是道教和佛教相同的一个方面。它最突出地表现在思维空间的拓展与想象力的空前飞跃上。这既包括小说中时间的超越性，也包括小说中空间的无限张力。具体说，这既渗透在小说人物形象的塑造上，也体现为小说情节模式与叙事结构的创新上，还融化在小说仙境与鬼界等超越社会现实的尘外世界景象的描写与建构上。若细致比较释道二教在小说艺术方面影响的同中之异，应该说道教要高于佛

---

① 程毅中：《唐代小说史》，人民文学出版社 2003 年版，第 351—352 页。

教。虽然士人小说家在创作小说时，对佛道二教的故事兼收并蓄，但在小说中表现出来的艺术效果却有所不同。比较言之，佛教故事比较简单粗俗，大量的释证、报应故事雷同而乏味，而某些道教故事相对要曲折新奇一些，又富有人情味，艺术水平高于前者。尤其是人神恋爱的艳遇情节与神仙奇异变化故事，更受到小说家的青睐，也得到广大读者的喜爱，满足了创作者与接受者的心理欲求与审美需要。总体上看，道教故事较之佛教故事在文学价值方面略胜一筹，影响也日益扩大，这也在客观上为宗教做了宣传。因此说，宗教影响到小说的创作，小说又扩大了宗教的影响，二者相互作用，相得益彰。

从超时代的文化意义和审美价值看，唐代小说所表现的士林人生道路中仕宦和求仙的矛盾统一问题，实际上是追求事业成功之乐，还是享受延长生命之乐的人生大问题，任何时代的士人皆会有面临此二者选择的矛盾与困惑。因此说，唐代士人在小说中所建构的“先仕宦而后求仙”的人生道路优化模式，对历代士林的人生道路选择是有着认识价值与借鉴意义的。

第七章　唐代小说与《聊斋志异》之仕宦题材比较

唐代是中国小说获得文体独立的时期，唐代小说是中国古代小说的真正开端，特别是文言小说的创作，一下子就达到了繁盛的状态，对后代的影响极为深远。宋代的文言小说虽然也模拟唐人，但如鲁迅先生所说："宋一代文人之为志怪，既平实而乏文彩，其传奇，又多托往事而避近闻，拟古且远不逮，更无独创之可言矣。"[①]元明时期的传奇，则愈发走下坡路了。即使其中的佼佼者如《剪灯新话》者，亦是"文题意境，并抚唐人，而文笔殊冗弱不相副。"[②]只有到了清代蒲松龄《聊斋志异》的出现，才使中国古代文言小说的创作达到高峰，使"读者耳目，为之一新"，"声名益振，竞相传钞"。[③] 可见，唐人小说与《聊斋志异》二者，一为文言小说的开山者，一为文言小说的最高峰，因此将二者比较起来研究对更好地认识唐人小说与《聊斋志异》的思

① 鲁迅：《中国小说史略》，载《鲁迅全集》（第9卷），人民文学出版社2005年版，第115页。

② 鲁迅：《中国小说史略》，载《鲁迅全集》（第9卷），人民文学出版社2005年版，第215页。

③ 鲁迅：《中国小说史略》，载《鲁迅全集》（第9卷），人民文学出版社2005年版，第216页。

想艺术价值均是十分有意义的。

关于唐人小说与《聊斋志异》的比较研究，这已经是学界关注的重要课题。鲁迅先生在《中国小说史略》与《中国小说的历史的变迁》中已经做了某些比较研究，在二者题材、篇目方面的继承性，在叙述描写、人物塑造艺术等诸多方面做了论述，认为《聊斋志异》对唐传奇有超越，后来居上。

胡适先生也曾比较唐人小说与《聊斋志异》二者关系曰："《聊斋》的小说，平心而论，实在高出唐人的小说。蒲松龄虽喜说鬼狐，但他写鬼狐却都是人情世故，于理想主义之中，却带几分写实的性质。这实在是他的长处。只可惜文言不是能写人情事故的利器。"[①]若从宏观上笼统言之，胡适先生说的《聊斋志异》"高出唐人的小说"的结论，可以说是正确的，站得住的，但若从小说作品所蕴含的艺术成就与思想内涵两个层面分别言之，说《聊斋志异》的艺术成就高于唐人小说，那没有问题；若言其思想内涵高于唐人小说恐怕未必，需要具体问题具体分析。笔者在此拟围绕本书的课题，仅从二者仕宦题材思想内涵的角度具体细致地比较分析。通过比较，笔者认为：《聊斋志异》有比唐人小说思想深刻的部分，也有唐人小说中思想内涵的继承部分，还有肤浅、僵化较之唐人小说的思想大步后退的部分。下面笔者就拟以本书建构的士林仕宦历程三阶段——入仕途径、宦途经历、人生归宿——为框架，以二者的代表性小说作品为例证，从若干层面比较分析，以期更好地认识二者的思想内涵，准确评价其超时空的认识价值。

---

① 胡适：《论短篇小说》，载《胡适古典文学研究论集》（下），上海古籍出版社1988年版，第689页。

一 科场批判的视角差异

若欲将相隔千年的唐人小说与《聊斋志异》加以比较，当然会遇到诸多难题，在此笔者拟借鉴黑格尔关于比较研究方法的论述："我们所要求的，是要能看出异中之同，或同中之异。"[①]将比较的重点放在同中之异方面。

从异中之同的层面说，虽然唐代小说的作者是一个庞大的群体，而《聊斋志异》的作者只是蒲松龄一个人，但他们都有过科举的经历，都十分重视科举题材小说的创作，都把自己的科举历程与仕宦理想寄寓到他们精心撰写的小说作品之中。他们都是以批判的眼光来审视社会现实中的科举问题，敢于以锐利的笔触揭露批判其诸多弊端。可以说蒲松龄继承了唐人的批判思维，在文网甚严的清代还能够猛烈批判之，这种士人的批判现实精神还是一脉相承的，还是令人敬佩的。

有些篇章，从思想层面来说，与唐代仕宦题材小说一脉相承，存在着明显的继承关系，这说明蒲松龄吸收了唐人的思想成果。《聊斋志异》并不是他在仕宦思想层面的原创，不能在思想内涵上评价过高，尤其不能用突破性、开创性之类的断语来评价。当然，虽然思想层面没有提供新东西，但是，从艺术层面来说，由于蒲松龄艺术手法高超，"用传奇法，而以志怪"[②]，使得文言小说的艺术空间有了较大的拓展，小说所蕴含的思想也得到

① 黑格尔：《小逻辑》，贺麟译，商务印书馆1959年版，第262页。

② 鲁迅：《中国小说史略》，载《鲁迅全集》（第9卷），人民文学出版社2005年版，第216页。

了更好的传达，这也是一种新的贡献。下面试举《聊斋志异》中的名篇重新解读，着重从同中之异的层面比较论之。

1. 批判着重点不同

从小说作品批判科举的着重点层面比较，唐代小说的着重点在于对科举制度体制方面所存在的某些缺陷的批判，而蒲松龄《聊斋志异》则集中火力猛轰考官。

唐代是科举制度的真正推行时期，对于这一重要的新鲜事物，唐代的士林自然欢欣鼓舞，满怀期待地欢迎之、赞美之、呵护之，期冀通过科举制度跃上龙门，进入官场，在宦途中大展宏图，以不负平生所学。但这只是问题的一个方面，换个角度看，处于封建社会盛世时期的大唐文化的开放、宽松的政治文化环境，培养了士林的批判精神。对于新兴事物，他们更关注的是其还存在的问题与尚待完善的方面。他们深知这样的道理：即使对于他们喜爱的事物，好处不说跑不了，坏处不说不得了，而且爱之愈深，则会责之愈切。从每个士人的人生处境层面说，由于唐代科举的录取率过低，大多写作小说的士子为名落孙山者，这也带来了他们的悲观心理，因而其发现问题的眼光则更为敏锐。因此，出现在唐代小说中的科举题材作品，大多选择了批判性的思想角度，而很少有对科举制度歌功颂德之作。这是非常难能可贵的，是值得当今士林继承与发扬的文学批判精神。那么，唐代小说的作家们对于科举制度的批判重点在于何处呢？笔者通过全面考察得出的印象是：重在科举体制缺陷的批判。这是一种宏观的、具有思想深度的批判眼光，启人深思，耐人寻味。在前面的分析中已经可以看到其思想的闪光，在此再择要重点申论之。

首先值得说的是:唐人小说批判了权力对科举录取的干扰。在唐代小说家笔下,这种权力又包括各个层面,不一而足。

其中有主考官权力过大的弊端。如《翁彦枢》[①]一篇中的“故相国裴公垍”“主文柄入贡院”,其“子勋、质日议榜于私室”,“拟议名氏,迨与夺进退”,“所与者,不过权豪子弟,未尝以一贫人艺士议之”。这就指出主持录取的“故相国裴公垍”权力太大,不仅他本人有决定录取名单的权力,而且其儿子都参与其间,拟议录取名单,且只看出身门第,不看考试成绩。这样一来,科考成绩就不再起决定作用,出身贫寒的子弟自然会铩羽而归。作品的内涵精华在于:作者深刻指出了科举制度中,“主文柄入贡院”者的权力过于集中,权力太大,甚至可以置考试成绩于不顾,随心所欲,为所欲为。权力集中就会导致腐败,绝对的权力必然导致绝对的腐败。这就揭露出科举制度本身的缺陷。在科举制度刚刚确立的时期,小说作者就能够如此敏锐地发现这一问题并艺术化地以小说的形式表现出来,以引起掌权者与士林、世人的注意,这是非常了不起的,值得当代士林虚心地学习与借鉴。

其中也有权臣干扰科举录取的问题。如《裴思谦》[②]一篇,文中写在高锴“知举”时,仇士良写信推荐裴思谦,并且明确要求取其为状元。高锴本来想抗争,答复曰:“状元已有人,此外

---

① 李时人:《全唐五代小说》,何满子审定,陕西人民出版社 1998 年版,第 2272 页。

② 李昉等:《太平广记》卷一八一,王希斌、车承瑞主点校,黑龙江人民出版社 1999 年版,第二册,第 591 页。参见王定保:《唐摭言》卷九《恶得及第》,古典文学出版社 1957 年版,第 100 页。

可副军容旨。”但最后还是“不得已，遂从之”。

这是又一种情况，是掌握重权者向主持科举者施加压力，从而改变科举的规范，干扰科举的公平与公正。如果主持科举者顶不住，或者施压者的权力太大，那科举制度的操作就成为了大问题，制度规范会形同虚设，其选拔优秀人才的初衷也自然难以全面实现。

其中还有宰相对科举录取的特权问题。如《杨暄》[①]一篇即是。杨国忠以宰相的权力加上皇亲国戚的特殊身份，为其子杨暄应举高中而向主持科考的礼部侍郎达奚珣施加压力，达奚珣无奈妥协，“致暄于上第”。

再如《卢肇》[②]一篇，记叙了李德裕为宰相时干预科举录取的实例。知举王起根据“旧例”，“礼部放榜，先呈宰相”。之后李德裕举出“卢肇、丁棱、姚鹄”等人名，认为应该及第，王起“于是依其次而放”。

有意思的是，贤臣李德裕与奸臣杨国忠对科举录取的干预，相反相成，殊途同归。虽然二人在人品、道德、治绩等方面高下判若云泥，忠奸分明，但是二人干预科举事件的性质是相似的，这恰好说明了这不是人的问题，而是体制本身的非人力所能及的缺陷所致。

以上诸篇小说所揭示出来的科举制度的弊端，包括相互关联的两个层面的问题：一是，主考官的权力太集中，权力太大；二

---

① 李时人：《全唐五代小说》，何满子审定，陕西人民出版社 1998 年版，第 3198 页。

② 李昉等：《太平广记》卷一八二，王希斌、车承瑞主点校，黑龙江人民出版社 1999 年版，第二册，第 594 页。

是,科举体制赋予了宰相干预科举录取的特殊权力。二者都是科举制度建构时就存在的体制性缺陷,而后者又通过前者起作用。二者的共同破坏性作用是降低了科举制度的公平与公正。再进一步观照,这种弊端又是与封建专制政体的根本性制度缺陷相一致的。封建专制政体的痼疾就在于权力的过分集中,缺少制衡与监督。受此制约的科举制度,当然无法逃出专制政体的这个痼疾。关键是皇帝这个最高统治者与独裁者要控制、干预科举考试,而他又没有能力与精力参与其中,只有把权力赋予他信任的某个人,或者是宰相,或者是主考官,这些人同时也就获得了御赐的特殊权力。而仇士良等权臣的干预,也是借助于科举制度的体制性弊端才能够得逞。由此看来,唐人小说的思想深度能够达到这个层面的确是相当了不起的,理应给予应有的高度评价。

相比之下,蒲松龄在《聊斋志异》中,则把批判的锋芒对准了考官,以极其猛烈的炮火无情地、痛快淋漓地轰击之,以极其尖刻的语言与愤激的情绪讽刺、挖苦考官的水平低劣,有眼无珠。关于这一点,各种版本的文学史均已有详细的分析,且皆是持欣赏、赞扬的态度。笔者在此不拟再赘述,只是想在唐代科举题材小说思想内涵的参照下,重新评估《聊斋志异》这类作品的思想价值,以准确为其做文学史定位。在科举场中考了一辈子的蒲松龄,对“八股取士”的科举制度的弊端有深切的感受,故以猛烈的火力对其进行了广泛而全面的抨击。这方面的作品主要有《于去恶》《司文郎》《贾奉雉》《王子安》《考弊司》《叶生》等。

先看其批判八股科举的名篇之一——《贾奉雉》[①],开篇即着意点出其人生境遇:“才名冠一时,而试辄不售。”显然属于与作者蒲松龄相同性质的怀才不遇的类型。贾奉雉所遇高人郎秀才指出了贾奉雉科举不中的原因:“帘内诸官,皆以此等物事进身,恐不能因阅君文,另换一副眼睛肺肠也。”这就明确地把矛头指向了考官,而其中的关键在于对文章的评价标准不同。考官所欣赏的文章,恰恰是贾奉雉“所鄙弃而不屑道者”。贾奉雉坚持自己的为文标准,结果“是秋入闱复落,邑邑不得志”。在这种打击下,在“又三年,场期将近”之时,在郎秀才一再批评诱导下,“贾戏于落卷中,集其阘茸泛滥,不可告人之句,连缀成文”,然后在考场上竟然将其“直录而出”。结果,“榜发,竟中经魁”。这实在是出乎贾奉雉乃至读者的意料之外。贾奉雉“又阅旧稿,一读一汗。读竟,重衣尽湿。自言曰:‘此文一出,何以见天下士矣!’……曰:‘仆适自念,以金盆玉碗贮狗矢,真无颜出见同人。行将遁迹山丘,与世长绝矣。’”从小说创意的角度说,此篇可谓立意新奇,出人意外,独出机杼,令人捧腹。但从思想层面说,未免肤浅,流于表面,未能鞭辟入里,且不合现实逻辑,有自相矛盾之处。作者讽刺的考官已具体化为阅卷者,从现实的层面说,起码也应该是科举出身者,怎么也不至于到此等地步。如果说因为文章的思想内涵方面的看法有标准不同的分歧而落榜,还说得过去,而文章艺术水平方面的判别标准,历代皆

① 蒲松龄:《聊斋志异》,中华书局2009年版,第440页。中华书局编辑部在卷首《出版说明》中指出:“本书以张友鹤辑校的《聊斋志异会校会注会评本》为底本,兼采其他版本之长,从而保证了其学术可靠性、文字准确性。”

有共识，总不至于好坏不分至此。如果说作者是有意用归谬法，夸大其词，以突出主旨，倒也未尝不可。但是，这个讽刺阅卷考官的主旨究竟有多大意义呢？因为水平差的阅卷者毕竟是少数，或曰是个别现象，历代如此，即使是当下的高考阅卷中，也不能避免。因此，不能以偏概全，无限扩大，捡了芝麻，丢了西瓜，而应该透过现象看本质，把笔墨集中在科举制度的本质问题上。这在与唐人小说相同题材篇章的比较中，思想层次之高下，一目了然。

再看其批判八股科举最猛烈的名篇——《司文郎》[①]。作品先以对比手法写王平子和余杭生这两个同赴乡试的文人的不同品德与文才：王平子待人以礼，余杭生则狂傲不逊；王平子之文才也远胜余杭生，盲僧的鉴定便充分显示出二人文才的天渊之别。而考完发榜的结果，适得其反，余杭生考中了，王平子竟名落孙山。盲僧知道考试结果后，感叹说："仆虽盲于目，而不盲于鼻，帘中人并鼻盲矣。"作者明确点出其炮火轰击的目标是帘中人——考官。文中的经典性细节是焚"诸试官之文"。"至第六篇，忽向壁大呕，下气如雷，众皆粲然。僧拭目向生曰：'此真汝师也！初不知而骤嗅之，刺于鼻，棘于腹，膀胱所不能容，直自下部出矣！"文章如此低劣的人做考官，其所录取考生的水平就可想而知了。至此，情节达到高潮，对考官、科场的嘲讽犀利无比，可谓嬉笑怒骂，皆成妙文。此篇立意与《贾奉雉》相同，都是拿考官开刀。其同中之异者，一是，又进了一步，由考官看文章水平差，进而到考官写文章水平更差。二是，态度更为激烈，语言更为尖刻，讽刺更为辛辣。此乃论《聊斋志异》者皆津津乐道

① 蒲松龄：《聊斋志异》，中华书局2009年版，第355页。

之作,笔者原来也甚为喜欢,觉得特别过瘾。学生们听讲至此篇,也是哄堂大笑,"众皆粲然"。迄今,在与唐代科举题材小说的比较中,方悟出此文的思想内涵不够深刻,相形见绌。即使是从艺术的角度说,也不过有类于当今的相声、小品而已,在开心大笑的宣泄之后,终究缺少启人深思的思想层面的新东西。而笑后有思,乃是喜剧类作品的高层次追求。相声、小品亦应如是,何况文学作品耶? 文中盲僧焚"诸试官之文"的一段描写的确有创意,构思奇特,人所难及,但还是让人觉得辞气浮露,缺少含蓄蕴藉的韵致。鲁迅先生曾经说过,辱骂和恐吓不是战斗。他还批评四大谴责小说"辞气浮露,笔无藏锋,甚且过甚其辞,以合时人嗜好,则其度量技术之相去亦远矣"[①]。移之评价《司文郎》的此段描写,似乎也比较合适。当然,全面地看,作者在嘲骂宣泄之后,在心气平和下来之时,也借文中宋生之口,表达了客观冷静的看法:"宋慰王曰:'凡吾辈读书人,不当尤人,但当克己。不尤人则德益弘,能克己则学益进。当前踧落,固是数之不偶,平心而论,文亦未便登峰,其由此砥砺,天下自有不盲之人。'"这里有两层含义值得注意:一是对士人的自我严格要求,体现了更高的境界;二是对科场中"不盲"的慧眼识珠的考官的期待,认为碰到有水平的考官,问题就迎刃而解了。这也是作者把着眼点放在考官身上的根本原因所在。

最后看其批判八股科举的代表作之一——《于去恶》[②]。此篇的主旨仍然意在解决考官问题。这里有三点值得注意:

---

① 鲁迅:《中国小说史略》,载《鲁迅全集》(第9卷),人民文学出版社2005年版,第291页。

② 蒲松龄:《聊斋志异》,中华书局2009年版,第377页。

一是,“奉诏考帘官”。作者借文中人物陶圣俞之口,提出:“考帘官为何”的疑问,借此让鬼形象于去恶加以详细阐释曰:“此上帝慎重之意,无论乌吏鳖官,皆考之。能文者以内帘用,不通者不得与焉。盖阴之有诸神,犹阳之有守、令也。得志诸公,目不睹坟典,不过少年持敲门砖,猎取功名,门既开,则弃去,再司簿书十数年,即文学士,胸中尚有字耶!阳世所以陋劣幸进,而英雄失志者,惟少此一考耳。”作者借鬼界来说人世,既为包括自己在内的屡考不中的英雄失志者找到了客观原因,也提出了解决办法,即“考帘官”。当然,这也不失为一个切实可行的好办法,但仍然是治标不治本的。而且这个办法没有能够得到实行,其原因是:“文昌奉命都罗国封王,帘官之考遂罢。数十年游神耗鬼,杂入衡文,吾辈宁有望耶?”这曲折表达了作者的绝望心态。

二是,寄希望于张飞来整肃阳世文场。作者借于去恶之口曰:“桓侯翼德,三十年一巡阴曹,三十五年一巡阳世,两间之不平,待此老而一消也。”在文末的“异史氏曰”中,作者又站出来进一步申说,以直接表达其未尽之意:“余每至张夫子庙堂,瞻其须眉,凛凛有生气。又其生平喑哑如霹雳声,矛马所至,无不大快,出人意表。世以将军好武,遂置与绛、灌伍,宁知文昌事繁,须侯固多哉!呜呼!三十五年,来何暮也!”这种构思也够奇特的了,文坛的事,竟然欲借助武将来整肃,这可见作者整肃科场的迫切心理。但是,张飞固然正直、豪爽,可他毕竟文才有限,外行如何领导内行?给人的感觉总有点军管的味道。这与“文革”中军宣队、老贫农进驻学校等反常做法,倒是有几分相似!

三是,诛遣帘官。在小说末尾,作者写道:“陶两入闱,皆不第。丁酉，文场事发，帘官多遭诛遣，贡举之途一肃，乃张巡环力也。”这表达了作者整肃“贡举之途”的期望，希冀有眼力、能文章的士林佼佼者主掌科举考试，把如他这样的人才录取上去。但从另一方面说，这更充分地表达了作者对“帘官”的痛恨，讽刺、辱骂已不足以泄愤，非要置之死地而后快。比较起来看，此文的文字虽然不如《司文郎》激烈，但对“帘官”的惩治力度则远过之。所以说，以上三篇小说对考官的批判可以说是层层递进，由讥讽到谩骂再到“诛遣”，终于达于极致矣。蒲松龄对“帘中人”的态度，接近“文革”时流行的说法：“打翻在地，再踏上一只脚，让他永世不得翻身。”真也有点够狠的了。

《三生》[①]一篇对考官的惩罚，可与此篇互证。

> 湖南某，能记前生三世。一世为令尹，闱场入帘。有名士兴于唐被黜落，愤懑而卒，至阴司执卷讼之。此状一投，其同病死者以千万计，推兴为首，聚散成群。某被摄去，相与对质。阎王便问：“某既衡文，何得黜佳士而进凡庸？”某辨曰：“上有总裁，某不过奉行之耳。”阎罗即发一签，往拘主司。久之，勾至。阎罗即述某言，主司曰：“某不过总其大成，虽有佳章，而房官不荐，吾何由而见之也？”阎罗曰：“此不得相诿，其失一也，例合笞。”方将施刑，兴不满志，戛然大号，两墀诸鬼，万声鸣和。阎罗问故，兴抗言曰：“笞罪太轻，是必掘其双睛，以为不识文之报。”阎罗不肯，众呼益厉。阎罗曰：“彼非不欲得佳文，特其所见鄙耳。”众又请剖其心。阎罗不得已，使人褫去袍服，以白刃劙胸，两人沥血

① 蒲松龄：《聊斋志异》，中华书局 2009 年版，第 430 页。

鸣嘶。众始大快,皆曰:“吾辈抑郁泉下,未有能一伸此气者,今得兴先生,怨气都消矣。”哄然遂散。

在《司文郎》中,作者还只是借盲僧之口痛骂考官“目鼻皆盲”,到了此篇则又进了一步,骂已不足解恨,又借名士兴于唐之口说出:“必掘其双睛,以为不识文之报。”虽然“阎罗不肯”,未达“掘其双睛”的目标,但最后真正施行的惩罚则更为残酷,“以白刃劙胸,两人沥血鸣嘶。众始大快”。作者对惩罚过程的描写细腻曲折,惩罚手段残酷血腥,足见“被黜落”士子对考官的怨恨之深,不如此,不足以泄愤。这正如作者在文末“异史氏曰”中所说:“一被黜而三世不解,怨毒之甚至此哉!”可见,这也代表了作者的深层心态。

蒲松龄如此痛恨“帘中人”,是与其终生困顿科场的遭际不无关系的。由于中国传统文化中士人人生价值观的影响,加之书香门第家庭文化气氛的熏陶,蒲松龄十分热衷科举,终生痴心不改。他在19岁时接连考取县、府、道三个第一,且“受知于施闰章,文名藉甚”。可见蒲松龄聪敏的天赋、渊博的知识、深厚的学问。但此后他却屡试不第,困顿场屋,一直到71岁,才补岁贡生。五年后即“倚窗危坐而卒”。他在诗里写道:“落拓名场五十秋,不成一事雪盈头。”这真切地表露了其终生追求科举而大志难伸的悲凉心态。在蒲松龄的深层心态中,他屡考屡败的真正原因是考官有眼无珠,而非本人无才。这种心态自然会倾泻到《聊斋志异》描写科举的篇章中。愤怒出诗人,但是愤怒也扼杀诗情。这种纠结蒲松龄一生的愤激心态,影响了他去深入思考科举制度深层次的体制方面的问题,局限了他的视野,以至于他这方面作品的思想内涵较之唐代相同题材的小说有所退步，并未达到某些论者所说的后来居上。而笔者一直认为：在思想界，后来者未必比前人高明，故后来者未必能居上。这真正是不比不知道，一比吓一跳。通过与唐代科举题材小说思想内涵的比较，笔者对《聊斋志异》科举题材作品的思想内涵，有了新的认知与评价。正确与否，尚期待与学界同人进一步商讨之。

2. 揭示科举扭曲人性层面的比较

从科举对人性扭曲的层面比较，唐代小说与《聊斋志异》都有这方面的代表作，都一定程度上揭示出科举制度有扭曲人性的负面作用。这可视为蒲松龄对唐人科举题材小说思想内涵的继承。当然也有不同之处，但总体看，可谓大同而小异。若细致比较二者同类作品的同中之异，也是颇有意思的课题。

唐代科举题材的小说中，就有一些篇章表现了科举制度对人性的扭曲。这并非是唐代士人要否定科举制度本身，而只是说明，他们既欢迎科举时代的到来，并以小说的艺术形式表现其正面影响，但他们也看到了其负面影响，对人性的扭曲即是其中之一。他们因为看到了这方面的现实情形，或者就是作者本人有这种亲身经历，故如实地形诸笔端，把复杂生动的社会生活画面留给了后世的人们。从中既可看到科举的巨大能量，也能管窥人性的复杂性。

比如：卢肇《逸史》中《孟君》①一篇即属此类。主人公孟君“少时应进士举，久不中第”。因“无所归”而“托于亲丈人省郎殷君宅”，同时也因不中举而遭受到冷遇，“为殷氏贱厌，近至不容”，竟至“寄宿马厩”。后来一个偶然的机会，他被引见给观察

① 李时人：《全唐五代小说》，何满子审定，陕西人民出版社 1998 年版，第 1491 页。

使，“令草一表，词甚精敏，因请为军中职事，知表奏。数日授官，月俸正七十千”。

卢肇《逸史》中《李藩》[1]一篇所记也属此类。主人公李藩“年近三十，未有宦名”，寄托于岳父崔氏家，“待之不甚厚”，处于“贫且病”的窘况中。后得到镇守扬州的张建封仆射的赏识，“奏李公为巡官校书郎”，始步入仕途，官运亨通，“竟为宰相”。

《玉泉子》中《赵琮》[2]一篇更是如此。赵琮及第前后妻族对其前倨后恭的态度转变也未免太快了，令士人心寒。

这三篇作品通过士人及第前后妻族态度的鲜明对比，有力揭示出功名富贵对当时世人心态的扭曲程度。这种趋奉富贵社会心理导致的世态炎凉，也令应举士子们心怀恐惧，是导致某些士人不择手段求取功名的社会原因之一。

蒲松龄在《聊斋志异》中也有描写这方面内容的作品，如《镜听》[3]中郑家二男科举考试后的对比场景就是非常经典的段落：

> 闱后，兄弟皆归。时暑气犹盛，两妇在厨下炊饭饷耕，其热正苦。忽有报骑登门，报大郑捷。母入厨唤大妇曰：“大男中式矣！汝可凉凉去。”次妇忿恻，泣且炊。俄又有报二郑捷者。次妇力掷饼杖而起，曰：“侬也凉凉去！”

这段描写十分凝练含蓄，蕴含着丰富的潜台词，寥寥数语，

---

① 李时人：《全唐五代小说》，何满子审定，陕西人民出版社 1998 年版，第 1494 页。

② 李时人：《全唐五代小说》，何满子审定，陕西人民出版社 1998 年版，第 2271 页。

③ 蒲松龄：《聊斋志异》，中华书局 2009 年版，第 302 页。

揭示了八股科举、功名利禄对家庭关系的扭曲，对骨肉亲情的腐蚀。同时又极传神地描绘出“次妇”的心理与神态，其委屈、愤激之情态，活灵活现，写来如画。蒲松龄在“异史氏曰”中赞叹道：“投杖而起，真千古之快事也！”这就明确点出作者颇为赞赏的感情倾向。

若将《聊斋志异》中的《镜听》与上述《孟君》《李藩》《赵琮》诸篇比较起来看，也有意味可探寻焉。

从继承性与相同性的层面看，这都是写科举对家庭内部关系的扭曲与异化。应该说是蒲松龄继承了唐人的题材与构思。

从同中之异的层面说，也有几点值得关注：一是，小说中主角的性别有所不同。这三篇唐代小说都是写男人在岳父家里因无功名而受到的冷遇，《聊斋志异》则写的是女人在公婆家里因丈夫科考情况所受到的歧视。虽然女婿与儿媳妇都是所谓的“外姓人”，但实质上这二者还是有很大的差别的。在中国传统文化中，女人嫁到男人家里就自然成为了自家人，在一起生活天经地义，习以为常；而男人只有入赘方能够到岳父家里一起生活，否则，一般是不在一起过日子的。即使是入赘，男人也要顶住各方面的压力，这种客观压力与心理压力是相当大的。有鉴于此，本来就容易受到岳父家族排挤的男人，如果再没有科举的功名头衔，其境遇就可想而知了。从多篇小说写相同题材来看，唐代这种情况应该并不少见。相比之下，按正常情况，儿媳妇则不应该因此而遭受歧视，因为问题出在儿子身上，本来就与儿媳妇无关的。但在蒲松龄笔下，这样的反常生活场景却被精到地表现出来了，这表明：随着科举制度自唐到清逐步深入社会人心，科举对家庭生活的影响越来越大，连最为亲密的母子关系也被扭曲到如此地步。这是不能不令人扼腕叹息的。

二是,男女主人公的性格大不相同。这三篇唐代小说中的男人面对岳父家族的歧视都表现得逆来顺受,毫无反抗的表示,到了地位改变时,也未见其有报复的行为。这可能是因为此境遇中的士人往往是持自怨自艾的心态,认为责任在自己不争气,理当如此,所以才忍气吞声地默默忍受,同时也在默默努力,妻族的威压反倒成了一种出人头地的动力。而蒲松龄笔下的“次妇”则大不相同了,“忿恻”已经是在心理反抗,且形诸言表。“泣且炊”是行为反抗,虽然仍然在烙饼,但绝不是逆来顺受,已经是在赌气地、没好气地劳作。这已经是在向婆婆示威了。只是因为丈夫不争气,她没有爆发的资本而已,只能以这种没有办法的方式反抗了。以前她的反抗怒火都发泄到丈夫身上,曾以语言激励丈夫:“等男子耳,何遂不能为妻子争气?”以至于“遂摈弗与同宿”。这也收到了奇效:“于是二郑感愤,勤心锐思,亦遂知名。”可见次妇还是个“贤内助”,也可以说是郑家的有功之臣。公婆的态度也因此由原来的不喜欢——“大郑早知名,父母尝过爱之,又因子并及其妇。二郑落拓,不甚为父母所欢,遂恶次妇,至不齿礼。冷暖相形,颇存芥蒂。”——到稍有好转——“父母稍稍优顾之,然终杀于兄。”——一俟自己丈夫的捷报到来,次妇久积于心的怨愤便不再向丈夫发泄,而是发向趋炎附势、“贫穷则父母不子”的婆婆,这蓄势已久的怒火终于如火山爆发一样喷涌而出了。她迫不及待地“力掷饼杖而起”,就是爆发的激烈表现;“侬也凉凉去”的语言,就是向婆婆示威,以争得自己的尊严。可以设想,如果次妇再耐心地等上几分钟,婆婆可能也会来叫她“汝亦可凉凉去”。此妇何尝不知道这一点?但是,她就是不等,一分钟也不等,她就是要抢在婆婆前头自己把这句话说出来,如此方可解其心头的委屈与怨恨。字里行间,读者可以领略到此句话中的挑战性味道，其中还有理所应当、理直气壮等意味。由此篇的精到似乎可以说，蒲松龄在这方面的描写的确是后来居上了。

三是，作为陪衬人物的封建家长形象的塑造有动静之别。若把唐人小说中的《赵琮》与《聊斋志异》中的《镜听》相比较，则可见在中举前后的对比中家族群像塑造上的动静之别。两个作品都把笔墨集中到发榜日这一天，都运用了前后对比的艺术手法。《镜听》写的是农村中的一户普通农民家庭，按出场人物算，只有六口人。男人下田劳作，妇女“在厨下炊饭饷耕”。若按新中国成立后的阶级成分划分，应该属于中农。由此可见，到了蒲松龄生活的清朝，科举的影响已经渗透到广大农村。郑家的二男就是典型的“田舍郎”，中举后，就可“暮登天子堂”了。因为是小户人家，作者并未写其家族中的其他人，笔墨集中到扭曲家庭关系的始作俑者的父母身上。其中的父亲，没有任何行为上的描写，母亲也只有一个动作，“入厨唤大妇”，动作也很平静，语言也只有两句话，故曰静态描写。

相比之下，《赵琮》一篇则是以动态描写为主。因为“赵琮妻父为钟凌大将”，有社会地位，因此，家族群像的人数众多，这从“大将家相率列棚以观之”即可见出。发榜前的动态描写中最为经典的细节是“众以帷隔绝之”。读者可以想见，在家族众人七手八脚、忙忙活活地以帷幕将赵琮与妻子及家族其他人隔离开来的时候，赵琮的心态该是何等的悲凉，何等的难堪。发榜后的动态描写则分成两部分，相互映照，相得益彰。先是写妻族的核心人物——赵琮妻父。既写了他被廉使“驰吏”呼唤时的“惊且惧”这种心理动态，更写了他得知女婿“已及第”的喜讯后的激烈动作：“将遽以榜奔归呼曰：‘赵郎及第矣。’”他不顾钟凌大将的身份，顾不得矜持的风度，一手高举榜文，边跑边喊，意外惊喜充溢于画面。这个画面精彩之极，足以显现出科举在当时社会生活中的巨大冲击力。然后，紧接着又写了妻族众人的动态行为："妻之族，即撤去帷帐，相与同席，竟以簪服而庆遗焉。"这是一连串的、前后有序的三组动作画面：

第一幅：家族众人又一次七手八脚、忙忙活活地"撤去帷帐"。这与中举前构成鲜明对比：之前是冷脸相对，恨不能马上让赵琮从众人眼中消失，避之唯恐不及；这次是笑脸相迎，马上认同，真正视之为一家人了。

第二幅：争先恐后地拉着赵琮加入到他们原来的餐桌之中，添碗加筷等一系列动作掺杂期间。

第三幅：竞相赠送衣服、簪子等饰物，表示庆贺。因为之前有其妻贫、"所服故弊"的描写。这也构成前后呼应，对比鲜明。比较而言，笔者认为，就动静描写这一点来说，《赵琮》一篇高于《镜听》。

笔者之所以不厌其烦地细密分析，也是想要说明，在比较研究中，不能仅限于谁高谁低的宏观评价，也应该有高低不同的具体分析，此高彼低、此低彼高的情况会经常出现，那就应该实事求是，实话实说。

从科举对士林人性扭曲的层面说，唐代小说还描写了走门路、托关系以获取高中，以金钱买来功名，靠联姻曲径通幽得以金榜题名等方面。这就使小说的思想内涵特别丰厚。相比之下，蒲松龄这个层面的描写则显得单薄，这也与创作主体的不同有直接关系。唐代小说是士林群体的创作，故反映面相当广阔，各记所知，相得益彰；而蒲松龄是个人创作，他又多年在毕际友家坐馆，接触社会生活的面较狭窄，故知闻有限，自然无法与唐代的创作群体相比。还有作者对科举的认识也有所不同，因此，其差异是很正常的，不必苛求蒲松龄。

3. 对科举途中士人命运、心态描写的比较

无论是唐代士人还是清代的蒲松龄，作为亲身参与科举考试的一员，必然要考虑自身乃至整个士林在科举途中的命运、归宿以及由此产生的复杂心态等方面的问题。从二者所涉及的小说内容来说，都表现了这方面的内容是二者的相同之处。当然，同中也有异，约而言之，唐人小说面对科举不中的悲剧结局，往往归之于天命，这既是一种无可奈何的解释，也是在寻求自我解脱；《聊斋志异》则把科考不中的原因归之于考官的有眼无珠，因此往往是不甘于科场失利，而是把希望寄托在下一次，希冀有幸碰到一个慧眼识英才的考官，自己的科举梦就会实现了。蒲松龄自己的科考人生历程是如此，他笔下的科场士子也大多如此。试通过代表作品加以比较分析：

牛僧孺《玄怪录》中的《吴全素》[①]一篇就是诠释士人科举成否乃在于天定的小说。作者在文末议论中言及创作主旨曰："乃知命当有成，弃之不可；时苟未会，躁亦何为。举此端，足可以诫其知进而不知退者。"这就概括了科举途中士林对命运的认识，很有辩证观点，不仅鼓励士人不轻言放弃，也劝诫科考不中的士人勿躁，二者相较，其重心明显在于"诫其知进而不知退者"。这就比较达观，不是钻进科举的牛角尖就出不来。

---

① 李时人：《全唐五代小说》，何满子审定，陕西人民出版社 1998 年版，第 908 页。

薛渔思《河东记》中《李敏求》[①]一篇也很有代表性。主人公李敏求“应进士举,凡十有余上,不得第”。其落第后的生活非常困窘:“栖栖丐食,殆无生意”,“穷饥益不堪”。而李敏求成婚获钱后,“用此钱参选”,终于得到官职。

《后土夫人传》[②]也是这类小说的代表。文中主人公韦安道“举进士,久不第”之后,得遇神女后土夫人,结成夫妇,得到神女所与钱五百万,且“与官至五品”。

以上两篇说明,唐代举子在落榜后,还有靠金钱进入仕途、获取官职的途径,而不是非要在科举这一棵树上吊死。这使得唐代士子的心胸也变得开阔起来,从而避免了如清代士子那样钻牛角尖。

钟辂《前定录》中《陈彦博》[③]一篇,写陈彦博从同窗谢楚处闻知录取名单中未有其名,“不食而泣”曰:“吾恐终无成矣。”这袒露出其对落榜的极端恐惧,而这也恰是应考士人的共有心态。久试不中,心理压力越来越大,为寻求解脱,便将落第归之于天命所定。

相比之下,蒲松龄揭示科举途中士人心态的作品,以《王子安》[④]为最佳。小说的精华在于,作者在篇末根据自己亲身的体验和观察,形象生动地刻画出读书人应考前后备受煎熬的心理

---

① 李时人:《全唐五代小说》,何满子审定,陕西人民出版社 1998 年版,第 1028 页。

② 李时人:《全唐五代小说》,何满子审定,陕西人民出版社 1998 年版,第 1582 页。

③ 李时人:《全唐五代小说》,何满子审定,陕西人民出版社 1998 年版,第 1096 页。

④ 蒲松龄:《聊斋志异》,中华书局 2009 年版,第 401 页。

状态，一定程度上表现出八股科举对文人心理的扭曲，揭示了科举制度对士人精神的摧残。其文如下：

> 秀才入闱，有七似焉。初入时，白足提篮，似丐。唱名时，官呵隶骂，似囚。其归号舍也，孔孔伸头，房房露脚，似秋末之冷蜂。其出闱场也，神情惝恍，天地异色，似出笼之病鸟。迨望报也，草木皆惊，梦想亦幻。时作一得志想，则顷刻而楼阁俱成；作一失意想，则瞬息而骸骨已朽。此际，行坐难安，则似被絷之猱。忽然而飞骑传入，报条无我，此时神情猝变，嗒然若死，则似饵毒之蝇，弄之亦不觉也。初失志，心灰意败，大骂司衡无目，笔墨无灵，势必举案头物而尽炬之；……无何，日渐远，气渐平，技又渐痒，遂似破卵之鸠，只得衔木营巢，从新另抱矣。

这段文字比喻之恰切、描摹之传神、体会之深刻，真是淋漓尽致，入木三分，无以复加。这也可以看作是蒲松龄一生在科举怪圈中多次如此循环往复的真实写照。从最后“衔木营巢，从新另抱”的描写看，落榜的秀才又开始摩拳擦掌地准备下一次科考。他自己一生就终止于秀才，始终没有跳出“秀才入闱”的科举怪圈，其心灵所承受的一次次打击的严酷程度，可想而知。

综上所述，若仅就科举题材小说的比较而言，唐人小说与《聊斋志异》的思想内涵高下判然。当然若从艺术层面论之，也可以说“《聊斋》的小说，平心而论，实在高出唐人的小说”。由于蒲松龄艺术手法高超，“描写详细而委曲，用笔变幻而熟达”，使得文言小说的艺术空间有了较大的拓展，人物形象更加丰满生动，艺术魅力有所增强，这样一来，小说所蕴含的思想也得到了更好的传达，虽然思想成果来自唐人，但更加深入人心，更加动人心弦，审美效果更加强烈，这也加大了思想内涵的冲击力，使之有所加强，这也是一种新贡献。

二　官场批判的视角差异

关于唐代小说对封建官场的批判，笔者在前面用了三章的篇幅，分别由上而下地从君臣关系、臣僚关系和官民关系三个层面做了详细论述。蒲松龄继承了唐人小说的批判精神，在《聊斋志异》中也用了相当的笔墨对当时的官场做了多层次的全面的批判。这类作品有很多，如《席方平》《促织》《向杲》《梦狼》《红玉》《石清虚》《窦氏》《王者》《商三官》《侠女》《田七郎》等。这是二者之同。这方面的比较姑且从略，笔者还是拟将比较的重点放在同中之异的方面，这可以更好地看出蒲松龄在小说作品内涵层面的新创与退步。

从审美层面总体观照，二者的最大差异在于：唐代小说在批判封建官场丑恶现象的同时，还有美善方面的呈现，还有审美理想的寄寓与闪光。如君臣关系方面，既有异化形态、负面效应和极端恶化的批判，也有良性状态、理想范型的建构，更有最高境界的提升；如对臣僚关系，既有对扭曲关系的批判，也有对和谐关系的欣赏；如官民关系，既有对误民庸官之失职和害民贪官之恶政的批判，也有对爱民清官之美政的赞赏。而在蒲松龄笔下，除了对小说中偶然出现的其老师施闰章有褒扬之词而外，基本上是对封建官场丑恶现象的揭露、批判，而缺少美善方面的表现，缺少审美理想的寄寓。

固然，封建社会的官场本来就是丑多于美、恶大于善，揭露和批判应该是主要的，这没有问题。问题是，从辩证法的角度说，事物都是有两面性的，是对立统一的，是相反相成的，有丑就有美，有恶也必有善。读者在看到作者淋漓尽致的揭露批判文字时，固然会产生扼腕而叹、痛心疾首、痛快淋漓的审美快感，觉得过瘾，感到痛快，情感得到了宣泄，心理得到了满足。但同时，读者也需要看到美好的事物，希望看到阳光普照，希望看到人们的笑脸，需要善的事物滋润其心田，需要美的事物提升其审美境界。如果说唐代小说满足了人们这双方面的审美需求，那么，《聊斋志异》则只满足了人们一方面的审美需求。这种差别大致相似于《红楼梦》和《金瓶梅》的差别。《金瓶梅》之所以不如《红楼梦》，其中一点就是它缺少美善的展现，缺少理想的闪光。读《金瓶梅》就如同在看一个大粪缸，作者在拿棍子搅拌，让人们看里边上下翻滚的蛆虫，看后只觉得恶心，不想吃饭。作者批判的目的是达到了，但总还是令人感到有缺陷，尚有不满足之处。当然，笔者如此评说，是仅就其仕宦题材而言的，《聊斋志异》中的婚恋题材作品还是写出了很多美好的爱情的，给人以独特的审美享受。

造成唐人小说与《聊斋志异》官场描写的这种差异的原因，有社会方面的，也有作者主体方面的。从社会原因说，大唐是中国封建社会的高峰期，其官场的建构相对比较完善，权力之间有一定的有效的制约机制，贪腐现象相对能够得到控制。就官员队伍说，可以说是清官多而贪官少。封建官场处于良性运转时期，整个社会也是处于上升时期。而到了蒲松龄所生活的清朝康熙时期，虽然历史上有“康乾盛世”的说法，但实际上封建社会已经到了它的末世，所谓“康乾盛世”不过是回光返照而已。清朝社会封建专制愈益强化，文字狱空前黑暗，真正是“万马齐喑究可哀”。封建官场中贪腐成风，就官员队伍说，可以说是贪官多而清官少。封建官场处于恶性运转时期,整个社会也是处于走下坡路时期,一天不如一天了。从这个社会现实的反差中看,蒲松龄也算是写实,实话实说而已。他敢于在文字狱大行其道的时代如实描写丑恶官场,这已属难能可贵,可敬极了!

从小说创作主体的层面说,唐代士人对大唐文化有一种制度自信,所以,他们会以发现美的眼睛去欣赏社会生活中包括官场中的美善事物,然后将其写下来,这既是自我欣赏,也是为了与同人共赏。他们之所以揭露批判官场中的丑恶现象,是因为大唐王朝开放宽容,能够容忍、允许士人批判现实中的假丑恶。他们希望割去体制中的"肿瘤",恢复大唐社会肌理的健康。这就如同鲁迅所说,是"揭出病苦,引起疗救的注意"(《我怎么做起小说来》)。而到了蒲松龄的时代,士林面对清朝的异族统治者,除了哀挽汉族政权的明王朝的民族情绪而外,对大清帝国能治理好国家已经失去了信心。他们不仅仅是持着怀疑眼光,还有一种批判情结,再也没有唐人的自我欣赏眼光了。

还有,由于创作主体地位的差异——唐代小说创作群体中,有宰相,有朝中大臣,有地方官……所以反映官场的面相当广阔,从朝廷到地方,无所不至。而蒲松龄本人根本没有进入过官场,他始终生活在社会下层,因此,他对地方官吏比较了解,甚而至于受过他们的欺压,受过催租吏的恫吓与逼迫,所以感同身受,历历在目,批判起来更为得心应手,更能够切中肯綮。下面就按笔者的思维框架试着从若干层面比较之,以加深对唐代小说与《聊斋志异》仕宦题材作品的理解。

1. 对皇帝形象塑造的比较

唐代小说中出现了一系列皇帝形象,在唐代小说家的笔下,这些皇帝包括前代的梁元帝、陈武帝、隋炀帝，也包括本朝皇帝如唐太宗、武则天、唐玄宗、唐德宗、唐宪宗、唐宣宗等。其中既有贤明君主如唐太宗，也有昏君，还有亡国之君。皇帝思想性格的塑造也相当丰满，对明君，既写其明，也写其暗；对昏君，既写出其昏庸，也未回避其长处，真正做到了“爱而知其丑，憎而知其善”[①]。这是唐代小说家的作品达到思想艺术高度的标志之一，值得后代不断继承和汲取。蒲松龄在某种程度上继承了这一精神传统，但由于清代文字狱的严酷，由于受到生活经历的制约，他的笔下很少出现皇帝形象，显然是有意回避这一领域。这里值得特别提出来比较的是《促织》一篇中的皇帝形象塑造，形象中蕴含的深刻思想内涵更值得挖掘。

在《促织》[②]中，作者把锋芒直接指向最高统治者——皇帝，从而把对封建社会黑暗现实的揭露升华到了一个新的高度。《促织》描写的是下层知识分子成名一家人的悲剧故事。悲剧发生的根源正在于皇帝的荒淫无道。因此，在作品的结尾，作者对统治者提出规劝：“故天子一跬步，皆关民命，不可忽也。”这是一个精辟深刻的政治论断。虽然作者将作品背景放在明朝的宣德年间，但实际上是在揭示清代的社会现实，这足以见出作者的过人胆识。这在当时清王朝大兴文字狱的现实状况中，尤为难能可贵。

学界历来都比较重视此篇，但皆仅把视点关注到文末这个“异史氏”的议论上，而对文中皇帝形象的塑造有所忽视。笔者

---

① 刘知几：《史通·惑经》，载《四部备要》，中华书局 1989 年版，第 51 册，第 150 页。

② 蒲松龄：《聊斋志异》，中华书局 2009 年版，第 155 页。

认为,小说故事情节中对皇帝形象的塑造最为重要,这是小说思想内涵的核心。作者的议论固然也重要,但那是建立在皇帝形象塑造的基础之上的,是画龙点睛地揭示主题。如果没有龙的形象,点睛自然就无处落笔矣。小说中皇帝形象的正面直接描写主要集中在两处,一在开篇,一在结尾,首尾照应,相得益彰,加倍写出皇帝的荒淫无聊、昏庸鄙陋。作品中其他人物形象的描写皆是在间接地写皇帝。这样直接描写与间接描写相呼应,更加尖锐地揭示了作品的主题。

小说开篇,作者便将笔触落到皇宫之中,指出文中悲剧故事的发生源头在于皇帝的玩乐嗜好:“宣德间,宫中尚促织之戏,岁征民间。”作者把时代背景放到明代,显然是有意避开清代的文网。作品中首先出现的就是明代宣德皇帝的形象。其性格特点作者明确指出是嗜好斗蟋蟀,而且还每年都要向民间征收之。这就小中见大,为这一皇帝画了一幅肖像,做了道德定位,意在告知读者:这是一个玩乐皇帝,不务正业,不恤民生,是一个典型的昏君形象。如果是一个普通人爱好斗蟋蟀,虽然也并非是高雅之举,也不乏纨绔子弟的色彩,但尚不会给他人带来危害。可是,皇帝这个爱好却给广大百姓带来了无穷无尽的灾难,不知有多少百姓家破人亡,妻离子散。“楚王好细腰,宫中多饿死”,上有所好,下必甚焉。因为皇帝喜欢,下面的诸多官僚就会投其所好,拍皇帝的马屁,老百姓就会遭殃了。而宣德皇帝更进了一步,竟然公开地、明目张胆地、不知羞耻地向民间征收蟋蟀。真是胡作非为到极点了。还有的趁此机会发财,“市中游侠儿,得佳者笼养之,昂其直,居为奇货。里胥猾黠,假此科敛丁口,每责一头,辄倾数家之产”。作者这一简笔画,就写尽了市井、恶吏的刁钻狡邪心理,而这些描写都是在间接写宣德皇帝。

文中主人公成名本来是读书人，摊上了蟋蟀的征收，无计可施，“忧闷欲死”。这就更值得读者同情。“宰严限追比，旬余，杖至百，两股间脓血流离，并虫亦不能行捉矣。转侧床头，惟思自尽。”最后逼得他九岁的儿子投井而死，成名“因而化怒为悲，抢呼欲绝”。作者对成名的悲剧描写越悲惨，批判皇帝的力度就越大。从表现作品主题这个角度说，正面描写成名的遭遇，就是侧面间接地批判荒淫无道的皇帝。

文中的华阴令也不是个好东西，他“欲媚上官，以一头进，试使斗而才，因责常供”。作品还写他对成名的一再催逼与用刑折磨。他是造成成名家庭悲剧的直接责任人。但作者写他，同样也是在间接地写皇帝，因为皇帝才是始作俑者，才是祸根所在。

作品结尾，作者又把镜头转到皇帝身上，对他再次进行正面描写，虽然没有直接的贬抑字样，但平淡的语气中，却有千钧的鞭挞力量。“既入宫中，举天下所贡蝴蝶、螳螂、油利挞、青丝额，……一切异状，遍试之，无出其右者。每闻琴瑟之声，则应节而舞，益奇之。上大嘉悦，诏赐抚臣名马衣缎。”皇帝面对所供蟋蟀的喜形于色，就充分揭示出其内心世界，描画出其丑恶嘴脸。这样德行的人，怎么可以做皇帝呢？可见儒家所强调的皇帝应是“有德在位”确有必要。因为无德在位，则百姓遭罪，祸国殃民，殃及后辈。

小说的结局未免有些令人意外，成名竟然因此暴富：“不数岁，田百顷，楼阁万椽，牛羊蹄躈各千计。一出门，裘马过世家焉。”这实在有点画蛇添足的味道，表现出贫寒一生的作者对富有的痴想。其实，若是保持悲剧的结局，其对皇帝的批判效果会更有力度。若是唐人来写这个故事，应该会是悲剧结局，前述的一系列作品已经证明了这一点。这也是唐人与蒲松龄在美学观念方面的差异。

本篇与唐人陈鸿祖《东城老父传》[①]也有可比性,《促织》是写皇帝爱斗蟋蟀,《东城老父传》是写皇帝唐玄宗爱斗鸡。这可管窥唐玄宗后期奢侈享乐之一斑,也可管窥其乱国衰败的端倪。其结局就是悲剧性的,这可以作为唐代小说家与蒲松龄美学观念差异的一个例证。

蒲松龄在文末的"异史氏曰"中议论的前半部分比较有思想价值,并且见解深刻:"天子偶用一物,未必不过此已忘,而奉行者即为定例。加之官贪吏虐,民日贴妇卖儿,更无休止。故天子一跬步,皆关民命,不可忽也。"这就不仅劝谏了皇帝,还批判了贪官虐吏。特别值得一提的是,蒲松龄的劝谏并非从皇帝一家一姓的角度出发,也不是为了江山社稷,而是直接从"民"的层面提出,从百姓的身家性命的底线着眼。这就看出蒲松龄的立场是站在民的方面,是为百姓的利益着想。这就比那些出于维护皇帝家族统治的长久、出于江山社稷永不变色等角度劝谏帝王的那些"忠臣"要进步得多,也要可爱得多。就这一点,蒲松龄就值得百姓去热爱,去怀念。

学界特别对最后一句更为重视,论《聊斋志异》者,几乎都要大书特书之,故笔者不想再赘述。在此仅拟将其与牛僧孺笔下的《古元之》中的帝王思想加以比较,以加深对此问题的认知。牛僧孺以其做过宰相的仕宦经历得出的过人认识,精心设计出一个超现实的天堂之国——和神国。他对皇帝的理想化认

① 李时人:《全唐五代小说》,何满子审定,陕西人民出版社 1998 年版,第 679 页。

识是:"虽有君主,而君不自知为君,杂于千官,以无职事升贬故也。"①"不自知"三字,尤为精辟,高屋建瓴,思想深邃。为君者只有在主观心理上不把自己当作君主,才能避免一系列和尚打伞、无法无天的随心所欲,胡作非为。笔者认为这是为君者的最高境界,是作者超越现实的理想化虚拟,在社会现实中只要还有封建政体的残留,只要还有封建思想意识的余毒,这个理想就不可能实现。即使在当今社会仍然是如此。且不要说君主,就是一个单位的一把手,不也是一个土皇帝吗?尽管此位一把手原来老实本分,拙于言辞表达,可一旦坐上了一把手的交椅,就似乎服用了兴奋剂、打了鸡血一样,口若悬河,滔滔不绝,无所不通,样样权威,颐指气使,唯我独尊,令人瞠目结舌。这就是中国传统文化中官本位封建思想扭曲人性的表现之一。

辩证地看此问题,君主其实应该有两方面的意识:从人格理想层面看,应该"君不自知为君",忘记自己是皇帝,与普通人一样,这其中包含有民主、平等的思想意识在内;从社会民生的层面说,应该时时意识到自己是皇帝,要为天下万民负责,不能把自己混同于普通老百姓。老百姓可以斗鸡,你是皇帝则不行。前一方面是牛僧孺的思想创造,后一方面则是蒲松龄在本文中总结出的思想成果。二人关于帝王的思想成果合起来,就会塑造出既理想又实用的中国皇帝了。

若追溯牛僧孺与蒲松龄二人的思想渊源,牛僧孺的思想来源于道家,蒲松龄的思想则来源于儒家的民本意识。实际上蒲松龄的"天子一跬步,皆关民命,不可忽也"的劝谏,还是很温柔

---

① 李时人:《全唐五代小说》,何满子审定,陕西人民出版社 1998 年版,第 904 页。

的，是善意的、苦口婆心的、温文尔雅的，较之荀子的"载舟""覆舟"说法平和多了。即使是这样，也为专制统治者所不容，在出版过程中还是被删掉了。因为到了封建专制空前强化的清代，专制统治者已经没有自信心来听取意见和建议，而只满足于在歌功颂德中陶然自乐，掩耳盗铃。对哪怕是温柔的建议也要堵口封杀，对提议者进行人身迫害。他们忘记了老祖宗早就提醒过他们的名言："防民之口，甚于防川，川壅而溃，伤人必多。"[①]他们的智商与思想已经比前人大大地退化了。不仅不如春秋战国时期，也远不如唐代。唐代尚有拾遗之官职，还可以大胆地给皇帝提意见，皇帝还会认真听取之。唐代小说《开元升平源》中唐玄宗接受大臣姚崇的尖锐批评与建议进言，就是很好的证明。

若将蒲松龄此文的思想置于当代文化背景观照，其时代局限性就明显暴露出来了。这当然也是儒家民本思想的局限。你苦口婆心规劝皇帝与各级官员要关注民生，可是主动权仍然是永远掌握在他们手里。他们今天高兴了，就"以民为本"，"本"者，树根也。他们明天不高兴了，就又"以民为末"了，"末"者，树梢也。他们什么道理都懂，"防民之口，甚于防川"的道理，懂的；荀子"载舟""覆舟"的道理，也懂的。可是，就是心里明白迈不开腿，当百姓的利益与他们个人利益甚或集团利益发生冲突的时候，他们就会义无反顾到毫不犹豫地把个人利益和集团利益放在首位，为民的招牌也就成了挂羊头卖狗肉，骗人而已！解决这个问题的办法何在？牛僧孺不知道，蒲松龄当然也不会知道，但是，作为当代的士人应该知道，那就是民主。历代以农民

---

① 《国语·周语上》："防民之口，甚于防川，川壅而溃，伤人必多。民亦如之。是故为川者，决之使导；为民者，宣之使言。"

起义的方式推翻昏庸皇帝与腐朽王朝的办法，已经无济于事，因为换上来的不过是又一个封建专制统治者，换汤不换药，也许更坏，老百姓仍然是苦不堪言，那真是："兴，百姓苦；亡，百姓苦！"（张养浩《山坡羊·潼关怀古》）朱元璋起义成功了，推翻了蒙古人的政权，汉族人也曾满怀希望，以为这回可终于从民族压迫中解放出来了，可是，专制独裁、好大喜功、残酷嗜杀的朱元璋杀的汉族人，比元朝统治者杀的还多。让你欲哭无泪，欲说无语！因此，只有实行真正的民主，让公民来选举领导人。只有把由谁来掌握国家权力的决定权真正交给百姓，让他们投票来选举，相信他们自然会把能够真正"以民为本"的人选举上来。民若手中有了真正的选举、任免权，还需要别人来把他们当作树根吗？他们自己就永远地牢牢地立足在本的位置上，无可动摇了。

2. 刺贪刺虐力度之比较

如前所述，唐代小说仕宦题材中刺贪刺虐的力度是相当大的，毫不留情，必严惩之而后快。蒲松龄在《聊斋志异》中很好地继承了唐人的这种批判精神，创作出一系列力透纸背的小说，让百姓扬眉吐气，也让读者痛快淋漓，因此，博得了郭沫若先生"刺贪刺虐入骨三分"的赞誉。

文学作品对贪官酷吏的批判可以分为两个层次：一是，描写其贪虐形状，揭露其丑恶面目。二是，透过现象看本质，揭示其贪酷之所以产生的深层次的体制、社会、文化等层面的原因。相比之下，前者的描写固然是重要的，可以让人们认清贪官污吏的丑恶嘴脸，以便形成"老鼠过街，人人喊打"的社会氛围与评价倾向。但这毕竟还只是基础工程，到此为止还显然不够，那就还应该再深入一步，以思想家的深刻，以哲学家的高度，以文学家的精练,以点穴的功夫,直接揭示出问题的要害,引发读者的深思,促人猛醒,形成共识,最后大家一起来改变这种不合理的现实制度。如果说在科举题材小说思想内涵的批判力度上,蒲松龄是前者,唐代小说是后者,《聊斋志异》不如唐代小说深刻,那么,似乎可以说,在刺贪刺虐作品的思想内涵上,唐代小说是前者,蒲松龄则是后者了,他终于超越了前人,达到了新的思想高度。这主要表现在他点中了封建专制政体的死穴,揭示出了其要害所在,振聋发聩。这可举《梦狼》[①]为例论述之。

《梦狼》讲述的是一个人间生活和梦幻情景相交织而成的故事。关于这篇作品,从艺术层面说,在《聊斋志异》仅中等而已,无甚新奇,其值得特别关注之处,主要在于思想内涵的深刻。在思想内涵方面,学界往往注重其中虎狼的比喻与描写,诸如"堂上、堂下,坐者、卧者,皆狼也"等等;再有对白甲"掇头置腔上""以肩承颔""目能自顾其背"这种独特的处置方法;还有上述"异史氏"的议论:"窃叹天下之官虎而吏狼者,比比也。即官不为虎,而吏且将为狼,况有猛于虎者耶!"其实,虎的比喻,早就见于孔子"苛政猛于虎"之语。以狼比酷吏,白居易《杜陵叟》中"虐人害物即豺狼,何必钩爪锯牙食人肉"[②]的诗句,比《梦狼》的描写还要有意味。而"以肩承颔"的构思,固然不无新奇之处,但也不过博人一笑而已,思想价值有限,未必可以激发人们的深入思考。

那么,这篇作品的思想价值究竟何在呢?笔者认为,关键在于贪官白甲的一段总结性议论,其文曰,"甲曰:'弟日居衡茅,

---

① 蒲松龄:《聊斋志异》,中华书局2009年版,第339页。

② 白居易:《白居易集》,顾学颉校点,中华书局1979年版,第78页。

故不知仕途之关窍耳。黜陟之权，在上台不在百姓。上台喜，便是好官；爱百姓，何术能令上台喜也？'"这段话发表的两个前提也不能忽略：一是，其父做了一个白甲因做官不良而将要被杀的噩梦，然后，"使次子诣甲，函戒哀切"。二是，白翁派次子携书前来劝诫，"弟居数日，见其蠹役满堂，纳贿关说者，中夜不绝，流涕谏止之"。在老父和弟弟的劝谏下，白甲才说出这一番心里话。白甲之所以能够总结出如此深刻的理性认识，也是有他为官经历的根据的，并非胡言乱语，由此可看出白甲也是有心人，善于总结，把官场摸透了。作者在开篇就写他"筮仕南服，三年无耗"。这三年的官场摔打，使他深悟官场之诀窍矣。但这种诀窍只能对家里人说，白甲对自己亲弟弟方敢说出这番私房话，对外人则只可意会，不可言传矣。封建专制的特点之一，就是权力具有神秘性。因为一旦曝光，就无法维持政权，就会"太阳出，冰山滴"了。白甲这段话无疑代表着蒲松龄对官场的深刻认识，其思想价值的不同凡响之处究竟何在呢？笔者认为，主要有三点：

第一，他揭示出封建专制政体的"关窍"，就是封建统治者要始终牢牢把握"黜陟之权"。在封建专制政体中，最有权力的当然是皇帝。皇帝要牢牢掌控朝中大臣与地方省、市一级的"黜陟之权"，进而巩固其家天下的统治，以保持政权永不变色。在地方，也是一级掌控一级的"黜陟之权"，层层效忠，形成牢不可破的封建等级制，而等级制正是封建专制政治体制的核心。

第二，他揭示出封建官场的政绩评价标准："上台喜，便是好官。"为此，要想升官，就要千方百计令上台喜，于是行贿、拍马屁、看上台的眼色行事就成了想继续升官者的唯一选择。于是贪污腐败之风便蔓延开来，愈演愈烈，无法控制。可见，贪污腐败的根源在于“黜陟之权”,不解决这个问题,只是抓贪官,那只能说是治标而非治本,是扬汤止沸,而非釜底抽薪。

第三,他揭示出封建官场中的“上台”与百姓是相互矛盾的两个方面,并非如统治者为蒙人而宣扬的官员“爱民如子”。在现实中往往是这样:让百姓怨声载道的官员,调走之后不降反升,老百姓也干生气,无可奈何。这种反常情况在唐代就有,杜荀鹤的诗《再经胡县城》写得好:“去岁曾经此县城,县民无口不冤声。今来县宰加朱绂,便是生灵血染成。”让百姓无不喊冤的坏官怎么不被罢官却反而升官了呢?这不是令人匪夷所思的咄咄怪事吗?问题的关键也是在于:县民没有决定县官命运的权力,“黜陟之权”也是在上司手里。这已经是晚唐衰败的表征之一,已无大唐盛世的气象。官场这样不顾民意、倒行逆施的结果,自然是王朝的垮台。百姓忍无可忍,就会揭竿而起,唐王朝在黄巢起义的打击下,终于土崩瓦解。如果为官一任造福一方,全心全意爱老百姓的话,就会得罪上台,就会丢了乌纱帽;如果一味讨好上台而不顾百姓的死活,百姓也会恨之。当这种怨恨累积到超越忍受底线之时,那只有如文中所写,“遂决其首”,目的是“为一邑之民泄冤愤耳”。这正如有识之士所说:“胸中小不平,可以酒消之;世间大不平,非剑不能消也。”(张潮《幽梦影》)当然,这并非解决问题的办法,而是没有办法的无奈之举。

客观地评价,蒲松龄是以敏锐的目光、深刻的思想发现了问题,并且也提出了问题、分析了问题,但并未解决问题。因为处于他的那个时代,他还不可能提出切实可行的好办法。若立足当下,作为当代士人,我们就应该而且可以提出解决问题的最佳办法,那就是民主。即把官场中的“黜陟之权”交给百姓。这样一来,贪污腐败等一切官场中的弊端问题,可以说基本上迎刃而解矣!

3. **官吏弄权凶暴层面的比较**

在唐代小说的仕宦题材中,专门有鞭挞官吏弄权凶暴的一系列作品。如前述的李复言《续玄怪录》中的《王国良》①、皇甫枚《三水小牍》中的《温京兆》②与《王表》③等都是。《聊斋志异》的仕宦题材中,也有鞭挞官吏弄权凶暴的作品,且也写得相当不错,从中可见蒲松龄对唐人社会批判精神的继承。比较起来看,这种继承主要体现在两个层面:

一是,揭露官吏弄权凶暴的丑恶嘴脸与罪恶行径。《王国良》中的主人公王国良的官职为"庄宅使巡官",作者将其定性为"下吏之凶暴者也,凭恃宦官,常以凌辱人为事"。《温京兆》主人公温璋为正天府尹,作者开篇就点明其天性及为官特点:"性黩货,敢杀。人亦畏其严残不犯,由是治有能名。"《王表》主人公裴光远为滑州卫南县宰,他贪婪成性,杀里长王表夺其子,"残忍阴狡",为害百姓。作者开篇便先概括其性格特征及其与民众关系:"性贪婪,冒货贿,严刑峻法,吏民畏而恶之。"

蒲松龄笔下的酷吏也具有这些特点,如《潞令》④一篇即是。主人公宋国英的官职是"潞城令",作者概括其特点是:"贪暴不仁,催科尤酷,毙杖下者,狼藉于庭。"当有人看不惯其弄权凶暴

① 李时人:《全唐五代小说》,何满子审定,陕西人民出版社 1998 年版,第 1177 页。

② 李时人:《全唐五代小说》,何满子审定,陕西人民出版社 1998 年版,第 1952 页。

③ 李时人:《全唐五代小说》,何满子审定,陕西人民出版社 1998 年版,第 1954 页。

④ 蒲松龄:《聊斋志异》,中华书局 2009 年版,第 232 页。

而讽刺他说:“为民父母,威焰固至此乎?”他不以为耻,反以为荣,“扬扬作得意之词曰:‘喏! 不敢! 官虽小,莅任百日,诛五十八人矣’”。平均每两天打死一人还挂零。这哪里是民之父母,简直就是嗜血成性的吃人豺狼。封建专制政体中有一种冠冕堂皇的名实不符的说法:“为民父母”、父母官。他们把祸害百姓比喻为父母打孩子,认为这是为百姓好,即所谓“打是亲,骂是爱”。可是,当他们置百姓于死地的时候,这种骗人的谎话就不揭自穿了,哪里有父母打孩子往死里打的呢?

再如:《席方平》[①]也是借阴曹地府来影射阳间人世,揭露了封建官吏与豪绅地主狼狈为奸,纳贿枉法,上下勾结,官官相护,残暴虐杀善良平民等罪恶。文中“席至邑,备受械梏,惨冤不能自舒”;“鬼脱席衣,掬置其上,反复揉捺之。痛极,骨肉焦黑,苦不得死”;“觉锯锋曲折而下,其痛倍苦。俄顷,半身辟矣。板解,两身俱仆”。这一系列酷刑折磨,就是现实社会中官府折磨百姓的曲折反映。

二是,严厉惩治酷吏,以为百姓鸣冤出气。《王国良》中的主人公王国良,先是受到冥府的“布囊笼头”、“拽行”、“捽入”、“拗坐决杖二十”、“不苏者久之”等一系列惩治,在“死亦七日而苏”后,几个月后即死,表明了对酷吏凶暴深恶痛绝、决不饶恕的坚定立场。《温京兆》中的温璋,虽已“首服”、“求哀”,但真君还是只宽恕家庭而不宥正身,将其置之死地而后快,使之因纳贿“凡数千万。事觉,饮鸩而死”。这表现了作者严惩弄权凶暴为官者的决心,一个也不宽恕。《王表》中的酷吏裴光远在王表鬼魂诉之于天来索其命的情况下,“光远卒”,以命相抵,惩罚最

---

① 蒲松龄:《聊斋志异》,中华书局2009年版,第434页。

重。

《聊斋志异》与此相似,《潞令》中酷吏宋国英的结局是:“后半年,方据案视事,忽瞪目而起,手足挠乱,似与人撑拒状,自言曰:‘我罪当死!我罪当死!’扶入署中,逾时寻卒。”作者以死惩治之,以为那死于其杖下的五十八人偿命。《席方平》中以“烧东壁之床,请君入瓮”惩治冥王,以“剔髓伐毛,暂罚冥死”,惩治“为小民父母之官”的城隍、郡司,以“法场之内,剁其四肢;更向汤镬之中,捞其筋骨”,惩治飞扬跋扈、助纣为虐的隶役。

从惩治的思维方式来说,蒲松龄继承了唐人以神鬼来惩治酷吏的路数。这实际上在说明着,光靠阳界已经无能为力了,这也是在没有办法的情况下寻找的不得不如此的办法。蒲松龄在《潞令》文末不得已站出来评论道:“呜呼!幸有阴曹兼摄阳政,不然,颠越货多,则‘卓异’声起矣,流毒安穷哉!”这就在明确庆幸阴曹地府来兼管摄阳界的官场,假设没有阴曹地府的管制,那么,阳界中的酷吏宋国英之流就会得到上台的表彰,得到政绩突出、才能“卓异”的评价,而其他地方官便会群起效尤,那就将流毒甚广,贻害无穷了。

若从同中之异的层面比较,也有两点需要指出:一是,对官场中贪廉官员比例的估计。这一点很重要,这说明着士人对当时官场乃至整个社会的信任度,决定着这个社会是否还有希望,还有否继续存在的价值。可以这样表述:如果清官居多数,那这个社会就还有希望,反之,社会的前途就成为了问题。唐代由于处于社会的上升期,在唐人的小说中还是清官多而贪官少的,这也基本符合社会官场的实际情况。到了蒲松龄笔下,社会态势今非昔比,士林的心态也变了,他在小说中借书中人物之口对此估计为:“强梁世界,原无皂白。况今日官宰半强寇不操矛弧者耶?”(《成仙》)“今势力世界,曲直难以理定。”(《张鸿渐》)这种评价也基本符合清代官场的实际情形。

若是清官比贪官多,那就说明这个社会的法制还可以维持,士林与百姓对这个社会还存有希望,还可以寄希望于清官来惩治贪官。唐代小说家的心态基本是这样的,元代伟大戏剧家关汉卿的杂剧作品也是这样表现的。但是到了清代这个封建专制空前强化的社会中,已经变成了官员一半等同于强盗了,贪官已经多于清官。在这种情况下,清官已经不可能担负起惩办贪官的社会责任,已经无法给大众以希望,因此,大众只好铤而走险,自己动手来铲除贪官,来报仇雪恨,来铲除人间的不平。前述《梦狼》中白甲的被枭首,就是如此。面对白甲的“倾装以献之”,“诸寇曰:‘我等来,为一邑之民泄冤愤耳,宁专为此哉!’”这就把杀他的动机与目的说得十分清楚。虽然蒲松龄仍然称杀贪官者为“寇”,但心里其实是赞赏他们的义举的。按当时官场的评判标准是“寇”,按大众的评判标准则是“侠”,是为民除害、“替天行道”的侠士。《水浒传》的评判标准即是后者。

当这样的侠士也可望不可即的时候,大众就只好自己动手,挺身而出,手刃仇人,为报仇而奋不顾身了。《向杲》①中的男主人公即是如此。向杲的哥哥被权豪势要的庄公子活活打死,他“不胜哀愤。具造赴郡。庄广行贿赂,使其理不得伸”。这就是告状不允,叫天天不应,叫地地不灵,那怎么办,只好“自己动手,丰衣足食”了。这与《水浒传》中武松杀西门庆前的情况相似。于是向杲就想自己手刃仇人,为兄长复仇:“杲隐忿中结,莫可控拆,惟思要路刺杀庄。日怀利刃,伏于山径之莽。”可他

① 蒲松龄:《聊斋志异》,中华书局2009年版,第265页。

又没有武松那样的本事,庄公子"以多金聘""勇而善射"的焦桐为卫士,这种情况下,"杲无计可施"了。作者于此绝处跳出习惯思维方式,让向杲变成虎"暴出,于马上扑庄落,龁其首,咽之"。冤仇终报,向杲又回归为人。令人拍案称快!作者的议论也耐人寻味:"然天下事足发指者多矣。使怨者常为人,恨不令暂作虎!"言外之意为,为了能够报仇,就是以生命为代价变成虎也值得。字里行间真有雄豪之气在焉!

《商三官》[①]也属于手刃仇人类型的作品。作者开篇明确点出女主人公商三官的父亲是"士人也",因为"醉谑忤邑豪",被"邑豪""嗾家奴"活活打死。这又是一个权豪势要打死人不偿命的案例。商三官的两个哥哥也是想要告状,寄希望于有清官主政的官府为其申冤,结果却是"两兄讼不得直,负屈归,举家悲愤"。商三官虽然年仅十六岁,但对当时的社会却有高于成年男人的深刻见识:"人被杀而不理,时事可知矣。天将为汝兄弟专生一阎罗包老耶?骨骸暴露,于心何忍矣。"语言中表现出大众对包公那样的清官的企盼,及对当时已经世无清官的绝望心态。正是在这种绝望心态的主导下,商三官埋葬完父亲后便"夜遁,不知所往","几半年,杳不可寻"。作者巧妙地运用了悬念的艺术手法,最后揭开谜底,商三官女扮男装,手刃杀父仇人"邑豪",使其"身首两断"。她自己也"自经死",以生命为代价报了父仇。虽然这种代价过大,"邑豪"的一条命,与商三官的命有云泥之别,无法相提并论,但文末的"异史氏曰"对商三官还是大加赞赏:"家有女豫让而不知,则兄之为丈夫者可知矣。然三官之为人,即萧萧易水,亦将羞而不流,况碌碌与世浮沉者

① 蒲松龄:《聊斋志异》,中华书局2009年版,第117页。

耶！愿天下闺中人，买丝绣之，其功德当不减于奉壮缪也。”作者叠床架屋地将其比作豫让、荆轲甚至关羽，这就代表了当时社会大众对不惜生命、勇于复仇者的崇敬心理。拿阶级斗争的观点解释，这种普遍存在的人民大众的社会文化心态，就是爆发革命的重要基础。

二是，对弄权凶暴官僚威权下士林心态的分析。蒲松龄在《张鸿渐》[①]中开篇即先指出地方官乃弄权凶暴的酷吏："时卢龙令赵某贪暴，人民共苦之。”其贪暴已经让人民无法忍受。然后具体写这个酷吏与士林的矛盾："有范生被杖毙，同学忿其冤，将鸣部院，求张为刀笔之词，约其共事。”“杖毙”文弱书生，是写赵某的“暴”，足见其残酷的一面。按当时科举制度的规范推断，这个卢龙令赵某也应该是科举出身，起码也应该是读书人，在入仕之前，也应该是士林中的一员。可他一旦进入官府，竟然就如狼似虎，凶残可怖。这种转变也值得人们深思之。同学们群起而鸣冤，表现了士林的团结，这令人感到鼓舞，看到了善敢于与恶抗争的希望。同时，作者借张鸿渐“美而贤”的妻子方氏之口预见性地评曰："大凡秀才作事，可以共胜，而不可以共败。胜则人人贪天功，一败则纷然瓦解，不能成聚。”这应该说是很深刻的认识。此处的秀才可以视之为士人的代名词。蒲松龄本人就是秀才，作为士林中的一员，他对此当深有感触，扼腕痛惜，又无力改变，故泣血指出此点。这也基本符合当时士林的实际。较之唐代士林的心态，差异是比较大的。这与社会的文化氛围密切相关。约略言之，社会越黑暗，专制越严酷，文网越严密，士林的这种心态就越突出。蒲松龄提出的这个问题，很有思想价

① 蒲松龄:《聊斋志异》，中华书局 2009 年版，第 397 页。

值，值得当今士林很好地反思、探讨。接下来的结果，不幸被方氏言中："赵以巨金纳大僚，诸生坐结党被收，又追捉刀人。张惧，亡去。"这里，"以巨金纳大僚"说明酷吏赵某"贪"的一面，他通过行贿获得大僚的支持，然后来镇压一群手无寸铁的书生。加以"结党"的罪名来镇压持不同政见者，来打击有反对意见者，是封建专制政体的突出特征之一。奸佞小人与贪官污吏都得心应手地善于拿这个帽子整治士林。在专制统治者的威权下，士林不堪一击，根本不是对手，均被收监，失去人身自由，主人公张鸿渐也只有"三十六计走为上"。蒲松龄既写出了士林与酷吏把持的官府的矛盾，又从中得出了比较深刻的具有思想价值的认识。

4. 对清官形象塑造之比较

关于唐代小说与《聊斋志异》对清官的描写，其同在于：都有清官形象的塑造，这可视为蒲松龄对唐人小说这方面思想的继承。这可从两个层面比较：

一是，对清官形象的肯定与赞美。

在唐人小说仕宦题材作品中，所赞美的清官形象身上具有这样一些特点：一是官民杂处，相安无事，如《古元之》；二是悯贫恤弱，抚爱百姓，如《代民纳税》；三是主持公道，为民申冤，如《赵江阴政事》。作者对清官是持赞美态度的。蒲松龄笔下也有正面清官形象的塑造，如《胭脂》中的施闰章形象就是一个典型代表，作者在文中写他"学使施公愚山贤能称最，且又怜才恤士"①，在篇末又不惜笔墨盛赞之曰："愚山先生吾师也。方见知

① 蒲松龄：《聊斋志异》，中华书局2009年版，第445页。

时，余犹童子。窃见其奖进士子，拳拳如恐不尽，小有冤抑，必委曲呵护之，曾不肯作威学校，以媚权要。真宣圣之护法，不止一代宗匠，衡文无屈士已也。而爱才如命，尤非后世学使虚应故事者所及。"[①]这种赞美，有本文中吴公南岱的反衬，更有其他篇章中"目鼻皆盲"等一系列"帘中人"的反衬，令蒲松龄笔下的施闰章形象愈益高大。其同中之异之处在于：唐人小说中所赞美的清官的数量大大多于《聊斋志异》。

二是，对清官形象的讽刺与批判。

唐代小说中对清官的批判代表性作品如卢肇《逸史》中的《孟简》[②]一篇。其中所批判的刑部李尚书即是属于好心办坏事的官。对他与对贪官的批判有着本质的区别。作品开头就对其做了定性评价："性仁恤，抚育百姓，抑挫冠冕。"这明确肯定了他是清官。可作者却主要描写并且批判了他自以为是、不听人言、一意孤行、主观臆断而不详察等为官方面的错误，及由此造成的错案。这揭示出士人中存在的一旦手中有权就容易出现的人性劣根性的又一方面。这一点在中国小说史上有着开创的意义。此前学界一般认为写清官之恶自《老残游记》始，从本文看，唐人小说中已开了先河。

蒲松龄继承了唐人对清官的批判精神，也比较好地把握了批判的分寸，给人颇多的启发，具有相当的思想价值。其代表性作品有两则，均附在《梦狼》的篇末。一则曰：

邹平李进士匡九，居官颇廉明。常有富民为人罗织，役

① 蒲松龄：《聊斋志异》，中华书局2009年版，第447页。

② 李时人：《全唐五代小说》，何满子审定，陕西人民出版社1998年版，第1502页。

吓之曰:"官索汝二百金,宜速办,不然败矣!"富民惧,诺备半数,役摇手不可。富民苦哀之,役曰:"我无不极力,但恐不允耳。待听鞫时,汝目睹我为若白之,其允与否,亦可明我意之无他也。"少间,公按是事。役知李戒烟,近问:"饮烟否?"李摇其首。役即趋下曰:"适言其数,官摇首不许,汝见之耶?"富民信之,惧,许如数。役知李嗜茶,近问:"饮茶否?"李颔之。役托烹茶,趋下曰:"谐矣!适首肯,汝见之耶?"既而审结,富民某获免,役即收其苞苴,且索谢金。呜呼!官自以为廉,而骂其贪者载道焉。此又纵狼而不自知者矣。世之如此类者更多,可为居官者备一鉴也。[①]

另一则曰:

又,邑宰杨公,性刚鲠,撄其怒者必死。尤恶隶皂,小过不宥。每凛坐堂上,胥吏之属无敢咳者。此属间有所白,必反而用之。适有邑人犯重罪,惧死。一吏索重贿,为之缓颊。邑人不信,且曰:"若能之,我何靳报焉。"乃与要盟。少顷,公鞫是事。邑人不肯服。吏在侧呵语曰:"不速实供,大人械梏死矣!"公怒曰:"何知我必械梏之耶?想其赂未到耳。"遂责吏,释邑人。邑人乃以百金报吏。要知狼诈多端,少释觉察,即为所用,正不止肆其爪牙以食人于乡而已也。此辈败我阴骘,甚至丧我身家。不知居官者作何心腑,偏要以赤子饲麻胡也![②]

---

① 蒲松龄:《聊斋志异》,中华书局2009年版,第340页。

② 朱其铠:《全本新注聊斋志异》中册,人民文学出版社1989年版,第1095页。该篇据《聊斋志异》铸雪斋抄本。

这两则作品主旨的共同性可举出以下几点:一是,均是属于作者所说的“即官不为虎,而吏且将为狼”的类型,直接批判的重点在于吏,而间接的深层的批判则在于官。二是,作者在开篇对两个官的评价均首先肯定其为清官:前则是“居官颇廉明”,后则是“性刚鲠”。但这只是官的主观愿望而已。三是,两个事例虽有恶吏采用欺骗手段与运用心理战的区别,但二者的共同点均在于凸显恶吏的狡猾,即作者说的“狼诈多端”,防不胜防。四是,在文末作者更深入一层地指出,李、杨二官客观上并未做成清官,乃欲清不能,恶吏之贪行还是将贪名落在了李、杨头上。这如作者指出的:“官自以为廉,而骂其贪者载道焉。”终究真正的责任还是在官身上,即“纵狼而不自知者”,虽不自知,也不能逃脱“纵狼”的责任。五是,作者指出:“世之如此类者更多,可为居官者备一鉴也。”说明这在当时官场中并非个别现象,作者的创作目的,是提醒有清廉愿望的官员警惕。这说明作者对这类清官还是抱有希望的,与对贪官的态度有本质的不同。

钱穆先生在《国史大纲》中曾精辟地指出:“吏、士分途始于明。天下有以操守称官者矣,未闻以操守称吏者。吏无高名可慕,无厚禄可望,夙夜用心,惟利是图。官或朝暮更易,吏可累世相传。官深居府寺,吏散处民间。官之强干者,百事或察其二、三。至官欲侵渔其民,未有不假手于吏。究之入官者十之三,入吏者已十之五。吏胥为害,明、清两朝为烈。然明制乃激于元之重用吏胥而矫枉过正者。”[①]若云蒲松龄是将其所见所闻官场中官、吏关系如实写于《聊斋志异》内,那么,钱穆先生之语则是高屋建瓴的理论概括与透辟分析,二者可以相互生发,相互印证。

① 钱穆:《国史大纲》(修订本),商务印书馆 1996 年版,第 703 页。

其中对“吏、士分途”，官与吏的区别与相互利用，官与吏的不同文化心态，“吏胥为害，明、清两朝为烈”等问题的论述，尤为精警深刻，乃不刊之论。

若比较《聊斋志异》中的此二篇与唐人小说《孟简》思想价值的同中之异，有一点值得特别强调之，即《孟简》中的清官犯错误是主观原因，而蒲松龄此二则作品中的清官得贪官恶名的问题在于客观原因。这种差异中似乎蕴含着如下的社会文化内涵：唐代的社会还处于上升期，官场的环境总体还呈良性运行状态，客观方面诱使官员犯错的情况比较少，错误的产生主要是官员自身的问题。而到了清代，社会已经处于封建社会的末期，官场的环境总体上已经呈现恶性运行状态，官员即使自我还有清廉的追求，但官场客观环境的恶劣已经使其欲清不能，反落恶名。此二则作品所指出的还只是吏的贪酷狡猾这一个方面，联系《梦狼》一篇宏观观照，还有上司掌握黜陟之权的问题，还有封建专制政治体制本身的痼疾问题等等。这都是具有超时空思想价值与认识意义的。

三　士林的人生归宿

唐代小说所揭示的士林人生归宿是以归于仙界为高，但也并非放弃仕途，其优化人生模式可以概括为“先仕宦而后求仙”。虽然以求仙为人生最佳归宿，但那应该是在仕宦官场绚烂之极后的归于平淡。这已见第六章的论述，故不赘。

若就此比较而言，似乎可以这样概括唐代士子与蒲松龄的区别：唐代士子的落榜者远远多于考中者，因此，名落孙山是常态，其心里当然也痛苦。当大多数落第者不能如愿以偿时，他们就将其归于"命定论"。这就可以帮助他们在选择放弃科考时相对容易一些,在一定程度上会给这部分人一定的心理慰藉,满足其自身的心理需求。这就如同在有些国家占卜术一直公开合法一样,人们认为占卜也是一种心理辅导,对人的心理健康可以起到引导甚至治疗的作用。唐代小说的作者很多都是落第士子,创作者本身就有遗憾,所以他们更希望通过某种方法改变和逃离现实。他们创作着小说,更期望自己可以成为"命里有仕"故事的主人公,所以在某种意义上说,这些小说也是一种成人童话,他们喜欢这些小说正如同平民女孩喜欢嫁给王子的灰姑娘,平民男孩喜欢娶了公主的小裁缝的故事一样,是一种开始认知和关注自我的意识的萌芽状态。在封建专制政治体制以君为本的高压思想下,这也可算作是古人思想启蒙的初级阶段吧。

蒲松龄可是绝不会放弃科考的,就是做鬼也不会放弃,因此,他一定要让他笔下的男主人公在经历颇多波折后,最终起码实现中举以上的科举目标。因为中了举人就可以成为老爷了,就是人上人了。中举是蒲松龄一生没有过去的坎儿,是他纠结了一生的死结,他一定要通过小说中的人物打破这个死结,攻下这个堡垒,不然他真的会死不瞑目的。他最后的"倚窗而卒",是否可以说是死不瞑目呢?或者也可以说,他不甘心就这么倒下去,他还要准备下一次的科考呢!他真正做到了"生命不息,冲锋不止"。即使是生命已息,还仍然是以准备向科场冲锋的姿态。这就不能不既令人钦佩,也令人同情。他笔下的科举中人也是如此,务必要中举而后快,否则,绝不罢手。这就没有了唐人的潇洒与达观。

《贾奉雉》中的男主人公是如此:"贾自山中归,心思益明澈。无何,连捷登进士第。又数年,以侍御出巡两浙,声名赫奕,歌舞楼台，一时称盛。”他虽然曾经放弃了科考，“飘然遂去”，进入山中，但还是心有不甘，又回归人世，重操旧业，终于如愿以偿，考中了进士，成为科场的赢家。然后又由科场顺利地进入了官场，高官得做，骏马得骑，名利双收。这应该也是蒲松龄的科举目标与仕宦理想吧？

《司文郎》中的男主人公王平子是“弥自刻厉”，“是年捷于乡。明年，春闱又捷”。这与蒲松龄自己曾经县、府、道三考连捷的科举经历也不无相似之处。

《于去恶》中的男主人公陶生“下科中副车，寻贡”。虽然陶生中的只是清代乡试中的副榜，但毕竟也是科考得中，这毕竟也是举人考试。而蒲松龄就是在举人考试中落榜的，并且一生中再也没有考过这一关，所以他在自己的诗中才有“落拓名场五十秋，不成一事雪盈头”的浩叹。笔下人物的中举，也算是替他过了举人这一关。

《叶生》中的男主人公叶生“文章词赋，冠绝当时，而所如不偶，困于名场”。这样出众的才华却就是考不中：“不意时数限人，文章憎命，榜既放，依然铩羽。生嗒丧而归，愧负知己，形销骨立，痴若木偶。”但最后作者还是让他在死而为鬼以后，部分地实现了中举的愿望：“逾岁，生入北闱，竟领乡荐。”“先生奋迹云霄，锦还为快。”“领乡荐”就是考中了举人。由此更可见蒲松龄对科举的热衷执着，痴情不改。其笔下人物生前不能科场如愿，做鬼也不会放过科举，作者在其死后也会让他如愿以偿。这也可算是替作者实现了中举的愿望吧！

当然，蒲松龄也未必俗到非要科举高中后出将入相、前呼后拥、颐指气使、妻妾成群，他是想在科场胜利后，在证明了自己的才华超群之后，就放弃仕途，或隐居乡里，或求仙山中。这也可从其笔下人物的人生结局上得到印证。《贾奉雉》中的贾奉雉的人生归宿是随郎生入山求仙。《司文郎》中的王平子的人生归宿是科场连捷后“遂不复仕”。在科场胜利获得了宦途的通行证后,自己选择了放弃仕途。这不能不说是明智之举。《于去恶》中的陶生在中举之后,“遂灰志前途,隐居教弟。尝语人曰:‘吾有此乐,翰苑不易也’”。从这些代表作的共性特征中,还是可以看出蒲松龄不俗的人生境界追求的。这也可看作是对唐人“先仕宦后求仙”人生理想的继承与修正吧!

蒲松龄还有一点与唐人相同,即虽然都以批判的态度揭露科举的诸多弊端,但都不否定科举制度本身。虽然其批判的着眼点有所不同,但他们都希望这个制度存在下去,且改去缺陷,变得更为完善。当然,唐代的科举与清代的八股科举已经大异其趣,如果说唐人的不否定科举制度还是在扶持新生事物、利大于弊的话,蒲松龄的不否定八股科举则是在维护僵死的东西,是弊大于利了。

第八章　唐代小说与《儒林外史》之科举题材比较

唐代小说是中国古代小说中表现科举题材的开创者，而《儒林外史》则是中国古代小说表现科举题材的终结者。二者可谓首尾相应。如果说唐代小说是中国古代小说中表现科举题材的第一个高峰，那么，《儒林外史》则是中国古代小说表现科举题材的最高峰；如果说唐代小说是中国古代小说中科举题材的第一次全方位展现者，那么，《儒林外史》则是中国古代小说表现科举题材的集大成者。因此，理应把二者放在一起比较一番，以对科举题材小说这首尾两个高峰有比较清醒、深入、明确的认识，亦可从中管窥中国科举题材小说的演化轨迹。

一　对科举制度的评价

科举制度自隋唐以来，历代都在推行，是朝廷选拔人才的主要途径。相较于其他选材途径，它有一定的优势和积极意义。因此，唐人对科举制度的总体评价是全面观照的，既肯定其优长，也批判其缺陷，而以前者为主导，批判缺陷的目的是希冀能够修正之，从而使科举制度日臻完善，以把士林中有真才实学的佼佼者选拔出来，治理大唐王朝，造福于百姓。这种思想观念在当时的社会文化层面来说，无疑是正确的、进步的、积极的，是正能量的表现。因为相对于此前的推举制度来说，科举制度无疑是一种人才选拔的创举，具有其进步性、公平性与科学性，是对人类的一个伟大贡献，是社会良性发展的一种推动力。当下的公务员考试也吸收了科举制度的合理内核。

在唐代小说中，赞赏才学出众而金榜题名的作品与批判科举制度弊端的作品均大量存在。翻开《太平广记》就可看到，从卷一七八到卷一八四，该书以“贡举”为题者就有七卷之多，收入专门以科举为题材的小说作品达138篇之多。紧接着两卷的“铨选”也应属于人才选拔的题材。此外，在其他类别的作品中，也有大量的表现科举题材的内容在焉。由此可见，在唐代小说中，正反两方面表现科举题材的小说作品数量甚为可观。若举其思想艺术俱佳的代表作品，赞赏才学出众而金榜题名的如《孟诜》《卢庄道》《张说》《韦岫》《崔曙》《周匡物》《朱庆余》《唐德宗》《温庭筠》等；批判科举制度弊端的如《王维》《李秀才》《李君》《李岳州》《郭使君》《崔蠡》《翁彦枢》《杨暄》《裴思谦》《卢肇》《邓敞》《吴全素》《陈彦博》《皇甫弘》《李敏求》《后土夫人传》《孟君》《赵琮》《李藩》《卢藏用》《韦鲍生妓》等。这已见前述（参见第二章），不再赘叙。

到了明代，朱元璋为了强化封建专制政体，将科举制改变为八股取士，其内容与形式日趋腐朽僵化，读书人被扭曲得越来越严重，因此，明末著名思想家黄宗羲、顾炎武、王夫之等人均对八股科举进行过猛烈抨击。如顾炎武在《日知录》中就尖锐地指出：“愚以为八股之害，等于焚书，而败坏人材，有甚于咸阳之郊所坑者但四百六十余人也。”①

到了清代，士林的境遇更是每况愈下。钱穆先生曾深刻地指出了这一点：

> 政府与民间之所赖以沟通者，曰惟“科举”，…… 明祖崛起草泽，惩元政废弛，罢宰相，尊君权，不知善为药疗，而转益其病。清人入关，盗憎主人，钳束猜防，无所不用其极，仍袭明制而加厉。故中国政制之废宰相，统“政府”于“王室”之下，真不免为独夫专制之黑暗所笼罩者，其事乃起于明而完成于清，则相沿亦已六百年之久。明儒尚承两宋遗绪，王室专制于上，而士大夫抗争弥缝于下，君臣常若水火，而世途犹赖有所匡系。故明之亡而民间之学术气节，尚足照耀光辉于前古。清人又严加摧抑，宋、明七百年士人书院民间自由讲学之风遂熸。于是士大夫怵于焚坑之酷，上之为训诂、考据，自藏于故纸堆中以避祸，下之为八股、小楷，惟利禄是趋。于是政府与民间所赖以沟贯之桥梁遂腐断，所赖以流通之血脉遂枯绝。②

这确是高屋建瓴、切中肯綮之论断，可以帮助我们理解自唐代以至于明清科举制度之演变及异同，也可以帮助我们更好地理解士林的不同处境与社会作用，乃至于更准确地理解《聊斋志异》与《儒林外史》等中国古代小说中表现科举内容作品的思想内涵。在中国的小说领域中，从唐代小说作者一直到清代的

---

① 黄汝成：《日知录集释》卷十六，顾炎武撰，栾保群、吕宗力校点，上海古籍出版社2006年版，第946页。

② 钱穆：《国史大纲·引论》，商务印书馆1996年版，第27—28页。

蒲松龄，经过近千年的历史跨度，士林对科举制度均持这样一种评价态度：总体肯定科举制度，但也批判其存在的诸种弊端。而到了比蒲松龄晚出生61年的吴敬梓的笔下则发生了质的变化。吴敬梓由一个深受儒家正统思想教育，也曾参加过科举考试的知识分子，转变成为跳出科场、批判程朱理学、否定八股科举的士林佼佼者。他以"诗赋援笔立成，夙构者莫之为胜"（程晋芳《文木先生传》）的文学天才，以高屋建瓴的思想层次，以鄙视功名利禄的清高人格，"闲居日对钟山坐，赢得《儒林外史》详"（王又曾《书吴敏轩先生文木山房诗集后》）。他怀着憎恶而又沉痛的心情，以鲜明生动的文学形象，描绘出一幅"儒林群丑"的长卷图画，彻底否定了八股科举这种扭曲士林灵魂的"荣身之路"。

在《儒林外史》中，吴敬梓开宗明义，在第一回即"说楔子敷陈大义"，从明初朱元璋确定八股取士起笔，在本质上否定了八股科举制度。他虽然身处清代，却把小说背景置于明代，这样就既追本溯源，从源头上批判了八股科举，也将明清两代八股科举带给士林的祸害尽皆囊括其中。这是其超越前人的思想火花，超越了蒲松龄，也超越了唐人，具有振聋发聩的时代作用，开辟了中国小说史的新纪元。吴敬梓在《儒林外史》中，首先借理想人物王冕之口来否定八股科举制度。作者写道：

> 不数年间，吴王削平祸乱，定鼎应天，天下一统，建国号大明，年号洪武。乡村人各各安居乐业。到了洪武四年，秦老又进城里，回来向王冕道："……我带了一本邸抄来与你看。"王冕接过来看，……此一条之后，便是礼部议定取士之法：三年一科，用《五经》、《四书》八股文。王冕指与秦老

看，道："这个法却定的不好！将来读书人既有此一条荣身之路，把那文行出处都看得轻了。"……王冕左手持杯，右手指着天上的星，向秦老道："你看贯索犯文昌，一代文人有厄！"话犹未了，忽然起一阵怪风，刮的树木都飕飕的响，水面上的禽鸟格格惊起了许多，王冕同秦老吓的将衣袖蒙了脸。少顷，风声略定，睁眼看时，只见天上纷纷有百十个小星，都坠向东南角上去了。王冕道："天可怜见，降下这一伙星君去维持文运，我们是不及见了！"当夜收拾家伙，各自歇息。①

这段描写是作品中极为重要的段落，具有提纲挈领、统领全书的特殊作用，不可小觑。笔者拟在前人论述的基础上，再强调以下几点：

第一，作者把历史背景置于明朝开国年间，从"吴王削平祸乱"，"乡村人各各安居乐业"等字样看，作者对明王朝总体上是肯定的，特别是从乡村的层面来肯定之。"安居乐业"是千百年来老百姓的梦想，在作者笔下，这在朱元璋开创的明朝初年竟然变成了现实，显然是非常了不起的。朱元璋出身农民，体会过农民的苦处，因此建国后实行了一系列奖励农耕的正确政策，且收到了实效，受到广大农民的欢迎。但这只是一句带过，并非行文的重点所在。作者只是将其作为一个背景而已，以朱元璋的农村政策来反衬其知识分子政策，以农民的安居乐业来反衬"一代文人有厄"，以其对农民的悯恤来反衬他对知识分子的仇视与残酷。这才是作者要表现的重心所在。

① 吴敬梓：《儒林外史》，张慧剑校注，人民文学出版社 1958 年版，第 10—11 页。以下引小说原文均出自此版本，不再一一注明。

第二,其中最为重要的一句话乃是:“这个法却定的不好!将来读书人既有此一条荣身之路,把那文行出处都看得轻了。”这个法就是洪武四年颁布的取士之法,即八股科举。作者显然将其与唐宋的科举区别开来,表明二者并不等同。“不好”二字,态度明确,是非分明,毫不含糊,完全从制度本身彻底否定了皇帝钦定的八股科举之法。作者敢于说皇帝颁布的法令不好,是很有胆识的,这在当下,士林也很难做到,不能不令人敬佩。光是否定还不够,问题是为什么要否定。作者接着一语中的地指出了其深远危害所在。作者将其视为读书人的“一条荣身之路”,而未从朝廷选拔人才的角度来说,可见作者的立场是站在读书人方面的,是为读书人考虑。这与立场是站在朝廷方面思考问题的文人有根本的区别。也许在大多文人看来,有了这条荣身之路是好事,可以为文人打开光明之路,荣华富贵、功名利禄都可由此路获得。可作者的着眼点不在这里,而在读书人的品德人格层面,在人生意义价值方面,即“文行出处”。这就深刻指出了“荣身之路”与“文行出处”的矛盾关系,指出了前者对后者的侵蚀与损害。这是种不可抗拒的因果关系,关键是以何者为重的价值观问题。吴敬梓认为“文行出处”要重于“荣身之路”,而一般人则反之。作者的担心也就根源于此。这就从士林群体的道德人格建构层面否定了八股取士之法。的确如此,如果整个士林皆在此“荣身之路”上争先恐后,前仆后继,争名夺利,而不顾“文行出处”,那这个国家的前途也就岌岌可危了。因此,作者旗帜鲜明地否定了这个八股科举制度。

第三,以天象象征人世,以象征牢狱的贯索星侵犯了象征主持文运的文昌星,说明人世中对文人不利的前景,提出了“一代文人有厄”的预言性命题。为什么会“一代文人有厄”呢?就是因为这个八股取士之法的颁行。这就从一代士林群体的悲剧命运上否定了八股取士之法。

第四,以天降“星君”到人间来“维持文运”,预示文人群体或许还有摆脱厄运的希望。这说明皇帝的法令虽无法更改,但还有上天在制约他,皇帝给文人造成的厄运,还有上天来纠正。这就如同《红楼梦》的思维方式,在激烈批判现实黑暗的同时,又给人以前途光明的希望。从王冕“我们是不及见了”这句话看,作者意在说明:即便上天来纠正皇帝的错误,那也需要相当长的时间跨度,非一代人可以完成。

若将吴敬梓通过小说创作否定八股科举的思想火花置于中国历时千年的科举制度演变史上观照,或曰将其置于中国小说史中科举题材发展史上来评价之,其思想的光芒超越古今,照亮了人们的心灵。这当然也就超过了唐代科举仕宦题材小说的思想内涵,而达到了新的层次与境界。不仅如此,他还超越了同处于清代“康乾盛世”的蒲松龄,进而达到科举题材小说创作的最高峰。由此可见,即使是同一时代的作家,因其人生经历、遭际与文化心态的不同,其作品的思想层次便有高下之别,蒲松龄与吴敬梓这两位小说家都处于康乾盛世,都在作品中揭露了八股科举的弊端,但因其文化心态不同,其作品的思想高度便判然有别。蒲松龄一生中汲汲追求科举功名,虽屡试屡败,却一直陷身科举圈中而不能自拔。因此,他是以“补天”的心态热眼看科举,希望这个八股科举制能革除弊端,更加完善。基于此,他对“帘中人目鼻皆盲”等科举弊端眼有所见、身有所感之时,便给以愤怒的揭露与抨击。虽炮火猛烈,讽刺辛辣,但却不否定科举制度本身。吴敬梓虽也有过热衷科举的追求,但却很快跳出了这个圈子,转而鄙视八股科举。作为一个局外人,他是以“改天”的心态冷眼看科举,因此,他看得深透,认清了八股科举制度腐蚀、扭曲士人灵魂的罪恶本质,从而彻底地否定了这个制度。相比之下,后者要比前者深刻得多。另外,同一个作家,在不同境遇下的心态也有变化,因而其作品的内容、风格也往往大相径庭。

二　科场中士林群像的塑造

唐人科举仕宦题材小说中的士林群像,总体上是才华横溢、诗赋皆通的才子。这可包括金榜题名者,也可涵盖名落孙山者。前者如《孟诜》[①]中的考中进士的男主人公孟诜,《卢庄道》[②]中具有特殊才能的卢庄道,《张说》[③]中文章写得特别好的才子张说,《韦岫》[④]中的以文章出众而中进士的卢携,《崔曙》[⑤]中的以诗才过人而中进士的崔曙,《周匡物》[⑥]中因家贫而“徒步应举”、

① 李昉等:《太平广记》,王希斌、车承瑞主点校,黑龙江人民出版社1999年版,第二册,第699页。

② 李昉等:《太平广记》,王希斌、车承瑞主点校,黑龙江人民出版社1999年版,第二册,第534页。

③ 李昉等:《太平广记》,王希斌、车承瑞主点校,黑龙江人民出版社1999年版,第二册,第704页。

④ 李昉等:《太平广记》,王希斌、车承瑞主点校,黑龙江人民出版社1999年版,第二册,第502页。

⑤ 李昉等:《太平广记》,王希斌、车承瑞主点校,黑龙江人民出版社1999年版,第二册,第704页。

⑥ 李昉等:《太平广记》,王希斌、车承瑞主点校,黑龙江人民出版社1999年版,第二册,第712页。

以诗才中进士的周匡物,《朱庆余》[①]中以诗作获得张籍“推赞”而“遂登科第”的诗人朱庆余,《唐德宗》[②]中以赋博得皇帝青睐的独孤绶,等等。后者如《温庭筠》[③]中的才子温庭筠,虽然他没有考中,但是作者却在小说中极力赞美其“才思艳丽,工于小赋”的过人才华。在唐代,考中进士者为有真才实学的士林的佼佼者,但相当多的佼佼者却有才而无缘得到进士头衔。这是因为通往进士的独木桥太窄,而不能认为名落孙山者皆非饱学之士。或者换句话说,有才者未必考中,而考中者就应该有才(通过非正常手段获取功名者除外)。即使是通过拉关系、走后门而获得录取者,作者也没有否认其才华,如《王维》[④]中的著名诗人王维就是一个典型例证。

相比之下,《儒林外史》中的儒林群像,则全无大唐盛世士林才华横溢、风流潇洒的气质风度,未免令世人大跌眼镜。在作者笔下,《儒林外史》中士林人物或是鼠目寸光、利欲熏心的陋儒,或是附庸风雅、自吹自擂的“名士”,或是混迹江湖、欺世盗名的骗子。那些醉心科举而侥幸考中的老儒生,更是无才无识,愚昧无知,知识贫乏到了可笑的程度。周进与范进就是这样两个典型。吴敬梓通过这样一些士人形象的塑造,形象生动地说

---

① 李昉等:《太平广记》,王希斌、车承瑞主点校,黑龙江人民出版社1999年版,第二册,第712页。

② 李昉等:《太平广记》,王希斌、车承瑞主点校,黑龙江人民出版社1999年版,第二册,第705页。

③ 李昉等:《太平广记》,王希斌、车承瑞主点校,黑龙江人民出版社1999年版,第二册,第713页。

④ 李时人:《全唐五代小说》,何满子审定,陕西人民出版社1998年版,第792页。

明了八股科举下士人的知识结构与精神状态,从而通过形象体系的建构来进一步否定八股科举,以与开篇的总体否定八股科举相呼应,前后相照,相得益彰。

周进是书中首先登场的醉心科举的读书人,他对科举的痴迷几乎到了疯狂的程度。因是“赤贫之士”,无法参加科举考试而以头撞号板,“直殭殭不省人事”,“满地打滚,哭了又哭”,“直哭到口里吐出鲜血来”。他的姊丈金有余说他:“这不是疯了么?”由此可见周进对八股科举的痴迷程度。

那么,周进写文章的水平究竟怎么样呢?作者在他中举前后,有两处着意写到了这一点,而且二者还可以前后照应,相映成趣。对其答卷的文章水平,作者评论道:“那七篇文字,做的花团锦簇一般。”孤立地从表面来看,似乎周进文章写得相当好,“花团锦簇”应是褒义词。在写其进士考试时,作者只是简单叙述,并未论及其文章如何。作者写道:“到京会试,又中了进士,殿在三甲,授了部属。荏苒三年,升了御史,钦点广东学道。”然后就是在他任广东学道后,主持考试时三次阅范进考卷的细致描写:

> 周学道将范进卷子用心用意看了一遍,心里不喜道:“这样的文字,都说的是些甚么话!怪不得不进学。”丢过一边不看了。又坐了一会,还不见一个人来交卷,心里又想道:“何不把范进的卷子再看一遍?倘有一线之明,也可怜他苦志。”从头至尾,又看了一遍,觉得有些意思。……又取过范进卷子来看,看罢,不觉叹息道:“这样文字,连我看一两遍也不能解,直到三遍之后,才晓得是天地间之至文!真乃一字一珠!可见世上糊涂试官,不知屈煞了多少英

才!"忙取笔细细圈点,卷面上加了三圈,即填了第一名。(第三回)

从表面上看,这似乎是赞美周进慧眼识英才,有独到的看文章的眼光与水平。细细品味,其实,应该是说他没有水平,毫无主见,根本就不知道文章的好坏。而且这还是一箭双雕,同时也说明范进写的文章水平很差。究其实,作者在写周进看到范进进场"还穿着麻布直裰,冻得乞乞缩缩"的可怜样子而心生同情时,就埋下了录取他的伏笔。在其阅卷时又一次点出:"倘有一线之明,也可怜他苦志。"可见,主宰周进评价考卷高低的是其先入为主的同情心,其实他根本就不具备评价文章高低的水平。不然,何以第一次与第三次阅同一张卷子的评价差别会这么大呢?换个角度说,如果范进的文章写得真好,周进水平再差,也不至于第一遍看不出一点好,而需要费这么大劲去找优点。这一点在描写范进的段落中还可以进一步得到证明。

再看,被周进成全录取的范进的知识水平又是怎样的呢?范进是受八股科举毒害最深的一个读书人。他信奉"文章举业"是人生唯一的"可以出头"的信条,从"二十岁应考,到今考过二十余次"。他在周进的可怜下,被录取为秀才,但他并不满足,又去参加了考试,结果中了举人,高兴得发了疯:"拍着手大笑道:'噫!好!我中了!'""穷秀才,富举人",范进当了举人老爷,有了钱财房子、奴仆丫鬟,受到了人们的尊重。三年后,又"中了进士","数年之后,钦点山东学道"。作者写范进的知识水平有一处经典细节,令人拍案叫绝。范进做了山东学道以后来叩见周进,周进托他关照其学生荀玫,嘱咐范进道:"果有一线之明,推情拔了他,也了我一番心愿。"可见,周进专以感情决定是否录取,不仅自己如此,还让范进亦如此。这可作为他录取范进标准的佐证。范进"专记在心",到任后"把童生落卷取来,对着名字、坐号,一个一个的细查。查遍了六百多卷子,并不见有个荀玫的卷子"。范进"心里烦闷",同幕客们吃酒时,仍然挂念此事,"众幕宾也替疑猜不定"。

> 内中一个少年幕客蘧景玉说道:"老先生,这件事倒合了一件故事。数年前,有一位老先生点了四川学差,在何景明先生寓处吃酒,景明先生醉后大声道:'四川如苏轼的文章,是该考六等的了。'这位老先生记在心里,到后典了三年学差回来,再会见何老先生,说:'学生在四川三年,到处细查,并不见苏轼来考,想是临场规避了。'"说罢,将袖子掩了口笑;又道:"不知这荀玫是贵老师怎么样向老先生说的?"范学道是个老实人,也不晓得他说的是笑话,只愁着眉道:"苏轼既文章不好,查不着也罢了,这荀玫是老师要提拔的人,查不着,不好意思的。"(第七回)

由此可见,范进不仅仅是老实,而且还无知,他根本就不知道苏轼是哪个朝代的,根本就没弄明白苏轼是何许人也。仅此一点,就可以想见范进的知识结构是如何的畸形了!苏轼是宋代人,可何景明是明代人啊,是明代"前七子"的代表人物。他根本没有听出来蘧景玉是在取笑他,他还在认真地回答。其实,对于文人来说,这都是小儿科的问题,可见,人要无知,连开玩笑都找不到共鸣。作者说他"是个老实人",讽刺中也含有同情与悲悯。真是可气又可怜啊!其实,若细想想,现在读《儒林外史》的人,不知道苏轼的估计不会有,但不知道何景明的应该大有人在。倘若不知道何景明是谁,那他也读不出来这一段描写的讽刺意味,这么可笑的段子也就不会笑出来。那他与范进的距离也就是"五十步笑百步"而已矣！从范进不知道苏轼这个事实来看,其文章写得如何就可知了！早在南宋时期,就有"苏文熟,吃羊肉;苏文生,吃菜羹"的说法,而范进连苏轼这个人都不知道是谁,那就可以肯定他没读过苏轼的文章。连唐宋八大家集大成者苏轼的文章都没读过,那就可以想见,他的文章会写得好吗?！若再追问下去,为什么范进会连苏轼也不知道呢？这可信吗？其实在范进考试时,周进已经把个中原因说得非常清楚。当童生魏好古跟周进表白他"诗词歌赋都会"时,周进马上勃然大怒,"变了脸道:'"当今天子重文章,足下何须讲汉唐!"像你做童生的人,只该用心做文章,那些杂览,学他做甚么!'"并且马上命人将其"赶了出去","两傍走过几个如狼似虎的公人,把那童生叉着膊子,一路跟头,叉到大门外"。周进这里说的文章,专指应付科举考试的八股文,汉唐以及宋代的文章是不包括在内的,苏轼等唐宋大家的文章,正是属于不在八股科举考试范围之内的"杂览"一类。既然考试不考,那就不仅范进不看苏轼等汉唐大家的文章,所有考生也就都不看了,真正喜欢而去看的,那就可能被考官视为不务正业的异类,自然就不在录取范围之内了。可见,明清的八股科举与唐宋的科举考试大不相同。科举制度演变为八股科举以后,其内容与形式日趋腐朽僵化。它使知识分子变得知识面极其狭窄,只是关注考试的内容,与考试无关的根本不看,结果变得知识贫乏、呆头呆脑、庸庸碌碌、奴性十足。这也就是有思想、有眼光如黄宗羲、顾炎武、王夫之、吴敬梓、曹雪芹等儒林中的佼佼者要批判八股科举的根本原因所在。明代著名学者杨慎就曾指出:

士子专读时义，一题之文必有坊刻。稍换首尾，强半雷同。使天下尽出于空疏不学，不知经史为何物，是科举为败破人才之具也。①

顾炎武更是痛心疾首地感叹道：

时文之出，每科一变，五尺童子能诵数十篇，而小变其文，即可以取功名。而钝者至白首而不得遇。老成之士既以有用之岁月销磨于场屋之中，而少年捷得之者又易视天下国家之事，以为人生之所以为功名者惟此而已。故败坏天下之人才，而至于士不成士，官不成官，兵不成兵，将不成将，夫然后寇贼奸宄得而乘之，敌国外侮得而胜之。②

这就从八股科举对士林心态的扭曲到对天下人才的败坏，进而到对对外战争失败的影响，全面而又深刻地进行了批判，揭示了其误国甚至亡国的巨大危害。

钱穆先生也由此断言："学问空疏，遂为明代士人与官僚之通病。"③可见，若将吴敬梓对周进和范进的这一系列无知细节描写，置于明代八股取士的社会文化背景上观照，就具有了可信性，达到了讽刺艺术与历史真实的统一。作者写得很含蓄而高妙，让读者笑后有思，感慨良多，因此得到鲁迅先生的高度评价："无一贬词，而情伪毕露，诚微辞之妙选，亦狙击之辣手矣。"④所

---

① 钱穆：《国史大纲》，商务印书馆 1996 年版，第 697 页。

② 黄汝成：《日知录集释》卷十七《生员额数》，顾炎武撰，栾保群、吕宗力校点，上海古籍出版社 2006 年版，第 967 页。

③ 钱穆：《国史大纲》，商务印书馆 1996 年版，第 697 页。

④ 鲁迅：《中国小说史略》，载《鲁迅全集》第九卷，人民文学出版社 2005 年版，第 231 页。

以说,《儒林外史》是写给读书人看的小说,一般人还真未必看得出其中蕴含的真意所在,而作为一个文人,如果不读《儒林外史》也应该说是一大遗憾。

与此同时,也应该看到,作者在这些地方也写出了周进与范进的善良、本分与老实忠厚的本质特征,对他们这些好的方面,作者又有肯定和同情。周进看范进穷困可怜而录取他,不也表现了他的同情心吗?难道不比唐代小说中描写的那些趋炎附势、专门录取达官贵人子弟的考官好得多吗?

总之,周进、范进都是科举制度的受害者,他们只是把“文行出处看得轻了”,而不是丧尽了。他们同严贡生、张静斋是有原则区别的。作者对范进这一形象是既认为其可鄙,又觉得其可悲,可以说是含泪批判的。通过范进这个厄运的受害者,作者把批判讽刺的锋芒指向“一代文人有厄”的制造者。通过这一形象也进而否定了八股科举制度。

另一类是由好变坏的青年人,最典型的是匡超人。匡超人原是淳朴、勤劳、善良的农村青年,能用自己的劳动供养父母。自从马二先生开导他“文章举业”是人生唯一“可以出头”的事以后,他开始醉心科举,追名逐利。为了赶考,连父亲瘫痪屎尿在床也丢下不管了。他原来的贫苦农家子弟的美好品质逐渐被功名富贵所腐蚀。此后知县提拔他,一帮名士引诱他,衙役潘三教唆他,他便一步步堕落下去,选时文,充名士,赌场抽头,考场当枪手,造假文书,骗婚再娶……无行文人的丑态,一一在他身上重演,使其逐步蜕化变质,成了一个十足的出卖灵魂的文痞加流氓。他甚至忘恩负义,为了抬高自己,任意诋毁曾经在危难时救援过他的马二先生。他能当着朋友的面,大言不惭地说他教的“学生都是荫袭的三品以上的大人,出来就是督、抚、提、镇”,

都在他跟前磕头。下面这段匡超人自吹自擂、自我表扬而不脸红的话，值得特别引出来，以为当代士人之警诫：

> “我的文名也够了。自从那年到杭州，至今五六年，考卷、墨卷、房书、行书、名家的稿子，还有《四书讲书》、《五经讲书》、《古文选本》——家里有个帐，共是九十五本。弟选的文章，每一回出，书店定要卖掉一万部，山东、山西、河南、陕西、北直的客人，都争着买，只愁买不到手；还有个拙稿是前年刻的，而今已经翻刻过三副板。不瞒二位先生说，此五省读书的人，家家隆重的是小弟，都在书案上，香火蜡烛，供着‘先儒匡子之神位’。”牛布衣笑道：“先生，你此言误矣！所谓‘先儒’者，乃已经去世之儒者，今先生尚在，何得如此称呼？”匡超人红着脸道：“不然！所谓‘先儒’者，乃先生之谓也！”牛布衣见他如此说，也不和他辩。（第二十回）

匡超人这种登峰造极的吹牛表演，在士林中具有典型性。正如顾炎武所说：“今代之人但有薄行而无俊才，不能通作者之意，其盗窃所成之书，必不如元本，名为钝贼，何辞！”[①]匡超人所吹嘘的出书，也不过是“盗窃”而已。我们今天看了匡超人的吹牛表演，尚觉得可笑、可怜、可鄙。其实，像匡超人这样自我吹嘘的人，在当今士林中仍然时有所见，故曰吴敬梓的这些描写具有超时空的认识价值。作者通过这段描写，在痛心疾首地思考：为什么原来如此淳朴、勤劳、善良的农村青年，入了八股科举这条“荣身之路”以后，不仅把“文行出处看得轻了”，甚至连羞耻二

---

① 黄汝成：《日知录集释》卷十八，顾炎武撰，栾保群、吕宗力校点，上海古籍出版社 2006 年版，第 1073 页。

字也忘记了，自我膨胀、自我吹嘘到不要脸的程度了？作者通过匡超人堕落过程的描写，深刻揭示出八股科举乃是一种腐蚀灵魂的剧毒剂。

纪晓岚在《四库全书总目提要》中评价王士禛的《居易录》时，在肯定其优长的同时，又特别指出其弊端："自为之而自书之，自书之而自誉之，即言言实录，抑亦浅矣。是则所见之狭也。"①可谓直戳痛处，入木三分，内涵丰富，耐人寻味。小说来自于现实生活，所以说，吴敬梓对匡超人的描写与纪晓岚对王士禛的批评，可以相互印证，相得益彰。

此外，吴敬梓也用他那锋利的笔触，通过种种考场弊端的描写，揭示了八股科举的腐朽性。在考场里，"也有代笔的，也有传递的，大家丢纸团，掠砖头"，有的甚至"推着出恭"，在土墙上"挖个洞"，"伸手要到外头去接文章"，真是形形色色，无奇不有。

三 官场中官僚群像的刻画

在唐代小说作者塑造的官僚群像中，既有一心为公的忠臣形象，也有结党营私的奸佞形象；既有清正廉洁的清官形象，也有贪污腐败的贪官形象；既有才干优长的能臣形象，也有碌碌无为的庸官形象。其官僚群像是多层次的，相当丰富多彩，从中可以看到有唐一代官府中各级官员的形象全貌。

举例如：《开元升平源》中冒死进谏的姚崇就是一心为公的

---

① 四库全书研究所：《钦定四库全书总目》（整理本），纪昀、陆锡熊、孙士毅等撰，中华书局 1997 年版，第 1635 页。

忠臣形象;《张宝藏》中的魏徵就是才干优长的能臣形象;《代民纳税》中的临贺县令郑冠卿,就是廉洁爱民的清官;《崔尚书雪冤狱》中的河南尹崔碣、《赵江阴政事》中的江阴令赵宏,就是为民申冤的好官。而像唐人小说家笔下出现的杨国忠、鱼朝恩、安禄山、仇士良等就是结党营私、乱国害民的坏官了。

到了吴敬梓的《儒林外史》中,其官僚群像则是以恶为主导了,唐代小说中具有正面审美价值的好官不见了,充斥官场的尽是蝇营狗苟、结党营私、搜刮民财、想方设法攫取功名利禄的坏官。这是为什么呢?

第一,关键是作者在第一回中就提出的一条总纲:“这个法却定的不好!将来读书人既有此一条荣身之路,把那文行出处都看得轻了。”进入官场的人是那些把“文行出处都看得轻了”的追求“荣身之路”的追名逐利之徒。

第二,正人君子皆不出来做官了,因此,官场上自然就没有了正人君子入仕那样的好官了。在第一回中,作者明确写道:

> 母亲吩咐王冕道:“我眼见得不济事了。但这几年来,人都在我耳根前说你的学问有了,该劝你出去做官。做官怕不是荣宗耀祖的事,我看见这些做官的都不得有甚好收场。况你的性情高傲,倘若弄出祸来,反为不美。我儿可听我的遗言,将来娶妻生子,守着我的坟墓,不要出去做官。我死了,口眼也闭。”王冕哭著应诺。

王冕是书中正人君子的典型人物,他遵照母亲的嘱咐一生没有出去做官。小说后面一系列像王冕这样的正人君子也都不出去做官。这也成为书中官场的一个时代特色。

第三,从王冕母亲的话里还可以看出一个问题:“这些做官的都不得有甚好收场。”这也应该是当时官场的实际情况。随着封建专制的加强，皇帝权力的无限扩大，朱元璋连宰相都随意杀戮，何况其他朝中官僚乃至地方官。在皇帝大开杀戒的淫威之下，官僚们朝不保夕，战战兢兢，如履薄冰。以至于明代洪武时期，“于是元功宿将相继尽矣”，“才能之士，数年来幸存者百无一二”。朝臣人人自危，上朝先与家人诀别。于是也有些人因为畏惧不得好收场而不去做官。

在吴敬梓笔下，当时社会的科场与官场是有由此及彼的逻辑联系的。文人读书、学八股文的目的是科举入仕做官，读书与做官通过科举联系起来。科场角逐的胜利者，到官场仍旧是追名逐利、恣意横行的能手。如书中少年得志的王惠就是这样的一个典型。他一到南昌太守任上，便打听捞钱的路子：“地方人情，可还有甚么出产？词讼里可也略有些甚么通融？”他做官的哲学是“三年清知府，十万雪花银”。他上任后做的第一件事便是“钉了一把头号的库戥，把六房书办都传进来，问明了各项内的余利，不许欺隐，都派入官”。从此衙门里一片“戥子声，算盘声，板子声”。“这些衙役百姓，一个个被他打得魂飞魄散。合城的人，无一个不知道太爷的利害，睡梦里也是怕的。”这就是不择手段攫取功名利禄的坏官。但就是这样的坏官典型，却被上司评价为好官：“各上司访闻，都道是江西第一个能员，”两年后荣升了道台。当然，这些“把那文行出处都看得轻了”的坏官，也不可能有好的收场。王惠先是不讲操守，投降了叛乱的宁王。宁王兵败，“束手就擒”，王惠“黑夜逃走”，“自此更姓改名，削发披缁去了”。八股科举造就的所谓官场能员，终于落得个可悲的下场。

再如小说中的汤知县，也是一个鱼肉百姓、害民邀名的坏官。当时圣旨禁宰耕牛,几个回民给汤知县送了五十斤牛肉,求他“略松宽些”。结果汤奉认为这是一个立淫威、邀清名的好机会,他“叫将老师夫上来,大骂一顿‘大胆狗奴’,重责三十板,取一面大枷,把那五十斤牛肉都堆在枷上,脸和颈子箍的紧紧的,只剩得两个眼睛,在县前示众。天气又热,枷到第二日,牛肉生蛆,第三日,呜呼死了”。这下激怒了回民群众,“众回子心里不伏,一时聚众数百人,鸣锣罢市,闹到县前来”。汤知县求上司按察司,“按察司道:‘论起来,这件事你汤老爷也忒孟浪了些,不过枷责就罢了,何必将牛肉堆在枷上!这个成何刑法!但此刁风也不可长。我这里少不得拿几个为头的来尽法处置,你且回衙门去办事,凡事须要斟酌些,不可任性。’汤知县又磕头说道:‘这事是卑职不是。蒙大老爷保全,真乃天地父母之恩,此后知过必改。但大老爷审断明白了,这几个为头的人,还求大老爷发下卑县发落,赏卑职一个脸面。’按察司也应承了。知县叩谢出来,回到高要。过了些时,果然把五个为头的回子问成奸民挟制官府,依律枷责,发来本县发落。知县看了来文,挂出牌去。次日早晨,大摇大摆出堂,将回子发落了”。可见汤奉这种读书人一旦从“荣身之路”进入官场,手中有了权力之后,就滥施淫威,草菅人命,邀取清名,不择手段。枷死了回民,本来就是罚不当罪,应该反省认错,痛改前非,可他又找后台,依仗靠山,变本加厉,罪上加罪,进一步扩大害民的范围。这样的坏官是老百姓的灾星而非救星,死有余辜。作者对他痛加鞭挞,毫不留情。

作者对这些官场掌权者攫取金钱的无耻与贪婪的生动描写是有现实生活的根据的,明末清初著名思想家顾炎武就曾痛心疾首地指出:“万历以后,士大夫交际多用白金,乃犹封诸书册之间,进自阍人之手。今则亲呈坐上,径出怀中,交收不假他人,茶话无非此物，衣冠而为囊橐之寄，朝列而有市井之容。”[1]这与清代小说经典如《聊斋志异》《儒林外史》《红楼梦》对当时官场腐败的描写足以相互印证。若借用来批判当代贪官污吏的无耻贪婪行径，也正相契合。清代著名学者章学诚论其时官场贪婪曰：“上下相蒙，惟事婪赃渎货。始则蚕食，渐至鲸吞。初以千百计者，俄而非万不交注，俄而且数万计，俄而数十万、数百万计。”[2]这也是《儒林外史》中人格高洁之士林精英不屑与贪官污吏同流合污而逃离官场、避世隐居的主要原因之一。

四　隐士形象塑造之比较

中国文学史中的隐士形象源远流长，形象的原型固然来自中国历史上各种各样的隐士，其中也有作家的理想化创造，也寄寓着士林的道德理想与人格精神。中国历史上的隐士形象系列中，既有鄙薄功名利禄的真隐士，也有借此沽名钓誉的假隐士，还有想走“终南捷径”的投机者。中国文学史中的隐士也如是，琳琅满目，丰富多彩。

若将唐代小说仕宦题材作品与《儒林外史》中的隐士形象加以比较，也是很有意思的课题。二者的相同点是都有隐士形象的塑造，且都生动形象，给人印象深刻。二者的同中之异在于：第一，在唐代小说中，隐士形象少，入仕形象多，作者笔墨的重心在入仕人物形象的塑造上；在《儒林外史》中则隐士形象

---

① 黄汝成：《日知录集释》卷三，顾炎武撰，栾保群、吕宗力校点，上海古籍出版社 2006 年版，第 149 页。

② 钱穆：《国史大纲》，商务印书馆 1996 年版，第 867 页。

多,入仕形象少,作者笔墨的重心在隐士人物形象的塑造上。第二,在唐人小说中,作者的社会理想与人生理想主要寄寓在入仕的正人君子身上,希望他们为国为民,共建大唐盛世。在《儒林外史》中,作者的道德理想与人格追求寄寓在隐居在野的正人君子身上,希望以他们的道德、人格、思想来烛照黑暗的社会现实,来拯救有厄的文人。这种巨大差别的根源在于社会现实的巨大反差。大唐盛世乃中国封建社会的黄金时期,当时士林的心态是想进入仕途,把自己的才华与平生所学奉献出来,为国建功立业,实现其修齐治平的人生理想与社会理想。如若隐居在野便会觉得有负盛世,愧对人生。而到了吴敬梓书中所写的明代与其生活的清代,已经是封建社会的末世。此时,封建专制空前强化,文字狱空前酷烈,士林地位空前低下,社会黑暗,黑白颠倒,特务统治,民不聊生。时代变了,明智的士人当然要调整自己的人生方向。孔子说得好:“邦有道,则仕;邦无道,则可卷而怀之。”(《论语·卫灵公》)唐人是按孔子的前句话做的,吴敬梓是按孔子的后句话做的。二者都符合孔子的教诲,都是与时俱进,相机而动。

唐人小说的隐士形象系列中,有正面的真隐士形象,其中多有成仙得道者;也有假隐士,刘肃《大唐新语》中《卢藏用》[①]与沈汾《续仙传》中《司马承祯》两篇作品中都出现过的人物卢藏用,就是一个以“终南捷径”步入仕途的假隐士典型形象。

到了吴敬梓的《儒林外史》中,隐士形象的建构形成多层次的形态,作者把他们作为理想人物赞美之,不遗余力地歌颂了这

① 李时人:《全唐五代小说》,何满子审定,陕西人民出版社 1998 年版,第 739 页。

一系列理想人物那种不随凡俗的高尚品格。任何成功的作品，在它揭露黑暗的同时，必然要有对光明的追求，在批判丑恶的同时，一定要有美好事物的展示，使人们在憎恶丑的同时，还可以欣赏到美。《儒林外史》就是如此。从作者塑造出的这一系列理想人物，可以发现作者探索真理、追求理想的脚步，看到作者寻找光明的渴求。作者笔下的理想化的隐士形象系列，由四个层面构成：

一是逃避仕途、隐居深山的王冕。作者把王冕这个品行高洁的形象放在全书的开头，是有意树立起一个正面形象的楷模。

二是对抗时风众势、富有叛逆精神的杜少卿。杜少卿是作者的化身，其形象中寓有吴敬梓自己的影子。他出污泥而不染，不与世俗同流合污，傲然独立于儒林群丑之上。他鄙薄功名富贵，最讨厌讲“做官”“有钱”，认为“学里秀才，未见得好似奴才”。他笑骂官迷臧蓼斋说：“你这匪类，下流无耻极矣！”李巡抚荐举他入京做官，他却用手帕包了头，躺在床上装病不去。他轻财仗义，慷慨好施，结果把家私散尽，穷到“卖文为活”。他放浪不羁，蔑视权要，反抗礼法，携着妻子的手同游清凉山，使卫道士们“目眩神摇，不敢仰视”。他反对纳妾，表示“娶妾的事，小弟觉得最伤天理”。有人要同他去会王知县，他说：“王家这一宗灰堆里的进士，他拜我做老师我还不要，我会他怎的？”杜少卿的这些叛逆表现，引起了封建势力和卫道者们的种种非难和攻击。翰林院侍读高老先生逢人便骂他是“杜家第一个败类”，在家里教子侄们都要“以他为戒”，每人书桌上贴一张纸条，上写“不可学天长杜仪”。但作者却是极力赞美杜少卿的，作者借迟衡山之口说，“分明是骂少卿，不想倒替少卿添了许多身分。众位先生，少卿是自古及今难得的一个奇人！”吴敬梓塑造的杜少卿这个富有叛逆性格的人物形象，在一定程度上反映了资本主义萌芽期的进步思潮对封建势力的冲击，反映了新兴市民阶层要求冲破封建主义束缚，争取个性解放的初步民主主义思想。

三是品学兼优、清廉高洁的“真儒”“贤人”形象。这些“真儒”“贤人”包括：强调“礼、乐、兵、农”，幻想用古礼古乐来挽回世道人心的迟衡山；“无心于仕途”，专门“闭户著书”的庄绍光；号称“真儒”“大圣人”，致力于以德化人的虞育德；出身寒微、注重实学的武正字；等等。他们的共同特点是正直淡泊，襟怀坦白，轻视功名富贵，鄙弃八股科举，同情人民疾苦，反对风水迷信。显然这些人是作者以王冕为楷模，按自己的理想塑造的。而“真儒”“贤人”的“风流云散”，则宣告了作者理想的破灭，表现出作者对儒林的失望。于是作者转而又把希望寄托在自食其力的市井奇人身上。

四是自食其力、清高绝俗的市井奇人形象。作者在小说的最后一回，以四个市井奇人结束全书。一个是在寺院里长大擅长书法的孤儿季遐年。他不贪富贵，不慕势力，清高绝俗。这个狂放不羁的人物，是作者对那个丑恶的势利社会强烈不满的产物。第二个是卖火纸筒的棋手王太。“他自小儿最喜下围棋”，认为“天下那里还有个快活似杀矢棋的事”。他敢于同“天下的大国手”对弈，并且取得了胜利。这说明了能人、奇人反倒在市井中间。第三个是开茶馆却喜爱绘画读书的盖宽，他安于贫贱，怡然自得。这个人物与当时社会上投机钻营、奔竞成风的官场和儒林群丑形成鲜明对照。第四个是会裁缝而又善弹琴的荆元。他弹琴写字，自由自在：“每日替人家做了生活，余下来工夫就弹琴写字，也极喜欢做诗。”他说：“我也不是要做雅人，也只为性情相近，故此时常学学。……而今每日寻得六七分银子，吃饱了饭，要弹琴，要写字，诸事都由得我；又不贪图人的富贵，又不伺候人的颜色，天不收，地不管，倒不快活？”他看重自己的职业，把“祖父遗留下来的”裁缝职业与读书识字统一起来，追求那种无拘无束、自由自在的生活方式。这在当时的社会上实在是难能可贵的思想。作者以满腔的热情，着力歌颂了这四个市井奇人那种不慕功名富贵、心境恬淡、自食其力、清高绝俗的品质，在他们身上寄托了自己的人格理想与审美情趣。

从作者对这些形象的倾心塑造中，可以看出作者人生经历的影子，可以透视其人生理想追求，可以看到他鄙视功名富贵的思想火花。在吴敬梓 36 岁那年，安徽巡抚赵国麟举荐他到北京应“博学鸿词”科的考试，他却托病不去。此时他的生活内容主要是流连山水，诗文自娱。他曾携着妻子手游清凉山，向封建礼法与习俗挑战。在他 51 岁的时候，乾隆皇帝“南巡”，别人都去夹道欢迎，他却“企脚高卧向栩床”（金兆燕《寄吴文木先生》）。作者歌颂的这些隐士形象正是与儒林群丑形成鲜明对照的厌恶科举、鄙视功名富贵者。正如闲斋老人在《〈儒林外史〉序》中所说：“终乃以辞却功名富贵，品地最上一层，为中流砥柱。”

吴敬梓基于他鄙视功名富贵的基本思想，以犀利的笔锋揭露和抨击了封建社会中形形色色的“无行文人”的恶德恶行，进而又以否定八股科举和批判功名富贵为中心扩展至当时的官僚制度、人伦关系以至整个社会风尚。官场中的官僚，则大多为昏聩荒淫、徇私舞弊的蠹贼；所谓乡绅，也不过是一帮武断乡曲、趋炎附势的恶棍；而膏粱子弟，更是一些倚仗父兄财势、挥霍度日的昏虫。可以说，作者以如椽巨笔描绘出一幅封建社会百丑图。作者对他们进行了鞭辟入里的揭露和无情辛辣的讽刺，进而否定了八股科举制度。作者把批判的锋芒由“科场”而指向“官场”,进而扩展到全社会。这便深化了全书的思想内涵及文化内涵。

五　思想火花与现实困惑

唐人小说仕宦题材作品与《儒林外史》各有其思想火花,各自照亮着当时士林与后人的思想与视野。唐人小说已如前述,不再重复,这里比较着再说说《儒林外史》的思想火花与现实困惑。

吴敬梓在批判八股科举制度时,吸取了唐人的思想成果,从体制本身去思考问题之所在,这就超越了蒲松龄,达到了新的思想制高点。这是其思想火花之一,但仅说到这一点其实还不够,这个体制问题的根源可以挖到哪里呢?这也是应该进一步思考的问题。吴敬梓难能可贵的思想火花还在于,他把这个根源挖到了皇帝老儿那里去了。这个胆子够大了吧?这可从两个层面看:

第一,从这个八股科举体制的建立层面说,它是皇帝钦定的,具体说是朱元璋与刘基共同商定了以八股科举取士。“其文略仿宋经义,然代古人语气为之,体用排偶。”考试专以四书五经命题,四书要以朱熹注为依据。这就把文人思想局限在程朱理学的范畴之内,极大地束缚了文人的创造性,产生了极恶劣的后果。这部小说在第一回就开宗明义指出了这一点,前面已论及,不再赘叙。

第二,在紧接着出现的对两个八股科举的受益者——周进和范进的描写中,作者有意点出他们职位的任命者是皇帝。周进是“钦点广东学道”,范进是“钦点山东学道”。其实,一个省的学道,未必非要皇帝亲自任命。那为什么两次有意这样强调呢?这一点似乎还没有引起学界的重视,其实非常重要。这里有两点深意值得关注:

一是,说明皇帝对他亲自设立的八股科举制度非常重视,因此,对考中者格外关注,任免都亲自下令,不容大臣插手。当然这里边也同时隐含着皇帝的专制集权。朱元璋嫌宰相碍事、分权,所以把中国封建社会执行了一千多年的中书省和丞相制度都废除了,分相权于吏、户、礼、兵、刑、工六部,六部又直属皇帝。这实际上是皇帝把宫中与府中一把抓了,越俎代庖,亲自执掌了宰相的权力。这样皇帝的权力便扩大了、加强了,朱元璋由此成为中国历史上权力最大的皇帝,中央集权发展到了最高峰,封建专制走向了极端。

二是,皇帝钦点的是"学道",是主管教育的官员。这一方面说明朱元璋重视教育,这没有问题。问题在于他把周进与范进这样水平的人选拔为主管教育的官员,那教育的结果会是怎样的就可想而知了。周进一上任就选拔出范进,马上证明了皇帝用人的失误,说明朱元璋也是聪明反被聪明误。聪明过头的人往往自食恶果,朱元璋也不例外。这似乎可从中找到明代灭亡的深层原因。由此可见,吴敬梓是一位思想深刻、文字力透纸背的伟大作家。

吴敬梓通过赞美王冕、杜少卿等高洁士人的出世隐居,来否定八股科举,寄寓自己的道德审美理想。这是其思想火花的最亮点。但是,在社会现实中会有难以解决的困惑,这也是学界未给予应有关注的问题。约而言之,这种难以解决的困惑问题,其核心内容主要包括两点:

其一,避世隐居与社会责任的矛盾,也就是洁身自好与爱民、救民的矛盾。这在乱世中显得尤为突出。如果这个社会士林中那些如王冕、杜少卿、庄绍光这样的知识精英、正人君子,都为了保持自己的高洁人格而选择隐居以避世,那么,岂不是把天下的各级权力都让给那些追名逐利、贪赃枉法、唯利是图、胆大妄为的奸佞小人了吗?那样老百姓不是更倒霉、更遭罪了吗?社会不就更没有希望了吗?这个问题难道不值得认真思考吗?按照儒家的理论,君子洁身自好并没错,但是,君子也应该有以天下为己任的责任感,应该尽救苍生、安天下的义务。其实这也是罗贯中笔下司马徽的内心矛盾所在。司马徽自己甘于隐居,不肯出仕,即使明君登门相请也不肯出山,但他又不反对伏龙、凤雏出山,甚至还劝刘备去探访。他对徐庶说:“汝怀王佐之才,当待时而出。”而出仕的目的就在于“经纶济世”。在《三国演义》中,诸葛亮本来也是“躬耕南阳”的避世隐居者。他之所以出山,其深层原因关键在于他与刘备在“爱民忧国”这个人生目标上的一致性。“三顾茅庐”时刘备先后三次言其救民保国之意,已经令诸葛亮心有戚戚焉,而刘备为苍生流的泪水更证明了其爱民忧国之真心诚意,这才是诸葛亮出山的深层原因。诸葛亮临出山嘱咐诸葛均说:“待吾功成名遂之日,即当归隐于此,以足天年。”这就是诸葛亮自我设计的人生归宿:始于修身隐居,中于事君建功,终于功成归隐。诸葛亮出山是为救民,而非为刘备一人,也不是为追求个人的功名利禄。这正符合黄宗羲所言:“我之出而仕也,为天下,非为君也;为万民,非为一姓也。”[①]若将罗贯中在《三国演义》中对此困惑问题的取舍思考,与吴敬梓在《儒林外史》中的描写与思考综合起来一并考察,方

① 黄宗羲:《明夷待访录·原臣》,中华书局2011年版,第14页。

可作为当代士人解决此矛盾问题的参考。

其二，避世隐居与负荷民族传统文化职责的矛盾。关于这一点，钱穆先生曾有过全面深入的论析，他指出：

> 中国社会机构，自汉武以下，不断以理想控制事实，而走上了一条路向，即以士人为中心，以农民为底层，而商人只成旁枝。因此社会理想除却读书做官，便是没世为老农。市井货殖，不是一条正道。民族文化正统的承续者，操在读书人的手里。而读书人所以能尽此职责，则因其有政治上的出路，使他们的经济生活，足以维持在某种水平线之上。若使读书人反对科举，拒绝仕宦，与上层政权公开不合作，则失却其经济凭藉，非躬耕为农，即入市经商，而从此他们亦再不能尽其负荷民族传统文化之职责。所以一个士人，要想负荷民族传统文化之职责，只有出身仕宦。明末遗民，虽则抱有极强烈的民族观念，到底除却他们自身以外，他们的亲戚朋友以至他们的子孙，依然只能应举做官，这样便走上与异族政权的妥协。亦惟有如此，他们还可负荷他们最重视的民族文化。①

为了说明这一论断，钱穆先生接着还以明末遗民的生活状况为例加以具体说明，他详细列举了明末遗民的出家、行医、务农、处馆、苦隐、游幕、经商等七种生活方式与形态，并且每类都有举例分析与论证。这些精辟论析，足以作为我们对此问题思考的参照。以此为参照来看《儒林外史》结尾所描写的四大奇人的生活状况，季遐年是“总在这些寺院里安身”，“随堂吃饭”，

① 钱穆：《国史大纲》，商务印书馆1996年版，第849—850页。

虽然未出家，但也没有家。王太、盖宽、荆元三人则都可归入钱穆先生总结的七类中的“经商”一类，但也无大的商业行为，只是自给自足，温饱而已，应该属于现在所谓的个体工商户。虽然他们获得了个体生活与精神的自由，但的确如钱穆先生所指出的，他们显然难以尽负荷民族传统文化之职责矣。这确实是不能不认真思考的大问题。

第九章　唐代小说与《红楼梦》之官场描写比较

唐代小说是中国古代小说史的真正开端,《红楼梦》是中国古代小说的最高峰,二者有无可比性呢?笔者认为,起码在士林仕宦内容的表现上是有可比性的,且很值得一比,通过比较,可以加深对诸多问题的认识。唐代小说中不仅科举题材、仕宦题材描写官场,爱情题材、豪侠题材、神仙题材等也均涉及官场的诸多问题,因此可以说,唐代小说所描写的官场是古代小说中最为全面、丰富的;《红楼梦》中描写的士人形象数量的确有限,但"动人春色不须多",曹雪芹作为士林中的佼佼者,基于他对士林、官场的深刻认识,借鉴了包括唐代小说在内的古代小说官场描写的思想艺术成果,又能够匠心独运,以少胜多,通过屈指可数的士人典型形象,揭示了封建社会官场的本质特征,深刻批判了官场扭曲士人灵魂的可怕现实,蕴含着丰厚的文化意蕴。

一　究竟哪个是封建社会百科全书?

在红学界有一个比较流行的、似乎已成共识的、无人提出异议的对《红楼梦》的总评断语,即称誉其为"中国封建社会的百科全书"。这从《红楼梦经典释义800题》一书中即可见一斑。

编著者在书中一再强调指出:“《红楼梦》堪称一部中国封建社会的百科全书。”“《红楼梦》内容包罗万象,被誉为中国封建社会的百科全书。”[①]作者在该书卷末《后记》中特别说明:“本书因为是摘编、整理和概括了《红楼梦》问世以来各种观点、成果,参阅、引述了大量红学专家、报刊作者和网络写手的研究成果和意见。”“编辑此书的目的是‘收罗百家,贡献读者,一册在手,饱览红楼’。”[②]这说明,这一断语并非哪一家哪一派的观点,而是红学界都知道的看法,且被认为是对《红楼梦》的最高评价、最高赞誉,无人提出异议。《红楼梦大辞典》也收入了这一观点,称:“《红楼梦》反映生活规模宏大、描写深微,素有中国封建社会的‘百科全书’之誉。”[③]

有鉴于此,笔者通过将《红楼梦》与唐代小说进行比较之后则认为,这个评价似乎有些不妥。这主要还不在于评价高低,问题的关键在于名实不符,似欲褒之,实则贬之;似欲誉之,实则毁之。其中似不无“以阶级斗争为纲”理论的影响在焉。笔者在2012年撰写有关《镜花缘》的论文时,开始萌生了这个想法,但未形诸文字;今天在将唐代小说与《红楼梦》进行比较时,此想法愈加明确,故提出来以就教于方家。愚以为,将此评语加诸《红楼梦》,还不如加之于收入了全部唐代小说的《太平广记》。后者加此头衔或许更为合适,更名副其实。试略加阐释如下。

---

① 要力石:《红楼梦经典释义800题》,中国书籍出版社2007年版,第1—3页。

② 要力石:《红楼梦经典释义800题》,中国书籍出版社2007年版,第412页。

③ 冯其庸、李希凡:《红楼梦大辞典》(增订本),文化艺术出版社2010年版,第3页。

1. 从小说产生的历史时期看

唐代是一个伟大的时代，是中国历史的黄金时代，也是中国传统文化全面繁荣的时期。钱穆先生指出："唐代为中国史上之极盛期"[①]，"唐代的租庸调制，奠定了全国农民的生活。唐代的府兵制，建立起健全的武装。唐代的进士制，开放政权，消融阶级，促进了全社会的文化。唐代的政府组织，又把一个创古未有的大国家，在完密而伟大的系统之下匀称的、合理的凝造起来。事实胜于雄辩，盛唐的伟大，已在事实上明确表出"[②]。可见，唐代社会的经济、政治、科举、政府等各个层面，都可以代表整个中国的封建社会，并且是中国封建社会的高峰期，包孕着中国封建社会的主要特征。相比之下，曹雪芹创作《红楼梦》的时代，已经到了中国封建社会的末期，呈现出封建末世的征兆，虽然史学界有所谓"康乾盛世"的说法，但那也不过是整个封建社会的回光返照而已，故可曰，其所描写的社会现实情状，已经不足以代表整个中国封建社会矣。如此看来，如果将"中国封建社会"这个定语限定为"清代封建社会"或许还比较符合实际，如何能笼统地、以偏概全地、以点带面地称之为"中国封建社会的百科全书"呢？相比之下，傅璇琮先生也曾以"百科全书"称誉杜甫的诗歌，他说："我觉得，从对诗歌反映现实的广度和深度来说，杜诗也可以说是唐朝安史之乱前后几十年的生活的'百科全书'。"[③]由于在"百科全书"前面有"唐朝安史之乱前后

① 钱穆:《国史大纲》，商务印书馆1996年版，第744页。

② 钱穆:《国史大纲》，商务印书馆1996年版，第413页。

③ 傅璇琮:《陈贻焮〈杜甫评传〉序》，载《学林清话》，大象出版社2008年版，第3页。

几十年”的限定,由于有杜甫行踪广泛性的描述,因此这个论断就是可以成立的,就是具有科学性的严谨学术论断。

也有人评价《儿女英雄传》为“百科全书”,如弥松颐先生就指出:“《儿女英雄传》是一部晚清社会的小百科全书。其时代空气、民情风俗、科举考场、世家礼节、市井游民、衣饰装点、起居服色等等,都有明确的生活依据,是看得见、摸得着的一个封建社会的缩影。”①

因为在“百科全书”前面加上了“晚清”“社会”“小”这样三个词语、三个方面的限定,这个评语基本上似还可以成立。

由此又联想到,姚雪垠在谈自己创作《李自成》的初衷时一再强调指出:“《李自成》这部长篇历史小说,企图通过明末农民大起义这条主线,写出一个历史时代的风貌,反映当时各个阶级、各个阶层、各种不同地位和不同行业的人们的社会生活,使之成为中国封建社会后期的‘百科全书’。”②“《李自成》的趣味很丰富,都是有历史来源的。它相当于一部百科全书,在中国还是首创的。”③前一句因为在“百科全书”前面有“中国封建社会后期”的限定,也许还算说得过去;而后一句毫无限定,显然难以成立。而“首创”的强调,则未免有自誉之嫌了。由此可见,“百科全书”之类的评价是作家主观上想要力争的高帽子。也正为此,学界就好心地因为特别热爱《红楼梦》而欲将其戴到曹

---

① 尔弓:《还读我书室主人评儿女英雄传》下册《后记》,齐鲁书社1990年版,第1072页。

② 姚雪垠:《谈〈李自成〉的若干创作思想》(上),载《文艺理论研究》1984年第1期。

③ 李复威、杨鹏:《姚雪垠希望身后发表的谈话》,载《文艺报》,2000—04—15(2)。

雪芹的头上。但愚以为,曹雪芹主观上是不想争这顶帽子的,也并未以此为追求目标。这在《红楼梦》第一回里已经说得明明白白了。

2. 从小说所含题材内容的丰富性看

唐代小说的内容包罗万象,诸如婚恋题材、仕宦题材、宗教题材、士林题材、科举题材、神仙题材等等,内容全面而丰富。李剑国曾将唐代小说的内容概括为十大主题,“唐小说有十大主题:性爱、历史、伦理、政治、梦幻、英雄、神仙、宿命、报应及兴趣”①,比较全面确切。翻开《太平广记》,仅其目录就令人慨叹其题材内容的丰富多彩。其类别达92类之多,划分类别新颖而独特,描写巨细无遗,包罗万象。

若从现实题材与超现实题材的层面来看《太平广记》类别的数量比例,自“名贤”类以下,一直到“童仆奴婢”类,连续排列皆是现实题材,所占类别数量达47类,超过了总类数的一半。此外,未连续排列者中,“杂传记”9卷皆是现实题材的重头作品,代表着唐传奇的最高水平。“杂录”8卷也均是叙写社会现实中的人和事。“征应”11卷与“定数”15卷所叙内容也皆为现实题材,只是皆有前兆,事如前定,令人称奇耳。如此看来,即使总体按类别计算,现实题材作品的类别也已经达到51类,计155卷。所以若说唐代小说或直接说《太平广记》是“中国封建社会的百科全书”,或许还可以说是名实相符。

而《红楼梦》所写内容比《太平广记》要少得多,反映的社会面也狭窄得多,曹雪芹的笔墨主要集中于一个家族,且重点写此

---

① 李剑国:《唐五代志怪传奇叙录》,南开大学出版社1993年版,第51页。

家族的女人世界。其他描写或作为背景,不得不写才简略写之,如家族衰亡,宗教、神话故事等即是;有的内容,作者仅是偶尔涉及,蜻蜓点水,如农村生活的描写即是如此。若从“百科全书”的比附来说,首先,《红楼梦》就不符合“百科”这个关键词,其次,其内容当然也就不“全”了。这岂不是名实不符吗?这并非贬低《红楼梦》,而是实话实说,故笔者认为:以“中国封建社会的百科全书”称誉《红楼梦》是名不副实。

3. 从小说作家的代表性层面看

《太平广记》中的唐代小说是由众多士人小说家群体创作的,贯穿了整个唐代,甚至还有宋初的作品,这个庞大士林作家群体,可以从不同层面、不同角度,以不同人物来反映社会历史文化生活的各个方面,所以反映的社会面才会如此广阔,这很正常。

据冯沅君先生对唐传奇和杂俎48位作者的考证,可考知出身、行事的21人中,考中进士者占了15人,另有明经1人、擢制科1人、应进士而落第1人、进士或制科出身的3人,据此得出结论说:“唐传奇的杰作与杂俎中的知名者多出进士之手。”①俞刚在《唐代文言小说与科举制度》一书中,进一步全面考察了唐代文言小说作者的士人身份。他依据李时人先生编校的“《全唐五代小说》正编和外编的收录以及作者小传的考订,并参校诸种有关文献”②,得出这样一组数据:科举士子出身者56人,

① 冯沅君:《唐传奇作者身份的估计》,载《文讯》1948年第9卷第4期。

② 俞刚:《唐代文言小说与科举制度》,上海古籍出版社2004年版,第197页。

其中进士应举和及第者49人、明经应举和及第者3人、直接应制举及第者4人；非科举出身或不详生平者95人，其中以荫入仕者2人、僧人道士5人、有姓名有官历者43人、有姓名不详生平者24人、佚名者21人。[①]在此统计分析的基础上，他得出结论说："在唐代科举文化的环境下，科举士子和非科举出身的文士共同创造了中国文言小说史上一个辉煌时代。"[②]这个数据和结论是有说服力的。这里应该强调一点，无论是科举出身还是非科举出身者，他们都是唐代士人群体中的重要组成部分，充分说明着唐代士人小说创作的主体乃是士人。非科举出身者中应该包含着科考落第者，落第者自然亦是科考中的备考者与参考者，当然应视为唐代士林中的成员。从唐代每年考中进士者的数量与录取比例看，科举落榜士人的数量是相当庞大的，远远高于金榜题名者。五代人王定保《唐摭言》卷一《散序进士》曰："岁贡常不减八九百人。"[③]《唐摭言》卷二《恚恨》又曰："圣唐有天下，垂二百年；登进士科者，三千余人。良夫之族，未有登是科者，以此慨叹愤惋。从十岁读书，学为文章，手写之文，过于千卷。"[④]据此计算，唐代进士的录取率仅为2%左右，落第士人的数量应该是中举者的50倍。这是多么庞大的士林群体啊！落第者创作小说的心态与金榜题名者肯定有异，落第者创作的小说内容与内涵也会大不相同，这反倒丰富了唐代士人小说的文化内涵

---

① 俞刚：《唐代文言小说与科举制度》，上海古籍出版社2004年版，第239页。

② 俞刚：《唐代文言小说与科举制度》，上海古籍出版社2004年版，第243页。

③ 王定保：《唐摭言》，古典文学出版社1957年版，第4页。

④ 王定保：《唐摭言》，古典文学出版社1957年版，第21页。

与审美意蕴。

据《文献通考》卷二十九记载，全唐近三百年间，共取士8241人，其中进士科6620人，各类杂科1621人，这些及第者后来多被授以官职，相当数量的人还成为一代宰执，如房玄龄、张柬之、姚崇、宋王景、张九龄、裴度等，到了唐末，宰相中进士出身者达90%以上。这当然给广大出身庶族寒门者提供了"朝为田舍郎，暮登天子堂"的机遇，因而参加科考的读书人数量也蔚为壮观。唐代"士人小说"创作的主体队伍就应是参加科考的读书人群体中的佼佼者。由此可见，唐代小说家这个群体是多么庞大，其文化层次是相当高的，其文化素质是特别好的，其代表性是相当广泛的。

相比之下，《红楼梦》是曹雪芹一个人的创作成果，其人生经历、耳目所接、文化视野等方面当然会受到一定的限制，其思考的问题与关注的重点是以独特见长，而非面面俱到。《红楼梦》的独特与成功恰恰在此。既然如此，为什么非要他全面反映封建社会的全景呢？怎么能够要求一个作家以个人之力写出百科全书式的作品呢？

4. 从小说文体特性的层面看

以"百科全书"的评价加诸一部小说，并不一定就是赞誉，应该是似是而非，似褒实贬。这有鲁迅先生论《镜花缘》的评语可为佐证。鲁迅先生在批评《镜花缘》创作的缺点时，实事求是地指出："盖以为学术之汇流，文艺之列肆，然亦与《万宝全书》为邻比矣。"①这就切中肯綮地指出，作者李汝珍的"博识多通"

---

① 鲁迅：《中国小说史略》，载《鲁迅全集》（第9卷），人民文学出版社2005年版，第260页。

反而给小说创作造成了负面影响,其力求小说内容全面的创作意图与自我炫耀,带给读者的是事与愿违的画蛇添足式的阅读感受。这样一来,《镜花缘》就因邻近《万宝全书》而失去了小说文体应有的思想深度与独特美感。这个批评是恰切而中肯的。“万宝全书”与“百科全书”虽含义有别,但也有相通之处,即都以“全”取胜,以多为高,而这也就失去了其作为小说的某些重要特征。我们今天总不能认为鲁迅先生这个评语是对《镜花缘》的褒扬吧。

尽管搜罗唐代小说最为全面的《太平广记》的内容如此丰富,鲁迅先生对它评价如此之高,但也未用“中国封建社会的百科全书”之类的说法评价之,而是评其为:“盖不特稗说之渊海,且为文心之统计矣。”[①]前一句源自《四库全书总目》,鲁迅先生认可之而拿来评价,后一句是其原创。比较而言,这个评价显然比“中国封建社会的百科全书”更恰切,更为学界认可。可见文学评价应以准确、恰切为要,对中国古代小说的评价,应以其表现社会生活的深度和新意为主,而不应视“全”为高。

5. 从小说作品的构思与主旨层面看

中国古典小说名著中,《红楼梦》并非以“全”取胜,而是以“深”超越前人,进而才登上中国古代小说的最高峰。如果说“全”的话,《红楼梦》还不如《三国演义》反映社会生活全面。当然,《三国演义》虽然是全景镜头展示社会生活,但还是有所侧重的,即集中在军事、政治斗争方面,对经济、市民、农民等层面的生活情况则涉及甚少,对爱情等内容,则根本就摒弃在外了。

① 鲁迅:《中国小说史略》,载《鲁迅全集》(第 9 卷),人民文学出版社 2005 年版,第 104 页。

《红楼梦》本来就不是全景镜头展示社会生活，它是借鉴了《金瓶梅》的观照视角与结构特点，以一个家族为聚焦点，向深度、广度开掘，而在所能够达到的深度与审美层次上，它不仅超过了《金瓶梅》，也超过了所有古代小说。有鉴于此，脂砚斋才认为《红楼梦》“深得《金瓶》壶奥”。鲁迅先生用“著此一家，即骂尽诸色”[①]一语评价《金瓶梅》，可谓准确精到，极具辩证眼光，言简意赅地道出了《金瓶梅》的构思与结构优长。如果按照称誉《红楼梦》的评语方式，是否也可以把“中国封建社会的百科全书”之类的评语加诸《金瓶梅》呢？

关于《红楼梦》创作的主观命意，曹雪芹自己已经说得非常清楚了。他在第一回就开宗明义地指出其写作重点所在：“忽念及当日所有之女子，一一细考较去，觉其行止见识，皆出于我之上。何我堂堂须眉，诚不若彼裙钗哉？……编述一集，以告天下人：我之罪固不免，然闺阁中本自历历有人，万不可因我之不肖，自护己短，一并使其泯灭也。”[②]这说明作者的落墨重点在于闺阁中之女子，其创作主旨乃在于“大旨谈情”。可见，从作者的主观命意上看，曹雪芹也并未有非要以其如椽巨笔写出一部“中国封建社会的百科全书”那样的宏伟抱负。从作品的客观效果来说，《红楼梦》也并未把中国封建社会的方方面面“全”都反映出来。因此说，以“中国封建社会的百科全书”之类的赞誉

① 鲁迅：《中国小说史略》，载《鲁迅全集》（第9卷），人民文学出版社2005年版，第187页。

② 曹雪芹：《红楼梦》，中国艺术研究院红楼梦研究所校注，人民文学出版社1996年版，第1页。以下所引《红楼梦》原文，均出于此版本，不再一一注明。

加之,并不合适。

相比之下,何满子先生评论《红楼梦》的观点更切合作品的实际,他说:"曹雪芹通过贾家实现其命运的色彩绚烂的个性(特殊性),体现了无数封建大家族实现其命运的典型性,并从这个家族生活的史诗般的描绘,呈示了这个社会制度的荒谬性质。"①这个论断是非常精辟的。何满子先生也未用"中国封建社会的百科全书"的说法来评价《红楼梦》,而他这种由贾府到无数封建大家族再到封建社会制度的逐层深入的论析,才是个别中见一般,才是透过现象看本质,故能够力透纸背,这也正符合《红楼梦》文本的描写实际。

由此想到,毛泽东以"阶级斗争"理论来研究《红楼梦》,进而提出了"四大家族衰亡"主题说,也有一定道理。从学术的角度说,也可以作为一说而存在。只不过作品写的实际上只有贾家一个家族的兴亡,其他三家只是偶尔提及,并无衰亡过程的描写。有鉴于此,若将其简化成"贾府衰亡主题说"似乎更切合《红楼梦》的文本实际一些。以"中国封建社会的百科全书"之类的赞誉加之《红楼梦》,应该说,不无毛泽东以"阶级斗争"理论来研究《红楼梦》的政治影响在焉,但是,毛泽东说的不读《红楼梦》就不理解封建社会的说法是有道理的,是可以成立的,而将其进一步上升到所谓"中国封建社会的百科全书"的论断,就是应该进一步仔细斟酌的了。

6. 两点启示

通过《红楼梦》与荟萃唐代小说的《太平广记》的简略比较,

---

① 何满子:《古小说经典论丛》,载《何满子学术论文集》上卷,福建人民出版社 2002 年版,第 490 页。

笔者得到以下两点启示：

一是，文学评价要实事求是，准确恰切。对于像《红楼梦》这样伟大的作品，完全没有必要人为拔高，不断地戴高帽，评价用语也并非越高越好。中国人有一种文化心理：爱之若将加诸膝，恶之若将堕诸渊。这影响到中国文学创作与评价的偏向，即如鲁迅先生所说，“叙好人完全是好，坏人完全是坏”①。由此延展至文学作品批评上，对于喜欢的作品，爱屋及乌，“完全是好”，评价不断加高，什么史无前例、前无古人、开创性、天才地创造性地等等溢美之词，堆砌叠加不惜笔墨；反之，则“无往不恶”，贬之唯恐不及。鲁迅先生曾严厉批评过的“捧杀”和“棒杀”风气，当今学界仍然不同程度地存在着。对于青睐者，则“捧杀”；对于白眼者，则“棒杀”。究其实，《红楼梦》打破传统思想与写法的主要表现本来就在于“敢于如实描写，并无讳饰”②，那么，我们对于《红楼梦》乃至于一切文学作品的评价也就理应如此，如实评价，不人云亦云，这才真正对得起伟大作家曹雪芹。

二是，“中国封建社会的百科全书”这类的评价，在学界已经用滥了，既然别的作家作品都想用此语评之，作为不可重复的《红楼梦》，就不应该用可以用于别的作品的评语评之，那就还是不用为好。换个角度说，虽然学界有些人认为此语乃对文学作品的最高评价，但笔者认为用此语评之，不但没有提高《红楼梦》的文学地位，反而降低了。这种始料不及、欲褒实贬的评价

① 鲁迅：《中国小说的历史的变迁》，载《鲁迅全集》（第 9 卷），人民文学出版社 2005 年版，第 348 页。

② 鲁迅：《中国小说的历史的变迁》，载《鲁迅全集》（第 9 卷），人民文学出版社 2005 年版，第 348 页。

效果,是到了应该重新思考的时候了。

二　士林人生道路的旧与新

在唐代,士林入仕的道路拓宽了,途径多元化了。有延续魏晋、北朝以来的门荫制度,这是士族子弟的入仕之路;有由杂色而入流者,这是进入下层官吏阶层之路;有应藩镇辟召而入仕者,这是为藩镇幕僚之路。而相比之下,最重要的具有时代特征和历史意义的是通过科举考试而入仕之路。当然,也有科举之路走不通而走"终南捷径"者,还有选择终生隐居而拒绝进入仕途的高洁之士。

相比之下,《红楼梦》中的士人形象数量虽少,但却各自代表着一种人生道路模式。其中既有与前代士林人生道路相近者,也有新探索出的士人人生道路。其中甄士隐、贾雨村、贾政为前者,贾宝玉是后者。这四个士人形象的人生历程,可以概括为士林人生道路的四种模式。

1. 庄陶式的全隐型人生模式。这以甄士隐为代表,其哲学源头为庄子,其效法楷模乃陶渊明。这类士人在整个封建社会中可谓凤毛麟角,高标卓立。曹雪芹将其熔铸成甄士隐的形象,寓含"真事隐"之意,将其对真隐士的赞美之情倾注其中。中国古代因隐而闻名的士人堪称士林中的一个特殊阶层,从许由、长沮、桀溺、庄子到陶渊明,代不乏人。其隐之原因,有客观上社会黑暗、屡遭贬抑的因素,也有主观上禀性恬淡、追求自然的因素。隐士阶层中,既有真隐士,亦不乏假隐士。曹雪芹以"甄士隐"为名,或许亦不无针对假隐士之用意。真隐士中又可分成抗议型、淡泊型、老庄型、清高型诸种,而甄士隐形象可概括古今一切真隐士的共性特点。在作者笔下,他出身"乡宦""望族",是典型的士人出身。其性情是典型的恬淡清高型,"禀性恬淡,不以功名为念"。其生活内容超凡脱俗,诗意盎然,"每日只以观花修竹、酌酒吟诗为乐,倒是神仙一流人品"。由此可见作者的由衷赞美之情。在中国传统文化的价值观中,对真隐士皆是持赞赏态度的。如《梁书·处士传序》赞扬隐士"可以扬清激浊,抑贪止竞";范仲淹赞美东汉隐士严光:"先生之风,山高水长。"曹雪芹笔下的甄士隐形象与前代隐士相比又同中有异,继承中有创新。其同之处在于:其性情之淡泊旷达相同,其人格之高尚清纯相同,其不满社会现实、以隐居表示抗议相同,其以老庄思想为指归、以隐居为人生佳境相同。其异之处在于:其所处之社会客观环境不同,隐居在其人生坐标中的位置不同。陶渊明所代表的前代隐士往往是把归隐作为人生坐标的终点,而在曹雪芹笔下,隐居不仕则是甄士隐人生历程中的一个起点。在封建末世之中,他是隐居求静而风不止,他仍有家室之累、儿女之忧、生计之艰,虽隐居仍未达作者理想中的人生极致乐境。因此,作者又将其置于失女煎熬、大火洗礼、贫病交攻等一系列人生磨难之中去进一步冶炼。在身处绝境、瓜熟蒂落之时,在跛足道人《好了歌》的启迪下,他顿悟觉醒了,以其"宿慧"为之解注之后,"同了疯道人飘飘而去",摆脱了人生的一切尘事,真正地回归到自然大化中去了,进入到了人生极致的至乐境界。这就比陶渊明的归隐出世更为彻底,更具批判力度,文化意蕴更为深厚。

与唐代小说比较,甄士隐归于入道的人生结局与唐代小说仕宦题材乃至神仙题材不无相似之处,这可看作曹雪芹对唐代小说思想内涵的吸收与继承。但作者能够以如此有限的篇幅,全面写出甄士隐大起大落的人生历程及将人生的真谛看得如此透彻,特别是其《好了歌解》更是解得透彻。这些都是曹雪芹的新贡献,超越了唐人小说。

2. 顺应时势、攫取名利的士人入仕典型。这以贾雨村为代表。贾雨村出身于“诗书仕官之族”,他出场时是个以“卖字作文为生”的穷儒,正在待价而沽,俟机而动。在甄士隐的资助下,凭着其胸中之才与对功名的渴求动力,他得中进士,成为封建官场中知府一级的显赫官僚。起初,他以传统的为官准则面对黑暗的社会,一度想凭其“才干优长”而“沽清正之名”,结果在封建末世官场倾轧的旋涡中,他碰得头破血流,被革职罢官。至此,他“眼前无路想回头”,领悟到儒家正统的“清正”“民本”等为官原则已不适应此时的官场,于是他转而信奉“成则王侯败则贼”这个无是非美丑的人生价值观。在此价值观的指导下,他由真人而变为假士,“以假人言假言,而事假事”①,结果反而官运亨通,得心应手,游刃有余,青云直上,终于爬上“补授了大司马,协理军机参赞朝政”的高位,实现了儒家追求的“出将入相”的为官理想。其实,这正应了孟子的一句名言:“今之所谓良臣,古之所谓民贼也。”当然,这个见风使舵向上爬的“民贼”还是难免在宦海风涛中舵歪船翻,落了个“因嫌纱帽小,致使锁枷扛”的可悲下场。这里有个问题需要辨明,即“锁枷扛”这个官场结局,是否就是贾雨村的人生最后归宿呢?由于曹雪芹八十回后原稿的遗失,这个问题变得扑朔迷离起来。按一百二十回本,贾雨村经历了“锁枷扛”的磨折后,又“遇大赦,褫籍为民”,然后他“来到急流津觉迷渡口”,在已成仙得道的甄士隐

---

① 李贽:《童心说》,载《焚书》(卷三),中华书局 1974 年版,中册,第 275 页。

的开导下,他彻悟了"人生如梦"的玄机,由"深为惶恐"到"欣然领命",再由"惊讶""点头"到"不觉拈须长叹",又由"低了半日头"到"恍恍惚惚,就在这急流津觉迷渡口草庵中睡着了",进入了出世的佳境,与老友甄士隐殊途而同归了。

比较而言,贾雨村的入仕之路与唐代小说描写的科举之路是相同的,其人生阶段及归宿也与唐代小说中"先仕宦后求仙"的士林人生优化模式相似。但其中贾雨村"因嫌纱帽小,致使锁枷扛"官场结局的概括及逻辑关系的揭示,简洁精练而透辟,显出了曹雪芹的思想高度、深度与力度。仅就这一点说也超越了唐人小说。

3. 固守传统、清廉正直的士人入仕典型。这以贾政为代表。贾政"自幼酷喜读书","原欲以科甲出身",后因皇上额外赐了"一个主事之衔",从此便走上了仕途。出仕前,他"也是个诗酒放诞之人",亦有可贵的童心。入仕后,在儒家封建信条的束缚下,在家族责任感的重压下,在肮脏官场的熏染下,他逐渐失去了童心,由一个真人被扭曲成假士。虽然他一直固守着"主忠信""执事敬"等儒家倡导的做官信条,坚持着"端方正直""谦恭厚道" 的为人准则,力图做一个廉洁奉公的清官,但在"假作真时真亦假"的封建末世中,他所信奉的这些传统教条,早已成为明日黄花,沦为人格面具。因此,尽管他主观上"居官更加勤慎",客观上却处处碰壁,四面楚歌,成了欲清不能、冬烘愚腐的悲剧人物。最后,在革职抄家的打击下,在万念俱灰的心态中,在宝玉"悬崖撒手"的感召下,他终于醒悟了,归返回了自然,在"村居养静"的自然环境中,流连诗酒,归农隐居,觅回了自己的童心,找到了真正的人生归宿,完成了他持有童心、失去童心、找回童心的人生三部曲循环过程,变成了一位村居养静、流连诗酒的归农隐士。[①]

比较而言，贾政的入仕之路，近乎唐代小说中所写的“门荫”入仕之路，但贾政的人生悲剧及其结局的出人意外等方面，又是新的创造，内蕴丰富，颇为耐人寻味。

4. 叛逆型的全新人生范式。这以贾宝玉为代表。在《红楼梦》中，曹雪芹集历代士人思想之精华，润时代新思想之甘露，寄寓他自己人生之理想，铸炼出一个全新的叛逆型士人形象——贾宝玉。他的前身为女娲补天时剩下的一块顽石，这象征着他执拗难驯的叛逆性格，象征着他追求自然、纯真的人生道路，并由此引申出以木石为象征的叛逆爱情。而在神僧的幻术下，这顽石又变成一块“鲜明莹洁”的美玉，这又象征他吸收了人类社会的文明成果之精华。正是这玉、石二性（本性是石，幻形为玉）的矛盾统一，即自然朴拙与文明进化二者的矛盾统一，熔铸成了贾宝玉这一新人形象。宝玉生来就有“似傻如狂”“潦倒”“愚顽”的童心，这是一种无视世俗规范、依照真性情而生活的“绝假纯真，最初一念之本心”[②]。随着年龄的增长，在传统文化精华与新时代思潮的双重熏染下，这童心逐渐扩展为一种追求“真乐”的人生道路和人生最高境界，即把功名利禄抛开，将生死置之度外，以真心、真性情去享受生命，以大化的超脱心境去穷尽人生的各种可能，以审美欣赏的真乐心态去体味人生的真意。为此，他背叛了传统的人生价值观，背叛了传统的爱情婚

① 关于贾政人生归宿的论证，详见关四平：《无可奈何花落去——论贾政的人生悲剧及其文化意蕴》，载《红楼梦学刊》1993 年第 4 辑。

② 李贽：《童心说》，载《焚书》（卷三），中华书局 1974 年版，中册，第 273 页。

姻观,背叛了传统的人际关系准则;也正是对此人生目标的追求,使他挺过了父亲"笞挞"的皮肉之苦,顶住了"百口嘲谤,万目睚眦",断绝了与达官贵人的交往,而沉醉于世外桃园般的大观园内、女儿国中。但是,在"风刀霜剑严相逼"的封建末世中,这一切叛逆性的追求抗争只能带来愈演愈烈的悲剧。最后,当黛玉泪尽而逝之时,在贾府"子孙流散""一败涂地"之日,他便"悬崖撒手","弃而为僧",彻底地叛离了其封建家庭,回归到自然真乐的人生境界中去了。

比较而言,唐代小说仕宦题材中虽然不无达官贵人家庭公子哥形象的塑造,如杨国忠的儿子杨暄等,但从正面来表现贾宝玉这样的形象独特、内涵丰富的公子哥形象,在中国小说史上还是第一次,是作者全新的创造,全面超越了唐代小说。

凡此可见,以上四位士人各具特色的人生历程,分别代表着中国封建社会中士人们所经历的主要人生道路范式,其中既有作者对前代士林人生方式的借鉴、继承,也有其独特思考与熔铸创造。若从宏观上纵览之,则其中寓含的异中之同的规律性,值得重视。其人生轨迹皆由读书始,然后各自殊途,构成其不同色彩的人生坐标。据此可将其分为两大类·一是真人,甄士隐、贾宝玉是也;二是假士,贾雨村、贾政是也。真人者皆有一个既出世而又迷恋红尘,最后毅然斩断情缘彻底出世的复杂历程。假士者又有一个始为真人,继而被扭曲为假士,最终还归为真人的曲折过程。从最后的人生归宿上鸟瞰之,无论真人还是假士,虽殊途而却同归于出世。这种异中有同的人生轨迹设计是颇耐人寻味的,具有着深刻的认识意义与审美价值,文化意蕴也特别丰厚。

若与唐代小说仕宦题材作品相比较,《红楼梦》中前三种士林人生道路模式,唐代小说中均已有之,但由于短篇小说文体的局限,它们未能全面展现入仕士人进入官场后完整的仕宦历程,人物复杂的心态变化也未能如《红楼梦》这样充分揭示出来。所以说,曹雪芹还是有突破,还是有新的创造的。而以贾宝玉为代表的叛逆型的人生道路模式,则是曹雪芹的全新创造,超越了唐代小说而进入到更高的思想层面。

三　入仕士人人格的美与丑

在唐代小说仕宦题材作品中,揭露科举官场扭曲士人人格是重心所在,有大量的作品表现这方面的内容,其中也不乏思想深刻、艺术精到的作品。这已见前述,不再赘叙。值得举例说明的是,有的作品虽然篇幅短小,但言简意赅,思想深刻,如绘画般留有空白,启发读者以想象去补充相关链条,进而思考有关问题。比如,《卢藏用》就是这样一篇内涵丰富、短小精悍的小说。

> 卢藏用始隐于终南山中,中宗朝累居要职。有道士司马承祯者,睿宗迎至京,将还,藏用指终南山谓之曰:"此中大有佳处,何必在远!"承祯徐答曰:"以仆所观,乃仕宦捷径耳。"藏用有惭色,藏用博学工文章,善草隶,投壶弹琴,莫不尽妙。未仕时,尝辟谷练气,颇有高尚之致。及登朝,附权要,纵情奢逸,卒陷宪纲,悲夫!①

① 李时人先生在文末【笺】中曰:"本篇传本《大唐新语》卷一〇《隐逸第二三》载。《资治通鉴》卷二一〇引。此以《稗海》本为底本校录,题据文意拟。"见李时人:《全唐五代小说》,何满子审定,陕西人民出版社 1998 年版,第 739 页。

《太平广记》中也收有一篇《卢藏用》，与前引者事同文异，内容正好可以互补，故录之如下：

> 卢藏用征拜左拾遗，迁吏部侍郎中书舍人。历黄门侍郎，兼昭文馆学士，转尚书右丞。与陈伯玉、赵贞固友善。隐居之日，颇以贞白自炫，往来于少室、终南二山，时人称为“假隐”。自登朝，奢靡淫纵，车服鲜丽。趑趄诡佞，专事权贵。时议乃表其丑行。以阿附太平公主，流陇州。（出《谭宾录》）①

综合这两篇作品看，卢藏用开始时隐居于终南山中，作者赞美了他入仕前的过人才学与高尚品格，首先肯定其过人才能，分别列举了其学问广博、文笔出众、长于书法、兼通音乐等诸多方面，然后又总括一句“莫不尽妙”，其可谓多才多艺，样样精通，且都达到极高的水准。可见他是一个天赋过人、全面发展、才华出众、成就突出的难得人才。因此，他才能够得到皇帝的信任与重用，“中宗朝累居要职”，进入到官场中的权力核心。

作者对卢藏用入仕前后的对比主要是从为官道德层面着眼的，因为每个人的才能在入仕后都不会失去，但为人与为官的道德方面则会有明显变化，而卢藏用恰恰在道德方面发生了前后判若两人的变化。“未仕时，尝辟谷练气”，这与他曾经隐居有关，说明道家清静无为思想曾经主导过他的思想。对士人来说，“颇有高尚之致”则是相当高的道德评价。“及登朝”后，他则变得有才无德。前一篇中，作者仅用 11 个字——“附权要，纵情奢

① 李昉等：《太平广记》卷二四〇，王希斌、车承瑞主点校，黑龙江人民出版社 1999 年版，第三册，第 291 页。

逸，卒陷宪纲”——就将其进入官场后漫长的变化过程、恶化状态及可怕后果全面概括出来了。作者省略了卢藏用进入官场后发生由善到恶、由美到丑这样巨大变化的原因，那就需要读者去分析、联想来补充之。这样写反倒有一种诗化的含蓄蕴藉的韵味与魅力。若简要分析补充之，可以想见，正是官场文化的巨大异化力量作用于卢藏用主观上的人性层面的诸多要素，从而产生了这样的恶果，造成了他人生的悲剧，作者也忍不住发出“悲夫”的感叹，在批判其丑行之后，还是不由产生几分对士人被官场异化的怜悯之情。后一篇中，则将其变化具体化了：“自登朝，奢靡淫纵，车服鲜丽。趑趄诡佞，专事权贵。”其中，“车服鲜丽”是其“纵情奢逸”和“奢靡淫纵”的具体化，而“阿附太平公主”就是“附权要”和“专事权贵”的举例说明。

在作品前半部分的描写中，作者已经埋下了伏笔，暗含有他入仕后思想性格、道德品格发生变化的因素，显示出某些蛛丝马迹。在与道士司马承祯的对话中，已经透露出卢藏用的隐居是假，邀取做官需要的名声以进入官场才是其真正目的。这就揭示出卢藏用道德方面的缺失，其虚伪做作、艳羡官场等心理就都暴露出来了。

卢藏用的才能没有用在科举考试上，也没有用在好的方面，反而用在了“附权要，纵情奢逸”等恶的方面，这就使其造成的危害更大，以至于“卒陷宪纲”。因此，司马光认为：一个士人，如果无德，那他最好也无才，如果有才而无德，他把才能用在恶的方面，其给国家和人民带来的危害就会更大。卢藏用就是这样一个典型例证。

若将唐人小说中的卢藏用与《红楼梦》中的贾雨村这两个入仕扭曲的士人形象细加比较，则可以给人颇多启发。

从相同方面比较,二人的确有可比性,都是才华出众,都是渴望仕途发达,都是官居要职,都是依附权贵,都是前后判若两人,都是绚烂之极而归于悲剧结局。

从相异的方面比较,一简略概括,一详细描写;一走终南捷径,一科举出身。而二者的同中之异更值得关注。具体比较如下:

1. 入仕前均为“隐士”,但隐之方式不同

卢藏用入仕前是“隐于终南山中”,但因为走的是终南仕宦捷径,所以他便成为了假隐士的代名词:“时人称为‘假隐’。”

贾雨村入仕前乃一“穷儒”形象。他是“大隐隐于市”的真隐士,此时他的身份与甄士隐略同,皆是隐士,皆隐居于姑苏城中。他是在甄士隐的眼中出场的:“这士隐正痴想,忽见隔壁葫芦庙内寄居的一个穷儒——姓贾名化,表字时飞、别号雨村者走了出来。这贾雨村原系胡州人氏,也是诗书仕宦之族,因他生于末世,父母祖宗根基已尽,人口衰丧,只剩得他一身一口,在家乡无益,因进京求取功名,再整基业。自前岁来此,又淹蹇住了,暂寄庙中安身,每日卖字作文为生,故士隐常与他交接。”由此可见,贾雨村穷困得也够可以的了。一是,无父母妻儿,孤身一人;二是,没有根基,流落他乡;三是,无处安身,寄居庙中;四是,没有职业,卖文为生。士人到此地步,也算已穷困到极点了。在唐代小说中,出身下层的士人,在科举前与落第后,处于此种境遇者大有人在。因此说,贾雨村的困境在封建社会中也颇有代表性。

在这个隐居的过程中,卢藏用与贾雨村都心怀入仕的愿望。其不同在于:卢藏用不想参加科举考试,想走终南捷径;贾雨村则想凭借自己的才学,通过科举考试金榜题名而堂皇入仕。贾雨村的理想是“进京求取功名,再整基业”。其中除了个人功名的追求之外,还有复兴家族的使命感在焉。这一点在中国传统文化中具有相当大的人生驱动力。但是他目前的处境是心有余而力不足。他对甄士隐说得清楚:“目今行囊路费一概无措,神京路远,非赖卖字撰文即能到者。”幸亏他结识了甄士隐这样的仗义的朋友,在甄士隐“五十两白银,并两套冬衣”的资助下,凭着其胸中的才学,“已会了进士,选入外班,今已升了本府知府”。可谓春风得意,飞黄腾达了。贾雨村由一个待价而沽的穷儒,摇身一变,成了跻身于封建官场中的显赫官僚。

2. 二人皆才华出众,身居要职,但大同而小异

卢藏用的才学,作者写得很全面:“藏用博学工文章,善草隶,投壶弹琴,莫不尽妙。”因此,“中宗朝累居要职”,具体说,其所居要职包括“拜左拾遗,迁吏部侍郎中书舍人。历黄门侍郎,兼昭文馆学士,转尚书右丞”。可以说才学与官职是相称的,名副其实。

贾雨村的才学,作者写得很简略,似乎并没有卢藏用全面。一是,通过他的卖文为生,来说明他文章写得不错,不然,何以卖得出去?二是,通过甄士隐的赞美,说明他有一定的诗才。三是,他自言“若论时尚之学,晚生也或可去充数沽名”,这说明他八股文也写得很好,他自信可以凭考试获取功名。四是,作者评价他“才干优长”,说明他有做官的才学与行政管理能力。

到了第五十三回,贾雨村已经进入朝廷,并且位居要职了:“贾雨村补授了大司马,协理军机参赞朝政。”在第九十二回贾政对冯紫英的叙述中,又补上了贾雨村的宦海沉浮历程:“几年间门子也会钻了。由知府推升转了御史,不过几年,升了吏部侍郎,署兵部尚书。为着一件事降了三级,如今又要升了。”到了第一〇三回,“贾雨村升了京兆府尹兼管税务”。到了一一七回,作者又借赖、林两家的子弟之口说到贾雨村:“我们今儿进去,看见带着锁子,说要解到三法司衙门里审问去呢。”“这位雨村老爷人也能干,也会钻营,官也不小了,只是贪财,被人家参了个婪索属员的几款。如今的万岁爷是最圣明最仁慈的,独听了一个‘贪’字,或因糟塌了百姓,或因恃势欺良,是极生气的,所以旨意便叫拿问。若是问出来了,只怕搁不住。若是没有的事,那参的人也不便。如今真真是好时候,只要有造化做个官儿就好。”至全书结尾的一二〇回,作者最后写到贾雨村的结局:“且说那贾雨村犯了婪索的案件,审明定罪,今遇大赦,褫籍为民。雨村因叫家眷先行,自己带了一个小厮,一车行李,来到急流津觉迷渡口。”“雨村心中恍恍惚惚,就在这急流津觉迷渡口草庵中睡着了。”全书到此也就结束了。

卢藏用的才学在入仕后主要用在了“附权要”上面,这既是他得以“累居要职”的原因之一,也是他走向悲剧结局的原因之一。

贾雨村也是如此,他的“才干优长”既是他得到皇帝信任,爬上“军机参赞”高位的原因之一,也是他一步步走向“枷锁扛”仕宦结局的原因之一。贾政如此“为人谦恭厚道”的人都说贾雨村“门子也会钻了”,这说明他把其“才干优长”的能力用在钻门子上面了,而且官场中人人皆知,这就离他倒台不远了。他的第一次倒台,就与他的“才干优长”密切相关。“才干优长”,既使他取得了政绩,得到了知府的高位,也使他因此不可避免地卷入到封建末世官场争斗倾轧的旋涡之中。贾雨村被革职的原因,当然与封建官僚内部矛盾密不可分,也与他“虽才干优长,未免有些贪酷之弊;且又恃才侮上”的思想性格不无关联。虽然从“恃才侮上”“擅篡礼仪”和“沽清正之名”的字里行间,还是可以看出初入仕途的贾雨村的锐气和主见,但这也招致同僚的嫉妒、上司的厌恶,结果,初入官场的贾雨村终于被革职了。革职后“本府官员无不喜悦”的表现,与先前的“侧目而视”相比较,就显露出封建末世官场上浑浑噩噩、蝇营狗苟的衰败风气,揭示出封建末世官僚们尔虞我诈、相互倾轧的一个侧面。贾雨村初入仕途就在封建官场的争斗中碰得头破血流,丢掉了苦心孤诣追求来的功名与官位。

由此可见,才学出众、才干优长是卢藏用与贾雨村共同的特点,而把这些才能方面的优长用于投机钻营、谋取高位上,也是二人的共同点。拓展开来说,才学出众、才干优长是士林群体中入仕士人的共同特点,这也是他们与达官贵人子弟、有特殊利益集团背景的入仕者的最大区别。他们靠这个一步步高升,但也容易去攀附权贵,以弥补无背景靠山的心虚,妄图以“附权要”来保住现有的位子,谋取更高的位子。但事情都是矛盾的,他们也往往容易聪明反被聪明误,如《红楼梦》所说,“机关算尽太聪明,反误了卿卿性命”。卢藏用、贾雨村是如此,官场中的诸多聪明者也是如此。这也可看作是卢藏用、贾雨村形象的文化意蕴之一。

3. 二人皆贪欲致败,但主导因素有主客观的不同

卢藏用入仕后,由“未仕时”的“颇有高尚之致”演变成穷奢极欲。致使他发生这种人品恶化、性格扭曲的变化的因素可归结为主客观两个方面:主观因素即是作者强调指出的“附权要,纵情奢逸,卒陷宪纲”。这就概括了他两个层面的贪欲,一是对权力的贪欲,“附权要”是为了攫取更大的权力,希求权力越大越好,贪得无厌。得到权力后,他“趑趄诡佞”,随心所欲地、放肆地把掌握权力后专横暴虐、诡诈奸佞等人性劣根性发挥到了极致。二是对享乐的贪欲,“纵情奢逸”是放纵情欲,缺少理性的约束,贪图享受更多的人生快乐,“车服鲜丽”,希求把人性中对人生享乐方面的欲求全部地充分地享受到,结果是欲壑难填,终致悲剧:“以阿附太平公主,流陇州。”客观因素是封建官场扭曲了他的人品与性格。他的“纵情奢逸”等主观方面的人性劣根性就是在获得了官场的适宜土壤后才得到疯狂的生长与膨胀的。他的“附权要”,除主观上想获取“要职”的贪欲因素之外,也有客观上官场通行的不得不如此的潜规则制约的因素在焉。换个角度思考,如果他不进入官场,他手中没有权力,即使他想放纵主观欲求,那可能达到吗?这就说明,还是官场中的权力给他提供了这样“纵情奢逸”的机会,赋予了他放纵的特权。深入一步思考,这实际上揭示了中国古代社会中封建专制官场的一个根本特征,就是权力缺少应有的制约,缺少必要的监督。虽然也有什么御史呀、监察呀,但老百姓说得好,“自己刀削不了自己把”,只能抓些皮毛,只能打几只苍蝇,碰到老虎就束手无策了,老虎后面再有狮子、大象,再有“护官符”,就更无人动弹得了了,结果只能是不了了之。

论到此处,必须回答一个关键问题:在卢藏用由高尚到贪鄙的人生轨迹中,在起作用的主客观两方面因素中,何者居于主导地位呢?关于这个问题,有些不好回答,可能会仁者见仁、智者见智。所以,笔者特地提出来让同人关注之。笔者认为,若从作者的主观命意方面看,作者显然是认为卢藏用的主观因素在起主导作用。也就是说,他的悲剧结局应该主要由他个人负责。作者的创作意图是欲追究他的个人责任,批判他的个人道德的堕落与人品的恶劣,以为唐代入仕的士人提供警诫。这样解读,可有三方面的论据:一是,本文中正面形象司马承祯的态度,他一针见血地指出卢藏用走的是终南“仕宦捷径”,这令卢藏用面露“惭色”,说明戳到了他的痛处。作者以司马承祯来反衬卢藏用,收到了很好的艺术效果,也更好地表达了作者的主观意图。司马承祯的态度正代表着作者的态度。二是,其他唐代小说中的一系列清官形象都是卢藏用的反衬,表明着唐代小说作者群体崇尚清廉、批判贪欲的创作倾向。三是,从社会层面说,唐代还是封建社会的上升期,官僚体制总体上还是比较健全的,虽有诸多弊端,但毕竟利大于弊,士林对其评价还是肯定多于否定的。因此,对贪官的批判则更强调他们个人的原因,还未进入到否定封建专制官僚体制的思想层次。

当然,若从小说的客观效果方面说,也可以这样评价:这篇小说虽然篇幅短小,但作品的寓意深远。其寓意应该是透过卢藏用堕落的表象,批判了封建官场体制,在客观上指出:任何士人进去,都有被异化、被扭曲的可能。

到了曹雪芹塑造贾雨村形象时,其思考就更加深入了,批判的重点则有了变化。曹雪芹也是从主客观两个层面来揭示贾雨村由好变坏的因素的。从主观方面说,作者一再写到其贪欲:第一次进入官场,作者指出他“未免有些贪酷之弊”;第二次进入官场,作者又写他“只是贪财,被人家参了个婪索属员的几款”。这是与卢藏用相同的人性贪欲劣根性,也是他致败的主观因素。但若完全归因于贾雨村个人道德品格的问题,就容易掩盖和曲解作者的深远用意。

曹雪芹塑造贾雨村的主观意图,并不仅仅在于暴露和鞭挞其本人,曹雪芹对贾雨村由正直士人到丑恶官僚四个人生阶段演化过程毫无讳饰地如实描写,是要透过贾雨村的变化深刻地揭露和鞭挞扭曲、摧残人才的整个封建专制官僚体制,进而否定这个封建专制官僚体制本身,促使人们猛省士人的人生价值与人生道路问题,深思官僚体制本身存在的痼疾。这正是曹雪芹独具慧眼的深邃之处。这与吴敬梓塑造范进、周进、王玉辉等人物形象的用意是相似的,有异曲同工之妙。只有否定了这个封建专制官僚体制本身,贾宝玉背离这个封建专制官僚体制而走新的人生道路的特有思想价值与深远历史意义才能够充分显示出来。作者通过贾雨村与贾宝玉的对比描写,内外呼应,正反互衬,相得益彰地把对八股科举和封建官僚体制的批判与否定,推进到一个前所未有的高度。脂砚斋有评语曰:"请君着眼护官符,把笔悲伤说世途。作者泪痕同我泪,燕山仍旧窦公无。"①这就从一定角度道出了作者的深远用意。作者理想的士人应选择之路,就是与贾雨村相反的贾宝玉的人生道路。虽然在封建专制社会制度下,贾宝玉的人生道路也逃脱不了悲剧的命运,但作者通过鲜明的正反形象对比,却能启迪人们深思士林出路的人生大问题。

四　封建官场风气的正与邪

若将唐代小说仕宦题材与《红楼梦》仕宦内容加以比较,总体的可以这样概括:二者都批判了官场中的贪污腐败,这是其相

① 《脂砚斋重评石头记》蒙府本第四回回前题诗。

同方面。其同中之异在于:唐代仕宦小说表现出来的官场风气总体上是正能压邪,以正气为主;清可压贪,以清官为多。在这样的官场风气熏染下,人们还是可以感觉到希望的,即企盼依靠清官除去贪官,官场风气可以越来越好,这个国家、社会就还有希望。老百姓有冤还有处伸,有苦还有处诉。这是大唐盛世的时代风气使然,是中国古代社会上升期的国家自信与全民自信心态使然,是中国封建社会黄金时代的标志之一。

而到了《红楼梦》中的官场风气则变成相反的情态,即:正不能压邪,以邪气为主;清不能压贪,以贪官居多。全书中再看不到传统意义上的清官形象,即使是还想做清官的贾雨村、贾政等人,也欲清不能,身不由己地、无可奈何地做了贪官。这也是作为封建社会末世的清代所具有的衰世风气使然,是中国古代社会僵化期的统治者不自信与全民不自信心态使然,是中国封建社会末世的衰败标志之一。这种官场风气实际上从《金瓶梅》中就开始了,书中有诗曰:"宋朝气运已将终,执掌提刑或不公。"这就明确指出,官场腐败乃至司法腐败已经预示着一个王朝的不可逆转的灭亡命运。到了《聊斋志异》与《儒林外史》中,这种官场腐败的阴风愈演愈烈,已无可救药。这与《红楼梦》形成了互证的态势。在此,笔者仅拟通过《红楼梦》中两个最重要的官场人物——贾雨村与贾政来加以比较说明之。

贾雨村在科举高中之后进入仕途时,确实是有想做一个清官的热望,是真想有一番作为的。可以设想,如果贾雨村生在大唐盛世,肯定会是一个令作者肯定的清官形象。且看书中这一段描写:

至大比之期,不料他十分得意,已会了进士,选入外班,

> 今已升了本府知府。虽才干优长,未免有些贪酷之弊;且又恃才侮上,那些官员皆侧目而视。不上一年,便被上司寻了个空隙,作成一本,参他“生性狡猾,擅纂礼仪,且沽清正之名,而暗结虎狼之属,致使地方多事,民命不堪”等语。龙颜大怒,即批革职。该部文书一到,本府官员无不喜悦。

从这段概括性描写中可以看出这样几个问题:第一,贾雨村科场顺利,这增强了他本来就比较强的信心,想在官场好好大干一场。在踏上仕途初期他也比较得意加如意,因此,获得了升迁,成为知府这样的地方大员。第二,前一段仕途的顺利使他有些得意忘形,再加上“才干优长”,故难免“恃才侮上”。这就得罪了上司,埋下了失败的祸根。第三,他得罪了所有同僚,这从他在任时“那些官员皆侧目而视”与革职后“本府官员无不喜悦”的对比中便可知矣。为何本府官员全都反对他呢?作者没有直接点明,但从参本中“沽清正之名”的罪名看,贾雨村是想做清正的清官,而本府官员皆为贪官,有贾雨村这样想“清正”的知府在,他们就贪不成,故皆恨之。贾雨村掌权时,他们敢怒不敢言;他一垮台,则无不喜形于色。这就说明,在身边官员皆是贪官的官场中,谁想做清官谁倒霉,其结局只有两种可能:一是如贾雨村开始这样被踢出局;二是像后来贾雨村那样同流合污,也变成贪官。大家都沆瀣一气,就太平“和谐”了。第四,贾雨村的上司也是个贪官,他也容不下贾雨村这么一个另类,故必除之而后快。可见,在当时的官场,的确无是非之分,黑白颠倒,美丑错位,没有固定的评价标准,随便安个罪名就可以剔除异己。上司与同僚都混事,不作为,而你贾雨村凭着“才干优长”要做点事,那就给你安上一个堂而皇之的罪名“致使地方多事,民命不堪”，让你滚蛋。更可怕的是，本来是贪官，却能够以清官的面目出现，把地方抹黑，且拿百姓说事，已经“民命不堪”，此官还可留吗？真是无懈可击，贾雨村即使浑身是嘴也说不清了。第五，皇帝老儿也是个昏君，既不调查研究，也不让本人申辩，皇帝一怒为民生，似乎他还很爱民。真是上哪说理去啊？

贾雨村惨遭这当头一棒的无情打击，使其思想性格发生了急剧的转化，表面的“嘻笑自若”，难掩心中“惭恨”。如果说前一阶段他性格中“有些贪酷之弊”等邪恶元素还刚刚冒头，那么，此后便迅速膨胀起来，逐渐主导了他的思想性格。他内心里正翻卷着起伏的波澜，他不能不反思自己的过去，于是，“眼前无路想回头”，重新思考其人生价值观和实现人生目标的途径。他已由确信儒家传统的“清正”“民本”等为官准则，转变为信奉“成则王侯败则贼”这个无是非美丑、无道德标准的人生价值观了。他与冷子兴的谈话中，就明确地表示了他的人生价值观的转变。这个价值观基本上左右了他以后的行动。他为了“求取功名，再整基业”，便要不遗余力地去谋求复职，也要不择手段地保其官位，防止败而为贼。他为了复职，不惜走学生家长林如海的门路，也不惜卑躬屈膝地“一面打恭，谢不释口”，“唯唯听命”。由于贾政“竭力内中协助”，他终于谋得了应天府知府的肥缺，又再度飞黄腾达起来。

在贾雨村第二段仕宦生涯中，虽然他的人生价值观已经转变，虽然他东山再起不容易，但开始时他还是想秉公断案，并未马上就变坏，还有一个演化的过程，还需要一个难以抗拒的推力把他推到贪官堆儿里去。这个推力就是“护官符”。他一到应天府就碰到一件人命官司案，一下子将其推到两种人生价值观、两种为官道德准则的冲突之中。开始，他还是想按照“清廉公正”的为官准则去断此案。他听了原告的陈述后，大怒道：“岂有这样放屁的事！打死人命就白白的走了，再拿不来的！”并且马上就要见诸行动，“因发签差公人立刻将凶犯族中人拿来拷问，令他们实供藏在何处；一面再动海捕文书”。这并不是如有的文章所说是虚张声势的表面文章，而是传统的“清廉公正”“为民作主”等道德观又一度支配了他思想性格的表现。但是，当他看到了葫芦僧拿出的“护官符”，又明彻了案情原委后，他便陷入了难以调和的矛盾之中。一方是“珍珠如土金如铁”的薛家，且与助其复官的贾家有亲；一方“乃是本地一个小乡绅之子”，且冯渊已死，“冯家也无甚要紧的人”。但有一点是很重要的，即被拐女子却是他大恩人甄士隐之女英莲，正是他当日许诺要代为寻找的人。一方仗势欺人，打死人命，理应绳之以法；一方无辜被害，死于非命，理应为之伸冤。若秉公执法，则会重蹈上次覆辙，“不但官爵，只怕连性命还保不成呢”。若徇情枉法，则有负“圣恩”，有负旧友，有违道德，有愧良心，但却可以保官、保命。何去何从，他必须做出抉择。作者淋漓尽致地写出了贾雨村内心善与恶、美与丑两种人格力量的深刻矛盾与剧烈冲突。贾雨村对门子说“你说的何尝不是。……是我实不能忍为者”这一段话，以及“低了半日头”等举动，正透露出其心灵深处两种力量冲突的剧烈性与抉择的艰难性。这充分表现出作者塑造形象的艺术魅力和特有的深度。最后，正义被邪恶所压倒，他终于“徇情枉法，胡乱判断了此案”。这标志着贾雨村的思想性格至此已发生了质的转变，他已堕落成为一个灵魂丑恶的贪官。封建官场这个大染缸，终于染黑了贾雨村。

此后贾雨村一发不可收，他的性格已完全为邪恶所主导，在邪恶的道路上愈滑愈远，越陷越深。其中夺取石呆子古扇是其丑恶灵魂的一次集中曝光。在贾府被抄家事件中，他竟然不顾贾政的推荐之恩，不顾王子腾"累上保本"等多次恩惠，落井下石，狠狠地踢了贾家一脚。这标志着无论在为人还是为官上，其邪恶均已达到了登峰造极的地步。最后，在官场邪恶势力的相互倾轧中，他也没有好的收场，终于不可避免地落得个"因嫌纱帽小，致使锁枷扛"的可悲结局，合乎逻辑地走到了其思想性格发展史的终点。

在贾政的仕宦历程中，他主观上恪尽职守、勤于政事，时时以儒家为官准则约束自己的言行，试图做一个"在其位，谋其政"、廉洁奉公的清官。可此时的历史车轮已运行至封建社会的末世，官场全面腐败，道德全面滑坡，信仰全面危机，他所信奉的儒家为官信条，早已成为明日黄花，沦为人格面具。"世人皆浊我独清"已经不可能实现，结果，清官贾政虽主观上"居官更加勤慎"，但客观上却陷入了孤独寂寞的可悲境地，成了欲清不能、迂腐冬烘的悲剧人物。贾政放江西粮道时事与愿违的官场遭际，就是一个最有力的证明。初到之时，他主观上"只有一心做好官"，"认真要查办起来，州县馈送一概不受"，但客观上阻力接踵而至，很快便陷入四面楚歌的孤家寡人的可悲境地。先是"那些长随怨声载道而去"，接着，衙役、鼓手、执事们"搀前落后"，消极怠工，以示不满，"以后便觉样样不如意"。继而，节度做生日，又无钱送礼。开始，贾政还想我行我素，把清官做到底，管门的李十儿第一次拿捞钱的事试探贾政时，"被贾政痛骂了一顿"。巧舌如簧的李十儿第二次下说辞时，贾政仍不为所动，欲硬撑到底。李十儿抬出贾雨村做例证，劝贾政识时务以上和下睦，贾政还呵斥他："胡说，我就不识时务吗？若是上和下睦，叫我与他们猫鼠同眠吗。"当李十儿以"功不成名不就"相威吓时,贾政心中的信念开始动摇:“据你一说,是叫我做贪官吗?送了命还不要紧,必定将祖父的功勋抹了才是?”李十儿趁热打铁,又以清官无名无利,贪官“升的升,迁的迁”的现实相诱惑,并保证“老爷外面还是这样清名声原好”。在此情景下,贾政恪守的信念轰塌了,被“说得心无主见”,不得不违心地屈从于现实,顺水推舟地说:“我是要保性命的,你们闹出来不与我相干。”结果,李十儿打着贾政的旗号,贪赃枉法,“哄着贾政办事,反觉得事事周到,件件随心。所以贾政不但不疑,反多相信”,直至“漕务事毕,尚无陨越”。这一段情节十分精彩,它以无可辩驳的事实说明:贾政本意是想在鼠害肆虐的官场上做一只捕鼠的猫,可在客观污浊现实的威压下,在李十儿痛陈利害的教唆下,他的心态失去了平衡,价值观发生了倾斜,终于与李十儿达成默契,心照不宣,难得糊涂,无可奈何地“猫鼠同眠”了。这不正是他入仕之后官场生涯的一个缩影吗?

那么,曹雪芹对官场这些为非作歹的吏胥的描写,是否有社会现实中官场事实的根据呢?清代著名学者洪亮吉就曾论及清代官场吏胥危害之甚:

> 吏胥为官者百不得一。登进之途既穷,营利之念益专。世门望族,以及寒畯之室,类不屑为。其为之而不顾者,四民中之奸桀狡伪者耳。姓名一入卯簿,或呼为“公人”,或呼为“官人”。公人、官人之家,一室十余口,皆鲜衣饱食,咸不敢忤其意,即官府亦畏之。何则?官欲侵渔其民,未有不假手于吏胥者。乡里贫富厚薄,自一金至百金、千金之家,吏皆若烛照数计。家之入于官者十之三,入于吏胥者已十之五矣。不幸一家有事,则选其徒之壮勇有力、机械百出

者，蜂拥而至，不破其家不止。今州、县之大者，胥吏至千人，次者七、八百，至少一、二百人。大率十家之民不足以供一吏，至有千吏，则万家之邑亦嚣然矣。①

生活在清代乾嘉时期且多年为官的洪亮吉的这些精辟论析，可以作为曹雪芹对贾政官场困境的注脚。

从贾雨村、贾政由欲清不能、由清而贪的仕宦历程中，我们可以透视封建社会末期官场的衰颓腐败风气。在唐代那样的社会时期，“清廉公正”“为民作主”是封建士人的人格理想和为官准则，也是人民大众评判官吏善恶、美丑的主要道德标准和审美尺度，它对官场风气的好坏起着一定的制约作用。正如孟子所说：“士穷不失义，达不离道。穷不失义，故士得己焉；达不离道，故民不失望焉。”而到了《红楼梦》所描写的时代，封建社会已进入到了它的末期。这时的封建官场上，到处弥漫着衰颓腐败的风气，官商一体，权钱结合，邪恶势力互相勾结，盘根错节，无所不为。正如曹雪芹在《红楼梦》第一回中所简要勾画的，这是一个“水旱不收，鼠盗蜂起，无非抢田夺地，鼠窃狗偷，民不安生”的黑暗社会。也如脂砚斋在《红楼梦》甲戌本第一回的批语中所说，这是一个“一日卖了三千假，三日卖不出一个真”的虚假横行无忌的扭曲社会。作者还借葫芦僧之口指出：“如今凡作地方官者，皆有一个私单，上面写的是本省最有权有势、极富极贵的大乡绅名姓，各省皆然；倘若不知，一时触犯了这样的人家，不但官爵，只怕连性命还保不成呢！”这就从宏观上概括指出，腐败衰颓已是无所不在的普遍现象。在这种衰败风气的腐

---

① 钱穆：《国史大纲》（修订本），商务印书馆 1996 年版，第 868 页。

蚀下,“清廉公正”等为官道德早已沦丧。这时即使有人真想做“清廉公正”之官,也会在现实中碰得头破血流。贾雨村不就是一个典型的例子吗?当他改弦更张,屈服于邪恶势力,成了沆瀣一气的丑恶官僚后,他的官运倒亨通起来,如贾政所说:“几年间门子也会钻了。由知府推升转了御史,不过几年,升了吏部侍郎,署兵部尚书。”如果说孤证不立的话,那么贾政不又是一个典型例证吗?

《红楼梦》对官场全面腐败风气的描写,是有当时社会现实为根据的。清代著名学者洪亮吉在嘉庆四年的奏疏中就曾痛心疾首地指出:“十余年来,士大夫渐不顾廉耻”;“十余年督、抚、藩、臬之贪欺害政,比比皆是”。[①] 这也就是蒲松龄在《梦狼》中所指出的:“天下之官虎而吏狼者,比比也。”现实官场的揭示与经典小说的描写正好可相互印证。从《红楼梦》对封建官场腐败的深刻揭露看,曹雪芹正是通过贾雨村、贾政仕宦历程的前后对比,深刻揭露了封建末世的官场风气污浊不堪,官僚体制已与唐代的良性运转大不相同,已是腐败透顶,不可救药。这就客观上预示了封建专制政治体制“大厦将倾”的历史命运。

---

① 钱穆:《国史大纲》(修订本),商务印书馆 1996 年版,第 866—867 页。

主要引用与参考书目

[1]司马迁. 史记［M］. 北京：中华书局，1959.
[2]房玄龄，等. 晋书［M］. 北京：中华书局，1974.
[3]魏徵，令狐德棻. 隋书［M］. 北京：中华书局，1973.
[4]浦起龙. 史通通释［M］. 刘知几，撰//四部备要. 北京：中华书局，1989.
[5]唐玄宗. 唐六典［M］//永瑢:四库全书:文渊阁本.
[6]杜佑. 通典［M］. 北京：中华书局，1984.
[7]吴兢. 贞观政要［M］. 上海：上海古籍出版社，1978.
[8]刘昫，等. 旧唐书［M］. 北京：中华书局，1975.
[9]欧阳修，宋祁. 新唐书［M］. 北京：中华书局，1975.
[10] 王溥. 唐会要［M］. 北京：中华书局，1955.
[11] 司马光. 资治通鉴［M］. 北京：中华书局，1956.
[12] 马端临. 文献通考［M］//万有文库. 上海：商务印书馆，1936.
[13] 乾隆官修. 续文献通考［M］. 杭州：浙江古籍出版社，2000.
[14] 赵翼. 廿二史札记［M］. 北京：中国书店，1987.
[15] 梁启超. 中国历史研究法［M］. 北京：东方出版社，1996.
[16] 范文澜. 中国通史简编［M］. 修订本. 北京：人民出版

社，1965.
[17] 郁贤皓. 唐刺史考全编［M］. 合肥：安徽大学出版社，2000.
[18] 国学整理社. 诸子集成［M］. 北京：中华书局，1954.
[19] 二十二子［M］. 上海：上海古籍出版社，1986.
[20] 郭庆藩. 庄子集释［M］. 北京：中华书局，1961.
[21] 杨伯峻. 孟子译注［M］. 北京：中华书局，1960.
[22] 刘向. 新序;说苑［M］. 上海：上海古籍出版社，1990.
[23] 董仲舒. 春秋繁露［M］.//二十二子. 上海：上海古籍出版社，1986.
[24] 葛洪. 神仙传［M］. 北京：中华书局，1991.
[25] 孔颖达. 礼记正义［M］.//阮元. 十三经注疏. 北京：中华书局，1980.
[26] 黄宗羲. 明夷待访录［M］. 北京：中华书局，1985.
[27] 黄宗羲. 明儒学案［M］. //四部备要. 上海：中华书局，1936.
[28] 黄汝成. 日知录集释:全校本［M］. 顾炎武，撰. 栾保群，吕宗力，校点. 上海：上海古籍出版社，2006.
[29] 梁启超. 清代学术概论［M］. 上海：上海古籍出版社，1998.
[30] 冯友兰. 中国哲学史新编 :1—6 册［M］. 北京：人民出版社，1982—1989.
[31] 余英时. 士与中国文化［M］. 上海：上海人民出版社，1987.
[32] 慧皎，道宣，赞宁，等. 历代高僧传［M］. 上海：上海书店，1989.

[33] 冯天瑜，何晓明，周积明. 中华文化史 [M]. 上海：上海人民出版社，1990.
[34] 任继愈. 中国道教史 [M]. 上海：上海人民出版社，1990.
[35] 汤用彤. 汉魏两晋南北朝佛教史 [M]. 上海：上海书店，1991.
[36] 李新达. 中国科举制度史 [M]. 北京：文津出版社，1995.
[37] 钱穆. 国史大纲 [M]. 修订本. 北京：商务印书馆，1996.
[38] 陈寅恪. 唐代政治史述论稿 [M]. 上海：上海古籍出版社，1997.
[39] 陈寅恪. 金明馆丛稿二编 [M].//陈美延. 陈寅恪集. 北京：三联书店，2001.
[40] 徐连达. 唐朝文化史 [M]. 上海：复旦大学出版社，2003.
[41] 彭炳金. 唐代官吏职务犯罪研究[M]. 北京：中国社会科学出版社，2008.
[42]范文澜. 文心雕龙注 [M]. 刘勰，撰. 北京：人民文学出版社，1958.
[43] 章学诚. 文史通义 [M]. 北京：中华书局，1985.
[44] 宗白华. 美学散步 [M]. 上海：上海人民出版社，1981.
[45] 李泽厚. 美的历程 [M]. 北京：文物出版社，1981.
[46] 黄霖，韩同文. 中国历代小说论著选 [M]. 南昌：江西人民出版社，1982.
[47] 叶朗. 中国小说美学 [M]. 北京：北京大学出版社，1982.

[48] 朱光潜. 悲剧心理学：各种悲剧快感理论的批判研究［M］. 张隆溪，译. 北京：人民文学出版社，1983.
[49] 李泽厚，刘纲纪. 中国美学史 :1—2 卷［M］. 北京：中国社会科学出版社，1984—1987.
[50] 朱立元. 接受美学［M］. 上海:上海人民出版社，1989.
[51] 丁锡根. 中国历代小说序跋集［M］. 北京：人民文学出版社，1996.
[52] 亚里斯多德. 诗学［M］. 罗念生，译. 北京：人民文学出版社，1962.
[53] 丹纳. 艺术哲学［M］. 傅雷，译. 北京：人民文学出版社，1963.
[54] 莱辛. 拉奥孔［M］. 朱光潜. 北京：人民文学出版社，1979.
[55] 黑格尔. 小逻辑［M］. 贺麟，译. 北京：三联书店，1954.
[56] 黑格尔. 美学［M］. 朱光潜，译. 2 版. 北京：商务印书馆，1979—1981.
[57] 桑塔耶纳. 美感：美学大纲［M］. 缪灵珠，译. 北京：中国社会科学出版社，1982.
[58] 朗格. 艺术问题［M］. 滕守尧,朱疆源，译. 北京：中国社会科学出版社，1983.
[59] 福斯特. 小说面面观［M］. 苏炳文，译. 广州：花城出版社，1984.
[60] 小南一郎. 中国的神话传说与古小说［M］. 孙昌武，译. 北京：中华书局，1993.
[61] 伍蠡甫. 西方文论选［M］. 上海：上海译文出版社，1979.

[62] 阮籍. 阮籍集 [M]. 李志均, 季昌华, 柴玉英, 等, 校点. 上海: 上海古籍出版社, 1978.
[63] 韩愈. 韩昌黎集 [M]. 北京: 商务印书馆, 1958.
[64] 程颢, 程颐. 二程集 [M]. 北京: 中华书局, 1981.
[65] 苏轼. 苏轼文集 [M]. 孔凡礼, 点校. 北京: 中华书局, 1986.
[66] 朱熹. 朱子文集 [M]. 北京: 中华书局, 1985.
[67] 鲁迅. 鲁迅全集 [M]. 北京: 人民文学出版社, 2005.
[68] 钱钟书. 管锥编 [M]. 北京: 中华书局, 1979.
[69] 何满子. 何满子学术论文集 [M]. 福州: 福建人民出版社, 2002.
[70] 郭豫适. 郭豫适文集 [M]. 上海: 华东师范大学出版社, 2011.
[71] 杜宝. 大业杂记 [M]. //杜宝, 刘义庆. 大业杂记;世说新语三. 北京: 中华书局, 1991.
[72] 段成式. 酉阳杂俎 [M]. 北京: 中华书局, 1985.
[73] 孙光宪. 北梦琐言 [M]. 上海: 上海古籍出版社, 1981.
[74] 苏轼. 东坡志林 [M]. 王松龄, 点校. 北京: 中华书局, 1985.
[75] 洪迈. 容斋随笔 [M]. 上海: 上海古籍出版社, 1978.
[76] 罗大经. 鹤林玉露 [M]. 王瑞来, 点校. 北京: 中华书局, 1983.
[77] 庄绰. 鸡肋编 [M]. 萧鲁阳, 点校. 北京: 中华书局, 1983.
[78] 陶宗仪. 南村辍耕录 [M]. 北京: 中华书局, 1959.
[79] 谢肇淛. 五杂组 [M]. 北京: 中华书局, 1959.

[80] 沈德符. 万历野获编［M］. 北京：中华书局，1959.
[81] 胡应麟. 少室山房笔丛［M］. 上海：中华书局，1958.
[82] 干宝. 搜神记［M］. 北京：中华书局，1979.
[83] 王嘉. 拾遗记［M］. 萧绮，录. 齐治平，校注. 北京：中华书局，1981.
[84] 陶潜. 搜神后记［M］. 汪绍楹，校注. 北京：中华书局，1981.
[85] 刘义庆. 世说新语［M］. 北京：中华书局，1985.
[86] 刘敬叔. 异苑［M］.//国学扶轮社. 古今说部丛书：二集. 上海：上海文艺出版社，1991.
[87] 欧阳询. 艺文类聚［M］. 上海：上海古籍出版社，1965.
[88] 郭湜. 高力士外传［M］.// 叶德辉. 唐开元小说六种. 湘潭：叶氏观古堂，1911（清宣统三年）.
[89] 郑处诲. 明皇杂录［M］. //郑处诲，裴庭裕. 明皇杂录；东观奏记. 田廷柱，点校. 北京：中华书局，1994.
[90] 刘肃. 大唐新语［M］. 许德楠，李鼎霞，点校. 北京：中华书局，1984.
[91] 刘餗. 隋唐嘉话［M］. //刘餗，刘肃. 隋唐嘉话；大唐新语. 上海：古典文学出版社，1957.
[92] 李冗，张读. 独异志；宣室志［M］. 张永钦，侯志明，点校. 北京：中华书局，1983.
[93] 牛僧孺，李复言. 玄怪录；续玄怪录［M］. 程毅中，点校. 北京：中华书局，1982.
[94] 唐临，戴孚. 冥报记；广异记［M］. 北京：中华书局，1992.
[95] 李昉，等. 太平广记［M］. 汪绍楹，点校. 北京：中华书

局，1961.
[96] 李昉，等. 太平广记［M］. 邹进先，等，点校. 哈尔滨：哈尔滨出版社，1995.
[97] 李昉，等. 太平广记：点校全本［M］. 王希斌，车承瑞，等，点校. 哈尔滨：黑龙江人民出版社，1999.
[98] 王定保. 唐摭言［M］. 上海：古典文学出版社，1957.
[99] 李昉，等. 太平御览［M］. 北京：中华书局，1960.
[100] 周勋初. 唐语林校证［M］. 王谠，撰. 北京：中华书局，1987.
[101] 姚铉. 唐文粹［M］. // 四部丛刊初编：集部. 上海：上海书店，1989.
[102] 陶宗仪，等. 说郛三种［M］. 上海：上海古籍出版社，1988.
[103] 蒲松龄. 聊斋志异［M］. 北京：中华书局，2009.
[104] 张友鹤. 聊斋志异：会校会注会评本［M］. 上海：上海古籍出版社，1978.
[105] 江苏广陵古籍刻印社. 笔记小说大观：1—35 册［M］. 扬州：江苏广陵古籍刻印社，1983—1984.
[106] 刘世德，陈庆浩，石昌渝. 古本小说丛刊：1—41 辑［M］. 北京：中华书局，1987—1991.
[107]《古本小说集成》编辑委员会. 古本小说集成［M］. 上海：上海古籍出版社，1990.
[108] 罗贯中. 三国志通俗演义［M］. 上海：上海古籍出版社，1980.
[109] 罗贯中. 三国演义［M］. 毛纶，毛宗岗，评. 北京：中华书局，2009.

[110]吴敬梓. 儒林外史［M］. 张慧剑，校注. 北京：人民文学出版社，1958.
[111]曹雪芹，高鹗. 红楼梦［M］. 中国艺术研究院红楼梦研究所，校注. 2版. 北京：人民文学出版社，1996.
[112]鲁迅. 唐宋传奇集［M］. 北京：文学古籍刊行社，1956.
[113]汪辟疆. 唐人小说［M］. 上海：上海古典文学出版社，1955.
[114]王重民，王庆菽，向达，等. 敦煌变文集［M］. 北京：人民文学出版社，1957.
[115]方积六，吴冬秀. 唐五代五十二种笔记小说人名索引［M］. 北京：中华书局，1992.
[116]周勋初. 唐人轶事汇编［M］. 上海：上海古籍出版社，1995.
[117]李时人. 全唐五代小说［M］. 何满子，审定. 西安：陕西人民出版社，1998.
[118]李剑国. 唐前志怪小说史［M］. 天津：南开大学出版社，1984.
[119]韩南. 中国白话小说史［M］. 尹慧珉，译. 杭州：浙江古籍出版社，1989.
[120]齐裕焜. 中国古代小说演变史［M］. 兰州：敦煌文艺出版社，1990.
[121]侯忠义. 中国文言小说史稿［M］. 北京：北京大学出版社，1990.
[122]陈洪. 中国小说理论史［M］. 合肥：安徽文艺出版社，1992.
[123]刘上生. 中国古代小说艺术史［M］. 长沙：湖南师范大

学出版社，1993.
[124]石昌渝. 中国小说源流论［M］. 北京：三联书店，1994.
[125]吴志达. 中国文言小说史［M］. 济南：齐鲁书社，1994.
[126]黄霖. 中国小说研究史［M］. 杭州：浙江古籍出版社，2002.
[127]侯忠义. 隋唐五代小说史［M］. 杭州：浙江古籍出版社，1997.
[128]萧相恺. 宋元小说史［M］. 杭州：浙江古籍出版社，1997.
[129]欧阳健. 中国神怪小说通史［M］. 南京：江苏教育出版社，1997.
[130]薛洪勣. 传奇小说史［M］. 杭州：浙江古籍出版社，1998.
[131]陈文新. 文言小说审美发展史［M］. 武汉：武汉大学出版社，2002.
[132]程毅中. 唐代小说史［M］. 北京：人民文学出版社，2003.
[133]刘勇强. 中国古代小说史叙论［M］. 北京：北京大学出版社，2007.
[134]胡适. 中国章回小说考证［M］. 上海：上海书店，1980.
[135]郑振铎. 中国文学研究［M］. 北京：作家出版社，1957.
[136]蒋瑞藻. 小说考证［M］. 上海：古典文学出版社，1957.
[137]孔另境. 中国小说史料［M］. 上海：上海古籍出版社，1982.
[138]吴小如. 古典小说漫稿［M］. 上海：上海古籍出版社，1982.

[139]刘世德. 中国古代小说研究：台湾香港论文选辑 [M]. 上海：上海古籍出版社，1983.
[140]夏志清. 中国古典小说导论 [M]. 胡益民，等，译. 陈正发，校. 合肥：安徽文艺出版社，1988.
[141]鲁德才. 中国古代小说艺术论 [M]. 天津：百花文艺出版社，1987.
[142]袁世硕. 蒲松龄事迹著述新考 [M]. 济南：齐鲁书社，1988.
[143]章培恒. 献疑集 [M]. 长沙：岳麓书社，1993.
[144]浦安迪. 明代小说四大奇书 [M]. 沈亨寿，译. 北京：中国和平出版社，1993.
[145]罗永麟. 中国仙话研究 [M]. 上海：上海文艺出版社，1993.
[146]徐朔方. 小说考信编 [M]. 上海：上海古籍出版社，1997.
[147]陈美林.《儒林外史》人物论 [M]. 北京：中华书局，1998.
[148]刘敬圻. 明清小说补论 [M]. 北京：三联书店，2004.
[149]要力石. 红楼梦经典释义 800 题 [M]. 北京：中国书籍出版社，2007.
[150]张锦池. 红楼管窥：张锦池论红楼 [M]. 北京：文化艺术出版社，2009.
[151]高光起. 谈狐说鬼话《聊斋》[M]. 北京：社会科学文献出版社，2009.
[152]刘世德. 三国与红楼论集 [M]. 北京：中国社会科学出版社，2013.

[153] 张锦池. 中国六大古典小说识要［M］. 北京：人民文学出版社，2013.
[154]王季思. 从莺莺传到西厢记［M］. 上海：上海古典文学出版社，1955.
[155]刘开荣. 唐代小说研究［M］. 2 版. 上海：商务印书馆，1956.
[156]罗宗强. 隋唐五代文学思想史［M］. 上海：上海古籍出版社，1986.
[157]李剑国. 唐五代志怪传奇叙录［M］. 天津：南开大学出版社，1993.
[158]周绍良. 唐传奇笺证［M］. 北京：人民文学出版社，2000.
[159]程国赋. 唐五代小说的文化阐释［M］. 北京：人民文学出版社，2002.
[160]韩云波. 唐代小说观念与小说兴起研究［M］. 成都：四川民族出版社，2002.
[161]卞孝萱. 唐人小说与政治［M］. 厦门：鹭江出版社，2003.
[162]俞钢. 唐代文言小说与科举制度［M］. 上海：上海古籍出版社，2004.
[163]李鹏飞. 唐代非写实小说之类型研究［M］. 北京：北京大学出版社，2004.
[164]祝秀侠. 唐代传奇研究［M］. 台北:中国文化丛书出版委员会,1957.
[165]王国良. 唐代小说叙录［M］. 台北:嘉新水泥公司文化基金会，1979.

[166]刘瑛. 唐代传奇研究［M］. 台北：正中书局，1982.
[167]廖玉蕙. 唐代传奇探源［M］. 台北:圆神出版社，1989.
[168]尉天骢. 唐传奇主题研究［M］. 台北:天一出版社，1982.
[169]陈振孙. 直斋书录解题［M］. 北京：中华书局，1985.
[170]高儒. 百川书志［M］. 上海：古典文学出版社，1957.
[171]晁瑮. 晁氏宝文堂书目［M］. 上海：上海古典文学出版社，1957.
[172]纪昀，陆锡熊，孙士毅，等. 钦定四库全书总目：整理本［M］. 四库全书研究所，整理. 北京：中华书局，1997.
[173]孙楷第. 日本东京所见小说书目［M］. 北京：人民文学出版社，1981.
[174]孙楷第. 中国通俗小说书目［M］. 北京：人民文学出版社，1982.
[175]程毅中. 古小说简目［M］. 北京：中华书局，1981.
[176]袁行霈，侯忠义. 中国文言小说书目［M］. 北京：北京大学出版社，1981.
[177]江苏省社会科学院明清小说研究中心. 中国通俗小说总目提要［M］. 北京：中国文联出版公司，1990.
[178]石昌渝. 中国古代小说总目［M］. 太原：山西教育出版社，2004.

附录一

苏轼散文中的士林理想人格管窥

——以司马光形象的塑造为中心

[**摘 要**]在苏轼散文的丰厚文化内涵中,关于士林理想人格的建构是其中相当重要的组成部分。在苏轼笔下,司马光就是他心目中德才兼备士人形象的典范,司马光身上一系列人格闪光点,就是苏轼心目中士林理想人格的构成要素。这可归结为三个层面:在为学层面上,是"书无所不通","文辞醇深";在为人层面上,是"忠信孝友,恭俭正直";在为官层面上,是"治国莫先于公"。本文以苏轼散文中的司马光形象为个案,力图管窥苏轼心目中的士林理想人格的建构形态。这对当代士林人格的提升仍有其特殊的思想价值与借鉴意义。

[**关键词**]苏轼散文;士林理想人格;司马光形象;欧阳修形象

中国古代士林人格的建构,是一个值得当代士林关注并借鉴反思的课题。追溯至先秦时期百家争鸣的文化繁盛时代,作为士林中的有思想、有见识、有开创精神的佼佼者,各家各派均颇为注重士林人格的建构,其中对后代影响最大的当属儒道二家。从孔孟、老庄,到汉代的司马迁、董仲舒,再到唐代的李杜、韩柳,直至宋代的范仲淹、欧阳修、司马光、王安石、苏轼等杰出士人,皆对士林人格建构倾注了自己的心血,注入了新鲜的思想,形成了自己心目中的士人应该具备的理想人格标准。纵观中国传统文化的演化轨迹,同时观照其中的士林人格建构过程,可以说,宋代是整个中国古代士林生活境遇最好的时期。仅从科考的难易程度、俸禄水准、政治地位等方面看,可以说是既超过了前面的大唐盛世,更远远好于元明清三朝。有鉴于此,笔者选择宋代作为一个观照点,再从中聚焦于苏轼散文中的司马光形象塑造,以其为个案,借以观照苏轼心目中的士林理想人格形态。可以说,从苏轼对司马光的极力推崇心态看,司马光形象就是他心目中理想的士人形象的典范,司马光身上的一系列人格闪光点,就是苏轼理想中的士林人格的构成要素。这从苏轼跌宕起伏的人生历程中所坚守的理想人格标准与行事规范上,足以得到印证。从中可管窥苏轼散文中所写到的诸多士林俊杰高洁人格之一斑,也可作为中国古代士林理想人格的一个样板观照之。目前学术界对此课题的关注似乎还不多,这就更值得进一步深入研究。这对当代士林理想人格的建构仍有重要的思想价值与典范意义。

一　为学层面:"书无所不通","文辞醇深"

作为一个士人,其知识储备应该是其人格建构的重要基础与不可或缺的组成要素。唐代著名史学家刘知几曾提出:"史才须有三长,……三长:谓才也,学也,识也。”[①]这也可以视为士人知识结构的三要素。其中的“学”应该是居于核心地位的。因为“学”是必要前提与基础条件,“学”可长“才”,“学”亦能增“识”。苏轼虽然是才子型的“才、学、识”三者兼备的士人,但他特别重视“学”“识”二要素在士林人格建构中的重要性。苏轼笔下的司马光形象也是才、学 识三者兼备的士林佼佼者,而苏轼落墨的重点则在后二者,具体说是以“学”起笔,以“识”为焦点。

先看司马光“学”的方面:在《司马温公行状》中,苏轼首先强调指出司马光为学方面的过人之处:

> 公自儿童,凛然如成人。七岁闻讲《左氏春秋》,大爱之,退为家人讲,即了其大义。自是手不释书,至不知饥渴寒暑。年十五,书无所不通。文辞醇深,有西汉风。[②]

前两句点明司马光人格的早熟,或曰大器早成,也是为指出其为学起步早于常人。点出其所学典籍由《左氏春秋》始,是为了说明其为学与道德人格成长之密切关系。孟子有言:“孔子成《春秋》,而乱臣贼子惧。”[③]这就说明了《春秋》在道德层面的巨大影响力。接下来是强调其嗜学的程度,这对为学之人来说,是不可或缺的内在学习动力。最后指明为学效果是“书无所不

① 《旧唐书》卷一〇二,载刘昫等:《旧唐书》,中华书局 1975 年版,第 3173 页。

② 苏轼:《司马温公行状》,载《苏轼文集》第二册,孔凡礼点校,中华书局 1986 年版,第 475 页。

③ 《孟子注疏》,载《十三经注疏》,阮元校刻,中华书局 1980 年版,第 2715 页。

通”。可见其学问之广博程度,而这还有“年十五”的前提,更是不易。“文辞醇深,有西汉风”是赞美其文章写作的高水准。从中可见同为著名史学家的司马迁对他的深远影响。

其为学与为文的兼擅其长,还可以引宋神宗的话为佐证。宋神宗面谕司马光曰:“古之君子,或学而不文,或文而不学,惟董仲舒、扬雄兼之,卿有文学,何辞为?”[①]这是宋神宗针对司马光请辞翰林学士职位的擢升而言,说明宋神宗深知司马光是学与文二者兼备的佼佼者,而且以西汉大家董仲舒、扬雄比之,可见对其器重的程度。司马光又以“臣不能为四六”为理由推辞,宋神宗明察其为托词,乃曰:“卿能举进士,取高等,而云不能四六,何也?”[②]这是指司马光“年二十,举进士甲科”[③]的考试成绩,当然也是其学有所成的标志之一。

司马光曾任“国子直讲”的人生经历也说明着其为学的高水平。在当时的精英教育形势下,“国子直讲”的职位当然也只有学界的佼佼者才能胜任。

苏轼在文末罗列司马光的各种著作,也是为了突出其为学的过人成就。

> 有《文集》八十卷,《资治通鉴》三百二十四卷,《考异》三十卷,《历年图》七卷,《通历》八十卷,《稽古录》二十卷,

---

① 苏轼:《司马温公行状》,载《苏轼文集》第二册,孔凡礼点校,中华书局1986年版,第482页。

② 苏轼:《司马温公行状》,载《苏轼文集》第二册,孔凡礼点校,中华书局1986年版,第482页。

③ 苏轼:《司马温公行状》,载《苏轼文集》第二册,孔凡礼点校,中华书局1986年版,第475页。

《本朝百官公卿表》六卷,《翰林词草》三卷,《注古文孝经》一卷,《易说》三卷,《注系辞》二卷,《注老子道德论》二卷,《集注太元经》八卷,《大学中庸义》一卷,《集注扬子》十三卷,《文中子传》一卷,《河外谘目》三卷,《书仪》八卷,《家范》四卷,《续诗话》一卷,《游山行记》十二卷,《医问》七篇。①

这里面包括文学、史学、经学、文献学、医药学等诸多学科,可见其学问的广博全面、深厚专精,真正是著作等身,当代士林学子难以望其项背。苏轼在总评中赞之曰:“其好学如饥渴之嗜饮食。”好学嗜读的结果是“博学无所不通,音乐、律历、天文、书数,皆极其妙”②。

关于司马光的为文观念,苏轼仅强调了其中一个最为突出的方面,即“有适于用”。“其文如金玉谷帛药石也,必有适于用,无益之文,未尝一语及之。”③这是从正反两方面强调之。在此总括之下,苏轼特别详细叙述了其写作《资治通鉴》的经过,而这个书名也就是“有适于用”文学观念的集中体现。这个文学观与欧阳修的“致用”,王安石的“有补于世”、“以适用为本”大致略同,于此可见北宋文学观念之主流倾向。而《资治通鉴》这部史学名著的完成,也就证明着司马光就是刘知几感叹的

① 苏轼:《司马温公行状》,载《苏轼文集》第二册,孔凡礼点校,中华书局1986年版,第491—492页。

② 苏轼:《司马温公行状》,载《苏轼文集》第二册,孔凡礼点校,中华书局1986年版,第491页。

③ 苏轼:《司马温公行状》,载《苏轼文集》第二册,孔凡礼点校,中华书局1986年版,第492页。

“自复古以来,能应斯目者,罕见其人”的“才、学、识”三长兼备的“史才”。[①]

再看其“识”的方面:在《司马温公行状》中,苏轼特别强调司马光的远见卓识、先见之明等方面的过人之处。这与其学问的广博精深是相辅相成的,是学养深厚的外在表现之一。培根在《论学问》中就曾特别指出这一点:“读书为学底用途是娱乐、装饰和增长才识。……在长才上学问底用处是对于事务的判断和处理。”[②]看来这在古今中外的先贤心中是有共识的。作为一个“欲以身徇天下”[③]的士人,是否有思想见识这一点非常重要。试举例详论之。

例证一:关于“诏公与张茂则同相视二股河及土堤利害”问题,司马光“用都水监丞宋昌言策”,提出一系列治水的良策,但是“时议者多不同,公于上前,反覆论难,甚苦,卒从之。后皆如公言,赐诏奖谕”[④]。这是在与多数不同意见的对比中,以“后皆如公言”的简洁、全面的概括语,突出强调了司马光的远见卓识与先见之明。这源于他的水力学知识,说明其“识”源于其“学”。这也体现了他善于听取采纳专业人才意见的长处,还有他的执着、敢于坚持己见等方面的人格精神。

---

① 《旧唐书》卷一〇二,载刘昫等:《旧唐书》,中华书局 1975 年版,第 3173 页。

② 培根:《培根论说文集》,水天同译,商务印书馆 1983 年版,第 179 页。

③ 苏轼:《司马温公行状》,载《苏轼文集》第二册,孔凡礼点校,中华书局 1986 年版,第 491 页。

④ 苏轼:《司马温公行状》,载《苏轼文集》第二册,孔凡礼点校,中华书局 1986 年版,第 484—485 页。

例证二:关于王安石推行新法的弊端,司马光也洞若观火,预见到后必如此。

> 公上疏,逆陈其利害,曰:"后当如是。"行之十余年,无一不如公言者。天下传诵,以公为真宰相,虽田父野老,皆号公司马相公,而妇人孺子,知其为君实也。①

这里将司马光的预言"后当如是",与事实的效果"行之十余年,无一不如公言者"对比起来观照,以"无一"这样双重否定的句式加以绝对化的强调,突出了司马光的先见之明。

例证三:关于识人,司马光也表现出高于王安石的识人眼光。司马光"以书喻安石"时指出:

> "巧言令色鲜矣仁,彼忠信之士,于公当路时,虽龃龉可憎,后必徐得其力,谄谀之人,于今诚有顺适之快,一旦失势,必有卖公以自售者。"意谓吕惠卿。对宾客,辄指言之曰:"覆王氏者,必惠卿也。小人本以利合,势倾利移,何所不至。"其后六年,而惠卿叛安石,上书告其罪,苟可以覆王氏者,靡不为也。由是天下服公先知。②

这里司马光首先引先哲孔子语作为理论根据,占据了无可辩驳的理论制高点。然后将忠信之士与谄谀之人比较起来分析,将当前的感觉与以后的效果对比起来论述,条分缕析,苦口婆心,有理有据。最后具体落实到吕惠卿的典型个案身上,预见

---

① 苏轼:《司马温公行状》,载《苏轼文集》第二册,孔凡礼点校,中华书局1986年版,第485页。

② 苏轼:《司马温公行状》,载《苏轼文集》第二册,孔凡礼点校,中华书局1986年版,第487页。

到他以后对待王安石的态度。作者以六年以后的事实来验证司马光的预见,事实胜于雄辩。结尾一句"由是天下服公先知"又明确指出司马光的先见之明是天下人公认的,而非苏轼的有意褒扬。相比之下,王安石虽然也有见识,但他当局者迷,急功近利,以对变法态度划线用人,这就遮蔽了他的识人眼光。这在与司马光的对比中愈益明显。

例证四:司马光"劝帝不受尊号,遂为万世法"[①]的敢言事例。这得到皇帝由衷的赞誉,"上大悦,手诏答公:'非卿朕不闻此言,善为答词,使中外晓然,知朕至诚,非欺众邀名者。'遂终身不复受尊号"[②]。这是在"百官上尊号"的背景下,司马光能够力排众议,多不容易啊!而且还冒着触犯龙鳞的风险。对比当今士林的阿谀取容士风与整个社会趋炎附势之世风,不能不赞叹司马光人格之高洁,值得当代士林群体很好地继承发扬之。

上述所论,是从正面言之,即皇帝采纳司马光的远见,则有好的效果。还有与此相反者,即皇帝不采纳司马光的正确意见,反其道而行之,则必然受到事实的惩罚。

比如:关于"登州有不成婚妇,谋杀其夫伤而不死者"案件的处理,司马光表达了自己的看法,"自宰相文彦博以下,皆附公议,然卒用安石言,至今天下非之"[③]。苏轼在这里意在说明,司马光的意见是正确的,关系到对法律条文理解的原则性问题,

---

① 苏轼:《司马温公神道碑》,载《苏轼文集》第二册,孔凡礼点校,中华书局1986年版,第514页。

② 苏轼:《司马温公行状》,载《苏轼文集》第二册,孔凡礼点校,中华书局1986年版,第484页。

③ 苏轼:《司马温公行状》,载《苏轼文集》第二册,孔凡礼点校,中华书局1986年版,第483页。

皇帝不纳良言的结果是“至今天下非之”，延伸性地肯定了司马光经得住时间检验的远见卓识。

再比如：“西戎部将嵬名山欲以横山之众降，公极论其不可纳，后必为边患”[①]，但是“上不听，遣将种谔发兵迎之，取绥州，费六十万万。西方用兵，盖自是始矣”[②]。苏轼在这两处的相互印证中，强调了不听司马光正确意见的无穷后患。可谓意到而文省。

综上所述，苏轼对士林理想人格建构中为学层面的要求，借助司马光形象的塑造可见一斑。苏轼自己也达到了这个标准，他也希冀士林皆能以司马光为楷模而达于博学有识的层次。

二　为人层面：“忠信孝友，恭俭正直”

在中国传统文化中，为人处世是一门重要学问，是人格建构的重要组成部分。人是群居动物，每个人皆生活在群体当中，因此，人与人的关系颇为各家各派所重视。儒家学问的重要组成部分就是人际关系学，这包括君与臣的关系，臣与臣的关系，父与子的关系，兄与弟的关系，夫与妻的关系，朋友之间关系等等。道家的关系学比较简明易行，就是追求“君子之交淡若水”“淡以亲”的境界，而反对“小人之交甘若醴”“甘以绝”的低俗。[③]

---

① 苏轼：《司马温公神道碑》，载《苏轼文集》第二册，孔凡礼点校，中华书局1986年版，第513—514页。

② 苏轼：《司马温公行状》，载《苏轼文集》第二册，孔凡礼点校，中华书局1986年版，第483页。

③ 郭庆藩：《庄子集释》，王考鱼点校，中华书局1961年版，第685页。

从共性层面说，无论哪家哪派，在人际关系上都是讲求真实自然，人格高尚，德情一体。从主体对客体的角度说，应该待人以诚，直言不讳，不阿意取容，不巧言令色。具体到士林人格层面而言，又有高于一般的人格要求。比如孟子就指出："无恒产而有恒心者，惟士为能。"①这个"恒心"就是理想人格的追求。还有孟子对"大丈夫"②的定义，体现的也是士林理想人格，而非一般人的人格要求。有鉴于此，笔者认为，苏轼笔下的司马光就是士林为人层面理想人格的典范，其中寄寓着苏轼对士林理想人格的希冀心态。

苏轼对司马光为人层面的人格特点，以八个字概括之："忠信孝友，恭俭正直。"③其中，就包括了臣对君的"忠"，子对父母的"孝"，兄对弟的"友"，主体对客体的"信""恭"，自我人格完善体现在日常生活方面的"俭"，以及对所有人的"正直"。这八个字概括力甚强，涵盖面极广，是苏轼精心总结出来的对其为人人格的总评。苏轼有言曰："轼从公游二十年，知公平生为详，故录其大者为行状。其余，非天下所以治乱安危者，皆不载。"④

---

① 《孟子注疏》，载《十三经注疏》，阮元校刻，中华书局1980年版，第2671页。

② 孟子曰："居天下之广居，立天下之正位，行天下之大道；得志与民由之，不得志独行其道；富贵不能淫，贫贱不能移，威武不能屈，此之谓大丈夫。"《孟子注疏·滕文公下》，载《十三经注疏》，阮元校刻，中华书局1980年版，第2710页。

③ 苏轼：《司马温公行状》，载《苏轼文集》第二册，孔凡礼点校，中华书局1986年版，第491页。

④ 苏轼：《司马温公行状》，载《苏轼文集》第二册，孔凡礼点校，中华书局1986年版，第492页。

于此可见二人相知之深,这也可证明他所记载的司马光的为人,皆是可信的实录。而这也只是通过天下大事体现出来的一部分,还有生活细节部分就只好忍痛割爱了。但这也足以见其人格建构之一般了。下面试缕叙之:

1. 从臣对君关系的角度看,司马光敢于坚持真理、犯言直谏的人格精神,是苏轼着力表现的内容。其中所表现出来的司马光的胆识与骨气,既令苏轼由衷钦佩,也不能不令后代士林高山仰止。

如:关于立皇储事宜的犯言直谏即是如此。苏轼先言背景:“至和三年,仁宗始不豫,国嗣未立,天下寒心而不敢言。”这是皇帝的家事,虽然有关国家盛衰,但大臣不能也不敢参与其事,否则,有掉脑袋的危险。在这种情况下,“惟谏官范镇首发其议,公时为并州通判,闻而继之。上疏言:‘《礼》:大宗无子,则小宗为之后。为之后者,为之子也。愿陛下择宗室贤者,使摄储贰,以待皇嗣之生,退居藩服”①。旗帜鲜明地提出自己的观点,直中问题要害,而绝不含含糊糊,明哲保身。等到他就任谏官的职位,有了发言权以后,他更是义无反顾,勇往直前,不达目的,绝不罢休。

> 及公为谏官,复上疏,且面言:“臣昔为并州通判,所上三章,愿陛下果断而力行之。”时仁宗简默不言,虽执政奏事,首肯而已。闻公言,沉思久之,曰:“得非欲选宗室为继嗣者乎?此忠臣之言,但人不敢及耳。”公曰:“臣言此,自谓必死,不意陛下开纳。”上曰:“此何害,古今皆有之。”因

① 苏轼:《司马温公行状》,载《苏轼文集》第二册,孔凡礼点校,中华书局1986年版,第477页。

令公以所言付中书。公曰:“不可,愿陛下自以意喻宰相。”①

这里可见司马光敢于对皇帝犯颜直谏的人格力量:一是敢于当面要求皇帝怎么做;二是表明下定了必死的决心;三是敢于对皇帝说“不可”。其中第二条最为关键,死尚且不怕,上疏就有了底气,但问题是这个决心是一般士人下不了的。与当代士人比照,对领导尚且不敢说“不”,何况对皇帝乎?由此观之,中国士林人格的高下问题,难道不值得很好地反思吗?当然,为人关系问题是由双方相互影响存在的。司马光是幸运的,因为他遇到了宋仁宗这样仁慈明智的皇帝,心胸广阔,能纳雅言,不然司马光的脑袋就可能搬家了。由此看来,当代的某些领导者还真是应该以宋仁宗为榜样呢!

宋神宗驾崩,太皇太后遣使问计于司马光,他直言不讳,不计个人得失。

公言:“近岁士大夫以言为讳,闾阎愁苦于下,而上不知,明主忧勤于上,而下无所诉,此罪在群臣,而愚民无知,归怨先帝,宜下诏首开言路。”从之。下诏榜朝堂,而当时有不欲者,于诏语中设六事以禁切言者曰:……太皇太后封诏草以问公。公曰:“此非求谏,乃拒谏也。人臣惟不言,言则入六事矣。”……公具论其情,且请改赐诏书,行之天下。从之。于是四方吏民,言新法不便者数千人。②

① 苏轼:《司马温公行状》,载《苏轼文集》第二册,孔凡礼点校,中华书局1986年版,第477页。

② 苏轼:《司马温公行状》,载《苏轼文集》第二册,孔凡礼点校,中华书局1986年版,第488页。

这一段记载回环曲折，曲径通幽，颇耐人寻味。其中包括三个环节：第一，司马光针对“士大夫以言为讳”，战战兢兢地不敢言事的心态，请下诏书，开言路，结果太皇太后“从之”，似乎问题已经解决了。但是，有人别有用心，节外生枝，在皇帝诏书中做了手脚，填进去自己的私货。这些“不欲者”就是司马光的反衬，是狡猾奸诈的君王身边的小人，是最可怕的。第二，司马光一针见血地指出其要害在于：“此非求谏，乃拒谏也。”只要是进言，则无法逃脱此六事，谁还敢言之。进而提出“请改赐诏书，行之天下”。司马光竟敢让皇帝修改诏书，真是胆大包天。第三，收到了广开言路、四方进言的实效。这个目标的实现，也是得力于太皇太后的密切配合。当然，归根结底，还是司马光在太皇太后那里有威信。苏轼此前就有意描写了一段表现百姓拥戴司马光的情景，其意也是在强调这一点。

由此可见，在苏轼笔下，司马光进谏的内容与效果是相当重要的。其内容皆是为国为民，其效果皆是经过艰苦努力而取得最佳。可见，原来只是讲直言切谏与君王纳谏是不够的，那还仅是表面文章，关键在于进谏的内容是什么。是为民立言，还是仅仅为了一家一姓，其中士林人格的差别还是很大的。

2. 与同僚的关系，体现了司马光为国为民而据理力争、善善恶恶、泾渭分明等人格精神。就与王安石的关系说，体现的是同僚关系的良性形态。

安石曰：“不足者，以未得善理财者故也。”公曰：“善理财者，不过头会箕敛以尽民财，民穷为盗，非国之福。”安石曰：“不然，善理财者，不加赋而上用足。”公曰：“天下安有此理，天地所生财货百物，止有此数，不在民则在官。譬如雨泽，夏涝则秋旱。不加赋而上用足，不过设法阴夺民利，其害甚于加赋。”①

二人这是各抒己见，观点虽然不同，但皆是以理服人，而非意气之争，非感情用事，非相互贬低，非人格否定。这是真正士人人格健全的标志。这也是当今士林不同观点相互辩论时应该继续发扬的人格精神。苏轼特别说明了这一点：司马光“则以书喻安石，三往反，开喻苦至，犹幸安石之听而改也”②。在王安石变法的评价中，苏轼的观点是站在司马光一边的，这从《司马温公行状》与《司马温公神道碑》两文中可明显看出来。建国后学界对此的观点一直是褒王安石而贬司马光，褒扬王安石是改革家，贬斥司马光顽固保守。这也与列宁称誉王安石为“中国十一世纪的改革家”（《修改工人政党的土地纲领》）有关。笔者可能受苏轼的影响，比较赞同其观点，因为司马光的见解比王安石更有利于百姓，苏轼的评价更符合史实，更有说服力。反思过去的研究，往往有诸多不公平的做法，比如：以王安石的《答司马谏议书》为教材，不断学习、完全肯定他的变法观点，认为可以富国强兵。但是，司马光的出发点是什么，他是怎么论证的？读者并不知道，因为主导话语权者并不提供司马光的文章，这是非常不公平的，起码也应该在附录中提供其全文，以使读者有相互比较与自我评判的权利，而不是像现在这样把现成的观点强加给读者与研究者。

---

① 苏轼：《司马温公行状》，载《苏轼文集》第二册，孔凡礼点校，中华书局 1986 年版，第 484 页。

② 苏轼：《司马温公行状》，载《苏轼文集》第二册，孔凡礼点校，中华书局 1986 年版，第 487 页。

司马光与宰相吴充的关系也是如此，皇帝“诏求直言”，司马光“复陈六事”，极言新法乃“尤病民者”，而当时的宰相吴充则以沉默对之，司马光对此很气愤，“又以书责宰相吴充：‘天子仁圣如此，而公不言，何也？’”[①]仗义执言，毫不客气，凛然正气，令人敬服。

与此相反，司马光与吕惠卿的辩论则是怒火中烧，针锋相对，丝毫不让，因为吕惠卿是“巧言令色”“以利合”[②]的小人，司马光从心底鄙视其卑下人格。苏轼的评论就比较清楚地划清了其人格界限：“宰相王安石用心过当，急于功利，小人得乘间而入，吕惠卿之流以此得志，后者慕之，争先相高，而天下病矣。”[③]可见，王安石是君子过当，吕惠卿是小人投机，性质有别，不可混淆。

3. 与朋友的关系，体现了司马光重义有情、为人笃厚的人格精神。如：“故相庞籍名知人，始与天章公游，见公而奇之”[④]，于是推荐司马光，对他有知遇之恩。“公感籍知己，为尽力。”“籍既没，升堂拜其妻如母，抚其子如昆弟，时人两贤之。”[⑤]

---

① 苏轼：《司马温公行状》，载《苏轼文集》第二册，孔凡礼点校，中华书局1986年版，第488页。

② 苏轼：《司马温公行状》，载《苏轼文集》第二册，孔凡礼点校，中华书局1986年版，第487页。

③ 苏轼：《司马温公行状》，载《苏轼文集》第二册，孔凡礼点校，中华书局1986年版，第489页。

④ 苏轼：《司马温公行状》，载《苏轼文集》第二册，孔凡礼点校，中华书局1986年版，第476页。

⑤ 苏轼：《司马温公行状》，载《苏轼文集》第二册，孔凡礼点校，中华书局1986年版，第476页。

司马光不仅能与朋友同甘,也能与朋友共苦,这更为难能可贵。苏轼写道:“时中外讻讻,御史吕诲、傅尧俞、范纯仁、吕大防、赵鼎、赵瞻等皆争之,相继降黜。公上疏乞留之,不可。则乞与之皆贬。”[①]这愈加见出司马光人格的闪光点,可谓熠熠生辉,光耀史册。

4. 公正直言,鞠躬尽瘁。司马光的直言,关键在于维护公正原则,这是其人格闪光点之一,也是当今仍然具有文化价值的主要方面之一。比如:他初入仕,便得知一件事,“故相夏竦卒,诏赐谥文正。公言:‘谥之美者,极于文正,竦何人,可以当此!’书再上,改谥文庄”[②]。这事与他本来无关,他完全可以保持沉默。况且,这是皇帝的意见,上疏也会得罪皇帝。而司马光之所以上疏,就是认为这种谥号名不副实,他要求“真”,故敢直言。这种人格精神贯穿司马光的人生历程,而非偶一为之,如苏轼所评:“自少及老,语未尝妄。”[③]偶然为之,或许可以做到,坚持一生,实属难能可贵。面对病重与死亡时,他首先想到的不是自己,而是“皆朝廷天下事也”。如:“元丰五年,公忽得语涩疾,自疑当中风,乃豫作遗表,大略如六事加详尽,感慨亲书,缄封置卧内,且死,当以授所善范纯仁、范祖禹使上之。”[④]

---

① 苏轼:《司马温公行状》,载《苏轼文集》第二册,孔凡礼点校,中华书局1986年版,第481页。

② 苏轼:《司马温公行状》,载《苏轼文集》第二册,孔凡礼点校,中华书局1986年版,第476页。

③ 苏轼:《司马温公行状》,载《苏轼文集》第二册,孔凡礼点校,中华书局1986年版,第491页。

④ 苏轼:《司马温公行状》,载《苏轼文集》第二册,孔凡礼点校,中华书局1986年版,第488页。

再如:“元祐元年正月,公始得疾”,“公疾益甚,叹曰:‘四患未除,吾死不瞑目矣。’乃力疾上疏论免役五害,乞直降敕罢之,率用熙宁以前法”[①]。“既没,其家得遗奏八纸,上之,皆手札论当世要务。”[②]

这就是诸葛亮“鞠躬尽瘁,死而后已”人格精神的再现,也是当代士林应该发扬光大的文化精粹。

三　为官层面:“治国莫先于公”

子夏曰:“仕而优则学,学而优则仕。”[③]孟子亦曰:“士之仕也,犹农夫之耕也。”[④]这皆明确指出,在古代社会中,士林的主要社会出路即是通过荐举、科考等各种途径而进入仕途,变成为官者。这部分人特别是通过科举考试而进入仕途的士人,应该是士林中的佼佼者,司马光就是“能举进士,取高等”[⑤]的士人典型。苏轼通过司马光这个为官者形象的塑造,表达了他对入仕士人人格建构的理想化心态。那么这些士林中的精英一旦掌握

① 苏轼:《司马温公行状》,载《苏轼文集》第二册,孔凡礼点校,中华书局 1986 年版,第 490 页。

② 苏轼:《司马温公行状》,载《苏轼文集》第二册,孔凡礼点校,中华书局 1986 年版,第 491 页。

③ 《论语注疏》,载《十三经注疏》,阮元校刻,中华书局 1980 年版,第 2532 页。

④ 《孟子注疏》,载《十三经注疏》,阮元校刻,中华书局 1980 年版,第 2711 页。

⑤ 苏轼:《司马温公行状》,载《苏轼文集》第二册,孔凡礼点校,中华书局 1986 年版,第 482 页。

了权力成为百姓的父母官,其在人格建构上还应该具备哪些要素呢?

1. 提出其治国的总体思想与核心问题。在宋英宗执政之初,司马光即"上疏言:'治身莫先于孝,治国莫先于公。'其言切至,皆母子间人所难言者"[①]。其中"治国莫先于公"就是司马光为官的首要问题与总体思想,也是历代乃至当今为官者应该且必须遵守的最高原则。

在宋神宗即位之初,司马光"上疏论修心之要三,曰仁、曰明、曰武。治国之要三,曰官人、曰信赏、曰必罚。其说甚备。且曰:'臣昔为谏官,即以此六言献仁宗,其后以献英宗,今以献陛下,平生力学所得,尽在是矣。'"[②]这可视为"治国莫先于公"总原则的具体化与完备化,是其平生力学所得的为官要诀,是他"历事四朝,皆为人主所敬"[③]的根本原因之所在,也是他历事四朝一以贯之、善始善终的为官准则。在治国的三要素中,司马光把"官人"置于首位,可见其地位之重要程度。司马光在为官历程中,在给皇帝的上疏中,强调最多的也是这一点。

他在给太后的上疏中,就明确强调指出:"今太后初摄大政,大臣忠厚如王曾,清纯如张知白,刚正如鲁宗道,质直如薛奎者,当信用之。鄙猥如马季良、谗谄如罗崇勋者,当疏远之,则天

① 苏轼:《司马温公行状》,载《苏轼文集》第二册,孔凡礼点校,中华书局 1986 年版,第 480 页。

② 苏轼:《司马温公行状》,载《苏轼文集》第二册,孔凡礼点校,中华书局 1986 年版,第 482 页。

③ 苏轼:《司马温公行状》,载《苏轼文集》第二册,孔凡礼点校,中华书局 1986 年版,第 492 页。

下服。"[①]这说的就是"官人"即用什么样的人为官的大问题。其中心思想也就是诸葛亮《出师表》所言"亲贤臣,远小人"。这是封建专制政体下的关键问题,虽然诸葛亮已言之,但其内涵还是比较模糊:何为贤臣,谁是小人?见仁见智。何况,历朝历代的当政小人,哪个不是以贤臣自居而混淆视听?因为其大权在握,真正贤臣往往被诬为小人而难以自白。朝中执掌重权的奸佞又何尝不是被皇帝视为贤臣而重用之?相比之下,司马光在这里提出的应当信用的贤臣的内涵则相当明确,乃是忠厚、清纯、刚正者,应当疏远的小人也十分清楚,乃鄙猥、谗谄者。司马光在诸葛亮之后再言此用人问题,也是力陈时弊,切中要害。

在关于是否选用苏辙的争议中,司马光与考官乃至宰相的观点大相径庭:"苏辙举直言策,入第四等,而考官以为不当收。""时宰相亦以为当黜",司马光直陈己见曰:"辙于同科四人中,言最切直,有爱君忧国之心,不可不收。"这充分表明了司马光的用人思想:应当选用言切直而有爱君忧国之心者。态度坚决,不容置疑。因此,得到宋仁宗的支持:"求直言,以直弃之,天下其谓朕何!"[②]宋仁宗也是重视用人的明君,二人可谓君臣相得。

司马光认为:"治乱之机,在于用人,邪正一分,则消长之势自定。每论事,必以人物为先,凡所进退,皆天下所谓当然者,然

① 苏轼:《司马温公行状》,载《苏轼文集》第二册,孔凡礼点校,中华书局 1986 年版,第 479—480 页。

② 苏轼:《司马温公行状》,载《苏轼文集》第二册,孔凡礼点校,中华书局 1986 年版,第 477 页。

后朝廷清明,人主始得闻天下利害之实。"[①]这就明确指出用人问题是关乎天下治乱兴亡的首要大计。其中"凡所进退,皆天下所谓当然者"句中包含有丰富的思想。虽然当时是封建专制政体,虽然皇帝有至高无上的权力,但是司马光看到了制约其弊端、使其优化的要害问题,若所选用与贬斥的为官者,都是包括百姓在内的天下人所认可的、理所当然的、无可争议的,那么国家即可达到大治。当今的大多数国家实行的选举制就基本上达到了这一点,因为只有天下人认可者,才能选上来。似乎可以说,司马光的这个观点中蕴含有民主思想的萌芽,显然比孟子的"民本"思想又进了一步。

不仅如此,苏轼还写出司马光以比喻说理的精辟深刻:"且治天下,譬如居室,敝则修之,非大坏不更造也。大坏而更造,非得良匠美材不成。今二者皆无有,臣恐风雨之不庇也。"[②]这段话的三层意思,皆有现实意义。第一层,司马光以屋喻国家体制、法律,颇为精辟。在"破字当头"占统治思想的年代里,在满目"拆"字、"文明破坏"的近年现状中,人们更有必要很好地思考其中的治国道理。第二层,"良匠美材"仍然是比喻治国的杰出人才。维护旧室需要他们,要造新屋,更需要他们。拆旧屋容易,人皆可为;而造新屋则必须"良匠美材"不可。第三层,司马光"恐风雨之不庇"的担心并非危言耸听,乃是切中时弊的良药。置于当今社会中,仍有镇定、清醒之药用价值。

---

① 苏轼:《司马温公行状》,载《苏轼文集》第二册,孔凡礼点校,中华书局1986年版,第489页。

② 苏轼:《司马温公行状》,载《苏轼文集》第二册,孔凡礼点校,中华书局1986年版,第485页。

2. 为官者应时刻准备辞官。在封建专制政体中，君臣关系是不平等的，皇帝是否纳谏，往往受其喜怒哀乐的不同心境所左右，司马光的上疏也是如此。他的难能可贵之处在于，他敢于以辞官的激烈行为表达对皇帝不纳良言的反抗。在苏轼笔下，司马光有一系列的辞官经历，从中可见其人格中的诸多闪光点。一是，“擢修起居注，五辞而后受”[①]。二是，“判检院，权判国子监，除知制诰。力辞至八九，改授天章阁待制，兼侍讲”[②]。三是，“会拜公枢密副使，公上章力辞，至六七”[③]。四是，“诏移知许州，不赴，遂乞判西京留司御史台以归。自是绝口不论事”[④]。五是，“诏除公知陈州，且过阙入见，使者劳问，相望于道。至则拜门下侍郎，公力辞，不许”[⑤]。……若为官者不怕丢官，就可以腰杆硬起来，就能够有说真话的勇气，就能够保持人格的独立。从文化源流层面看，这可追溯至孔子“道不行，乘桴浮于海”[⑥]的人格精神。

3. 节俭廉洁。为官者对金钱的态度，是其人格高下的判别

---

① 苏轼:《司马温公行状》，载《苏轼文集》第二册，孔凡礼点校，中华书局 1986 年版，第 477 页。

② 苏轼:《司马温公行状》，载《苏轼文集》第二册，孔凡礼点校，中华书局 1986 年版，第 479 页。

③ 苏轼:《司马温公行状》，载《苏轼文集》第二册，孔凡礼点校，中华书局 1986 年版，第 487 页。

④ 苏轼:《司马温公行状》，载《苏轼文集》第二册，孔凡礼点校，中华书局 1986 年版，第 487 页。

⑤ 苏轼:《司马温公行状》，载《苏轼文集》第二册，孔凡礼点校，中华书局 1986 年版，第 489 页。

⑥ 《论语注疏》，载《十三经注疏》，阮元校刻，中华书局 1980 年版，第 2473 页。

标准之一。权钱结合是封建专制政体的痼疾之一,一般为官者难以超越。“三年清知府,十万雪花银”,“纱帽底下无穷汉”等谚语,反映了大众对为官与金钱关系的规律性认识。苏轼笔下的司马光就是能够超越这个俗套的士林中的佼佼者,这也是其人格高尚的表现之一。诸如:“公乃以所得珠为谏院公使钱,金以遗其舅氏,义不藏于家。”①“不事生产,买第洛中,仅庇风雨。有田三顷,丧其夫人,质田以葬。恶衣菲食,以终其身。”②

司马光之所以能够做到这一点,关键在于他拥有正确的金钱观。苏轼评之曰:“于财利纷华,如恶恶臭,诚心自然,天下信之。”③这其中也有儒道的理想人格修养理论的滋养在内。

4. 为民谋福,得民拥戴。为官者是否能够把百姓的幸福置于首位,把万民的利益放在心上,应是评价其人格高下的首要标准。苏轼笔下的司马光也是这方面人格追求的千古楷模,值得大书特书。

宋英宗时,“有诏陕西刺民兵号义勇,公上疏极论其害”,其立论的出发点,就是在为百姓的利益着想。其中“民被其毒”,“不能复返南亩,强者为盗,弱者转死,父老至今流涕也”④等语句,就充分表现了其爱民之心。为此,他“章六上,不从。乞罢

① 苏轼:《司马温公行状》,载《苏轼文集》第二册,孔凡礼点校,中华书局1986年版,第480页。

② 苏轼:《司马温公行状》,载《苏轼文集》第二册,孔凡礼点校,中华书局1986年版,第491页。

③ 苏轼:《司马温公行状》,载《苏轼文集》第二册,孔凡礼点校,中华书局1986年版,第491页。

④ 苏轼:《司马温公行状》,载《苏轼文集》第二册,孔凡礼点校,中华书局1986年版,第480—481页。

谏官"[①]。从中可以想见司马光一次次奋笔疾书奏章的情景,可以体会其忧国忧民的情怀,可以感知其不达目的决不罢休的执着精神。从他辞职的行为中,更可见其激愤程度与大无畏精神。

宋神宗时,司马光之所以反对王安石变法,其根本原因还是在于为百姓着想。他认为新法会损害百姓的利益:"头会箕敛以尽民财,民穷为盗,非国之福。""设法阴夺民利,其害甚于加赋。"[②]"此尤病民者,宜先罢。"[③]这就把民与国联系了起来,而且把民的利益置于国之前面。这种思想是相当进步的,具有当代思想价值。"下诏首开言路"后,"四方吏民,言新法不便者数千人",这就证明了司马光所言的新法"病民"的真实性,说明他反对新法是得到百姓拥护的。

司马光广受民众拥戴的程度,苏轼也浓墨重彩地表现出来。"神宗崩,公赴阙临,卫士见公入,皆以手加额,曰:'此司马相公也。'民遮道呼曰:'公无归洛,留相天子,活百姓。'所在数千人聚观之。"[④]这是在说明,百姓已经把司马光当作了救世主,把活命与过好日子的希望寄托在了他的身上。

司马光退休后仍然有崇高的威信,"退居于洛,往来陕郊,

---

① 苏轼:《司马温公行状》,载《苏轼文集》第二册,孔凡礼点校,中华书局1986年版,第481页。

② 苏轼:《司马温公行状》,载《苏轼文集》第二册,孔凡礼点校,中华书局1986年版,第484页。

③ 苏轼:《司马温公行状》,载《苏轼文集》第二册,孔凡礼点校,中华书局1986年版,第488页。

④ 苏轼:《司马温公行状》,载《苏轼文集》第二册,孔凡礼点校,中华书局1986年版,第488页。

陕洛间皆化其德，师其学，法其俭，有不善，曰：‘君实得无知之乎！’”[①]由此可见其受民拥戴的程度。

司马光死时，百姓的眼泪是其得民心的最后证明，最为难得：“公薨，京师之民罢市而往吊，鬻衣以致奠，巷哭以过车者，盖以千万数。”“民哭公哀甚，如哭其私亲。四方来会葬者，盖数万人。”[②]苏轼通过吊唁人数之多、哭声之哀、感情之深，来突出司马光所受到的拥戴程度。这恐怕只有“十里长街哭总理”才能相比。不仅如此，“太皇太后闻之恸，上亦感涕不已。时方躬祀明堂，礼成不贺，二圣皆临其丧，哭之哀甚，辍视朝三日”[③]。为什么会有这样高的威望，苏轼评价说：“臣论公之德，至于感人心，动天地，巍巍如此，而蔽之以二言，曰诚、曰一。”[④]这个盖棺定论归结到司马光的人格上，应该是说到了点子上。即使在他死后，仍然为百姓所怀念：“京师民画其像，刻印鬻之，家置一本，饮食必祝焉。四方皆遣人购之京师，时画工有致富者。”[⑤]

在苏轼看来，“诚”与“一”这二者，也是其士林理想人格的核心要素。延伸视之，当代士林人格建构亦应如此。

---

① 苏轼：《司马温公行状》，载《苏轼文集》第二册，孔凡礼点校，中华书局1986年版，第491页。

② 苏轼：《司马温公神道碑》，载《苏轼文集》第二册，孔凡礼点校，中华书局1986年版，第512—513页。

③ 苏轼：《司马温公行状》，载《苏轼文集》第二册，孔凡礼点校，中华书局1986年版，第491页。

④ 苏轼：《司马温公神道碑》，载《苏轼文集》第二册，孔凡礼点校，中华书局1986年版，第513页。

⑤ 苏轼：《司马温公行状》，载《苏轼文集》第二册，孔凡礼点校，中华书局1986年版，第491页。

四　余　论

苏轼的人格理想如上所述全面地、完整地寄寓在他心目中的士林楷模司马光形象的各个层面中。若再由此拓展开来，整体观照其散文作品，应该说这也体现在苏轼笔下其恩师欧阳修形象的塑造之中，这足以与其笔下塑造的司马光形象中的理想人格相互印证。他在《祭欧阳文忠公文》中满怀敬意地写道：

> 公之生于世，六十有六年。民有父母，国有蓍龟，斯文有传，学者有师，君子有所恃而不恐，小人有所畏而不为。譬如大川乔岳，不见其运动，而功利之及于物者，盖不可以数计而周知。①

苏轼在这里以"大川乔岳"来比喻欧阳修的人格力量，虽无形却又无处不在。这是十分恰切的，包含着深刻精辟的思想理论内涵。欧阳修的人格如此，司马光的人格如此，苏轼的人格如此，当今的士林人格也应如此！

苏轼的人格理想当然更主要的还是体现在其整个人生历程中。他不惜以自己的人生前途与功名利禄为代价，甚至不怕杀头，始终如一地去实践其士林人格理想。他一生始终保持高傲的个性，不肯阿谀取容、随俗浮沉，保持其对人格理想的不懈追求。这其中渗透着庄子、司马迁、阮籍、李白、韩愈、柳宗元、欧阳修、司马光等富有个性的士林佼佼者的理想人格的要素，是他们

① 苏轼：《祭欧阳文忠公文》，载《苏轼文集》第五册，孔凡礼点校，中华书局1986年版，第1937页。

人格精神的汇集与发扬光大。

苏轼在《上韩太尉书》中曾论述道："古之君子，刚毅正直，而守之以宽，忠恕仁厚，而发之以义。故其在朝廷，则士大夫皆自洗濯磨淬，戮力于王事，而不敢为非常可怪之行，此三代王政之所由兴也。"[①]这其中就清楚地表达出苏轼所追求的士林理想人格的要素，而这又正是国家兴旺发达的关键所在。

（本文原发表于《学术交流》2013 年第 1 期）

① 苏轼：《上韩太尉书》，载《苏轼文集》第四册，孔凡礼点校，中华书局 1986 年版，第 1381—1382 页。

附录二

论关汉卿杂剧的士林人生理想

关汉卿在其杂剧作品中寄寓着三大理想，即法治理想、婚恋理想和人生理想。这三大理想是三位一体的辩证统一关系。其法治理想与婚恋理想，笔者已有专文分别论之①，在此仅就学界关注相对较少且又争议较大的士林人生理想问题，略抒管见，以就教于方家。

研究此课题牵涉到作者的文化心态、人生态度与其作品中人物形象的关系问题。关汉卿的文化心态包括忧世心态、愤世心态、傲世心态、玩世心态、自娱心态等多个层面，这一系列心态构成自然会倾注于笔下人物形象的塑造之中。当忧世心态、愤世心态主导他的时候，他就表现出用世倾向，赞美大有作为、修齐治平的士林形象，其杂剧中塑造的士人形象就是如此。因为只有士林中的佼佼者入仕主政，才能保证其法治理想与婚恋理想的实现。当傲世心态、玩世心态、自娱心态主导他的时候，他

---

① 参见关四平：《论关汉卿的忧愤心态与法治理想》，载《学府》，黑龙江人民出版社 2006 年版，第 41—47 页；《关汉卿杂剧的婚恋理想新论》，载《学术交流》2007 年第 10 期。

就表现出“不屑仕进”[①]的避世倾向,赞赏隐居山林、淡泊名利的人生态度,其散曲中塑造的一系列形象就是如此。目前,学界有人用杂剧中士人形象的人生态度来否定关汉卿本人“不屑仕进”的人生态度,认为在思想本源上,关汉卿并不是“不屑”,而是“对传统的学优而仕的文人价值观的秉承和认同”[②]。这显然是混淆了不同文体所表现的人生态度的区别,把关汉卿多层构成的文化心态与人生理想简单化了。看来这个问题的确还有进一步探讨的必要。关汉卿在散曲作品中所表达的人生态度与人生理想问题,限于篇幅,笔者将在另文中细论,本文则专谈关汉卿杂剧作品中的士林人生理想问题。

一　士林形象的三层建构与人生轨迹的重合

关汉卿杂剧中士林群像的人生道路轨迹可概括为:自幼读书,文章满腹,科举得中,步入仕途,志扶社稷,为民做主。这个人生目标是明确的,人生轨迹是清晰的,人生理想是可望而又可即的。这是通过士林群像的塑造来完成的。这个士人形象群体,由三个层次建构而成:

1. 出场时为穷书生,困厄不遇,希冀科考高中。其代表人物形象为:《窦娥冤》中的窦天章,《拜月亭》中的蒋世隆,《谢天香》中的柳永,《裴度还带》中的裴度,《金线池》中的韩辅臣,《救风

① 朱经:《青楼集序》,载中国戏曲研究院:《中国古典戏曲论著集成》,中国戏剧出版社 1959 年版,第 15 页。

② 黄丽峰:《论关汉卿杂剧中的文人意识——兼议“不屑仕进”说》,载《江西社会科学》2005 年第 6 期。

尘》中的安秀实,《陈母教子》中的陈良资、陈良叟和陈良佐等。这类士人形象的共性特征可归结为三点:其一,腹有诗书,才学过人。窦天章、蒋世隆、安秀实出场时的身份都明确点出是"秀才"。窦天章是"幼习儒业,颇看诗书"[①];柳永也是"幼习儒业,颇读诗书"。钱大尹称赞柳永曰:"论此人之学不在老夫之下。""是一代文章渊薮。"(第一折)"高才大名","读尽九经书,晓尽天下事。"(第四折)裴度自言:"小生幼习儒业,颇看诗书。"(头折)"文武全才。"(第二折)陈母赞其子陈良资、陈良叟曰:"一个学李太白高才调,一个似杜工部好文章。"(头折)这个特点与其士人身份相符合,并且说明他们是士林中出类拔萃的佼佼者。其二,时乖命蹇,生活穷困。窦天章自言:"小生一贫如洗。"无奈只好卖女儿还债。安秀实自与颜回作比道:"颜回乐道一生贫。"宋引章说如果嫁给安秀才"一对儿好打莲花落",显然是嫌他穷。裴度自言是:"小生一贫如洗","运不至"。蒋世隆身处逃难之中,当然贫困交加。这个特点既有"君子固穷"的不同时代士人的共性生存状态特征,也体现出元代士人处于"九儒"(谢枋得《叠山集》)地位而愈加贫寒的可悲处境。其三,心高气傲,胸有成竹。其心高气傲来自于其满腹诗书,如裴度是"胸次高傲","气高样大"。陈良佐把取功名看作是"掌上观纹,怀中取物"。他们"身贫志不贫",在穷困中考取功名的志向坚定不移。如裴度就唱道:"有一日显威风,出浅埃,起云雷,变气色。"

① 此句诸本文字有所不同,明万历十六年徐氏《古名家杂剧》本作"颇看诗书",臧懋循本与孟称舜本均作"饱有文章"。本文所引关汉卿杂剧原文均据吴晓铃等:《关汉卿戏曲集》,中国戏剧出版社1958年版,后文不再一一注出。

2. 出场时是高官,志得意满,乃科举获胜的佼佼者。如:《望江亭》中的白士中,出场时已经是在科举高中后“前往潭州为理”的路途中。他的上场诗曰:“万般皆下品,惟有读书高。一自登科甲,金榜姓名标。”可见他走的是由科考而入仕途的道路。《金线池》中的石敏,出场时已是“济南府尹”,他自述经历道:“幼年进士及第,随朝数载,累蒙擢用。”明确点出他也是由科举得中而步入仕途的。《谢天香》中的钱大尹,出场时已经官居开封府尹,他自道:“自中甲第以来,累蒙擢用,颇有政声。”可见他还是由科举高中而入官场,并且得到重用,政绩突出。《玉镜台》中的温峤,出场时已是“官拜翰林学士”,他自言是科举与仕途中“得志的”人。此剧中的王府尹亦是如此,他在上场诗中自叙经历曰:“我贵我荣君莫羡,十年前是一书生。”明确道出他今天的荣华富贵也是由穷困书生的十年奋斗得来的。《鲁斋郎》中的张珪,出场时为郑州“六案孔目”,其自叙出身云:“幼习儒业,后进身为吏。”其他清官,如《鲁斋郎》《蝴蝶梦》中的包公,《望江亭》中的巡抚湖南都御史李秉中,《裴度还带》中的洛阳太守韩廷干,朝廷“辅弼”、“肱股”之臣的李文俊等,虽然作者没有明确说明其出身与为官经历,但可以推知,他们也应是由科举获胜而步入仕途的。这些人物形象的共同特点是才学过人,善良正直,秉公执法,为民伸冤,不畏权豪,清正为国。这些清官形象的塑造中,寄寓着作者对由科举进入仕途而掌握权力的士人的殷切期望。

3. 出场时是孩童,历经磨难,金榜题名。如:《鲁斋郎》中李四的儿子喜童与张珪的儿子金郎,出场时还是孩童,后均被包公“将这两个孩儿也留在家中,都着学些文章。十年光景,如今都应过举,得升迁。老夫将此一事切切于心,拳拳在念”。这个细节寓意深刻,意味深长。一是,表现了包公的人生理想。包公以爱民之善心收养了喜童与金郎,是在代替李四和张珪尽父亲的职责,视之如己出,爱之如明珠。他以爱子之心为孩子的前途着想,为其选择了科举入仕之路。前伸后延,可以推知,包公自己的人生道路,就是如此过来的;他为自己亲生儿子选择人生道路,也同样会是如此。二是,代表着未来士人的前途,带有前瞻性的意义。从士林人生道路轨迹的阶段性观照,包公代表着士人科举入仕的最高层次,是士林的楷模;正在刻苦攻读、准备赶考的士人是中间层次,他们的今天,正是包公等人的昨天;而喜童与金郎则是下一代了,这说明,作者已把士林的人生理想与希望寄托在下一代身上了。其深远用意,不能忽视。三是,体现着作者的思想成果。喜童与金郎这下一代的中举与升迁,是遏制、惩罚乃至取代鲁斋郎及下一代鲁斋郎这类权豪势要的最好办法。只有正人君子代代相传,掌握权力,秉公执法,才能遏制奸佞小人的为非作歹,贪赃枉法,将其危害降到最低程度。

凡此,以上三个层次士人的人生轨迹,异中见同,其异在于:根据剧情的需要,出场时的身份地位不同,处在人生轨迹的坐标点有别;而关键的人生坐标图像与人生轨迹走向则是完全一致的,各从不同方位与角度证明、阐释并表现着作者、元代杂剧作家乃至整个元代士林群体的人生理想。虽然剧中士人形象所处的时代有唐、宋、元的不同,士林的生存状况有优劣差异,各时代的科举制度也有差别,但杂剧作家的创作目的,则是以史写心,借口传言,树立承前启后的士林人生目标,倾注他们心灵深处的人生感慨,寄寓他们产生于所处时代的生命体验与人生理想。

二　人生理想特点及其文化意蕴

若将关汉卿杂剧中所建构的士林人生理想作为一个典型个案，总结其个性特征，挖掘其文化内涵，进而管窥整个元代杂剧作家的文化心态与其剧作这方面的文化内涵，应该是一个颇有意义的值得研究的课题。关剧中的士林人生理想主要体现为如下三大特点：

1. 人生目标的明确性。关剧中的士人形象在确定其人生目标时，有两点特别突出：一是，目标十分明确，无一例外皆选择读书、科举、入仕。二是，坚定执着，矢志不变。如：《裴度还带》中的裴度就是如此。在开篇裴度出场前其姨夫的介绍中，就首先说到这个问题。他说："谁想此人不肯做那经商客旅买卖，每日则是读书；房舍也无的住。""我几番着人寻那裴度来，与他些钱钞，教他寻些买卖做，此人坚意的不肯来。"裴度的姨也是这种观念，当面数落他："你空有满腹文章，你则不如俺做经商的受用。""你无本钱，我与你些本钱，寻些利钱使，可不气概，不强似你读书有是么好处。"这清楚地说明，在裴度的面前还有亲戚支持的更易行的经商之路可以选择，但他不为所动，坚定不移地选择读书科举之路。因他不肯改变人生目标，被姨赶出了家门，此时裴度仍然坚决地表示："我冻死饿死，再也不上你家门来！"这充分凸现出他"身贫志不贫"的男子汉气概，能够顶住外界的压力与"一贫如洗"的生活折磨而坚持自己的人生理想选择。《蝴蝶梦》中王老汉的三个儿子，皆选择了读书科举之路。王老汉明确道出："生下这三个孩儿，不肯做农庄生活，只是读书写字。"虽然他也支持这种人生选择，也"替孩儿买些纸笔"，但也有前途渺茫的困惑，不仅感叹道：“几时是那峥嵘发迹的时节也呵?”为此，兄弟三人分别表态，依次说明其之所以这样选择的理由。王大曰：“做农庄有甚好处？您孩儿受十年苦苦孜孜，博一任欢欢喜喜。”王二道：“你孩儿十年窗下无人问，一举成名天下知。”王三表示：“我道是文章可立身。”至此王母还是有所保留，有所担心，她说：“虽然如此，你还替孩儿寻一个长久立身之计。”“且休说文章可立身，争奈家私时下窘，枉了寒窗下受辛勤。”这是在务农和读书二者中的选择，若选择读书也要经得住“每日一瓢饮一箪食”的困窘生活的考验。《陈母教子》中陈氏兄弟三人选择中状元的人生目标，固然有其母“训子攻书”的“严教”作用，但关键在于兄弟三人皆心悦诚服、义无反顾地选择了读书做官之路。

这种读书、科举、做官人生道路的选择，既有儒家“学而优则仕”价值观的传承，也有元代科举制度现状的影响。越是在现实中得不到的东西，渴望得到的心理越是强烈，那就只有在文学作品中去实现其人生理想了。

2. 追求过程的悲剧性。士人在确立了读书、科举的人生目标以后，便开始了漫长的追求过程。期间，他们要忍受贫困物质生活的考验，也要经受外界的冷嘲热讽的精神折磨，还要承受一次次落榜的残酷打击……若能够忍受这些考验，他们就可能最终取得成功，反之，则可能中途逃避，改弦易辙，另谋其它人生道路。这就需要当事人主观上的坚定信念和坚强意志，还需要有坚韧执着的精神。即使这样，面对困境，他们的心灵深处还是常常涌起阵阵涟漪，难免悲从中来，产生一种悲剧心态。这里包括对贫困的担忧、对落榜的恐惧、对命运的悲叹等等复杂心理内涵。这是主观追求与客观处境的冲突所引发的心灵世界的复杂状态,是人性与社会性碰撞而产生的心理波澜。关汉卿作为伟大的戏剧家,真实生动地展示了士人多层次的丰富的心灵世界。《裴度还带》中裴度在金榜题名前漫长的追求岁月中的悲剧心态,就颇具典型性。他一出场就袒露心态曰:“想咱人不得志呵,当以待时守分。何日是我那发迹的时节也呵?”(头折)与此相呼应,在第三折中,他又一次感叹:“我想儒冠多误身,似这般齑盐的日月,几时是了也呵?”这是由眼前不得志处境的难以忍受,从心底发出的对发迹时节早日到来的企盼呼声。其中透露出他内心深处的些许无奈、感伤、悲凉与忧愁的情绪。在其一系列唱词中,他直抒胸臆,明确道出其心底忧愁的深重:

我如今匣剑尘埋,壁琴土盖,三十载。忧愁的髭鬓班白,尚兀自还不彻他这穷途债。(第一折[仙吕·点绛唇])

几时得否极生泰?看别人青云独步立瑶阶,摆三千珠履,列十二金钗。我不能够丹凤楼前春中选,伴着这蒺藜沙上野花开。则我这运不至,我也则索宁心儿耐。久淹在桑枢瓮牖,几时能够画阁楼台。(第一折[混江龙])

这里有对功名富贵的艳羡心理,有对命运不至的失望感叹,有无可奈何的苦苦忍耐,而在与成功者的对比中,愈发强化了其难以排解的悲剧心态。其心灵深处的忧伤是追求路途漫长加之贫困折磨深重的结果,其形诸外在的具体表现,就是他毫不隐晦也无法隐瞒的“髭鬓班白”。这正是所谓“皓首穷经”,可他目前还是尚未娶妻的青年啊,这种少年而白头的落差,愈加凸现了其人生阶段性悲剧的深重程度。

《玉镜台》中的士人温峤,出场时已经是“得志者”,从他对人生追求历程的回顾中,从他比较得志者与失意者的天壤之别中,更可理解士人悲剧心态产生的外在社会原因。他由衷感叹道:“自古及今,那得志与不得志的多有不齐。”然后分别列举二者的区别:他先说得志的,从出入、喜怒、生死等各种角度铺叙之,总而言之是“无欲不得,无求不成”①。然后,以得志者为反衬,描画出不得志者的境况:

> 一个白发书生无伎俩,一年一度等选场,守着那聚萤积雪看书窗。几时得出为破虏三军将,入为治国头厅相?(第一折[油葫芦])

那些苦志书生在考场熬得头白的外在形象,与裴度前述可以互证。虽然温峤是回顾过去,和裴度的当前咏叹有所不同,但其悲剧心态却是前后共鸣的。而“自古及今”的概括,更加大了其时空的涵容性和概括性。而王瑞兰“文章士发禄是何年”的感叹,则是从女人的角度来衬托士人的悲剧心态。从窦天章和裴度相同的“小生一贫如洗”的感叹中,也可真切地感受到其悲剧处境和悲凉心绪。作者显然是在有意凸现甚至夸大中举前士人的贫困程度,个中原因,既有元代士人社会生活状态的投影,也有强化其悲剧色彩的意图在焉。

即使是出场时已经是高官的成功者,若回首中举前的生活状况,也会有一段具有悲剧色彩的贫困经历。这种经历使他们能够了解民生疾苦,会促使他们尽力做清官为百姓排忧解难。

士人的这种悲剧心态还来自世态炎凉的压力。《拜月亭》中王瑞兰叹息道:他父亲“提着个秀才便不喜”,原因是认为“穷

---

① 此处从明代万历十六年龙峰徐氏刻本和顾曲斋刊本,臧懋循本无此八字。

秀才几时有发迹”。为此,“俺父亲就那客店上生扭散俺夫妻两个”。《裴度还带》中的裴度也受尽世人的白眼,他自道:“争奈我便时未来,想着这红尘万丈困贤才。”“好教我十谒朱门九不开。……一个个铺眉苫眼妆些像态,他肚肠细,胸次狭,眼皮薄,局量窄。”“假文谈,胡答应,强支持,出身于市井,便显耀雄威。”这是裴度亲身经历的痛苦与尴尬。这与杜甫“朝扣富儿门,暮随肥马尘。残杯与冷炙,到处潜悲辛”(《奉赠韦左丞丈二十二韵》)的人生经历何其相似乃尔! 这是不同时代士人发迹前的共通性人生悲辛体验。第二折中长老与裴度的一番对话,可以进一步证明这一点。长老云:“近者有一等闾檐市井之徒暴发,为人妄自尊大,追富傲贫。据先生满腹才学,为人忠厚,处于布衣,其理善恶两途,岂不叹哉!”“真乃君子小人不同也。”这种层次的划分,也代表了作者的褒贬倾向与对士人志向的赞美。

孟子曰:“天将降大任于是人也,必先苦其心志,劳其筋骨,饿其体肤,空乏其身……”[①]关汉卿笔下士人的这种悲剧性境遇,正符合孟子的理论,显系作者的有意设置,以与其喜剧性的科举成功结局相互映衬,相反相成。

3. 科举高中的喜剧性。纵观现在列于关汉卿名下的十八个剧本,无论作者有何争议,其文章有一个共同特点,就是士人群体所追求的读书、科举、入仕的人生目标,无论经过多少波折,最后几乎都是具有喜剧性的科举高中结局。这个喜剧性的结局与追求过程中的悲剧性恰好构成了悲喜互补,相反相成。这就不仅增加了作品的文化内涵,也使其美学意蕴大为丰富,拓展了其

---

① 杨伯峻:《孟子译注 · 告子章句下》,中华书局 1960 年版,第 298 页。

戏剧的审美视域和张力。这种喜剧结局与前述士人的坚定性、执着精神、隐忍毅力等因素密切相关;与追求过程中的自信自励自强相互呼应。这就使士林人生道路的展示,具有了完整性、连续性及内在逻辑性。若分层次言之,科举最理想的结果是中状元,作者明确点出达此目标的有7人,即裴度、柳永、蒋世隆、喜童、陈良资、陈良叟和陈良佐。他们能高中的原因,同中有异。裴度自言:“为某文武皆通,一举状元及第。”这强调的是因自己文武全才的主观原因。这应该是根本因素,但在紧接着的唱词中,裴度又补充了一点:“一来是文章好立身,二来是天子重贤臣,好德亲仁。”这又增加了归功皇帝的意图。这里固然有颂圣倾向,但天子的明与昏,确实也直接影响着士林人生道路的走向和人生理想的成败,其感恩心情也是可以理解的。这种喜剧结局的设计和描写,与裴度未中时的颇为自信的唱词“有一日列鼎而食,衣锦而回,那其间青云独步上天梯”前后呼应,相互印证,从而构成戏剧内在结构的严密逻辑性。

喜童之所以能够实现人生理想,如其自言:“亏了包待制爷爷收留俺兄妹二人,训教成人。今应过举,得了头名状元。”主要归功于包公,表现了剧中人物对包公的感恩心理,这与作者对包公的赞美倾向是一致的。柳永的“一举状元及第”,则在钱大尹和柳永口中一再强调,虽未明确说明原因,但前面一再强调其才学过人,实际已经暗示了中状元的内因。

陈良佐的理想实现有些波折,先是因骄傲而中了探花,未能得到状元,因此遭到陈母的责打,最后“得了今春头名状元”方才罢休。陈家兄弟三人皆中状元,作者将其归之于陈母的教子有方。

此外,也有的未明确说明考中的具体名次,如白士中是含混地说“金榜姓名标”,石敏只是说“进士及第”,钱大尹自言“中甲第”,皆未说明是否考第一。这也与作品的情节需要有关。他们出场时,皆已经是中举后的为官者,其追述点到为止,没有必要细数名次,故与描写科举途中的士人有所区别。而韩辅臣与安秀实则更模糊,未明言中举结果,但从对其文才的肯定看,科考得中应该是不言而喻的。作者主要描写二人在情场上如愿以偿,也以喜剧收结全剧。

实现目标的喜剧性还表现在一系列士人在得到功名的同时,也结成美好姻缘。“金榜题名”与“洞房花烛”兼而有之,皆大欢喜。这又加浓了士林人生理想实现的喜剧性色彩,二者相得益彰,内外互补。不仅如此,二者还有逻辑上的关联,即婚姻的幸福取决于科举的成功。蒋世隆如果没有中了文状元的结局,就绝不会与王瑞兰重逢,根本无法得到封建家长认可的婚姻。正是这个状元的耀眼光环,使得当年亲手拆散蒋世隆与王瑞兰的王镇,又极力促成二人的婚姻。这就是残酷无情的现实,其讽喻意味颇启人深思。

柳永婚姻的美满结局,同样得力于考中状元。此前,学界的一般看法是:柳永之所以能与谢天香团圆,关键是钱大尹的“智宠”式成全。这固然不错,作品题目就标出了这一点。但这只是问题的一个方面,笔者根据剧本的描写,则要强调另外一层内涵,即如果柳永科考不中,他便不可能与谢天香团圆,谢天香将真正成为钱大尹的“小夫人”。也就是说,柳永婚姻幸福与否的关键在于他能否考中状元。试述其理由:第二折,钱大尹有一句道白:“老夫见了呵,不由的也动情。”这说明他也由衷喜欢上了谢天香。紧接着他命张千为媒,对谢天香说:“与我做个小夫人。”并乐籍除名。谢天香有感于他“是当代名儒”,表示同意,他便令张千把谢天香送入其宅中。从戏剧艺术的角度说,这是作者有意设置的一个悬念,以增加戏剧性因素和喜剧性色彩。而解开这个悬念的关键环节则是柳永考中状元。钱大尹此后"整三年有名无实"(第三折谢天香语),"于天香秋毫不染"(钱大尹自道),的确有替柳永保护谢天香之意,是出于"同堂故友"的道义。这有钱大尹见柳永后的一再自我表白为证:"我则怕好花输与富家郎,因此上三年培养牡丹花,专待你一举首登龙虎榜。""老夫佯推做小夫人,专待你个有志气的知心友。"(第四折)但这里也包含着言外之意,弦外之音:如果不能"登龙虎榜",恐怕就要另当别论了。道德因素主导的结果,使钱大尹坚持洁身自好达三年之久,这已经难能可贵了。笔者在这里还想补充另一面,即人欲、感情、人性层面的趋向。在第三折中,钱大尹在谢天香的烦恼哭啼的感召下,在对她写词中所表现出来的聪明才学的欣赏中,明确表示:"你在我家三年也,你心中休烦恼,我拣个吉日良辰,则在这两日内立你做个小夫人。你心下如何?"当谢天香怀疑是"谬语"时,他明确表示:"我又不曾吃酒,岂有谬语!我只爱惜你那聪明才学,可怜你那烦恼哭啼。"然后命谢天香后堂中去换衣服,命张千"拣个吉日良辰,立天香做小夫人。"至此,钱大尹想与谢天香名实相符的决定,已十分明确。就在这个当口,钱大尹得知柳永高中的消息:"谁想柳耆卿一举状元及第,夸官三日。"这里的"谁想"二字妙极,它准确真实地道出钱大尹的意外心理,既有对朋友中举的意外之喜,亦不无对自己决定落空的失望成分,其心理颇为复杂。有鉴于此,他顺水推舟,好人做到底,按初衷去办,而放弃了第二计划。由此看来,如果柳永此时未能夺取状元,钱大尹当会按第二方案行动,柳永与谢天香的美好姻缘,也只能是付诸东流了。这充分说明柳永中状元的喜剧结局是决定其婚姻美满的关键因素。

裴度与韩琼英的美满婚姻也是如此。虽然前面有韩琼英母亲主动表示愿将女儿“与中立为妻”,但裴度当即就明确表示赞同:“中立当以功名为重,必当先进功名,后妻室也。”这预示着,如果裴度考不中,便不会有“洞房花烛”。客观上看,他若无功名,已升为宰相的韩琼英的父亲,也未必还会同意这门亲事,当然更不会有皇帝赐婚的喜剧结局。

这种功名与婚姻的双重喜剧效果,也反映了士林的心理规律。在士子的人生理想实践过程中,功名梦往往与婚姻梦紧联在一起,“洞房花烛夜,金榜题名时”,乃士子人生两大快事。这在其他杂剧作家的名作中也可以得到印证。元剧家创作的一系列婚恋名剧,如《西厢记》《墙头马上》《梧桐雨》《倩女离魂》等,也寄寓着他们的美满婚姻之梦。《娶小乔》中周瑜“先功名而后妻室”(第三折)的两步走方针便颇具典型性。而功名得否又决定着婚姻的成败,如剧中鲁肃所云:“兄弟文武韬略,久后必然大用,小乔婚姻之事,如掌上观纹,有何难哉!”(第二折)果然,周瑜功名一得,两梦俱圆,如周瑜自唱:“今日个命运亨通当显扬,毕罢了眠思梦想。”(第四折[沉醉东风])这当是元代士子们功名梦与婚姻梦由此及彼、二者得兼的典型概括。

三　士林人生价值取向与时代文化

关汉卿杂剧中士林人生理想模式的建构,既有中国传统文化特别是儒家文化的纵向传承因素,也有元代时代文化的横向影响。从儒家文化的发展流变做纵向考察,入仕为官人生道路的文化渊源可追溯到原始儒家思想。比如,子夏曰:“仕而优则学,学而优则仕。”[①]孟子继承了这种“学而优则仕”的思想,且表述得更为明确:“士之仕也,犹农夫之耕也。”[②]可见,早在孔孟时期,士人的人生道路就已明确定位在入仕为官上,并且将其视为如农夫耕田般天经地义。纵观古今士人的人生道路趋向,是出仕为官、经邦济世,还是归隐林泉、优游自然,这是每个时代的士人在儒道互补思想影响下难以回避的人生大问题。但元代士子的仕隐矛盾心态却不同于此前与此后的任何一个时代,具有着时代文化作用下的独特性,故值得深入探讨之。从元代文化的特殊性角度观照关汉卿杂剧,还可透视关汉卿所代表的元代戏剧家乃至整个元代士林的共性心态,深入领会关剧人生理想的深刻而又丰富的文化内涵。

元蒙统治者虽也宣称尊孔,也不得不选用一些士人儒生,但实质上汉族士人群体却遭遇了当权者空前的蔑视与遗弃。他们在民族压迫与阶级压迫的双重打击下,沦落到社会最底层。民族上的等级划分,已将汉族士人打入受种族歧视的悲剧地位,而人分十等的社会地位划分[③],又使儒生士子跌入娼妓与乞丐之间“臭老九”的悲惨境地,形成了“儒人颠倒不如人”的特有文化现象。与此相应,元代科举制度中止七八十年,又撤掉了士人向上的阶梯,堵死了士林进入官场的最佳途径,窒息了士林读书、

① 杨伯峻:《论语译注·子张篇第十九》,中华书局1980年版,第202页。

② 杨伯峻:《孟子译注·滕文公章句下》,中华书局1960年版,第142页。

③ 元代“人分十等”的具体说法为:一官、二吏、三僧、四道、五医、六工、七匠、八娼、九儒、十丐。(见谢枋得《叠山集》)对此还有不同说法,但“九儒”则同。

科举、做官的人生理想,改变了士林的人生道路。《元史·选举志一·科目》引翰林学士承旨王鹗等上书"请行选举法"曰:"贡举法废,士无入仕之阶,或习刀笔以为吏胥,或执仆役以事官僚,或作技巧贩鬻以为工匠商贾。"①面对这种与前代相比判若云泥的悲剧境遇,士人的失落、无奈、绝望、企盼等复杂心理,可想而知。

元仁宗延祐元年(1314年)虽恢复了科举,但对汉族士子而言则希望甚微。宋代每届进士及诸科少则三四百人,多则过千人,而元代汉人、南人总计不过五十人。如徐一夔所言:"是时,杭之士不加少也,三年或不能贡一人。""彼出自学校,得释褐者虽一人亦无之。皓首穷经,不免有不遇时之叹。"②这些仕途无望、"沉抑"社会下层的士子儒生,心灵沉处郁结着浓重的悲愤与不平。其中一些士子遁隐山林,以抚慰心中的郁闷,另一些文人则"大隐隐于市",流连于市井瓦舍勾栏之中,与杂剧艺人汇合,借杂剧系统的情节展现与注重内在情意抒发的特征,淋漓酣畅地宣泄心底的郁闷情结,"以其有用之才,而一寓之乎声歌之末,以舒其怫郁感慨之怀"③。这就形成了其复杂的心态:回首前代科举的辉煌,元代士林渴望一举考中的艳羡心理难以言表,故选取前代士林的名流中举的佳话,以慰藉自己的心灵。温峤

① 宋濂等:《元史》卷八十一,中华书局1976年版,第2017页。

② 见徐一夔《始丰稿》卷五《送赵乡贡序》与是书补遗《送齐彦德岁贡序》二文,其揭示当时科举现状与士人心态切中肯綮,可与元剧家笔下的士人形象互证。

③ 见胡侍《真珠船》卷四,此语精辟地指出了元剧家有才不得其用的悲剧现实,准确地把握了元剧家创作元曲的深层心态,这在一系列杂剧作品中可以得到印证。

为东晋士林名流，裴度为唐代由科举进身的贤相，柳永乃宋代经坎坷而终于考中的才子，选取他们为士林的代表，足以寄寓元代戏剧家的人生理想，其中投注了仕途无望愈加渴求功名的深层心态。而面对严酷的科举无望的元代现实，面对士林的可悲处境，面对社会与官场的黑暗，他们又难免失望甚至绝望，想避世隐居，赞美前代的隐士高人，以孤芳自赏与自我宽慰，以平息愤世心态。也就是说，他们既有"达则兼济天下"的进取精神，也有"穷则独善其身"的自娱情怀，而以前者为主导。

作为元代士林中的佼佼者，关汉卿的文化心理建构总体上亦是如此。其中既有入仕救民的进取心态，也有"不屑仕进"的避世心理。这两个层面皆是真实存在的，是既矛盾又统一的整体，不能以此否定彼，也不能互相取代。从与文体的对应关系说，在其散曲作品中以宣泄后者为主；而在杂剧作品中则以表现前者为主，偶尔也有"不屑仕进"避世心理的真实袒露。关汉卿的代表作《单刀会》对隐士司马徽形象的塑造中，就寄寓着他的"不屑仕进"的避世心理。且看作者精心设计的"正末"司马徽的唱词：

> 本是个钓鳌人，到做了扶犁叟。笑英布彭越韩侯。我如今紧抄定两只拿云手，再不出麻袍袖。（第二折[正宫·端正好]）
>
> 我则待要聚村叟，会诗友，受用的活鱼新酒。问甚么瓦钵磁瓯，推台不换盏，高歌自掴手。任从他阴晴昏昼，醉时节衲被蒙头，我向这矮窗睡彻三竿日，端的是傲杀人间万户侯，自在优游。（[滚绣球]）

显然，作者满怀赞美之情塑造的这个清高绝俗、超然世外、自在优游的司马徽形象中寓含有关汉卿自己的投影在内。这与其自叙才志的散曲[南吕·一枝花]《不伏老》等可以互证,与其散曲作品所表现的人生志趣及其“不屑仕进”的总倾向是一致的。他如此写,一是有《三国志》中司马徽原型的影响,二是为了反衬关羽等入仕进取为民的时代英雄。他在《单刀会》中对关羽“诛文丑”“刺颜良显英豪”等功业的赞叹则是他入仕救民进取心态的寄寓。可以说,关汉卿在《单刀会》中精心设计的两个“正末”形象——司马徽与关羽,各代表着其文化心态与人生理想的一个层面。

若拓展开去,从元代其它描写士林人生理想的作品中,也可以得到参证。如《博望烧屯》中诸葛亮的仕隐矛盾心态也颇为典型。出山前他既赞美隐居的幽静快活,又渴望志逐风雷。他先说:“近日之间,有新野太守刘备来谒两次,贫道不曾放参。可是为何?我避其烦冗,不知俺出家儿人,倒大来幽静快活也呵。”可紧接着又唱道,“有朝一日,我出茅庐指点世人迷。凭着我剑挥星斗,我志逐风雷。圣明君稳坐九重龙凤阙,显出那大将军八面虎狼威”(第一折[混江龙])。他终于下山选择出仕,说明后者方为主导。他出山取得了博望妙计破曹兵的大功后,仕与隐的矛盾仍萦绕在心头,他在[醉东风]曲中唱道:“想昔日梦非熊,您今朝请卧龙。我可甚两三番懒下卧龙岗,我其实怕冗,冗。我今日当权,掌军师名项,则不如我在那半坡里养性。”但他并没有再回卧龙岗去养性,矛盾心态中还是有着主导选择。诸葛亮是历代士人尊崇的士人入仕成功的典范,元士人亦如是,诸葛亮仕隐的矛盾与选择,恰是元代士人心态投注的生动写照。

再如:《虎牢关三战吕布》中关羽与张飞皆表达出渴望峥嵘的进取心理。在第一折[仙吕·点绛唇]曲中张飞唱道:

每日家赤闲白闲，虎躯慵懒。（关末云）兄弟，俺颇攻遁甲之书，久后必有大用也。（正末唱）攻书晚，厮琅琅顿剑摇环。（关末云）兄弟，便好道奋发有时，休得心困也。（正末唱）哥也兀的不屈沉杀俺英雄汉！（关末云）大丈夫生于天地之间，必有峥嵘之日也！”①

张飞的愤懑不平，喊出了“屈沉”下层的剧作家心底的呼声。关羽的满怀希望，道出了元代士子们渴望峥嵘日的功名梦。在[油葫芦]曲中刘、关、张兄弟三人还有一段关于功名观的交流。张飞唱：“少不的一事无成两鬓斑，恁时节后悔晚。”关羽云：“我想这为官的，不如闲居倒好也。”张飞批评关羽道：“二哥哥你枉将左传春秋看。”“我则待恶战在杀场军阵中，您则待高卧在竹篱茅舍间。似恁的几年间梦见周公旦？您则待要睡彻日三竿。”张飞的慷慨激昂、率意进取，典型性更强，三人争论的结果最终统一于张飞的意志，说明着作者的主导倾向在仕而不在隐。

此外，张飞“男儿三十不立名，枉作堂堂大丈夫”之语（《关云长千里独行》）；徐庶母说徐庶“几时是你那发达峥嵘之日”之言（《刘玄德独赴襄阳会》）；刘备“今发忿峥嵘，受天恩官居越殿”之表白（《刘玄德醉走黄鹤楼》）；关羽“几时是咱弟兄每发迹的时节”之感叹（《刘关张桃园三结义》）；周瑜“异日升腾时必遂，自然独步上青天”的期冀（《周公瑾得志娶小乔》）；庞统“用之行，志气高，舍之藏，道德尊”的态度（《走凤雏庞掠四郡》），都表现出了强烈的功名追求意向，显示着其仕隐矛盾中的主导倾

① 王季思：《全元戏曲》第四卷，人民文学出版社 1999 年版，第408页。

向,传达出一种率意进取、建功立业的蓬勃向上精神。这就与唐人三国诗中建功立业的追求心态有了相似之处。同中之异在于:唐代士子追求功名是求之可得,元士子则是可望而不可即。按人的心理规律,得之愈难求之愈切,现实难圆之梦,只好借助笔下理想人物圆之。

凡此可见,以关汉卿为首的元代杂剧家,在其杂剧创作中,虽有仕与隐的矛盾心理,但最终还是以积极进取、修齐治平的人生理想为主导倾向。而在他们的散曲作品中则是以隐居山林、淡泊名利的人生态度为主导。这说明他们的人生理想建构是由仕与隐两个层面组成的,这两个层面看似矛盾,实则是辩证统一体,不可执其一端,以偏概全。究其人生理想的文化本源,两个层面构成的根源实际上还是在于儒道互补的文化构成形态。当杂剧家们从社会层面着眼,追求君明臣良、国泰民安的社会理想时,他们就肯定前者,这是儒家思想主导的结果;当杂剧家们从自然层面着眼,追求天人合一、朴素至乐的人生境界时,他们就赞美后者,这又是道家思想主导使然。从中可以窥见元代士林与历代士人共通的人生理想追求规律。若从时代个性角度言之,由于元代社会的特殊性致使元代杂剧家将现实中得不到的入仕理想投注到杂剧创作之中,因而其入仕理想比前代表现得更加强烈与迫切。若再从杂剧家的个性角度观照,可以说能够做到"不屑仕进"的杂剧家则是凤毛麟角,只有关汉卿等数人而已。在共性与个性的双向交叉比照中,愈益见出关汉卿的伟大深邃与高不可及。

（本文原发表于《北方论丛》2008 年第 1 期）

附录三

论《三国志演义》的士林人生道路

《三国志演义》中的士林群像数量可观而又层次分明，它与君主系列、武将系列鼎足而三，相辅相成。三者的组合关系，决定着该集团的兴衰与成败，而在作者的笔下，士人的作用更为关键和突出。如此庞大的士人群像的塑造，如此曲折的士林人生道路的描写，如此复杂的士人文化心态的揭示，在中国小说史上具有着开创价值，在中国文化史上也有一定的典范意义。为此，本文拟从士人的文化心态的角度切入，借此观照《三国志演义》丰厚文化意蕴之一斑，管窥古代小说与传统文化的密切关系。总体上看，士人的矛盾心态主要围绕着出仕与归隐这个核心问题而展开。这不仅表现在书中有入仕形象群和归隐形象群两大系列的对比，还表现在无论是出仕者还是归隐者，均有仕与隐的心理矛盾与艰难选择。士人心态的复杂性决定着士林人生道路的多样化，带来了作品文化意蕴的丰厚性。

一　入仕方式：以登门相请为高

东汉末年诸侯蜂起的乱世打乱了正常的士人入仕方式，非常时期催生了非常的招贤办法，这就为各层士人提供了更多的入仕渠道和干功机会，面对社会的巨变，士人的心态也随之骚动起来。《三国志演义》形象地展示出当时士林中的佼佼者怀抱王佐之才迈入仕途以实现自己人生理想的广阔画面。在作者笔下,饱有诗书、满腹经纶的士人们受儒家“修、齐、治、平”人生理想的影响,大都想于乱世中一展才学,以建功立业,救国济民。作者以曹操、孙权、刘备三大集团为中心,在“君择臣,臣亦择君”的双向选择中,层次分明地勾画出士人入仕途径与方式的多样化立体景观,个中寄寓着同样是士人的罗贯中的人生感喟、社会理想与道德审美理想。

1.“招贤”与“投托”——君臣双方的各取所需,供求平衡。

干大事必以人才为本,这是历代想有所作为的君主之共识,在罗贯中笔下英雄们所处的乱世,此问题愈加突出。这正如周瑜所说:“方今英雄并起,得人者昌,失人者亡。”(《三国志通俗演义·孙权领众据江东》)因此,各诸侯集团的首领,千方百计招揽人才,其方式之一,便是君主“纳士招贤”,待价而沽的士人闻名“投托”而步入仕途。这里有必要先说明一下汉末建安时期广大待价而沽的士人对“君”这一概念双重内涵的理解:一是指汉献帝,二是指地方郡守。关于这一点,钱穆先生在《国史大纲》中有精到的阐释。他指出:

> 因郡吏由太守自辟,故郡吏对太守,其名分亦自为君臣。或称太守曰“府君”,乃至为之死节。除非任职中央,否则地方官吏的心目中,乃至道义上,只有一个地方政权,而并没有中央的观念。甚至即已进身为中央官,仍多为其举主去官奔丧。当时的士大夫,似乎有两重的君主观念,依然摆不脱封建时代的遗影。国家观念之淡薄,逐次代之以家庭。君臣观念之淡薄,逐次代之以朋友。此自东汉下半

节已有此端倪,至三国而大盛。①

当时士林这种两重的君主观念,在《三国志演义》中表现得尤为明显。这在各个地方集团首领招募人才时即已初见端倪。比如:曹操"在兖州,招纳贤士",荀彧、荀攸叔侄二人"见绍非成大事之人,因此投曹操"。荀彧被曹操赞誉为"吾之子房",在曹操麾下的文臣中占有举足轻重的显要地位。他的入仕方式也有一定的代表性,是在建功立业人生目标趋使下"臣择君"的结果。再如:孙权也曾"广纳贤士,重用谋臣,开设宾馆于吴会",招来了严畯、阚泽、薛综、程秉、朱桓、张温、陆逊等一班士人中之佼佼者,为其兴邦定国奠定了人才的基础。庞统得遇刘备,也是庞统"闻皇叔招贤纳士,特来相投"。徐庶见刘备时直言不讳:"久闻使君纳士招贤,特来投托。"这种入仕方式,在《三国志演义》中占有相当的比重。

曹、孙、刘三方君主招贤而士人相投的共同性中,也昭示着某种规律性的东西。这里边既有君、臣为实现其人生目标而戮力同心走到一起的求同性等社会文化内涵,也有希图借助士人之力以定传世基业的君主与渴望攀龙附凤、建功立业的士人相互利用以达到个人目的的深层人性内因。

2."相荐"与"征聘"——君臣相得的互补机制与良性效应。

士人群体的相互引荐,联翩而至,是士人入仕途径中不可或缺的中介环节。这个环节与士人主动相投互为补充,由此及彼,形成了连锁共振的良性效应,从而使更多的士人精英步入仕途,

① 钱穆:《国史大纲》(修订本),商务印书馆1996年版,第217—218页。

共同去实现救国济民、建功立业的人生理想。荀彧投到曹操麾下后，就“劝操纳士招贤，卑礼厚币，四方求之”。他先荐举程昱，曹操即“拜请之”；程昱又荐举郭嘉，曹操又“征聘”之；郭嘉又荐刘晔，刘晔又荐满宠、吕虔，满、吕二人又共荐毛玠。这样你举我荐，一环套一环，引出一系列士人步入仕途，形成曹操一方谋士众多、猛将如云的兴旺局面。东吴也是这样，周瑜荐举鲁肃，孙权即“请之”；鲁肃又荐诸葛谨……他们皆是佐孙权保有江东的得力谋臣。刘备集团更是如此，刘备得诸葛亮后，伊籍又荐举马良，刘备“遂命请之，马良至”，即献守荆州及取四郡等“久远之策”。

与士人主动来投相较，君主的“拜请”与“征聘”又高了一层。从君主方面说，因所请士人名声大，身价高，故“择臣”心切，势在必得，不请聘之，恐其不出或为他人捷足先登。从士人角度看，这些被聘士人虽有入仕之心，但“择君”慎重，出仕与否，视君主态度是否器重而定，而当聘礼已至，君主态度已明之时，亦不失时机，应聘而出。这样，君臣各有所求，各取所需，为日后的君臣相得、共创大业，打下了比较坚实的基础。

3. “待价”与“三顾”——人格尊严与人生理想的统一。

在士人的入仕方式中，君主屈尊枉驾，亲自登门相请，最为难得，乃是最高层次者。这在社会现实中颇为罕见，在《三国志演义》中亦是凤毛麟角。东吴方面仅有一例，即孙策登门请张昭。当年陶谦曾聘张昭，他“不肯屈就”。后周瑜荐之于孙策，孙策“即便令人请”，若是他人也可能出仕，而张昭的“不至”，说明其才学与所追求的境界非同一般，在择君上愈显其谨慎持重。至此时，“策亲自到其家，与议论终日，口若悬河。策拜张昭为长史,兼抚军中郎将”。孙策能登门相请,愈显出他超群杰出的纳贤之明。张昭今日之持重亦为后日之受器重打下了基础。从孙策“内事不决,可问张昭”的遗言,即可知对他的倚重程度。周瑜劝孙权对张昭应“以师礼待之”,也可看出张昭在东吴朝中的地位与声望。

相比之下,刘备的“三顾茅庐”比四十四节前孙策的一请张昭又高出一头,诸葛亮是全书所写众多入仕士人中超群绝伦的顶尖人物,亦是千古士人入仕的最佳模式与高不可及的典范。作者一再明确点出刘备与诸葛亮的“爱民忧国之心”与“匡扶生灵”之意。这正如黄宗羲所言:“我之出而仕也,为天下,非为君也;为万民,非为一姓也。”①

这种出仕的目的与境界,正是“有志图王”②的罗贯中所追求与弘扬的。可见作者乃至士人群体的心态与诸葛亮是一致的:既能实现人生理想,又能保持人格尊严。与此相照应,作者于刘备入蜀后又在“众武官忿气,欲往杀之”的反衬中写出“玄德亲自登门”请黄权、刘巴出仕。如果说孙策“一请张昭”是刘备“三顾茅庐”的铺垫,那么,刘备“一请黄权”则可视为“三请诸葛”的余波。

凡此可见,在入仕与归隐的人生选择中,罗贯中是支持入仕的,但这种入仕是“君择臣,臣亦择君”的双向选择。前面所论三种入仕方式的逐层递进式关系中,士人皆有选择的主动权,而以君主登门相请为最高一层,个中寄寓着同是士人的罗贯中乃至千百年来士人群体追求为帝王师的人生理想与深层文化心

---

① 黄宗羲:《明夷待访录·原臣》,中华书局1985年版,第3页。

② 王圻:《稗史汇编》,北京出版社1993年版,第1537页。

理,弘扬了士人的人格尊严与浩然正气。虽然史传上载有历史原型,但士人出仕的目的与追求的境界却有所不同,个中所寄寓的作者乃至大众的审美理想,正是小说独特价值之所在。

考之史传,罗贯中笔下士人入仕方式的描写,有的于史有征,如荀彧的去袁投曹,举荐贤能[①];孙策与张昭的师友关系[②]等。作者在史实基础上又强化突出之。有的只有蛛丝马迹,如孙权招贤纳士[③],刘备的三顾茅庐[④]等,作者又添枝加叶,借题发挥,扩而大之,将其具体化、情节化和丰富化、典型化。有的则出自罗贯中的虚构。无论是取自史实还是独出机杼,有一点是可以肯定的,即罗贯中始终密切关注着士人的入仕问题,无论写到哪一个集团,均用相当的篇幅集中而又突出地有意强化这方面的描写,从而将自己在入仕与归隐问题上的胸中块垒倾注其中,将自己的人生理想和道德审美理想寄寓于内。

二　建功途径:以献策得中为能

儒家为士人设计的人生目标,可分为前后两大阶段。入仕

---

① 陈寿《三国志·荀彧传》载,“彧去绍从太祖。太祖大悦曰:‘吾之子房也。’以为司马”,又载“太祖问彧:‘谁能代卿为我谋者?’彧言‘荀攸、钟繇’。……又进郭嘉。太祖以彧为知人,诸所进达皆称职”。

② 陈寿《三国志·张昭传》载,“孙策创业,命昭为长史、抚军中郎将,升堂拜母,如比肩之旧,文武之事,一以委昭”。裴松之于此引《吴书》曰:“策得昭甚悦,……待以师友之礼。”《三国志·吴主传》亦载孙权“待张昭以师傅之礼”。

③ 陈寿《三国志·吴主传》载,孙权“招延俊秀,聘求名士,鲁肃、诸葛瑾等始为宾客”。

④ 陈寿《三国志·诸葛亮传》载,“先主遂诣亮,凡三往,乃见”。

前是“内圣”的过程,在“修身”“齐家”的过程中“学成文武艺”,待价而沽,如孔子所说:“沽之哉!沽之哉!我待贾者也。”(《论语·子罕》)入仕后则是“外王”的阶段,以“货于帝王家”的方式施展胸中才学,去实现建功立业、名垂青史的目标,追求“治国、平天下”的理想。罗贯中笔下入仕的士子们也是如此。他们虽才能有别,功业有差,且分属于不同集团,但其异中之同的共性特征则是:他们建功立业的途径皆是借助计策被君王采纳而获得重用,假君主之手去实现其胸中的大志宏图。

在作者笔下,士人们参与的主要诸侯集团如刘备、孙权、曹操、袁绍、刘表、公孙瓒等,一旦遇有重大问题,即马上召集谋士们商议。士人们基本上可以畅所欲言,各抒己见,设计各种方案供君主选用。这是君主在图王霸业目标驱使下,给士人提供的充分展示才华的机会。其学问的大小、才智的高下,皆在此亮相,真伪立现,层次判然。与此相应,高见是否被采纳,也可见出君主的智愚,显示着各集团士人与君主关系的差异:刘备是“视臣如手足”,孙权是视臣如朋友,曹操是视臣为如仆,袁绍是“视臣如犬马”,董卓是“视臣如土芥”。(《孟子·离娄下》)在这种多向多层次的交叉对比中,罗贯中意在凸现刘备集团的君臣关系理想范型。比较各集团士人建功立业追求过程中的同中之异,其中所蕴含的某些规律性东西颇耐人寻味。试从以下几个层面观照之:

1. 言听计从——士人参与决策的优化形态。在《三国志演义》中,君主对士人主张的言听计从是士人参与决策的最优化形态。这以诸葛亮最为典型,自其出茅庐之后直至彝陵之战前,无论是战略方针,还是战役指挥,乃至政治、外交等各个方面,刘备对他是有言则听,有计必从,因而诸葛亮胸中才学得以淋漓尽致地发挥出来，终成千秋伟业，为此他也成为了后代士人心目中建功立业的典范。此外，刘备对徐庶、庞统等士人的态度也基本上做到了言听计从。这是他由无立锥之地终至建成帝业的关键原因。

在东吴集团，能够达到让孙权言听计从层次的士人唯周瑜一人而已，无论是赤壁大战前的主战与言和之争，还是应否送孙权之子入朝为质等重大政治问题，孙权皆采纳周瑜之见而摒弃张昭之说。事实证明，周瑜的见解的确比张昭高明。

在曹魏方面，虽谋士众多，各抒已见，但能让曹操基本上言听计从的士人非郭嘉莫属。不仅郭嘉生前如此，其死后曹操仍往往在失利时大哭“惜哉奉孝”，“痛哉奉孝”。这除了毛宗岗所云以哭“作梃杖用”，以达到“愧众谋士”（毛宗岗《三国演义》五十回中夹批）的权术意图外，也的确反映了其真实心态，因为若郭嘉健在，确实有能力不令曹操有赤壁之惨败。此外还应指出，曹操与郭嘉之间也确有真情在，这是曹操思想性格复杂性的表现之一，也是他身上令人赞赏的闪光点之一。

凡此可曰，诸葛亮、周瑜、郭嘉这分属不同集团的杰出士人，其所以能令君主言听计从，关键在于其见识与才能的超群绝伦，因而在君主心目中有崇高的威望，君臣之间也结下了深厚的感情。这些因素使他们占据了有利的地位，保证了其建功立业理想的实现。

2. 各显其能——士人运筹帷幄的互补与内耗。在《三国志演义》中，作者往往有意在一系列重大政治、军事、外交决策前夕，浓墨重彩地铺叙众谋士献计献策的精彩场面。这是显示士人学富五车、智慧过人的竞技场，是入仕后的士人建功立业的主要方式，是决定战争胜败的关键一环。在这运筹帷幄的环节中，士人群体才智是互补还是内耗，君主的取舍选择是正确还是错误，都在预示着各自的成败结局。从一个集团内部说，这种各逞才智的精彩场面中，有争论者居多，而且往往争辩十分激烈，真知灼见就在这论辩过程中脱颖而出。从不同集团的关系看，作者有意将对立双方乃至多方的设计运谋场面对比起来交错展示，构成斗智斗勇的多彩奇观，作品的艺术魅力与文化意蕴在精彩画面的切换与对比中愈益加浓。其中士人才智的互补与内耗对比中所隐含的士人心态的复杂性，值得格外加以关注。兹以官渡之战前后曹操与袁绍双方谋士团的对比为例说明之。

开战前，双方对这场决定各自命运的大战均十分重视，反复认真切磋谋划。曹操一方，有主和与主战之争，以孔融为代表的主和派认为："袁绍势大，不可与战，只可与和。"相比之下，主战派显然占了上风。先有郭嘉的"十胜十败"之论，见解精警，分析透辟。继而又有荀彧的"四胜"（"度胜""谋胜""武胜""德胜"）之说。二人英雄所见略同，互为补充，相得益彰。二人的高论令曹操由衷叹服曰："奉孝之机，文若之智，虽陈平、张良，何可比也！"因而下定决心与袁绍决战。比较而言，袁绍帐下的谋士数量与才智均不比对方差，军事实力又大大强于对方，但其钩心斗角的内耗，终于导致了强反输于弱的惨败。起初，田丰、沮授为一方的"不肯兴兵"派与审配、郭图为一方的"力劝起兵"派相持不下，激烈争辩，这还可视为见仁见智的争论。相比之下，许攸、荀谌二人的附和审、郭一派，则完全是出于私情，因为"二人素与田丰、沮授不和，却与审配、郭图最好"。在"多谋而少决"的袁绍徘徊于主战与主和二者之间的时候，许、荀二人的假公济私之谬说却成了决定性的砝码，得到了袁绍的首肯，称"二人所见，正合吾心"。田丰的高见不仅不被采纳，反而被"枷杻送狱”，其原因除了袁绍的昏聩外，谋士逄纪的“谮曰”谗言也起了极大的破坏作用。士人间如此党同伐异，互相掣肘，以私废公，甚至为证明自己高明而不惜置同僚于死地的卑劣行为，令人痛惜，亦令人痛恨。如此内耗，焉能不败！

开战后，曹操一方群策群力，各逞其能。荀攸献“利在急战”之谋，刘晔献“发石车”“掘长堑”之计，许攸献“烧乌巢粮草”之策。荀彧在曹操“意欲弃官渡回许昌”的“持疑未决”之时，急去书信以释其疑，坚其志。这样，谋士们各逞其能，从不同角度构成其整体上的群体才智互补，其合力产生了一加一大于二的增值效应，决定着曹操集团能以少胜多，最终奠定了统一北方的魏国大业。而袁绍一方却内讧不断，相互残害。审配驱许攸离袁投曹，郭图进谗言驱张郃、高览降曹，皆是自毁长城。尤其令人扼腕痛惜的是，逄纪为报“累被田丰面折，心中常恨”之私怨，竟一再进谗言，促使袁绍杀害了“帐下第一个谋士”田丰。士人之间的倾轧与内耗，既让人跌足叹惜，又使人不寒而栗。从田丰、沮授等士人的人生悲剧上，我们也可以看出士人在建功立业过程中所表现出来的依附性与软弱性，不借助君王，纵使有高才良谋，也只能坐失良机，望洋兴叹，甚至连性命也难以保全。

论者往往把官渡之败归咎于袁绍的“外宽内忌”、用人不明与纳言有误，这并不错，但换一个角度说，谋士们的责任也不能忽略不究。若他们也能如曹操一方那样出公心而去私怨，同仇敌忾，互补相得，袁绍会以强败于弱吗？正因为袁绍临事犹豫，缺乏主见，这就更需要谋士们来弥补他性格和才能的缺陷，因此，他对谋士的依赖程度更甚于曹操。而许攸、荀谌、逄纪等士人的徇私表现，则有负于袁绍的信任，损害了集团的利益。

袁谭与袁尚兄弟相争过程中士人们所起的负面作用，也足以证明这一点。这时的郭图、审配已由原来的一派变成了两方，一助袁谭，一助袁尚。二人皆足智多谋，忠心耿耿，谭、尚对他们又言听计从，若二人能接受官渡之战失败的教训，协力同心，帮助谭、尚兄弟和好，合力抗曹，胜负尚未可知，正如荀攸所言："若二子和睦，以守其成业，天下未可定矣。"遗憾的是，二人的计谋主要用在了袁氏集团的内部倾轧上。郭图一劝袁谭屯兵城外，促使兄弟互相猜忌；二劝邀逄纪为质，置之死地而后快；三劝席间杀袁尚，萁豆相煎；四劝袁谭攻冀州，导致兄弟火并；五劝袁谭降曹操，竟至认贼作父。而审配的才智又用在何处了呢？一是谋立袁尚，造成兄弟争位；二是谋划少出救援袁谭兵马，激化了兄弟矛盾；三是不让袁尚发兵，欲借曹操之手除掉袁谭；四是劝袁尚乘势进攻袁谭，兄弟自相残杀；五是劝袁尚"剿除根本"，逐杀袁谭。这两位足智多谋的军师处心积虑策划的结果，助长了袁谭与袁尚兄弟争位的野心，铸成了手足相残、唇亡齿寒的历史性悲剧，郭图、审配二人也落得个身首异处的结局。无情的事实说明，二人谋愈奇，计愈妙，越知己知彼，越忠心耿耿，君主对其越是言听计从，袁氏集团灭亡得就越快。这种事与愿违的严酷事实里边，蕴含着发人深省的规律性东西。

孙权集团谋士群体的才智发挥总体上呈互补之势，虽也常有争论，但由于孙权的过人之明，他还是能采纳谋士中的高见，比如：赤壁之战前谋士们关于是战还是降的争论中，孙权就采纳了周瑜、鲁肃的正确意见，因而共同开创出江东帝业。

刘备集团士人群体的合作互补效果最佳，争论较少，这是由诸葛亮的过人才智与崇高威望所决定的，他基本上可以做到一言九鼎，获得其他人的赞同。

凡此可见，一个集团、国家、民族的兴盛衰亡，士人群体的合作状态是决定因素之一。若能各尽所长，协力互补，便可共建功业，创造辉煌；若钩心斗角，忌才内耗，只能是唇亡齿寒，同归于尽。这是罗贯中寄寓在作品中的具有超时空认识价值的文化意蕴。

3. 改弦易辙——士人仕途求索的艰难与曲折。罗贯中在书中一再重申“良禽相木而栖，贤臣择主而事”的格言，这是在有意强调士人入仕的主体性。这种主体性既体现在出山前的择主而仕，也体现在漫长仕途上的另择明君。前者罗贯中赞美诸葛亮式的慎重，一经择定，就忠贞不渝，这是最理想的境界。后者与忠君是有矛盾的，作者界定的原则是“弃暗投明”。比如：对暗弱君主刘璋手下的张松、法正、黄权等人的改投贤明君主刘备，作者便大加赞扬，并未认为是不忠；而对忠于刘璋至死不渝的张任、王累等人，作者也称誉有加。这是以不同价值观从不同角度观照所得出的可并行不悖的价值判断。

总体上看，士人面对这种再次选择时的心态是十分复杂的。这里有客观上明君难觅的困惑，也有主观上旧主难舍的感情牵挂，还有忠君观念的道德约束。从再选择的结果看，有的是终成功业，有的则遗憾终生，结局反差甚大。如庞统，先是择孙权事之却未得到展示奇才的机会；后再择刘备，终得其位，大展骥足。再如贾诩，先是误投李傕、郭汜，其间也尽己力“累谏李、郭行仁义，纳天下贤士。李、郭顺从之，自是朝廷微有生意”。继之辅佐张绣，曾出奇计大胜曹操。最后，曹操派刘晔说之，贾诩以“三宜”劝说张绣一同归顺曹操，屡献奇计，功成名就。而陈宫就不那么幸运了，他先择曹操，弃官相从，当认定他是“狼心狗行之徒”后，便“弃之而去”，投陈留太守张邈。继之又辅佐吕布，可惜吕布自恃“匹马纵横天下”，刚愎自用，对陈宫的 12 次妙计奇策，仅纳4次。陈宫虽也苦闷，但又不忍弃之，“恐天下人笑”，终至“空负栋梁才”，事业未成而身首异处。其心态的矛盾性与人生道路的曲折性、悲剧性，在士林中颇具典型性。

三　人生归宿：以功成身全是求

《三国志演义》中的士人面对山河分裂的生存环境，其心态中既有建功立业的渴望，也有机遇增加的欣喜，还要有不惧危险和死亡的心理准备。因为“士大夫少有全者”乃是汉末魏晋时期的残酷现实。为此，罗贯中对笔下入仕士人群体的人生归宿问题亦愈加关注，在主客观因素相互作用下所产生的士人多种人生结局的描述中，寄寓着他复杂的思想感情与良好愿望。入仕士人的结局大致有以下几种类型：

1. 临危不惧，战死杀场。虽然文士主要是运筹于帷幄之中，较之决胜于千里之外的武士相对安全一些，但战死沙场的文士亦大有人在。如庞统死于征川途中的乱箭之下，审配于冀州城破后“引颈就刃而死”，郭图被乐进射死，诸葛瞻“中箭落马而死”，姜维兵败“自刎而死”……对于这类悲剧结局的士人，无论其属于哪个集团，作者或借史官评赞，或引前贤诗词，均表示由衷的叹惋之情。

2. 尽心竭力，以身殉职。这类士人以诸葛亮最为典型，他“夙兴夜寐，罚二十以上皆亲览焉。所啖之食，日不过数升”。他对劝谏的主簿杨颙坦露了他之所以如此的深层心态：“吾非不知，但受先帝托孤之重，唯恐他人不似吾尽心也。”最终生命透支，“志决身歼军务劳”（杜甫《咏怀古迹五首》），累死在五丈原军中。再如郭嘉，他自言：“某感丞相大恩，虽死不能报万分之一。”为助曹操“平夷狄”,“远涉艰辛而染病”致死。虽然他辅佐的是曹操,作者对他仍赞誉有加。

3. 避祸不得,为君所害。封建君主权力至高无上,士人一旦触其逆鳞,便有杀身之祸。虽士人们战战兢兢,如履薄冰,仍有相当数量的士人死于君主的屠刀之下,这最令人扼腕痛惜。这类士人的悲剧以曹魏集团为最多,与曹操视臣为奴的观念是相一致的,这也是各层人士“拥刘反曹”的深层原因之一。比如:荀彧因反对曹操进魏王加九锡而被害死①;杨修因触曹操忌讳而被借“鸡肋”事件所斩;孔融因屡忤曹操之意而被他寻借口杀害。还有崔琰、毛玠等士人也死于曹操的刀剑之下。田丰的悲剧也是如此,其中也有士人的主观因素,田丰临死说得明白:“大丈夫生于天地之间,不识其主而事之者,是无智也。”其愤激心态中,也有自责择君不明的成分在。

4. 自恃才高,骄矜致败。从理性上说,“满招损,谦受益”(《尚书 · 大禹谟》)的道理,士人皆知之,但人性的弱点又决定着士人在有了一定成就之后,骄矜心理便会潜滋暗长,往往因恃才骄傲而致败,甚至身首异处。如被刘备评为“言过其实”的马谡即是这种结局。马谡“自幼饱读兵书,熟谙战策”,聪明过人,屡出奇计。诸葛亮南征时,他献“攻心为上,攻城为下”之说,收到了一劳永逸之奇效;一出祁山时,他又献反间计,扫除了最大障碍——司马懿。这些成就赢得了诸葛亮的青睐,委之以防守街亭的重任,他也因之骄傲起来,违背诸葛亮法度,不听王平劝谏,声称“丞相诸事尚问于吾”,过高估计自己,刚愎自用,欲建

① 在《三国志》中,荀彧是病死的,罗贯中为贬曹而精心设计了曹操派使者送空盒逼荀彧自尽的情节。

奇功，终致有街亭之失，葬送了一出祁山的大好形势，被诸葛亮挥泪而斩。诸葛恪之死也属此类，其才自幼便属佼佼者，长大后肩负托孤秉政重任，却“聪明好杀”，“骄且吝”，“矜己凌人”，终至被杀灭族。许攸因“为人多傲”，出言不逊，居功骄人而被许褚所杀。狂士祢衡目中无人，觑曹操帐下众谋士如土芥，终因狂傲而殒命，死得不值，可悲可悯。钟会“精练策数”，却“心大志迂，不虑祸难”；邓艾“矫然强壮”，却“暗于防患，咎败旋至”。这类士人的人生悲剧主要是由其悲剧性格等主观因素决定的。罗贯中对其感情是颇为复杂的，既褒其才能，又贬其骄傲，还惜其功败垂成，悯其英年早逝。这种褒贬倾向中，既有从社会层面着眼的价值判断，也有从人性角度思考的美丑评价。

5. 企望兼得，功成身全。这是士人入仕的最佳归宿，是士人人生理想的寄寓所在。诸葛亮临出山嘱咐诸葛均说：“待吾功成名遂之日，即当归隐于此，以足天年。”这就是诸葛亮自我设计的人生归宿：始于修身隐居，中于事君建功，终于功成归隐。这也是作者乃至整个封建社会士人群体的人生循环圈与理想境界。可惜诸葛亮未能实现此人生设计，而是“出师未捷身先死，长使英雄泪满襟”（杜甫《蜀相》），留下了无穷的遗憾。就《三国志演义》全书看，入仕士人中也有达功成全身之境者，如蜀汉的蒋琬、费祎，东吴的鲁肃、陆逊，曹魏的贾诩、羊祜等。当然，其中道德人格自有差别，作者并未一概而论。

凡此可见，士人在建功途中充满了荆棘与险滩，若想达到功成身全的理想归宿，何其难哉！这里有客观上的乱世纷争，命如土芥；有君王的利剑高悬，弄权嗜杀；也有士人主观上的逞才扬己，骄而致败；有士人间的倾轧内耗，两败俱伤。作者通过士人各种各样人生悲剧结局的全方位描写，寄寓了其悲悯心态，表达了其美好理想。

四　归隐林泉:以儒道思想互补

《三国志演义》在充分展示士人入仕建功的同时,还不惜笔墨塑造了一系列选择归隐适性的隐士高人形象,诸如庞德公、司马徽、崔州平、石广元、孟公威、黄承彦、诸葛均等。作者以简洁的笔触从外貌、语言和居住环境等多个角度对他们做了全方位的刻画,字里行间流露出由衷的钦慕之情。

在作者笔下,他们的外貌是与众不同的:司马徽是“松形鹤骨,器宇不凡,年几半百,颜色如童”;崔州平是“神清气爽,目秀眉清,容貌轩昂,丰姿英迈”; 石广元是“白面长须”; 孟公威是“清奇古貌”。在异中寓同的仙风道骨、倜傥不群的容貌中,透露出他们内心精神的自然闲适、真纯朴素与超凡脱俗。他们所居之地是桃花源式的自然环境:“山不高而秀雅,水不深而泉清,地不广而平坦,林不大而茂盛;松篁交翠,猿鹤相亲。”环境的理想化色彩,衬托出他们品格的仰之弥高,不可企及。他们出语惊人,掷地有声,说明他们博古通今,深明治乱之道,高瞻远瞩,洞察天下大事。其中当以司马徽见识最高,最受作者推崇。其过人见识主要表现在知世与识人两大方面。他虽隐居林泉,却对天下大势了如指掌,不仅知当世之事,还可预见未来。他对士人群体中“寻章摘句之儒”与“俊杰”的区分,他对诸葛亮和庞统才能的透彻了解——“伏龙、凤雏,两人得一,可安天下”,就是在识人基础上的预见。而“虽卧龙得其主,不得其时”的预见,其准确性超出于当事人诸葛亮之上。司马徽的心态也是矛盾的:自己甘于隐居,不肯出仕,即使明君登门相请也不肯出山,但他又不反对伏龙、凤雏出山，甚至还劝刘备去探访。刘备“拜请水镜，同扶汉室”，他明确表示：“山野闲散之人不堪世用。自有胜吾十倍者来助公也，公宜访之。”他对徐庶说：“汝怀王佐之才，当待时而出。”认为若择君不明，则是“携美玉作砖石货于人间，以取其辱，乃汝之过”，应士人自己负责。而出仕的目的就在于“经纶济世”。从其与庞统“坐于树下，同讲论兴亡，从朝至暮不倦”，以及“架堆万卷经书”来看，他是隐居而不忘世事者，心中还是装着天下众庶的。当生灵涂炭之时，他希望能拯其出水火，惟愿他人能代其为之。其实，他是“不为”而非“不能”，他是“伯乐”而非“千里马”。其文化心态还是儒道互补的建构模式，当他关注天下，悲悯苍生，希望伏龙、凤雏出仕时，是受儒家的民本思想驱使着；当他选择终身隐居林泉的人生道路时，则是被道家的崇尚自然思想主导着。

究其初始，诸葛亮、庞统和徐庶皆是此隐士形象系列中的一员，若不遇明主，他们也会同司马徽一样，终老林泉。当徐庶告诉诸葛亮已“将公荐于玄德。望勿推阻，可往见之”时，“孔明闻之，作色而言曰：‘汝以我为享祭之牺牲乎！’拂袖而入”。从他引《庄子》作答来看，他此时还不想出仕，尤其不能“往见之”。当已“妙论三分定”后，他仍曰：“亮久乐耕锄，不能奉承尊命。”最后是“受刘皇叔三顾之恩，不容不去也”。此乃由衷之言，表露出他的真实心态。这也说明，在是否出仕问题上，他与司马徽是英雄所见略同。二人的同中之异仅在一由隐而仕，一终隐不出。这应导源于二人同是儒道互补的思想建构中以何者为主导的不同。罗贯中既赞成有“王佐之才”的“俊杰”之士能出山拯世救民，也赞美终身不仕的“隐居贤士”。这粗看似有矛盾，实则是辩证的统一。当他从社会层面着眼，追求君明臣良、国泰民安的社会理想时,他就肯定前者,这是儒家思想主导的结果;当他从自然层面着眼,追求天人合一、朴素至乐的人生境界时,他就赞美后者,这又是道家思想主导而使之然也。

五　作者心态:以同情期待为主

罗贯中作为一个士林中的佼佼者,却处在“生不逢时,才郁而不得展”①的悲剧性境遇中,他的文化心态在封建社会的广大士人群体中颇具代表性,与其笔下的士人也是相通的,因而他对士林人生道路问题格外关注,将他对一系列相关问题的深邃思考倾注于笔下人物形象之中,作品中诸葛亮舌战群儒时对“君子之儒”与“小人之儒”的分辨,也可以说就代表着罗贯中的观点。与题材的来源相一致,罗贯中的人才观可以说是受司马光的影响,司马光把儒分成君子、小人,俗儒、真儒、大儒等层次的儒士论思想②,以及把人才从才、德关系的角度分成圣人、愚人、君子、小人等类别的才德论思想③,对罗贯中塑造各种士人形象也不无理论指导作用,对罗贯中为笔下群象从德、才两个角度定位的人才观,提供了理论的依据与双向观照的视角。循此思路再向前还可追溯到荀子,《荀子·儒效》篇就指出:“人主用俗人,则万乘之国亡;用俗儒,则万乘之国存;用雅儒,则千乘之国安;用大儒,而百里之地久,而后三年,天下为一,诸侯为臣。”这

---

① 杨尔曾:《东西两晋演义序》,载丁锡根:《中国历代小说序跋集》,人民文学出版社 1996 年版,第 939 页。

② 司马光:《资治通鉴》卷二十七,中华书局 1956 年版,第 881 页。

③ 司马光:《资治通鉴》卷一,中华书局 1956 年版,第 14 页。

就不仅将儒士由低到高明确地分出几个档次,还辩证地指出用人与国家安危、存亡的密切关系。在罗贯中笔下,君的作用在于尽士之才,如刘备父子对诸葛亮那样,不仅能"贤亮",而且能"尽亮",而真正实施济世救民的良策还要靠士人群体的努力。无士人的辅佐,明君也将一筹莫展,一事无成,刘备无孔明则转徙依人而无立锥之地就是明证。法国文艺理论家、史学家泰纳认为:"如果一部文学作品内容丰富,并且人们知道如何去解释它,那么我们在这作品中所找到的,会是一种人的心理,时常也就是一个时代的心理,有时更是一个种族的心理。"①的确如此,《三国志演义》所展示的士人心态与士林人生道路,就具有这样深广的涵盖性。

受儒家思想主导的左右,罗贯中对士人的建功立业无疑是赞成的,但他的深层心态是要求士人的个人功名追求能与"拯救天下百姓"的大目标相一致,要有"爱民忧国之心"。这就对入仕士人的道德人格提出了高标准、严要求,对其人生境界有了衡量的尺度。这是作者寄寓在作品中的文化意蕴之一,具有着超时空的认识意义与审美价值。与此相关,作者在展示士人入仕的艰难性与曲折性的同时,也揭示出利己贪欲问题。入仕士人文化心态中所存在的种种问题,诸如士人本身的骄而致败问题,为个人功名而不择手段的利己贪欲问题,士人群体之间的掣肘内耗问题等等。这些均是士人建功立业的拦路虎,比外部敌人的进攻更可怕。当今乃至此后的士人应当是社会良知的主体,士人群体如何在履行自己历史使命时,克服内耗、骄矜、嫉

---

① 泰纳:《英国文学史序言》,载伍蠡甫:《西方文论选》(下卷),上海译文出版社1979年版,第241页。

妒、贪欲等弱点,也应是不能不时时深思的问题。这些文化内蕴,就使《三国志演义》的士人心态揭示与士林人生道路的描写具有了空前的深度与久远的意义。

（本文原发表于《富春江畔话三国——第十五届中国 < 三国演义 > 研讨会论文集》,陕西旅游出版社 2003 年版,后补入拙著《三国演义源流研究》修订三版中,略有修改。）

附录四

诸葛亮与吴用同中之异的再认识

——《三国志演义》与《水浒传》比较研究之一

诸葛亮和吴用是《三国志演义》与《水浒传》中智士形象的典型，家喻户晓，影响深远。从纵向关系考察，二者有前后的传承关系，从吴用字加亮看，作者对他的塑造深受诸葛亮形象的影响。从横向异同观照，二者同中有异：同是表象的，显而易见；异是深层的，需细密分析。近年来学界关于两个形象的专论，论诸葛亮的文章甚夥，而论吴用的文章则不多①，将二人比较的文章更是少见。黑格尔曾指出："假如一个人能看出当前即显而易见的差别，……我们不会说这人有了不起的聪明。同样，另一方面，一个人能比较两个近似的东西，……我们也不能说他有很高

---

① 《水浒争鸣》现已出了八辑，论吴用的只有两篇，且观点基本一致，皆认为吴用是我国古代小说中第一个参加农民革命的知识分子形象。见胡振务：《谈吴用》，载《水浒争鸣》第二辑，长江文艺出版社 1983 年 8 月第 1 版，第 360—371 页；孙永都：《论梁山义军中的智多星吴用》，载《水浒争鸣》第三辑，长江文艺出版社 1984 年 1 月第 1 版，第 376—386 页。近年来，有的文章从文化和美学的角度论析吴用，有一定新意，如：宁常泰、李相东：《忠与智：位移与强化——论〈水浒传〉文化整合思想对宋江、吴用形象的影响》，载《明清小说研究》2002 年第 2 期；黄蕴：《"吴用"形象的性格美学意义探讨》，载《云梦学刊》2000 年第 2 期。

的比较能力。我们所要求的,是要能看出异中之同和同中之异。”[①]本文中笔者就拟在前辈与时贤关注其社会身份、智慧才能等相同点的基础上,着重探究其同中之异,以深化对两个形象个性化的认识,进而由两个形象拓展开去探讨两部经典小说的价值取向与士林人生道路等问题。

一 人生目标比较论

在中国传统文化中,士人自读书始,便要确立其人生目标。孔子云:“吾十有五而志于学,三十而立。”[②]这其中就包括人生目标的确立。先秦诸家思想皆有其各自的人生目标与社会理想,而以儒家对士人的影响最大。孟子曰:“无恒产而有恒心者,惟士为能。若民,则无恒产,因无恒心。苟无恒心,放辟邪侈,无不为已。”[③]这里所谓的“恒心”,就是包括人生目标在内的坚定信念,其核心要素是为国为民的社会理想。孟子以民来反衬士人,表达了对士人的高度赞美与殷切期望。若以此为出发点来观照诸葛亮与吴用人生目标与社会理想的同中之异,就会对两个形象的道德定位、审美评价、悲剧根源有新的认识。这可谓是透视两个典型的基本点和关键所在。

二人在小说中刚出场时的身份和境遇有颇多相似点:同是怀才不遇、蛰伏村野的杰出士人,同为孟子所谓的“无恒产”者,其同中之异在于“恒心”层面。诸葛亮是有恒心的士人楷模,其

---

① 黑格尔:《小逻辑》,贺麟译,商务印书馆1980年版,第253页。

② 杨伯俊:《论语译注·为政》,中华书局1980年版,第12页。

③ 杨伯俊:《孟子译注·梁惠王上》,中华书局1960年版,第17页。

恒心虽未如刘、关、张桃园结义时那样明确标示为“上报国家，下安黎庶”，但还是从各种角度委婉地表达出来。一是，从其自比的历史人物中暗示出来。诸葛亮“每自比管仲、乐毅”[①]。这说明管仲、乐毅代表着其人生目标的社会历史定位。在司马迁笔下，“管仲既用，任政于齐，齐桓公以霸，九合诸侯，一匡天下，管仲之谋也。……管仲既任政相齐……称曰：‘……下令如流水之原，令顺民心’”[②]。乐毅在燕国危急关头率燕军“攻入临淄，尽取齐宝财物祭器输之燕。燕昭王大说，亲至济上劳军，行赏飨士，封乐毅于昌国，号为昌国君。……乐毅留徇齐五岁，下齐七十余城，皆为郡县以属燕”[③]。管仲、乐毅实现其人生目标与社会理想的关键要素在于三点：其一，君臣相得，君王信之任之敬之，戮力同心，才尽其用；其二，为国立旷世奇功，名垂青史；其三，顺应民心，爱民救民。前者是后两点的保证，后两点是目的所在。二是，时人对诸葛亮的评价，较之其自比更高。徐庶认为：“管仲、乐毅不及此人也。”“可比周得吕望，汉得张良。”司马徽称诸葛亮为俊杰，并具体以姜子牙、张子房比之，认为他们“能成王霸之根基”。三是，他之所以出山，关键是与刘备的人生目标志同道合。此前，学界一般认为，诸葛亮之所以出山，在于刘备的三顾茅庐。这固然不错，但若细究之，笔者认为这只是

---

① 《徐庶走荐诸葛亮》中徐庶与《刘玄德三顾茅庐》中司马徽皆有此语，见罗贯中：《三国志通俗演义》，上海古籍出版社 1980 年版，第 355—359 页。本文所引文本原文，皆以此版本为据，不再一一注出。

② 司马迁：《史记·管晏列传》，中华书局 1959 年版，第 2131—2132 页。

③ 司马迁：《史记·乐毅列传》，中华书局 1959 年版，第 2428—2429 页。

表层原因,其深层原因关键在于他与刘备在"爱民忧国"这个人生目标上的一致性。不然,若是换成曹操登门三顾,诸葛亮会答应出山吗?诸葛亮见刘备所云"昨观书意,足见将军有爱民忧国之心"一语中,"爱民忧国"四字是关键所在,说明这是令诸葛亮怦然心动的根本原因。二人畅谈完战略大计后,刘备又曰:"愿先生同往新野,兴仁义之兵,拯救天下百姓。"再次强调了救民之意。在诸葛亮以"久乐耕锄"为由推辞后,刘备"苦泣曰:'先生不肯匡扶生灵,汉天下休矣!'言毕,泪沾衣衿袍袖,掩面而哭"。刘备先后三次言其救民保国之意,已经令诸葛亮心有戚戚焉,而刘备的眼泪进一步证明了其爱民忧国之真心诚意,这才是诸葛亮出山的深层原因。罗贯中在史家"先主遂诣亮,凡三往,乃见"[①]等寥寥数语的基础上,生发成洋洋万言的生动描写,表达了作为杰出士人的罗贯中对入仕士人实现"爱民忧国"恒心的殷切期望。黄宗羲曰:"我之出而仕也,为天下,非为君也;为万民,非为一姓也。""不以天下为事,则君之仆妾也;以天下为事,则君之师友也。"[②]以此理论衡之,罗贯中笔下的诸葛亮是为实现"爱民忧国"人生目标而出仕,是以天下为事的君之师友。这种小说中的具体描写,可以视为黄宗羲此理论提升的先声。

吴用的人生目标是什么呢?与诸葛亮的一以贯之相比,有发展变化的曲折过程。其演化轨迹可大致分为三个阶段。第一阶段,从他第十四回出场至第四十二回,其人生目标是"图个一

① 陈寿:《三国志·蜀书·诸葛亮传》,中华书局1959年版,第912页。

② 黄宗羲:《明夷待访录·原臣》,中华书局2011年版,第14页。

世快活”。他出场定型的一段描写中,有两点值得注意:“秀才打扮”,表明他是士人的身份;“万卷经书曾读过”,说明他对中国传统文化的接受程度高,儒家思想应该对其人生目标有较大影响。但作者在此并未明言,只能从字里行间的蛛丝马迹中寻绎概括之。吴用出场后做的第一件事,就是“智取生辰纲”,从此举的目的就可见其人生目标之一斑。他对三阮明言:“取此一套富贵,不义之财,大家图个一世快活。”[1]这就坦言出其真实动机,由此可知吴用的人生目标即是“图个一世快活”。这是一种快乐哲学,以自我为中心,与诸葛亮相去甚远。

当生辰纲事发晁盖问吴用“怎地解救”时,吴用毫不犹豫地回答:“不须商议。三十六计,走为上计。”“若是赶得紧,我们一发入了伙!”这是决定其人生命运的关键环节。为何如此果断决定人生去向?固然事不得已,但还是其人生目标起关键作用。在劝三阮入伙时说到梁山的“强人”时,吴用道:“恁地时,那厮们倒快活。”这与其取生辰纲的目的是一致的,都是为了追求“快活”。上梁山火并王伦后,晁盖忙于报恩,吴用则曰:“我等且商量屯粮造船,制办军器,安排寨栅城垣,添造房屋,整顿衣袍铠甲,打造刀枪弓箭,防备迎敌官军。”从表面看,作者是在突出吴用高于晁盖的深谋远虑,其深隐含义还包括保卫其追求的“快活”生活不受侵犯。在劫法场救了宋江之后,吴用对宋江说:“兄长当初若依了兄弟之言,只往山上快活,不到江州,不省了多少事?”这又一次证明他上梁山和劝别人上梁山的目的是

---

① 见《水浒传》第十五回,人民文学出版社 1975 年版,第 193 页。此书以现存最早的百回本——明代万历末年杭州容与堂刻本为底本标点排印,本文所有文本引文均以此本为据,不再一一注出。

一致的,都是为了追求“快活”的人生目标。

吴用这种人生目标在其他梁山好汉那里可以得到印证。比如,李逵在第四十一回上了梁山以后,就提出了这样的目标:

> 晁盖哥哥便做了大皇帝,宋江哥哥便做了小皇帝。吴先生做个丞相,公孙道士便做个国师。我们都做个将军。杀去东京,夺了鸟位,在那里快活,却不好!不强似这个鸟水泊里!

此前学界往往强调李逵这段话的革命彻底性意义,这固然不错,但笔者想阐释另外一层涵义,即李逵无论是在梁山,还是要去东京,其人生目标也是“快活”二字。其理想目标要比吴用远大和胆大,竟欲推翻旧王朝,建立新王朝,而改朝换代的目的还是为了更快活,并未言及百姓的利益。这与吴用的人生目标颇为一致,所谓志同道合者也,故能同聚梁山。

自宋江上梁山后,梁山好汉们的整体人生目标方提升了,其社会理想才清晰起来。在第四十二回,宋江遇九天玄女,娘娘法旨道:“汝可替天行道:为主全忠仗义,为臣辅国安民。”这里有一句关键的话,应该格外注意:“此三卷之书,可以善观熟视。只可与天机星同观,其他皆不可见。功成之后,便可焚之,勿留在世。”这可以看作是吴用人生目标的转折点,此后进入到第二阶段,其人生目标在天书的指引下,在宋江的开导下,有了质的提升,提高到了“全忠仗义,扶国安民”的高度,与宋江一起,成为《水浒传》全书主旨的体现者。这才与《三国志演义》中的诸葛亮的人生目标有了异中之同与可比性。

而真正将此旨贯彻至梁山群体好汉,是在第七十一回排座次后,宋江对众人道:“今非昔比,我有片言。今日既是天罡地曜相会,必须对天盟誓,各无异心,死生相托,吉凶相救,患难相扶,一同保国安民。”然后,作品再次写道,“宋江为首誓曰:‘……但愿共存忠义于心,同著功勋于国,替天行道,保境安民。’”在宋江所作《满江红》词中,又一次强调指出:“中心愿平虏,保民安国。”在同一回中,作者借宋江形象三致意焉,并且还亲自出面强调之:“看官听说:这里方才是梁山泊大聚义处。”可见作者十分看中这一点。这也是作者赞美宋江的主要原因之一。

与宋江坚定的“恒心”相比,吴用的人生目标不稳定,有所反复,在提升到“全忠仗义,扶国安民”之后,“图个一世快活”不是不存在了,而是退居到次要地位,成为其深隐心态,到一定时机,在某种外力的激发下,还会上升到主导地位,左右其言行。

第八十五回至一百回是第三阶段,其人生目标又回归到追求“快活”的轨道上了。转折的标志就是他欲“归降”辽国的选择。辽国使臣欧阳侍郎一番劝降说辞,“吴用听了,长叹一声,低首不语,肚里沉吟”。在宋江的追问下,他袒露心迹说:“我想欧阳侍郎所说这一席话,端的是有理。……若论我小子愚意,从其大辽,岂不胜如梁山水寨。”虽然他有“奸臣专权,主上听信”的理由,但其深层心态还是“纵有功成,必无升赏”,归根结底,还是“图个一世快活”的心态在作怪,是追求“快活”人生哲学再次主导其思想性格的结果。这就是孟子说的,“苟无恒心,放辟邪侈,无不为已”,就会将其个人利益置于国家利益之上。这是吴用无法抹去的一个人生污点,与诸葛亮追求的为国为民的人生目标拉开了档次,不可同日而语。

综上比较可见,吴用的人生目标显然没有诸葛亮高远,人生境界没有诸葛亮高尚,人生目的没有诸葛亮明确。以前学界似乎没太注意二人的这个差别,故笔者在此特别强调之,这是两个形象同中之异的首要一点。追求人生快活,本没有错,但毕竟其出发点是首先考虑个人私利,特别是在百姓遭难、国家危机之时,何者居首就显得更为重要。从主导面言之,诸葛亮是把百姓与国家放在入仕的首位,虽然其中不无个人功名富贵的人性动因,但后者毕竟是处于从属地位。而吴用则往往把个人的人生快活放在首位,特别是在大事的把握上也是如此。取生辰纲如此,上梁山也是如此,欲投降辽国还是如此。虽然其中有保国安民的提升,但也未能贯彻始终。可见,学界此前所注重的表层的作者标示出来的"全忠仗义,扶国安民"的人生大目标,仅是其人生目标演化三阶段之一,其追求"快活"的深隐心态更值得关注,以更准确地把握其形象的丰富性和复杂性。

与此相关,诸葛亮为救民、为天下而放弃个人舒适隐居乐趣的取舍,以己意服从于民意的人生境界,都具有着高度的审美价值,熠熠生辉,光耀百代。这里既有道德美的闪光,也有人格美的光彩。这也是历代读者和广大民众爱戴诸葛亮的主要原因之一。相比之下,吴用只图"一世快活"的享乐主义倾向,则很难唤起读者和民众的敬仰之情,其审美价值也随之大打折扣。

二　战略战术层面之比较

若欲实现入仕士人确立的人生目标和社会理想,必须有正确远大的战略建构,其中起决定性作用的就是关键的几步。成败在于此,人物的命运在于此,人物智慧才能的差别也在于此。若按此前大而化之的一般理解,似乎诸葛亮与吴用的谋略乃伯仲之间。刘备离开诸葛亮就打败仗,宋江也是如此,有吴用在则胜,反之则败。明清时期评论吴用的观点,就重在关注其“智多星”的突出智慧,明人怀林在《梁山泊一百单八人优劣》一文的评论中已注意到这点,他说:“至于吴用,……倘能置之帷幄之中,似亦可与陈平诸人对垒。”[①]将其与陈平并列,对其智慧给予了很高的评价。金圣叹从定性的角度评吴用为“捷人”(25 回评语),说他能够“驱策群力,有军师之体”(《读〈第五才子书〉法》)。这也是从其智慧角度着眼的。此外,张岱对吴用“诸葛、曹瞒,合而为一”(《瑯嬛文集・水浒牌四十八人赞》)的评语,智慧与道德兼顾之,也颇耐人寻味。

若选择关键环节细致比较之,还是可以窥视诸葛亮与吴用高下判然的同中之异,从而对二人得出新的认识。总体概括可曰:诸葛亮是具有大智慧的杰出战略家,吴用则是战术家而缺乏战略眼光。诸葛亮是“大智”而“小失”,吴用则是“小智”而“大失”。诸葛亮在战略大计方面皆是成功的,只是在小的战术方面有些失误,如“街亭之失”等;吴用则是在战术战役指挥等微观方面显示出过人的智慧,取得了一系列胜利,而在梁山前途命运等宏观战略方面则连连失误。试从以下角度择要论之:

1. 运筹帷幄的利弊得失。作为杰出的政治家与军事家,诸葛亮在蜀汉集团的前途命运的关节点上,皆能提出最佳方案,打开新天地。其全局战略大计在隆中对策时就已经由诸葛亮设计好了,即“先取荆州为本,后取西川建国,以成鼎足之势,然后可图中原”。此三步战略的前两步是刘备在日实现的,为实现“攘

① 见《明容与堂刻水浒传》卷首,据上海人民出版社 1975 年影印本。关于此文的作者,学界有争议,有的归于怀林,有的未题作者,详见朱一玄、刘毓忱:《水浒传资料汇编》,百花文艺出版社 1981 年版,第 209 页。

除奸凶,兴复汉室”的第三步战略目标,诸葛亮六出祁山,不惮劳苦,虽未如愿,也鞠躬尽瘁,足以告慰刘备于地下了。关于诸葛亮北伐战略的评价,学界也有争议。笔者认为,虽然损耗了国力,但这种以攻为守的打法,也不失为一种战略选择,《出师表》已经表达了此种倾向。应该说,按《三国演义》的描写趋向,蜀汉非亡于六出祁山,如果天假诸葛亮以年寿,他必将会实现第三步战略。

相比之下,吴用则大为逊色了。不可否认,梁山的一步步扩大,人马的越来越强壮,军事上的一系列胜利,吴用功不可没,但对梁山的前途命运,吴用似乎没有明确的战略构想,甚至都没有李逵明确。在卢俊义上山后,李逵又一次清楚地表明他对梁山前途的构想:“哥哥便做皇帝,教卢员外做丞相,我们都做大官,杀去东京,夺了鸟位子,却不强似在这里鸟乱!”这是李逵根据晁盖去世后的新形势而做出的新的战略调整。梁山的前途命运问题作者让宋江来设计,而吴用作为军师实际上也是应该有明确战略构想的。一直到第七十一回,当宋江把招安作为梁山的出路而明确提出来时,武松 、李逵、鲁智深均先后表示反对,而吴用则没有明确态度,他所做的只是劝解宋江原谅李逵:“他是个粗卤的人,一时醉后冲撞,何必挂怀。”欲把涉及梁山前途命运的大问题轻轻化解。而宋江的一段话则十分清醒明确:

> 众弟兄听说:今皇上至圣至明,只被奸臣闭塞,暂时昏昧。有日云开见日,知我等替天行道,不扰良民,赦罪招安,同心报国,竭力施功,有何不美?因此只愿早早招安,别无他意。

这是宋江当众宣布的梁山今后的战略方针,作为军师的吴用有何想法呢？没有，只一句包括吴用在内的“众皆称谢不已”，一带而过，在战略建构上，吴用的智慧才能毫无光彩。

直到七十五回，吴用方在招安问题上提出不同于宋江的看法。当听说朝廷差太尉陈宗善要带赦罪招安丹书来梁山时，“宋江大喜”，对众人说道：“我们受了招安，得为国家臣子，不枉吃了许多时磨难，今日方成正果。”吴用却说：

> 论吴某的意，这番必然招安不成。纵使招安，也看得俺们如草芥。等这厮引将大军来，到教他着些毒手，杀得他人亡马倒，梦里也怕。那时方受招安，才有些气度。

宋江听了吴用的这番话后，马上说：“你们若如此说时，须坏了‘忠义’二字。”这时的吴用方才显得比宋江清醒冷静，智高一筹。发生了陈太尉招安不成事件后，面对宋江“虽是朝廷诏旨不明，你们众人也忒性躁”的批评，吴用反驳道：

> 哥哥你休执迷，招安须自有日。如何怪得众弟兄们发怒，朝廷忒不将人为念。如今闲话都打叠起，兄长且传将令，马军拴束马匹，步军安排军器，水军整顿船只。早晚必有大军前来征讨，一两阵杀得他人亡马倒，片甲不回，梦着也怕，那时却再商量。

这段话很重要，一是，他明确站在众弟兄们一边，对宋江的无条件招安战略方针提出了批评；二是，他沉默一段时间后，正式提出了他的有条件招安的战略主张；三是，他的观点得到了梁山众弟兄的支持。“众人道：‘军师言之极当。’”作者没有明确写宋江对这番话的态度，但从后文的描写看，他基本上接受了吴用的观点。可见宋江和吴用在招安问题上的分歧在于，宋江是无条件招安，只要能招安，不惜代价；吴用是有条件招安，在保证梁山英雄能够“快活”的前提下，才考虑有气度有尊严的招安。

从梁山英雄的悲剧结局看，招安的决定显然是错误的，吴用作为军师有不可推卸的责任。如果他能够像诸葛亮那样，发挥自己的地位和智慧优势矫正宋江的失误，梁山英雄们的结局可能不至于那么悲惨。

2. 沟通上下的作用发挥。诸葛亮和吴用还有一点十分相似，即对其上面的刘备和宋江来说，他们是臣，君臣有别，不可逾越，忠心辅佐，有始有终；对其属下的群臣而言，他们又凭借过人的智慧和才能，深孚众望，以义待众，众人有何愿望先找他们倾诉，以判断曲直，上达君王。但从局面方寸的恰当把握和纽带作用的发挥效果看，二人又同中有异，高下判然。从与上下关系的亲密程度来说，吴用与宋江、众好汉的关系更为亲近。这既有结义的形式和兄弟的情谊在，也有君臣关系不像刘备和诸葛亮那样明确的原因。从所发挥的作用效果看，吴用又远不如诸葛亮。这是不能不辨析清楚的，其中原因值得细究，可见出二人思想性格、才能人品、人格魅力、权力地位等各方面的差异性。

在刘备进位汉中王的过程中，诸葛亮起了决定性的作用。“众将皆有推尊玄德为帝之心，未敢擅便，遂告诸葛军师。孔明曰：‘吾意已定夺了。’”刘备听了诸葛亮的劝说之辞，坚决不从，并且将此事上升到“反汉”“僭位”的高度。诸葛亮一面以手下之士“不久尽去”的可怕结果警示刘备，另一方面审时度势，以退为进，提出“可暂为汉中王”。刘备仍然反对，诸葛亮又以“离乱之时，宜从权变”说服刘备，终于促成了这件难度相当大的政治战略。

在刘备称帝的过程中，诸葛亮同样起到了关键性的作用。

他先是引大小官僚上表，称“群下前后上书者八百余人”，劝谏刘备即帝位。刘备由“大惊”到“勃然变色”，称即帝位乃“不忠不孝”。诸葛亮又引多官入朝以“今两川之民皆欲王上为君”进一步劝之，刘备态度更为坚决：“孤愿其死，不为不忠不孝之人。”然后，“孔明苦谏数次，汉中王坚执不从”。可见难度比上一次还大。在此“山重水复疑无路”的情形下，诸葛亮与众官设计，“孔明托疾不出”，终于促使刘备妥协，“柳暗花明又一村”，完成了“取西川建国”的战略大计。

值得注意的是，《水浒传》中也有相似的情形，而相比之下，吴用则显得力不从心，束手无策，缺乏诸葛亮的机敏权变与执着精神。第九十回征辽回来后，由于奸臣作梗，众英雄功高无赏，且被限制行动，“众将得知，亦皆焦躁，尽有反心，只碍宋江一个”。可见有反心者中也包括吴用在内。在此情形下，“水军头领特地来请军师吴用商议军务”，明确提出“再回梁山泊去，只是落草倒好”。这与前述诸葛亮面临的形势颇为相似。可吴用却说：

> 宋公明兄长断然不肯。你众人枉费了力。箭头不发，努折箭杆。自古蛇无头而不行，我如何敢自主张？这话须是哥哥肯时，方才行得。他若不肯做主张，你们要反，也反不出去。

这无疑是给弟兄们泼了冷水，果然，“六个水军头领见吴用不敢主张，都做声不得”。此时的吴用，是名副其实的“无用”了。当然吴用也以“闲话”的轻松气氛把此意转达给了宋江：“仁兄往常千自由，百自在，众多弟兄亦皆快活。今来受了招安，为国家臣子，不想倒受拘束，不能任用。弟兄们都有怨心。”

这就在今昔对比中,表达了今不如昔的境遇,再次重申了他的“快活”的人生哲学,暗示他自己对目前处境的不满,而把弟兄们的“反心”弱化为“怨心”。这可见吴用的小心谨慎,比“诸葛一生为谨慎”还要谨慎,而谨慎过度就变成了怯懦。这未免让弟兄们失望无助,结果在宋江以死相要挟的情况下,弟兄们出于“忠义”的束缚,“俱各垂泪,设誓而散”。一次重新起义、再上梁山的战略构想,就这样胎死腹中。设想,如果吴用像诸葛亮那样支持众弟兄,与宋江据理力争,情况可能会大不相同。当时朝廷中奸臣照样肆虐的客观境遇与他们当年被逼上梁山时毫无差别,而通过征辽其报国之愿已了,此时正确的选择应该是重上梁山,再举义旗。在此决定前途命运的关键时刻,吴用作为军师显然未能尽职尽责,难辞其咎。

上述《三国志演义》作者一再写刘备的“坚执不从”,是为了突出他的忠与孝,诸葛亮说服刘备的难度越大,刘备的形象越高大,诸葛亮的智慧也就越突出,二者可谓相得益彰的双赢。《水浒传》作者一再写宋江的以死相挟——“但有异心,先当斩我首级,然后你们自去行事”,这固然突出了宋江的忠义,却让弟兄们受了委屈,甚至牺牲了生命,付出的代价是惨重而不可弥补的。弟兄们知道宋江真会如所说去做,所以在“忠义”道德的约束下妥协了,吴用也无可奈何,这也同时突出了吴用的忠义,但却损害了吴用智慧才能的表现。这恐怕是作者始料不及的。

三　人生结局层面之比较

若从人生结局的层面比较之,诸葛亮和吴用皆是“中道而亡”(诸葛亮语)的悲剧结局。二人皆壮志未酬而身死,皆令读者扼腕痛惜。细思之，二人悲剧结局的同中之异在于：诸葛亮是命运悲剧，即“知其不可而为之”（《论语·宪问》）的悲剧，也就是陈寿所说“盖天命有归，不可以智力争也”；司马徽所言“虽卧龙得其主，不得其时”。吴用则是性格悲剧，即主要由其思想性格的逻辑性所导致的人生悲剧。诸葛亮是“出师未捷身先死”的无奈悲剧，而吴用则是“一腔义烈原相契”的殉情悲剧；诸葛亮的悲剧是客观因素决定的，无法避免，而吴用的悲剧则是主观因素促使的，甘愿自缢。在主客因素的矛盾作用中见出二人思想性格的个性差异。当然诸葛亮的悲剧中也有“食少事烦”等主观因素，这反倒突出了他的“鞠躬尽瘁，死而后已”的人格精神；吴用的悲剧中也有奸佞迫害等客观因素，这也从一个侧面揭露了奸佞害贤误国的黑暗现实。

诸葛亮的悲剧呈现出悲壮色彩，吴用的悲剧则是悲惨格调。诸葛亮的三步战略大计，在已经实现前两步而向第三步迈进的过程中，他夙兴夜寐，事必躬亲，结果“运移汉祚终难复，志决身歼军务劳”（杜甫《咏怀古迹五首》），生命结束得十分悲壮。吴用虽也曾有过指挥千军万马的辉煌，但因为目标不明确，梁山大业毁灭了，招安目的落空了，宋江也被害死了，在绝望之中，自己结束了生命，死得格外悲惨。试比较二人临死场景的描写：

> 孔明强支病体，令左右扶上小车，出寨遍视各营，自觉秋风吹面，彻骨生凉。孔明泪流满面，长叹曰：“吾再不能临阵讨贼矣！攸攸苍天，曷我其极！”叹息良久。

作者在“秋风五丈原”这个特定场景中，通过“秋风吹面”的悲剧氛围渲染，“泪流满面”的人物悲情造型，从不同角度深化了悲剧意境，体现出一种悲壮之美。

吴用先是“梦见”宋江，醒后是“泪如雨下”，然后于次日到宋江坟前“哭祭”，“以手掴其坟冢”而哭，表示愿追随宋江“于九泉之下”，“言罢，痛哭”。最后与花荣“两个大哭一场，双双悬于树上，自缢而死”。这里先后五次写其哭态，淋漓尽致宣泄其悲情。这固然也是一种悲剧美，但在悲哀、悲凉、悲伤乃至悲惨中，还是缺少悲壮之感。这种美感上的差异是值得注意的。

从悲剧的程度说，表面看似乎吴用的悲剧要比诸葛亮深重。除上述死的场面与方式的差别而外，诸葛亮没有亲眼看到蜀汉的灭亡，这是他的幸运；而吴用不仅亲眼看到梁山的毁灭，还亲眼看到弟兄们一个个死去，尤其是亲眼看到宋江的死去，这是他的不幸。若延伸开去深入一层观照，或也可曰，诸葛亮的悲剧比吴用更为深重。诸葛亮的儿子诸葛瞻、孙子诸葛尚都在邓艾进攻绵竹时战死，作者固然是在赞美诸葛亮教子有方，忠义传家，但换一个角度看，这是诸葛亮多么深重的家族悲剧啊！所以说诸葛亮的死不仅仅是个人悲剧，也是家族悲剧，更是蜀国的悲剧。而吴用自言：“我已单身，又无家眷，死却何妨。”这样看来，他死得没有牵挂，也许可以说比诸葛亮死得心静一些。此时他的死已经仅仅是个人悲剧了。

从悲剧的审美价值说，诸葛亮也应大于吴用。鲁迅先生指出：“悲剧将人生的有价值的东西毁灭给人看。”①诸葛亮是死在为理想奋斗的北伐前线，他的悲剧中包含着难以平衡的悖论：他越想加快实现理想的步伐而拼命做事，身体就越坏，寿命就越短，而他人死了，理想也就不可能实现了。他的接班人姜维想仿

① 鲁迅：《再论雷峰塔的倒掉》，载《鲁讯全集》（第1卷），人民文学出版社1981年版，第178页。

效诸葛亮，替他实现理想，结果他越努力，北伐越频繁，蜀汉灭亡得就越快。这也是不以人的意志为转移的。诸葛亮的悲剧是"历史的必然要求和这个要求的实际上不可能实现之间的悲剧性的冲突"[①]，其审美价值也就在这个主客观的矛盾中凸现出来。吴用的自杀于事无补，徒死无益，虽然他是为了报答宋江而自杀，有一定审美价值，但终究不如诸葛亮。尼柯尔指出："死亡什么时候来临并不重要，重要的是人在死亡面前做些什么。"[②]若比较诸葛亮和吴用在死亡面前对待痛苦的方式及所作所为，显然诸葛亮在死亡到来时的表现更从容，更大气，更洒脱，更有意义。诸葛亮在已知"命在旦夕"的情势下，并未听天由命，坐以待毙，而是充分发挥其过人的智慧，与天命力争，与人事抗争。这也体现了他"知其不可而为之"(《论语·宪问》)的执着追求精神。他的祈禳北斗、祝告皇天，就是与天命抗争，力图争取"寿增一纪"，增寿的目的是为了"上达先帝之恩德，下救生民之倒悬"。这是他终生追求的远大目标，至死不曾有变。他禳星已至第六夜，仍然"主灯明灿"，这证明其智慧足以胜天，而最后的禳星失败，是魏延"脚步走急，将主灯扑灭"的客观原因，而非诸葛亮智力不足。此后，诸葛亮的"一一调度已毕"的从容不迫，"遗计斩魏延""死诸葛走生仲达"的先见之明，阴平险路之嘱、安排继任者的高瞻远瞩，更成为脍炙人口的大智慧的典范

---

① 恩格斯:《恩格斯致斐·拉萨尔》，载《马克思恩格斯全集》第29卷，人民出版社1972年版，第586页。

② 尼柯尔:《悲剧论》，一九三一年，第一二四页，转引自朱光潜:《悲剧心理学——各种悲剧快感理论的批判研究》，张隆溪译，人民文学出版社1983年版，第207页。

例证。相比之下,吴用临死时的表现,已经与当年足智多谋、叱咤风云、纵横疆场的“智多星”形象判若两人,回归为一个多情的软弱的无计可施的“学究”形象。其行为中的智慧含量与文化蕴意已很有限。其形象自身的变化及变化的原因,他和诸葛亮的反差等等,同样是值得关注的问题。

四 余论

由诸葛亮与吴用的比较拓展开去,观照二书士林人生道路与人生理想问题,似乎可以说,罗贯中和施耐庵都十分注重士林人生道路的问题,同中之异在于,《三国志演义》中的士林群像比《水浒传》丰富得多,不仅数量众多,系列层次也复杂而又分明,其人生道路也各有不同[①]。而《水浒传》中真正称得上士人的,屈指可数。除吴用外,王伦可算一个,作者明确点出他“是个秀才,落科举子”,其绰号“白衣秀士”,也标明着其士人身份。从作者的主观命意说,对王伦是持贬斥态度的,学界的评价也如此。其实,从书中的描写看,王伦并无什么恶德,只是“心胸狭隘,嫉贤妒能”,不肯收留晁盖等七人。王伦并无被杀之罪,林冲的火并王伦虽然对梁山的发展是必要的,但也是过分之举。从士林人生道路的途径看,王伦和吴用所选择的人生道路途径与总的趋向不无相似之处。作者笔下的宋江也可以视为士人。从作者的介绍中看,他只是刀笔小吏,并未言其士人特征;但从

① 参见关四平:《论〈三国演义〉的士林人生道路》,载《富春江畔话三国——第十五届中国〈三国演义〉研讨会论文集》,陕西旅游出版社2003年版,第42—61页。

宋江自己的生平回顾中，他却以士人自居。浔阳楼题反诗中所言“自幼曾攻经史”，说明其读书的内容和学历与士林相同；知喝毒酒后所言“我自幼学儒，长而通吏”，也表明了其儒士的身份，可与其诗呼应、互证。

通过诸葛亮和吴用这两个在各自作品中的士人典型形象的比较，可以看出，二书各揭示出一条士林的人生道路：《三国志演义》是传统的修齐治平的道路，虽然其层次有别，虽然有的中途夭折，但若择主正确，都能发挥自己的才能，建功立业，像蜀汉集团那样，实现“上报国家，下安黎庶”的远大目标。这是作者肯定的士林人生之路，诸葛亮也就成为后代士林入仕的楷模。诸葛亮所模仿的士人如姜尚、管仲、乐毅等也是如此。相比之下，《水浒传》中吴用代表的士人走的是反传统的叛逆造反之路。而吴用终究一事无成，自缢而死，又证明了此路不通。考察此前的史实，与吴用走同一条道路的士人也不乏其人，如其前代的皮日休就参加了黄巢的起义军，并且地位甚高，任翰林学士，结果也是以失败而告终的悲剧结局。[①] 此后，仍然有步吴用后尘的士人，如牛金星，他参加了李自成的起义军为谋士，深得信任，取得了一定的成功，曾被封为天祐殿大学士，比吴用还辉煌，但结局还是可悲的。[②] 由此看来，无论是在社会历史层面还是在小说艺术层面观照，士人走此路而成功的几率是很小的，特别

① 关于皮日休的结局，学界有三种说法：一是说他因故为黄巢所杀；二是说黄巢兵败后为唐室所害；三是说黄巢失败后流落江南病死。无论哪一种说法，其异中之同在于：皆是悲剧结局。

② 关于牛金星的出身有两种说法：一说是贡生出身；一说是举人出身。他在李自成失败后叛降清朝的结局，比皮日休更加可悲。

是与诸葛亮等蜀汉士人的比较更证明了此路并非士人入仕的佳径。宋江一直不肯选择此路也说明着这一点。吴用与宋江的不同在于他主动选择了这条路,也因此,他死得比宋江还要悲惨。宋江是被奸臣陷害,没有办法把毒酒再吐出来,而吴用是主动选择死亡,这说明他对自己选择此路的绝望心态比宋江还要强烈。

《三国志演义》体现了道统与政统的统一,诸葛亮是道统的代表,刘备是政统的化身,二人的志同道合,终生追求为国为民的大目标,呈现二者完美融合的状态,这是整个士林群体追求道统、政统合一的具象化与理想化。而《水浒传》表现的则是道统与政统的背离,吴用和宋江共同代表着道统,宋徽宗代表着政统,二者的矛盾激化乃至背离,是他们上梁山的文化原因。因为宋徽宗"被奸臣闭塞,暂时昏昧",政统被扭曲,所以九天玄女赋予了宋江和吴用"替天行道"的特殊使命,但直至全书结尾,道统与政统仍然处于背离状态。

假如换一个思路,若宋江和吴用按李逵的战略构想,推翻大宋王朝,建立新的王朝,那么,宋江就是刘邦或朱元璋,吴用不就是张良、陈平或宋濂、刘基了吗?那样一来,他和诸葛亮的人生道路就比较接近了。历史上的宋江起义虽然没有这个可能,但按《水浒传》的描写,梁山英雄是具备改朝换代的实力的。问题在于他们受"忠君"思想的束缚,主动放弃了足以实现的目标,这带来了梁山英雄的群体悲剧,为此,当悲剧来临时,其心灵深处的悔意当是深重而又无法排遣的,这恐怕也是吴用主动选择自缢的原因之一吧!

若将诸葛亮与吴用所各自代表的士林人生道路模式置于中国传统文化与元末明初时代文化的交叉点上纵横观照,似乎可管窥罗贯中和施耐庵们在特定文化土壤中所产生的复杂矛盾的文化心态。“世积乱离”的元末社会大悲剧在其心中印有浓重的时代阴影,“有志图王者”(王圻《稗史汇编》)的杰出才能无从施展的个人悲剧,使他们心底涌起理想破灭后的悲哀与孤愤。这使他们从两个方向上思考士人的人生道路:一是,如诸葛亮那样得遇明主,建功立业,救国救民,创建不朽之伟业,实现道统与政统融合统一的理想;一是,如吴用那样反抗黑暗现实,走上梁山,“替天行道”,以道统来匡正政统的失误,从而实现“保国安民”的目标。这两条道路,表明看似乎是分道扬镳,南辕北辙,对立矛盾的,深入一层透视,又辩证统一,殊途同归,就统一归结于为国为民这个最高原则上。此原则乃是鉴别笔下人物的分水岭和试金石。由此看来,无论关于《三国志演义》和《水浒传》的主题有多少说法,存在怎样激烈的争论,若从作者主观命意的层面看,《三国志演义》是“上报国家,下安黎庶”;《水浒传》是“替天行道”,“全忠仗义”,“辅国安民”。这在书中皆有明确的表述与精练的概括。可见,从作者文化心态与主观命意的宏观层面观照,这两部经典小说在为国为民的最高层次上有着趋同性,也是殊途同归,英雄所见略同。

(本文原发表于《东岳论丛》2007 年第 3 期)

后 记

本书稿是教育部人文社科基金项目的结项成果，由衷感谢教育部的资助。此稿与拙著《唐代小说文化意蕴探微》(人民文学出版社 2012 年 2 月第 1 版)可谓是姊妹篇，二者乃笔者十多年来研读唐代小说的主要心得。

感谢黑龙江大学出版社对拙稿出版所给予的大力支持，感谢任海天博士和刘剑刚副总编对学术著作出版的扶持和对我的无私帮助。责任编辑于慧、魏玲为拙稿的付梓问世也做了大量工作，在此一并致以诚挚的谢意！

在写作期间，虽多次修改，反复推敲，但疏误之处在所难免，敬祈方家指正。

关四平

二〇一五年元月